W0465330

Josephine Pennicott

Sturmtöchter

Josephine Pennicott

Sturmtöchter

Roman

Aus dem Englischen
von Julia Walther

List

Die Originalausgabe erscheint 2014
unter dem Titel *Currawong Manor*
beim Verlag Pan Macmillan Australia, Sydney.

FSC
www.fsc.org
MIX
Papier aus verantwortungsvollen Quellen
FSC® C083411

List ist ein Verlag
der Ullstein Buchverlage GmbH

ISBN 978-3-471-35087-4

© 2014 by Josephine Pennicott
© der deutschsprachigen Ausgabe
Ullstein Buchverlage GmbH, Berlin 2014
Published in 2014 by Pan Macmillan
Published by arrangement with Josephine Pennicott
Alle Rechte vorbehalten
Gesetzt aus der Centaur und Optima
Satz: LVD GmbH, Berlin
Druck und Bindearbeiten: CPI books GmbH, Leck
Printed in Germany

»Wissen Sie überhaupt, wovon Sie da reden? Der Krieg passiert nicht irgendwo dort drüben in Europa. Er ist hier, hier in diesem Zimmer. Überall um uns herum ist Blut, Blut auf allen Dingen. Können Sie es nicht riechen?«

Norman Lindsay

»Der Tod macht uns traurig, aber er kann auch dazu führen, dass wir uns lebendiger fühlen … Ich konnte es kaum erwarten, dorthin zu kommen. Der Geruch machte mir nichts aus. Und Sie sollten mal die Farben sehen – die sind wirklich wunderschön. Wie Wallace Stevens sagt: Der Tod ist die Mutter der Schönheit.«

Sally Mann,
Fotografin, aus einem Interview in *The Guardian*

»Der Tod ist die Mutter der Schönheit. Nur das Vergängliche kann schön sein, weshalb uns künstliche Blumen völlig kaltlassen.«

Wallace Stevens

Prolog

Geheimnisse

Mount Bellwood, Blue Mountains, November 1945

Der Wald bewahrte sorgfältig seine Geheimnisse.

Im wilden Märchengarten von Currawong Manor hüllte sich traumgleich eine Statue der nackten Göttin Diana in den Bergnebel. Ihr steinerner Körper war mit Rosen bedeckt: cremegelbe, rosafarbene, purpurne und scharlachrote Blütenblätter – sie alle verwelkten zu einem einheitlichen Schlammbraun. Diana hielt Pfeil und Bogen gen Himmel gerichtet und bewachte stolz ihr üppig verziertes Reich, während der gleichgültige Blick ihrer leeren Augenhöhlen die Sterne herauszufordern schien. Die in den Sockel eingemeißelten Tiere schienen dem Heulen eines herrenlosen Hundes im Wald zu lauschen. Es war Neumond, die dunkle Phase des Mondes. Die Schatten wurden länger, als der Abend sich an das Anwesen heranschlich. Eine gefährliche Zeit, um draußen unterwegs zu sein, würden die Alten im nahe gelegenen Dorf Mount Bellwood vielleicht sagen. Ein Schwarm bunter Sittiche sauste wie ein Wirbelwind aus grünen, blauen und dunkelroten Tupfen über den Garten hinweg.

Currawong-Würgerkrähen mit schwarzen Schwingen, Krallenfüßen und scharfen, gebogenen Schnäbeln ließen sich mit feierlichem Schweigen auf den Türmen des Herrenhauses nieder. Die Vögel nisteten dort, seit das Haus im Jahr 1855 erbaut worden war. Im Laufe der Jahre hatten die Einwohner von Mount Bellwood die Tatsache, dass die Vögel dort ihre Nester bauten, mit immer phantastischeren Interpretationen ausgeschmückt. Eine große Anzahl von Krähen prophezeite demnach einen gefürchteten Besucher: Der Tod war auf dem Weg nach Currawong Manor, das auch gerne »die Ruinen« genannt wurde.

Der gellende Schrei einer Frau schallte über das Anwesen. Ein schauriger Laut, der sich mehrmals wiederholte. Dann durchschnitten unverständliche Rufe die Luft. Eine Tür wurde aufgerissen, und die schreiende Frau kam herausgerannt. Sie trug ein rotes Seidenkleid mit passender Stola. Immer noch kreischend floh sie in die Owlbone Woods. Und oben auf den Türmen hockten immer noch die Vögel in ihrem unheimlichen vereinten Schweigen.

Die folgende Geschichte würde Lokführer Henry Kelly im Laufe seines Lebens viele Male all jenen erzählen, die sie hören wollten: Es war der Abendzug von Sydney nach Lithgow. Kelly hatte gerade in Blackheath einen Zwischenhalt eingelegt und war nun auf dem Weg nach Mt Bellwood. Als er an den dunklen Waldschatten der Owlbone Woods entlangfuhr, tauchte urplötzlich eine Frau aus dem Nebel auf und lief direkt vor ihm auf die Gleise. In diesen wenigen endlosen Sekunden nahm er ihr weißes Gesicht wahr, den aufgerissenen Mund, schreiend – ein Alptraumgesicht, umweht von einem roten Tuch. Ihre überraschte Miene, als seine Lok über sie hinwegpflügte, verfolgte ihn seither Tag und Nacht. Die arme Frau streckte noch die Arme aus, als könnte sie, durch irgendein göttliches Wunder, den Zug aufhalten. Henry zitterte, wann immer er die Geschichte erzählte – sogar noch als alter Mann mit über neunzig. Doris Partridge zu überfahren hatte sich wie ein Fluch über sein Leben gelegt. Er fing an zu trinken, um jenen Abend zu vergessen, und trotzdem wachte er nach wie vor mit der Erinnerung daran schweißgebadet und schreiend vor Angst auf. Und an alledem war nur dieser Drecksack Rupert Partridge schuld! Ein Teufel von einem Mann, der sein eigenes Fleisch und Blut getötet und damit so viele Leben zerstört hatte. Sein Spitzname war »Der Teufel der australischen Kunst« – was für eine treffende Bezeichnung! Gott sei Dank hatten sie diesen Lumpen aufgehängt. Sollte er doch in der Hölle schmoren!

Es war eine seltsame und bedauernswerte Angelegenheit, da waren sich alle einig. Weshalb jedoch Rupert überhaupt so verrückt wurde, seiner bildschönen kleinen Shalimar etwas Derartiges anzutun, hatte niemand verstehen können. Nie hatte es in den Bergen ein schöneres Kind gegeben – auch da waren sich alle einig. Doch auf Rupert Partridges Anwesen Currawong Manor war es immer schon ein wenig seltsam zugegangen, und wer vernünftig war, hielt sich vom Haus und von den Owlbone Woods fern. Auch Henry Kelly versuchte, die Leute mit seinen betrunkenen Schimpftiraden davor zu warnen, doch die meisten wurden nicht schlau aus dem, was der verrückte alte Mann da faselte. Schließlich brachten ihn seine Kinder nach Katoomba ins Altenheim, wo ihn seine Alpträume weiter plagten, auch wenn die Medikamente sie ein wenig linderten.

Wahrheit, Legenden, zerbrochene Träume und Lügen – sie waren so untrennbar und unbegreiflich miteinander verwoben wie Nebelschwaden in den Bergen, wie Geschichte, Mythologie oder Traum. Die verbotenen Orte schwiegen, und doch verharrten sie abwartend in ihrem Schmerz, hielten sich fest an den Mysterien von Mond und Erde. Bei manchen Geheimnissen tut man besser daran, sie ungestört schlummern zu lassen. Die Tiere des Busches verstanden diese uralte Wahrheit.

Die Nacht war weich und weise. Begleitet vom Abenddunst folgte sie der Dämmerung, wand sich um Diana und ihr regloses steinernes Gesicht, umarmte knochenweiße Eukalyptusbäume. Wie Geisterhüter bewachten die Bäume auf ewig das Land, seine Geschichten und seine Träume, mit ihren mageren Stämmen und ihrer struppigen Rinde, die sich wie Menschenhaut in Schichten löste und ihren reinen, jungfräulichen, im Verborgenen leuchtenden Kern offenbarte.

Der Wald bewahrte sorgfältig seine Geheimnisse.

1. Kapitel

Beerdigung einer Blume

Mt Bellwood, Blue Mountains, Mai 2000

Elizabeth beobachtete die Gruppe von Leuten, die sich vor St Rita's Catholic Church, der kleinen Steinkirche von Mt Bellwood, im Schneeregen versammelt hatten. Am liebsten würde sie im gemütlichen silbernen Volvo ihrer Freundin Fleur sitzen bleiben, dachte sie bei sich. Es war geplant, dass Fleur sie im Anschluss an die Beerdigung weiter nach Currawong Manor fahren würde, wo Elizabeth die nächste Zeit über wohnen wollte, während sie an einem Fotoprojekt arbeitete. Auf Currawong hatte nämlich Mitte der vierziger Jahre ihr Großvater, der Künstler Rupert Partridge, zusammen mit seiner Familie und seinen drei berühmten Aktmodellen, den sogenannten »Flowers«, gelebt.

»Was für eine hübsche kleine Kirche«, meinte Fleur. »Hast du denn zwischen all den Regenschirmen schon jemanden entdeckt, den du kennst?«

Als Elizabeth den Blick über die mehrheitlich schwarz gekleideten Personen schweifen ließ, war sie erneut dankbar dafür, dass Fleur trotz ihres vollen Terminkalenders angeboten hatte, sie zur Beerdigung einer Frau zu begleiten, die keine von ihnen beiden persönlich gekannt hatte. Kitty Collins war eine der »Blumen« des skandalösen Aktmodelltrios gewesen, und heute fand Kittys Feuerbestattung statt.

Ginger Lawson, ebenfalls ein ehemaliges Flower-Mädchen, sowie

Holly Shaw, die jetzige Besitzerin von Currawong Manor, waren es gewesen, die Elizabeth dazu ermuntert hatten, sich als Fotografin für das Buchprojekt *Flowers of the Ruins: Die Aktmodelle von Currawong Manor* zu bewerben. Es handelte sich dabei um einen aufwendigen Bildband, der im Verlag Dean & Wills erscheinen und Fotos, Tagebuchauszüge, Briefe und Artikel über die drei jungen Frauen enthalten sollte, die dem Künstler Modell gestanden hatten, bevor 1945 der Mord an dessen Tochter Shalimar geschah. Zwei andere Journalisten hatten sich dieses Themas zwar in der Vergangenheit bereits angenommen, aber ihre Bücher waren inzwischen vergriffen. Seit dem Kinofilm *Verführung der Sirenen* – eine Komödie über den australischen Maler Norman Lindsay und seine Aktmodelle – war das Interesse an der Thematik wiedererwacht. Wie hatte Holly Shaw es scherzhaft formuliert? »Ohne Elle Macphersons Brüste würde sich ja kein Schwein für Norman interessieren. Wir hingegen haben einen echten Mord, eine Hinrichtung *und* Brüste zu bieten!«

Es kam Elizabeth so vor, als wäre Hollys Angebot, einige Zeit auf dem ehemaligen Anwesen ihres Großvaters zu verbringen, das einzig Gute, was ihr in den vergangenen paar Jahren widerfahren war. Obwohl ihre Arbeiten in der ständigen Sammlung des Museum of Contemporary Art und der Art Gallery of New South Wales in Sydney vertreten waren und die einflussreiche amerikanische Kunstzeitschrift *Visions* sie als »eine australische Künstlerin, die es im Auge zu behalten gilt« bezeichnet hatte, war sie jüngst von einem führenden Kunstkritiker sowie von Kirchen- und Gemeindeverbänden mächtig an den Pranger gestellt worden. Von Kinderpornographie über Sensationsgier bis hin zu Mediengeilheit hatte man ihr so ziemlich alles vorgeworfen.

Elizabeths geheimnisvolle, traumbildhafte Fotografien, die sie mit ihrer »Linda« aufnahm, einer antiken Kamera ihres Großvaters, hatten inzwischen aber auch eine ganze Menge Anhänger gefunden. Elizabeth verwendete für ihre Fotos bevorzugt Glasplatten statt Filme, wie es im neunzehnten Jahrhundert üblich gewesen war. Es handelte sich um einen mühsamen Prozess, der sich aber der weichen, zeitlosen Aufnahmen wegen lohnte, die sich von den heutigen, meist scharf fokussierten Bildern der Fotoszene deutlich abhoben. Liebhaber ihrer Werke lobten ihr poetisches, elegantes, melancholisches Portfolio aus Landschaften und Porträts in der Kollodium-Nassplattentechnik, die 1851 von Frederick Scott Archer in England entwickelt worden war.

Die schlechte Presse in jüngster Vergangenheit schien dies alles jedoch zu überschatten, vor allem seit ihrer letzten Ausstellung, bei der sie nicht nur Aktfotografien kleiner Kinder und alter Menschen, sondern auch Bilder von Toten im Leichenschauhaus gezeigt hatte.

»Liz, alles klar bei dir?« Fleurs Stimme holte Elizabeth in die Gegenwart zurück, wo der Graupelschauer unvermindert aufs Autodach prasselte. »Du grämst dich doch hoffentlich nicht immer noch, weil dich dieser bescheuerte Kritikerheini und die Kirchenfuzzis als *sensationsgeile Kinderpornographin* bezeichnet haben?«

Trotz ihrer melancholischen Stimmung musste Elizabeth lachen. »O Gott, so formuliert klingt das echt furchtbar!«

»Ich hoffe sehr, du hast dich aus den richtigen Gründen entschieden, Hollys Angebot anzunehmen«, sagte Fleur geradeheraus, »und willst nicht einfach nur flüchten und dich hier oben verkriechen, weil Lois die ganze Publicity um deine Ausstellung herum so peinlich ist?«

»Du weißt doch, wie sehr meine Mutter alles Makabre und Kontroverse hasst. Sie sieht darin eine Art Verbindung zu Ruperts Werken. Und von allem, was mit den Ereignissen von damals auf Currawong Manor zu tun hat, will sie erst recht absolut nichts wissen. Rupert Partridge ist definitiv eine Leiche in unserem fest versiegelten Familienkeller, die einen ja nie interessieren darf. Für meine Mutter ist ihr Vater ein Perverser und ein Mörder, und die Tatsache, dass er 1950 am Galgen starb, wird von ihr eisern totgeschwiegen. Deshalb hasst sie ja auch die meisten meiner Arbeiten.« Elizabeth spürte, wie die vertraute Bitterkeit sie zittern ließ.

»Liz, ich weiß, dass Lois unheimlich stolz auf dich ist und auf alles, was du erreicht hast«, sagte Fleur leise. »Sie hat mir gegenüber im Lauf der Jahre so oft erwähnt, was für eine begabte Tochter sie hat. Wegen ihrer eigenen traumatischen Kindheit fällt es ihr nur einfach schwer, ihre Gefühle zum Ausdruck zu bringen – die vielen Heime und Pflegefamilien, die sie durchlaufen musste.« Sie zögerte kurz, ehe sie fortfuhr. »Vermutlich kenne ich die Antwort bereits, aber hat sie denn vor, heute hier zu erscheinen?«

»Natürlich wird Mum nicht kommen. Ja, sie hatte eine schreckliche Kindheit, aber gibt ihr das automatisch das Recht, eine furchtbare Mutter zu sein? Und warum zeigt sie dann nicht mehr Interesse an meiner Arbeit?«, gab Elizabeth zurück. »Aber jetzt hör auf, dir den Kopf zu zerbrechen, weshalb ich dieses Angebot mit Currawong Manor angenommen habe. Ich bin dir wirklich sehr dankbar, dass du mich fährst. Und woher willst du eigentlich wissen, dass ich nicht bloß deshalb zugesagt habe, weil sie Nick Cash als Autor gewinnen konnten?«

»Begeistert bin ich ja nicht gerade, dich da oben in den Bergen mit diesem Nick Cash allein zu lassen«, erwiderte Fleur. »Er soll schon ein ziemlicher Frauenheld sein.«

»Du bist ja genauso schlimm wie Lois.« Elizabeth zog eine Grimasse. »Ich werde mich in seiner Gegenwart gerade noch beherrschen können. Übrigens hab ich ihn mal bei einer Filmpremiere fotografiert, als er noch mit diesem Seifenopern-Starlet Elsa Varino verheiratet war. Ich finde ihn jedenfalls ziemlich sexy, aber ich hatte ja schon immer ein Faible für Männer in Leder.«

Elizabeth war tatsächlich hocherfreut gewesen, als sie herausgefunden hatte, dass Nick Cash mit ihr an *Flowers of the Ruins* arbeiten würde. Inzwischen schrieb er hauptberuflich Bücher über wahre Kriminalfälle, aber in den Siebzigern hatte er in einer ihrer Lieblingsbands gespielt.

Durch die nasse Windschutzscheibe betrachtet waren die Trauergäste nur verschwommene schwarze Schemen im grauen Zwielicht des Winternachmittags, die ihre Schirme ausschüttelten, bevor sie die Kirche betraten. »Bist du immer noch traurig, dass du Kitty nicht mehr kennengelernt hast?«

Elizabeth schüttelte den Kopf, da sie Fleur nicht noch mit weiteren emotionalen Dramen belasten wollte.

»Du darfst dir deswegen keine Vorwürfe machen«, verkündete Fleur in ihrer pragmatischen Art. »Woher hättest du denn wissen sollen, dass die arme Frau bald stirbt. Du hattest so viel um die Ohren mit der Ausstellung und diesem verdammten Verriss von Jeremy Morrison.«

Seit Holly ihr telefonisch die Nachricht von Kittys Tod überbracht hatte, bereute Elizabeth, dass sie Kitty nicht aufgesucht hatte, als sie noch Gelegenheit dazu gehabt hatte. Doch die bösartigen Reaktionen auf ihre Ausstellung hatten sie dermaßen belastet, dass sie kaum in der Lage gewesen war, zu essen oder zu schlafen. Als Kitty während dieser Zeit unerwartet Kontakt zu ihr aufgenommen hatte, weil sie »mit Ruperts Enkeltochter etwas von großer Wichtigkeit besprechen wollte«, hatte sie die alte Dame vertröstet. Nun wetteiferte das Bedauern darüber mit ihrem sonstigen Stress, wenn es darum ging, Elizabeth den Schlaf zu rauben. Mit Kittys Tod war eine weitere Verbindung zur Vergangenheit und zu ihrem Großvater unwiderruflich zerrissen, und so freute sie sich umso mehr darauf, Ginger Lawson, die ehemals Dritte im Bunde, endlich kennenzulernen und mit ihr an diesem Buch zu arbeiten.

»Lass gut sein, Liz«, beharrte Fleur. »Kitty hätte dir vermutlich sowieso nichts Wesentliches zu erzählen gehabt. Und da du es jetzt nie erfahren wirst, vergisst du es am besten einfach.«

»Trotzdem ist es irgendwie erschütternd, wenn man sich überlegt, dass die bezaubernde Blondine von damals, die Rupert wie besessen gemalt und fotografiert hat, am Ende in einem Backpacker Hostel gestorben ist.«

»Keiner von uns kommt lebend hier raus«, scherzte Fleur. »Und Kitty hatte immerhin ein langes, erfülltes Leben, im Gegensatz zu Shalimar Partridge ...«

Elizabeth war immer wieder überrascht, wie viele Menschen sich an den Fall Partridge erinnerten. Er schien ins Gedächtnis der Australier ebenso tief eingebrannt zu sein wie das Verschwinden der Beaumont-Kinder oder der Mord an Graeme Thorne. Selbst Menschen mit wenig Interesse an Kunst erinnerten sich dunkel an den Namen Rupert Partridge. Dabei warfen sie Rupert oft mit seinem Zeitgenossen Norman Lindsay in einen Topf, der ebenfalls in den Blue Mountains gelebt und gearbeitet hatte. Sie sagten Dinge wie: »War das nicht der Teufelsanbeter, der seine Tochter umgebracht hat?«

»Hat der nicht immer Orgien mit Aktmodellen gefeiert?«

»War das nicht der aus *Verführung der Sirenen* mit Elle Macpherson?« Trotzdem waren den Leuten einige von Ruperts eher kontroversen Werken zumindest vage bekannt. Dazu gehörten zum Beispiel *Trollop*, *Pigs of War* oder *Bones of the Flower Men*.

Durch den Regen hindurch erspähte Elizabeth die große, blonde, elegante Holly Shaw mit ihrem Ehemann Bob, der neben ihr her trottete. »Da sind die Shaws. Lass uns schnell rüberlaufen.«

Holly, die Elizabeths Interesse an der australischen Kunst der vierziger Jahre teilte, war zwar in den Blue Mountains geboren worden, aber als Kind mit ihren Eltern nach England ausgewandert. Später hatte sie viele Jahre lang eine kleine Galerie in London betrieben. Nachdem ihr Sohn flügge geworden war, war sie mit ihrem Mann nach »Down Under« zurückgekehrt und hatte über einen Bekannten erfahren, dass Currawong Manor zum Verkauf stand.

Seither versuchte Holly, ihre Investition zu Geld zu machen, indem sie für Ruperts Kunst warb. Inspiriert durch die erfolgreiche Vermarktung von Norman Lindsays ehemaligem Wohnsitz weiter unten in den Bergen, wollte sie das Anwesen nun nach einem ähnlichen Prinzip präsentieren. Sie hatte kleine Hütten im Stil des Haupthauses errichten lassen, die sie »Nester« nannte und in denen sie Residenzen für Künstler, Schriftsteller und Kunsthandwerker anbot.

Als Holly sich bei Elizabeth gemeldet und sie eingeladen hatte, eine Weile in einem solchen Nest zu wohnen, hatte diese nicht widerstehen können, obwohl sie wusste, wie wütend ihre Mutter darüber sein würde, dass sie »in der schmutzigen Vergangenheit herumwühlte«.

Nur wenige Wochen später hatte Holly ihr berichtet, dass Ginger Lawson Elizabeth außerdem als offizielle Fotografin für das geplante Buch engagieren wollte. Holly selbst war von der Idee, Rupert Partridges Enkelin die Fotoaufnahmen dafür machen zu lassen, sofort hellauf begeistert gewesen, als Ginger ihr diesen Vorschlag unterbreitete. Wenigstens das war ein wenig Balsam für Elizabeths angeschlagenes Ego.

Elizabeth hatte die Shaws in der Art Gallery of New South Wales in Sydney getroffen und mit wachsender Begeisterung Hollys Vision von Currawong Manor gelauscht. Ganz offensichtlich teilten sie den Wunsch, den Ruf ihres Großvaters wiederherzustellen und Rupert Partridge zwischen den anerkannteren Künstlergrößen wie Arthur Boyd, Sidney Nolan und Albert Tucker eingereiht zu sehen. Ihre Mutter würde zweifellos die Nase rümpfen, dass eine Engländerin Ruperts Kunst so sehr schätzte, aber Elizabeth war gerührt von Hollys Leidenschaft für ihren Großvater und alles, was mit ihm zu tun hatte.

Hier vor der Kirche wirkte Holly immer noch genauso sympathisch wie bei ihrem ersten Treffen – und ebenso schick in ihren schwarzen High Heels, einem schwarzen Trenchcoat und einem langen gelb-schwarzen Schal. Elizabeth, die normalerweise immer eine gewisse Distanz zwischen sich und ihren Mitmenschen verspürte (Berufskrankheit aller Fotografen, pflegte sie zu scherzen), fühlte sich zu der quirligen Frau sofort hingezogen.

»Da sind Sie ja! Willkommen in unserem wunderbaren Mount-

Bellwood-Wetter.« Holly umarmte und küsste Elizabeth und Fleur auf eine ganz und gar unenglische Weise. »So was von kalt und ungemütlich. Gerade hab ich noch zu Bob gesagt, wie gut, dass wir unsere Thermowäsche aus England mitgebracht haben. Sie müssen Fleur sein, wie schön, Sie kennenzulernen. Bob, glotz die hinreißende Fleur nicht so an, sondern mach den Mund zu und gib ihr die Hand. Und jetzt, Mädels, lasst uns schnell in die Kirche gehen, denn Ginger ist bereits da!«

Bob, der ungefähr so wortkarg war wie seine Frau extrovertiert, gab einen undefinierbaren Grunzlaut von sich und wurde von seiner Gattin auf der Suche nach Ginger in die Kirche gezerrt.

Obwohl Elizabeth durch ihre Arbeit schon einigen berühmten Persönlichkeiten begegnet war und sich nur noch selten von ihnen eingeschüchtert fühlte, war sie beim Gedanken daran, Ginger Lawson endlich kennenzulernen, etwas nervös. Während die meisten Kunstsammler entweder Kitty wegen ihrer engelsgleichen Erscheinung oder Wanda wegen ihrer Sinnlichkeit und den gewagten Aktdarstellungen bevorzugten, hatte sich Elizabeth immer am meisten zu den Bildern hingezogen gefühlt, die Ginger zeigten.

Sie hatte Gingers Karriere über die Jahrzehnte hinweg nachverfolgt und wusste deshalb, dass Ginger in den frühen australischen TV-Seifenopern mitgespielt hatte, bevor sie nach Amerika übergesiedelt war. Mit der Chance, eine der Musen ihres Großvaters sogar vor Ort, auf Currawong Manor, zu fotografieren, ging für Elizabeth ein Traum in Erfüllung. Da Kitty nun so tragisch verstorben war und Wanda in einem Pflegeheim in Sydney lebte, blieb nur Ginger als Modell.

Im vorderen Teil der Kirche drängten sich mehrere Leute um eine Frau, bei der es sich vermutlich um Ginger handelte. Elizabeth betrachtete sie neugierig: Ihre großen, mandelförmigen grünen Augen waren dick von schwarzem Kajal und falschen Wimpern umrahmt, der Teint perfekt geschminkt, die Lippen dunkelrot. An Gingers Ohren baumelten bunte Ohrringe aus Glas und Perlen, und ihre schwarze Designerjacke zierte neben einem farbenfrohen Schal eine übergroße Brosche. Darunter trug sie ein tief ausgeschnittenes Oberteil, das ihren üppigen Busen betonte und ein Stückchen BH mit Leopardenmuster hervorblitzen ließ. Silberne Armreifen und Kettchen baumelten an ihren Handgelenken. Ihr hennarotes Haar hatte Ginger mit funkelnden Kämmen zu einem Knoten hochgesteckt. Mit über siebzig wirkte sie noch genauso dynamisch, elegant und faszinierend wie in den berüchtigten vierziger Jahren.

»Vielen Dank, vielen Dank Ihnen allen, Sie sind zu freundlich. Es ist wunderbar, wieder in Mount Bellwood zu sein.« Ihre durchdringende Stimme veranlasste alle in Hörweite, den Hals zu recken, um herauszufinden, welche wichtige Persönlichkeit da unter ihnen weilte. Es juckte Elizabeth in den Fingern, die Szene zu fotografieren. Ginger glich einem strahlenden Pfau inmitten eines Spatzenschwarms, da alle anderen in gedeckten Trauerfarben gekleidet waren.

»Kommen Sie, wir schnappen sie uns, bevor sie sich hinsetzt!« Holly zog Elizabeth hinter sich her. Ginger drehte sich mit herablassender Miene nach ihnen um, wurde aber ein wenig freundlicher, als sie erkannte, um wen es sich handelte.

»Darf ich die Damen miteinander bekannt machen?«, zwitscherte Holly mit ihrem britischen Akzent. »Ginger, diese junge Dame hier ist Elizabeth Thorrington.« Hollys Blick wanderte etwas hektisch zwischen den beiden Frauen hin und her. Da keine Reaktion kam, fuhr sie leicht nervös fort: »Elizabeth ist die Fotografin für *Flowers of the Ruins*. Sie wird ihr Nest neben Ihrem haben. Ihre Mutter …«

»Selbstverständlich weiß ich, wer sie ist. Seien Sie nicht albern, Holly!«, dröhnte Ginger. Ihr unverkennbar australischer Singsang ließ die Jahre in den Staaten nur fern erahnen.

Der feste Händedruck, mit dem sie Elizabeth begrüßte, strafte ihr Alter Lügen. Dabei studierte sie aufmerksam Elizabeths Gesicht. »Ruperts Enkelin«, sagte sie. »Ja, ich kann die Ähnlichkeit sehen.«

Völlig unerwartet zog sie plötzlich ein pinkfarbenes Taschentuch heraus und tupfte sich die Augen ab. »Lois' Tochter, so eine erwachsene, schöne Frau. Ist Ihre Mutter auch da?«

Als Elizabeth den Kopf schüttelte, putzte sich Ginger die Nase und fächelte sich Luft zu, während die Anwesenden ihren übertriebenen Gefühlsausbruch begafften. »Ich habe sie angerufen«, schniefte sie, »aber sie hat sich geweigert, mit mir zu sprechen.«

Dann zeigte Ginger mit einem schwarz behandschuhten Finger auf Fleur, wobei ihre Armreifen und Kettchen klimperten. »Und wer ist Ihre blonde Freundin da?«

Elizabeth war so auf Ginger fixiert gewesen, dass sie Fleur ganz vergessen hatte. Nicht, dass Fleur mit ihren klassisch schönen Zügen und der aufrechten Haltung von all den Jahren beim Ballett lange unbeachtet bleiben könnte. Einige Trauergäste hatten sie bereits neugierig beäugt. Ob es daran lag, dass sie Fleur erkannten, oder ob sie einfach nur ihre Schönheit bewunderten, konnte Elizabeth nicht mit Sicherheit sagen.

»Oh, Verzeihung. Das ist meine Freundin, Fleur Amos. Sie hilft mir beim Einzug ins Nest. Was für ein netter Name für die Cottages, die Holly hat bauen lassen, finden Sie nicht? Eine ausgezeichnete Idee, auf dem Anwesen Künstlerresidenzen anzubieten und damit die Renovierungsarbeiten zu finanzieren.« Verdammt, sie redete zu viel, aber Gingers durchdringender Blick machte sie irgendwie nervös. Täuschte sie sich oder mochte diese Frau sie nicht? Wahrscheinlich war es naiv gewesen zu hoffen, dass die gemeinsame Verbindung zu Rupert irgendwie von Bedeutung wäre. Oder bildete sie sich diese Antipathie vielleicht nur ein? Schließlich war es Gingers Wunsch gewesen, dass sie den Auftrag bekam. Nachdem sie ihrer Mutter von Anfang an offensichtlich nichts hatte recht machen können, war Elizabeth besonders empfindlich, wenn es um die Anerkennung durch andere Frauen ging. Vor allem bei Frauen, die etwas mit Currawong Manor zu tun hatten. Hoffentlich reagierte sie nur gerade etwas überempfindlich, denn sonst würden die nächsten Monate die Hölle werden – als wäre das Leben nicht schon höllisch genug.

»Ich habe Sie vor Jahren einmal im Opera House tanzen sehen, Fleur. Sie waren als Salome so wundervoll sinnlich.« In Gingers Tonfall lag ein Hauch mehr Wärme als zuvor. »Ich habe gelesen, Sie hätten sich zur Ruhe gesetzt, als Sie Ihre Kinder bekamen. Wie schade, dass Sie Ihre Karriere opfern mussten.« Elizabeth spürte, wie Fleur neben ihr stocksteif wurde. Selbst Holly machte bei diesem Kommentar ganz große Augen.

»Und nun müssen Sie mich leider entschuldigen.« Ginger kramte in ihrer Lady-Dior-Handtasche herum und zog einen Rosenkranz heraus. »Ich werde eine Kerze anzünden, mir dann einen Platz suchen und ein Gebet für die arme Kitty sprechen. Was für ein bezauberndes Mädchen sie doch war, unsere Kitty – das perfekte Modell für Rupert und allen eine gute Freundin. Ich sehe ihre blonden Locken und die süßen Grübchen immer noch vor mir. Sie war die Hübscheste von uns allen. Unsere kleine Kitty haben wir alle geliebt. Was für ein erbärmliches Ende für ein solch reizendes Geschöpf. Wenn ich doch nur von ihrem Gemütszustand und ihren finanziellen Sorgen gewusst hätte! Ich hätte ihr doch helfen können.«

Ginger warf einen Blick zurück zum Eingang und verzog abfällig den roten Mund. »Warum allerdings ihre verdammten Kinder sie nicht mehr unterstützt haben, ist mir ein Rätsel. Ganz schön dreist von denen, hier heute ihre verheulten Gesichter zu zeigen!« Sie tupfte sich wieder die Augen ab, und Elizabeth hätte ihr beinahe tröstend die Hand auf den Arm gelegt, wäre sie nicht zu eingeschüchtert gewesen.

»Zuerst die gute Wanda mit Demenz in irgendeinem uralten Pflegeheim. Und dann stirbt Kitty in einem schäbigen Hostel. Nun bin ich gewissermaßen das einzige noch lebende Flower-Mädchen.« Ginger machte eine Pause und fasste sich an die Brust, als genieße sie diese melodramatische Aussage. Die Leute starrten sie nun ganz unverhohlen an, woraufhin sie ihre Bemerkung noch lauter wiederholte:

»Ich bin gewissermaßen die einzige noch lebende Blume! Was zum Teufel will *die* denn hier?« Ihre Stimme wurde einen Ton schärfer. Als Elizabeth sich umdrehte, sah sie eine Frau Mitte sechzig in die Kirche kommen. Sie trug einen glockenförmigen Hut aus schwarzen und violetten Federn über ihren kinnlangen grauen Haaren, dazu eine schwarze Strickjacke und ein wenig schmeichelhaftes, formloses graues Kleid. Sie starrte Ginger mit glasiger, entsetzter Miene an.

»Das ist Miss Sharp, Ginger. Dolly Sharp. Die Tochter der alten Puppenmacherin. An die erinnern Sie sich doch sicherlich?« Holly lächelte und winkte mit den Fingern einen Gruß in Richtung der Frau, die mit versteinerter Miene Ginger anstarrte.

»Wie könnte ich *die* je vergessen?«, keifte Ginger. »Halten Sie mir dieses Weib bloß vom Leib, sonst vergesse ich mich noch! Und jetzt werde ich eine Kerze anzünden!« Mit diesen Worten stürmte sie davon. Die drei Frauen sahen sich verblüfft an.

»Das tut mir jetzt wirklich leid«, entschuldigte sich Holly ziemlich verwundert. »Es muss an der Beerdigung liegen. Normalerweise ist Ginger wirklich goldig.«

Wir hätten nicht herkommen sollen. Elizabeth dachte an die zornige Reaktion ihrer Mutter, als sie herausfand, dass ihre Tochter Kittys Begräbnis besuchen würde. »Ich werde doch sowieso eine Weile dort wohnen«, hatte Elizabeth argumentiert. »Das ist ein entscheidender Moment für das Buch. Der Tod eines der Flower-Mädchen ist eine wichtige Geschichte, und man hat mir erlaubt, beim anschließenden Leichenschmaus zu fotografieren.«

»Der Tod eines dieser verdammten Weibsbilder ist keine wichtige Geschichte!«, hatte ihre Mutter geschimpft. »Höchstens im völlig verblendeten Kopf einer Narzisstin wie Ginger Lawson, die glaubt, es würde das ganze Land interessieren, dass sie mal ein Jahr lang für irgendeinen drittklassigen Künstler nackt Modell gestanden hat. Du brauchst mich gar nicht, so anzusehen, Elizabeth! Es kümmert mich nicht die Bohne, dass er mein Vater war – nicht, dass er diese Bezeichnung verdient hätte. Er war ein miserabler Künstler, und ich werde auch nichts anderes behaupten, nur damit du zufrieden bist. Kein Schwein interessiert sich für Rupert Partridge außer dir, Ginger und Holly Dingsbums, die mehr Geld als Verstand oder Geschmack hat und von drittklassigen pseudokünstlerischen Mördern besessen ist.«

»Mum, wann kannst du die Vergangenheit endlich ruhen lassen?«, entgegnete Elizabeth. »Mein Großvater mag vielleicht ein Mörder gewesen sein – aber das macht ihn noch lange nicht zu einem drittklassigen Künstler! Du willst das wachsende Interesse an seinem Werk einfach nicht sehen.«

Doch nichts von dem, was Elizabeth je über Rupert sagte, änderte etwas an der Meinung ihrer Mutter. Sie fing dann höchstens an, über die Medien und deren Lügenmärchen herzuziehen. Als Elizabeth es gewagt hatte, ihr von ihrem Auftrag für *Flowers of the Ruins* zu erzählen, hatte ihre Mutter ihr vorgeworfen, aus der Verwandtschaft mit Rupert Kapital schlagen zu wollen, um ihre eigene Karriere voranzutreiben.

Die Schimpftirade war dann in die übliche Nörgelei übergegangen: Elizabeth würde ihre Karriere an erste Stelle setzen, indem sie für Aufträge so viel herumreiste, während ihre biologische Uhr tickte. Und nun enttäuschte ihre Tochter sie auch noch, indem sie das Angebot eines Aufenthalts auf Currawong Manor annahm. Als Reaktion darauf hätte Elizabeth am liebsten den Kontakt zu ihrer Mutter ganz abgebrochen. In den Bergen würde sie zumindest eine Erholungspause von ihren endlosen Sticheleien genießen können.

Sie zwang sich, ihre Aufmerksamkeit wieder auf die Gegenwart zu lenken. Hier in der beschaulichen Ruhe von Mt Bellwood schien Sydney eine Million Galaxien von dem ganzen Ärger entfernt zu sein.

»Alles okay?« Fleur berührte sanft ihren Arm. Die Sorge im Blick ihrer Freundin drängte Elizabeth dazu, sich zusammenzureißen. Fleur war wie immer völlig gelassen, ganz egal, was um sie herum passierte. Sie war eine gefeierte Ballerina gewesen, bevor sie Mutter zweier gesunder Bilderbuchkinder wurde – dazu hatte sie einen gutaussehenden Ehemann, ein unkonventionelles, schickes Haus am Bondi Beach und ein klassisch schönes Gesicht, passend zu ihrem angenehmen Wesen. Mit all diesen Vorzügen und Annehmlichkeiten ausgestattet war es nicht verwunderlich, dass Fleur eine beneidenswerte Gelassenheit an den Tag legte. Elizabeth fragte sich oft, was ihre Freundin wohl in ihr sah. Vielleicht handelte es sich ja tatsächlich, wie Lois säuerlich angemerkt hatte, um einen Fall von Gegensätzen, die sich anzogen. Fleur war blond, gesellig und optimistisch – Elizabeth hatte schulterlanges braunes Haar und war eher schüchtern, vorsichtig und pessimistisch veranlagt. Das ungleiche Paar hatte sich jedoch schon vor Jahren angefreundet, als Elizabeth noch für die *Sydney Daily* gearbeitet und Fleur zum ersten Mal fotografiert hatte – anlässlich ihrer Rolle in *Coppélia*. Und trotz gegensätzlichen Temperaments und unterschiedlicher Herkunft wusste Elizabeth, dass sie sich auf ihre Freundin verlassen konnte.

2. Kapitel

Rauch und Flammen

Die Gäste – eine Mischung aus Einheimischen sowie Freunden und Verwandten von Kitty aus verschiedenen Teilen Australiens – waren in solchen Scharen zur kleinen alten Sandsteinkirche St Rita's gepilgert, dass viele von ihnen draußen unterm Regenschirm der Lautsprecherübertragung des Gottesdienstes lauschen mussten. Elizabeth, die mit Holly, Bob und Fleur ziemlich weit hinten saß, war frustriert, weil sie keine freie Sicht auf Ginger hatte. Und weil sie während des Gottesdienstes nicht fotografieren konnte. Sie hätte so gerne ihre antike Großformatkamera benutzt, mit der jene verträumten, zeitlosen Bilder entstanden, für die sie bekannt war. Sie hatte zwar ihre Canon dabei, ging aber davon aus, dass es nicht gut ankommen würde, während der Messe Fotos zu machen. Die Steinkirche mit ihren juwelengleichen Buntglasfenstern, den cremefarbenen brennenden Kerzen, der großen blau-weißen Madonnenstatue mit den Wildblumensträußen ringsherum und den flackernden Teelichtern hätte einige schöne Aufnahmen in stimmungsvoller Ausleuchtung möglich gemacht. Elizabeth liebte es, Götterbilder und Madonnen zu fotografieren. Eines ihrer absoluten Lieblingsbilder zeigte einen Hexensabbat in der Innenstadt von Sydney, wo wild aussehende Frauen in einer alten Backsteinkirche nackt um ihren Hexenkessel herumtanzten. Obwohl Elizabeth sich selbst nicht als religiös betrachtete, faszinierten sie die unterschiedlichen Glaubensrichtungen, und sie liebte es, nackte Körper in frommer Pose mit ihrem Objektiv einzufangen. Deshalb waren die Hexen ein solch inspirierendes Shooting gewesen, weil sich Nacktheit mit gläubiger Ekstase gepaart hatte.

Auf dem Altar standen drei gerahmte Bilder von Kitty aus verschiedenen Lebensphasen. Das jüngste Foto war zehn Jahre alt und stammte aus einem Interview in der Kulturbeilage einer Wochenendzeitung. Es zeigte eine faltige Kitty um die sechzig, in der man aber immer noch das sechsjährige weißblonde Mädchen wiedererkannte, das auf der Schwarzweißaufnahme daneben die Hand seines ernst dreinblickenden dunkelhaarigen Vaters hielt. Außerdem gab es noch die Reproduktion eines Gemäldes. Elizabeth sah sofort, dass es sich um Ruperts Porträt von Kitty aus den Vierzigern, *Kitty in the Owlbone Woods,* handelte. Das junge Modell saß in blauen Satin gehüllt neben zwei spielenden Kätzchen. Man hätte es als ein niedliches Gemälde eines süßen Mädchens ansehen können, wären da nicht die unheilvollen dunklen Striche im Hintergrund gewesen, die Bäume darstellten. Obwohl die Bilder der *Owlbone Woods*-Serie nie als Ruperts beste Arbeiten betrachtet worden waren, hatte Elizabeth den Kontrast zwischen dem düsteren Wald und Kittys Märchenschönheit stets als gleichermaßen erschreckend wie faszinierend empfunden. Beim näheren Betrachten der Bilder, von denen es fast ein Dutzend gab, entstand immer wieder der Eindruck, als würde ein uraltes Wesen das unschuldige Mädchen heimlich beobachten. Die spindeldürren, hexenarmigen Bäume bildeten vor dem hellblauen Himmel ein filigranes Muster und streckten ihre knorrigen Äste nach Kitty aus, die mit den Katzen spielte. Hastige Farbtupfer in Weiß und Silber glichen Gespenstergesichtern – oder unliebsamen Naturgeistern, die durch Blätter, Rinde und Gestrüpp dem Mädchen mit ihren strengen kugelrunden Augen hinterherspionierten.

Die meisten der Sammler von Rupert Partridges Werken schätzten seine Serie *Crossroads, Stems and Sirens* oder natürlich *Naked Flowers* – seine umstritteneren erotischen Aktbilder und Fotografien. Rupert hatte *Naked Flowers* als seine liebsten Werke bezeichnet, da sie von zwei Künstlerinnen inspiriert waren, die er bewunderte: Florence Henri und Marianne Breslauer, die in den frühen 1920er und 30er Jahren bemerkenswerte erotische Darstellungen geschaffen hatten. Elizabeth war jedoch immer besonders empfänglich gewesen für die dunkleren, geheimnisvolleren Schatten in der *Owlbone Woods*-Serie.

Nun verrenkte sie sich fast den Hals beim Versuch, Gingers Reaktion auf Kittys Fotos zu beobachten. Ginger hatte alle früheren Bewohner von Currawong Manor überlebt, abgesehen von Wanda im Pflegeheim und Dolly Sharp – wenn man die mitzählen wollte. *Nein, nicht alle.* Lois, Ruperts Tochter – und Elizabeths Mutter – lebte gesund und munter in Sydney. Was tat ihre Mutter wohl jetzt gerade, um alle Gedanken an ihren Vater, an Currawong Manor und ihre beschmutzte Familiengeschichte zu verdrängen? Lois hatte aus Gründen, die Elizabeth nie ganz verstanden hatte, immer versucht zu verhindern, dass sie sich mit der Vergangenheit beschäftigte. Auch Elizabeths Vater Michael war es nicht erlaubt, über Lois' Familiengeschichte zu sprechen, und da er ohnehin ein eher in sich gekehrter Mensch war, leistete er dem nur zu gerne Folge. Lois würde sich ablenken, nur um nicht daran denken zu müssen, dass weniger als zwei Stunden Autofahrt entfernt gerade eine weitere Verbindung zu ihrer Vergangenheit eingeäschert wurde.

Kittys Sohn, der aussah, als wäre er etwa Mitte dreißig (Elizabeth entnahm seinen Namen dem ausliegenden Faltblatt zum Ablauf der Trauerfeier: Stewart Hastings), sprach von der Kanzel herab über Kittys Kindheit. Seine sanfte Stimme beschrieb das Leben seiner Mutter als eines von dreizehn Kindern in Katoomba und die Not, die ihre Familie während der Wirtschaftskrise gelitten hatte. Über ihre schillernde Rolle als »Blume« verlor er nicht viele Worte, außer dass Kittys Zeit auf Currawong Manor ihre Karriere als Katalogmodell für Davis Jones angeregt und zu einigen kleineren Rollen in den frühen australischen Fernsehshows geführt hatte. Kitty war bis zum Tod ihres Gatten, Eugene Hastings, glücklich verheiratet gewesen. Sie hatte zwei Kinder und zwei Stiefenkel. Das ist ja alles ganz nett, dachte Elizabeth bei sich, aber es erklärt nicht, weshalb Kitty allein und mittellos in einem schäbigen Hotel gestorben ist. Wo war da dieser Sohn mit seiner weichen Stimme, dem gutgeschnittenen Anzug und der Designerbrille gewesen?

Nachdem Kittys Mahagonisarg hinter einem Samtvorhang verschwunden war, stand Elizabeth etwas unbeholfen neben den Shaws in einem Nebenraum herum, wo sich die Gäste zu einem kleinen Empfang versammelt hatten. Sie holte die Canon aus der Tasche und wünschte sich aufs Neue, sie könnte ihre antike Fachkamera benutzen. Doch Linda war nicht transportabel und auch viel zu sperrig für eine solche Veranstaltung. Es hätte die Trauernden zu sehr abgelenkt, wenn sie immer wieder unter einem Tuch verschwunden wäre, um den Gottesdienst mit Hilfe von Lindas akkordeongleichen Balgen, den Holzrahmen und langen Messingobjektiven festzuhalten.

Elizabeth stellte ihre Kamera scharf und machte ein paar schnelle Aufnahmen von der Menge. Durch eines der großen Buntglas-Erkerfenster fiel auf faszinierende Weise das Licht herein und malte einen Regenbogen auf den abgewetzten Holztisch, der mit Sandwichs und Kuchen beladen war.

»Was für eine gelungene Abschiedsfeier, findest du nicht, Bob?«, wollte Holly von ihrem Gatten wissen. Elizabeth bewunderte ihr markantes, attraktives Gesicht. Holly besaß diesen robusten Teint, der nicht zu altern schien. »Ich hoffe, du stellst mal eine ähnlich erbauliche Show auf die Beine, wenn meine Zeit gekommen ist. Wunderschöner Sarg – wirklich schade, dass der jetzt verbrannt wird. Und dass die Kinder das Geld nicht für sie ausgeben konnten, als sie noch am Leben war. Vielen Dank, meine Liebe –«, sie suchte sich eins der Schinkenbrötchen aus, die ein junges Mädchen auf einer großen Platte herumreichte. »Ich bezweifle stark, dass Kitty zu denen gehört hat, die ihre eigene Beerdigung im Voraus bezahlen, aber ich glaube auch nicht, dass ihre Kinder am Hungertuch nagen. Ganz schön viele Leute sind gekommen. Nicht schlecht für ein Mädchen aus einer Bretterbude in Katoomba! Schon merkwürdig, dass sie zuletzt in dieser lausigen Absteige gehaust hat! Irgendwie kommt mir das einfach *falsch* vor.« Elizabeth warf ihr einen überraschten Blick zu, da Holly damit ihre eigenen Gedanken laut ausgesprochen hatte. Holly zog ein pinkfarbenes Puderdöschen aus der Tasche, fuhr sich einmal mit der Quaste übers Gesicht und klappte es dann wieder zu. »Davon hat sie auf jeden Fall nichts durchblicken lassen, als sie bei uns zu Besuch war, oder, Bob?«

Bob grunzte eine Erwiderung. Die beiden waren ein seltsames Paar. Bob verfügte über genau zwei unterschiedliche Gesichtsausdrücke: mürrisch und gequält. Er sah aus, als würde er ständig in Gedanken Finanzen durchrechnen und dabei feststellen, dass er sich im Minus befand, während Holly attraktiv, zupackend und lebensfroh war und offensichtlich sowohl Tratsch als auch die Gesellschaft anderer Menschen genoss.

»Haben Sie sie denn in letzter Zeit noch getroffen?«, erkundigte sich Elizabeth und beobachtete nebenbei Fleur, die am anderen Ende des Raums telefonierte. Fleur rief dauernd bei ihrem deutschen Au-pair-Mädchen an, weil sie sich Sorgen darüber machte, was die Kinder gerade anstellen könnten.

Holly zögerte und sah kurz zu ihrem Mann hinüber, bevor sie antwortete: »Ja, haben wir, aber irgendwie wurden wir nicht so ganz schlau aus ihr. Ich glaube, sie war vom *Flowers of the Ruins*-Projekt nicht allzu begeistert. Es kam mir so vor, als hätte sie Angst, wir würden damit ihrem Buch *Murder at the Manor* Konkurrenz machen wollen, dabei ist das schon so lange vergriffen. Am Ende mussten wir sie leider bitten zu gehen. Ich war völlig am Boden zerstört, denn ich hatte mich so darauf gefreut, sie endlich kennenzulernen, aber sie war ganz anders, als ich es erwartet hatte.«

»Kitty und ich wollten uns eigentlich auch noch treffen, kurz bevor sie gestorben ist«, erklärte Elizabeth. »Ich bedaure sehr, dass daraus nun nichts mehr geworden ist. Sie war ein weiteres Verbindungsglied zur Vergangenheit meiner Mutter. Interessanterweise habe ich zuvor jahrelang versucht, mit ihr Kontakt aufzunehmen, aber damals hatte sie kein Interesse daran, mich kennenzulernen. Ich hatte das Gefühl, als wollte sie lieber nicht an ihre Zeit auf Currawong Manor erinnert werden.« *Genau wie Mum.*

»Seltsame Sache«, meinte Holly. »Aber sie war schon ziemlich komisch, stimmt's, Bob?« Nach einem weiteren zustimmenden Grunzen von Bob fuhr Holly fort: »Ganz im Vertrauen«, sie senkte die Stimme und sah sich um, »mir hat sie erzählt, sie würde im Fern Falls in Leura wohnen, aber das war offensichtlich gelogen. Die Frau stank. Kein anständiges Hotel hätte sie über die Schwelle gelassen. Es war ganz offensichtlich –« An dieser Stelle brach sie ab, weil sie Ginger entdeckte, die auf ihre Gruppe zusteuerte. »Ich erzähle Ihnen später mehr darüber!«

Bob zwinkerte Elizabeth über seine Tasse hinweg zu, und Elizabeth spürte, wie sie rot wurde vor Freude, dass dieser missmutige, griesgrämige Mann sie offensichtlich akzeptiert hatte.

Ginger näherte sich mit finsterer Miene. »Warum zum Teufel mussten Sie unbedingt die Medien einladen, Holly?«, schimpfte sie und zeigte dabei auf ein junges, etwas ängstlich wirkendes Paar, das am Rand des Raums stand. »Diese Kinderchen dort haben mir eben erklärt, sie kämen von der *Mountain Daily,* und wollten einen Kommentar von mir. Als wäre ich in der Stimmung für Interviews, wenn meine alte Freundin eingeäschert wird! Und auch Dolly Sharp hat kein Recht darauf, hier zu sein!« Sie wies wütend mit dem Kopf in Richtung des Holztischs mit den Brötchen. Dolly stand dort ganz alleine und wurde von der schnatternden Gästeschar komplett ignoriert.

Gingers Ausbruch schien Holly jedoch völlig kaltzulassen. »Denken Sie an das Buch, Ginger«, erwiderte sie. »Wir brauchen alle Publicity, die wir kriegen können. Jemand von der *Australian Lady* möchte

Sie ebenfalls interviewen, wie ich gestern Abend per Mail erfahren habe. Glauben Sie wirklich, Kitty hätte sich gegen Publicity gewehrt, wenn es umgekehrt wäre und wir heute *Sie* beerdigt hätten?«

»Gute Frau, jetzt reicht's aber. Sie sind ja schlimmer als mein Agent!«, zischte Ginger. Sie bedachte das Grüppchen mit einem eisigen Blick. »Ich glaube, ich erspare mir die Häppchen, die Schleimer und den ganzen Scheiß. Ich fahre nach Hause und leere eine Flasche Old Jack im Andenken an Kitty. Die Chancen stehen besser, ihren Geist auf Currawong Manor anzutreffen als bei dieser Farce hier! O Gott, jetzt kommt auch noch dieser Langweiler Patrick Bishop auf uns zu. Ich bin dann mal weg!«

»Ich kann Sie gerne fahren«, bot Bob ihr an, doch Ginger erklärte ihm, sie wolle lieber ein Taxi nehmen. Dann rauschte sie in einer Wolke Chanel No. 5 mit klimpernden Armreifen und wehendem Schal von dannen, wobei sie beinahe einen elegant gekleideten älteren Herrn im schwarzen Smoking über den Haufen rannte. Schlohweiße Locken umrahmten sein faltiges, aber lebhaftes und freundliches Gesicht. Das Trio beobachtete, wie Patrick etwas zu Ginger sagte, worauf sie ihn mit unverhohlener Abneigung betrachtete. Die beiden wechselten einige hitzige Worte, ehe Ginger die Arme mit einer Geste in die Luft warf, die wohl ausdrücken sollte, dass sie mehr als genug hatte – und den Raum verließ.

»Armer alter Patrick«, murmelte Holly lächelnd in ihre Tasse. »Ich könnte schwören, er steht auf dieses alte Knallbonbon. Er redet pausenlos von den Flowers, besonders von Ginger. Allerdings bezweifle ich, dass sie seine Leidenschaft erwidert, armer Kerl. Seine Frau ist vor ein paar Jahren verstorben, und vermutlich ist er einsam. Ich wette, du wüsstest nicht mal, wie man ein Hemd bügelt, wenn ich morgen tot umfallen würde, stimmt's, Bob?«

Es blieb Elizabeth erspart, Bobs Antwort zu deuten, da in diesem Moment Fleur zurückkam.

»Was ist denn mit Ginger los?«, wollte sie wissen und beschwerte sich dann ausführlich darüber, dass Silke, das Au-pair, mit Kündigung drohte, weil die anderen Au-pairs in ihrer Wohngegend sie ignorierten, und dass Louis, ihr Sohn, sich weigerte, seine Hausaufgaben zu machen. Elizabeth hörte nur mit halbem Ohr zu. Fleurs häusliche Krisen endeten immer auf dieselbe Weise, nämlich indem Fleur nach Hause fuhr, um Silke zu beschwichtigen, ihre Kinder mit Süßigkeiten zu beruhigen und den Tag zu retten. Elizabeth konnte jedoch nur an eines denken: *Wie um alles in der Welt soll ich wochenlang diese hysterische Ginger ertragen?*

3. Kapitel

Streben und Verlangen

Elizabeth sah aus dem Autofenster, während Fleur durch eine von Bäumen gesäumte Hauptstraße des hübschen historischen Städtchens Mt Bellwood fuhr. Im Gegensatz zu den Städten weiter unten in den Bergen besaß Mt Bellwood immer noch das leicht schäbige Flair von früher. Es gab einen Metzgerladen mit gestreifter Markise, ein Schuh- und Bekleidungsgeschäft »Familienbetrieb seit 1893«, eine Post und eine Polizeiwache, die mit ihren üppigen Geranien und Stiefmütterchen vor den Fenstern aussah wie ein Cottage aus *Inspector Barnaby*. Am Ende der Straße befand sich ein Antiquitätenhändler mit Schaufensterpuppen und faszinierendem Nippes in der Auslage. Ein Stück weiter gab es eine altmodische Milchbar namens »Land der Leckereien«. Elizabeth fragte sich, wie lange es wohl dauern würde, bis Mt Bellwood ebenfalls der Gentrifizierung zum Opfer fiel, die, von Sydneys überhöhten Immobilienpreisen angetrieben, unaufhörlich die Berge hinaufkroch. Auf der Straße tummelte sich ein buntes Völkchen. Leute strömten in die Cafés, wo sie Suppe löffelten, heiße Getränke zu sich nahmen, Freunde trafen oder sich mit Proviant versorgten, bevor sie zu einer der zahlreichen Buschwanderungen aufbrachen, die man von hier aus unternehmen konnte.

»Die Leute glauben immer, hier oben wäre es zu kalt«, kommentierte Fleur. »Die lange Fahrt schreckt sie ab, aber mit der neuen Autobahn geht es eigentlich ziemlich schnell. Im Ort selbst wohnen viele

Künstler, die sicherlich von der Rupert-Partridge-Geschichte angezogen wurden. Und im Vergleich zu Leura ist es hier richtig billig! Ich würde mir echt gerne ein Wochenendhäuschen hier oben zulegen, aber die Kinder haben einfach immer zu viel vor. Da können wir nicht mal eben wegfahren.« Elizabeth fragte sich, wie es wohl war, wenn man seine Wochenenden um die Bedürfnisse der Kinder herum planen musste. Der leise bohrende Schmerz in ihrem Innern flammte wieder auf, wenn auch nur ganz kurz. Hatte sie zu lange gewartet, um eine Familie zu gründen? Warum hatten ihre Beziehungen nie gehalten? Sie zog einen katastrophalen Mann nach dem anderen an. Was stimmte nicht mit ihr?

Inzwischen fuhren sie an der alten Bahnstrecke entlang, und im Radio lief Händels *Messias.* Stacheldraht, elektrische Zäune und Warnschilder – *Betreten verboten, Privatgrundstück, Unbefugtes Betreten ist strafbar* – kündigten die Owlbone Woods an.

»Es ist nur eine Viertelstunde Fahrt von Mt Bellwood bis hierher, aber es kommt mir vor, als wären wir am Ende der Welt. Wie viel abgeschnittener von der Außenwelt muss es sich da erst zu Ruperts Zeiten angefühlt haben? Ich weiß nicht, ob ich gerne hier draußen leben würde. Die ständige Angst vor Buschbränden im Sommer würde mich fertigmachen.« Elizabeth erschauderte beim Anblick der dunklen gezackten Linie der Bäume und Büsche.

»Ich finde es ja immer noch komisch, dass deine Mutter diesen Ort dermaßen meidet.«

»Niemals würde Mum freiwillig hierher zurückkehren«, bestätigte Elizabeth. »Sie wird schon wütend, wenn ich das Anwesen auch nur erwähne. Also habe ich es aufgegeben, sie umstimmen zu wollen. Aber ich fand den Wald bei Ruperts Bildern schon immer irgendwie magisch. Vor Jahren habe ich mal die Mermaid Glen besucht und fand sie zwar unheimlich, aber gleichzeitig auch wunderschön. Ich hoffe, dass ich diesmal Fotos von der Schlucht machen und ihre bedrohliche Atmosphäre einfangen kann.«

Die beiden Frauen hingen einem seltsamen Tagtraum nach, während die Holperstraße in die Apple Blood Lane überging und eine lange Reihe von Eukalyptus-, roten Bloodwood- und Teebäumen die Auffahrt zum Anwesen säumte. Auf einem weißen Schild, an dessen Oberfläche der Zahn der Zeit genagt hatte, stand der Name *Currawong Manor*. Darunter befand sich ein frischer roter Graffiti-Schriftzug: *Die Ruinen*.

»Sogar im Bergführer für Touristen ist von den ›Ruinen‹ die Rede«, kommentierte Fleur und hielt kurz an.

»Soweit ich weiß, nennen es die Leute von hier schon seit Jahrzehnten so«, erwiderte Elizabeth. »Nicht nur, weil das Anwesen inzwischen so verfallen ist, sondern weil es Leben ruiniert hat. Über die Tragödie der Familie Partridge weißt du ja schon Bescheid – wie meine Großmutter in der Nacht, als ihre Tochter starb, vom Zug überfahren wurde, wie mein Großvater den Mord an der Kleinen gestand und dafür gehängt wurde. Aber es gibt noch mehr: Ruperts Eltern – meine Urgroßeltern – haben ihren Lieblingssohn im Krieg verloren. Ruperts Mutter Ivy schloss sich daraufhin in einem der Zimmer ein und ging kaum noch nach draußen.«

Elizabeth verstummte, weil sie darüber nachdachte, dass Kittys Tod ebenfalls dem Fluch der Ruinen zugerechnet werden konnte. Auch die Kindheit ihrer eigenen Mutter war traumatisch gewesen: Nach dieser schrecklichen Geschichte kam sie ins Heim und anschließend zu verschiedenen Pflegeeltern. Kein Wunder, dass sie anscheinend nicht in der Lage war, normale Gefühle zu empfinden. Um die vertraute Bitterkeit abzuschütteln, fuhr Elizabeth fort: »Im Grunde ist das doch wie aus einem Groschenroman. Ganz zu Anfang war das Anwesen der geheime Rückzugsort des exzentrischen Pastors Greenman. Das wird übrigens alles in unserem Buch stehen. Die Shaws sind ganz wild drauf, so viel Gothic Drama wie nur möglich reinzupacken.«

Elizabeth musste wieder an Patrick Bishop denken, den Herrn im schwarzen Smoking, mit dem Ginger sich kurz vor ihrem Abgang gestritten hatte. Patrick war ein Einheimischer, den sie für das Buch fotografieren wollte. Holly hatte erzählt, dass er im Kino am Ort mit einem Zylinder auf dem Kopf Klavier spielte, und Elizabeth malte sich bereits aus, was für ein tolles Bild ihre alte Kamera von dieser Szene machen würde. Patrick war außerdem begeisterter Vogelkundler, betrieb das kleine Heimatmuseum und hatte einige Bücher über Mt Bellwood im Eigenverlag herausgebracht. Das Wichtigste war jedoch, dass er damals in den Vierzigern Currawong Manor mehrmals besucht hatte. Holly war in letzter Zeit vollauf damit beschäftigt gewesen, die Leute auszuhorchen, auf der Suche nach Skandalen, Gespenstern und Anekdoten – nicht nur über die Ruinen, sondern auch über Mt Bellwood im Allgemeinen.

»Diese Holly muss ganz schön viel Geld haben, wenn sie sich so ein Projekt wie Currawong Manor aufhalst«, meinte Fleur. »Aber die Leute lieben ja gruselige alte Häuser voller Geheimnisse. Allerdings glaube ich in ihrem Fall nicht, dass sie zu den reinen Spinnern gehört. Also pass bloß auf, Liz, dass sie nicht die Geschichte deiner Familie dazu verwendet, selbst einen Reibach zu machen!«, warnte Fleur ihre Freundin.

»Ich wünschte, meine Familie wäre in der Lage gewesen, das Haus zurückzukaufen, aber Mum hatte kein Interesse daran, und es muss zu viel renoviert werden. Holly und Bob haben offensichtlich mehr Geld als Verstand, aber Holly scheint fest entschlossen zu sein, sowohl die Ruinen als auch Mt Bellwood in ein blühendes Künstlerstädtchen zu verwandeln. Wenigstens liegt *ihr* der Kunstaspekt am Herzen. Den vorherigen Besitzern waren Rupert und seine Arbeit schnurzpiepegal. Holly hat in London irgendeine Galerie betrieben, die sie und Bob dann zusammen mit ihrer Wohnung verkauft haben, um das Haus hier erwerben zu können. So besessen ist sie inzwischen von Rupert.«

Sie hatten eine halbverfallene Steinmauer mit einem rostigen schmiedeeisernen Tor erreicht, das links und rechts von zwei verwitterten, moosbewachsenen Steinlöwen bewacht wurde. Einem von ihnen fehlte der Kopf.

»Nun, da wären wir also.« Elizabeths Stimme zitterte ein bisschen. »Currawong Manor.«

Am Ende der Auffahrt befand sich ein großes zweistöckiges Natursteinhaus, das von Akazien und Eukalyptusbäumen eingerahmt wurde. Es erinnerte, so wie die Nachmittagssonne den bläulichen Stein zum Leuchten brachte, an ein romantisches englisches Pfarrhaus. Dunkelgrüner Efeu bedeckte einen Großteil der Fassade und wand sich ums Gemäuer herum. Eine strahlend blaue Haustür war freigeschnitten worden. An der linken Seite des Hauses zog sich eine rostige Metalltreppe nach oben, die, wie Elizabeth von ihrem früheren Besuch wusste, ins Nirgendwo führte.

Rings ums Haus lief eine eiserne Veranda, auf der einige Stühle und Holzfässer mit Wildblumen standen. Das Dach aus rötlichen Schieferplatten zierten diverse Brüstungen und sogar zwei seltsam anmutende Türmchen. Mehrere safrangelbe Kamine vervollständigten den fremdartigen Eindruck. Die großen Spitzbogenfenster, die Kästen mit Lavendel und die üppigen Kletterrosen ergaben zusammen mit dem dunklen Efeu vorne ein idyllisches, wenn auch leicht schrulliges Bild.

»Wie schön!«, rief Fleur. »Das wäre der perfekte Ort für ein Hochzeitsfest oder für eine Filmkulisse. Ich kann gut verstehen, weshalb Holly sich in das Haus verliebt hat. Es sieht aus, als käme es direkt aus irgendeinem verwunschenen Märchen. Deine Mutter muss verrückt sein, dass sie es damals nicht behalten hat.«

Sie parkten hinter Bobs rotem Volvo und einem Landrover und stiegen aus. »Es ist schon irgendwie ein magischer Ort, oder?«, bemerkte Elizabeth. »Sogar die Luft riecht verzaubert!« Sie atmete tief ein und betrachtete sehnsüchtig das Haus. Fleur wusste, wie romantisch veranlagt und sensibel Elizabeth war. Sie hatte über die Jahre hinweg miterlebt, wie ihre Freundin unter der Ablehnung ihrer Mutter gelitten hatte. Und auch ihr Vater, Michael, hatte ihr als schwacher, in sich gekehrter Mensch nicht viel Halt und Wärme bieten können.

»Alles daran ist eigentlich so, wie man es nicht unbedingt haben möchte – aber zusammen funktioniert es irgendwie auf wundersame Art. Mum hasst das Haus. Sie sagt, sie bekommt Alpträume davon.« Elizabeth legte den Kopf in den Nacken und blickte zu den Türmen hinauf.

»Was suchst du denn?«, fragte Fleur und öffnete den Kofferraum, um Elizabeths Gepäck aus dem Auto zu holen.

»Die Currawong-Krähen«, antwortete Elizabeth. »Pass mit der roten Tasche auf«, warnte sie. »Da sind meine Linsen drin. Du kennst doch die alte Geschichte, was passiert, wenn sich die Krähen in Scharen auf den Türmen der Ruinen versammeln? Man sagt, das sei ein Vorzeichen für den Tod oder die Geburt eines Hausbewohners. Noch ein Grund, weshalb Mum diesen Ort meidet. Sie hält dieses ganze abergläubische Gerede für wahr.«

»Du nicht?«, fragte Fleur.

Mit zusammengekniffenen Augen studierte Elizabeth weiterhin die Türmchen. »Ich glaube, dass es so etwas wie Energiezentren gibt, an denen negative Dinge passieren können. Bei der Arbeit am Buch *The Magic Dirt* über das Northern Territory habe ich mich viel mit Aborigines unterhalten. Die haben behauptet, es gäbe Orte, die wir nicht betreten sollten, weil sich dort Tore zu anderen Welten befinden – oder es passieren dort eben einfach schlimme Sachen aufgrund alter Verwünschungen oder weil die Erde von schlechter Magie verunreinigt ist. Hanging Rock in Victoria ist angeblich eine solche Stelle, die wir lieber meiden sollten. Aber dass Krähen den Tod voraussagen? Das müsste ich erst selbst erlebt haben, um es zu glauben.«

Sie wurde von Holly unterbrochen, die ihnen die Haustür öffnete.

»Ich wusste doch, dass ich ein Auto gehört habe! Gerade habe ich zu Bob gesagt, er soll das Teewasser aufsetzen. Hereinspaziert. Willkommen auf Currawong Manor!«

Das Innere des Hauses war ebenso märchenhaft, sonderbar und heruntergekommen wie seine äußere Erscheinung. Die blaue Tür mit dem verblassten Gemälde einer nackten Frau und dem schwarzen gusseisernen Löwenkopfklopfer führte in einen langen schwarzweiß gefliesten Flur, dessen hohe Decke mit aufwendigen Stuckrosetten geschmückt war. Als Elizabeth über die Schwelle trat, spürte sie den Hauch einer Vorahnung über sich hinwegstreichen wie die Berührung einer Feder. Es war Jahre her, seit sie das Haus das letzte Mal betreten hatte – kurz bevor ihre Mutter es verkauft hatte, war sie mit ihr zusammen hergekommen, um einige Sachen abzuholen. Der Tag hatte wegen Lois' Hysterie ein schlechtes Ende genommen, aber Elizabeth war seither immer in Erinnerung geblieben, wie wunderbar skurril das Haus war.

Holly führte sie in eines der beiden großzügig geschnittenen Wohnzimmer. Beide Räume besaßen immer noch die gotischen Buntglasfenster, die der ursprüngliche Besitzer, Reverend Greenman, von der Londoner Firma Bell & White aus Großbritannien per Schiff hatte herbringen lassen. Der Anblick des Lichts, das in strahlenden Farben ins Zimmer fiel, entlockte Elizabeth einen kleinen Begeisterungsruf. Nach Anweisung des Pastors – und zweifellos inspiriert durch die exotische Kolonie, in die ihr Werk reisen würde – hatten Bell & White ein Fenstermotiv mit einer Frau entworfen, die vermutlich Australien symbolisieren sollte, mit dem Schriftzug *Oceania* zu ihren Füßen. Naive Blumen, Waratah-Blüten und Eukalyptusblätter bildeten ihren Kopfschmuck und die Dekoration der beiden Seiten. Zu ihren Füßen tummelten sich Schlangen und Schafe, und auch im Arm hielt Oceania eine Menge Schlangen. Gekleidet war sie in die britische Flagge und Schafwolle. Die Strahlen der Spätnachmittagssonne, die durch die Scheiben fielen, schufen bunte Lichtspiele auf Wänden und Böden. Die ehemalige Bibliothek, verkündete Holly, als sie ihre Gäste hineinführte, sei nun das »Rosa Zimmer«. »Bob kann es nicht ausstehen«, verriet sie den beiden Frauen. »Aber Rosa ist meine Lieblingsfarbe, deshalb habe ich darauf bestanden.« Die Wandregale waren zur Hälfte leer. »Viele der Bücher hier hatten angefangen zu schimmeln«, erklärte Holly. »Traurigerweise mussten wir sie alle wegwerfen.«

Elizabeth verspürte ein seltsames Ziehen in der Brust. Das Haus wirkte so verloren, ungeliebt und schäbig. Und es roch tatsächlich nach Moder.

»Eine ganz schöne Müllhalde, was?«, kommentierte Holly fröhlich. »Aber Sie hätten es mal sehen sollen, bevor ich mit der Arbeit angefangen habe. Die vorigen Besitzer haben hier einfach nur ihren ganzen Mist deponiert. Sie haben sich nicht mal die Mühe gemacht, das Gröbste für den Rückumzug nach England einzupacken. Da hab ich mich schon gefragt, ob ihnen vielleicht die Gespenstergeschichten der Einheimischen solche Angst eingejagt haben, dass sie sich nicht mal mehr getraut haben, in Ruhe zu packen! Aber wahrscheinlich hatten die Faulpelze einfach nur keine Lust, ihren ganzen Müll zu entsorgen, und haben ihn mir überlassen. Kommen Sie, ich zeige Ihnen das Esszimmer. Achtung, Stufe!«

Im Esszimmer herrschte ein noch viel größeres Chaos, denn hier lehnten Leitern an der Wand, die Tapete hing teilweise in Fetzen herunter, und wohin man auch sah, überall stapelten sich Farbeimer, Tüten mit Gipsputz und andere Renovierungsutensilien. »Meine fleißigen Jungs haben sich für heute schon verabschiedet. Ich bin sicher, sie hätten einen Grund gefunden, noch dazubleiben, wenn sie gewusst hätten, dass zwei hübsche junge Damen hier auftauchen. Mal sehen, ob es Bob gelungen ist, das mit dem Tee zu vermasseln.«

Sie ging ihren Gästen voraus den Flur entlang, vorbei an der glänzend polierten Rosenholztreppe, die nach oben in den ersten Stock führte, wo sich ein großes und zwei kleinere Schlafzimmer befanden sowie der Aufgang zu den Türmen. Die große, offene, moderne Küche, deren breite Fensterfront Ruperts altes Steinatelier und den hinteren Garten überblickte, war in einem warmen Cremeton mit lavendelfarbenen Abschlüssen frisch gestrichen. Die geweißelten Schränke und der ausladende Kirschholztisch bildeten zusammen mit dem Porzellanbecken und den hohen Wasserhähnen einen schönen Kontrast.

»Was für eine tolle Küche!«, rief Elizabeth, während sie Hollys Sammlung an Kupfertöpfen, die an Haken baumelten, und die Regale voller blau-weiß gemusterten Geschirrs bewunderte.

»Wir haben die Wand zu einer ehemaligen Mägdekammer rausgeschlagen. Keine einfache Sache hier oben in den Bergen, wo man nie wissen kann, welche Handwerker zuverlässig sind. Das mussten wir nach und nach selbst herausfinden. Aber ich habe darauf bestanden, dass ich eine ähnliche Küche bekomme wie bei mir zu Hause. Das hier ist schließlich der wichtigste Raum im Haus. Früher hätte ich ja das Schlafzimmer so bezeichnet, aber diese Zeiten sind ... wenn man vom Teufel spricht ... hier kommt Bob. Hast du den Tee erst aus China holen müssen?«

Während Bob Zitronen in Scheiben schnitt und die Tassen aus dem Küchenschrank nahm, bestrich Holly frische Scones mit Butter und kommentierte nebenher die Trauergäste und ihre Kleidung.

»Hast du Ginger auch auf ein Tässchen eingeladen?«, wollte sie von Bob wissen und verstand sein Grunzen wohl als Bestätigung. »Bleibt gerne für sich in ihrem Nest, die gute alte Ginger. Ich habe sie neben Ihnen einquartiert, Elizabeth, aber Sie haben Glück, wenn Sie sie überhaupt zu Gesicht bekommen. Man sollte doch annehmen, dass sie gerne ein bisschen Gesellschaft hätte. Sie scheint aber nicht die Bohne einsam zu sein – behauptet, sie wäre vollauf damit beschäftigt, ihre Memoiren zu schreiben.« Holly nippte an ihrem Tee und schürzte die Lippen. »Dabei schreibt sie überhaupt nicht! In ein Diktaphon zu sprechen ist nicht dasselbe wie schreiben. Ihr Großvater Rupert« – sie nickte Elizabeth zu – »ist der wahre Künstler, die echte Geschichte. Diese Aktmodelle haben doch bloß die Hüllen fallen lassen, und das kann jeder Exhibitionist. Das könnte sogar ich hier und jetzt, hab ich recht, Bob?«

Ihr Gatte nickte. »Würde aber nicht dazu raten«, murmelte er in seine Teetasse. Holly schlug ihm auf den Arm. »Hören Sie nicht auf ihn!« Sie nahm sich noch einen Scone und fügte hinzu: »Natürlich hat sie auch einiges an sich machen lassen. Nicht nur mit Botox. Sie sieht aus, als hätte sie ein komplettes …«

»Und, Holly, stört Sie das?« Ginger, in einem lilafarbenen Jogginganzug aus Nicki, war mit einem Karton unterm Arm unbemerkt durch die Hintertür getreten. Elizabeth studierte angestrengt ihre Teetasse und kam sich vor wie ein ungezogenes Schulmädchen. Holly hingegen, die sich nicht so leicht einschüchtern ließ, blieb völlig gelassen.

»Ginger, meine Liebe. Ich habe Sie gar nicht hereinschleichen hören. Ja, es macht mir durchaus etwas aus, dass Sie so schön aussehen. Weil ich nämlich zu gerne wüsste, bei wem Sie waren«, säuselte sie mit großen Augen und rieb sich dabei das Gesicht. »Weiß Gott, ich könnte selbst ein bisschen Unterstützung brauchen, deshalb wünschte ich, Sie würden mir Ihr Geheimnis verraten. Ich gebe zu, ich bin neidisch! Schlimm von mir, ich weiß. Möchten Sie eine Tasse Tee? Bob, Schatz, rutsch mal ein Stück, damit Ginger sich setzen kann.«

»Keinen Tee. Ich bin nur vorbeigekommen, um Elizabeth ein paar von meinen Mitschnitten und Fotos zu bringen, als Inspiration für ihre Aufnahmen von mir. In diesem Stadium meines Lebens verschwende ich keine Zeit mehr. Ich bin gerne vorbereitet. Gehe ich recht in der Annahme, dass Sie mit Moodboards arbeiten, Elizabeth?« Sie funkelte Elizabeth an, die brav nickte. »Sehr gut«, lobte Ginger. »Wir versuchen hier ja, eine Geschichte zu erzählen, und ich will verdammt sicher sein, dass wir uns richtig verstehen, wenn es darum geht, wie wir sie erzählen.«

Elizabeth stand auf, um Ginger die Schachtel abzunehmen. Sie hatte das Gefühl, es mit einer streitlustigen Schulleiterin zu tun zu haben. *Verdammt, sie hatte schließlich nichts Falsches getan, außer Hollys Tratsch zu lauschen. Weshalb fühlte sie sich dann so beschämt?*

Ginger wandte sich zum Gehen, blieb aber in der Tür noch einmal stehen und schien kurz zu zögern. »Sie haben ihn nicht gekannt«, sagte sie an Holly gewandt. »Sie haben keine Ahnung, wer Rupert Partridge war. Er hätte es gehasst zu sehen, wie Sie Currawong Manor in ein Partridge-Land verwandeln wollen. Er mag ein zweitklassiger Maler gewesen sein, aber er war ein erstklassiger Mensch. Rupert wollte einfach nur den großen Malern seiner Zeit nacheifern. Er wurde von Eifersucht zerfressen, von Ängsten und Dämonen geplagt. Und nur damit Sie's wissen, Holly Shaw, wir haben uns nicht einfach bloß ausgezogen, damit er uns malen kann. Wir waren viel mehr für ihn. Ohne die Flower-Mädchen hätte es keine Bilder gegeben.«

Gingers wütender Blick schweifte über die vier Personen hinweg, die stumm und wie erstarrt dasaßen. Holly wollte etwas sagen, doch Ginger gebot ihr mit einer Geste zu schweigen. Elizabeth fielen die langen rot lackierten Fingernägel und die verräterischen Altersflecken auf ihren Handrücken auf. »Sie mögen vielleicht jetzt die Ruinen Ihr Eigentum nennen – soweit dieser Ort überhaupt jemandem gehören kann –, aber die Vergangenheit besitzen Sie nicht, und ich werde nicht zulassen, dass Sie diese für Ihre Zwecke zurechtbiegen. Ich behalte Sie im Auge, Holly. Ich werde dieses Projekt überwachen, und wenn Sie es wagen, das, was hier passiert ist, mit Ihrer bonbonrosa gestreiften Scheiße zu überziehen, dann werden Sie mich kennenlernen!« Sie knallte die Tür hinter sich zu.

»Also wirklich, Bob! Du hättest mich mal verteidigen können«, zischte Holly mit gerötetem Gesicht. »Wie kannst du zulassen, dass sie in meiner eigenen Küche so mit mir spricht?«

Bob stand auf, um die Tassen auszuspülen, und ignorierte seine Frau. Hollys Unbehagen war Elizabeth irgendwie peinlich. »Am besten sehen wir uns jetzt mal die Nester an«, schlug sie vor und stand auf. »Fleur muss nämlich bald nach Sydney zurück.«

»Möchten Sie, dass ich Ihnen zeige, wie Sie dorthin kommen?«, bot Holly an, wirkte aber erleichtert, als die beiden Frauen dankend ablehnten. »Ich habe keine Lust, heute noch mal diesem Hitzkopf zu begegnen«, gestand sie. »Man sagt ja, dass Rothaarige viel Temperament haben, und weder die Zeit noch das Grau unter all der Haarfarbe scheinen Gingers Persönlichkeit verändert zu haben. Womöglich schreckt sie sogar selbst vor Handgreiflichkeiten nicht zurück. Vielleicht schließe ich heute Nacht besser alle Türen ab«, fügte sie theatralisch hinzu. »Kitty behauptete, Ginger hätte schon immer ihren Willen bekommen, stimmt's, Bob?« Bob nickte, während er eine Teetasse abtrocknete.

Nachdem sie zur Sicherheit einen Blick auf die Hintertür geworfen hatte, fuhr Holly leise fort: »Das weiß ich jetzt rein vom Hörensagen – und ich würde es normalerweise niemals wiederholen –, aber, Gott steh mir bei, sie macht mich schon ein bisschen nervös. Als Kitty hier war, hat sie durchklingen lassen, dass Ginger wesentlich mehr über Shalimars Tod weiß, als sie bisher zugegeben hat.« Sie machte große Augen und bekreuzigte sich. »Aber denken Sie daran, von mir haben Sie das nicht gehört!«

»Ich weiß nicht, wer von den dreien am schlimmsten ist, Holly mit ihrem ganzen Tratsch, der mürrische Bob oder die streitlustige Ginger. Bist du wirklich sicher, dass du hierbleiben willst?«, murmelte Fleur, als sie dem gewundenen Pfad aus Pflastersteinen folgten, eine steile Betontreppe hinuntergingen und an Ruperts Atelier vorbei auf die neuerrichteten Gästehäuschen zuspazierten.

»Soll ich das Projekt etwa sausen lassen? Das würde meiner Mutter sicher gefallen! Sie würde es mir ewig unter die Nase reiben. Hoffentlich ist Ginger bloß wegen Kittys Beerdigung so zickig. Holly meinte doch, sie wäre normalerweise echt goldig.«

»Ja, vielleicht …« Fleur klang nicht wirklich überzeugt. »Dieser Garten ist echt riesengroß, was? Erinnert mich irgendwie an *Der Geheime Garten* – und dann dieser göttliche Lavendelduft!« Das Gelände war von einer Steinmauer und einer Weißdornhecke eingefasst.

Hinterm Haus befand sich eine große Voliere mit Kakadus und bunten Papageien. Der Anblick der eingesperrten Vögel betrübte Elizabeth, und sie fragte sich, weshalb die Shaws die Tiere hier gefangen hielten, wo doch so viele wilde Vögel in den Bäumen und Büschen ringsherum lebten. Hinter den Nestern und der verfallenen Mauer mit ihrem Durchgang zum Buschland lag der Wald, Owlbone Woods, und in der Ferne erstreckten sich im Dunst die Blue Mountains wie ein lavendelblaues Band.

Ein Pfau entlockte ihnen einen erfreuten Jauchzer, als er sein schillerndes jadegrünes Rad schlug. Fette braun-schwarze Hennen liefen gackernd durch die Gegend. Direkt vor dem Gemüsegarten in der Mitte der Anlage befand sich ein Steinbassin, auf dem eine nackte Göttin mit in die Luft gerichtetem Pfeil und Bogen thronte. Ein altersschwaches Holzspalier, von Rosenbüschen überwuchert, wölbte sich über die Statue. Daneben stand eine eiserne Bank.

»Diese Skulptur hier ist Ruperts Werk«, erklärte Elizabeth. Sie strich über die abgewetzte Tafel vorne am Steinbecken. »Bei der Göttin handelt es sich um Diana. Man munkelt, Doris Partridge hätte dafür Modell gestanden – während andere Leute behaupten, es wäre Wanda gewesen.«

Elizabeth betrachtete das teilnahmslose Gesicht der Göttin mit ihren leeren Augen, den Halbmond und die Tiergefährten, die sie umringten, darunter auch ein Dingo und mehrere Katzen. An ihrem Sockel sah man zwei Putten, die einen Weinkelch umklammerten und sich leidenschaftlich küssten. Auf den ersten Blick wirkten sie niedlich und romantisch, aber bei genauerem Hinsehen erkannte man eine Schlange, die sich um die beiden wand und sie aneinanderfesselte. Sie hatte ihren Kopf auf die rundliche Schulter des einen Engelchens gelegt und ließ die Zunge warnend herausschnellen, während ihre Schwanzspitze die Brust des anderen streichelte. In die Weinkelche waren große Insekten eingemeißelt. Der weibliche Engel hielt einen Speer im Anschlag, wie um damit seinen Liebhaber zu durchbohren. Die Patina auf der Steinmetzarbeit verstärkte den antiken Effekt, den Rupert hatte erzielen wollen. *Ewige Liebe* stand auf einem Schild unter den Putten eingraviert, gefolgt von einigen Gedichtzeilen. Zu den Füßen der Göttin, zwischen den steinernen Bulldoggenameisen, einer Schlange und einem Dolch, umarmten sich so die Figuren bis in alle Ewigkeit.

Ein Anflug von Traurigkeit überkam Elizabeth, als sie daran dachte, dass der Mann, mit dem sie zuletzt zusammen gewesen war, sich kaum je die Mühe gemacht hatte anzurufen – geschweige denn, dass er die Steinstatue einer römischen Gottheit für sie erschaffen hätte, um ihr seine Liebe zu bekunden. Warum erlebte sie nie eine solche Art von Leidenschaft?

»Was für eine romantische Geste, aber schade, dass alles so dem Verfall überlassen wurde. Ich bin sicher, Holly wird die Peitsche schwingen, damit alles schnell wieder restauriert wird«, sagte Fleur.

Elizabeth las die Inschrift vor:

»O Schale, die einst heißes Feuer hielt gefangen,
Kelch, in dem heil'ge Essenz entflammte sehr –
Flücht'ge Essenz, kehrt wieder nimmermehr –
Ehmal'ger Quell von Streben und Verlangen …«

»Na, *das* ist zumindest mal was anderes«, meinte Fleur.

»Mary E. Fullerton«, erklärte Elizabeth ihrer Freundin. »Die ersten vier Zeilen aus einem Gedicht namens ›Der Schädel‹. Rupert hat Mary E. Fullertons Werk und ihren Werdegang sehr bewundert. Sie kam ursprünglich aus einer Buschhütte in Glenmaggie. Er hatte großen Respekt vor Frauen, die danach gestrebt haben, mehr zu sein, als ihre Zeit zuließ.«

»Schwer vorstellbar, dass Leslie in unserem Garten eine Diana aufstellt. Dein Großvater muss ein ziemlicher Romantiker gewesen sein.«

»Ja, das stimmt. Aber der Garten bietet noch viel mehr. Wie du siehst, gibt es jede Menge Blumen und Gemüsebeete mit Schuppen für die Geräte. Von hier aus kann man auch die kleine Obstbaumwiese kurz vor dem Wald sehen.« Elizabeth zeigte auf einen Holzzaun. »Zu Ruperts Zeiten waren sie hier richtige Selbstversorger. Holly möchte das gerne wiederaufleben lassen. Ich bin sicher, die Diana-Statue steht trotzdem ganz oben auf ihrer Liste, denn sie scheint wirklich zu glauben, Ruperts Geist würde an diesem Projekt mit ihr zusammenarbeiten. In den Owlbone Woods gibt es dann noch Mermaid Glen, die Meerjungfrauenschlucht. Da bringe ich dich hin, wenn du das nächste Mal vorbeischaust und wir uns gemeinsam in die Hexenwälder wagen können.«

»Ich mag mir gar nicht vorstellen, wie es ist, das eigene Kind unter solch schrecklichen Umständen zu verlieren. Das muss für alle entsetzlich gewesen sein. Na, so was!« Fleur hatte einen Mann entdeckt, der neben dem alten Hühnerhaus die Erde umgrub. Er war muskulös und sonnengebräunt, mit blonden schulterlangen Locken. Statt eines Gürtels hatte er ein Halstuch durch die Schlaufen seiner Jeans gezogen, dazu trug er ein rot-weiß gestreiftes T-Shirt. »Das ist jetzt aber nicht wirklich der Gärtner, oder? Da kann der Pfau von gerade eben nicht mehr mithalten. Dein Aufenthalt hier könnte doch interessanter werden, als ich dachte!«

»Hallo zusammen«, rief der Mann, als sie näher kamen. Sein Blick blieb sofort an Fleur hängen. Daran hatte Elizabeth sich längst gewöhnt, und es tat bei weitem nicht mehr so weh wie früher.

»Sind die Damen auf der Suche nach den Nestern? Dann müssen Sie nämlich dort entlang.« Er wies ihnen mit seiner Harke die Richtung.

»Vielen Dank!«, erwiderte Elizabeth. »Ich bin Elizabeth Thorrington. Ich werde eine Weile hier wohnen, um das Anwesen zu fotografieren. Sie werden mir also noch häufiger begegnen.«

Falls ihr Name ihm irgendetwas sagte, ließ er sich nichts anmerken. »James Frost«, erwiderte er. »Gärtner und Hollys Mädchen für alles. Geben Sie Laut, falls Sie mich für irgendwas brauchen. Hier kommt Madame Nebel. Sie ist jeden Tag früher dran.« Er zeigte auf den Wald, von dem aus sich dünne silbergraue Nebelschwaden über den Garten ausbreiteten.

»Vielen Dank, James. Das hier übrigens ist meine Freundin Fleur.«

»Also, jemanden wie *ihn* hab ich hier wirklich nicht erwartet«, prustete Fleur, sobald sie außer Hörweite waren. »Mir würde so einiges einfallen, wofür James Frost zu gebrauchen wäre! Ich liebe Männer mit Harke!«

Elizabeth stimmte ins Lachen ihrer Freundin ein. »Du bist eine verheiratete Frau«, erinnerte sie Fleur.

»Schauen darf man ja trotzdem, außerdem bist *du* doch frei und noch zu haben. Hatte er einen Ring am Finger? Verdammt, darauf habe ich gar nicht geachtet. Der würde schon dafür sorgen, dass dir in den eisigen Nächten hier in den Bergen nicht kalt wird.«

»Ich bin wirklich froh, wenn ich statt Bob Sauertopf ab und zu einen gutaussehenden Kerl zu Gesicht bekomme! Aber was sollte das mit dem Halstuch in der Jeans?«

»Wen interessiert das *Halstuch* in seiner Jeans?«, witzelte Fleur, und die beiden prusteten wieder los.

Inzwischen hatten sie das Hühnerhaus hinter sich gelassen, wo sich zwei weitere Pfauen mit noch mehr Hennen tummelten. Lavendel, Wicken, Rosen, Rhododendron, Töpfe mit Thymian und eine ganze Reihe heimischer Pflanzen sorgten für duftende und optische Schönheit. Die Weißdornhecke wachte über den Gemüsegarten, dessen rechteckige Beete fein säuberlich von roten Backsteinwegen eingefasst waren. Mit schaurigem Grinsen hielt eine Vogelscheuche ihren Besen in die Luft. Ihre kinnlangen grauen Wollhaare, die übergroße Strickjacke und der schwarze Rock boten einen seltsamen Anblick.

»Erinnert mich irgendwie an Dolly Sharp.« Es juckte Elizabeth in den Fingern, die Vogelscheuche zu fotografieren. Sie würde eine eindrucksvolle Serie von Schwarzweißporträts abgeben, vor allem im Nebel. Doch im Grunde sah sie überall in diesem verzauberten Garten mögliche Fotomotive. Kein Wunder, dass ihr Großvater beschlossen hatte, sich mit seiner Familie hier niederzulassen. Currawong Manor war für einen Künstler das reine Paradies. Und perfekt, um Kinder großzuziehen – wenn man vom Aberglauben absah ...

»Sieh dir nur das Gemüse und die wunderbaren Kräuter an!«, rief Fleur. »Das ist doch bestimmt viel zu viel für zwei Leute?«

»Vermutlich verkaufen sie es auf dem Markt und an die Läden im Ort. Das erklärt zumindest auch die Anwesenheit von James Frost.« Die zwei Freundinnen lachten wieder, aber Elizabeth wurde schlagartig ernst, als sie jenen alten Eukalyptusbaum erreichten, dessen helle Rinde von schwarzen Mustern durchzogen war. Von einem kräftigen Ast baumelte eine verwitterte Holzschaukel. Ein Schauer lief Elizabeth über den Rücken. Einst hatte Shalimar hier fröhlich gespielt – war lachend auf der Schaukel hoch in den Himmel hinaufgeflogen, vollkommen ahnungslos, was das Leben für sie bereithielt. Elizabeth ertrug inzwischen nur noch schwer Spaziergänge in Stadtparks, wo Kindermädchen oder Eltern ihren Nachwuchs auf den Schaukeln anschubsten: kleine Freuden, die mit Kindern gesegnete Menschen als selbstverständlich betrachteten. Was, wenn sie nie einen Partner finden würde, der sie genug liebte, um mit ihr eine Familie zu gründen? Hatte das Schicksal sie dazu bestimmt, für immer allein zu bleiben?

Fleur, die ahnte, in welche Richtung Elizabeths Gedanken gewandert waren, hakte sich bei ihrer Freundin unter.

Schließlich erreichten sie vier kleine Steinhäuschen, die zwischen Weißdornhecken nahe dem Feldweg standen, der in den Wald führte.

Die Cottages wirkten wunderbar atmosphärisch, so in den Nebel gehüllt, der inzwischen derart dicht geworden war, dass man das Haupthaus am anderen Ende des Gartens nicht mehr erkennen konnte.

»Sie sehen aus, als wären sie schon immer da gewesen, nicht?«, staunte Elizabeth. »Dabei haben Holly und Bob die ursprünglichen Gartenschuppen und Stallungen abgerissen, um diese Unterkünfte für Künstler, Schriftsteller und Kunsthandwerker zu schaffen, die den Geist und die Tradition von Rupert Partridge verkörpern. Sagen sie. Keine Ahnung, was genau das bedeuten soll! Wenn man bedenkt, dass Ruperts Leben am Galgen geendet hat. Und außerhalb der Künstlersaison will Holly sie als Gästeunterkünfte nutzen.«

»Kein schlechter Plan, dafür zu sorgen, dass das Anwesen sich irgendwann selbst trägt.« Fleur zog ihren Schal zurecht und rieb sich gegen die kalte Luft die Arme. »Eines dieser Nester ist also deines, und in dem daneben wohnt Ginger. Wer nistet in den beiden anderen?«

Elizabeth zögerte. »Aus irgendwelchen mir unbekannten Gründen ist ein Nest fest an Dolly Sharp vermietet. Das war eine der Bedingungen in Ruperts Testament, dass die Puppenmacherin und ihre Tochter hier wohnen bleiben dürfen. Einst wohnten die beiden in einem kleinen Cottage im Wald. Eine der Legenden über die Owlbone Woods besagt, dass niemand das alte Haus der Puppenmacherin findet, solange ihr Geist das nicht will. Angeblich ist sie dort beerdigt.«

»Wie gruselig!« Fleur erschauderte. »Erzähl das ja nicht meinen Kindern, sonst ziehen die sofort los, in der Hoffnung, sie auszugraben.«

»Ich vermute mal, die Geschichte wurde von den Kindern hier erfunden«, sagte Elizabeth. »Dolly scheint ein eher einsamer Mensch ohne eigene Familie zu sein. Es war nett von Holly und Bob, ihr hier weiter ein Zuhause zu geben.«

»Das ist doch auch nur ein Teil von Hollys Rupert-Besessenheit. Außerdem hat in ihrer Ehe sowieso sie die Hosen an. Und das vierte Nest?«, wollte Fleur wissen.

»Nick Cash.«

Fleur, die gerade in ihrer Handtasche nach dem Handy gekramt hatte, hielt inne. »Verstehe. Wie hieß noch mal seine Band in den Siebzigern? Yellow Shark oder so ähnlich?«

»Sharkbait«, korrigierte Elizabeth sie. »Ich fand die damals echt klasse. Genauso gut wie die Skyhooks oder Hush. Dabei waren sie im Grunde noch echte Milchbubis, als ›Dingo Blood Ball‹ ein Nummer-eins-Hit wurde. Inzwischen hat Nick einige Bücher über wahre Kriminalfälle geschrieben. Er hat sich schon immer für den Fall Rupert Partridge und berühmte australische Verbrechen aus dieser Zeit interessiert. Er soll irgendwann später hier auftauchen. Angeblich musste er noch an einer Veranstaltung in Melbourne teilnehmen und konnte deshalb nicht zu Kittys Beerdigung kommen.«

Fleur stieß einen Pfiff aus, und ihre Augen blitzten schelmisch. »Eine Menge Frauen würden viel dafür geben, um mit Nick Cash in den nebelverhangenen Bergen überwintern zu dürfen.«

Elizabeth zog ihren Schlüssel heraus und verglich die Nummer auf dem Schildchen mit der auf der blau gestrichenen Tür. Die Nester waren alle nach dem Vorbild der Ruinen gestaltet worden, bis hin zur blauen Haustür und kleinen Steinlöwen davor.

»Ich finde sein Gesicht faszinierend, aber er hält sich sicher für was Besseres, und ich glaube sowieso nicht, dass er mein Typ ist und umgekehrt«, erklärte Elizabeth.

Sie ignorierte Fleurs Protest, während sie das Innere des winzigen Nests in Augenschein nahm: schwarzweiß geflieste Böden, ein kleiner weiß gestrichener Tisch mit fröhlicher Stoffdecke im Vintage-Look und ein Glas mit roten und gelben Rosen, daneben die winzige Küchenzeile und das Sofa, außerdem ein kleines Schlafzimmer nebst Bad. Auf dem Tisch lag ein dicker gelber Ordner, auf dem ein Foto des Haupthauses prangte – vermutlich mit Informationen, die Holly zusammengetragen hatte.

Elizabeth drehte sich langsam einmal um die eigene Achse, um alles in sich aufzunehmen. Es war, als stünde man in einer Puppenstubenausgabe der Ruinen oder in einem fröhlich-verspielt eingerichteten altmodischen Wohnwagen. Zum Glück gab es Zentralheizung. Das Nest war genauso gemütlich, wie man sich einen Ort mit diesem Namen vorstellte. Im eisigen Bergwinter, der vor ihr lag, würde sie diesen Komfort auch brauchen.

Sie wandte sich an Fleur, die wegen der Winzigkeit des Häuschens und des bevorstehenden Abschieds ziemlich bekümmert dreinblickte.

»Du wirst mir fehlen, Fleur«, sagte Elizabeth und dachte bei sich: *Habe ich das Richtige getan? Sollte man vielleicht doch die Vergangenheit lieber weiter schlummern lassen?*

4. Kapitel

Die Blume des Teufels

Sydney, 1945
Mt Bellwood, Blue Mountains, 2000

»Am besten fange ich ganz am Anfang an, oder? Mit dem Tag, an dem ich dem sogenannten ›Teufel der australischen Kunst‹ das erste Mal begegnet bin.« Ginger ging beim Sprechen vor ihren Zuhörern wie auf einer Bühne auf und ab.

Holly, Elizabeth und Nick Cash hatten sich in Gingers Nest versammelt, wobei Nick irgendwie zu groß für das winzige Sofa wirkte. Er war spät am Abend zuvor angekommen, und direkt nach dem Frühstück hatte Ginger darauf bestanden, dass sich alle bei ihr einfanden, um ihr beim Aufnehmen ihrer Memoiren zu helfen. Elizabeth musste insgeheim schmunzeln, als sie die koketten Blicke bemerkte, die Ginger dem attraktiven Autor zuwarf. In Gedanken hielt sie die ganze Szene fotografisch fest, während Holly, ebenfalls sehr um ihren männlichen Gast bemüht, Nick verschiedene Getränke anbot.

Gingers Wohnzimmer quoll über vor Kleidern, Tüchern, Schuhen, Zeitschriften, Büchern, Handtaschen. Das meiste davon lag auf dem Fußboden. »Räumen Sie eigentlich nie auf?«, hatte sich Holly beim Eintreten erkundigt.

»Ich habe keine Zeit für Haushaltskram«, hatte Ginger verkündet und mit der Hand in der Luft herumgewedelt. »Wie heißt es so schön: Wenn die Regale staubig sind und die Töpfe stumpf, dann weil ich mit meiner Zeit etwas Besseres anzufangen weiß, meine Liebe. In meinem Alter macht mir ein bisschen Unordnung nicht das Geringste aus. Sie können gerne eine Frau aus dem Ort zum Putzen anstellen, wenn es Sie stört. Ich bin über siebzig und will keine Zeit damit verschwenden, einen Staubsauger abzuknutschen. Ich habe mit den mir verbleibenden Stunden Sinnvolleres vor, als im Haushalt zu schuften!« Mit diesen Worten hatte sie ihre Gäste zum Sofa geführt.

Auf einmal merkte Elizabeth, dass das, was Ginger gerade erzählte, auch für sie neu war. Nick kritzelte eifrig in ein Moleskine-Notizbuch, während Holly die Aufgabe hatte aufzupassen, dass das Aufnahmegerät auch wirklich funktionierte. »Rupert liebte diese Geschichte und wäre sehr böse auf mich, wenn ich nicht dafür sorgen würde, dass sie ins Buch aufgenommen wird. Es war im Januar 1945, als ich seine heftig diskutierte Ausstellung in der Art Gallery of New South Wales besuchte. Zwar teilte er sich einen Raum der Galerie mit anderen Künstlern – ich weiß gar nicht mehr, was der übergreifende Titel war –, aber Rupert war derjenige, wegen dem sich alle stritten und draußen Plakate hochhielten. Wieder mal typisch. Hätten nicht mehrere der Fotos Kitty Collins gezeigt, wie sie splitterfasernackt durch einen Wald rannte, hätte niemand auch nur ein Stück Zeitungspapier dafür verschwendet, über seine Ausstellung zu berichten. Aber wegen des Skandals las auch ich in der Zeitung von ihm. Geschah mir ganz recht – was musste ich mich auch auf die reißerischen Schlagzeilen stürzen! Immer wieder frage ich mich, wie anders mein Leben wohl verlaufen wäre, wenn ich diesen Artikel im Schmierblatt unserer Stadt verpasst hätte.«

»Anders im Sinne von besser oder von schlechter?«, hakte Nick nach, die dunklen Augen fest auf Ginger gerichtet. Diese wirkte etwas verwirrt, als würde sie sich ärgern, dass jemand ihren Gedankenfluss unterbrochen hatte.

»Anders im Sinne von anders.« Sie wischte die Frage mit einer abschätzigen Handbewegung beiseite.

Elizabeth und Nick warfen sich einen Blick zu – ihr erster richtiger

Austausch, seit sie am Morgen einander vorgestellt worden waren. Nick musste inzwischen bestimmt an die fünfzig sein, dachte Elizabeth, aber er besaß immer noch Charisma. Es juckte sie in den Fingern, ihn zu fotografieren. Das würde ein starkes Porträt abgeben, wie er da mit seinen hohen Wangenknochen und den dunklen Haaren, die ihm lockig auf die Schultern fielen, in seiner schwarzen Lederjacke auf Gingers Sofa hockte, hinter sich eine pinkfarbene Federboa. Was zum Henker wollte Ginger hier im Busch eigentlich mit einer Federboa?

»Ehrlich gesagt war mir nicht wirklich klar, was für ein Problem diese ganzen energischen Plakatschwenker eigentlich hatten«, fuhr Ginger fort, »und ich weiß noch, dass es mich zunehmend ärgerte. Es gab doch gewiss weitaus wichtigere Dinge, für die sich das Demonstrieren lohnte, schließlich herrschte Krieg! Als ich in der Zeitung von Ruperts jüngstem Werkzyklus, *Kitty in the Owlbone Woods*, und dem Theater wegen der Nacktaufnahmen gelesen hatte, wurde ich jedoch auch neugierig. War das womöglich *die* Kitty Collins, die ich noch aus der Schule kannte? Wie töricht ich doch war! Ich verschwendete also nicht nur eine halbe Krone, sondern auch meine wertvolle kurze Mittagspause bei Mark Foy's Warenhaus, um einen Blick auf diese Bilder zu werfen. Außerdem hoffte ich, Kitty zu sehen und herauszufinden, was von diesen Protesten zu halten war.

Dabei machte ich mir die ganze Zeit Sorgen, ich könnte zu spät zurück zu meiner Arbeit in der Handschuhabteilung kommen. Mrs Stafford, meine Chefin, würde zwar den ganzen Nachmittag bei einer Besprechung sein, aber es war Jayne aus der Strumpfabteilung durchaus zuzutrauen, dass sie mich verpetzen würde, wenn sie meine Abwesenheit bemerkte. Da bei ihr wegen der Kriegsrationierung kaum noch was los war, weil Nylon statt für Strumpfhosen für die Herstellung von Fallschirmen verwendet wurde, hatte sie mehr als genug Zeit, ihre spitze Nase in meine Angelegenheiten zu stecken. Einige meiner Freundinnen arbeiteten damals in Munitionsfabriken, und ein paar hatten sich sogar der Land Army angeschlossen. Mich reizte jedoch keines von beidem. Ich hatte ihr Gejammer über die langen Arbeitszeiten in den Fabriken gehört, hatte ihre aufgerissenen Hände und abgebrochenen Fingernägel gesehen und konnte mir genauso wenig vorstellen, in einem Overall irgendwo in der Pampa Kühe zu melken oder einen Traktor zu fahren. Kurz hatte ich mit der Idee gespielt, Straßenbahnfahrerin zu werden, weil die Bahngesellschaft ihre Angestellten wirklich gut bezahlte, oder auch – wegen der schicken Uniform – der Women's Auxiliary Australian Air Force beizutreten. Ich malte mir sogar aus, wie ich die Truppen in Übersee unterhielt, ähnlich wie die schöne Rita Hayworth, wie Elizabeth Taylor oder Marlene Dietrich (wobei meine Stimme keinem der armen Hunde viel Unterhaltung geboten hätte), oder Hostess in einem Club wie dem Trocadero zu werden. Wenn meine Ma von dieser speziellen Idee erfahren hätte, wäre sie bestimmt stinksauer gewesen. Ma hasste die Nachtclubs und behauptete, die Jazz- und Swing-Musik der Amis würde wie das Jaulen von Katzen klingen, die von einer Motorsäge erwischt wurden.

Bevor ich bei Mark Foy's anfing, hatte ich geglaubt, das wäre ein glamouröser Arbeitsplatz. Ich hatte schon immer gerne die dicken Kataloge durchgeblättert, die per Post kamen, oder mit Ma zusammen das Kaufhaus besucht, wo ich die verspiegelten Tresen, die filmstarähnlichen Verkäuferinnen und natürlich den Klavierspieler bestaunt hatte. Die Realität des Verkaufsjobs war um Welten anders als das Paradies, das Ma und ich uns vorgestellt hatten. Ich hatte weder mit Mrs Stafford (der ich den Spitznamen Bulldogge Stafford gegeben hatte) noch mit der schieren Langeweile gerechnet.

Ich verbrachte meine Stunden damit, den Verkaufstisch zu polieren und dabei dem alten Herbert zu lauschen, der uns mit seinem Klavier besänftigte, oder ich dachte mir Geschichten über die Kunden aus und lächelte beim Anblick kleiner Mädchen in mich hinein, wenn ihre Augen strahlten wegen all der Herrlichkeiten von Mark

Foy's, die den Menschen eine Fluchtmöglichkeit aus dem Elend ihres Lebens boten. Während ich den Kundinnen die Vorzüge eines neuen weißen Lederhandschuhs anpries, träumte ich davon, dass Snowy und ich glücklich verheiratet wären und ich nie wieder die mürrische alte Bulldogge Stafford sehen oder die dickliche Hand einer stinkenden alten Matrone halten müsste, die ihren Ellbogen auf mein Samtkissen gestützt hatte, während ich versuchte, ihre fetten, verschwitzten Finger einen nach dem anderen in einen Handschuh zu zwängen.

Ich wurde grün vor Neid, wenn die vornehmen Damen in ihren modischen Pelzmänteln das Foy's betraten – mit ihrem teuren Parfüm, das im Gegensatz zu meinem nach dem echten Paris roch, und ihrem funkelnden Schmuck – und Bulldogge Stafford und die anderen Chefverkäuferinnen hinter ihnen herwieselten. Ich sah mir ganz genau an, wie sie gingen, welche Lippenstiftfarbe sie trugen (es handelte sich auf jeden Fall nicht um mein Coles Exciting No. 10), und spürte ihre unnahbare Ausstrahlung, während ich meinen Tisch zum hunderttausendsten Mal abwischte. Eines Tages würde ich auf irgendeine Weise auch zu diesen Frauen gehören, die von allen bedient wurden. Ich wollte sein wie die Damen, die Schachteln mit handgenähter französischer und Schweizer Spitzenunterwäsche kauften und bei den exorbitanten Preisen für den Inhalt dieser exquisit verpackten, schwarzweiß gestreiften Schächtelchen nicht mal mit der Wimper zuckten. Ich wusste jedoch, was diese eleganten Teile kosteten und dass eine Familie bei uns in der Straße monatelang davon leben könnte.

Diese ersehnte Zukunftsvision, in der ich im Pelzmantel und mit Klunkern behangen durch Mark Foy's stolzierte, erschien mir nicht als unerreichbares Ziel. Ich hatte einst zu jenen kleinen Mädchen gehört, die staunend die Frauen hinter den Verkaufstresen bei Foy's bewundert hatten, und nun war ich eine dieser gepflegten, schönen Frauen. Also wusste ich, dass ich mich eines Tages auf dieselbe Weise in eine dieser Damen in teuren Pelzen und mit echten Seidenstrümpfen verwandeln würde. Das Leben musste mir diese Traumvision von mir selbst einfach schenken, denn ich hatte keine Alternative. Ich wollte keinesfalls wie Ma oder eine meiner albernen Schwestern enden, die sich für Mann und Kinder abrackerten. Ich war eine Raupe, die geduldig abwartete, weil sie wusste, dass ihre Verwandlung zum Schmetterling zwangsläufig kommen würde.«

Ginger blieb stehen und drehte sich mit erhobenen Armen langsam um sich selbst, als wollte sie ihre Schmetterlingsmetamorphose demonstrieren. Holly schien der Geschichte gebannt zu lauschen, aber Nick kritzelte mit gerunzelter Stirn in seinem Notizbuch herum. Elizabeth schielte hinüber, um zu entziffern, was er aufgeschrieben hatte. Zwei Namen mit einem Verbindungspfeil: Shalimar – Dolly.

»Aufgrund der schlechten Umsätze hatte ich bei Foy's mehr als genug Zeit für Tagträumereien, während ich putzte und versuchte, die Kundschaft mit meinen Handschuhen anzulocken. Das Bild meiner Vision war so stark, dass ich mein zukünftiges Ich in der Glasplatte vor mir gespiegelt sah. Heutzutage reden alle von der Kraft der suggestiven Vorstellung – nun, genau das habe ich vor über fünfzig Jahren in meiner Handschuhabteilung praktiziert, aber so bin ich nun mal. Ich war meiner Zeit schon immer voraus.

Die Kunstausstellung zu besuchen war, wie gesagt, ziemlich riskant, denn Jayne konnte ohne weiteres zu Mrs Stafford rennen. Das Mundwerk dieser Frau war so scharf wie eine Guillotine und ihre Art so lieb und nett wie das dazugehörige Messer. Wenn die Bulldogge herausfand, dass ich zu spät aus der Mittagspause gekommen war, läge mein Kopf auf dem Hackblock. Helen, meine Freundin bei den Hüten, hatte aber versprochen, Jayne abzulenken, falls ich nicht rechtzeitig wieder da war.

Trotz all dieser Bedenken munterte mich der salzige Geruch des Meeres auf dem Weg zur Galerie auf, ebenso der kurze Blick auf das flirrende Hafenbecken, wo die Fährschiffe funkelten. Ich liebte den Sydney Harbour mit seinem dramatischen Kontrast zwischen steilen

Klippen und den grünblauen Schattierungen des Ozeans, mit seinen Versprechungen von Hoffnung und Abenteuer. Beides vermisste ich in meinem Leben am Handschuhtisch schmerzhaft.

Jede Menge amerikanische Seeleute tummelten sich zwischen den vornehm gekleideten Zivilisten. Ihre makellosen Uniformen stachen zwischen den Australiern mit ihren Einreihern und den Porkpie-Hüten deutlich hervor. Die Frauen trugen Filzhüte mit Federn, breitschultrige Kleider und Schnürschuhe mit Absatz. Kurz vor der Galerie pfiffen mir ein paar Matrosen hinterher, aber ich eilte weiter. Schließlich war ich schon vergeben!«

Ginger griff nach ihrer Teetasse und nahm ein paar Schlucke. »Sie können sich ja gar nicht vorstellen, wie die Männer mir einst auf der Straße hinterhergeschaut haben«, erklärte sie Nick in aller Unbescheidenheit.

»Ich bin sicher, sie tun es immer noch«, erwiderte dieser galant.

Oh, Mr Schleimer, spottete Elizabeth innerlich.

Holly strahlte. »Eine ganze Menge Zeitschriften haben über Ginger berichtet und darüber, wie gut sie selbst in fortgeschrittenem Alter noch aussieht. Sogar der *Playboy* ist hinter ihr her.«

Das brachte Nick nun tatsächlich dazu, interessiert von seinen Kritzeleien aufzublicken. »Und, machen Sie's?«

»An meinem siebzigsten Geburtstag haben sie vorgeschlagen, vier Seiten über die ›sexiest seventy-year-old woman‹ der Welt zu bringen«, antwortete Ginger. »Ich habe ihnen gesagt, sie sollen sich wieder melden, wenn ich achtzig bin und mein Buch veröffentlicht wurde. Da könnte ich die Publicity dann gut gebrauchen. Wenn Rupert mir was beigebracht hat, dann, dass man sich nie ohne guten Grund ausziehen soll.«

»Aber hier geht es ja jetzt nicht um den *Playboy*«, warf Holly ein. »Ginger, erzählen Sie lieber Ihre Geschichte weiter, bevor ich los muss, um nach meinen Handwerkern zu sehen.«

Elizabeth beobachtete, wie sich Nick *Playboy* notierte. Er trug einen silbernen Ring mit einem Türkiskristall darin und roch nach Moschus und irgendwie nach Citrus und Leder. Ein sinnlicher Duft, dachte Elizabeth, die bei Männern normalerweise kein Parfüm mochte. Ginger nahm ihre Wanderung wieder auf und fuchtelte mit den Armen herum, während sie noch einmal den Tag durchlebte, an dem sie Rupert das erste Mal begegnet war.

»Ich musste sehnsüchtig an die seltenen Male denken, als Pa uns Kinder zu einem Fish-and-Chips-Ausflug mit an den Manly Beach genommen hat. Ich konnte das Salz und den Essig förmlich schmecken, wie ich so das Meer betrachtete, und erinnerte mich an das eiskalte Wasser, in dem wir mit gerafften Röcken herumspaziert waren. Sogar Ma hatte sich damals hineingewagt, obwohl wir alle eine Riesenangst vor Haien hatten, nachdem erst kürzlich so ein armer Kerl von einem Monsterhai geschnappt worden war, während er durch die Brandung der Botany Bay watete. Ein ähnliches Highlight war unser Ausflug in den Luna Park mit den fröhlichen großen Clownsgesichtern und der Geisterbahnfahrt. Ma warnte mich ständig davor, dort ja nicht wieder hinzugehen, wegen der Prostituierten und der Bandenkriege mit den amerikanischen Seeleuten, die es auf der Suche nach Weibsvolk dorthin zog.

Ich war zu dieser Zeit mit einem jungen Navy-Matrosen aus Melbourne namens Snowy zusammen, der Landgang von einem Zerstörer namens Vampire hatte.« Ginger hielt inne, als würde sie zögern, etwas zu sagen, dann fuhr sie fort. »Ich war hoffnungslos vernarrt in Snowys hübsche blonde Haare, seine blauen Augen und die Uniform.

Nachts lag ich wach und warf mich unruhig hin und her bei dem Gedanken, ob er wohl um meine Hand anhalten würde, bevor er wieder in See stach. Viele Paare gaben sich damals das Eheversprechen, bevor die Männer in den Krieg zogen. Snowy war Schiffskoch, aber seine Kochkünste würden ihn nicht retten, wenn sie auf eine Mine liefen und das Schiff unterging. Ich wusste nämlich, dass er nicht schwimmen konnte. Aber er war wild auf Abenteuer und darauf, die Welt zu sehen, deshalb hatte er angeheuert.

Meine Freundin Helen schlug sich wegen der Amerikaner in der Stadt ebenfalls die Nächte um die Ohren – und zwar buchstäblich –, sie tanzte nämlich im Trocadero mit einem schwarzen Soldaten Jive, aber ich war nicht neidisch auf sie, denn wenigstens verhielt ich selbst mich ja patriotisch, indem ich mit einem Australier ausging.

Vor der Kunstgalerie ergötzte ich mich am Anblick des Botanischen Gartens. Nachdem ich den Großteil der Woche in den baumlosen Straßen der City verbrachte, tat es gut, ein bisschen Natur zu sehen. Auf einmal kam mir der Gedanke, wie es wäre, bei Mark Foy's zu kündigen. Vielleicht hatte Snowy es doch richtig gemacht, indem er auf der Suche nach Abenteuern losgesegelt war?

Die Menschenmassen in der Galerie amüsierten mich und schreckten mich gleichermaßen ab. Manche Dinge ändern sich nie, und dazu gehört die Faszination, die eine hübsche nackte Frau auf die Massen ausübt! Dass die Zeitungen Partridge als ›Teufel der australischen Kunst‹ bezeichneten, goss natürlich zusätzlich Öl ins Feuer der Moralapostel, doch im Gegensatz zu den meisten Besuchern, die sich trotz der Hitze wie schwitzende Sardinen durch die Galerieräume drängten, *kannte* ich die Frau, von deren Bildern sie sich scharenweise schockieren lassen wollten. Kitty hatte nämlich ein Jahr lang die St Augustine's Catholic School in Surry Hills besucht, bevor sie zusammen mit ihren zwölf Brüdern und Schwestern irgendwann plötzlich verschwunden war. Um den Schuldeneintreibern zu entkommen war die zynische Schlussfolgerung meiner Mutter gewesen, wann immer ich den Verlust meiner Freundin beklagte. Ma mochte Kitty nicht besonders, denn sie glaubte, Kitty hätte Allüren, nur weil sie Haarbänder mit Schleifen und hübsche Kleider trug, die ihre Mutter für sie genäht hatte. Aber so war Ma eben. Das Leben hatte sie bitter gemacht, was auch kein Wunder war, so wie Pa sich verhielt. Wenn er nicht im Pub saß, war er beim Pferderennen, und sein einziges anderes Hobby bestand darin, Ma zu verprügeln. Als ich begriff, wie dieses Schwein sie behandelte – ständig neue Babys (acht insgesamt), dazu seine dreckigen Kommentare und die Schläge –, schwor ich mir, dass ich mich nie durch einen Mann oder ein Kind würde binden lassen. Ich, Ginger Jarvis (so hieß ich damals noch), würde niemals einen mittellosen Kerl wie Pa heiraten und dessen Sklavin sein. Ich war vielleicht nicht das hellste Licht im Universum, aber ich war attraktiv, hatte eine gute Figur und war fest entschlossen, etwas aus mir zu machen. Ich würde nicht zulassen, dass ich so endete wie Ma.

Aus irgendeinem Grund musste ich an Ma denken, als ich mich mit den Ellbogen durch die Massen kämpfte, die sich vor den Bildern einer fröhlichen, nackten, seltsam unschuldigen Kitty drängten. Auf einmal hatte ich einen Kloß im Hals. Ich hatte mich schon so daran gewöhnt, dass Ma aussah wie eine alte Frau, dabei war sie noch nicht mal vierzig. All die Schwangerschaften, die Prügel, die Armut und Sorgen hatten sie ausgelaugt. Alles, was sie besaß, war ihr Glauben, aber die Religion bezahlte nicht für das Essen, das sie brauchte, um rosige Wangen zu bekommen! Die Religion bewahrte uns nicht vor Bettwanzen oder vor dem Pack, das uns auf der Straße belästigte.

Als ich noch versuchte, die Tränen zu unterdrücken, und mich durch den Haufen der aufgestachelten Sardinen schob, lief ich plötzlich tatsächlich Kitty höchstpersönlich in die Arme. Sie war in Begleitung einer ziemlich hochnäsig wirkenden Dame und eines weiteren jungen, bildhübschen, dunkelhaarigen Mädchens, das den Anblick meiner Arbeitsuniform mit Kopftuch lustig zu finden schien. Ich hatte mir nicht die Mühe gemacht, mich umzuziehen, da wir im Laden ohnehin nur eine halbe Stunde Mittagspause hatten und somit jede Sekunde kostbar war. Bereits jetzt wusste ich, dass ich es nicht rechtzeitig zurück schaffen würde. Wie es die Mode zu jener Zeit vorschrieb, trugen die drei Frauen alle Hüte und passende Handschuhe, was mein geschultes Auge automatisch registrierte. Ich bin sicher, dass Kitty mich erkannte. Sie öffnete leicht den Mund, als wollte sie Ginger sagen. Oder zumindest habe ich mir das hinterher eingeredet – aber ehe ich Gelegenheit hatte, sie anzusprechen, packte die Hochnäsige sie am Arm und zog sie fort, wobei sie mit näselndem britischem Akzent rief: ›Da drüben ist er! Kommt mit!‹

Kitty warf mir über die Schulter hinweg noch einen Blick zu, bevor sie in der Menge verschwand. Ein paar Männer stierten den Frauen lüstern hinterher, da sie zweifellos die ›Blumen des Teufels‹ wiedererkannten, wie die *Sydney Daily* Partridges Aktmodelle theatralisch getauft hatte. Machte ich mir etwas vor? Was, wenn Kitty mich bloß für eine Autogrammjägerin gehalten und ihre frühere Freundin völlig vergessen hatte? Ich hatte mich mit Kitty angefreundet, als die kleinen Schulhoftyrannen sie wegen ihrer hübschen blonden Locken und schüchternen Art gehänselt hatten. Und so dankte Kitty es mir nun also! Ich war fast pleite, würde mich bei der Arbeit verspäten und war auch noch wie Luft behandelt worden.

Ich bin ein ziemlicher Hitzkopf. Das gehört in unserer Familie einfach dazu, müssen Sie wissen. Pa hatte auch diese roten Haare. Ich zitterte also förmlich vor Wut, während ich das einzige freie Plätzchen in der ganzen überlaufenen Galerie ansteuerte: eine Bank neben der Herrentoilette, an deren einem Ende irgendein Penner hockte. ›Die Gemälde sind doch eigentlich total scheußlich‹, sagte ich und war mir gar nicht bewusst, dass ich den Gedanken laut ausgesprochen hatte, bis sich der Mann neben mir überrascht zu mir umdrehte.

›Wie bitte?‹, fragte er.

Trotz meines Zorns, dass Kitty Collins mich so hatte stehenlassen, fiel mir sofort auf, wie abgerissen er war: Seine Haare waren länger, als es die Mode vorschrieb, er hatte sich nicht rasiert, und seine Kleidung (ein abgewetztes Jackett mit Flicken an den Ellbogen und zerknitterte Hosen) sah aus, als hätte er darin geschlafen. Sein Hut war furchtbar zerknautscht und hätte eine ordentliche Dampfbehandlung vertragen. Unwillkürlich musste ich denken, wie sehr das Niveau offensichtlich selbst in Kunstgalerien gesunken war – und versuchte dann sofort, den Gedanken wegzuschieben, weil er klang wie aus Mas Mund.

›Ich sagte, seine Bilder sind verdammt scheußlich‹, keifte ich. ›Keines davon hat echte Substanz. Das könnte ja ein Affe besser malen.‹

›Wirklich? Ein Affe, der malen kann? Das würde ich zu gerne sehen!‹ Dann starrte er schweigend die Bilder an der Wand an. Ich beobachtete, wie ein hübscher junger G. I. in Navy-Uniform aus der Toilette kam. Wie sehr mir die Amerikaner in ihren Uniformen gefielen! Sie waren so viel schicker als die australischen Jungs, auch wenn es mir Snowy gegenüber treulos vorkam, so etwas auch nur zu denken. Da konnte Ma noch so viel die Nase darüber rümpfen, dass sie angeblich sexbesessen, überbezahlt und völlig ohne Grund hier bei uns waren. Niemals hätte sie einen amerikanischen Soldaten zum Sonntagsessen eingeladen, obwohl die Regierung die Bewohner von Sydney dazu drängte. Meiner Meinung nach hatten die Amerikaner unserer Stadt eine dringend notwendige Portion Glamour und Aufregung gebracht, zwischen all der Verdunklung, den Stromausfällen, den verbarrikadierten Fenstern, Luftschutzsirenen und Schutzbunkern. Meine Freundinnen und ich waren in Scharen ins Trocadero geströmt (bevor ich Snowy kennenlernte), in der Hoffnung, G. I.s zu treffen, die uns mit Geschenken wie Süßigkeiten, Zigaretten und Blumen überhäufen würden. Als der Offizier mich ansah, lächelte ich und sah eine Sekunde lang, was er wahrnahm – einen attraktiven Rotschopf in einer tristen dunkelblau gestreiften Mark-Foy's-Uniform, die aber trotzdem meine sinnliche Figur zur Geltung brachte. Er zwinkerte mir zu – der freche Kerl –, doch dann stürzte sich zu meiner großen Enttäuschung eine blonde Schönheit auf ihn und zog ihn mit einem triumphierenden Knurren in meine Richtung mit sich fort.

›Warum sind dann so viele Leute hier?‹, wollte der ungepflegte Herr neben mir wissen, der beobachtet hatte, wie ich dem Ami hinterherblickte. ›Warum sind so viele bereit, ein paar Kröten für einen Maler auszugeben, der von einem Affen übertroffen werden könnte?

Warum nehmen sie nicht stattdessen die Fähre rüber zum Taronga Zoo?‹

Ich lachte bitter, da ich immer noch unter dem selbstgefälligen Siegesblick in den Augen der Blonden ob ihrer amerikanischen Beute litt. ›Das ist doch ganz offensichtlich, oder? Wenn Partridge nicht so auf nackte Körper fixiert wäre, würde sich kein Schwein dafür interessieren. Außerdem …‹, fuhr ich unerbittlich fort, denn nun war ich richtig in Fahrt gekommen, ›… sind die Leute vor allem wegen der Bilder von Boyd und Tucker hier! Diese Maler haben wenigstens Talent und Visionen und sind bereit, eine Aussage über die Zeiten zu machen, in denen wir leben. Rupert Partridge war doch auch im Krieg – und wenn es auch nur das Militärkrankenhaus von Yankstown war.‹ So nannten wir Bankstown, weil dort so viele Soldaten der amerikanischen Air Force stationiert waren, aber der Penner lachte nicht. Er starrte mich nach wie vor auf eine solch intensive Art an, dass es mir ganz unangenehm war. Mein loses Mundwerk lief trotzdem weiter: ›Er hat doch die Jungs gemalt, die wirklich im Einsatz waren – aber was hat seine Kunst darüber zu sagen?‹ Ich warf die Haare zurück und wandte mich lächelnd dem Penner zu, um meinen nächsten Satz loszuwerden. ›Meiner Meinung nach ist er nichts als ein dreckiger Perverser!‹

Als ein Schatten über das Gesicht des Mannes huschte, bereute ich meine harschen Worte. Man sprach normalerweise nicht so offen vom Krieg für den Fall, dass man die Büchse der Pandora öffnete, aus der dunkle Erinnerungen quollen, die eigentlich für immer hätten verschlossen bleiben sollen.

›Wie heißen Sie, Rotschopf?‹, wollte er wissen.

Ich zögerte, weil ich auf einmal Angst hatte, dieser Stadtstreicher könnte versuchen, mich aufzureißen, beschloss dann jedoch, dass es nichts schaden konnte, höflich zu sein, und antwortete: ›Ginger.‹

›Miss Ginger, ich glaube, wir sind Seelenverwandte. Ich sitze jetzt seit einer Viertelstunde hier und hänge genau denselben Gedanken nach.‹ Mit diesen Worten streckte er mir seine Hand hin. Ich sah mich kurz um, ehe ich einschlug, und war dabei dankbar, dass meine Handschuhe Hautkontakt verhinderten.

›Sir, es war nett, mit Ihnen zu plaudern, aber ich muss jetzt wieder an die Arbeit – wenn ich überhaupt noch einen Job habe, nachdem ich hier so viel Zeit vertrödelt hab.‹ Ich stand auf und reichte aus irgendeinem wohltätigen Impuls heraus dem armen Kerl so diskret ich nur konnte ein paar Shillings und Threepence. ›Ich wünschte, ich könnte mehr entbehren, Sir, aber die Zeiten sind hart. Ich muss mich zu Hause um meine Ma und meine kleinen Brüder und Schwestern kümmern. Pa ist Gott sei Dank unterwegs. Wenigstens dazu war der Krieg gut.‹ Als ich meine Ma erwähnte, wurde mein Hals plötzlich wieder eng, und ich wollte so schnell wie möglich diese Büchse blökender Sardinen verlassen und in die sichere Eintönigkeit des Warenhauses zurückkehren – wo ich zumindest die Möglichkeit hatte, ein bisschen was zu verdienen, womit ich Ma finanzielle Erleichterung verschaffen und ihre Last lindern konnte. Außerdem leistete ich ja auch meinen Beitrag für die Jungs in Übersee, indem ich Socken strickte, auch wenn das ziemlich mickrig wirkte im Vergleich zu den Frauen, die als technische Auszubildende in der Air Force oder bei der Land Army arbeiteten oder als Krankenschwestern bei den Truppen im Ausland. Doch wie es in den patriotisch gefärbten Wochenschauberichten im Kino immer hieß, es blieb jedem Einzelnen überlassen, seinen Beitrag zu leisten. Und ich hasste es, verdammte Socken zu stricken.

Als ich aufstand, griff der Mann nach meinem Arm. Ich sah ihn an, überrascht und auch ein bisschen erschrocken. Dieser Teufelskerl lachte mich tatsächlich an! ›Vielen Dank, Miss Ginger, für Ihre ehrlichen Worte und Ihre freundlichen Almosen für einen Fremden. Ich würde mich gerne dafür revanchieren. Ich bin Künstler und auf der Suche nach einem neuen Modell. Sie besitzen ein Gesicht und einen Geist, Ginger, der mich sehr interessiert. Ich würde Sie wirklich gerne malen.‹ Dann sah er meine Miene, die eine Mischung aus Schock, Mitleid und Angst widerspiegelte. Ich blickte mich hektisch um und fragte mich, ob ich wohl die Sicherheitsleute würde rufen müssen.

›Geld ist kein Thema für mich‹, fuhr er rasch fort. ›Ich kann Ihnen Unterkunft, Essen und einen sehr guten Lohn bieten. Wie viel verdienen Sie denn jetzt, Ginger, an Ihrem aktuellen Arbeitsplatz?‹

Ganz automatisch antwortete ich, woraufhin er einen Betrag nannte, der mich nach Luft schnappen ließ.

›Antworten Sie nicht gleich‹, meinte er. ›Aber denken Sie darüber nach, wie viel mehr Sie damit zu Hause helfen könnten.‹ Er blickte hinunter auf die schäbigen schwarzen Paragon-Wildlederschuhe mit Absatz, die ich gebraucht bei Paddy's Markets erstanden hatte. Aus irgendeinem Grund wusste ich, dass er die mit Papier ausgestopften Löcher und die abgelaufenen Sohlen bemerkt hatte. Es waren Schuhe, die ich vor genauerer Begutachtung durch die Bulldogge oder Mädchen wie Jayne bewahren musste. ›Sie könnten sich ein paar hübsche Dinge leisten. Sie sollten hübsche Dinge besitzen, Ginger‹, sagte er.

›Mister, ich möchte ja nicht unhöflich sein, aber Sie sehen nicht so aus, als könnten Sie es sich leisten, mir eine Stelle anzubieten.‹ Ich versuchte, so taktvoll wie möglich zu sein, schließlich konnte man nie wissen, was für Kopfverletzungen die Männer, die an der Front gedient hatten, eventuell erlitten hatten.

›Rupert?‹

Die Stimme gehörte zu Miss Snob, die ich zuvor zusammen mit Kitty gesehen hatte. Sie betrachtete uns missbilligend. ›Da hast du dich also versteckt! Die Herren vom *Herald* warten schon, Rupert! Und Albert und Sydney sind bereit fürs Foto.‹

Der Teufel hob grüßend seinen Hut in meine Richtung. ›Es war mir ein Vergnügen, Sie kennenzulernen, Ginger. Und Sie haben mit Ihrer Einschätzung voll ins Schwarze getroffen. Jeder Affe könnte besser malen als Rupert Partridge.‹

Ich stand da und starrte ihm nach, als er in der Menge verschwand, mein Gesicht so rot wie meine Haare, als ich mir meines Fauxpas bewusst wurde.

Ich war gerade dabei, das Gebäude zu verlassen, hinaus in den Sonnenschein und in mein eintöniges Leben zu treten, als jemand meinen Namen rief. Da stand er, grinste vor sich hin und kramte in seinem Anzugjackett nach einer Karte, die er mir reichte. ›Meine Kontaktdaten‹, erklärte er. ›Ich würde mich sehr freuen, von Ihnen zu hören, Ginger.‹

Ich betrachtete die Karte mit klopfendem Herzen einige Sekunden lang reglos. Mein Körper atmete zwar weiter, aber ich beobachtete das alles wie aus weiter Ferne, als wäre die ganze Szene nicht real. Ich hatte das Gefühl, eine Schauspielerin zu sein, die die Rolle der Ginger spielte, und als wäre das, was ich für die Wirklichkeit gehalten hatte, kein bisschen realer als der Traum der vergangenen Nacht.

Rupert Partridge, Currawong Manor (ohne Hausnummer, aber mit Löwen-Wächtern), Mt Bellwood, Blue Mountains.

Um diese lächerlich klingende Adresse herum war das Bild einer nackten Frau gekritzelt.

Er legte seine Hand auf meinen Arm, und der Blick dieser dunklen Augen schien sich in meine Seele einzubrennen. ›Was sagen Sie, Miss Ginger? Sind Sie bereit für ein Abenteuer?‹

Und in diesem Moment, durch irgendeine seltsame Laune des Schicksals, einen schadenfrohen Atemhauch der Götter, offenbarte sich meine Bestimmung vor mir. Ich spürte, wie mich der glitzernde Schimmer von Sydney Harbour mit seinem wässrigen Versprechen eines neuen Lebens tief im Inneren kitzelte.

Und so habe ich den verdammten Teufel höchstpersönlich kennengelernt – Rupert Partridge! Er liebte die Geschichte, wie ich ihn für einen Penner gehalten hatte, der mal ein bisschen Kultur erleben wollte, und erzählte sie oft seinen Freunden. Was für eine Schande, dass ich nicht meinem ersten Impuls gefolgt bin, die Karte zu zerreißen, denn damit hätte ich mir einen ganzen Haufen Probleme erspart.«

Holly klatschte in die Hände. »Was für eine romantische Geschichte! So eine Begegnung könnte man sich gar nicht ausdenken. Es heißt ja immer, das Leben schreibt die besten Geschichten.«

»Romantisch? Wo steckt denn in dieser Geschichte Romantik?!«, spottete Ginger, aber Elizabeth fiel auf, wie sich ihr Gesicht gerötet hatte, als sie von Rupert sprach. Waren die Gerüchte womöglich wahr, dass sie eine heiße Affäre mit dem Künstler gehabt hatte, während sie mit ihm und seiner Frau unter einem Dach wohnte?

»Ich sagte mir, auf gar keinen Fall würde ich für einen solch dekadenten Menschen wie Rupert Partridge arbeiten. Trotz meiner anfänglichen überheblichen Einstellung den Demonstranten gegenüber musste ich feststellen, dass ich insgeheim ihrer Meinung war. Ganz bestimmt war auf diesem Anwesen irgendetwas Obszönes im Gange. Vermutlich veranstalteten sie Orgien mit den nackten Frauen in seinem Atelier. Aber das Leben hatte sich an diesem Nachmittag gegen mich verschworen. Um es kurz zu machen, als ich endlich wieder bei Mark Foy's ankam, wurde ich auf der Stelle entlassen. In gewisser Weise war es eine Erleichterung, da ich vom ständigen Druck der Verkaufszahlen die Nase voll hatte. ›Vielen Dank, meine Liebe, aber ich schaue mich nur ein bisschen um.‹ Noch heute wache ich nachts auf und höre Kundinnen diesen Satz sagen. Gleichzeitig war ich total entsetzt, denn ich wusste, wie sehr es Ma treffen würde.

Die Karte des Teufels brannte mit ihren kleinen Hoffnungsfunken förmlich Löcher in meine Handtasche, als ich an jenem Abend heulend im Park saß und Angst hatte, Ma zu gestehen, was passiert war. Sie verließ sich auf mein Haushaltsgeld. Es würde sie kaputtmachen, dass ich meinen Job verloren hatte.

Und ehrlich gesagt hatte ich immer noch das Glitzern des Hafenwassers vor Augen und hörte Ruperts Stimme: *Du solltest hübsche Dinge besitzen, Rotschopf.* Wie sehr ich mich nach schönen und nicht nur praktischen Schuhen sehnte – zum Beispiel diese silbernen Tanzsandalen aus Leder im jüngsten Mark-Foy's-Katalog. Vielleicht sogar ein neues Kleid – nicht etwas, das Ma aus Vorhängen geschneidert hatte, oder Secondhandkleider vom Markt, die auf der Haut juckten. Ich hasste die Armut: die Lebensmittelrationierung, die Marken, die nie reichten, um irgendetwas Sinnvolles zu erstehen. Es war furchtbar, ein mageres Pfund Butter und zwei Unzen Zucker auf eine ganze Woche zu verteilen und nie genug Geld zu haben, um auf dem Schwarzmarkt einzukaufen, wie es so viele andere, wohlhabendere Einwohner Sydneys taten. All die kleinen, als selbstverständlich betrachteten ›Luxusgüter‹, die der Krieg aus uns herausgepresst hatte, wurden in den Häusern unserer Brick Lane schmerzhaft vermisst. Wir, die Ratten von Surry Hills, hatten gar keine Zeit, uns um irgendetwas anderes Gedanken zu machen als ums Überleben und den Hunger! In der Armut wird die ganze Welt grau. Wenn ich mein restliches Leben damit verbringen musste, Bettwanzen zu töten, unseren Nachbarn durch die dünnen Wände dabei zuzuhören, wie sie stritten und sich dann wie Wildkatzen paarten – und dabei viel zu viele Mahlzeiten aus Brot mit Bratfett essen musste –, was hatte das Ganze dann für einen Sinn? Warum hatten so viele Menschen so viel, wie zum Beispiel Miss Snob? Oder diese Blonde, die aussah wie ein Model aus einer Modezeitschrift, als sie grinsend mit ihrem G. I. abzog? Ich hatte es satt zuzusehen, wie Ma langsam schrumpfte, hasste es, wie sich mein Magen zusammenkrampfte beim Gedanken, dass Pa nach Hause kommen und seinen ganzen Frust und seine Wut an ihr auslassen könnte.

Schließlich humpelte ich in meinen gebrauchten Schuhen, die drückten und Blasen verursachten, nach Hause, durch die schmutzigen, von Müll verdreckten Straßen. Weder den Halsabschneidern noch den Prostituierten, den G. I.s, die in Rudeln nach frischen australischen Mädchen suchten, oder der wütenden Miene der italienischen Mamma, die wieder einmal ihre zertrümmerte Scheibe begutachtete, schenkte ich Beachtung. All die vertrauten Gerüche und traurigen Anblicke von Surry Hills nahm ich im Vorbeigehen kaum wahr, so sehr sorgte ich mich darum, was ich Ma erzählen würde. Und mit jedem Schritt glühte Ruperts Karte mehr. Als ich schließlich unser Haus erreichte, brannte ein Buschfeuer in meiner Tasche.«

Elizabeth sah erschrocken, wie Ginger innehielt und sich mit einem Taschentuch über die Augen wischte. »Es tut mir leid. Das ist gar nicht so einfach, wie ich dachte, als Holly mir das Projekt vorgeschlagen hat. Ich sehe immer noch seine glänzenden Lacklederschuhe auf dem Holzboden der Kunstgalerie vor mir. Da hätte ich doch wissen müssen, dass er kein Vagabund war!« Sie wandte einen Augenblick lang den Blick ab, das Gesicht schmerzverzerrt. »Verdammt, manchmal ertrage ich den Gedanken an ihn nicht. Können wir jetzt eine Pause machen?«

5. Kapitel

Wahrheit und Schönheit

Mt Bellwood, Blue Mountains, 2000

Holly, Elizabeth und Nick sahen ein wenig hilflos zu, wie Ginger mit ihren Gefühlen kämpfte. Schließlich wagte Elizabeth, sie sanft am Arm zu berühren. »Ist alles in Ordnung? Wir können ja einfach Schluss machen für heute.«

Ginger drückte sich das Taschentuch an die Augen. »Sie verstehen das nicht, Elizabeth«, schniefte sie. »Ich muss das alles erzählen, so schnell ich kann. Sonst ändere ich meine Meinung wieder. Sie haben ja keine Ahnung, wie schwer es ist, wenn selbst die trivialsten Kleinigkeiten solch unerwartete Gefühle hervorrufen. Mir graust immer noch bei der Erinnerung an Mas graues Gesicht, als ich ihr zwei Tage später die Wahrheit beichtete. Ich war nicht wegen Bauchkrämpfen zu Hause, sondern weil man mich entlassen hatte. Noch schlimmer war ihr Heulen, das wie das eines verwundeten Tieres klang, als ich meinen Koffer packte, um Ruperts Angebot anzunehmen.«

Sie ahmte die Stimme ihrer Mutter nach, und einen Augenblick lang konnte Elizabeth die Frau beinahe vor sich sehen. Ginger war, ihren schlechten Fernsehrollen zum Trotz, eine ausgezeichnete Schauspielerin: »Möge mich die Schande umbringen, Heilige Mutter Gottes, denn dein Pa wird mich dafür verantwortlich machen, wenn er Wind davon bekommt, das ist so sicher wie das Amen in der Kirche! Ich kann nur beten, dass die Türken ihn sich zuerst holen. Was werden die Nachbarn sagen? Es wird den Ruf unserer Familie ruinieren. Sobald Father O'Connor und die Nonnen davon erfahren, wird man mir die Schuld daran geben. Ich wusste schon immer, dass dieses Luder Kitty Collins Unglück bringt!«

»Kitty Collins hat sich, kurz bevor sie starb, bei mir gemeldet«, flüsterte Elizabeth Nick zu. »Leider habe ich die Gelegenheit verpasst, mich mit ihr zu treffen.«

»Wie schade.« Nick runzelte die Stirn. »Es wäre interessant gewesen, ihre Erinnerungen für *Flowers of the Ruins* zu verwenden. Ihr eigenes Buch war ein bisschen zu sensationslüstern.« Er knipste an seinem Stift herum und beobachtete Ginger aufmerksam, die wieder zu weinen begonnen hatte, während Holly versuchte, sie zu trösten.

»Nun, man kann Ihre Mutter ja durchaus verstehen, meine Liebe«, sagte sie. »Die Moralvorstellungen haben sich erst im Lauf der Jahre verändert.«

»Aber weder die Scham noch Pa haben sie letztlich umgebracht. Ganz im Gegenteil: Wie sich herausstellte, war die Zeit, die ich als eines von Ruperts berüchtigten Modellen gearbeitet habe, Mutters Rettung. Dafür hat Rupert gesorgt. Das Geld, das regelmäßig an das winzige Reihenhaus in der Brick Lane geschickt wurde, sorgte für nahrhafteres Essen und bequeme Kleidung für die Familie Jarvis, trotz der Einschränkungen durch die Lebensmittelmarken.

Ma hat die Ruinen nur ein einziges Mal besucht – was die absolute Katastrophe war –, aber meine neue Beschäftigung als Rubinrote Blume des Teufels brachte sie nicht ins Grab, wie sie es 1945 so melodramatisch vorhergesagt hatte. Selbst Pa – der noch grüblerischer und übellauniger aus dem exotischen Syrien zurückkam – wurde durch die verbesserten Bedingungen milder und hörte auf, seine Frau und Kinder so oft zu schlagen.«

»Woran ist sie denn dann gestorben?«, wollte Nick wissen, der sich emsig Notizen machte.

»Es war das letzte Baby, das neunte Kind, das die zweifelhafte Ehre erlangte, das Leben meiner Mutter zu beenden. Ein winziges

Mädchen, Charlotte Patricia Jarvis, das während der langen und blutigen Wehen starb, eingesperrt in meine schreiende Ma. Wahrscheinlich hat Charlotte erkannt, dass diese Welt es nicht wert war, sie sich anzusehen, aber sie war noch zu klein, um allein im Schattenreich zu verweilen, und musste deshalb ihre Mutter als Gesellschaft zu sich holen.

Es hat mir noch Jahre später einen Stich versetzt, dass Ma Ruperts Geld so gerne nahm und auf eine verquere Art stolz darauf war, dass ich eines der Flower-Mädchen geworden war. Doch gleichzeitig hat sie mir nie verziehen, dass ich mich für den Teufel entkleidet habe – dass ich mich für was Besseres hielt und diese Stadt und unsere düstere, elende Straße des Versagens hinter mir gelassen habe.«

Elizabeth zog sich die Knie an die Brust und dachte, wie vertraut diese Beschreibung doch klang.

Während Ginger im Badezimmer verschwand, um sich frisch zu machen, entschuldigte sich Holly, dass sie jetzt leider gehen müsse. »Bleiben Sie doch noch eine Weile bei ihr, bis Sie sicher sind, dass es Ihr wieder gutgeht«, drängte sie. »Ich habe Ginger noch nie so aufgelöst erlebt. Das arme Ding.« Nachdem sie sich durch einen kurzen Blick versichert hatte, dass Ginger nicht in Hörweite war, fügte sie hinzu: »Vielleicht hat Kittys Tod sie doch mehr mitgenommen, als ich dachte. Ich habe ein ganz schlechtes Gewissen, dass ich dem Buch zugestimmt habe, wenn ihr das so viel Kummer bereitet. Sie ist ziemlich krank gewesen, soviel weiß ich.« Nach einem weiteren kurzen Schulterblick formte sie tonlos mit den Lippen das Wort »Krebs«.

Als Ginger wieder aus dem Bad kam, schnappte sie sich ihren Mantel, knotete sich einen Schal um den Hals und stieg in ihre Gummistiefel.

»Seid ihr Kinder denn immer noch hier?«, wollte sie wissen. »Holly ist sicher los, um nach ihrem Sonnenschein Bob zu schauen. Ich dachte, ich mache einen kleinen Spaziergang im Garten.«

»Wir könnten Sie begleiten«, bot Elizabeth an, aber Ginger schüttelte den Kopf.

»Nicht nötig«, erwiderte sie knapp. »Aber Sie können gerne hierbleiben und sich die hier anschauen.« Sie zeigte auf einige große mit Blümchenstoff bezogene Schachteln auf dem Fußboden. »Da drin ist jede Menge Zeug, das ich angefangen habe zu sortieren. Und *da* drin«, sie hielt eine Einkaufstüte aus Plastik in die Höhe, »sind die bisherigen Bänder mit den Aufnahmen meiner Erinnerungen. Es gibt auch alte Briefe und Tagebücher aus jener Zeit, die noch bei mir rumliegen, und Stapel von Ruperts Fotos. Ich habe es mir zur Regel gemacht, nie etwas wegzuwerfen! Eigentlich will ich schon lange mal bei der Mitchell-Bibliothek anfragen, ob sie das Ganze für mich archivieren wollen. Ich fände es schrecklich, wenn nach meinem Tod alles einfach von meinen Geschwistern weggeworfen würde, die den kulturellen Wert nicht zu schätzen wissen. Ich verstehe mich mit keinem von ihnen gut. Aber wenn ihr brave Kinder seid, dann lasse ich euch völlig freie Hand – solange ihr nichts ohne meine Zustimmung verwendet …« Ginger ließ Nick die Tüte neckisch vor der Nase baumeln. »Kann ich euch vertrauen?«

»Warum zeigen Sie uns das alles, wenn Sie Zweifel haben, ob wir vertrauenswürdig sind?«, gab Nick zurück, der offensichtlich Gingers Motiven misstraute.

»Weil ich etwas von euch möchte, von euch beiden.« Ginger beugte sich zu Nick hinunter, und einen Augenblick lang sah er aus, als hätte er Angst davor, sie würde ihn küssen. »Ich brauche Hilfe bei der Einleitung meines Buches«, säuselte sie. »Ich bin keine Schriftstellerin. Ich weiß nicht, wie man alles zusammenfügt. Aber ich weiß, dass Sie es können.« Sie zwinkerte ihm anzüglich zu, und Elizabeth musste sich das Lachen verkneifen. Ginger hätte es ohne weiteres mit Diana Dors aufnehmen können.

Sie entdeckte einige alte Fotografien, die auf dem Anwesen aufgenommen worden waren. Eine davon, die sie davor noch nie gesehen hatte, zeigte die drei Flower-Mädchen zusammen mit Shalimar und Lois auf dem Rasen vor dem Haus. Sie konnte es kaum erwarten, die Schachteln durchzusehen, und verspürte dem Material gegenüber eine Art Beschützerinstinkt. Es wäre ihr lieber, sie müsste den Inhalt nicht mit Nick teilen. Irgendwie fühlte sie sich in seiner Gegenwart unwohl, gleich von dem Moment an, als sie einander vorgestellt wurden. Es kam ihr so vor, als wäre er enttäuscht von ihr, weil er gehofft hatte, sie wäre ihrem exotischen Großvater mit den grüblerischen, dunklen Zügen ähnlicher. Elizabeth hingegen hatte schulterlanges schokoladenbraunes Haar, blasse Haut und trug so gut wie kein Make-up, abgesehen von rotem Lippenstift. Sie hielt sich für einen kreativen, intelligenten, mitfühlenden und etwas langweiligen Menschen. Nichts an ihr war irgendwie teuflisch.

Ginger betrachtete ihre beiden Gäste verschmitzt: »Wir müssen Holly ja nicht verraten, dass Sie mir mit der Einleitung helfen. Das kann unser kleines Geheimnis bleiben. Jeder braucht Geheimnisse. Sie machen die Welt interessanter.«

»So wie das Rätsel, ob Rupert Partridge seine Tochter wirklich umgebracht hat oder nicht?«, warf Nick ein.

»Ich will diese Sache endlich richtigstellen«, gab Ginger zurück. »Kittys Tod hat mir gezeigt, dass wir nicht bis in alle Ewigkeit Zeit haben, um unsere Geschichten zu erzählen, und ich habe es satt, was die Leute über jene Nacht im Jahr 1945 behaupten. Die meisten Leute glauben zu wissen, was passiert ist. Die meisten Leute täuschen sich.«

Nick nickte zustimmend und machte sich noch mehr Notizen.

Elizabeth studierte währenddessen ein weiteres Foto aus der Kiste.

»Ich weiß schon, was Sie von mir denken«, sagte Nick zu Ginger und warf dabei die Haare nach hinten. »Sie glauben, ich bin irgend so ein mieser Schmierfink, der gerne einen reißerischen Artikel schreiben will, in dem er noch mal die ganzen alten Zeugen, Geschichten und Lügenmärchen aufwärmt, um damit Geld zu verdienen. Aber geben Sie mir doch eine Chance, Mrs Law – ... Ginger.«

»Nun, da täuschen Sie sich, Mr Cash«, konterte Ginger. »Ich habe gerade gedacht, dass Sie mich ein bisschen an Rupert erinnern. Männer mit jungenhaftem Charme. Ehe man sich's versieht, gehen sie einem ans Herz und an die Wäsche. Es gab mal eine Zeit, da hätten Sie alles in Bewegung gesetzt, um bei mir zu landen.«

Elizabeth lachte laut heraus, und Nick grinste.

»Ginger, mich interessiert nichts als die Wahrheit. Ich frage mich nur, ob das alles der australischen Öffentlichkeit wichtig genug ist, damit sich dieses Buch gut verkauft. Nicht alle sind so besessen von Rupert Partridge wie Holly.« Er warf Elizabeth einen kurzen Blick zu. »Nehmen Sie's mir nicht übel, Liz.«

Gingers Augen füllten sich wieder mit Tränen. »Sie erinnern mich wirklich an diesen anderen dunkelhaarigen Mann, der sich ebenfalls leidenschaftlich für die Wahrheit interessierte. Ein Mann, der dank seiner eigenen Lügen – und dem australischen Rechtssystem – seine Wahrheit am Galgen fand.«

Sie nahm ihre Zimmerwanderung wieder auf, ehe sie fortfuhr. »Vielleicht schätzt Holly das Interesse der Öffentlichkeit an Ruperts Tod und an den Ruinen falsch ein, aber wen kümmert das schon? Ich darf eine Weile hier wohnen, während ich an meinem Teil des Buches arbeite. Wir brauchen alle mal eine kleine Auszeit. Was also ist Ihre Motivation, Elizabeth?«

Als die Aufmerksamkeit nun plötzlich auf sie gerichtet war, bekam Elizabeth prompt einen roten Kopf. »Mich hat der Fall schon immer fasziniert, vor allem weil ich mit Rupert verwandt bin«, antwortete Elizabeth mit leiser, sanfter Stimme. »Meine Mutter sprach nie darüber – sie sagte immer nur, es wäre ihr völlig gleichgültig –, was es für mich natürlich nur noch reizvoller gemacht hat, mich mit Rupert zu beschäftigen! Als Holly mich dann gefragt hat, ob ich die Ruinen fotografieren will, und erwähnte, dass Sie, Ginger, auch hier sein würden, wie konnte ich da ablehnen? Sie sind eine echte Ikone, Ginger! Ich finde, jede moderne Frau kann sich von Ihrem Leben inspirieren lassen. Sie waren Ihrer Zeit in jeglicher Hinsicht weit voraus. Man sollte Ihre Geschichte verfilmen.«

Während Elizabeths letzter Worte schien die ältere Dame vor lauter Stolz sichtlich anzuschwellen. »Wie wahr«, entgegnete sie kein bisschen bescheiden und strahlte Elizabeth an, wobei sie leuchtend weiße Zähne zeigte, die sicher weder Yoga noch gesunder Ernährung zu verdanken waren, sondern der äußerst kostspieligen Arbeit eines attraktiven New Yorker Zahnarztes.

Durch Gingers plötzliche Herzlichkeit ermuntert, fuhr Elizabeth fort: »Früher habe ich so gerne *Terrace Street* angeschaut – natürlich nur wenn Mum nicht zu Hause war. Sie waren einfach spitze. Dieser Abigail haben Sie's so richtig gezeigt!«

Inzwischen glich Ginger einem riesigen stolzen Pfau. »Das Fernsehen heutzutage ist einfach nicht mehr das, was es mal war!«, prahlte sie. »Ich kann diesen ganzen dummen Krimi- und Reality-TV-Müll, der als Unterhaltung dienen soll, nicht ausstehen. Wer will schon Leuten dabei zusehen, wie sie kochen oder Ratten essen? Ich weigere mich, mir das anzusehen. Warum soll ich mich zu so etwas hergeben? Damals wussten wir noch, was die Zuschauer wollen, und wir haben es ihnen geliefert!«

Nick nickte nun stumm. In der Serie hatte Ginger eine nymphomanische, wichtigtuerische Nachbarin gespielt und war wesentlich häufiger ohne Klamotten als bekleidet zu sehen gewesen.

»Ich kann es kaum erwarten, Sie zu fotografieren, Ginger«, fuhr Elizabeth mit ihrer leisen, melodischen Kleinmädchenstimme fort.

Nick und Ginger beugten sich nach vorne, um sie verstehen zu können, was zu einer erzwungenen Intimität zwischen den dreien führte.

»Ich glaube, wir werden hervorragend zusammenarbeiten. Ich finde es wundervoll, wie wir Frauen es schaffen, bei kreativen Gemeinschaftsprojekten richtig zu kommunizieren und uns gegenseitig zu bereichern.«

Nicks Augen wurden schmal bei dieser plötzlichen Wendung der Unterhaltung.

»Ich würde wahnsinnig gern ein paar aktuelle Aktaufnahmen von Ihnen machen, um sie mit den Fotografien meines Großvaters von damals zu vergleichen. Ich habe ja schon gehört, dass der *Playboy* Sie ablichten möchte – das ist toll und eine echte Anerkennung Ihres fortwährenden Sex-Appeals –, aber unser Buch bietet einen viel künstlerischeren Rahmen, um die Hüllen fallen zu lassen. Die antike Kamera, die ich benutze, übrigens ein Erbstück von Rupert, funktioniert über einen Kollodium-Nassplatten-Prozess, der eine so schmeichelhafte Beleuchtung schafft, wie sie keine moderne Photoshop-Bearbeitung je erzielen könnte. Unsere Fotos wären nicht effekthascherisch, sondern eher eine intime Wertschätzung Ihrer Schönheit als ältere Frau. Aktuelle Aktfotos des letzten Flower-Mädchens wären eine ausgezeichnete Werbung für die *Flowers of the Ruins*. Finden Sie nicht auch, Mr Cash?«

»Nennen Sie mich doch bitte Nick«, protestierte Nick. Er rappelte sich auf und fuhr sich mit der Hand durchs Haar.

»Ich bin das letzte Bindeglied zur Vergangenheit – abgesehen von Wanda im Pflegeheim, und von *ihr* dort.« Ginger zeigte mit dem Finger durchs Fenster auf die anderen Nester. Auf Nicks fragende Miene hin zischte Ginger: »Die verdammte Dolly Sharp. Was für ein süßer und passender Name für den Bastard einer Puppenmacherin, nicht wahr? Als ich damals hier ankam, war sie ein Knirps von gerade mal sieben Jahren. Ihre Mutter jagte mir eine Heidenangst ein, aber die Tochter war wunderschön: lange schwarze Haare bis zur Taille und schwarze Onyx-Augen. Wir haben immer gescherzt, dass Dolly ein Wechselbalg aus den Owlbone Woods sein muss, den die bösen Feen zurückgelassen hatten. Oder dass die Puppenmacherin sich eine Puppentochter gebastelt hat, um Gesellschaft zu haben. Eine Puppe, die sie in ihrem Häuschen im Busch aus Rinde, Zweigen, Steinen und Beeren genäht hatte und die zum Leben erwacht war.«

»Wer ist ›wir‹?«, hakte Nick nach, während er es sich auf der Couch zwischen all den Zeitschriftenstapeln und Papieren bequemer machte.

»Die Flower-Mädchen«, erwiderte Ginger und schichtete einen Haufen *Vogue*-Ausgaben neu auf, der auf den Boden gerutscht war. »Rupert hat ja kaum wahrgenommen, dass Dolly überhaupt existierte. Er interessierte sich nur für seine Arbeit und für Shalimar. Doris war nett zu Dolly, das muss man schon sagen. Ich persönlich mochte dieses Kind nicht besonders – und Shalimar genauso wenig. Sie waren beide viel zu verwöhnt und aufsässig. Irgendetwas stimmte mit den beiden nicht.«

Eine Wolke von Gingers schwerem Parfüm zog an Elizabeth vorbei. Trotz ihres Alters konnte man nicht umhin zuzugeben, dass Ginger Lawson immer noch »das gewisse Etwas« hatte. Wie gerne hätte Elizabeth sie gefragt, ob an den Gerüchten über ihre Affäre mit Rupert etwas dran war, aber sie hatte Angst, das Vertrauen bereits in diesem frühen Stadium aufs Spiel zu setzen. Obwohl sie schon über siebzig war (das genaue Alter hatte Elizabeth trotz all ihrer Recherchen nicht herausfinden können), hätte sie locker für eine zwanzig Jahre jüngere Frau durchgehen können. Ihre Haut hatte zwar Falten, aber ihr Teint strahlte.

»Sie fragen sich sicher, ob ich mich habe liften lassen«, sagte Ginger auf ihre direkte Art, als sie Elizabeths Blick bemerkte. »Habe ich nicht! In den USA wäre das problemlos möglich gewesen, aber ich habe zu viele schlechte Beispiele gesehen, wo die Frauen hinterher aussahen, als hätten sie ständig Schmerzen. Ich achte auf meine Ernährung, mache Yoga – und versuche, möglichst viel Schlaf und Sex zu bekommen, wann immer es geht!« Sie warf Nick einen herausfordernden Blick zu, woraufhin dieser ungemütlich hin und her rutschte. »Falls Sie in einer einsamen Winternacht mal Bedarf an Gesellschaft haben sollten!«

Elizabeth senkte schnell den Kopf, um ihr Grinsen zu verbergen, als sie Nicks erschrockene Miene sah. Nick war es sicher gewohnt, dass Frauen ihm eindeutige Angebote machten, aber es war ihm anscheinend noch nie passiert, dass eine Siebzigjährige mit ihm die Rollen tauschte!

Hektisch begann er, das Thema zu wechseln. »Nach allem, was ich über Shalimars Tod gelesen habe, scheint es mir durchaus möglich, dass Rupert Unrecht getan wurde«, sagte er und wich dabei Gingers Oberschenkel aus, den sie ganz beiläufig an seinen drückte, seit sie es sich neben ihm auf dem Sofa gemütlich gemacht hatte. »Ich weiß, er hat gestanden, aber da passen zu viele Dinge nicht zusammen. Möglicherweise wollte er jemand anderen schützen – Doris vielleicht – und war deshalb bereit, die Tat auf sich zu nehmen.«

»Aber warum sollte er sich diese Mühe machen?«, gab Ginger zu bedenken. »Doris kam schließlich ums Leben, weil sie kopflos aus dem Haus rannte, als man Shalimars Leiche hereintrug.«

Gingers Herz klopfte laut, und sie schmeckte ihren abgestandenen, alten Atem. Verflucht sei dieser schöne Mann, dass er diese schreckliche Nacht wiederaufleben ließ! Erinnerungen, die sie mit Hilfe ihres Therapeuten mühsam verarbeitet hatte, flatterten nun wie riesige Vögel aus seinem törichten Mund. Erinnerungsvögel, die sie mit scharfkantigen Flügeln und Schnäbeln folterten und mit ihren Klauen in jene Nacht im Jahr 1945 zurückzerrten, als Schreie in den Mauern des Anwesens widerhallten. Im Tod glich Shalimar einem zerbrochenen Engel, wie sie da im Atelier an ein halbfertiges Gemälde gelehnt saß. Jemand hatte eine alte graue Decke über sie gebreitet – sie schien so friedlich zu schlafen. Wasser war auf den Fußboden getropft, und normalerweise hätte diese Achtlosigkeit in der Nähe seiner kostbaren Werke Rupert fuchsteufelswild gemacht. Doch er lag über den Körper seiner Tochter gebeugt, heulend, schluchzend und kümmerte sich kein bisschen mehr um seine Kunst. Die Trauer von Eltern, die ein Kind verloren haben, ist ein solch furchtbares Geräusch, dass keine Seele es je zu hören bekommen sollte. Noch mehr Erinnerungen: Wanda, wie sie völlig hysterisch auf die Wände einschlug, Kitty wehklagend, und sie selbst, die in den Kummer einstimmte, bis ihr Hals rot und wund war. So viele Details von jenem verfluchten Tag und jener Nacht waren noch lebendig. Genau wie der Schwur, den die drei Frauen hinterher geleistet hatten. Das Geheimnis, das sie geschworen hatten zu wahren, während Miss Sharp sie anwies, sich in den Finger zu schneiden und das Blut auf die Puppe tropfen zu lassen. Sie waren so jung gewesen, so voller Angst, dass sie leicht zu Komplizinnen geworden waren.

»Aber Rupert war es doch schon eine Weile nicht gutgegangen, oder?« Elizabeth beobachtete, wie Gingers Knie an das von Nick stieß, woraufhin er seines ruckartig wegzog. »Der Krieg hatte seine Dämonen entfesselt. Woher wollen wir wissen, wie er die Dinge interpretiert hat?«

»Sie meinen, woher wollen wir wissen, ob nicht der Krieg einen ohnehin labilen Mann vollends in den Abgrund gestoßen hat?« Ginger bemühte sich offensichtlich krampfhaft, ihre Gefühle unter Kontrolle zu halten. »Er war kein gesunder Mann, und Shalimar war die große Liebe seines Lebens – aber sie war gleichzeitig eine Qual. Ich werde sie nicht auf ein Podest stellen so wie alle anderen, als sie noch lebte.«

Ginger hat da unten rote Haare! Ginger hat 'nen fetten Hintern und 'nen dicken Bauch!« Sie hörte Shalimars Hänseleien, als würden sie ihr gerade jetzt ins Ohr geflüstert. Das Kind war unfassbar eigensinnig gewesen und völlig verzogen. Dieses arme Känguru der Puppenmacherin … Ginger hatte kein Wort von dem geglaubt, was Shalimar über seinen grässlichen Tod erzählt hatte. Sie war immer überzeugt gewesen, dass Shalimar die Wahrheit über Busters Ende kannte. Und dann war da noch die Art, wie sie Dolly behandelte … Shalimar mit ihrem Engelsgesicht hatte es faustdick hinter den Ohren. Natürlich konnte es auch sein, dass Dolly gelogen hatte … bei kleinen Mädchen wusste man nie so genau, wem man glauben sollte. Shalimars blondes Feenhaar und die sanfte Mädchenstimme hatten Rupert und die Leute vom Ort völlig verhext, aber Ginger hatte auch die dunklen Seiten des Kindes gesehen.

»Wollen Sie damit sagen, Sie glauben, dass Rupert Shalimar tatsächlich umgebracht hat?« Elizabeths Tonfall ließ Enttäuschung durchklingen. Nick und sie wechselten einen Blick, vereint durch eine geteilte Sorge. Falls nämlich Ginger Lawson überzeugt von Partridges Schuld war, nahm das ihrem Buch den Wind aus den Segeln.

»Ganz im Gegenteil«, erwiderte Ginger. »Ich habe immer an Ruperts Unschuld geglaubt. Vielleicht sind Sie beide ja in der Lage, mir zu helfen? Unterstützt durch Ihre umfangreiche Erfahrung kann ich der Wahrheit nun hoffentlich auf den Grund gehen.« Wieder drückte sie ihren Oberschenkel an Nick. »Wir könnten zusammenarbeiten«, sagte sie und klimperte dabei anzüglich mit ihren falschen Wimpern. Elizabeth rechnete fast damit, dass sie ihn als Nächstes bitten würde, ihr einen Martini zu mixen, während sie es sich etwas bequemer machte.

»Ich werde alles an Quellenmaterial brauchen, was Sie liefern können.« Nick sah mit gerunzelter Stirn zu Elizabeth hinüber, die sein Unbehagen durchaus genoss. »Fotos, Briefe, alles, woran Sie sich erinnern – egal, wie unwichtig. Alles, was Ihnen damals komisch vorkam.«

Ginger stand auf, streckte sich und stellte ein Bein aufs Sofa, um ihre Wade zu dehnen, wobei ihr Gummistiefel nur knapp Nicks Leiste verfehlte. Elizabeth hatte die schöne, nackte Ginger in Ruperts Gemälden und auf seinen Fotos gesehen. Er hatte sie oft als Amazone oder Jägerin dargestellt. Ihr Körper war unglaublich gewesen, und man konnte leicht erkennen, weshalb Rupert dieses junge Prachtweib unbedingt dazu überreden wollte, eine seiner »Blumen« zu werden.

»Warum sollte Rupert ein Geständnis ablegen?«, wollte sie wissen.

»Um jemanden zu schützen, den er liebte«, erwiderte Nick.

»Die Klatschbasen haben sich vor Aufregung schier das Maul zerrissen mit ihren Spekulationen, dass es sich um eine Vertuschung handeln musste, dass es gar kein Mord war, sondern nur ein schrecklicher Unfall. Aber Rupert hat Shalimar abgöttisch geliebt. Ich bin mir ziemlich sicher, er hätte niemals jemanden geschützt, der ihr etwas angetan hatte«, sagte Ginger und streckte sich zur Decke hin.

»Ich habe ein paarmal versucht, Ihre Mutter, Lois, zu erreichen, aber sie hat jedes Mal gleich aufgelegt«, sagte Nick, an Elizabeth gewandt.

»Von ihr werden Sie nichts erfahren.« Elizabeth seufzte. »Da verschwenden Sie nur Ihre Zeit. Sie hat den Ruinen vor langer Zeit den Rücken gekehrt. Außerdem war Lois ja auch noch viel zu klein, um irgendetwas zu wissen – noch ein Baby. Nichts von alledem passt zusammen.«

»Das wird es schon noch, wenn wir fertig sind«, verkündete Nick zuversichtlich.

»Ich will aber auf jeden Fall, dass unser Buch mein gesamtes Leben umspannt«, verkündete Ginger, »meine Kindheit in Sydney während der Wirtschaftskrise, die Kriegsjahre und die Auswirkungen auf die Stadt und ihre Menschen. Und dann auch die Phase danach, als ich beim Fernsehen und im Kabarett gearbeitet habe. Meine Jahre in den Staaten. Ich hatte ein reiches, erfülltes Leben, und ich will, dass alles davon festgehalten wird. Nicht nur die kurze Zeit, als ich mich für Rupert ausgezogen habe und zufällig hier war, als die Tragödie über seine Familie hereinbrach.«

An Nicks Miene konnte Elizabeth ablesen, dass er sich fragte, ob es wohl einen Markt für Gingers reiches, erfülltes Leben gab.

»Ginger, ich weiß, Holly bestärkt Sie darin, Ihre Memoiren zu schreiben, um damit Werbung für Currawong Manor zu machen.

Aber Holly versteht nichts von der Verlagswelt. Ich glaube ehrlich gesagt, der größte Kaufanreiz für die meisten Leute, und damit der Aufhänger, wird eben doch die Phase sein, während deren Sie eines seiner Flower-Mädchen waren – und Ihre Rolle in der tragischen Saga der Familie Partridge. Ich möchte Ihnen da keine falschen Hoffnungen machen – und mir ist klar, dass Holly die ganze Zeit von einem aufwendigen Bildband spricht, mit Fotos von früher und von jetzt, vom Anwesen und von den Flower-Mädchen. Aber interessiert sich die Öffentlichkeit wirklich genug dafür, um Geld für einen teuren Wälzer über Ruperts Musen auszugeben? Meine Aufgabe ist es, den besten Ansatz zu finden, damit die Leute auch wirklich den Anreiz haben, unser Buch zu kaufen. Und, glauben Sie mir, der spannendste Teil ist Ihre Zeit auf Currawong Manor.«

Ginger betrachtete Nick aufmerksam. Sie traute diesem gutaussehenden Mann mit den verstrubbelten Haaren, den teuren Kleidern und der rauen, aber sympathischen Ausstrahlung nicht ganz, aber sie mochte ihn. Er erinnerte sie an Rupert, mit diesem unerwarteten, sexy Lächeln. Ginger kam mit Männern häufig besser klar als mit Frauen. Männer waren so unkompliziert, und man konnte mit ihnen oft auch mehr Spaß haben. Eines der größten Komplimente, das ihr verstorbener Ehemann ihr je gemacht hatte, war die Aussage, sie wäre »eine echte Dame der alten Schule und fast so gute Gesellschaft wie ein Mann«.

»Ich habe es leider versäumt, Kitty vor ihrem Tod noch zu treffen«, fuhr Nick fort. »Deshalb ist Ihre Mitarbeit so wichtig, um das, was hier tatsächlich passiert ist, zu dokumentieren.«

Wieder sah Ginger diesen riesigen Vogelschwarm in seiner unheimlichen Stille vor sich, als sich Hunderte von Krähen an jenem Abend im Jahr 1945 versammelt hatten, wie ein großer biblischer Vogelschatten, der sich über das Anwesen herabsenkte. Sie fröstelte.

Als würde er spüren, dass Ginger wieder von ihrem persönlichen Kummer abgelenkt wurde, fuhr Nick rasch fort: »Vielleicht könnte jeder von uns je eine Schachtel haben? Ich bin sicher, Liz würde es nichts ausmachen zu teilen?«

Elizabeth lächelte ihn freundlich an, aber ihre großen braunen Augen blieben wachsam. Er sollte bloß nicht den Eindruck von ihr bekommen, dass sie eine extrem nette, etwas langweilige und freundliche junge Frau war.

»Das halte ich für keine gute Idee«, entgegnete sie prompt. »Ich bin der Meinung, wir sollten das ganze Recherchematerial bei Ginger lassen und sämtliche Informationen dort zusammentragen. Außerdem heiße ich Elizabeth. Nur enge Freunde nennen mich Liz.«

Elizabeth Thorrington hatte einen eisernen Willen. Sie hatte noch nie in ihrem Leben auch nur eine einzige Folge *Terrace Street* geschaut. Sie hatte Ginger umgarnt wie eine Spindel. Nick betrachtete Rupert Partridges Enkelin auf einmal sehr fasziniert.

Ginger lächelte in sich hinein, als sie zu ihrem Spaziergang aufbrach. Dieser Nick Cash war Rupert dermaßen ähnlich. Sie war sich sicher, wenn sie ihn wirklich wollte, könnte sie ihn haben. Ja, selbst in ihrem Alter besaß sie noch Sex-Appeal. Doch sie war nun mal Ginger Lawson – und so reizvoll die Vorstellung eines jungen Kerls auch war, Ginger lief keinem Mann hinterher!

Sie warf einen Blick zum Cottage nebenan hinüber, wo Elizabeth untergebracht war. Die Nester … was für einen lächerlichen Namen sich Holly da ausgedacht hatte! Als fände sie sich besonders clever mit ihrem Wortspiel wegen der Currawong-Krähen. Holly hasste den Namen »die Ruinen«, aber sie wurde ihn einfach nicht los, weil die Einheimischen ihn dauernd benutzten. Als glaubten sie, dass es Unglück bringe, die Vögel zu erwähnen, wenn es nicht unbedingt sein musste …

Ruperts Enkelin, und damit eine Angehörige der Familie, hinten im Garten des Hauses unterzubringen war nicht richtig. Nicht, dass dieser Ort irgendeinem von ihnen gutgetan hätte, dachte Ginger bei sich, während sie zur alten Schaukel hinüberspazierte. Ruperts Vater, Reg, hatte sich kurz nach dem Tod seines ältesten Sohnes Christopher 1942 entweder aus dem Staub gemacht und die Familie im Stich gelassen, oder er hatte sich vom Devil's Leap gestürzt, einem Felsen in den Owlbone Woods, von dem aus es fünfhundert Meter in die Tiefe ging. Seinen Hut und die Jacke hatte man am Rand des Felsens gefunden, wobei Henry Kelly behauptete, er hätte gesehen, wie Reg am Tag seines Verschwindens in den Zug nach Sydney gestiegen sei. Ruperts Mutter Ivy starb kurz darauf, aus Trauer um Christopher. Laut Wanda hatte Ivy nicht alle Tassen im Schrank gehabt – und Christophers höchstes Opfer für sein Land hatte ihr den Rest gegeben. Lois tat gut daran, dem Ort fernzubleiben. Mit argwöhnischem Blick betrachtete Ginger den Wald und biss sich auf die Lippe, weil sie an Dolly Sharps Auftauchen bei Kittys Beerdigung denken musste. Sie hasste die Vorstellung, dass diese Frau nach wie vor in einem der Nester in der Nähe wohnte.

Ginger hatte Shalimar immer wieder davor gewarnt, in den Wald zu gehen, und als sowohl Shalimar als auch Dolly weiterhin nicht auf sie hörten, berichtete sie Rupert und Doris davon – aber hatte einer von ihnen es ernst genommen? Sie waren beide solche Freigeister, dass ihnen alles zuwider war, was mit Gesetzen oder Vorschriften zu tun hatte. Und nach einer Weile ließ sie die Sache auf sich beruhen. Wenn es Rupert und Doris egal war, dass ihre Töchter ihnen nicht gehorchten, weshalb sollte sie sich dann darum kümmern?

Ginger liebte den Garten bei Dämmerung. Der Busch atmete im Einklang mit ihren melancholischen Gedanken an vergangene Tage. Die Vogelscheuche mit ihrem Grinsen und dem Pagenkopf schien sie durch den Nebel hindurch zu verspotten. War das Hollys Idee von einem Scherz? Es hatte auf Currawong Manor immer eine Vogelscheuche gegeben, aber zu Ruperts Zeiten hatte sie nie wie Dolly Sharp ausgesehen. Die riesigen Eukalyptusbäume am Rand des Waldes glichen uralten Kriegern, die über das Land wachten. Die Nacht war im Anmarsch. Automatisch wanderten Gingers Augen hinauf zum Sternbild des Phönix: Alles schien auf einmal so nah. Es fühlte sich an, als wären alle Geheimnisse miteinander verbunden, verwoben und in der Erde verwurzelt. Diana, die stolz und trotzig ihren Bogen gen Himmel reckte – Ruperts Liebesdenkmal –, rührte Ginger wie eh und je. Das Leben der Familie Partridge hatte ein solch grausames Ende genommen, und derselbe gleichgültige Mond war stummer Zeuge gewesen. Hatten die Liebe und das Leben denn gar keinen Sinn? Waren alle künstlerischen Anstrengungen umsonst, da sie mit dem letzten Atemhauch des Künstlers endeten? War das Leben selbst auf so kalte Art gleichgültig wie der Mond und die Natur?

Die Schaukel ächzte. Ginger drehte sich langsam um, und es lief ihr eiskalt den Rücken hinunter. Nichts. Niemand. Die Schaukel war so leer und einsam wie immer. Nur die Erinnerung an das längst verstorbene Kind bewegte die Seile – und doch fürchtete sich Ginger vor Geistern, die in den Abendstunden über das Gelände des Anwesens wandern könnten. Geister der Erinnerung, die Ginger als Eindringling betrachten würden. Auf Currawong Manor musste man mit allem rechnen. Die Geheimnisse wucherten hier so dicht wie das Unterholz im Busch. Diese Lektion hatte Ginger am eigenen Leib erfahren.

Sie blickte hinauf zum schiefergedeckten Hausdach und verspürte die vertraute Angst davor, was für ein Anblick sich ihr wohl bieten würde. Einige Currawongs hatten sich in der Nähe der Türme niedergelassen, aber es waren nicht genug, um ein grausiges Schicksal vorherzusagen. Wie Doris einst über Ruperts Aberglauben gespottet hatte! Ihre hämische Verachtung hatte ihr auch nicht viel gebracht in jener unvergesslichen, brutalen Nacht, als man ihre Leiche von den Schienen hatte kratzen müssen. Arme Doris! Arme Shalimar! Arme Kitty! Und die arme Wanda mit ihrem losen Tratsch-Mundwerk, die in ihrem Pflegeheim nur noch Unsinn von sich gab, während sie darauf wartete zu sterben. So blieb nur noch sie selbst, um die Geschichte von den »Blumen des Teufels« zu erzählen.

Erst vor kurzem war Ginger an diesen gefährlichen, magischen Ort zurückgekehrt, der sie seit Jahren verfolgte. Sie sah immer noch die kleine Shalimar vor sich, mit dem schönsten Gesicht, das ein Kind je besessen hatte (und Ginger hatte damals nicht allzu viel Zuneigung oder Lob für Kinder übrig) – lange blonde Haare, die hinter ihr herwehten, wenn sie in ihrem roten Samtcape, das Miss Sharp ihr von Hand genäht hatte, über den Rasen rannte. »Ginger! Ginger!« Die Rufe hallten durch die Jahre. »Daddy hat ein paar Feen gefunden und hält sie in Gläsern gefangen! Oh, Ginger, komm und schau sie dir an! Wir können sie mit Ingwerkeksen füttern!«

Und die Ginger von damals rannte vor Aufregung quietschend neben Shalimar her. Das Kind musste sich anstrengen, um mit Gingers langen Beinen mithalten zu können. Die fröhliche Kitty folgte ihnen ebenfalls, während Wanda alle anfeuerte. Dann hielten sie sich an den Händen und tanzten ausgelassen im Kreis, wobei Shalimars langes Haar ihr ins Gesicht wehte wie das einer wilden Märchenschönheit. Damals hatten sie alle an Feen geglaubt. Bei jedem Vollmond legten die Bewohner des Anwesens Zuckerkrümel als Tribut an das kleine Volk vors Haus und beteten darum, dass ihre Wünsche in Erfüllung gingen. Wenn Ginger heutzutage noch einen Gedanken an das Reich der Elementargeister verschwendete, dann waren die Feen, die in ihrer Vorstellung durch die Wälder huschten und schwarze Wolken hinter sich herzogen, schmutzige, heimtückische, verdorbene Gestalten. Wimperndünne Arme, fauliger Winteratem und winzige rasiermesserscharfe Feenzähne, die Knochen knacken konnten. Feenvolk, das sich an finsteren Nachtspielen ergötzte und schlafende Kinder in ihren Träumen quälte. Ginger konnte sich nur zu gut ausmalen, dass *diese* Sorte Feen in den Owlbone Woods lebte. Bösartige, kichernde, schadenfrohe Wesen, die auf dem Rücken der Currawong-Krähen flogen und Krönchen aus Mäuseschädeln und Pfeile aus Feuerstein und Distelstacheln trugen. Es waren nicht mehr die wunderschönen Wesen, die Rupert erschaffen hatte, um Shalimar zu bezaubern. Wochen an Arbeit hatte er in die winzigen, zerbrechlichen, mit Goldstaub gepuderten Geschöpfe investiert. Er hatte sie vorsichtig in Gläser gesetzt, um so zu tun, als hätte er sie gefangen. »Sie schlafen, Shalimar. Du darfst sie nicht anfassen oder zu viel Lärm machen«, hörte Ginger seine tiefe, kultivierte Stimme sagen. Rupert klang nur dann zufrieden, wenn er mit Shalimar sprach. Das war für alle ganz offensichtlich – sein Herz gehörte Shalimar.

All die vielen Jahre später, mit einem Ehemann unter der Erde und einem vollen Leben hinter sich, streifte Ginger nun durch den Garten, in dem Shalimar einst geherrscht hatte. Ihre Schaukel baumelte immer noch vom großen Eukalyptusbaum mit seinen rätselhaften Zeichen in der Rinde, von denen Rupert behauptet hatte, es handle sich um Nachrichten vom Feenvolk und den Waldgeistern. Wieder sah Ginger automatisch zum Dach hinauf – nach wie vor nur einige wenige Vögel – und merkte, dass sie die Luft anhielt. Bewusst atmete sie tief durch. Wovor hatte sie denn solche Angst, dass ihr der Atem stockte und die Knochen schmerzten? Waren es die arglistigen Feen oder die Krähen mit ihren grausamen Augen, die alles beobachteten und nie etwas vergaßen? Oder war es in Wirklichkeit der Tod, den sie fürchtete? Der Tod, eingeritzt in einen der Eukalyptusbäume? Der Tod, der ihr halb versteckt hinter einem der Stämme geduldig auflauerte, weil er wusste, dass ihre Zeit bald gekommen war? Entsprang dieses tiefe Urbedürfnis zu gestehen daraus, dass der Tod sie mit seinen leeren Augenhöhlen im Blick hatte – und sie sich endlich den Geheimnissen stellen musste, die sie tief vergraben hatte? Wieder sah sie zum Dach hinauf … und hörte hinter sich das langsame Knarren der Schaukel.

Shalimar? Bist du das? Bist du immer noch hier, Shalimar?

Warum ließ dieses Kind sie nicht endlich in Ruhe? Eine Krähe landete nahe der Steinmauer, die zu den Owlbone Woods führte. Ginger verkrampfte sich. *Ein Vogel allein war ein schlechtes Omen.* Die Ruinen waren kein Ort, wo man gerne schwarzgefiedertes Getier erblickte. Ginger wusste, wie kalt und gefährlich die Schatten in den Owlbone Woods waren. Der Nebel war inzwischen dichter geworden, und bald würde Shalimars Schaukel nicht mehr zu erkennen sein.

6. Kapitel

Die Frosts kehren zurück

Eine Bedingung für die kostenlose Unterbringung der Gäste in den Nestern war, dass alle zusammen mit den Shaws im Haupthaus zu Abend aßen. Elizabeth mit ihrer ausgeprägten Abneigung gegen Smalltalk hatte vor dieser Klausel gegraut.

Punkt achtzehn Uhr trafen sich Nick, Elizabeth und Ginger vor Gingers Nest, um gemeinsam hinüberzugehen. In ihrer grauen Hose und der Strickjacke, die sie hastig übergezogen hatte, kam sie sich im Vergleich zu Ginger total underdressed vor – die war wie immer übertrieben gestylt und trug ein rotes Glitzerkleid mit einem tiefen Ausschnitt, der viel mehr Dekolleté zeigte, als Elizabeth das bei älteren Damen gewohnt war. Kronleuchterkristalle funkelten an ihren Ohren. Der einzige Verweis auf die ländliche Umgebung war ein Paar Gummistiefel mit Erdbeermuster. Nick trug seine übliche Uniform aus schwarzer Jeans und Lederjacke.

Holly, die als Gastgeberin ganz in ihrem Element war, hatte sich für ein braunes Wollkleid und etwas Goldschmuck entschieden. Bob sah aus, als würde er lieber vor dem Fernseher herumlümmeln, als Dinnergäste zu unterhalten.

Wann immer Nick nicht damit beschäftigt war, Ginger zu hofieren, die pausenlos mit ihm flirtete, saß er über sein Handy gebeugt und schrieb SMS oder telefonierte mit leiser, eindringlicher Stimme. Holly hatte James Frost den Platz neben sich zugewiesen. Der Gärtner trug Jeans, dazu aber immerhin ein blau gestreiftes Hemd unterm schwarzen Jackett.

»James wohnt hier im Haus«, erklärte Holly mit einem spitzbübischen Grinsen. »Er gehört praktisch zur Familie, stimmt's, James?« Sie kicherte wie ein junges Mädchen und tätschelte James' Arm. Ganz offensichtlich liebte Holly den Trubel und die Menschen, während der mürrische Bob das genaue Gegenteil war. Wieder einmal fragte sich Elizabeth, was die beiden wohl aneinander fanden. Es blieb ihr ein Rätsel, weshalb manche Beziehungen, in denen das Paar nichts zu verbinden schien, Bestand hatten, während andere Affären einfach verpufften. Oder – wie in ihrem Fall – der richtige Partner gar nicht erst auftauchte. Sie war so in ihr Selbstmitleid versunken, dass sie gar nicht mitbekommen hatte, was Holly eben zu ihrem Gärtner gesagt hatte.

»Wie wahr«, erwiderte James und lächelte Holly an. »Holly und ich haben etwas gemeinsam, stimmt's? Die Ruinen sind immer auch ein Teil der Frosts gewesen. Mein Vater, Dennis Frost, hat früher hier gearbeitet. Deshalb habe ich die Gelegenheit zurückzukommen sofort ergriffen. Es ist ein tolles Gefühl zu wissen, dass Dad so vieles von dem gepflanzt hat, was hier heute so üppig wächst – beziehungsweise förmlich wuchert.«

»Es freut mich so, dass du das Angebot angenommen hast, James, mein Schatz«, säuselte Holly.

»Ich glaube, es war vom Schicksal vorbestimmt, dass ich hierher zurückkehren sollte. Es ist, als bräuchte der Garten einen Frost, um zu gedeihen.«

»Ihr Vater hat hier gearbeitet?«, erkundigte sich Nick neugierig. »Da muss er doch einiges zu erzählen haben.«

»Ganz bestimmt«, erwiderte James. »Aber dafür ist es inzwischen leider zu spät. Meine Eltern sind beide vor nicht allzu langer Zeit in den Staaten gestorben. Dad hat mir im Lauf der Jahre einige Kleinigkeiten erzählt, aber Sie wissen ja, wie das ist: Man glaubt immer, die

Menschen bleiben einem auf ewig erhalten.« Die mitfühlenden Blicke der anderen waren ihm sichtlich unangenehm.

»Sei nicht traurig, Herzchen.« Holly tätschelte wieder seinen Arm. »Du hast ja jetzt uns. Lasst uns essen. Ich bin fast am Verhungern! Ginger, möchten Sie neben Nick Platz nehmen?«

Elizabeth war erleichtert, dass sie neben James zu sitzen kam. Irgendwie war ihr Nick Cash nicht ganz geheuer, und sie konnte einen gewissen Unmut nicht unterdrücken, weil sie den Verdacht hatte, dass er aus ihrer Familiengeschichte Profit schlagen wollte. Nun, von ihr würde er jedenfalls nichts erfahren.

Es hatte ihr davor gegraust, den ganzen Abend über höfliche Belanglosigkeiten austauschen zu müssen, vor allem mit Bob, aber Holly hielt die Unterhaltung mit einem nicht versiegenden Strom an Klatsch und Gejammer über die Renovierungsarbeiten am Laufen. »Nur Verrückte halsen sich so ein Projekt auf, hab ich recht, Bob?« war ihr Lieblingsrefrain. Elizabeth und James mussten im Grunde nichts weiter tun, als zu nicken und ihr zuzustimmen.

Das Essen war einfach, aber köstlich. Holly war besonders stolz auf das von James gezüchtete Gemüse, das gerade Saison hatte, und auf die Kräuter aus dem Garten. Elizabeth verspeiste mit Appetit eine hausgemachte Gemüsesuppe, selbstgebackenes, knuspriges Brot mit Ziegenkäsescheiben, einen Lammbraten und Rhabarber-Apfel-Streuselkuchen zum Nachtisch. Ihr fiel auf, dass Ginger nur in ihrem Essen herumpickte und von jedem Teller lediglich einige wenige Bissen aß. Kein Wunder, dass sie mit einer solchen Selbstdisziplin ihre gute Figur behalten hat, dachte Elizabeth und löffelte genüsslich die Reste ihrer großen Portion Nachtisch mit Sahne aus.

»Früher konnte ich auch so viel wegputzen«, bemerkte Ginger anerkennend. »Ach, ehe ich's vergesse.« Sie reichte Elizabeth eine grüne Einkaufstasche von Harrods. »Blutsbande sind nun mal die stärksten Bande, deshalb ist es wahrscheinlich nur fair, wenn Elizabeth als Erste einen Blick auf diese alten Briefe und Fotos werfen darf.«

Nick protestierte sofort: »Aber, Ginger, *ich* schreibe doch das Buch! Ich brauche alles Quellenmaterial, das ich nur kriegen kann.«

»Und das werden Sie auch bekommen, Jungchen«, beschwichtigte Ginger ihn. »Aber ich habe das Gefühl, Rupert hätte gewollt, dass seine Enkelin zuerst reinschauen darf.« Sie zwinkerte Nick zu. »Außerdem habe ich noch jede Menge mehr für Sie, mein Lieber. Es schadet ja nichts zu teilen, oder?«

Hocherfreut, dass sie als Erste die privaten Schriftstücke ihres Großvaters studieren durfte, strahlte Elizabeth Ginger an, doch die ältere Dame starrte nur mit einem komischen Zug um die Lippen durch sie hindurch. Was war nur los mit ihr, fragte sich Elizabeth verwirrt.

Nach dem Essen versorgte Holly die Anwesenden mit Kaffee. »Wie aufregend, dass Sie alle schon Freunde geworden sind«, tönte sie. »Hier auf Currawong Manor zu sein wird Ihrem Buch eine Tiefe verleihen, wie es an keinem anderen Ort möglich gewesen wäre. Falls Ruperts Geist immer noch unter uns weilt – und davon bin ich fest überzeugt –, nicht wahr, Bob?« Bob starrte stur geradeaus und kaute an einer Scheibe Brot herum. Unverdrossen fuhr Holly fort: »Ist er bestimmt hocherfreut zu sehen, wie auf seinem Anwesen die Kreativität wieder aufblüht. Ginger, sagen Sie jetzt nichts! Lassen Sie mir einfach nur einen Moment lang die Vorstellung, wie Rupert uns jetzt gerade mit einem Lächeln auf den Lippen beobachtet. Bob, reich Elizabeth bitte die Milch.«

»Ich wollte lediglich sagen, was für eine ausgezeichnete Köchin Sie sind, Holly«, meinte Ginger. »Sie hätten selbst mit Doris mithalten können. Es tut mir leid, Ihre romantische Seifenblase platzen lassen zu müssen, aber ich habe Rupert zu Lebzeiten nicht sonderlich oft lächeln sehen, daher bezweifle ich, dass er es jetzt tut. Viel wahrscheinlicher wäre es, dass er hinter Ihnen steht und Ihnen wegen der Renovierungen am liebsten die Gurgel umdrehen würde. Ich glaube nicht, dass es ihm gefallen würde, wenn die Ruinen zu stark modernisiert werden.«

»Sie Spielverderberin!«, schimpfte Holly mit Ginger. »Ich werde jetzt englisches Fernsehen einschalten und mir die letzte Folge *East-Enders* anschauen. Falls jemand sich mir anschließen möchte, nur zu.« Sie stand auf und blickte hoffnungsvoll in die Runde, doch alle entschuldigten sich rasch. »Kein Interesse? Wäre dann zufällig jemand bereit, Dolly ihr Abendessen zu bringen? Sie wohnt in dem Nest direkt am Waldrand. Ich habe alles im Ofen für sie warm gehalten.«

»Fragen Sie mich lieber nicht«, keifte Ginger, »sonst komme ich noch in Versuchung, Rattengift darüberzustreuen.«

»Ginger, also wirklich!« Holly wirkte ob dieses Ausbruchs gleichermaßen erfreut und schockiert. »Das ist aber gar nicht nett. Die arme Frau hatte wahrlich kein einfaches Leben, und Geld hat sie auch keines.«

»Ich habe meine Gründe, sie nicht zu mögen, wie Sie bald herausfinden werden«, versprach Ginger. »Kommen Sie, Nick. Sie können mich nach Hause begleiten, und dann trinken wir noch ein Gläschen zusammen.«

Nick zögerte, offensichtlich hin- und hergerissen, ob er Dolly ihr Abendessen bringen sollte, um ihr vielleicht irgendwelche Informationen zu entlocken, oder ob er sich lieber weiterhin mit Ginger gut stellte.

Elizabeth nutzte rasch die Gelegenheit: »Gehen Sie nur mit Ginger, Nick«, drängte sie ihn. »Ich kümmere mich um Dolly.«

»Ausgezeichnet!«, flötete Ginger. Sie küsste alle Anwesenden der Reihe nach auf beide Wangen – sogar Bob, was diesen ungemein erschreckte. »Kommen Sie, mein Freund!« Sie hakte sich bei Nick unter, und die beiden zogen gemeinsam ab.

»Kann ich noch beim Abspülen helfen, bevor ich mich auf den Weg mache?«, bot Elizabeth an.

»Nein, vielen Dank, Liebes.« Holly stapelte bereits die Teller aufeinander. »Darum werden sich James und Bob kümmern, stimmt's, Jungs? Nehmen Sie eine der großen Taschenlampen aus der Küche mit. Draußen ist es stockfinster.«

Holly hatte nicht übertrieben. Man konnte kaum einen Meter weit sehen. Nebel hatte sich herabgesenkt, und so ganz ohne Straßenlaternen fand die in der Großstadt aufgewachsene Elizabeth den Garten ziemlich unheimlich. Es war auch nicht gerade hilfreich, dass sie in einer Hand das Abendessen für Dolly balancieren musste. Die Strecke zwischen dem Haupthaus und den Nestern war ihr zuvor viel kürzer erschienen als jetzt allein und im Dunkeln. Eine Eule schrie, und Elizabeth zuckte zusammen. Sie wünschte, sie hätte Ginger und Nick gebeten, auf sie zu warten, während sie nun die Taschenlampe herumschwenkte und versuchte, nicht in jedem Schatten ein finsteres Gesicht zu sehen. Vorsichtig setzte sie ihre Schritte, um nicht die Suppe zu verschütten, die Holly in ein Glas gefüllt hatte. Die harmlosen Scherze über den Geist ihres Großvaters beim Abendessen nahmen nun im nächtlichen Garten eine wesentlich bedrohlichere Form an. Trotz ihrer Sorge um Dollys Mahlzeit fing Elizabeth an, schneller zu gehen, wodurch selbst ihr eigenes Schnaufen plötzlich bedrohlich zu klingen schien, während ihre Füße knirschend über Zweige und Steine stolperten. Aufblitzende Erinnerungen an Medienberichte über Morde in abgelegenen Gegenden ließen ihren Puls rasen. Warum konnte sie nicht einfach lockerlassen? Die meisten Menschen hätten Angst vor der hohen Kriminalitätsrate in der Stadt, doch trotz der häufigen Überfälle in ihrem Viertel hatte sich Elizabeth in Sydney nie gefürchtet. Dort waren immer – egal, wie spät es war – noch andere Leute unterwegs. Doch falls ihr hier an diesem abgeschiedenen Ort etwas auflauern sollte, wer würde sie schreien hören? Holly saß vor *EastEnders*, und Geräusche aus dem Garten würden sowieso nicht durch die dicken Steinmauern des Hauses dringen. So war sie ganz schön erleichtert, als sie endlich durch die Nebelschwaden die Lichter der Nester aufblitzen sah.

Zum Glück war sie so schlau gewesen, zuvor ihre Außenbeleuchtung anzulassen, so dass sie nicht im Dunkeln nach ihrem Schlüssel suchen müsste. Selbst wenn sich dadurch bestimmt eine ganze Insektenwolke vor ihrer Tür versammelt hatte.

Schließlich erreichte sie das letzte Nest, das sich von den anderen durch Anzeichen längerfristiger Nutzung unterschied: Blumentöpfe, Gartenschmuck und eine kleine Holzbank. Die Tür öffnete sich sofort, und Elizabeth hatte den Eindruck, dass die Frau, die sie missmutig anstarrte, bereits ungeduldig gewartet hatte.

»Ach, Sie sind's.« Dolly klang enttäuscht. »Arbeiten Sie jetzt für sie? Ich bin schon am Verhungern, also vielen Dank.« Sie wischte Elizabeths Entschuldigung beiseite. »Gute Nacht«, sagte sie barsch. Kurz bevor ihr die Tür vor der Nase zugeschlagen wurde, erhaschte Elizabeth noch einen Blick auf das hell erleuchtete Zimmer, das mit Hunderten handgemachter Stoffpuppen gefüllt war.

Als sie so vor Dollys Nest stand, hörte Elizabeth einen weiteren Käuzchenschrei, gefolgt vom Knacken eines Zweiges. In der Nachtluft klang es wie ein Pistolenschuss. Elizabeth verkrampfte sich. Ganz nahe an den Owlbone Woods hatte sich ein Schatten aus der Dunkelheit gelöst. Ein Schatten, der durchaus ein Mensch sein konnte. Dann hörte sie das Knarren der alten Schaukel, als würde jemand sie anschieben – oder darauf schaukeln.

»Wer ist da?«, rief sie, in der Hoffnung, dass ihr Rufen Dolly wieder an die Tür locken oder Nick oder Ginger dazu veranlassen würde, nach draußen zu kommen. »Hallo? Ist da jemand?«

Hollys Worte beim Abendessen fielen ihr wieder ein: *Ruperts Geist beobachtet uns lächelnd.* Sowie Gingers bissige Erwiderung: *Wahrscheinlich steht er gerade hinter Ihnen und würde Ihnen am liebsten die Gurgel umdrehen.*

Nach einem weiteren knackenden Zweig und einem weiteren Knarren der Schaukelseile drehte sich Elizabeth um und rannte förmlich auf ihr Nest zu. Sie wusste, dass ihre Panik völlig irrational war, aber dieses Wissen milderte ihre Angst nicht. *Jemand beobachtete sie vom Wald aus. Jemand – oder etwas –, der ihr Übles wollte. Listig, wissend, bereit, sie von hier fortzuholen und an einen Ort zu bringen, wo man nie mehr von ihr hören würde.*

Erst nachdem sie alle Lichter in ihrem Nest angeknipst hatte, beruhigte sie sich wieder. Sie zog die Vorhänge zu und schalt sich selbst für ihre blühende Phantasie. Vielleicht war es ja bloß ein Känguru oder irgendein anderes größeres Tier gewesen, das durch den Busch streifte.

Als sie jedoch vorsichtshalber in dem winzigen Schrank und unter ihrem Bett nachsah, war ihre Angst immer noch nicht wirklich gewichen. Ein Gespenst würde sich nicht durch eine Tür abhalten lassen – und der Geist ihres Großvaters könnte möglicherweise mit finsteren Absichten direkt neben ihr stehen. Hier auf Currawong Manor schien alles möglich zu sein. Schließlich musste es ja einen Grund gegeben haben, weshalb man Rupert den »Teufel« getauft hatte.

7. Kapitel

Durch die blaue Tür

Im Dämmerlicht des nächsten Morgens erwachte Elizabeth völlig orientierungslos. Draußen rief ein Kookaburra, und sie brauchte einige Sekunden, bis sie begriff, dass sie in den Blue Mountains war. Sie hatte tief geschlafen, erinnerte sich beim Aufwachen an Traumfetzen, bei denen es darum ging, mit ihrer Mutter zusammen zu irgendeiner feierlichen Veranstaltung zu gelangen. Als sie schließlich dort ankamen, nachdem sie zuerst in die falsche Straße abgebogen waren, fanden sie Ginger in einem schäbigen Nachtclub vor, die dort einer randalierenden Gruppe australischer Offiziere ein Ständchen brachte. Im zweiten Teil des Traums wanderte Elizabeth durch den Garten von Currawong Manor. Am Diana-Wasserbecken war die von Rosen bedeckte Statue in Mondlicht getaucht, und eine Schaukel ächzte leise im Wind. Es war eine unheimliche Szenerie.

In der letzten Traumphase führte sie der Mond auf einem Pfad durch die Owlbone Woods. Die Bäume bewegten sich beim Gehen auf sie zu und bedrängten sie mit einem Gewirr aus Zweigen und Wurzeln. Sie hatte das panische Gefühl, dass gleich um die nächste Biegung oder hinter einem Stamm etwas Schreckliches auf sie wartete.

Alles in diesem Alptraum hatte nach Borke, Wurzeln, Zerfall, Tod und Angst gerochen.

Nachdem sie ihre Nachttischlampe eingeschaltet hatte, lag Elizabeth mit klopfendem Herzen da und versuchte, sich wieder zurechtzufinden. Um den bizarren Traum abzuschütteln, kochte sie sich eine Tasse Kamillentee und suchte ihre Lesebrille heraus, um noch mal einen der Briefe zu studieren, die Ginger ihr ausgeliehen hatte.

44 Brick Lane, Surry Hills
April 1945

Liebe Ginger,
wenn du diesen Brief liest, geht es dir hoffentlich gut, mein Kind, und die Hitze macht dir nicht zu sehr zu schaffen. Bei euch oben in den Bergen sollte es ja kühler sein. Dora schreibt das hier für mich auf, weil ich es mit der Rechtschreibung ja nicht so habe, wie du weißt. Vielen Dank für das Geld, das du letzte Woche geschickt hast. Das hättest du wirklich nicht tun sollen! Ich bin fast umgekippt, als ich gesehen habe, wie viel es ist! Aus Gewohnheit habe ich die Hälfte vor deinem Pa versteckt – wenn er hier wäre, würde er direkt zur Rennbahn oder ins Casino laufen. Wir haben nichts Neues mehr von ihm gehört, aber ich nehme an, er ist auf dem Weg nach Hause, dem Herrn sei Dank.

Ich bete jeden Abend für dich, Ginger. Ich weiß, wir waren nicht immer einer Meinung und du bist, weiß Gott, genauso stur wie ich – und nicht leicht zu bändigen –, aber ich bin deine Ma, und hier wird immer dein zuhause sein. Die Nachbarn reden nicht mehr mit mir, seit sie mitbekommen haben, dass du in die Berge zu »ihm« abgehauen bist. Sollen sie doch bleiben, wo der Pfeffer wächst! Wenigstens kann ich jetzt in Ruhe meine Wäsche aufhängen. Um deine Frage zu beantworten, Mrs Gripe von nebenan treibt sich immer noch mit diesem Ami herum, während ihr Mann bei der Arbeit ist. Jetzt lachst du bestimmt, wenn du das liest, aber ich muss den beiden schließlich zuhören! Zum Glück ist dein Pa nicht da, den würde das mächtig auf die Palme bringen.

Neulich bin ich Jennifer und William begegnet, die dich herzlich grüßen lassen. Sie haben immer noch nicht herausgefunden, was man wegen der Beine ihres armen Jungen tun kann. Da ist man wieder dankbar für das, was man hat, oder? Es ist schrecklich zu sehen, wie manche unserer Männer sich seit ihrer Heimkehr durchschlagen müssen. Außer all ihrem Gerede scheinen Curtin und sein Haufen nicht viel für sie zu tun. Ich habe früher ja gedacht, Jennifers Junge könnte zu dir passen. Ihr habt euch doch gut verstanden, und er hatte anständige Manieren. Dieser Krieg ist grausam zu den jungen Menschen! Ein hübscher Kerl wie er kommt als Krüppel zurück, und die Männer, die ihn geschickt haben, werden in ihren Villen immer fetter. Dafür müssen sich unsere Jungs bei ihrer Heimkehr dann mit der Wohnungsnot herumschlagen, und was machen diese fetten, reichen Kater? Genau dasselbe wie immer, Ginger, nämlich gar nichts. Für die Reichen ist es ein anderer Krieg als für die Armen!

Pass auf, dass du zwischen diesen Leuten dort nicht vergisst, wer du bist, Ginger. Du bist ein gutes Mädchen, trotz deines ungestümen Temperaments. Ich bete jeden Abend für dich. Nicht, dass Gott mich je erhört hätte! Ich vermute, die Brick Lane fällt nicht in seinen Zuständigkeitsbereich. Lieb von dir, dass du nach meiner Hüfte fragst. Es geht in letzter Zeit ein bisschen besser, aber dafür will die alte Pumpe nicht mehr so richtig. Wie du ja weißt, ist meine Mutter an einem schwachen Herzen gestorben, deshalb muss ich aufpassen. Aber viele würden gerne mit mir tauschen – also hat es wenig Sinn, sich zu beklagen. Verbreite Freude und behalte die Sorgen für dich, Ginger. Das ist mein Rat an mein geliebtes Mädchen.

Alles Liebe, Ma

»Klingt nach einem guten Ratschlag, Ma«, murmelte Elizabeth. Die mütterliche Sorge der Frau um das Wohlergehen ihrer Tochter bei »ihm« war aus den Zeilen selbst nach all den Jahren noch herauszulesen. Was würde ihre »Ma« wohl jetzt von Ginger halten? Es war schwer, diese ältere, glamouröse, welterfahrene Ginger mit der Tochter einer wenig gebildeten Mutter aus Surry Hills unter einen Hut zu bringen. Elizabeth war berührt von der Besorgnis hinter den sorgfältig aufgeschriebenen Worten. Würde sich ihre eigene Mutter Gedanken machen, wenn sie davonlaufen würde, um bei irgendeinem unkonventionellen Künstler mit zweifelhaftem Ruf zu leben? Lois war ja nicht unbedingt eine schlechte Mutter. Sie war nur einfach eher unbeteiligt und hatte unter ihrer eigenen problematischen Kindheit gelitten. Sie schien immer zu beschäftigt zu sein, um zu bemerken, was Elizabeth gerade tat. Außer natürlich, wenn sie mit ihren kontroversen Fotografien für peinliche Momente sorgte.

Draußen regnete es heftig. Die Tropfen trommelten auf das Schieferdach, und Elizabeth jubelte innerlich. Sie würde hier in ihrem Nest bleiben und sich eine von Gingers Kassetten anhören. Gingers Ankündigung, dass sie den Vortritt haben würde, hatte sie sehr gefreut. Nun duschte sie rasch, zog sich Leggings und einen grauen Pulli an und war gerade dabei, Frühstück zu machen, als es an der Tür klopfte.

Es war Nick. Er trug ein schwarzes Sportdress, und sein Atem bildete in der Morgenluft Wolken. Offensichtlich war er bereits joggen gewesen.

»Kann ich Ihnen helfen?«

Sie sah, wie er einen Blick an ihr vorbei aufs Sofa warf, wo neben ihrem Kassettengerät die Tasche stand, in der sich auch Gingers Tonaufnahmen befanden. »Verzeihung, arbeiten Sie schon? Ich dachte, ich frage mal nach, ob Sie vielleicht Lust haben, zum Frühstück mit runter ins Dorf zu kommen?«

»Äh, vielen Dank für das Angebot, aber ich möchte so schnell wie möglich anfangen. In der Tasche, die mir Ginger gestern Abend gegeben hat, sind einige Kassetten.«

»Warum hat sie diese Sitzungen überhaupt aufgenommen? Wir hätten das doch einfach alle gemeinsam anhören können«, meinte Nick mit leichter Verärgerung in der Stimme.

»Ich vermute, sie hat Angst, zu emotional zu werden«, erwiderte Elizabeth. »Sie war krank und will sich nicht noch mehr unter Druck setzen, als sie es ohnehin schon ist.«

Während des kurzen Schweigens, das folgte, nahm Elizabeth zum ersten Mal die Intensität seines Blickes wahr. In seinen schokoladenbraunen Augen lag eine Wärme, die sie bei seinem Schürzenjägerruf gar nicht erwartet hätte. Gefährliche Augen, die sie anfällig für seinen Charme machen konnten. Sinnliche Augen, die ihre Wachsamkeit schwächen und ihr Vertrauen stärken konnten. Schnell rief sie sich wieder in Erinnerung, dass es sein Job war, die Menschen zu manipulieren, ihnen Informationen und alte Geheimnisse zu entlocken und sich einzuschmeicheln. Genau wie bei Ginger, die nun wie eine Klette an ihm klebte.

»Geht es Ihnen gut?« Er starrte sie forschend an.

»Natürlich geht es mir gut!«, entgegnete sie mit heiserer Stimme. Dann wurde sie rot, weil ihr bewusst wurde, dass sie ihn wie eine verknallte Schülerin angeschmachtet hatte.

»Sie haben mich gerade so böse angesehen, als hätte ich etwas verbrochen.« Sein Blick wanderte wieder kurz zu der Tasche auf dem Sofa, woraufhin Elizabeth im Türrahmen in Verteidigungsposition ging.

»Elizabeth, ich verstehe ja dieses ganze ›Blutsbande-Zeug‹, aber als Autor für dieses Projekt muss ich sämtliches Recherchematerial einsehen können. Ich möchte nicht im Dunkeln gelassen werden. Mit nichts.«

Plötzlich aufflammende Wut erstickte jeglichen Anflug von Wärme, den sie einige Augenblicke zuvor verspürt hatte. Für Nick Cash war das hier bloß ein Job von vielen, er war ein Journalistenparasit, der es darauf abgesehen hatte, aus dem Leid und der Trauer unschuldiger Menschen Profit zu schlagen. Für sie jedoch stellte dieser Auftrag eine wichtige Chance dar, mehr über ihre mysteriöse Familiengeschichte zu erfahren.

»Natürlich verstehe ich das, Nick«, sagte sie so freundlich, wie sie nur konnte. »Ich werde diese Kassetten gleich an Sie weitergeben, nachdem ich sie mir heute angehört habe.«

Mit diesen Worten schloss sie nachdrücklich die Tür vor seiner Nase.

»Test, Test.« Dann eine Pause auf dem Tonband, gefolgt vom Geräusch eines Getränks, das eingeschenkt wurde. Parallel dazu machte Elizabeth sich ebenfalls einen Kaffee. Und dann erfüllte Gingers selbstbewusste, dröhnende Stimme das kleine Zimmer.

Ich besaß einen schäbigen braunen Koffer, in den ich hastig einige Sachen gepackt hatte, vor lauter Eile, Sydney zu verlassen, bevor jemand etwas davon erfuhr. Ich verspürte weder Verzweiflung noch Schuld, dass ich meine Stadt und meine Familie verließ. Ich hatte die Nase voll von allem. Ich war die ständigen Geldsorgen leid, die Ma so zermürbten. Hinzu kam noch Pas anstehende Rückkehr aus dem Krieg mit seinen Beschimpfungen und Gürtelschlägen, wann immer er das Bedürfnis danach verspürte. Ich wollte einfach nicht so enden wie Ma. Irgendwie spürte ich tief in meinem Inneren, dass ich für ein anderes Leben bestimmt war. Wenn ich dieser inneren Stimme und dem Wind vertraute, würden sie mich schon auf den richtigen Weg pusten. Dort, wo ich landete, würde dann mit offenen Armen der perfekte Mann auf mich warten (eine Mischung aus William Powell und Clark Gable), und dazu die Freunde und die schönen Dinge, die mir meiner Meinung nach zustanden. Ich wollte mein Dasein nicht als Surry-Hill-Gebärmaschine verbringen, abhängig von irgendeinem Kerl, der erfüllt war von der stillen Verzweiflung eines Menschen, der ein kleines Leben lebt und die ohnmächtige Wut darüber in Grog ertränkt. Ich war bereit, alles zu tun, damit mir das nie passierte.

Der Zug vom Hauptbahnhof hinaus aufs Land war nur halbvoll, wofür ich dankbar war. Es war Anfang April, es goss in Strömen, und die meisten vernünftigen Menschen blieben zu Hause. Ich hatte keine Lust, die dreistündige Fahrt mit irgendeinem Typen zu verbringen, der glaubte, er könnte mir nach einem kleinen Plausch und einem flotten Lächeln an die Wäsche gehen. Die Kerle, die wir kannten, waren durch den Einfluss der Amis in letzter Zeit bei Verabredungen wesentlich hartnäckiger und respektloser geworden. Vermutlich dachten sie sich, wenn die australischen Mädchen es so freizügig mit den G. I.s trieben, dann sollten sie bei den Jungs daheim auch ein bisschen mehr Patriotismus an den Tag legen. Als hätten wir sie auch nur eines Blickes gewürdigt, wo die Amerikaner in ihren Uniformen doch aussahen wie Filmstars! Ein Date mit einem G. I. war ein wertvolles Gut. Die Amerikaner besaßen Geld, Schokolade, Strümpfe, importierte Zigaretten – schließlich waren sie nicht von Lebensmittelmarken und Rationierungen abhängig wie wir. Sie hatten exotische Maskottchen, kannten seltsames Essen wie Frühstücksfleisch aus Dosen oder Erdnussbutter, ließen ihre weißen Zähne und Uniformen blitzen und verbreiteten Glanz und die Hoffnung auf ein besseres Leben in fernen Ländern. Alle Mädchen, die ich kannte, träumten davon, einen zu heiraten. So viel zu meinen Träumen von einem attraktiven ausländischen Soldaten!

Ich hatte gehofft, Snowy, der junge Kerl, mit dem ich ausgegangen war, würde mir einen Antrag machen, aber bei unserem letzten Date, nachdem wir stundenlang im Trocadero getanzt und getrunken hatten, gestand mir der miese Bastard, dass er in Melbourne Frau und Kind hatte. Ich belohnte seine Ehrlichkeit mit einer ordentlichen Ohrfeige und behielt meine Tränen für mich, denn ich konnte ja niemand anderem als mir selbst die Schuld geben.

Es kam nicht oft vor, dass ich in den Genuss freier Zeit oder eines Ausflugs aufs Land kam. Daher genoss ich den Anblick der vorbeiziehenden Städtchen, durch die wir fuhren, unterbrochen von immer dichter werdendem Buschland. Doch am meisten genoss ich das Alleinsein, während der Zug gemächlich in die Berge hinauftuckerte, und ich versuchte, mir keine Gedanken über Mas Reaktion zu machen, als ich ihr gesagt hatte, dass ich fortgehen würde. Und was erwartete mich wohl auf Currawong Manor? Doris und Rupert hatten mir beide versichert, ich sei willkommen und dürfte gerne eine Zeitlang bleiben. Sie würden alles für mich tun, nur damit Rupert seinen Rotschopf mit dem »Gesicht, das ihn so interessierte« malen konnte.

Das Schicksal kann eine gefährliche Gespielin sein. Wir fuhren an den größeren Städten in den Upper Blue Mountains vorbei – Leura und dann Katoomba, wo der Zug eine Rast einlegte, falls Passagiere etwas essen wollten. Schließlich erreichten wir den winzigen Halt »Bellwood Station«. Ich stieg aus und nahm einen tiefen Atemzug der reinen Bergluft. Es war, als versuchte die Atmosphäre, mir irgendetwas zu signalisieren – und in diesem Moment änderte ich meine Meinung.

Auf einmal begriff ich, dass es keinen Sinn hatte. Ich konnte das nicht durchziehen. Ich würde hier warten, den nächsten Zug aus den Bergen nach Sydney nehmen und mich Mas Gnade ausliefern. Und genau das hätte ich auch getan (und ein wesentlich friedlicheres Leben geführt), wenn nicht so ein Wichtigtuer (niemand anderer als jener Henry Kelly, der für die Zuggesellschaft arbeitete und als der Lokführer bekannt wurde, der Doris Partridge überrollte) mich verpfiffen hätte.

»Alles in Ordnung, Miss? Haben Sie sich verlaufen?«

Wenn es doch nur so wäre.

Wenn ich doch nur so getan hätte, als wäre ich an der falschen Station ausgestiegen. Stattdessen antwortete ich – wohlerzogene junge Frau, die ich war – ganz automatisch wahrheitsgemäß: »Ich bin auf der Suche nach Currawong Manor, Sir. Dem Haus des Malers, Rupert Partridge.«

Vielleicht habe ich es mir eingebildet, aber es kam mir so vor, als läge auf einmal ein Hauch mehr Respekt im Blick des Mannes. Es folgte ein etwas seltsames Schweigen, während er mein geschminktes Gesicht, die schulterlangen, zu Locken aufgedrehten roten Haare, meinen grünen Mantel, in dem ich furchtbar schwitzte (aber ich wollte natürlich einen guten Eindruck machen), und meine abgetretenen Wildlederschuhe betrachtete.

»Was Sie nicht sagen! Zu den Ruinen wollen Sie also? Na, da haben Sie Glück, Miss. Das dort drüben ist die alte Puppenmacherin.« Er zeigte mit einer knotigen Hand auf eine eindrucksvolle grauhaarige Frau mittleren Alters, die komplett schwarz gekleidet war und an deren Gürtel ein großer Schlüsselbund baumelte. Um die Schultern hatte sie ein langes Schaltuch geschlungen, und sie war gerade dabei, den Tragegurt einer Tasche zu befestigen, die sie vom Zug abgeholt hatte.

»Hallohooo!«, rief er der Frau zu. »Diese junge Dame hier sucht eine Mitfahrgelegenheit zu den Ruinen. Können Sie sie mitnehmen, Puppenmacherin?«

Und das war's dann. Das Schicksal hat uns allen ein heimtückisches Schnippchen geschlagen. Wenn der unglückselige Henry Kelly sich einfach nur um seinen eigenen Kram gekümmert hätte, wäre ich vielleicht mit dem nächsten Zug zurück nach Sydney gefahren, sein Leben hätte keine solch grausame Wendung genommen – und drei Mitglieder der Familie Partridge hätten möglicherweise überlebt.

An der mürrischen Miene der Puppenmacherin konnte ich ablesen, was sie von mir und Mas gutem grünem Mantel hielt. Meine »Nylonstrümpfe« waren in Wirklichkeit das Ergebnis einer geschickten Malaktion und einer guten Stunde mit einem Augenbrauenstift für die Nähte. Ich trug meinen grünen Lieblingshut mit der rosa Feder und schwarze Handschuhe. »Rot und Grün beißen sich«, schnaubte Ma immer, wenn ich Farben trug, die einen Kontrast zu meinen Haaren bildeten. Aber ich hielt mich nicht an solche Moderegeln. Wenn mir etwas gefiel, zog ich es an. In jenen harten Zeiten musste man sich sowieso mit dem begnügen, was man bekommen konnte. Wann immer ich ein paar Kröten übrig hatte, kaufte ich mir was bei Paddy's

Markets. Außerdem konnte ich es einfach nicht leiden, wenn mir jemand Vorschriften machte.

»Sind Sie taub, Puppenmacherin?«, rief der Wichtigtuer. Dann murmelte er in seinen Bart: »Verrückte, verdrießliche alte Vettel. In Wirklichkeit heißt sie Miss Sharp, und der Name passt ja wohl ausgezeichnet! Wer nicht aus Stoff ist und Knöpfe als Augen hat, den lässt sie links liegen – es sei denn, es handelt sich um ihre wilde uneheliche Tochter oder einen von den Sündern oben in den Bergen.«

»Ich nehm sie mit«, lautete die schroffe Antwort. »Aber sie muss sich den Platz mit Buster teilen.«

»Buster« war ein boshaftes, ausgewachsenes männliches Känguru, das nicht sonderlich begeistert davon war, seinen Sitz mit einem rothaarigen Zweibeiner zu teilen. Er ließ es sich nicht nehmen, mich das mit einigen wilden Tritten wissen zu lassen, die ein Loch in Mas Mantel rissen und mir eine Heidenangst einjagten. Nach dieser katastrophalen ersten Begegnung war ich Buster nie mehr sonderlich zugetan.

So wie ich Miss Sharp und Buster auf Anhieb nicht mochte, so schnell war ich von Currawong Manor verzaubert. Ich kann mich noch an den Moment erinnern, als ich einen ersten Blick darauf erhaschte. Wir fuhren in einem guterhaltenen Vauxhall den holprigen, unbefestigten Weg hinauf, der von der Hauptstraße abzweigte. Im Sonnenlicht schien das Haus mit seinem Blausteingemäuer, den Steinlöwen und verwunschenen Türmchen einladend zu leuchten. Es schien sich über meine Ankunft zu freuen (für mich hat dieses halbverfallene, exzentrische Gebäude immer eine eigene Persönlichkeit gehabt) – ganz im Gegensatz zu meiner aktuellen Begleitung.

Ich bestaunte die romantische Atmosphäre des Anwesens und den bizarren, aber wunderhübschen Kontrast zwischen diesem Haus, das aussah wie aus einem englischen Märchen, und der australischen Umgebung. Alles daran – selbst die halb zerfallenen, schäbigen Teile, wie die Wendeltreppe auf der Seite, die nur in den Himmel hinaufführte – schien irgendwie zusammenzupassen. Die leuchtend blaue

Haustür mit dem riesigen Löwenkopfklopfer hatte es mir angetan, denn sie verhieß Mysterien und Magie im Innern. Wildwuchernde Rosenbüsche kletterten an den Mauern empor. Es waren zwar nur noch wenige Blüten übrig, aber ich konnte mir ihre Schönheit bei voller Pracht vorstellen. Alles an diesem Haus war perfekt.

Ich stammte aus einem der ärmsten Viertel Sydneys. Alles, was ich kannte, waren die winzigen Reihenhäuschen der Arbeiter, Halsabschneider, Trinker und Prostituierten. Ich konnte mir nicht vorstellen, dass jemand, der das Glück hatte, in diesen Wänden zu wohnen, je auch nur einen Tag schlecht gelaunt oder unglücklich sein konnte.

Was wieder einmal zeigt, wie sehr erste Eindrücke täuschen können!

»Ein schönes Haus, was?«, meinte Miss Sharp, als sie mein verzücktes Gesicht sah.

Ich nickte, ganz gefangen in meiner Phantasievorstellung, dass das Anwesen nach mir gerufen hatte und unsere Schicksale auf eine rätselhafte Art miteinander verbunden waren.

»Man nennt es hier nicht umsonst ›die Ruinen‹«, brach Miss Sharp mit ihrem breiten Dialekt den Bann. »Sie haben immer noch genug Zeit, um den nächsten Zug zu nehmen, wenn Sie möchten, dass ich Sie zurückbringe. Die Entscheidung liegt bei Ihnen, Miss.« Überrascht sah ich sie an, in der Annahme, sie würde scherzen, aber ihre Miene war undurchdringlich wie die eines Pokerspielers. »Sie haben ihn bei seiner Ausstellung in der Stadt kennengelernt, richtig?« Ihr Kiefer bewegte sich unablässig, als würde sie Tabak kauen. »Die Puppen haben mich gewarnt, dass eine neue Blume auf dem Weg hierher ist. Eine scharlachrote, hitzköpfige Blume, haben sie gesagt, mit einem Mund und einem Herz, die einen Schürhaken erhitzen könnten. Eine rosenrote Schwester für den Teufel. Aber es ist immer noch Zeit umzukehren, mein Mädchen. Man hat immer eine Wahl – und manchmal ist es ratsamer, den weniger aufregenden Pfad einzuschlagen. Ich kenne ihn, seit er als Baby in meinen Armen lag. Ich habe zugesehen, wie meine liebe Mutter ihn aus seiner Mutter herausgezogen und mit einem kräftigen Schlag ins Leben geholt hat – und seither hat er allen Frauen nur Schwierigkeiten gemacht. Genau wie sein älterer Bruder, Christopher. Als Frau macht man besser einen großen Bogen um die Partridge-Männer.«

Wenn diese alte Närrin, die hier unverständliches Zeug brabbelte, mir ausreden wollte, eine extrem gut bezahlte Stelle anzunehmen, nun, da hatte sie sich geschnitten. »Ich würde Ihnen raten, Ihre Puppengeschichten für sich zu behalten, Miss Sharp«, erwiderte ich. »Ich kenne meine Alternative, und das wäre die Art von Leben, das meine Mutter gezwungen ist zu leben. Der Weg zurück nach Surry Hills führt direkt in einen lebendigen Tod. Es erscheint mir auch nicht sonderlich vernünftig, Ratschläge von Puppen anzunehmen. Ich höre auf mein eigenes Herz und meinen Verstand.«

»Da ist die Haustür«, bellte das mürrische Weib. »Ich gehe hintenrum. Du bringst so sicher den Tod ins Haus, wie ihn die Currawong-Krähen in ihren Schnäbeln und Klauen tragen. Schönheit währt nicht ewig, arrogantes Kind. Rotes Haar wird grau – genau wie meines – und die Säfte versiegen. Der einzig wirkliche Weg, die ewige Wahrheit, ist die Knochenspule, die sich von der Geburt an auf den Tod zudreht. Und alle Nadelstiche dazwischen bedeuten nichts!«

Sie öffnete ihrem Känguru die Autotür, und die beiden verschwanden um die Hausecke, wobei ihr langer schwarzer Schal hinter ihr herflatterte und die Schlüssel am Bund klimperten. Ein Pfau stolzierte vorbei und sah mich kummervoll an. Ich wusste, ich hatte mir soeben eine Feindin gemacht, aber ich war zu aufgedreht, um dem Gerede eines schrulligen alten Weibs Beachtung zu schenken.

Es war die hochnäsige Gattin aus der Kunstgalerie, die mir die blaue Tür mit dem Bild einer nackten Frau darauf öffnete. Ich konnte mir gut vorstellen, was Ma darüber zu sagen hätte, dass eine gute Tür so verschandelt worden war. Ich hatte auf Rupert gehofft. Falls er mich wieder wegschicken sollte, würde wenigstens niemand sonst meine Demütigung miterleben. Doris betrachtete mich argwöhnisch. Ihre glänzenden dunkelblonden Haare waren zu einem langen Bob geschnitten, und sie hatte den Pony mit einer Schildpattspange aus ihrem ovalen, hübschen Gesicht gesteckt. Zu ihrer kamelhaarfarbenen Hose trug sie ein kurzärmeliges graues Männerunterhemd und einen leuchtend gelben und pflaumenroten Schal um den Hals. Einige Ringe zierten ihre blassen Hände, darunter auch ein großer Opal, von dem Ma behauptet hätte, er wäre ein Vorzeichen für Unglück. Und Ma lag mit ihren abergläubischen Einschätzungen oft richtig.

»Dann hast du also beschlossen, unsere Einladung anzunehmen. Das wird ihn freuen.« Ihr Blick wanderte von meinen Schuhen zu meinem Hut. Ihr weiblicher Instinkt sagte ihr vermutlich, dass mein Outfit aus geliehenen und gebrauchten Teilen bestand. Mantel, Hut und Handschuhe, mit denen ich mir morgens, als ich das Haus verlassen hatte, noch so schick vorgekommen war, fühlten sich nun unpassend und lächerlich an im Vergleich zu ihrer dezenten Eleganz. Ich gab mir größte Mühe, selbstbewusst zu wirken, was angesichts von Doris' misstrauischer Miene und ihrem vornehmen britischen Akzent nicht gerade einfach war.

»Aber wie unangemessen von mir, zu erwarten, dass er mir vorher Bescheid sagt, dass du heute kommst.« Sie seufzte. »Es ist wirklich ermüdend mit ihm.« Sie hielt mir die Tür auf. »Dann komm am besten erst mal rein. Er ist mit den Mädchen im Atelier.«

Der Flur war lang, und auf seiner weiß gemusterten Tapete prangten leuchtende Hibiskusblüten. An den Wänden hingen Bilder, manche in verschnörkelten Rahmen, andere ungerahmt. Am Boden stapelten sich weitere Gemälde, die darauf warteten, aufgehängt zu werden. Auf einem Tischchen stand eine blau-weiße Vase mit Blumen und daneben ein Schirmständer. Ein großer Kristallleuchter funkelte an der hohen Decke. Ich wünschte, Ma könnte einen Blick auf diese Pracht werfen. Unser ganzes Reihenhäuschen würde in diesen Flur passen.

»Lass deinen Koffer da stehen«, wies Doris mich an. »Und komm mit.«

Mit energischen Schritten ging sie voraus, an zwei Wohnzimmern vorbei, in denen ich gemusterte Tapeten erspähte, die sich in Streifen ablösten, dazu Klappleitern, Farbeimer und andere Hinweise auf Renovierungsarbeiten. Wir betraten eine bezaubernde Küche mit roten und weißen Fliesen, einem großen Holztisch und einem offenen Kamin. In einem alten Sessel mit verblasstem Blumenmuster saß vor dem unangezündeten Feuer ein gutaussehender junger Mann. Eine Locke seines sandbraunen Haars fiel ihm ins Auge, seine Socken hätten gestopft gehört, und ein paar schlammverspritzte Stiefel leisteten seinen ausgestreckten Beinen Gesellschaft. Auf dem Herd warteten zwei dampfende Tassen Tee, während er einen Emailleteller mit gebuttertem Toast auf dem Schoß balancierte. Eine schwarze Katze saß erwartungsvoll neben den Stiefeln. Es handelte sich um ein reizvolles häusliches Szenario, bei dem selbst die Gummistiefel nicht störten.

»Bist du ihn wieder losgeworden?«, wollte er wissen und wirkte erschrocken, als er mich entdeckte. »Verzeihung! Ich bitte um Entschuldigung!« Er sah Doris an, und die beiden lachten. In diesem Moment wirkte die Eisfrau völlig anders. »Hallo.« Grinsend streckte er mir die Hand entgegen, und dabei fiel fast der Toastteller herunter. »Wir dachten, es ist irgendein Hausierer. Oder wieder dieser Dummkopf Patrick. Jedenfalls keine schöne rothaarige Frau.«

»Sie ist auf Ruperts Einladung hier«, erklärte Doris, nahm ihre Tasse und sah ihn mit hochgezogenen Augenbrauen an. »Ich schätze, er hat eine neue Blume für sich gefunden.« Sie nippte an ihrem Tee und lächelte dabei vor sich hin, als würde etwas sie erheitern. Ich sah mit gerunzelter Stirn zu, wie das Paar einen bedeutungsvollen Blick wechselte.

»Ich heiße Ginger«, sagte ich unwirsch, denn es gefiel mir weder, als Pflanze bezeichnet, noch, so aus der Unterhaltung ausgeschlossen zu werden.

»Freut mich, dich kennenzulernen, Miss Ginger.« Lächelnd biss der Mann in eine Scheibe Toast. »Ich freue mich immer, neue Blumen zu treffen, denn ich bin Dennis, der Gärtner.«

»Du hältst dich wohl für sehr witzig, was?«, neckte Doris ihn und schlug spielerisch mit dem Geschirrhandtuch nach seinem Kopf. »Tu mir ein bisschen Marmelade auf eine Scheibe Toast, Dennis, während ich Ginger ins Atelier bringe.«

Als Doris mich hinausgeleitete, nickte ich Dennis schüchtern zu – immerhin war er der einzige Mensch, der mir etwas Freundlichkeit gezeigt hatte. Er zwinkerte zurück und fing an, einen Toast mit Marmelade zu bestreichen. Auf dem glänzenden Herd köchelte ein großer Topf mit Fleisch, Karottenwürfeln, Rüben und Kartoffeln vor sich hin. Das Käsesandwich, das ich am Bahnhof von Katoomba gekauft hatte, hatte mich nicht satt gemacht, so dass der Duft nach Eintopf meinen Hunger erst richtig weckte. Was hätte ich selbst für ein Stück Brot mit Bratfett gegeben!

»Du bist bestimmt hungrig.« Doris hatte bemerkt, wie ich ihren Eintopf beäugte. »Nachdem du bei Rupert warst, geben wir dir was zu essen. Auf Currawong Manor muss keiner Hunger leiden!«

Später fand ich heraus, wie wahr das war. Ihrer frostigen, einschüchternden Art zum Trotz liebte Doris es, für andere zu kochen. Sie war am glücklichsten, wenn sie große Mengen an Essen auftischen konnte. Ihr kühler Empfang konnte daher durchaus auch von ihrer Enttäuschung herrühren, dass Rupert sie nicht informiert hatte, dass Besuch kam, wodurch sie die Gelegenheit verpasste, mich mit einem Festmahl zu mästen. Sie selbst hingegen stocherte immer nur in ihren Mahlzeiten herum und blieb auf diese Weise gertenschlank. Irgendwann begriff ich, dass Essen Doris' Art der Kontrolle und Machtausübung im Haus war. Ma hätte sie für bekloppt erklärt, dass sie selbst kochte, obwohl sie sich eine Haushälterin leisten könnte. Ma hatte keine Freude am Backen, und ihre verdrossene Laune würzte alle Mahlzeiten, mit denen wir aufwuchsen. Mas Idee von einem guten Essen waren Koteletts, zerkochtes Gemüse und Bratfett auf Toast. Keiner von uns gedieh wirklich in diesem winzigen Reihenhaus in der Brick Lane. Im Gegenteil, irgendeiner von uns war immer krank und musste den gefürchteten täglichen Löffel Lebertran einnehmen. Doris hingegen liebte das Backen, und die Mahlzeiten waren Anlässe, auf die man förmlich hinfieberte. Rupert wollte üppige Aktmodelle – fast schon dick – und so waren alle glücklich.

Selbst heute wache ich noch manchmal auf und rieche oder schmecke in der Erinnerung das Essen auf Currawong Manor. In meinen Träumen sehe ich Tische voller Obst, Joghurt und Sahne vor mir. Ofengerichte, frisch aufgeschnittener Schinken, Schweinebraten, Hühnchen, Ente und Lamm. Geschmortes Gemüse aus dem Garten und Kartoffeln, die außen knusprig und innen weich und zart waren – darauf zerlassene Butter und würziges Kräutersalz. Noch Jahre später läuft mir das Wasser im Mund zusammen, wenn ich an das frisch gebackene Brot und die einfachen, aber köstlichen Nachtische denke. Exotische Salate, bei denen immer noch etwas Erde an den grünen Blättern klebte, die man unterm Wasserhahn gewaschen hatte. Gemüse, das mit Kräutern mariniert war, oder Doris' selbstgemachte Butter. Knackige Tomaten, die im Mund zerplatzten und nach Sommerfreude schmeckten – das habe ich, seit ich Currawong Manor verlassen habe, bei keiner Tomate mehr erlebt. Erbsen direkt aus der Schote, roh und prall, Brombeeren, saftig und säuerlich, mit warmer Sahne übergossen. Marmeladen, Eingemachtes, Chutneys und Eier, die noch warm von den Hennen kamen. Käse, Streuselkuchen, süße Brötchen und Bohnen mit Kräuterbutter. Einfaches Essen, direkt vor der Haustür gewachsen und dank Doris' kulinarischem Flair von ihr unwiderstehlich und unvergesslich kombiniert. Die Besucher des Anwesens – viele von ihnen am Hungertuch nagende Künstler, die kaum einen Heller besaßen und vor lauter Rationierung und Lebensmittelmarken schon ganz niedergeschlagen waren – kamen ebenso gern wegen Doris' Kochkünsten wie wegen Ruperts Kunst. Ich würde fast sagen, wir alle schätzten Doris' künstlerische Fähigkeit im Umgang mit Aromen, Würze, Kneten und Backen mehr, als wir Ruperts Kunstwerke je würdigten.

»Wer ist diese Frau?« Ein kleines Mädchen erschien in der Hintertür und hätte mich beinahe erschreckt. Sie trug ein graues, tunikaähnliches Kleid, unter dessen Saum ein weißer Tüllpetticoat herausschaute, und schwarze Strumpfhosen. Ihre langen blonden Haare wurden von einem schwarzen Band zusammengehalten. Mit ihrem hübschen Gesicht glich sie einer bezaubernden Puppe – noch nie hatte ich ein solch hellhäutiges Kind gesehen. Doch ihre Augen wirkten irgendwie alt, und ihr Tonfall klang, als wäre sie die Erwachsene und wir die Kinder. Staub flimmerte um sie herum, während ihre kornblumenblauen Augen mich kritisch musterten.

»Shalimar, solltest du nicht bei Miss Sharp sein?«, wollte Doris wissen. »Das hier ist Ginger, sie ist wegen einer Stelle hier. Sie wird eine Weile bei uns wohnen.«

Das Kind nickte. »Ich weiß, wer die da ist!«, zwitscherte sie selbstbewusst. »Miss Sharp hat gesagt, dass eine neue Blume kommt. Eine rote Rose, die nach Feuer, Funken und Hitze riecht.« Sie hielt eine Stoffpuppe in die Höhe. »Deshalb hat sie Rose für mich gemacht.« Die Puppe hatte rote Wollhaare.

»Hab ich dir nicht gesagt, dass du keine Puppen mehr von Miss Sharp annehmen sollst?! Außerdem, ›die da‹ sagt man nicht, man nennt die Menschen bei ihrem Namen!«, fuhr Doris sie an. »Und jetzt geh auf dein Zimmer.«

Das Kind funkelte seine Mutter böse an. Dann warf sie die Puppe auf den Boden und verschwand mit wehenden Röcken. Sie war ein faszinierendes, feengleiches Wesen, aber ich wunderte mich trotzdem, dass Doris ihr dieses Verhalten durchgehen ließ. Ma hätte uns befohlen, sofort zurückzukommen und die Puppe aufzuheben. Außerdem hätte sie uns für unsere Frechheit einen Klaps verpasst.

Ich beobachtete, wie die Staubflusen durch die Luft schwebten, und verspürte ein seltsames Bedauern in der Magengrube. Ich hatte ja beschlossen, nie Kinder zu bekommen. Auf keinen Fall würde ich mich je einem Mann ausliefern und versprechen, ihm zu gehorchen. Ich würde nie mein eigenes Leben einer Kinderschar opfern, so wie Ma. Aber Shalimar war etwas ganz Besonderes. Sie weckte in einem die Sehnsucht nach Träumen, von deren Existenz man nicht einmal etwas geahnt hatte.

»Ihre Tochter ist wunderschön«, sagte ich.

»Vielen Dank.« Zum ersten Mal, seit wir uns begegnet waren, lächelte Doris richtig. »Wir wünschen uns schon so lange ein zweites Kind.« Ihre Hand wanderte zu ihrem Bauch.

Doris war schon komisch. Ma heulte angeblich jedes Mal, wenn sie wieder schwanger wurde, aber Doris schien wirklich noch weiteren Nachwuchs zu wollen. »Sie ist ein Einzelkind?«

Doris sah mich durch das Staubgeglitzer hindurch an. »Ja. Rupert liebt sie so sehr, dass ihm egal ist, ob wir noch ein Geschwisterchen bekommen. Ihr würde es aber guttun, wenn ein weiteres Kind da wäre.« Wieder wanderte ihre Hand zu ihrem Bauch, und sie sah mich bedeutungsvoll an.

Dann beugte sie sich hinunter, um die Puppe aufzuheben. »Mein Tee wird kalt«, sagte sie. »Gehen wir zu Rupert. Er wird hocherfreut sein, dass sein neues Modell angekommen ist.«

Wir durchquerten ein Waschhaus, in dem eine Wäschemangel, die Ma vor Neid hätte erblassen lassen, einen Ehrenplatz einnahm. Hinterm Haus gab es ein kleines Gehege, wo einige Hennen herumpickten und eine alte getigerte Katze sich in der Sonne aalte. Ein gepflasterter Weg führte zu einem Steingebäude mit Schieferdach, vor dem Fässer mit Wildblumen und am Eingang mehrere Statuen nackter Frauen standen. Die Tür war wie die des Haupthauses blau angestrichen. »Das hier ist sein Atelier.« Doris klopfte, und ich hörte drinnen eine Männerstimme rufen.

»Rein mit dir«, befahl Doris und gab mir einen Schubs. »Rupert!

Deine neue Blume ist da. Genau wie Miss Sharp es vorausgesagt hat – wie unsere Tochter mir soeben mitgeteilt hat.«

Ich trat durch die blaue Tür und hinein in mein neues Leben als eine der Blumen des Teufels.

8. Kapitel

Die Knochen der verlorenen Jungs

Mt Bellwood, Blue Mountains, 1945

Als ich im April 1945 Ruperts Atelier das erste Mal betrat, war ich total schockiert. Nicht wegen der zwei nackten Frauen mit Masken, Pfauenfedern im Haar und Pfeil und Bogen in der Hand, die neben einem roten Samtsofa und einem ausgestopften Tiger Modell standen. Es war die chaotische Schönheit des Raumes, die mich so erschreckte. Die spürbare Präsenz einer kreativen Energie, die in der Luft zu flimmern schien wie der Staub drüben im Hausflur. Ich stand einfach nur da – vor lauter Staunen vermutlich mit offenem Mund – und versuchte, die exotisch funkelnde Schönheit dieses Ortes in mir aufzunehmen. Ich atmete die beißenden Dämpfe von Ölfarben, Terpentin und Leinöl ein. In späteren Jahren würde ich mich sehnsüchtig an diesen Duft erinnern, doch während der Anfangszeit als Modell wurde mir von den Ateliergerüchen noch eher schwindelig.

Rupert stand vor einer großen Staffelei am anderen Ende des Raums. Er trug ein blaues Hemd voller Farbflecken, Hosenträger, eine schwarze Weste und eine graue Hose. In seinem Mundwinkel klemmte eine selbstgedrehte Zigarette. Die schwarzen, ungebändigten Haare hingen ihm bis zum Kinn. Er war unrasiert und sah dem Bild jenes Mannes überhaupt nicht ähnlich, das die meisten Leute heutzutage vor Augen haben, weil die Medien immer dieselben späteren Fotos zeigen, auf denen er einen Bart trug und durchaus etwas

Teuflisches an sich hatte. Der Rupert Partridge, den ich kannte, wirkte eher wie ein ernster, schlanker, etwas abgerissener Student.

Leinwände, Pinsel, Holzrahmen – mein Blick wanderte über all jene Utensilien, die man sich im Atelier eines Künstlers so vorstellt. Dazu kamen jedoch noch weitere Requisiten: Möbel, Krimskrams und Gegenstände, die ich nie erwartet hätte, wie der Tiger zum Beispiel oder eine große Sammlung an Hüten, eleganten perlenbestickten Kleidern, Handschuhen und Taschen, die an einem Ständer hingen. In einer Ecke stand ein rot-gelb lackierter chinesischer Wandschirm. Es gab Gewehre in einem Glaskasten, eine Axt, Bücher, Kinderspielzeug, ein hölzernes Schaukelpferd, ausgestopfte Vögel, Militärhelme, einen Schrank voller Steine, Muscheln, getrockneter Seesterne und Seepferdchen. Neben dem leeren Backsteinkamin stand eine Schneiderpuppe, die mit Knöpfen und Anstecknadeln übersät war. Ein großes Brett mit Zeitungsausschnitten lehnte an der Wand. Es gab ein Regal mit Dutzenden von Geweihen und ein weiteres mit Tierfallen. Daneben stand eine Vitrine mit Porzellantassen, Hunderten von Schlüsseln und eine weitere voller Stoffpuppen, Samtgardinen, gemusterter Seidenstoffe, antiker Spitze, Tapetenrollen. Das Atelier überwältigte mit seinen geheimnisvollen Schätzen. Ich war wie gebannt von seinem exzentrischen, verwunschenen Charme und seiner bizarren Schönheit. Bestimmt beobachteten mich die beiden Modelle hinter ihren schwarzen Paillettenmasken, aber keines von beiden machte Anstalten, sich etwas anzuziehen. Offensichtlich waren sie es gewohnt, in der Öffentlichkeit nackt zu sein.

»Was zum Teufel soll die Störung?!«, rief Rupert und warf die Haare nach hinten. »Ach, du bist es! Miss Ein-Affe-könnte-es-besser.« Er stieß einen Pfiff aus, trat von seiner Staffelei weg und wischte sich die Hände an einem schmutzigen Lappen ab.

»Wir machen Pause, meine Damen!«, verkündete er, wobei sein Blick mich durchbohrte. Kitty (denn ich wusste sehr wohl, dass Kitty hinter der einen Maske steckte) und das andere Modell streckten sich und warfen sich etwas über. Sie schienen die Situation nicht im Geringsten peinlich zu finden. Ich hingegen kam mir in meinem Mantel ziemlich lächerlich vor und spürte, wie mein Gesicht glühte.

»Du hast dir ordentlich Zeit gelassen, Rotschopf.« Er wies mit dem Kopf in Richtung der Mädchen, die unseren Wortwechsel verfolgten. »Glaubst du, du wärst in der Lage, so eine Haltung einzunehmen?«

Ich stellte mir das Entsetzen meiner Mutter über einen solchen Vorschlag vor und sah wieder ihr faltiges Gesicht und ihre zitternden Hände vor mir, die kleinen versteckten Geldsummen und ihre ständige Angst, dass Pa ihren heimlichen Schatz entdecken könnte. Ich hörte das Geräusch seines Gürtels auf ihrer Haut, in jenen Nächten, wenn er betrunken heimkam. Dann ihre Schreie oder – noch schlimmer – leises Weinen im stillen, dunklen Haus in den frühen Morgenstunden. Später ihre kläglichen Erklärungsversuche uns gegenüber, um seine Gewalttätigkeit abzutun. Vor Wut krampfte sich in mir alles zusammen, wenn ich an ihre schäbige Kleidung und die zigtausend Dinge dachte, auf die sie jeden Tag verzichtete, um für ihre Kinder sorgen zu können. Es gab in ihrem Leben überhaupt nichts Hübsches, Vergnügliches oder Überflüssiges – all das schoss mir durch den Kopf, als ich dort in Ruperts wunderschönem Atelier stand und ihn anstarrte, Welten entfernt von der Brick Lane und Surry Hills. Ich wusste, ich hatte Ma furchtbar enttäuscht, indem ich nach Currawong Manor gekommen war, aber mit einer Rückkehr in die Brick Lane würde ich mich selbst enttäuschen.

»Klar«, antwortete ich und reckte das Kinn in die Höhe. »Soll ich gleich anfangen?«

»Nicht nötig. Für diesen Teil brauche ich dich nicht. Du kannst dich verkrümeln und etwas essen. Hat Doris dir schon ein Bett zugeteilt? Du wirst dir das Zimmer mit einem der Mädchen teilen müssen. Oder nein, du kannst dein eigenes Zimmer haben und die zwei teilen sich das andere.«

Ich spürte Messerstiche der Feindseligkeit von den beiden Modellen, die uns stumm belauschten.

»Will denn keine von euch die neue ›Blume‹ willkommen heißen?«, schalt er sie. »Ich werde Miss Sharp sagen, dass sie ein Bett herrichten soll. Wanda, hör auf zu schmollen. Mäntel aus, zurück an die Arbeit. Der Spaß ist vorbei!« Er winkte mit einem farbverschmierten Lappen in meine Richtung, während die beiden Mädchen sich wieder entkleideten.

»Geh in die Küche, Rotschopf, und sag Doris, dass du Kittys Zimmer bekommst. Tut mir leid, Schatz, ich hab deinen Namen vergessen. Wie heißt du?«

»Ginger«, antwortete ich, und er nickte.

»Ich liebe dein Gesicht, Ginger. Ich kann kaum erwarten, es zu malen. Es sprüht förmlich Funken vor Leidenschaft, Sex und Gefahr.«

Ich starrte ihn an. Offenbar war er völlig übergeschnappt. Dann verließ ich so schnell ich nur konnte den Raum. Mir war aufgefallen, dass Kitty gar nicht glücklich darüber gewirkt hatte, dass sie ihr Bett aufgeben musste. Diese Mädchen mochten mich nicht, und bald würde ich stundenlang nackt neben ihnen stehen müssen. Ruperts letzter Satz war irgendwie so intim gewesen. Worauf hatte ich mich da bloß eingelassen?

Als ich zurück in die Küche kam, stellte ich bekümmert fest, dass der freundliche Dennis gegangen war. Doris saß am Tisch und zeichnete in ein altes Skizzenbuch. »Alles geklärt?«, fragte sie, sah dabei aber nicht von ihrer Arbeit auf.

»Ich soll Kittys Zimmer bekommen.« Ich spürte, wie die Aufregung des Tages langsam nachließ.

»Ja, das wäre wohl am besten. Setz dich hin, du siehst müde aus«, drängte sie mich. Ich zog meinen Mantel aus und nahm vor dem Kamin Platz, während sie ihren Stift weglegte und zum Herd hinüberging.

»Lass es dir schmecken.« Mit diesen Worten stellte Doris einen

Teller aufgewärmten Eintopf und Butterbrotscheiben vor mich hin. Heißhungrig machte ich mich darüber her, was Doris wohlwollend beobachtete.

»Freut mich, dass du nicht auf Diät bist.« Sie lächelte. »Rupert mag es nämlich nicht, wenn seine Blumen welken.«

»Warum werden seine Modelle ›Flowers‹ genannt?«, wollte ich wissen und verschlang einen Löffel köstlichen Eintopf.

»Was glaubst du denn? In allen seinen Bildern kommen Blumen vor. Irgendein alberner Reporter hat mal damit angefangen, und der Spitzname ist hängengeblieben.«

»Gab es schon viele verschiedene Flowers?« Ich tunkte die Sauce mit meiner Brotrinde auf.

»Nein«, erwiderte Doris. »Anfangs habe ich ihm Modell gestanden, oder er ist in die Stadt gefahren, um dort Modelle für seine Studien anzuheuern. Vor etwa zwei Jahren hat er dann in Sydney Wanda entdeckt. Kitty kommt hier aus der Gegend und wurde immer mal wieder engagiert. Letztes Jahr ist sie dann bei uns eingezogen, um ihrem Vater die Fahrerei zu ersparen. Er hat auf dich gewartet.«

Er hat auf dich gewartet. Warum klang dieser Satz irgendwie unheilvoll?

Im Schaukelstuhl hockte Shalimars Stoffpuppe auf einem Patchworkkissen. Irgendwie waren mir ihre grünen Knopfaugen, die roten Wollhaare und das schwarze Filzkleid nicht geheuer. Eine Flut von Bildern schoss mir durch den Kopf: Shalimar im weißen Tüllrock, als sie den Flur hinuntergerannt war, dazu die maskierten Flower-Mädchen und die glasigen Augen des Tigers. Die Regale mit den Fallen in Ruperts Atelier, diese grausamen Todesfänge, die dazu gemacht waren, dem Opfer Qualen zu bereiten. Die schlammbespritzten Gummistiefel von Dennis, dem Gärtner. Das übellaunige Känguru, das wie ein Hund an den schwarzen Röcken der Puppenmacherin hing. Die Steinlöwen am Eingangstor. Alles kam mir so außergewöhnlich vor. Ich wollte zu vertrauten Gewohnheiten zurückkehren, in einen

Haushalt, den ich kannte und verstand. Das Anwesen mit seiner blauen Eingangstür, den Statuen, nackten Frauen und geheimnisvollen Ornamenten war einfach zu überwältigend.

»Magst du eine Tasse Tee?«, erkundigte sich Doris, die eine braune Teekanne, einen Teller Scones und ein Schälchen mit Sahne und Marmelade an den Tisch gebracht hatte. Eines musste man Doris wirklich lassen: Sie war unglaublich gastfreundlich. Sie genoss es immer, anderen beim Schlemmen zusehen zu können. In meiner ersten Woche auf Currawong habe ich bestimmt drei Kilo zugenommen!

Ich erkundigte mich, was sie denn da zeichnete, woraufhin sie mir einen hinreißenden Entwurf für ein Bild zeigte, das sie *Bones of the Lost Boys* nannte. Es zeigte eine Gruppe junger Männer, die neben einem liegenden Verwundeten saßen. Hinter ihnen war eine Schlachtenszene halb angedeutet.

»Sie sind auch Künstlerin?«, rief ich aus und beneidete sie nun nicht mehr nur um ihr modisches Gespür, sondern auch um ihr Talent.

»Nicht wirklich.« Doris zuckte mit den Schultern. »In meinem früheren Leben habe ich mal an der Slade-Akademie in London studiert, aber mit einem kleinen Kind und den Pflichten im Haushalt muss man sich eben von seinen Schulmädchenträumen verabschieden.«

Sie zog eine geblümte Schürze über, steckte die Haare mit einigen Klammern nach oben und fing an, mit einer Hingabe Kartoffeln zu schälen, die ich für eine solch stumpfsinnige Aufgabe nie hätte aufbringen können. Sofort musste ich an die großen, roten, abgearbeiteten Hände meiner Ma denken und hatte schon wieder einen Kloß im Hals.

»Sobald ich die Kartoffeln aufgesetzt habe, zeige ich dir dein Zimmer«, sagte Doris. »Ich hoffe, du kommst klar, und …« Sie brach mitten im Satz ab. Ich fragte mich, was sie wohl gerade hatte sagen wollen. Nach einem Blick zur Tür wechselte sie jedoch das Thema, während sie die Kartoffeln in einen Topf mit Salzwasser schnitt: »Wenn Rupert dich nicht braucht und sobald du dich eingerichtet hast, erwarten wir, dass du im Haushalt mitarbeitest, um deinen Unterhalt zu verdienen«, erklärte sie. »Ich kann Faulheit nicht ausstehen. Wanda hat einen grünen Daumen, deshalb hilft sie Dennis. Kitty fühlt sich in der Küche am wohlsten. Du könntest Miss Sharp bei der Betreuung von Shalimar unterstützen, wenn du freihast.«

Wieder ein Blick zur Tür, als müsste sie sichergehen, dass uns niemand belauschte, bevor sie im Flüsterton fortfuhr: »Shalimar wickelt hier alle um den Finger und ist auch kein einfaches Kind. Miss Sharp und ihre Methoden sind zwar ziemlich altmodisch, aber ich gebe zu, die Tatsache, dass Shalimar extrem verwöhnt ist, macht es nicht gerade leichter. Sie ist unglaublich eigensinnig, aber wir vergöttern sie alle, und es fällt uns schwer, ihr etwas abzuschlagen. Das gefällt Miss Sharp wiederum ganz und gar nicht! Dabei hat sie ihre eigene Tochter Dolly so wenig unter Kontrolle wie ein Buschfeuer.«

Meine Laune sank bei der Vorstellung, Zeit in Miss Sharps Gesellschaft verbringen zu müssen. Ich murmelte etwas in der Art, dass ich gerne überall da aushalf, wo man mich brauchte. Dass ich sieben Brüder und Schwestern hatte und wir es gewohnt waren, aufeinander aufzupassen.

Doris zog ihre Schürze aus und sah mich prüfend an. »Deine Mutter ist bestimmt froh, dass du aus dem Haus bist und sie finanziell ein bisschen unterstützt. Bist du fertig mit deinem Tee? Trink aus und iss deinen Scone.«

Sie beobachtete, wie ich gierig ihrem Befehl Folge leistete. »Schön zu sehen, dass du Appetit und ein bisschen Fleisch auf den Rippen hast. Wir mögen es wie schon gesagt nicht, wenn unsere Blumen welken. Rupert liebt es, Kurven und Rundungen zu malen, keine knochigen Kanten, also bleib für ihn schön sinnlich. Fertig? Dann komm, ich zeige dir dein Zimmer.«

Wir gingen durch den Flur und eine geschwungene Holztreppe hinauf. Im ersten Stock blätterte der Putz von den Wänden. Einige der Bleiglasfenster waren zerbrochen, und die Böden des düsteren Korridors hätten mal ordentlich gescheuert gehört. An vielen Türen und Wänden im ganzen Haus hingen Gemälde und Zeichnungen. Spinnweben überzogen die Stuckmuster der hohen Decken, und ein Seufzer der Vernachlässigung hallte durch die abgestandene Luft, als würde sich das Fundament des Hauses nach glücklicheren Zeiten sehnen. Der Geruch von Moder und Erde ließ mich automatisch die Nase rümpfen. Er war nicht richtig unangenehm, aber irgendwie beunruhigend, als könnte man den langsamen Verfall des Hauses riechen.

»Es ist unmöglich, das alles in Schuss zu halten«, verteidigte sich Doris mit ihrer Begabung zum Gedankenlesen. »Rupert ist viel unterwegs, und ihn interessieren häusliche Dinge sowieso nicht. Ganz zu schweigen von den Kosten, einen alten Kasten wie diesen hier zu renovieren! Seit dem Krieg sind die Mittel knapp. Ohne Miss Sharps Hilfe wäre ich verloren. Und allein der Garten braucht so viel Zuwendung, obwohl Dennis Vollzeit für uns arbeitet.«

»Ich finde das Haus wunderschön«, sagte ich. Denn das war es in seiner schäbigen Unvollkommenheit tatsächlich. Doris sah mich etwas eigenartig an. »Das dachte ich auch, als ich das erste Mal hierherkam«, erwiderte sie. »Das Haus zog mich in seinen Bann. Ich war verliebt in jede Ecke, jeden Winkel, jede Spinnwebe. Inzwischen hat sich das geändert. Heute sehe ich nur noch die Rechnungen, die unerbittliche Kälte, die Wahnsinnshitze, die Buschfeuer, die Spinnen und Schlangen.«

Wir hatten einen Alkoven im Mauerwerk erreicht, wo eine kleinere Wendeltreppe hoch hinaufführte. »Ihr Mädchen wohnt oben in den Türmen«, erklärte sie.

Die Wendeltreppe war so eng, dass ein beleibter Mensch nicht hindurchgepasst hätte. Trotz Doris' Beharren, dass Rupert für seine Bilder mollige Modelle wünschte, würde ich mich bei den Mahlzeiten zügeln müssen. Sonst blieb ich irgendwann noch in der Treppenspindel stecken wie ein Korken im Flaschenhals. Die Wände ringsherum waren feucht, und der modrige Geruch nahm noch zu, als wir nun in die Türme hinaufstiegen. Es machte mich nervös, in diesem zerfallenden, merkwürdigen Haus so weit nach oben zu klettern. Ich fing an, die Stufen zu zählen, gab aber bei fünfundsiebzig auf. Ein paarmal blieb ich stehen, um nach Luft zu schnappen und die leichte Übelkeit sowie die aufkommende Panik zu bekämpfen, dass man mich hier wegsperren würde.

»Alles in Ordnung?« Doris war munter und furchtlos vorangegangen.

»Alles bestens. Bin nur ein bisschen außer Puste.« Ich schloss die Augen und widerstand der Versuchung, ihr zu sagen, ich hätte es mir anders überlegt und wollte zurück nach Hause.

Kurz darauf erreichte ich mit vom Aufstieg klopfendem Herzen den oberen Treppenabsatz, wo zwei winzige Schlafzimmerchen einander direkt gegenüberlagen. Dazwischen konnte man sich kaum einmal um die eigene Achse drehen. Jetzt verstand ich, weshalb die beiden anderen Modelle nicht gerade begeistert waren, sich eines davon zu teilen.

»Das hier ist dein Quartier«, erklärte Doris.

Der Raum war nur spärlich möbliert. Es gab einen kleinen Schrank, einen Spiegel, einen Waschkrug und ein schmales Eisenbett mit weißer Tagesdecke, die mit rosafarbenen, gelben und blauen Blumen bestickt war. Ich fragte mich, wie um alles in der Welt sie wohl das Gestell die Treppe heraufbekommen hatten.

»Dann überlasse ich dich mal dir selbst«, meinte Doris. Mein Koffer lag bereits auf dem Bett. Wer auch immer so freundlich gewesen war, ihn für mich in den Turm hinaufzuschleppen, hatte ihn Gott sei Dank nicht gleich auch noch ausgepackt. So wurde mir die Schmach erspart, dass derjenige meine wenigen schäbigen Habseligkeiten erblickte.

»Wohnt hier oben sonst noch jemand?« Auf einmal gefiel mir die Vorstellung nicht, alleine im Turm zurückzubleiben. Die Wände schienen kurz davor, mich mit Haut und Haar zu verschlingen. »Wohnt die alte Puppenmacherin … Ich meine, Miss Sharp, wohnt die auch hier oben?« Selbst diese strenge Dame wäre der grüblerischen Einsamkeit der Steinmauern vorzuziehen.

»Miss Sharp lebt in einem Cottage in den Owlbone Woods, zusammen mit ihrer Tochter. Wir bekommen zwar oft Besuch, im Moment jedoch ist niemand da. Edgar, Ruperts Künstlerfreund, war Anfang des Jahres bei uns, aber er ist längst wieder abgereist.«

»Dann ist Miss Sharp also nicht verheiratet?«, traute ich mich zu fragen.

Doris betrachtete mich kühl. »Über so etwas sprechen wir hier nicht, Ginger«, erwiderte sie knapp. »Ich habe kein Interesse an Klatsch, und weder Rupert noch ich beurteilen die Menschen nach den Moralvorstellungen anderer Leute.«

Mit diesen Worten stieg Doris die Treppe hinab und ließ mich allein im düsteren Dämmerlicht zurück. »Ruh dich aus, und dann komm nach unten zum Nachmittagstee«, rief sie noch.

Ich brauchte fünf Minuten zum Auspacken und um mir zu merken, wo sich die Waschschüssel, der Nachttopf und die Kommode befanden. In den winzigen Kleiderschrank, den wir uns offensichtlich alle teilten, hängte ich meine wenigen Kleider. Dann ging ich zu den vergitterten Fenstern hinüber. Weit unten in der Tiefe sah ich die Pflastersteine, aber ich war irgendwie zu nervös, um länger bei der Aussicht zu verweilen.

Stattdessen legte ich mich aufs Bett und betete, dass es keine Bettwanzen wie in Surry Hills geben möge, die mich nachts oft gepiesackt hatten. Die fernen Klavierklänge, die aus einem der unteren Zimmer zu mir heraufdrangen, beruhigten mich. Wer auch immer so zögerlich diese Melodie von »Greensleeves« spielte, versicherte mir damit, dass das Leben unten weiterging. Der Schlaf übermannte mich, und so nahm ich nicht mehr wahr, wie die Schatten ums Bett herum anwuchsen, während der Nachmittag in den Abend überging.

9. Kapitel

Die Turmblumen

Mai 1945

»Vor Sharpie musst du dich in Acht nehmen.« Wanda blies eine Wolke Zigarettenrauch in die Luft und zupfte sich ein Stückchen Tabak von der Lippe. »Es kommt dir vielleicht so vor, als würde Doris hier den Laden schmeißen, aber sie fühlt sich in ihrer Blümchenschürze am Herd am wohlsten oder wenn sie im Garten in der Erde nach Kartoffeln wühlt. Aber auf Miss Sharp musst du aufpassen. Wenn du es irgendwie vermeiden kannst, dann verdirb es dir mit ihr möglichst nicht. Rupert und sie sind ganz dicke, und er lässt nichts gelten, was man gegen das alte Weib sagt, stimmt's, Kitty?«

Kitty nickte, während sie ihre Haare mit Stoffbändern als Lockenwicklern hochdrehte. Sie warf einen nervösen Blick in Richtung Zimmertür. Wanda, die am Fußende meines Betts saß, fuhr jedoch ungerührt fort: »Sharpie ist die wirkliche Herrin des Anwesens. Sie war bei der Geburt der Hälfte der Dorfbewohner mit dabei, deshalb lassen die meisten nichts auf sie kommen. Ihre Mutter hat einst Rupert auf die Welt geholt, bevor die Ärzte diese Zunft mit übernommen haben. Sharpie brüstet sich immer damit, sie hätte ihrer Mutter dabei geholfen, Rupert aus Ivy rauszuziehen, als sie noch ein kleines Mädchen war. Könnt ihr euch vorstellen, diese alte Hexe zwischen eure Beine schauen zu lassen?«

Kitty und ich kicherten. Angestachelt fuhr Wanda fort. »Jedenfalls hat sich Sharpie geweigert, mit den Ärzten zusammenzuarbeiten. Hat gesagt, sie würde ihren modernen Methoden misstrauen. Die dumme Kuh wollte einfach nicht mit der Zeit gehen. Als könnten ihre schimmligen Kräuter mit richtig ausgebildeten Ärzten mithalten! Angeblich hat sie eine Weile an irgendeinem Mädcheninternat unterrichtet.« Wanda zog eine Grimasse und krümmte spöttisch den kleinen Finger. »Schwer vorstellbar, was sie da unterrichtet haben soll. Vielleicht, wie man eine sauertöpfische Alte-Miesepeter-Miene zieht? Bestimmt nicht, wie man Babys auf die Welt bringt! Nachdem ihre eigenen ›anderen Umstände‹ ja nicht vorher vom Herrn Pfarrer abgesegnet wurden, ist sie bestimmt kein sonderlich gutes Beispiel für kleine Ladys.« Wanda grinste. Dann schlich sie auf Zehenspitzen zur Tür, um nachzusehen, ob wirklich niemand draußen stand.

Nachdem sie sich versichert hatte, dass die Luft auf dem Treppenabsatz und der Treppe rein war, hockte sie sich wieder aufs Bett, drückte ihre Zigarette auf einer alten Untertasse aus und fuhr fort: »Als Ruperts Bruder im Krieg gefallen ist, hat Sharpie den Laden hier am Laufen gehalten. Die Eltern brachte die Trauer um den Lieblingssohn, der in Übersee sein Leben gelassen hatte, ins Grab. Der alte Partridge konnte Rupert nicht ausstehen, denn wegen seines Interesses an der Kunst hielt er ihn für ein totales Weichei. Deshalb nennen die Leute vom Ort dieses Anwesen auch ›die Ruinen‹ und verbreiten jede Menge alberne Gerüchte. Sie behaupten, dass es hier spukt, dass die Currawong-Krähen Tod und Geburt prophezeien und dass das Haus auf verfluchtem Land gebaut ist.«

Wanda lachte, als sie meine besorgte Miene sah. »Sag jetzt bloß nicht, du glaubst diesen ganzen Unsinn?« Ohne vorher zu fragen, nahm sie sich von meiner selbstgemachten Handcreme aus Zitronensaft, Rosenwasser und Glyzerin, die auf dem Nachttisch stand, und rieb sich damit die Hände ein. »Ich bin seit Jahren hier und habe in der ganzen Zeit nicht einen einzigen Geist gesehen. Vermutlich hat Rupert sich diese Märchen alle selbst ausgedacht, damit die Leute ihn in Frieden malen lassen. Das sähe ihm ähnlich. Ich habe gesehen, wie er eine Vertreterin des Landfrauenvereins letztes Jahr mit einer Harke vertrieben hat, als sie hier Spenden sammeln wollte. Er ist verrückt – völlig übergeschnappt –, und er hasst die meisten Menschen. Ihn interessiert nur seine Kunst. Wundert mich nicht, dass sich Doris mit Dennis im Garten verlustiert. Ich wette, der zeigt ihr nur zu gerne, wie man Samen verteilt und fortpflanzt. Vielleicht ist ja die Saat, die sie angeblich jetzt in sich trägt, ein Dennis-Ableger? Falls ja, dann wird das Kind vielleicht genau so ein Hänfling wie er. Wobei Doris ja andauernd behauptet, sie wäre schwanger, und dann verliert sie es doch wieder. Ich könnte wetten, dass sie damit bloß Aufmerksamkeit will.«

»Das ist gemein.« Kittys Ton war schärfer, als ich es von ihr gewohnt war. »Dennis und Doris sind alte Freunde, das weißt du genau. Und falls Doris je solchen Quatsch aus deinem Mund hören sollte, wird sie dich hochkant rauswerfen. Dann kannst du Rupert nicht mehr anschmachten.«

Das Kätzchen hat also doch Krallen, dachte ich bei mir und widerstand der Versuchung zu applaudieren.

»Werd endlich erwachsen, Kitty«, erwiderte Wanda scharf. »Es ist doch offensichtlich, dass die zwei es hinter Ruperts Rücken miteinander treiben.«

»Du bist widerlich!«, schimpfte Kitty. »Hör nicht auf sie, Ginger. Sie ist bloß eifersüchtig auf Doris, weil sie selber in Rupert verliebt ist.«

Wanda schnappte sich Kittys Nagellack und fing trotz deren Protests an, sich die Nägel anzumalen. Ich beobachtete aufmerksam ihre Technik. Wanda war zwar eine neunmalkluge Besserwisserin, aber ihre Vorliebe für Tratsch machte sie zu einer praktischen Informationsquelle, was das Leben auf Currawong Manor anging. Außerdem war sie großzügig mit Schönheitstipps, wie zum Beispiel, dass Pepsodent-Creme gut funktionierte, wenn man weißere Zähne wollte, oder wie man seine Haare für Hochsteckfrisuren mit Locken am besten toupierte.

»Kitty, hast du hier schon mal ein Gespenst gesehen?«, wollte Wanda wissen und konzentrierte sich dabei auf ihre roten Krallen.

»Nein, noch nie«, gab Kitty bereitwillig Auskunft. Offensichtlich war ihr Ärger bereits wieder verflogen. Sie wickelte einen weiteren Stoffstreifen in ihre langen blonden Haare und schien nachzudenken. »Einmal habe ich mitten in der Nacht irgendwo im Haus eine Frau weinen und schaurig aufheulen hören. Mir ist das Blut in den Adern gefroren, und ich musste mir die Decke über den Kopf ziehen, um dieses entsetzliche Geräusch nicht mehr zu hören. In dieser Nacht habe ich kein Auge mehr zugetan.«

Schweigend verdauten wir ihre Geschichte. »War vermutlich Doris, die nicht gewusst hat, was sie am nächsten Tag kochen soll«, witzelte Wanda. »Verdammt, ist das kalt, findet ihr nicht?«

Wir stimmten ihr beide zu, dass es in der Tat recht kühl war. Nebenbei dachte ich über Wandas melodramatische Behauptungen nach. Wanda stammte aus Queensland und hatte die tropische Sonne Brisbanes gegen die hellen Lichter Sydneys eingetauscht, um im Filmgeschäft reich und berühmt zu werden – zweifellos inspiriert von australischen Erfolgsstreifen wie *Forty Thousand Horsemen* –, und war stattdessen auf der Straße gelandet (kurz vor dem Verhungern, behauptete sie, wobei ich mich fragte, ob sie sich nicht doch mit ihren Reizen über Wasser gehalten hatte). Rupert hatte sie im Hafenviertel entdeckt, als er auf dem Weg zu Julian Ashtons Kunstschule war. Mit ihrem ovalen Gesicht, den geschwungenen Augenbrauen und schwarzen Haaren war sie wirklich eine ziemliche Schönheit. Ihr Vater war Italiener und wie so viele Ausländer zu dieser Zeit in Gefangenschaft. Ihre Mutter war gestorben, als Wanda noch ganz klein war. Wie ich war auch Wanda knapp einem Leben in Armut entkommen. Die Kriegsjahre waren für Immigranten in Australien nicht einfach, und aus den wenigen Informationsbrocken, die Kitty preisgegeben hatte, erfuhr ich, dass Wanda und ihr Vater Opfer von Gewalt geworden waren. Möglicherweise war auch das ein Grund für ihr hitziges Temperament. Wanda und ich gerieten oft aneinander. Manchmal hasste ich sie für ihre arrogante, herrische Art, aber meine Meinung interessierte niemanden. Wanda Corsenlenni würde von den zukünftigen Sammlern zur beliebtesten »Flower« gewählt werden, mit ihrem schwarzen Haar, den exotischen Zügen und üppigen Kurven.

Die kleine, porzellanpuppengleiche blonde Kitty war die Friedensstifterin. Wie Doris schon gesagt hatte, stammte Kitty aus einer großen Familie vor Ort. Ihr Vater Brian war Mitglied im Komitee des Kunstvereins Mt Bellwood. Aufgrund seiner eigenen künstlerischen Neigungen unterstützte Brian die Rolle seiner Tochter als Flower-Mädchen bei Partridge. Brian Collins mochte vielleicht die symbolische Dimension in Ruperts Werken nicht verstehen, aber im Gegensatz zu vielen anderen jener Zeit wusste er zu schätzen, dass Rupert außerhalb Australiens hochangesehen war.

Kitty wurde allgemein als Ruperts Lieblingsblume betrachtet – eine Tatsache, die sie in ihrem Buch *Murder at the Manor* auf irritierende Art unterstrich, bis es fast übertrieben wirkte. Rupert wählte tatsächlich oft sie als Modell für seine Gemälde, und sie wurde häufiger ins Atelier gerufen als wir beiden anderen. Sie war ein sanftes, unkompliziertes und nicht sonderlich intelligentes Mädchen. Es wäre ein Leichtes gewesen, Kitty eins auszuwischen.

Sie sah so feenhaft aus, viel mehr wie Shalimar. »Steht nicht mit beiden Beinen auf dem Boden«, hätte Ma gespottet. Kitty behauptete, mich aus unserer Zeit in St Augustine's nicht mehr zu kennen – wobei ich den Verdacht nicht abschütteln konnte, dass sie schwindelte: Vielleicht schämte sie sich für den Ruf ihrer Familie, ständig Schulden zu haben?

Ich ging hinüber zum Fensterschlitz in der Turmwand. Wie immer erschauderte ich beim Blick hinunter in die Dunkelheit. In der Schwärze war nicht viel zu erkennen, denn nur der Mond bot einen schwachen Lichtschein, aber in meiner Phantasie entstand stets das schreckliche Bild eines grauenhaften Todes unten auf den Pflastersteinen, sollte ich aus dem Fenster fallen.

Rasch sprang ich zurück ins Bett, froh, dass ich normalerweise das Zimmer für mich allein hatte. Lieber hätte ich mein Bett mit den Bettwanzen von früher geteilt als mit Wanda, wobei da sicher viele Männer anderer Meinung wären.

»Vielleicht ist es morgen ja endlich so weit?« Wanda zwinkerte mir zu. Sie sprang in ihrem schwarzen Seidenpetticoat vom Bett und tat so, als würde sie in eine Trompete blasen. »Trommelwirbel, meine Damen und Herren, Ginger Jarvis ist kurz davor, Rupert zu zeigen, was sie draufhat.« Sie ahmte seinen schroffen Tonfall nach. »Komm schon, Rotschopf – tut mir leid, Schätzchen, wie heißt du noch gleich? Zieh deine Unterwäsche aus: Büstenhalter, Mieder, Schlüpfer auf den Stuhl dort, bitte schön. Wo hab ich bloß meine rote Farbe für Gingers Schamhaar hingelegt?«

Sie lachte über ihre eigene vulgäre Ausdrucksweise. Inzwischen wohnte ich seit mehreren Wochen auf dem Anwesen, ohne dass Rupert mich als Modell gebraucht hätte. Ich wusste, dass er in seine Studien für eine Serie namens *Trollop* versunken war (was vermutlich erklärte, weshalb Wanda so viel Zeit im Atelier verbrachte, denn sie eignete sich bestimmt perfekt als »leichtes Mädchen«), aber ich hatte keine Ahnung, worum es dabei ging. Man beschäftigte mich als rechte Hand von Miss Sharp bei der Betreuung von Shalimar. Ich wusste nicht, wovor mir mehr graute: einem weiteren Tag unter Miss Sharps Adlerauge und ihrer scharfen Zunge oder mich für Rupert auszuziehen. Wenn seine Muse ihn gerade küsste, neigte er dazu, das Atelier gar nicht mehr zu verlassen und auch dort zu essen und zu schlafen.

Als es Mai wurde, fing ich an zu zweifeln, ob er mich überhaupt noch malen wollte. Vielleicht interessierte ihn mein »Gesicht voller Sex und Gefahr« nicht mehr? Ich war nicht unattraktiv, aber ich besaß weder Wandas sinnliche Ausstrahlung noch Kittys hübsches Katzengesichtchen.

»Lass sie in Ruhe«, verteidigte mich Kitty sofort. »Musst du denn dauernd sticheln, Wanda? Rupert ist ein Gentleman, das weißt du genau.«

»Ist er das?« Wanda streckte sich und zeigte dabei ein Stück ihres Mieders, für das vernarrte Sammler später einmal exorbitante Preise zahlen würden. »Wenn du das sagst, Kitty, wird es wohl so sein.« Sie pfiff vor sich hin und griff nach ihrem Untertassenaschenbecher. »So, genug geplaudert. Ich muss mir noch Lockenwickler reindrehen und brauche dann meinen Schönheitsschlaf. Die eine oder andere von uns wird Rupert schließlich morgen malen wollen!«

»Ignorier sie einfach«, warnte Kitty, nachdem Wanda in ihrem Turm verschwunden war. »Sie ist nur eifersüchtig, weil sie sich bedroht fühlt. Bis ich kam, hatte sie Rupert ganz für sich allein. Deine Ankunft hier und die Tatsache, dass Doris dir Shalimar anvertraut, verunsichern unsere Wanda. Die Arme hatte so ein schreckliches Leben. Sie hat einfach nie gelernt zu teilen – selbst bei Rupert. Es ist nicht leicht für sie gewesen als Einzelkind ohne Mutter. Wir müssen nett zu ihr sein.«

Sie ist eine verschlagene, eingebildete, vulgäre Schlampe, dachte ich bei mir, aber das traute ich mich vor Kitty nicht laut zu sagen, die in ihren siebzehn Lebensjahren bestimmt noch nicht einen einzigen schlechten Gedanken gehabt hatte.

Am nächsten Morgen wachte ich schon vor Sonnenaufgang auf. Ich klatschte mir etwas Wasser aus dem Waschkrug ins Gesicht, zog mein elfenbeinfarbenes Unterkleid an und darüber meinen grünen Wollrock sowie eine schwarze Strickjacke. Die Haare band ich mir mit einem roten Tuch aus dem Gesicht. Ich liebte es, mir die Stunde der Morgendämmerung mit den Vögeln zu teilen. Das ist eine Gewohnheit, die ich mein ganzes Leben lang beibehalten habe, und ich käme mir wie ein rechter Faulpelz vor, wenn ich bis sieben oder noch später schlafen würde. Ich mag es, den Nachthimmel zu betrachten und den Sonnenaufgang in meiner eigenen Gesellschaft zu erleben.

Der Geist ist zu dieser Stunde immer irgendwie erhabener und reiner. Er fängt wehende Träume aus der Schlafwelt ein und belohnt uns mit Gedanken, die frisch und optimistisch in den vor uns liegenden Tag schauen.

Im Dunkeln stieg ich vorsichtig die Turmstufen hinunter, um enttäuscht festzustellen, dass Dennis und Miss Sharp bereits in der Küche waren.

»Du bist aber früh auf, Ginger.« Dennis gähnte. »Lust auf Eier und Schinken?«

»Klar doch!«, erwiderte ich. »Ich bin am Verhungern.«

»Ich mag Mädchen, die ihr Essen genießen. Vielleicht kann ich dir auch noch ein Lammkotelett zaubern, wenn du nett zu mir bist«, meinte Dennis und klopfte mir auf den Hintern, während Miss Sharp unser Geplänkel missbilligend verfolgte.

Wir aßen, noch etwas verschlafen und daher die meiste Zeit schweigend. Miss Sharp saß in der Nähe des Herdfeuers und stopfte eines von Shalimars hübschen Spitzennachthemden.

»Du hast dich gut eingelebt, oder?«, fragte Dennis zwischen zwei Bissen. »Es kommt mir so vor, als wärst du schon immer hier gewesen.«

Die Zeit tickte irgendwie anders auf Currawong Manor. Auch ich hatte das Gefühl, als wohnte ich bereits seit Jahren dort und nicht erst seit ein paar Wochen. Die Flure und Zimmer waren so vertraut wie das Foto eines entfernten Verwandten, den man zwar nie kennengelernt hat, aber mit dem man sich trotzdem verbunden fühlt. Das Haus entspannte sich um mich herum. Mein altes Leben in Surry Hills wirkte wie ein Schatten dieser viel lebendigeren Gegenwart in den Bergen. Es war eine seltsame Verzauberung, die ich fast nicht bemerkte, eine subtile Veränderung der Wahrnehmung, als ob das Anwesen und ich uns einander anpassten, wie die Seiten eines Fächers.

»Guten Morgen, Miss Sharp, Ginger, Dennis.« Doris, mit ihrem üblichen tüchtigen Auftreten, trug ein schickes rot-weiß gestreiftes

Kleid mit weißer Jacke und weißen Sandalen und dazu einen dunkelroten Lippenstift, der ihr gut stand. Sie hatte Shalimar im Schlepptau. Hastig schenkte Dennis ihr eine Tasse ein und gab etwas Sahne aus dem Kännchen dazu.

»Miss Sharp, ich habe einen Termin im Krankenhaus in Katoomba. Wären Sie so nett, auf Shalimar aufzupassen, während ich weg bin? Ginger wird Ihnen zur Hand gehen. Dennis, was hast du für heute im Garten geplant?«

»Gar nichts«, antwortete Dennis auf seine lockere, direkte Art. »Ich habe Rupert versprochen, ihm mit der Statue zu helfen, an der er später arbeiten will.«

Shalimar stocherte mit finsterer Miene in ihrem Rührei herum. »Ich will aber nicht bei Miss Sharp oder Ginger bleiben. Mummy, ich will mit dir mitgehen«, nörgelte sie.

»Das reicht jetzt!« Doris nahm einen kleinen Schluck Tee und verzog das Gesicht. »Der schmeckt ja scheußlich.« Sie schüttete den Inhalt ihrer Tasse in den Ausguss und schenkte sich stattdessen Milch aus der Flasche auf dem Tisch ein. »Meinst du, es interessiert mich gerade, was du willst? Ich will, ich will, ich will ist alles, was ich von dir höre. Ich will Tee oder Kaffee, den man trinken kann, und keine Rationierungen mehr, damit wir endlich mal wieder ordentliche Lebensmittel bekommen. Und du wirst tun, was man dir sagt.«

»Ganz genau«, stimmte Miss Sharp ihr zu und biss mit den Zähnen den Faden ab. »Kleine Mädchen, die frech zu Erwachsenen sind, bekommen ihre Mäuler mit Miss Sharps Spezialseife ausgewaschen.«

»Hast du das gehört?«, sagte Doris zu Shalimar, die mit der Gabel auf ihre Eier einstach und sich dabei bestimmt vorstellte, es wären Miss Sharps Augäpfel.

»Sei nicht sauer, Shalimar«, versuchte ich das Kind zu beschwichtigen. »Wir machen irgendwas Lustiges zusammen. Wie wäre es, wenn wir für Mummy und Daddy ein Bild malen?« Shalimars Werke sahen oft aus wie von einem wesentlich älteren Kind. Ganz offensichtlich hatte sie das künstlerische Talent ihres Vaters geerbt.

»Ich hab schon eines gemacht.« Sie schob eine Zeichnung zu mir herüber, die sie auf die Rückseite einer Pappschachtel gekritzelt hatte.

Es war ein Mann am Galgen.

Vielleicht handelte es sich um reinen Zufall und nicht um eine makabre Prophezeiung der Zukunft, aber ich habe mal einen Bericht über Künstler wie Picasso und Mark Twain gelesen, die in ihren Werken tragische Ereignisse – und sogar ihren eigenen Tod – vorhergesagt haben. Shalimar war mir nie ganz geheuer. Dieses Kind, das vor nichts Angst hatte und das Verbot seiner Eltern, in den Wald zu gehen, mehrfach ignorierte, machte mich unglaublich wütend. Miss Sharp hatte ihr gedroht, dass es in den Owlbone Woods einen bösen Mann gab, der aus Bäumen und Rinde bestand. Ich hatte gehört, wie sie dem Kind ihre schaurige Geschichte erzählte, als die beiden zusammensaßen, und wie sie Shalimar gewarnt hatte, dass der Rindenmann sie mit seinen scharfen Zähnen und Klauen erst zerfetzen und dann verschlingen würde, wenn sie weiterhin alleine in den Wald spazierte.

Shalimars Miene hellte sich etwas auf nach meinem Vorschlag, gemeinsam etwas zu malen, aber dann ertönte plötzlich eine Stimme von der Tür.

»Ginger, ich brauch dich im Atelier – sofort!«

Rupert stand im Türrahmen und sah aus, als hätte er eine Woche lang nicht geschlafen.

Doris warf mir einen Blick zu. »Na, geh schon.« Sie trank ihre Milch aus und sah dann Miss Sharp an. »Ist am besten, wenn wir ihn bei Laune halten.«

Und so wurde ich zu meiner ersten Sitzung als Blume des Teufels gerufen.

ENDE DES TONBANDS

Elizabeth saß da und lauschte dem Regen, der zugenommen hatte, während sie in die Welt von Currawong Manor in den vierziger Jahren versunken war. Es fühlte sich seltsam an, jemanden über ihren Großvater sprechen zu hören, der ihn persönlich gekannt hatte. Solange sie denken konnte, hatte sie den Drang verspürt, mehr über ihre Familiengeschichte herauszufinden. Teilweise lag das an der kreativen Tätigkeit, die sie mit Rupert verband. Und irgendwie hatte sie auch immer das Gefühl gehabt, dass irgendein Schlüssel in der Vergangenheit ihr dabei helfen würde, ihre Familie im Hier und Jetzt besser zu verstehen.

Sie legte sich wieder aufs Bett, betrachtete durchs Fenster den grauen Himmel und dichten Regen und überlegte, ob sie ihre Eltern anrufen sollte, beschloss dann aber, sich stattdessen lieber bei Fleur zu melden. Ihr war nach einer unbeschwerten Unterhaltung und Nachrichten aus der Welt da draußen, um sie von ihren Gedanken abzulenken. Irgendwie brauchte sie die Bestätigung, dass außerhalb des Steinlöwentors der normale Alltag herrschte – mit Straßenlaternen, Verspätungen im öffentlichen Nahverkehr, Rockmusik und Filmen wie *Die Neun Pforten*. Sie musste das Gefühl der Beunruhigung abschütteln, das der Alptraum der vergangenen Nacht hinterlassen und das ihr den ganzen Tag zugesetzt hatte.

»Wie schön, deine Stimme zu hören, Liz. Ich habe gerade daran gedacht, dass es sich so anfühlt, als wärst du schon seit Ewigkeiten fort ... Louis! Mach das bitte leiser, Liebling. Ich telefoniere mit Liz, also bitte nicht so laut. Verzeih! Wie geht's dir denn in den nebligen Bergen?«

Elizabeth schloss die Augen, drückte das Telefon ans Ohr und holte tief Luft, als könnte sie aus dem Apparat den Soundtrack eines häuslichen Lebens herausziehen, nach dem sie sich so sehnte. Jene Geräusche, die Familien rund um den Globus als selbstverständlich betrachteten: Kinder, die sich wegen Fernsehsendungen zankten, schlagende Türen und Musik.

Sie sah Fleurs Wohnzimmer deutlich vor sich, schließlich hatten sie dort schon stundenlang gesessen, Tee oder Wein getrunken und sich unterhalten.

»Es ist sehr friedlich und erholsam. Ich kann gar nicht fassen, dass ich erst zwei Tage hier bin. Die Uhr scheint hier irgendwie anders zu ticken. Außerdem schlafe ich total gut. Muss an der Luft liegen …«

»Du schläfst gut?« Elizabeth konnte die Belustigung in der Stimme ihrer Freundin hören. »Herrgott, Elizabeth, du klingst ja wie eine alte Oma. Ich wette, du trägst auch noch einen Flanellschlafanzug und hast eine pinkfarbene Wärmflasche. Hast du diesen heißen Gärtner noch mal gesehen oder Nick? So einen brauchst du, um dich warm zu halten.«

»Wir sind uns nur beim Essen begegnet«, erwiderte Elizabeth und versuchte, Fleurs Witzeleien nicht zu sehr an sich ranzulassen. »Holly gibt ihm im Garten viel zu tun, und ich habe Dokumente und Tonbänder durchgearbeitet, die Ginger mir ausgeliehen hat. Da gibt es jede Menge interessantes Material, aber es fühlt sich trotzdem seltsam an, Rupert auf diese Weise kennenzulernen – als wäre er eine Figur in einem Roman. Kommt mir ein bisschen voyeuristisch vor. Vielleicht stehe ich ihm zu nahe, um diesem Projekt gerecht zu werden. Mir fehlt die nötige Distanz, um den Stoff zu analysieren.« *So, jetzt hatte sie eine ihrer Ängste laut ausgesprochen.*

Sie blickte aus dem Fenster. Die spätnachmittägliche Dunkelheit schien sich an ihr Nest herangeschlichen zu haben, ohne dass sie es bemerkt hatte. Wie sie den Verkehrslärm ihrer Straße zu Hause in Sydney vermisste! Ihr war noch nie aufgefallen, wie tröstlich die Geräusche anderer Menschen waren, die alle ihren Angelegenheiten nachgingen. Was gäbe sie jetzt dafür, eine Sirene zu hören, eine Autohupe oder den Nachbarn von nebenan, der kam und ging. Die Stille des Buschs schien sie zu ersticken wie die Bäume in ihrem Traum.

»Ich kann mir schon vorstellen, dass das teilweise etwas unangenehm ist, aber ich finde nicht, dass du Rupert zu nahe stehst, um seine Geschichte zu erzählen«, sagte Fleur. Elizabeth hörte, wie eine Schublade geöffnet wurde. Fleur kochte nebenbei das Abendessen. Niemand war so gut im Multitasking wie ihre Freundin. »Ich hab von Anfang an gesagt, du bist die perfekte Fotografin für dieses Buch. Hast du nicht das Gefühl, dass sich der Kreis mit deiner Anwesenheit auf Currawong Manor jetzt irgendwie schließt? Du hast wenigstens interessante Verwandte! Nicht wie ich lauter Banker und Bauern. Wir haben nicht mal einen verurteilten Verbrecher, mit dem wir uns brüsten können.«

»Wenn man Mörder interessant findet ... Aber ich weiß nicht, ob ich bei einer Fernsehshow wie *Ich trage einen großen Namen* mitmachen wollte.«

»Das würde Lois gefallen! Danach würde sie dich sicher enterben. He, hört sofort auf damit!«, brüllte Fleur ihre Kinder an. »Ich habe gesagt, nach dem Essen, nicht vorher. Hört auf zu streiten, sonst mache ich den Fernseher aus.«

Noch mehr Gezanke im Hintergrund. Dann war Fleur wieder da, doch ihr Tonfall war ungewohnt verzweifelt: »Die zwei machen mich wahnsinnig«, gestand sie Elizabeth. »Silke hat heute ihren freien Tag und ist im Kino. Ich vermute, sie hat einen neuen Freund. Dann wird auch sie mich bald verlassen. Erinnerst du dich noch an diese hübsche Französin, die mit dem Farmer aus dem Northern Territory durchgebrannt ist? Wie im Film! Neulich erst habe ich eine Mail von ihr bekommen. Hat kürzlich ein Baby bekommen und wohnt auf irgendeinem Zeltplatz der Aborigines. Sie ist immer noch schwer verliebt und kann gar nicht genug von rotem Staub und krokodilverseuchten Wasserlöchern kriegen. Entschuldige, wo waren wir gerade?«

Elizabeth lauschte begierig den Fetzen häuslichen Lärms. Was würde sie darum geben, Kinder schelten zu dürfen, weil sie vor dem Essen genascht hatten oder sich über TV-Sender zankten! Wie gern würde sie die »verflixte Stunde« vor dem Zubettgehen erleben, über die sich so viele Mütter beschwerten. Die Geräusche machten sie melancholisch, aber sie überlagerten zumindest fürs Erste die Erinnerung an ihren Alptraum.

»Wie läuft's mit Ginger? Wie verträgst du dich mit dem temperamentvollen Weibsbild?«, wechselte Fleur das Thema. Im Hintergrund war nun ein Mixer zu hören. »Tut mir leid, dass das so laut ist. Hast du sie schon ins Visier genommen? Vor die Linse, meine ich!«

»Sie wird mir morgen Modell stehen.« Elizabeth starrte aus dem Fenster. Nur ein schwacher Lichtschein verriet die Existenz des Haupthauses in der Ferne.

»Ehrlich gesagt bin ich nicht sonderlich erpicht darauf. Sie wird alles bestimmen wollen.«

»Du schaffst das schon, Liz.« Nur sehr wenige Leute durften Elizabeth so nennen, denn normalerweise hasste sie diese Abkürzung, aber mit Fleurs weicher Aussprache klang sie wunderbar.

»Geht's dir gut, Süße? Möchtest du, dass ich am Wochenende vorbeischaue? Den Kindern würde es vielleicht gefallen, den Wald zu erkunden, nach Leichen und Hexenhäusern zu suchen. Es würde ihnen guttun, mal aus der Stadt rauszukommen. Ich kann unsere anderen Termine absagen.«

»Nein, ist schon in Ordnung«, versicherte Elizabeth ihrer Freundin rasch. Sosehr sie Fleur auch vermisste, in ihrer Gegenwart fühlte sie sich immer so unzufrieden mit ihrem Schicksal. Abgesehen von ihren Beschwerden über Leslie und Silke führte Fleur ein perfektes Leben. So bilderbuchartig wie eines ihrer wunderbar gestalteten Fotoalben, die Elizabeth oft durchgeblättert hatte. Fleur hatte sich seit ihrer Kindheit kaum verändert. Sie hatte immer ausgesehen wie eine Märchenprinzessin, und ihr Leben schien aus einer Serie von Happy-End-Szenen zu bestehen.

Elizabeth beneidete Fleur zwar um ihr sonniges Dasein, aber sie hatte ihr ihre Privilegien nie zum Vorwurf gemacht. Es war schließlich kaum Fleurs Schuld, dass sie mit Schönheit und wohlhabenden

Eltern gesegnet war, die ihre Tochter nur zu gerne mit großen Reisen und allem verwöhnt hatten, was man für Geld kaufen konnte.

Fleur beendete das Gespräch, um ein weiteres Drama zwischen ihren Kindern zu klären, und Elizabeth bereitete sich weiter auf die Fotosession des nächsten Tages vor. Sie wollte einige der Aufnahmen von 1945 mit Ginger nachstellen. Eines von Elizabeths Lieblingsbildern zeigte Ginger auf der eisernen Bank im Garten neben dem Diana-Becken, wo sie in einer gebundenen Ausgabe von Daphne du Mauriers *Rebecca* las. Die Aufnahme war offensichtlich im Sommer entstanden, da Ginger ein Neckholder-Top, dunkle Shorts und ein ins Haar geknotetes Tuch trug. In einer Hand hielt sie das Buch, in der anderen einen halbgegessenen Apfel. Sie wirkte entspannt, frisch und so atemberaubend wie die junge Elizabeth Taylor. Auf der Rückseite stand die handschriftliche Zahl 1945. Da musste Ginger ungefähr sechzehn gewesen sein.

Elizabeth hoffte, das Nachstellen des *Rebecca*-Fotos wäre ein guter Einstieg in ihre Zusammenarbeit und um Gingers Vertrauen zu gewinnen. Sie wollte gerne an die Erinnerungen an glücklichere Zeiten hier auf Currawong Manor anknüpfen. Rupert hatte damals mühelos Gingers strahlende Schönheit eingefangen. Und Elizabeth fand, dass das Alter Gingers Zügen nun noch mehr Ausdruck verlieh. In ihrem Gesicht lag jetzt jene Weisheit, die der beeindruckenden jungen Frau von damals noch gefehlt hatte.

Die Bilder der Flowers, die Elizabeth am meisten in den Bann zogen, waren die wenigen existierenden Aktfotos. Seit ihrem Studium am Sydney College of Fine Arts hatte sie sich selbst ein recht umfangreiches Portfolio mit männlichen und weiblichen Aktaufnahmen erarbeitet. Sie war der Überzeugung, dass sie dieser Teil ihres Werks mit der Kunst ihres Großvaters verband. Die menschliche Form war so direkt und auf so wunderbare Weise ehrlich. Aber nicht etwa die Idealbilder aus Zeitschriften mit ihrer seelenlosen digitalen oder Airbrush-Retusche, sondern der nackte Körper in all seinen unzähligen Formen, Ausprägungen und Größen. Der hängende Bauch und die enormen Brüste einer Frau, deren fruchtbare Zeit hinter ihr lag, die abgemagerte Gestalt einer jungen Drogenabhängigen, deren kauernder, ungeliebter Körper dem Blick der Kamera flüsternd seine Geschichte erzählte. Der schüchterne Junge vor der Pubertät und der alte Mann mit grauem, gesenktem Kopf, dessen verschrumpelter Penis und die eingefallenen Pobacken in jeder Linie und Falte stolz eine ganz eigene Schönheit präsentierten. Das kleine Kind mit dem perfekt geformten Körper, so unbefangen und noch völlig ohne die Spuren, die das Altern hinterlässt.

Für Elizabeth lag in Aktaufnahmen eine Unmittelbarkeit des Lebens, die den Betrachter demütig machte. Mit ihrer Kamera versuchte sie unablässig, diese einzufangen. Der menschliche Körper barg für Elizabeth so viel mehr Spiritualität als sämtliche Religionen, die sie im Lauf der Jahre erlebt hatte. Immer wieder staunte sie darüber, dass die Menschen so oft Wunder von außen erwarteten, wo doch unglaublich viele wundervolle Dinge mit jedem Atemzug in ihrem Inneren geschahen.

Ginger war zu Ruperts Zeiten ein eindrucksvolles Aktmodell voller Ausstrahlung gewesen, eine echte Wucht mit ihrem großen Busen, den langen Beinen, welligen schulterlangen Haaren und dem frechen Grinsen. Aber es war die ältere Ginger, die Elizabeth gerne einfangen wollte, und ihr Instinkt sagte ihr, dass die Aktaufnahmen von Ginger, so wie sie heute war, das Highlight von *Flowers of the Ruins* sein würden. Ginger war jedoch ein absoluter Kontrollfreak und so daran gewöhnt, über die Marke »Ginger Flower« zu bestimmen, dass Elizabeth erst einmal ihr Vertrauen gewinnen musste. In Anbetracht der Tatsache, dass die ältere Dame jedes Mal, wenn sie sich begegneten, irgendwie gereizt wirkte, war sich Elizabeth allerdings nicht sicher, ob es ihr gelingen würde, einen guten Draht zu ihr aufzubauen.

Vor dem Zubettgehen studierte Elizabeth noch einmal die Fotos, die Kitty ihr geschickt hatte. Ein Gruppenbild im Garten war eine der wenigen Aufnahmen, auf denen Rupert zu sehen war. Wer war dann aber der Fotograf gewesen? Auch das war ein Aspekt der Fotografie, der Elizabeth faszinierte: das anonyme Auge und der Kopf, die hinter der Linse den Moment einfingen. Was hatte sich derjenige wohl gedacht? Wo hatte dieser stumme Zeuge gestanden? Mit welcher Wahrnehmung, welchem Licht und unter welchem Blickwinkel war die Aufnahme entstanden? Noch spannender wurden diese Fragen durch die Tatsache, dass dieses Bild, das sie gerade in der Hand hielt, mit Linda gemacht worden war.

Rupert hatte darauf den Arm um Doris gelegt. Er blickte halb mürrisch, halb lächelnd in die Kamera, wobei ihm die dunklen Haare in die Augen hingen, und um den Hals hatte er einen Schal gebunden. Er hatte sich nicht die Mühe gemacht, sich zu rasieren, trug aber auch noch nicht den Bart wie zum Zeitpunkt seiner Verhaftung. Sein kurzärmeliges Hemd und die Hosenträger hatten Farbflecken. Er sah aus, als hätte man ihn gerade eben von seiner Staffelei weggezerrt, um dieses Foto aufzunehmen. Elizabeth spürte ein Ziehen in der Herzgegend, als sie den Großvater so betrachtete, den sie nie kennengelernt hatte, aber mit dem sie sich auf geistiger Ebene stark verbunden fühlte. Hier zeigte er sich so leidenschaftlich, intelligent, energiegeladen und voller Möglichkeiten. Aber wie grausam war doch seine Lebensgeschichte letztlich mit einem Flackern erloschen!

Doris hatte Rupert das Gesicht zugewandt und lachte, vermutlich über etwas, das er gesagt hatte. In ihrem schwarzen Kleid mit der Perlenkette um den Hals und einem langen schwarzen Schal, den sie um ihre dunkelblonden Haare geschlungen hatte, wirkte sie unglaublich elegant. Vor dem Paar stand Shalimar mit einer Stoffpuppe im Arm und glich mit ihren blonden Locken einem Engelchen. Elizabeth fand es immer schwierig, Aufnahmen von Shalimar zu betrachten, ohne auf morbide Weise vom Schicksal des Kindes fasziniert zu sein. Warum musste eine einzige Familie so viel Leid ertragen? Doris und Rupert durften zwar auch nach Shalimars Tod noch erleben, wie es war, Eltern zu sein, aber der Preis dafür war schrecklich hoch gewesen. Wenn man sich ihre Gesichter ansah, war es absolut unvorstellbar, dass Rupert seine Tochter umgebracht haben sollte. Oder hatte er über ihren Tod tatsächlich den Verstand verloren und einfach geglaubt, dass er es getan hatte? Das ergab alles keinen Sinn.

Die Flower-Mädchen standen neben dem Ehepaar wie drei ältere, wunderschöne Töchter. Sie hatten sich für den Anlass mit geblümten Kleidern, Hüten und Handschuhen herausgeputzt. Wanda und Kitty hielten einander lächelnd im Arm. Eine etwas schlankere Ginger als in einigen der anderen Aufnahmen aus jenem Jahr blickte schmollend und irgendwie unsicher in die Kamera. Vor ihr stand ein kleines Mädchen mit ernster Miene, langen schwarzen Haaren bis zur Taille und einem schlichten weißen Spitzenkleid, einen Strohhut in der Hand. Gingers Eigenschaft, alles zu dokumentieren, war wirklich ein Geschenk des Himmels. Als Elizabeth das Foto umdrehte, erblickte sie nämlich auf der Rückseite erfreut die inzwischen vertraute verschlungene Handschrift:

Ein glücklicher Sommertag auf Currawong Manor, 1945.

Hinten links: Rupert und Doris Partridge.

Vorne, von links: Wanda, Kitty, Ginger, Shalimar.

Ganz vorne: Dolly Sharp.

Dolly Sharp? Elizabeth kramte ihre Lupe heraus, um das Gesicht des Mädchens genauer betrachten zu können. Die Tochter der Puppenmacherin glich selbst einer hübschen, dunkelhaarigen Puppe. Bedeutete das, dass Miss Sharp die Aufnahme gemacht hatte?

Es gab noch ein anderes, ziemlich zerknittertes älteres Foto, das möglicherweise ebenfalls mit Linda aufgenommen worden war. Neben dem streng dreinblickenden Ehepaar Ivy und Reg Partridge standen zwei dunkelhaarige junge Kerle und ein gutaussehender blonder Mann vor der Eingangstür des Hauses. Die beiden Dunkelhaarigen hatten weiße Marineuniformen an, während der Blonde die australische Uniform aus Khakihemd und -hose und dazu einen lässigen

Schlapphut trug. Eine strahlend schöne, ebenfalls blonde Frau, die ihre langen Haare zu einem eleganten Knoten geschlungen und zu ihrem weißen Kleid eine schwarze Perlenkette gewählt hatte, stand mit dem Anflug eines spitzbübischen Lächelns neben dem blonden Mann. Die beiden gaben ein hinreißendes Paar ab. Elizabeth nahm an, dass es sich bei dem Mann um Christopher handelte, aber wer war seine atemberaubende Begleiterin? Vielleicht eine Freundin, die er aus Sydney zu Besuch mit in die Berge gebracht hatte? Rupert war zu dieser Zeit entweder schon in seinem Militärkrankenhaus stationiert gewesen, oder er hatte das Foto aufgenommen. Wenn sich doch nur jemand die Mühe gemacht hätte, auch dieses Bild zu beschriften, um zukünftigen Betrachtern wenigstens einen Hinweis zu geben, welcher besondere Anlass eine Fotografie gerechtfertigt hatte.

Auf der Rückseite stand jedoch lediglich: *Frank und Joseph, Januar 1942 auf Currawong Manor.*

Als Nächstes griff Elizabeth nach einer Skizze, die Ruperts Signatur und die Jahreszahl 1950 trug. Sie musste also relativ kurz vor seiner Hinrichtung entstanden sein. Es handelte sich dabei um die surreale Zeichnung einer jungen Frau, die sich in einen Schlüssel zu verwandeln schien. An ihrer Brust saugte eine rothaarige Frau, und in der Hand hielt sie ein kleines Buch, aus dessen aufgeschlagenen Seiten Vögel herausflatterten.

Als sie gerade am Einschlafen war und sich noch einmal die Stimmung der Aufnahmen vor Augen rief, die sie morgen mit Ginger einfangen wollte, wurde Elizabeth auf einmal klar, wie treffend Fleurs Stichelei gewesen war: Sie trug nämlich tatsächlich einen bequemen alten gestreiften Schlafanzug aus Flanell und umklammerte eine rosafarbene Wärmflasche.

10. Kapitel

Die Unzulänglichkeit des Lichts

Mt Bellwood, 2000

»Hier ist das Licht gut.« Ginger warf sich vor einem rosenumrankten Spalier mit dem Herrenhaus im Hintergrund in Pose. »Außerdem kommt mein Outfit neben den Rosen schön zur Geltung.« Sie funkelte Elizabeth herausfordernd an. »Stellen Sie Linda am besten dort drüben hin, damit wir loslegen können!«

Elizabeth trug die Kamera zu der Stelle hinüber, die Ginger ausgesucht hatte. Ginger hatte sich nämlich strikt geweigert, sich in Dianas Liebestempel zu setzen. Sie hatten bereits zwanzig Minuten damit verschwendet, sich über Gingers Kleiderwahl zu streiten – ein pistazien-orangefarbener Kaftan samt goldenen Armreifen, Ketten und einem leuchtend pinkfarbenen, mit Glitzersteinen besetzten Turban.

»Ich will aber nicht langweilig aussehen!«, hatte Ginger wütend erwidert, als Elizabeth ein etwas weniger extravagantes Outfit vorgeschlagen und ihr das *Rebecca*-Foto gezeigt hatte, das sie gerne nachstellen wollte.

»Sind Sie wahnsinnig?« Ginger kramte auf der Suche nach ihrer Puderdose in ihrer Tasche herum, um ihr Gesicht im Spiegel zu kontrollieren. »Ich war noch ein Baby, als Rupert dieses Foto gemacht hat. Das hier ist mein jetziges Ich, ob es Ihnen nun passt oder nicht.« Aus den Artikeln, die Holly ihr geliehen hatte, wusste Ginger bereits, dass Elizabeth Ruperts alte Kamera benutzte und sich außerdem mit den fotografischen Techniken des neunzehnten Jahrhunderts auskannte. Trotzdem hatte sie es als irritierend empfunden, das Gerät dort im Garten aufgebaut zu sehen.

»Dass Sie mit Linda arbeiten, ist irgendwie unheimlich.« Dabei hatte sie Elizabeth einen seltsamen Blick zugeworfen. »Ich hätte nie gedacht, noch mal vor diesem Teil Modell zu stehen. Sollten Sie nicht lieber eine moderne Ausrüstung verwenden statt dieses kaputte alte Scheusal mit schmutziger, gesprungener Linse? Oder können Sie sich was Besseres nicht leisten? Warum nehmen Sie nicht einfach die Kamera, die Ihnen da um den Hals baumelt?«

Elizabeth hatte den Seitenhieb geflissentlich ignoriert, während sie vorsichtig einen Stapel Glasplatten zu der Stelle trug, wo Linda stand. Um den Hals hatte sie sich ihre Canon gehängt, die sie jetzt aber nur benutzen wollte, wenn sie einen Entwurf machte. Was war bloß los mit dieser Frau? Elizabeth war beinahe versucht, das gesamte Projekt abzublasen. Vergeblich hatte sie argumentiert, dass sie ja nicht Ginger in den Kleidern von damals fotografieren, sondern den Moment des nachdenklichen Innehaltens und der Stille in der Aufnahme von damals wiederaufleben lassen wollte. Ginger konnte sich ganz normal anziehen – weder Shorts, noch ärmellose Trägertops oder pinkfarbene Turbane waren vonnöten.

Doch Ginger war weiterhin in ihrem wehenden Kaftan und farbenfrohen Kopfschmuck auf und ab stolziert, hatte sich auf die Brust geklopft und vor den erschrockenen Pfauen und Hühnern deklamiert: »Ich werde nicht altbacken aussehen! Schließlich will ich mit diesem Buch ein Zeichen für alle Frauen auf der ganzen Welt setzen. Ich weigere mich, zu einem grauen Twinset mit Perlenkette und Dutt zu verblassen, wenn ich einen bunten Turban tragen kann. Womöglich ziehen Sie als Nächstes eine Ausgabe von *Rebecca* aus der Tasche und erwarten, dass ich so tue, als würde ich darin lesen. Haben Sie denn überhaupt keine eigenen Ideen? Und jetzt machen Sie endlich das Foto, bevor dieses verschimmelte, antike Teil noch zusammenbricht – oder ich. Ich brauche dringend eine Tasse Tee!«

Um nicht den letzten Rest an Licht zu verpassen, gab Elizabeth schließlich nach, schob eine der Platten in den Kasten und bezog unter dem Tuch Stellung. Warum war Ginger bloß so schwierig? War sie unsicher, oder wollte sie unbedingt ihre Macht ausspielen? Das mit dem guten Draht, den Elizabeth zu ihr hatte aufbauen wollen, war völlig in die Hose gegangen – wenn überhaupt, dann schien Ginger sie noch unfairer zu behandeln als bisher. Elizabeth konnte sich zwar nicht erklären, weshalb die ältere Dame sie offensichtlich nicht leiden konnte, aber es tat unverhältnismäßig weh.

Sobald Ginger jedoch vor der Kamera stand, verwandelte sich die streitsüchtige Dame auf einmal in Ginger Flower. Elizabeth hatte zuvor schon einige Male solche Fotosessions erlebt, bei denen Fotograf, Subjekt und Linse auf magische Art verschmolzen waren. Während der Aufnahmen zu *The Magic Dirt* im Northern Territory war ein junges Aborigine-Mädchen ohne vorheriges Training oder Erfahrung vor der Kamera plötzlich aufgeblüht und machte nun international erfolgreich Karriere als Model. Mehrere Schauspieler, mit denen Elizabeth im Lauf der Jahre gearbeitet hatte und die im »echten Leben« in sich selbst zusammenzufallen schienen, wurden vor der Kamera plötzlich zu plastischen Versionen ihrer selbst.

Es war zwar nicht der Hintergrund, den sie persönlich gewählt hätte, aber Elizabeth musste zugeben, dass Ginger recht hatte: Das Licht war an der Stelle, die sie ausgesucht hatte, wirklich besser, und der etwas eigenartige Kontrast zwischen dem haarsträubenden Outfit und den Rosen sowie dem Steinhaus mit seinen Märchentürmen ergab eine Serie umwerfender Porträts, deren Stimmung an Patrick Lichfields Kultfoto von Talitha und Paul Getty in ihren unkonventionellen Kaftanen auf einem Dach in Marrakesch im Jahr 1969 erinnerte.

»Schauen Sie mal kurz weg. Und dann wieder her zu mir. Ein bisschen mehr lächeln, Ginger, nicht zu sehr die Zähne zeigen. Lächeln Sie eher mit den Augen als mit dem Mund«, ermunterte Elizabeth ihr Modell, ermutigt durch deren offensichtliche Freude. Ausnahmsweise folgte Ginger den Anweisungen, da sie wohl spürte, wie perfekt die Aufnahmen wurden. Während der nächsten halben Stunde arbeiteten die beiden reibungslos zusammen, während Ginger elegant von einer Pose in die nächste wechselte und dabei den benötigten Effekt schon vorausahnte, noch bevor Elizabeth sie entsprechend instruierte.

Besonders von einer Aufnahme war Elizabeth ganz begeistert. Darauf hatte Ginger die Arme theatralisch nach hinten ausgestreckt, den Kopf leicht Richtung Haus geneigt und den Blick nach oben gerichtet. Ihre Tücher flatterten, und das Gebäude hinter ihr schien zu flimmern. Es waren sogar ein paar Currawong-Krähen mit auf dem Bild. Elizabeth wusste schon jetzt, wie geheimnisvoll die Szene in Schwarzweiß wirken würde.

Das Einsetzen der schweren Glasplatten, die mit einer klebrigen Silbernitratlösung beschichtet waren, und die fünfminütige Belichtungszeit stellten zwar einige technische Schwierigkeiten dar, aber Elizabeth liebte das Endergebnis trotzdem. Es faszinierte sie, wie die winzigen Kerben und Kratzer in den Platten Teil des Bildes wurden, wie sich kleine Makel, etwas Glück und der Zufall vereinten, um die geheimnisvolle Traumwelt ihrer Fotos zu erschaffen. Sie betrachtete ihre Treue zu Linda als eine Metapher für die Kunst und das Leben. Man brauchte nicht immer das neueste Gerät – oder das teuerste –, um eindrucksvolle Bilder festzuhalten. Elizabeth wusste, das Endprodukt würde die frustrierende Zusammenarbeit mit Ginger wettmachen, die sie zwischen den verschiedenen Posen weiterhin dafür verspottete, dass sie eine Kamera verwendete, bei der sie ihre Hand als Blendenverschluss benutzen musste, und deren Linse gesprungen, angelaufen und vom Zahn der Zeit beschädigt war.

Elizabeth hatte versucht, ihr zu erklären, dass der antike Effekt, den sie so liebte, eben nur mit Linda erzielt werden konnte. Diese Weichheit ließ sich mit einer modernen Kamera nicht nachahmen.

Gerade die verschwommenen Linien und die zufälligen Sprenkel, Flecken und Verfärbungen waren es, die die Geschichte des Bildes bereicherten. So wie die kleinen Unvollkommenheiten eines Menschen seinem Leben eine besondere Farbe und Tiefe verliehen, sollten auch Lindas Spuren auf den späteren Abzügen wertgeschätzt werden. Doch Ginger fiel es schwer nachzuvollziehen, weshalb sich eine moderne Künstlerin freiwillig mit einer so schweren Kamera und großen, umständlichen Glasplatten abmühte und dabei noch nicht einmal die Kontrolle über den eigentlichen Aufnahmeprozess hatte.

Bevor das Licht ganz schwand, beendete Elizabeth die Session mit einigen schnellen Aufnahmen an jener Stelle im Steingarten, die sie eigentlich anfangs ausgewählt hatte. Das Herrenhaus ragte als Schatten zur Linken auf. Die Fotos strahlten die leicht unheimliche Atmosphäre aus, die Elizabeth ursprünglich hatte einfangen wollen, aber sie wusste bereits, dass Gingers Bilder die beste Ausbeute des Tages darstellten.

»Was haben Sie denn erwartet, meine Liebe?«, erwiderte Ginger grinsend, als Elizabeth ihr gegenüber diese Tatsache zugab. »Ich spiele hier schließlich schon wesentlich länger mit als Sie!« Dann betrachtete sie Elizabeth nachdenklich, als würde sie sie zum ersten Mal richtig wahrnehmen. »Sie sind ihm sehr ähnlich.« Dann funkelte sie Elizabeth gleich wieder an, als gäbe sie ihr die Schuld für irgendeine Erinnerung, die aufgetaucht war. »Aber ich arbeite generell lieber mit Fotografinnen. Ich habe mal ein paar Aufnahmen mit einer Australierin gemacht, Adelie Hurley, und mit Bunny Yeager in den USA. Schon mal von denen gehört?«

Elizabeth nickte.

»Bunny war gut«, fuhr Ginger fort. »Aber das sind Sie auch, meine Liebe. Sie hatte eine freundliche, sanfte, damenhafte Art, genau wie Sie. Alle ihre Modelle liebten sie und waren deshalb zu Aufnahmen bereit, auf die sie sich bei einem männlichen Fotografen niemals eingelassen hätten. Für Bunny zogen sich alle aus. Sie war in vielerlei Hinsicht ihrer Zeit voraus. Genauso Adelie. Rupert war zwar das genaue Gegenteil von freundlich und sanft, aber Sie haben eine ganz ähnliche Arbeitsweise wie er – vielleicht liegt es auch bloß an dieser alten Kamera. Was Ihren Großvater betrifft, so wird ja viel geredet, was für ein Teufel er gewesen ist, und vielleicht hatte er tatsächlich ein teuflisches Temperament, aber eines sage ich Ihnen: Mir gegenüber hat er sich immer wie ein Gentleman verhalten. Auch er war begeisterter Fotograf. Die Malerei war seine große Passion, aber die Fotografie seine Geliebte.«

»Wo wir gerade vom Malen sprechen.« Elizabeth war die Zeichnung mit dem Schlüssel wieder eingefallen. Sie beschrieb sie Ginger, so gut sie konnte. Zu ihrem Erstaunen schien ihr Gegenüber förmlich zusammenzuzucken.

»Daran kann ich mich überhaupt nicht erinnern«, erwiderte Ginger. »Wie Sie ja selbst sehen, habe ich alles aufgehoben, und Rupert sortierte ständig irgendwelche Dinge aus. Wahrscheinlich handelt es sich bloß um ein Blatt, das er in den Müll geworfen hatte. Da muss ich es dann herausgefischt und sofort wieder vergessen haben.«

»Ich habe mich nur gewundert, weil es sich um ein ziemlich spätes Werk handelt, aus der Zeit kurz vor seinem Tod.« Irgendwie wurde Elizabeth das Gefühl nicht los, dass Ginger log. Aber weshalb sollte sie?

»Über diese Phase seines Lebens denke ich nicht gerne nach«, meinte Ginger. »Mir seine Hinrichtung vorzustellen geht mir einfach zu nahe. Wenn er damals irgendetwas gezeichnet hat, dann habe ich es vermutlich aus reiner Sentimentalität aufgehoben.« Elizabeth stellte überrascht fest, dass ihr Gesicht auf einmal abgespannt und verhärmt wirkte.

Ginger wirkte richtig erleichtert, als sie James entdeckte, der in der Nähe des Zauns entlang des Waldes die Erde umgrub. »Bestimmt ist es Zeit für eine Tasse Tee, was meinen Sie? Ich wette, Holly beobachtet uns schon durch ihr Fernglas. Besser, ich gehe mal und erlöse sie aus ihrem Elend.«

Elizabeth fühlte sich beschwingt, wie immer nach einer guten Fotosession, während sie der farbenfroh gekleideten Gestalt hinterherblickte, die mit ihren wehenden Gewändern aufs Haus zustrebte. Hinter der Kamera wurde sie erst richtig lebendig, ausgeglichen und energiegeladen. Mit Linda zu arbeiten war effektiver als jede Meditation. Aus Erfahrung wusste sie jedoch, dass ihr Adrenalinpegel bald absinken und sich Erschöpfung breitmachen würde, aber wenn Ginger und das Licht es erlaubt hätten, hätte sie die ganze Nacht weiterfotografieren können.

»Sah aus, als hätten Sie ein paar gute Aufnahmen im Kasten.«

Elizabeth blickte überrascht von ihrer Kamera auf und stellte fest, dass James Frost sie vom Zaun aus beobachtete. Beim Anblick seiner Handschuhe merkte Elizabeth, dass sie so vertieft in ihre Tätigkeit gewesen war, dass sie die Kälte gar nicht bemerkt hatte. Nicht einmal Ginger hatte sich darüber beschwert. Immerhin hatte sich Elizabeth einen Mantel angezogen, bevor sie Linda aufgebaut hatte. Aber nun spürte sie, dass ihre Finger ganz taub waren vor Kälte.

»Sie haben mich ganz schön erschreckt!«

»Tut mir leid, ich wollte Sie nicht bei der Arbeit stören. Ginger war richtig in ihrem Element, was? Ich hoffe, es macht Ihnen nichts aus, dass ich zugesehen habe?«

»Natürlich nicht«, versicherte Elizabeth ihm. »Es ist eine Ehre, Ginger zu fotografieren. Sie stand für einige der weltbesten Fotografen vor der Kamera.«

»Und für Ihren Großvater.« James' warme braune Augen beobachteten Elizabeth aufmerksam. »Es muss seltsam sein, hier in seinem Garten zu stehen und dieselbe Frau abzulichten wie er.«

»Dasselbe könnte ich genauso gut von Ihnen sagen«, gab Elizabeth zurück, denn ihr fiel wieder ein, was Ginger über vererbtes Talent gesagt hatte.

James fing an, einige Tontöpfe aus einem Schubkarren zu laden.

»Eins zu null für Sie.« Er grinste. »Es ist, als hätte uns dieser alte Kasten aus irgendeinem Grund beide hierher zurückgelockt. Ihre Fotografierkünste scheinen allerdings ein bisschen glanzvoller zu sein als meine Gartenarbeit. Wobei mein Dad laut meiner Mutter immer sagte, der Garten wäre sein Kunstwerk und für ihn genauso schön wie alle Bilder oder Modelle aus Ruperts Atelier.«

Elizabeth spürte eine seltsame Schwingung zwischen ihnen. Sie wollte ihn gerade weiter nach seinen Eltern befragen, als ihr Handy klingelte. *Lois.*

»Hallo?« Wie typisch für ihre Mutter, eine interessante Unterhaltung zu unterbrechen.

»Elizabeth, bist du das?« Die Stimme am anderen Ende war zögerlich.

»Natürlich, wer denn sonst!« Sie klang barscher als beabsichtigt, und James warf ihr prompt einen fragenden Blick zu, woraufhin sie einige Schritte zur Seite ging.

»Ich wollte mich nur mal melden. Hören, wie es so läuft.«

Elizabeth hielt das Telefon umklammert. Auf einmal verspürte sie einen solchen Druck auf der Brust, dass sie gar nichts sagen konnte. Stattdessen betrachtete sie die Vogelscheuche mit ihren steifen Armen und Beinen. Auf ihrem Kopf hockten einige Vögel. Sie erinnerten Elizabeth an eine Zeile aus einem alten Kinderreim:

Ein Spatz allein bringt Kummer und Sorgen,
zwei Amseln singen vor Freude am Morgen,
drei Tauben tragen den Brief herbei …

Was hatte sie in dem Brief übersehen, in dem Kitty sie um ein Treffen gebeten hatte?

»Elizabeth, bist du noch dran?«

»Ja, ich bin da. Warum kommst du nicht einfach vorbei? Du könntest Ginger kennenlernen. Sie hat ein paar unglaubliche Fotos aus ihrer Zeit hier mitgebracht.«

In den qualvollen Sekunden, die folgten, konnte sie das verkniffene Gesicht ihrer Mutter förmlich vor sich sehen.

»Du kennst doch meine Einstellung zu diesem Ort. Es gefällt mir ganz und gar nicht, dass du dich da oben rumtreibst. Aber du hörst ja nie auf mich. Du bist immer wild entschlossen, das genaue Gegenteil von dem zu tun, was ich will.«

»Das ist so was von unfair, wie immer!«, gab Elizabeth hitzig zurück und vergaß dabei völlig, dass James in Hörweite war. »Jeder hat ein Recht darauf, seine Familiengeschichte zu erfahren. Du bist doch diejenige, die sich den Dingen nicht stellen will! Was hast du zu verbergen?«

Stille. Ihre Mutter hatte aufgelegt. Damit der Gärtner ihre Tränen nicht sah, steuerte Elizabeth im Laufschritt auf den Waldrand zu.

»Was war das denn eben?« Nick war neben James aufgetaucht.

»Keine Ahnung.« Der Gärtner blickte Elizabeth hinterher, in der Hand einen der Blumentöpfe. »Eine kleine Auseinandersetzung mit ihrer Mutter, glaube ich. Ich bringe lieber mal ihre Kamera und die restliche Ausrüstung zu ihrem Haus, bevor es zu dunkel wird.«

Gemeinsam beobachteten sie, wie Elizabeth über das Tor sprang, das in die Owlbone Woods führte. »Ziemlich impulsiv, diese Frau, was?«, meinte Nick. »Ein Hitzkopf, genau wie ihr Großvater.«

James nickte und wandte sich ab, um Elizabeths Sachen einzusammeln. »Sie sollte lieber nicht zu weit in den Wald gehen. Da liegen überall alte Fallen herum. Und ich habe Idioten aus dem Ort dort herumballern hören. Im Busch kann man sich leicht verlaufen ...«

»Keine Sorge, ich werde sie schon finden«, tönte Nick großspurig. Dann musterte er James misstrauisch: »Sind Sie etwa scharf auf sie, oder was?«

11. Kapitel

Enten und Schwäne

In ihren ausführlichen Instruktionen, was das Anwesen und die umliegende Gegend betraf, hatte Holly gleich zu Anfang Elizabeth ausdrücklich davor gewarnt, ohne Begleitung den Wald zu betreten, um Unfälle zu vermeiden. Doch Elizabeth hatte langsam genug davon, sich von anderen Leuten Vorschriften machen zu lassen. Während ihrer Kindheit und Jugend war sie ständig von den Launen und unfairen Geboten ihrer Mutter abhängig gewesen – Regeln, die sie brav befolgt hatte, ohne dass sich dadurch ihr Verhältnis gebessert hätte. Auch heute noch war es völlig gleichgültig, dass Elizabeth als hochangesehene Künstlerin gutes Geld verdiente – stets hatte sie das Gefühl, dass ihre Eltern ihre Arbeit nicht guthießen und sich für ihre unkonventionellen Fotografien schämten. Ihr Vater, ein von Natur aus eher zurückhaltender Akademiker, verstand partout nicht, weshalb sie unbedingt nackte Menschen und Leichen fotografieren musste statt der Landschaften, die er bevorzugte. Ihre Mutter wiederum nahm ihr übel, dass sie in die Fußstapfen ihres Großvaters getreten war, und konnte nicht damit umgehen, dass ihre Tochter eine bekannte Fotografin war.

Auch wenn Elizabeth nachvollziehen konnte, dass ihre Mutter eine traumatische Kindheit gehabt hatte, machte sie Lois' Distanziertheit ihr gegenüber immer noch unheimlich traurig. Eigentlich war es doch nur natürlich, dass eine Mutter ihr Kind liebte, oder?

Und wenn die entscheidenden Lebensjahre ihrer Mutter so schwierig gewesen waren, warum wollte sie dann für ihre eigene Tochter nicht das genaue Gegenteil? Im Lauf der Jahre hatte Elizabeth in vielen Therapiestunden versucht, ihren Schmerz über die fehlende Bindung zu ihrer Mutter zu verarbeiten. Die Gespräche hatten zwar schon geholfen, aber egal, wie erfolgreich sie beruflich auch war, ihr verletztes inneres Kind ließ sich nie wirklich beruhigen.

Immer brav zu gehorchen und stets das Richtige zu tun schien einen nicht wirklich weiterzubringen, dachte Elizabeth bei sich. Da war Ginger das beste Beispiel! Die hatte nie nach irgendwelchen Vorschriften gelebt, war egoistisch und selbstbewusst und dabei trotzdem das erfolgreichste der drei Flower-Mädchen. Selbst jetzt, im Alter, war sie immer noch voller Power.

Elizabeth erschrak, als sie um eine Kurve bog und am Wegrand neben einem großen Nadelbaum plötzlich etwas erblickte, das sie zuerst für eine Person hielt. Es handelte sich jedoch um die lebensgroße, etwas verwitterte und mit Moos bewachsene Statue einer nackten Frau. Eine Schlange wand sich um ihren Körper, und zu ihren Füßen kniete ein panartiges gehörntes Wesen, das den Kopf an ihren Bauch drückte. Elizabeth machte mit ihrer Canon ein Foto davon und nahm sich vor, das nächste Mal Linda mit in den Wald zu bringen. Rupert hatte mehrere seiner Plastiken hier auf dem Gelände verteilt, und gerade bei diesen besonderen Lichtverhältnissen hier im Busch würde die antike Kamera sie wunderschön dokumentieren.

Hinter der Schlangenfrau wand sich ein Pfad weiter durch den Wald. Wenn sie ihm folgte, würde doch bestimmt wie im Märchen alles gutgehen. Was sollte ihr auch passieren? Der gemalte Pfeil und ein Holzschild wiesen die Richtung zur Mermaid Glen und zum Devil's Leap.

Dort konnte sie dann versuchen, das Gefühlschaos zu sortieren, das seit ihrer Ankunft auf Currawong in ihr tobte. In Sydney hatte es so viele Ablenkungen gegeben, dass sie sich ihrem inneren Durcheinander nicht stellen musste. In der Stadt rasten die Tage und das Leben nur so vorbei, während sie hier oben in den Bergen eingestehen musste, dass sie einige grundlegende Dinge ändern musste. Mit dreiunddreißig konnte sie weder ihren großen Wunsch nach einer eigenen Familie bis auf ungewisse Zeit aufschieben noch allen Freunden mit Kindern für immer aus dem Weg gehen. Sie wollte auch nicht jedes Mal, wenn sie Zeugin von Fleurs perfektem Leben wurde, einen Stich der Eifersucht verspüren.

Am meisten schmerzte Elizabeth, wie ungerecht es war, dass ihr Leben sie an diesen Punkt geführt hatte. Schließlich hatte sie über die Jahre hinweg extrem hart an sich und an ihrer Kunst gearbeitet. Warum war dann alles so beschissen? Jetzt reiß dich mal zusammen, schalt sie sich selbst, als sie beinahe in ein Spinnennetz hineingelaufen wäre, weil sie während ihres negativen Selbstgesprächs ihre Umgebung kaum noch wahrgenommen hatte. Sie war schließlich keine Krebspatientin, die mit einer lebensbedrohlichen Krankheit kämpfte, und sie musste auch nicht bei Sonnenaufgang meilenweit laufen, um frisches Wasser zu holen, weil sie keinen Anschluss in der Küche hatte, so wie die Dritte-Welt-Kinder, die sie durch Spenden unterstützte. Nein, sie war eine anerkannte Künstlerin, die in einem der schönsten, sichersten Länder dieser Erde lebte. Außenstehenden musste ihr Leben perfekt erscheinen – weshalb war sie dann so verdammt unglücklich? Woher kamen diese in Wellen wiederkehrenden Gefühle der Einsamkeit und Traurigkeit? Wenn sie doch so viel besaß, warum kam es ihr dann oft so vor, als wäre das Leben die Mühe nicht wert? Ihre Unzufriedenheit löste zwar Schuldgefühle in ihr aus, aber sie schien trotzdem nicht in der Lage zu sein, die mentalen Selbstmitleidsschlaufen zu durchbrechen.

Ohne es zu bemerken, beschleunigte sie ihre Schritte, je weiter sie in den Busch vordrang. Große Farnwedel säumten den Pfad, zusammen mit Akazien und Rhododendren, Banksien sowie riesigen Nadelbäumen und Myrten. Hinter einer Biegung schreckte sie ein kleines Känguru am Wegrand auf. Ein Kookaburra beobachtete von einem Ast über ihrem Kopf aus einige bunte Papageien, die wie Regenbogenblitze durch die Luft schossen.

Es tat unheimlich gut, dem Anwesen entkommen zu sein, aber gleichzeitig machte der Wald sie zunehmend nervös.

Die Bäume, die Atmosphäre und die Schatten schienen sie zu verschlucken, während ihre Füße knirschend über Zweige, Blätter und Zapfen liefen. Currawong-Krähen und andere Vögel stießen ihre krächzenden Schreie oder auch melodiösen Rufe aus. Auf einmal fielen ihr Berichte über Buschwanderer ein, die überfallen worden waren oder sich verlaufen hatten, sowie die gemunkelte Warnung, dass Miss Sharps Cottage sich irgendwo hier draußen befand und nur darauf wartete, dass jemand darüberstolperte. Was, wenn … (und das war nun wirklich ein lächerlicher Gedanke, aber obwohl sie sich selbst dafür schalt, ließ er sich nicht mehr abschütteln, wie ein böser Geist) was, wenn Miss Sharp gar nicht gestorben war, sondern immer noch wie eine Märchenhexe in ihrem Häuschen hockte und Menschen in ihren Bau lockte wie in einer Szene aus *Blair Witch Project*?

Nachdem sie etwa eine halbe Stunde gegangen war, zog Elizabeth in Erwägung umzudrehen. Als Grund gab sie für sich selbst Hunger vor, aber in Wirklichkeit wurde sie das seltsame Gefühl nicht los, eine unsichtbare Grenze überschritten zu haben. Als würde die Erde unter ihren Füßen ihr unbefugtes Betreten übelnehmen.

Sollte sie umkehren? Vielleicht wurde es Nacht, bevor sie die Meerjungfrauenschlucht erreichte. Doch eine leise Stimme in ihrem Innern lockte sie weiter, denn die Mermaid Glen konnte schließlich nicht allzu weit vom Anwesen entfernt liegen, immerhin waren auch Shalimar und Dolly damals zu Fuß dort gewesen. Gleichzeitig fürchtete Elizabeth weiterhin, sie könnte den falschen Weg eingeschlagen haben. Doch trotz dieses Gedankens gingen ihre Füße einfach immer weiter, als wollten sie unbedingt irgendwo ankommen – oder irgendwohin fliehen …

Es war kühl im Wald. Nebelschwaden stiegen zwischen den Bäumen auf, und Elizabeth war dankbar für ihren Mantel. In den Taschen entdeckte sie ihre Handschuhe und zog sie an. Immer wieder zweigten links und rechts schmale Trampelpfade ins Unterholz ab. Sie fragte sich, wohin diese wohl führten und wer sie geschaffen hatte – Tiere oder Menschen?

Einmal kam sie an einigen weggeworfenen Patronenhülsen vorbei, daneben lagen mehrere Zigarettenkippen und ein blutiger Haufen aus Pelz und Knochen. Also waren auch Jäger in diesen Wäldern unterwegs, entweder legal oder heimlich. Mit dem Gefühl, womöglich jeden Moment eine Kugel in den Kopf zu bekommen, eilte Elizabeth weiter. Gleich drehe ich um, dachte sie immer wieder, aber dann tat sie es doch nicht. Es war, als hätte sich ihr Körper entschlossen zu handeln und damit ihren Kopf überstimmt.

Als sie fernes Wasserplätschern hörte, überlief sie ein aufgeregter Schauer, denn sie wusste, dass es nun nicht mehr weit bis zur Schlucht war. Trotzdem stockte ihr der Atem, als sie schließlich um eine Kurve bog und vor sich den großen Teich mit dem riesigen Felsen und dem Wasserfall liegen sah, umgeben von Zypressen, Koniferen und Farnen. Dazwischen standen Steinstatuen von Frauenakten, Tigern, Wombats, Dingos und Satyrn. Die Szenerie glich einem verwunschenen Märchenland und damit all den Gemälden, Zeichnungen und Fotografien, die Rupert dort erschaffen hatte. Es gab drei steinerne Frauen: Eine davon saß in der Hocke, um vom Teichwasser zu trinken, während ein grinsender Faun so aussah, als wollte er sie von hinten bespringen. Zwei weitere Satyrn standen neben den beiden anderen weiblichen Statuen. Die Frauen umarmten sich, was die Satyrn lüstern und feixend beobachteten. Doch trotz der frechen Erotik der Plastiken wirkten sie fast ein wenig bedrohlich, was Elizabeth das Gefühl gab, in ihr Refugium eingedrungen zu sein – als sollte sie sich lieber auf Zehenspitzen davonschleichen, bevor sie entdeckt wurde. Doch ihr tiefer Wunsch nach einer Verbindung zu ihrem Großvater ließ sie innehalten. Rupert hatte eine Menge Zeit hier verbracht. Sie befand sich nun an jenem Ort, an dem er zwei wichtige Gemäldeserien erschaffen hatte: *Kitty in the Owlbone Woods* und *Lust, Ducks and Swans.*

Nebel kroch übers Wasser und schien gleichzeitig daraus emporzusteigen. Schwarze Schwäne und Enten glitten über den Teich. Automatisch griff Elizabeth nach ihrer Kamera. Während sie ein paar Aufnahmen machte und durch ihren Sucher die romantische Szenerie betrachtete, spürte sie, wie ihre Sehnsucht wuchs. Doch zwischen all dieser nebelverhangenen Schönheit lag das Wasser finster da und bewahrte das schreckliche Andenken an Shalimars Tod. In den dunklen, trüben Tiefen des Teichs, zwischen den Seerosen, Enten und Schwänen, verbarg sich bis in alle Ewigkeit die Erinnerung an die Leiche des siebenjährigen Mädchens.

Durch die Stille der Schlucht hatten einst Ruperts Rufe nach seiner Tochter widergehallt. Was war 1945 mit diesem armen Kind passiert? Was für ein schrecklicher Schlag für Doris und Rupert – der Verlust ihrer geliebten Tochter! Wann immer in Gingers Tonaufnahmen Shalimars Name fiel, hatte Elizabeth einen schmerzlichen Stich verspürt, wie ein Zuschauer, der den Schluss bereits kennt. Sie fröstelte.

Sie musste unbedingt mit Linda hierher zurückkommen und versuchen, die Erinnerung an die Gefühle dieser Menschen einzufangen. Vielleicht würde die Erde zu ihr sprechen wie schon einmal während der *Magic Dirt*-Serie. Über diesem schönsten aller Orte mit den großen Eukalyptusbäumen, dem Nebel, den Statuen und den nassen, glänzenden Felsen schwebte eine uralte Bedrohung.

»Elizabeth.«

Bildete sie es sich nur ein, oder rief da eine Frauenstimme ihren Namen? Elizabeth versuchte, durch den Nebel etwas zu erkennen. Stand dort jemand neben dem Wasserfall, oder handelte es sich um ein Gespinst ihrer Phantasie in dieser phantastischen Umgebung, das gar nicht wirklich existierte, genau wie bei ihren Fotoplatten, wenn Staub und Kratzer Bilder von anderen Welten und Wesen erschufen?

Der Nebel war inzwischen dichter geworden. Klang das wie Unterholz, das zertrampelt wurde, und wie ein seltsamer Laut?

»Elizabeth?«

War das ihr Name oder bloß das Rauschen des Wasserfalls? Selbst die Schwäne wirkten auf einmal bedrohlich. Sie reckten die Hälse, und ein großer schwarzer Schwan breitete seine Flügel zu enormer Spannweite aus, wobei er ein Fauchen ausstieß. Sie musste an Geschichten denken, in denen Schwäne Menschen angegriffen und mit ihren Flügeln Arme gebrochen hatten, um ihr Revier und ihr Nest zu verteidigen.

Auf einmal voller Panik drehte sich Elizabeth fluchtartig um und schrie erschrocken auf, weil sie mit jemandem zusammenprallte, der direkt hinter ihr stand.

»Langsam, langsam.« Nick hielt sie am Arm fest. »Ich wollte Sie nicht erschrecken. Tut mir leid.«

»Sie haben mich nicht erschreckt!«, keifte Elizabeth atemlos. »Ich habe hier die Aussicht genossen, bis Sie sich heimlich angeschlichen haben!«

»Immer mit der Ruhe, Süße. Ich hab mich doch schon entschuldigt.«

»Nennen Sie mich nicht Süße! Ich bin nicht Ihre Freundin!«

»Herrgott, jetzt beruhigen Sie sich mal. Dann eben: Es tut mir leid, *Elizabeth*. Ich habe mich nicht angeschlichen, Elizabeth. Ich wollte nur sichergehen, dass bei Ihnen alles in Ordnung ist. James meinte, Sie wären ziemlich aufgelöst gewesen, deshalb dachte ich, ich schaue lieber mal nach Ihnen. Außerdem«, fügte er grinsend hinzu, »hat Ihnen Holly doch gesagt, dass Sie nicht alleine hierherkommen sollen. Denken Sie nur an die vielen Fallen überall.«

»Vielen Dank, aber ich komme ausgezeichnet alleine klar und ziehe es sogar vor, allein zu sein. Nachdem Sie mir jetzt den ungestörten Moment verdorben haben, kann ich genauso gut gehen.«

Sie machte sich auf den Weg und ließ Nick kopfschüttelnd zurück. Wütend murmelte er vor sich hin: »Frauen! Eine so launisch wie die andere. Meine Exfrau und Elizabeth reichen schon aus, um einem Mann das Zölibat schmackhaft zu machen. Warum können nicht alle so unkompliziert sein wie Ginger?« Eine Weile betrachtete er die Schwäne und die Statuen. »Verdammt, dieses Wasserloch ist echt ganz schön gespenstisch.« Er war zwar zusammen mit Holly schon hier gewesen, aber alleine war es eher unheimlich als idyllisch.

»Was ist bloß mit dir passiert, Shalimar, mein Schatz?«, sprach er seinen Gedanken laut aus. »Wo auch immer du bist, Onkel Nick ist der Wahrheit auf der Spur. Ich werde herausfinden, was hier geschehen ist. Waren es deine Eltern? Miss Sharp? Oder vielleicht eines der Flower-Mädchen? Womöglich sogar die alte Ginger?« Er hielt einen Moment lang inne, um diese unwillkommene Möglichkeit abzuwägen. Er hatte inzwischen eine Menge Zeit in Gingers Gesellschaft verbracht und die Unterhaltungen mit der alten Lady wirklich genossen. Die Vorstellung, dass sie ein Kind umgebracht und den Vater verleumdet haben sollte, passte so gar nicht zu der Frau, die gerne Frank Sinatra hörte und sich damit brüstete, wie Elvis Presley sich einst an sie rangemacht hatte. »Nee, die alte Ginger kann's nicht gewesen sein«, erklärte er einer der lasziven Statuen. »Vielleicht war es ja jemand aus Mount Bellwood, auf den nie der Verdacht gefallen ist?«

Er unterbrach sein Selbstgespräch und sah stattdessen die Schwäne an, als erwartete er von den Vögeln eine Antwort. »Jemand hat dir ein Leid zugefügt, Shalimar, aber Nick Cash ist jetzt da, um herauszufinden, wer das war!«

Er spielte auf einer Luftgitarre einen Riff und gab sich kurz einer kindlichen Phantasievorstellung hin, in der er mit Sheriffabzeichen und seiner Gitarre auf dem Rücken in eine amerikanisch wirkende Stadt hineinspazierte und einen Revolver um den Finger kreisen ließ, während eine Gruppe halbnackter Frauen, ähnlich wie die Figuren am Teich, um seine Aufmerksamkeit buhlte. Dann fiel ihm auf einmal wieder Elizabeth Thorringtons ovales Gesicht ein, das gerade eben vor lauter Antipathie völlig verzerrt gewesen war, und er ließ den imaginären Revolver sinken. Damals, als Sharkbait noch in den Charts gewesen waren, hätte eine wie Elizabeth ihn nicht so schnell abblitzen lassen. Frauen mit seidig glatten Haaren und intelligenten Augen, Frauen, die Kafka, Marguerite Duras und Anaïs Nin lasen und aus dem *Weiblichen Eunuchen* zitieren konnten, interessierten sich genauso für die Jungs von Sharkbait wie die Groupies, die scharenweise in die Kneipen wie das Selina's strömten. Für Nick waren die Siebziger die goldenen Zeiten gewesen – in Sydney regierte damals die Livemusik, bevor dieses ganze Technogedröhn, die Pokermaschinen und die Gentrifizierung ihn ins Exil der Verlagswelt vertrieben hatten.

Nick wurde von einem Anflug von Melancholie heimgesucht, die daher rührte, dass er seine Sharkbait-Träume hatte aufgeben müssen. Die ehemaligen Bandmitglieder waren inzwischen über den ganzen Erdball verstreut und kamen höchstens für solche *Was machen eigentlich die Soundsos inzwischen?*-Shows zusammen, die zunehmend in derselben Versenkung verschwanden wie die Talente, die sie präsentiert hatten.

Dass Jason, der ehemalige Schlagzeuger von Sharkbait, in Mt Bellwood lebte, aber Nick sich nicht mal die Mühe gemacht hatte, ihn zu kontaktieren, blendete er dabei völlig aus. Dabei hatte es mal eine Zeit gegeben, in der sie sich sehr nahegestanden hatten, eine längst vergangene Ära der schwarzen Lederhosen, glitzernden Stirnbänder und ihres Nummer-eins-Hits »Dingo Blood Ball«. Damals hatten sie geglaubt, die Musik würde immer weiterspielen, dachte er jetzt voller Selbstmitleid, auch wenn es ein Klischee war. Er hielt seine Luftgitarre in die Höhe, drehte sich ein paarmal um die eigene Achse wie in alten Zeiten und sang für die Schwäne und Enten ein paar Takte der Melodie, zu der einst Tausende von australischen Teenies die Arme geschwenkt hatten.

Hey, you're looking so sweet as you strut down the street to the Dingo Blood Ball!
And you're looking so fine – girl you know that you're mine
At the Dingo Blood Ball!

Seufz. Er konnte den Jubel des Publikums in den Kneipen immer noch hören, und jeden Abend landeten auch ein paar Höschen auf der Bühne. Doch der Applaus war schnell verstummt, und die Musikindustrie hatte sich als launische Schlampe entpuppt. All die Hoffnung, der Hype und die leeren Versprechungen der Plattenfirma und der Anzugträger (die als Einzige je Geld an Sharkbait verdient hatten) gehörten bald der Vergangenheit an. Wer erinnerte sich jetzt noch an die Band? Ganz sicher nicht Elizabeth Thorrington mit ihrem kühlen, distanzierten Blick.

Verdammt, wenn er noch eine Minute länger in dieser komischen Schlucht blieb, würde er womöglich einem Haufen Enten »Yesterday's Hero« vorsingen. Ohne dass er sich dessen bewusst war, plagten auch ihn dieselben trüben Gedanken wie zuvor Elizabeth, während ihn seine tief im Inneren verborgenen Enttäuschungen und der alte Kummer heimsuchten. Im Lauf der Jahre hatte er so viele Anläufe unternommen, seine Band wiederauferstehen zu lassen. Mehrmals hatte er die Jungs von Sharkbait kontaktiert und versucht, ihr Interesse daran zu wecken, wieder ein bisschen gemeinsam Musik zu machen oder sogar im Studio ein paar Songs aufzunehmen, aber obwohl sie alle ganz begeistert taten, waren sie dann leider doch immer zu beschäftigt mit ihrer Arbeit und den Kindern gewesen – du weißt ja, wie das ist, Kumpel. Irgendwie nahm Nick es den anderen übel, dass sie so normal und langweilig geworden waren. Wie konnten Männer, die mehrere Auftritte bei *Countdown* gehabt hatten, lieber einen Haufen Hosenscheißer beim Kinderfußball anfeuern?

Er sah sich um ... hatten sich die Statuen bewegt, während er in seine depressiven Gedanken versunken gewesen war, oder verlor er nun endgültig den Verstand? Er hätte schwören können, dass der kniende Satyr zuvor noch nicht den Arm um die vollbusige Schönheit gelegt hatte.

Ein großer schwarzer Schwan breitete die Flügel aus und zischte ihn an. Nick versuchte, durch den dichter werdenden Nebel hindurch etwas zu erkennen. Hatten die Vögel dort irgendwo ein Nest, weil sie sich so aufführten? Noch mehr Fauchen und Flügelschlagen. Nick hatte noch nie einen so riesigen Schwan gesehen. Er wünschte sich auf einmal, er hätte ein bisschen trockenes Brot mitgebracht, um die Tiere zu füttern. Als kleiner Junge hatte er das gerne gemacht. Noch so ein melancholischer Anflug von Selbstmitleid ... Das war, bevor sein Vater gestorben war und seine Mutter sich mit diesem schleimigen Kotzbrocken eingelassen hatte, den er nicht ausstehen konnte.

Von der anderen Seite des Teiches flog ein Geräusch herüber, das Nick nicht genau einordnen konnte. Das Brechen eines Zweiges, gefolgt von weiterem Knirschen. Nick fürchtete sich nicht so leicht, aber eine Sekunde lang verspürte er den instinktiven Impuls, Elizabeth hinterherzuspurten. Dann rief er sich wieder in Erinnerung, dass er doch der Sheriff von Mt Bellwood war. Diese Wälder gehörten ihm, und er würde lieber auf der Stelle sterben, als so etwas Feiges zu tun, wie auf dem Absatz kehrtzumachen und vor einem Geräusch davonzulaufen.

»Hallo? Ist da jemand?« Hoffentlich stand dort drüben kein Einheimischer und kicherte nach Nicks »Dingo Blood Ball«-Performance für die Enten und Schwäne immer noch vor sich hin.

Vom anderen Ufer klang nichts als Schweigen herüber, aber Nick konnte trotzdem das Gefühl nicht abschütteln, dass dort jemand war. Ein Jemand, der es vorzog, nicht zu antworten. Einen Moment lang überlegte er sich, ob er hinübergehen sollte, um herauszufinden, wer das war. Doch dann beschloss er, der Sache nicht weiter auf den Grund zu gehen, und redete sich ein, dass der alte Schwan sich sonst sicher noch mehr aufregen würde und er ja auch seine Schuhe nicht völlig durchnässen wollte. Denn um auf die andere Seite des Teichs zu gelangen, würde er wohl durchs seichte Wasser waten müssen. Außerdem sollte er zum Haus zurück und Gingers Tonbandaufnahmen bei Elizabeth abholen, damit er mit der Arbeit beginnen konnte. Alles Ausreden, um nicht nachsehen zu müssen, was dieses komische Gefühl in seiner Magengrube auslöste und dafür sorgte, dass sein Atem so flach und schnell ging. Er wollte nicht herausfinden, wer der stumme Zuschauer an der Mermaid Glen war, denn er hatte Angst, aus dem Nebel und den Bäumen könnte etwas heraustreten, für das er kein Wort besaß.

12. Kapitel

Der Blutmarkt

»Die Menschen fasziniert vor allem immer das mit dem Sex. Manchmal schockiere ich das prüde Volk absichtlich ein bisschen, indem ich irgendwelche Andeutungen mache, was wir im Atelier so getrieben haben, aber die traurige Wahrheit ist, dass Rupert ein Gentleman war. Das wollen Journalisten und Klatschmäuler natürlich nicht hören. Sie sind fest davon überzeugt, dass Rupert uns alle auf einmal vernascht hat.«

Ginger grinste Nick kokett an. Sie hatte nach dem Abendessen zuerst sich selbst und dann Elizabeth bei ihm eingeladen. Elizabeth, die ein schlechtes Gewissen hatte, weil sie Nick zuvor im Wald so angefahren hatte – »Nennen Sie mich nicht Süße!« –, war ziemlich still. Nick machte seither einen Bogen um sie und hatte sich auch während des Abendessens fast ausschließlich mit Ginger unterhalten, was sie ihm nicht verübeln konnte. James, der Gärtner, dachte sie im Stillen, war ein viel aufrichtigerer Mensch, wohingegen dieser Nick sich benahm, als würden sämtliche Frauen nur darauf warten, mit ihm ins Bett zu hüpfen. Außerdem ärgerte sie, dass Ginger nun offensichtlich ihr Versprechen, Elizabeth die Tonbänder zuerst zur Verfügung zu stellen, wieder zurückzog.

Nicks Nest war das krasse Gegenteil von Gingers Chaos, denn hier waren Bücher und Gitarren fein säuberlich aufgereiht.

»Ich bin ein Ordnungsfanatiker«, gab Nick zu, als Ginger ihn deswegen neckte. »Ich war ein Schlüsselkind, und meine Mum hat mich dazu erzogen, das Haus sauber zu halten.«

»Sie werden mal einen wunderbaren Ehemann abgeben.« Bei diesen Worten blickte Ginger grinsend zwischen Elizabeth und Nick hin und her. »Nun, meine Lieben«, erklärte sie dann auch prompt und suchte nach ihrem Handtäschchen. »Ich werde Sie beide jetzt verlassen, damit Sie meine Gutenachtgeschichte genießen können. Hier ist die Aufnahme.« Sie legte ein Tonband auf den Sofatisch.

Elizabeth spürte Panik in sich aufsteigen. Ginger wollte sie mit Nick alleine lassen? »Warum bleiben Sie nicht noch ein bisschen?«, schlug sie hastig vor. »Wir brauchen uns doch keine Aufzeichnungen anzuhören, wenn Sie uns die Geschichte selbst erzählen können.«

Ginger schüttelte den Kopf. »Nein«, erklärte sie nachdrücklich. »Diese Erinnerungen zu durchleben strengt mich zu sehr an, mein Kind. Wenn ich sie auf Band aufnehme, kann ich wenigstens meine Gefühle im stillen Kämmerlein wieder unter Kontrolle bringen. Außerdem habe ich dann einen Beleg dafür, was genau ich gesagt habe, falls irgendjemand versuchen sollte, im Nachhinein meine Geschichte umzudichten.«

Elizabeth küsste Ginger zum Abschied auf beide Wangen, atmete ihr schweres Parfüm ein und fragte sich, weshalb die alte Dame wohl so ein spitzbübisches Funkeln in den Augen hatte, als sie ging. Ginger wollte doch sicher nicht versuchen, sie mit Nick zu verkuppeln? Falls doch, dann würde sie schrecklich enttäuscht werden.

»Während wir uns das anhören, können wir ja genauso gut noch einen Schluck trinken«, schlug Nick vor. »Ich hab den Eindruck, unsere Ginger versucht sich da ein bisschen plump als Kupplerin, Sie nicht?«

Elizabeth wurde rot. »Falls ja, dann ist sie da auf dem falschen Dampfer!«

»Nennen Sie mich nicht Süße, was?« Nick suchte in der gut ausgestatteten Küchenschublade nach einem Korkenzieher.

Elizabeth beobachtete ihn argwöhnisch. »Na gut«, gab sie schließlich nach. »Tut mir leid, wenn ich zickig geklungen habe. Sie haben mich nur einfach wirklich erschreckt, als Sie so plötzlich aufgetaucht sind.«

Außerdem macht mich dieser Ort ohnehin irgendwie nervös. Er ist unglaublich schön, aber gleichzeitig auch irritierend und unheimlich. Ich habe das Gefühl, ein frisch entwickeltes Foto zu betrachten, aber das Bild, das ich zu sehen glaube, ist gar nicht wirklich da. Das konnte sie Nick aber kaum sagen, ohne total überspannt zu klingen.

»Soll ich das große Deckenlicht ausmachen?«, bot Nick an, während er am Kassettenrekorder herumhantierte.

»Nein!«, rief Elizabeth. »Falls Ginger uns von ihrem Nest aus beobachtet, denkt sie sonst womöglich, wir kuscheln uns hier gemütlich zusammen und lauschen ihrer Stimme.«

»Auf Ginger, unsere Emma Woodhouse.« Nick erhob sein Weinglas, bevor er auf PLAY drückte.

Ich weiß noch, dass ich mir beim ersten Mal Modellstehen im Mai 1945 fast in die Hose gemacht habe. Als man mich zum großen Meister rief, war ich fest davon überzeugt, dass er auf der Stelle zwischen all den Farbtuben und Pinseln über mich herfallen würde. Die Wirklichkeit war dann eher enttäuschend.

»Komm rein und mach die Tür hinter dir zu!« Ruperts Tonfall war nicht gerade einladend, als ich schüchtern am Atelier klopfte. »Ich hab endlich was, wo ich dich gebrauchen kann, Ginger. Zieh dort hinter dem Wandschirm dein Kleid aus und stattdessen den Morgenrock an. Und dann setz dich da drüben hin, neben den Affen.«

Ich erblickte ein rotes Sofa, über dem Tücher und die australische Flagge hingen und auf dem ein ziemlich abgewetzt wirkender echter ausgestopfter Affe mich aus grünen Glasaugen anstarrte. Sein hässliches Maul war wie zu einem bösartigen Knurren verzogen. Sollte das ein Scherz sein? Rupert war eifrig damit beschäftigt, Gläser aufzuschrauben und Terpentin und Leinöl hineinzugießen, so dass ich sein Gesicht nicht sehen konnte, um festzustellen, ob er sich für meine Affen-Bemerkung bei unserem ersten Treffen rächen wollte.

Rasch zog ich mich hinter dem chinesischen Wandschirm in der Ecke des Ateliers aus und fragte mich, ob ich wohl mein Unterkleid anbehalten konnte. Ich entschied mich dagegen. Dann wählte ich aus den diversen Morgenmänteln, die an einem Haken hingen, einen aus roter Seide aus und wickelte mich darin ein, bevor ich schüchtern wieder ins Zimmer trat.

Zögerlich setzte ich mich neben das mottenzerfressene, schäbige Vieh und wartete auf weitere Anweisungen. Sollte ich mich vollends entkleiden? Instinktiv zog ich den Gürtel des Mantels fester. Ich hatte keine Ahnung, was von mir erwartet wurde. Entsetzt stellte ich fest, dass ich vor lauter Nervosität zitterte und meine Handflächen ganz feucht waren. Die endlosen Predigten meiner Ma erschienen mir auf einmal wie eine willkommene Zuflucht vor der Situation, in der ich mich jetzt befand. Weshalb hatte ich nicht auf sie gehört?

Rupert war überhaupt keine Hilfe, so vertieft war er ins Farbenanrühren. Nebenher summte er die Melodie von »We'll Meet Again«. Ich beobachtete ihn bei seiner Arbeit. Der Mann schien von einer seltsamen aufgestauten Energie getrieben, als lodere ein Buschfeuer in jeder Zelle seines schlanken Körpers. Eine ungezügelte Ruhelosigkeit wütete in ihm, die er bisher nicht hatte bezwingen können. Im Gegensatz zu uns Normalsterblichen bewegte er sich zwischen unsichtbaren Welten hin und her. Menschliche Gesellschaft wurde zwar toleriert, aber er war mehr mit seinen Engeln beschäftigt, die ihm flüsternd den Weg wiesen. Oder waren es Teufel, die er als Helfer herbeigerufen hatte?

Er warf einen kurzen Blick zu mir herüber und schenkte mir eines seiner seltenen Lächeln. »Jetzt bist du ausnahmsweise mal still. Könntest du dich noch ein bisschen näher zum Affen setzen, bitte?«

Gehorsam rutschte ich rüber, obwohl ich mir dabei ziemlich lächerlich vorkam. Das Vieh bleckte seine gelblichen spitzen Zähne in meine Richtung. Ich starrte böse zurück. Wollte Rupert mich verspotten, indem er mich neben diesem dreckigen Ding platzierte? Warum durfte ich nicht mit einem exotischen Tiger oder einer Schlange posieren, wie es die anderen Mädchen stolz erzählt hatten?

»Sehr hübsch. Und jetzt ganz still sitzen. Dreh deinen Kopf ein Stückchen zu mir, so ist's gut. Den Blick halb in Richtung Affe. Genau. Neig den Hals ein wenig, nur einen Hauch. Perfekt! Beweg jetzt keinen Muskel. Du musst ganz still sitzen bleiben und den Affen anschauen.«

Er fing an, mit einem Kohlestück auf die Leinwand zu zeichnen. Ich hörte das ungleichmäßige Kratzen, während er pfeifend skizzierte. Nach etwa einer halben Stunde, die mir mehr wie fünf Stunden vorkam, schien er mit seinem Entwurf zufrieden zu sein und rührte noch etwas mehr Farbe an, bevor er nach seinen Pinseln griff. Ich konnte es kaum fassen, wie schmerzhaft es war, ganz still zu sitzen. Ein Bein war kribbelnd eingeschlafen, und die Zehen des anderen Fußes krampften sich mit ihm um die Wette zusammen. Ein Schweißtropfen rann mir am Auge vorbei, während ein loses Haar unerträglich auf meiner Wange kitzelte. Ich versuchte, es vorsichtig wegzupusten, ohne dass die Bewegung auffiel. Dazu das Klopfen meines eigenen Herzens, draußen in der Ferne Stimmen.

Ruperts Pfeifen, Seufzen und Gläseraufschrauben – alles schien irgendwie übernatürlich laut und verzerrt. Dass der Pelz des Affen einen ganz eigenartigen, modrigen Geruch verströmte, machte die Sache nicht besser. Auch nicht, dass die Glasaugen der scheußlichen Kreatur sich zunehmend mit bösartiger Abscheu zu füllen schienen, die meine eigene widerspiegelte. Was einem wie eine einfache Aufgabe vorkam – still zu sitzen und nichts zu tun –, war schnell zum anstrengendsten Job der Welt geworden.

Es kam mir vor wie Wochen, während deren die Monotonie nur von einem gelegentlichen Pfeifen von Rupert unterbrochen wurde, bis er schließlich zurücktrat, die Leinwand begutachtete und die segensreichen Worte aussprach: »Nicht schlecht. Ich glaube, das reicht für heute, Ginger. Du kannst jetzt gehen.«

Ich stand auf und streckte mich. Vor lauter Erleichterung, mich bewegen zu dürfen, kam es mir vor, als wäre ich gestorben und im Himmel gelandet. Einem spontanen Impuls folgend fragte ich ihn, ob ich die Arbeit sehen dürfte.

Die Bitte schien Rupert zu überraschen. Offensichtlich war das etwas, was die anderen Flowers nicht interessierte, doch ich war neugierig, wie er mich dargestellt hatte. Hier ganz nebenbei eine kleine Ginger-Lebensweisheit: Während meiner Kindheit und Jugend in Surry Hills habe ich auf die harte Tour gelernt, dass man sich im Leben öfter mal selbst in den Vordergrund schieben muss, denn sonst tut es keiner. Die Menschen stellen sich immer gerne vor dich. Wer also nicht verdeckt werden oder aus der Schlange gestoßen werden will, muss sich selber vordrängeln und darauf hoffen, dass es die anderen schon umschmeißen wird.

Der Affe war fast fertig und sah auch genauso aus wie das hässliche Biest, mit dem zusammen ich Modell gesessen hatte. Doch es fiel mir schwer, mich selbst in der unfertigen Figur wiederzuerkennen. Auf dem Bild blickte ich mürrisch drein, schien zu knurren wie der Affe, und mein Gesicht wirkte voller und mein Unterkiefer kräftiger. Hinter mir standen die – fast fertiggemalten – anderen beiden Mädchen, halbnackt in fließenden, griechisch anmutenden Gewändern. Kitty hatte eine große Schlange über der Brust hängen, und Wanda posierte mit einem Federhelm auf dem Kopf direkt neben einem Tiger. Die Szene sah aus, als spielte sie auf einem verschnörkelten orientalischen Markt, aber bei genauerem Betrachten entpuppten sich die Details im Hintergrund als Käfige mit Soldaten in Digger-Uniformen und Aborigines, die mit Ketten an Tische gefesselt waren, auf denen Knochen, Soldatenstiefel, Unmengen an Schlüsseln und Medaillen zum Kauf feilgeboten wurden. Kelche mit Blut ergossen sich über die Waren und unsere Roben, und in der Hand hielt ich mehrere Akazienblüten, von denen ebenfalls Blut auf die australische Flagge tropfte. Die anderen beiden Figuren waren zwar auch noch nicht ganz fertiggestellt, aber ich hatte trotzdem den Eindruck, dass er sie schmeichelhafter dargestellt hatte als mich. Vor allem Wanda wirkte wesentlich attraktiver als im richtigen Leben, ein bisschen wie die italienischen Schauspielerinnen, die sie so toll fand und von denen sie dauernd redete. Auf jeden Fall zeigte sie nicht die beleidigt dreinblickende Miene, die ich von ihr kannte.

»Das sieht mir ja gar nicht ähnlich«, beschwerte ich mich. Es verletzte mich, dass seine Meinung von mir so gering war.

»Das soll es auch gar nicht«, erwiderte Rupert. »Sonst würde ich ja ein Foto von dir machen, nicht wahr?« Er drehte sich weg und nahm einen Schluck aus seinem Wasserbecher. »Wenn du eine Fotografie möchtest statt eines Gemäldes, dann musst du für William Dargie Modell sitzen. Dafür ist er der Richtige. Und jetzt ab mit dir. Schick mir Kitty rein, ja? Danke für deine Geduld.«

Und das war's. Das Bild, *The Blood Market,* wurde zusammen mit *Death's Garden* eines von Ruperts am meisten gefeierten Werken. Jedes Schulkind würde es heute wiedererkennen. Vor allem der Affe erhitzte die Kritikergemüter, die mit allerlei Theorien aufwarteten, welche Aussage Rupert damit über unseren »affigen Krieg« oder das Primatengehirn treffen wollte.

Meine Ma nannte dieses Bild stets »das mit dem dreckigen Schimpansen«. Meine einzige Erinnerung daran wird jedoch für immer diese erste eintönige Sitzung sein, der Geruch des alten Affenpelzes und wie ich in jener Nacht in mein Kissen weinte, weil ich glaubte, Rupert sähe in mir das hässlichste seiner drei Modelle.

13. Kapitel

Melancholischer Montag

April 1945

An dieser Stelle sollte ich wohl von Shalimar erzählen. Genau wie über Rupert wurde auch über sie so viel Müll geschrieben, dass ich sie darin beim Lesen gar nicht mehr wiedererkenne. Selbst in Kittys albernem *Murder at the Manor* kann ich Shalimar nicht finden, was wohl bedeutet, dass die gute Kitty sich entweder an nichts mehr richtig erinnern konnte oder die Lektoren es völlig verdreht haben.

Ich habe nichts dafür übrig, die Toten auf ein Podest zu stellen. Es gibt ja Menschen, die predigen, dass der liebe Gott bei den Kindern nur die Besten zu sich holt und diesen ganzen Mist. Für die ist ein totes Kind heilig.

Aber ich will hier nicht lange um den heißen Brei herumreden: Shalimar war eine echte Plage. Ja, ich weiß, so etwas sollte ich über ein Kind eigentlich nicht sagen – und schon gar nicht über eines, das ermordet wurde. Man spricht nicht schlecht von den Toten, aber es ist nun mal die Wahrheit. Was für eine verwöhnte kleine Mamsell sie war, merkte ich schon kurz nach meiner Ankunft auf Currawong Manor, aber es dauerte eine Weile, bis ich es mir selbst eingestand. Sie war wunderhübsch anzusehen, wie man ja auf den Fotos erkennen kann. Rupert vergötterte sie auf höchst unmännliche Weise. Er verbrachte viel Zeit damit, sie zu fotografieren, und manche behaupteten, er würde seine Tochter mehr lieben als seine Frau. Shalimar war jene Art von Kind, die meine Ma nicht ausstehen konnte: eine verwöhnte kleine Göre, die keinerlei Disziplin kannte und Erwachsenen gegenüber viel zu vorlaut war. Hinter diesem Engelsgesicht verbarg sich ein eigenwilliges, seltsames Wesen. Für *Flowers of the Ruins* werde ich die Wahrheit nicht mit Schleifen und Rüschen aufhübschen – das haben genug andere Bücher bereits getan. Es wird wohl niemanden überraschen, dass auch sie von mir nicht gerade begeistert war.

Den ersten Minuspunkt bekam sie bei mir eines Montags im April 1945, als ich auf sie aufpassen sollte.

Kitty und Wanda waren im Atelier, Doris war mit Brotbacken beschäftigt, und Miss Sharp hatte einen ihrer Migräneanfälle und war deshalb zu Hause. Also war ich für Shalimar verantwortlich. Ich tat mein Möglichstes, das Kind zu unterhalten. Wir spielten mit Papierpuppen, das Fadenspiel und Verkleiden, aber alles wurde Shalimar schnell langweilig. »Ich will zu Rupert.« (Sie nannte ihren Vater oft Rupert statt Daddy.) Als ich nicht reagierte, jammerte sie weiter: »Das sind Babyspiele. Ich will Rupert in seinem Atelier besuchen und malen.«

»Tja, mein Fräulein, das geht nun mal nicht«, erwiderte ich. »Ich würde auch gerne mit Clark Gable ausgehen, statt mit dir hier zu sitzen, aber wir bekommen eben nicht immer, was wir wollen.«

»Wer sagt das?«, forderte Shalimar mich heraus. »Ich bekomme immer, was ich will.«

Diese Prahlerei entsprach absolut der Wahrheit. Ihr Zimmer war vollgestopft mit Spielsachen, bei denen meinen Geschwistern die Augen übergelaufen wären, aber Shalimar betrachtete das alles als völlig selbstverständlich. Was Besitz anging, hatte Doris sie total verwöhnt, und das ständige Lob auf ihre Schönheit hatte ihr restlos den Kopf verdreht.

»Bei mir nicht«, gab ich zurück. »Ich habe jetzt das Sagen, und daran wirst du dich halten, ob es dir nun gefällt oder nicht.«

»Du glaubst, du hast hier was zu sagen, aber du bist bloß eine bezahlte Dienstmagd, damit Rupert dich malen kann. Du bist nicht meine Mutter und auch nicht Miss Sharp!«, zischte Shalimar.

Am liebsten hätte ich ihr den Hintern versohlt, aber obwohl Miss Sharp ihr ab und zu eine Tracht Prügel verpasste, war ich mir nicht sicher, wie Doris reagieren würde, wenn ich dasselbe tat. Miss Sharp benahm sich – wie Wanda mir ja schon erklärt hatte –, als würde ihr das Anwesen gehören. Sie war die einzige Person, die Shalimar in ihre Schranken weisen konnte.

»Jetzt sei doch nicht so zänkisch«, erwiderte ich. »Dein Gesicht sieht gar nicht mehr hübsch aus, wenn du so finster dreinschaust. Lass uns Verstecken spielen.«

Shalimar zögerte kurz, doch dann schien sie den Vorschlag gut zu finden. Ich Dummerchen – da hätte ich gleich merken sollen, dass sie etwas im Schilde führte.

Draußen strahlte der Garten im milden Herbstsonnenschein. Die Bäume mit ihren orangefarbenen und leuchtend gelben Blättern sahen aus, als hätte sie jemand angezündet. Große Laubhaufen waren an verschiedenen Stellen und in der Nähe der Vogelscheuche zusammengerecht worden. Der Himmel war wie von einem Kind mit einem mutigen Klecks unverdünntem Blau gemalt, und dazu bildeten die knallgrünen Eukalyptusbäume einen satten Kontrast. Sonnenstrahlen funkelten zwischen einem Flechtwerk aus Baumkronen und Farnen hindurch. Es war ein Tag für Liebespaare, für genüsslichen Müßiggang. Ein Tag, der sich anfühlte, als würde er durch die Adern perlen und dazu ermuntern, alle Sorgen abzuschütteln und zu begreifen, wie viel Glück in Vogelgezwitscher, der Natur und den alltäglichen Momenten liegt, wenn wir unsere Wahrnehmung einmal darauf richten.

Ich stand an die alte Backsteinmauer im Garten gelehnt, hielt mir die Augen zu und zählte langsam bis hundert, während Shalimar kichernd davonrannte.

»Achtundneunzig, neunundneunzig, hundert. Ich komme!«, rief ich schließlich.

Ich sah mich im Garten um, aber mein Schützling war natürlich nirgends zu entdecken. Zuerst lief ich zur Schaukel und spähte hinter den dicken Baumstamm. Keine Shalimar.

Dann sah ich im alten Stall ganz am Ende des Gartens nach, da ich annahm, sie könnte sich im Stroh vergraben haben, aber dort starrten mich nur einige Kühe teilnahmslos an. Eine schnelle Inspektion des Hühnergeheges brachte ebenfalls kein Ergebnis. Wo konnte sie hingelaufen sein? Ich sah zum Wald hinüber, in der Hoffnung, dass sie sich nicht dort irgendwo versteckt hatte.

»Suchst du was, Ginger Flower?« Dennis blickte mich fragend vom Kräuterbeet aus an, wo er mit einer Harke beschäftigt war. Er trug eine graue Hose und einen ausgebeulten schwarzen Pullover.

»Hast du Shalimar gesehen?« Ich versuchte vergeblich, unbeschwert zu klingen, denn inzwischen war schon ziemlich viel Zeit vergangen. »Wir spielen nämlich Verstecken.«

Auch sein Blick wanderte in Richtung Wald. »Falls sie da reingelaufen ist, sollte man ihr gehörig den Hintern versohlen«, meinte er. »Sie weiß ganz genau, dass sie das nicht darf. Hast du schon im Haus nachgesehen?«

»Nein«, antwortete ich. »Ich wollte Doris nicht stören.« Angst machte sich in mir breit. Ich stellte mir vor, wie das Mädchen für immer im Wald verschwand und wie wütend Doris und Rupert sein würden, dass ich nicht richtig auf sie aufgepasst hatte. Was, wenn sie in eine Falle getreten oder von einer Gewehrkugel getroffen worden war? Was, wenn sie sich in das dunkle, unergründliche Wasser in der Mermaid Glen gewagt hatte? Ich war mir ziemlich sicher, dass sie nicht schwimmen konnte.

Vielleicht war sie auch noch weiter in den Wald hineingelaufen, bis zu diesem Felsen mit dem scheußlichen Namen Devil's Leap, vor dem Doris mich gewarnt hatte, weil er nicht richtig eingezäunt war.

»Jetzt werd nicht gleich panisch«, beruhigte Dennis mich. Er steckte sich zwei Finger in den Mund und ließ ein ohrenbetäubendes Pfeifen ertönen. »Haaallooooo! Shalimar!«

Die einzige Antwort waren das Rascheln des Windes in den Bäumen und der klagende Ruf eines Vogels.

»Am besten siehst du zuerst im Haus nach«, erklärte er mit finsterer Miene. »Ich überprüfe solange die alten Stallungen, um sicherzugehen, dass sie dort nicht ist.«

Doris blickte überrascht auf, als ich in die Küche gestürzt kam. Ihre Arme waren voller Mehl, und einiges davon klebte ihr auch im Gesicht. »Was ist denn los?«, wollte sie wissen. »Wo ist Shalimar?«

»Ich weiß es nicht«, antwortete ich wahrheitsgemäß. »Wir haben Verstecken gespielt, und jetzt kann ich sie nirgends finden.«

Mit gerunzelter Stirn zog sie ihre Schürze aus. »Lass uns in allen Zimmern nachsehen«, befahl sie. »Ich hoffe, sie hat Rupert nicht gestört.« Im Nachhinein fand ich es interessant, dass ihre erste Sorge nicht dem Wald oder den wässrigen Tiefen der Schlucht gegolten hatte, sondern dass ihre Tochter Rupert bei seiner Arbeit unterbrochen haben könnte.

Verzweifelt suchte ich alle Räume ab und stieg sogar in die Türme hinauf, wobei ich immer wieder ihren Namen rief, aber im Haus war keine Spur von ihr.

Inzwischen war ich völlig außer mir, weil ich an eine unglückselige Nachbarin von uns in Surry Hills denken musste, die ihre einzige Tochter verlor, weil sie kurz nicht aufgepasst hatte, während sie mit der Wäsche beschäftigt war. Das Mädchen spazierte davon und wurde nie wieder gesehen. Wenn Shalimar für immer verschwunden bliebe, wäre das meine Schuld. Ich hätte diesem eigensinnigen Kind niemals vertrauen und es keine Sekunde aus den Augen lassen dürfen. Ich hätte wissen müssen, dass sie eine Teufelei im Schilde führte. Ich würde meine Stelle verlieren, vielleicht sogar im Gefängnis landen. Meine angstvollen Gedanken sprangen von einem schrecklichen Szenario zum nächsten. Ich wusste, sie war tot. Ich hatte sie mit meinem albernen Spiel umgebracht. Man würde über mich in der Zeitung schreiben, und Ma würde mich umbringen.

Da ertönte ein lauter Schrei aus dem Atelier. Rupert rief brüllend nach Doris. Ich rannte auf den Lärm zu und fragte mich, ob man sie wohl gefunden hatte. Als ich das Atelier erreichte, bot sich mir eine Szene, die fast schon komisch gewirkt hätte, wäre die Lage nicht so ernst gewesen. Rupert schwenkte eine Leinwand vor Doris hin und her, während Kitty und Wanda, beide halbnackt, hinter ihm kauerten.

»Wie oft muss ich es dir noch sagen? Halt sie vom Atelier fern! Hast du eine Ahnung, wie teuer Preußischblau zurzeit ist? Und sie hat alles verbraucht! Sieh dir diese Sauerei an!«

Die Leinwand, offensichtlich ein neues Gemälde, das er begonnen hatte, war über und über mit Blau besudelt, wodurch das Originalbild halb verdeckt wurde.

»Sie hat meine ganzen Sachen mit Farbe beschmiert, sogar den Affen!«, dröhnte er. Als Wanda kicherte, warf er voller Wut seinen Pinsel nach ihr.

»Wo zum Teufel ist Ginger? Warum hat sie nicht auf sie aufgepasst?«, brüllte er.

Ich trat vor, aber als er auf mich zukam, zuckte ich unweigerlich zurück.

»Warum hast du Shalimar ins Atelier gelassen?«, wollte er wissen. »Du bist für sie verantwortlich!«

»Lass sie in Frieden.« Doris zog an seinem Arm. »Beherrsch dich, Rupert! Sie hat mit ihr gespielt, und Shalimar ist davongelaufen und hat sich versteckt. Ich kann sie immer noch nicht finden. Sie muss sich hereingeschlichen haben, als du gerade Pause gemacht hast oder mit deinen Modellen beschäftigt warst.« Sie zeigte auf die beiden Mädchen, die versuchten, sich das Lachen zu verkneifen. »Vermutlich wollte Shalimar dir zeigen, wie gut sie malen kann. Es ist nicht Gingers Schuld!«

»Na, wessen verdammte Schuld ist es denn dann?«, brüllte er. »Und wo warst du eigentlich? Vermutlich beim Backen, oder du hast mit Dennis irgendwelche verfluchten Samen gesät, nehme ich mal an? Wo ist Miss Sharp, wenn ich sie brauche? Sie ist die Einzige, die Shalimar im Griff hat. Du kümmerst dich ja nur um deine verdammte Küche oder den Garten!«

»Vorsicht, Mr Partridge!« Wie schon erwähnt, kann ich ganz schön wütend werden, wenn ich mich ungerecht behandelt fühle. »Sie sollten sich weder bei mir noch bei Mrs Partridge so im Ton vergreifen. Es ist nicht meine Schuld, dass Ihre Tochter Ihr Bild zerstört hat. Ich mag vielleicht aus einem Armeleuteviertel kommen, aber so darf kein Mann mit mir sprechen. Meine Ma musste ihr ganzes Leben lang einen Tyrannen ertragen! Und wenn Sie mich fragen, dann hat das Gemälde wahrscheinlich dadurch gewonnen, dass Shalimar die Farbe draufgeklatscht hat. Stecken Sie es sich doch sonst wohin! Ich gehe! Ich muss Ihre schlechten Manieren nicht länger ertragen, und dieser Affe ist mir sowieso nicht geheuer!«

Es folgte ein verdutztes Schweigen. Die beiden Mädchen beobachteten die Szene bestürzt, wobei sie immer noch ihre Brust bedeckten. Doris und Rupert wiederum starrten mich an, als wäre mir ein zweiter Kopf gewachsen. Dann wechselten sie einen Blick und brachen zu meinem großen Erstaunen in schallendes Gelächter aus. Ich kam mir vor, als hätte ich es mit einem Paar Verrückter zu tun, während ich zusah, wie sie sich wiehernd und heulend aneinander festhielten, als hätte ich etwas unglaublich Lustiges gesagt.

»Da siehst du mal, Rupert!«, keuchte Doris schließlich. »Oh, Ginger! Bitte verlass uns nicht, obwohl er es absolut verdient hätte!« Sie klammerte sich an meinen Arm. »Du und dein Temperament, ihr seid so hinreißend. Es ist höchste Zeit, dass jemand Rupert mal ordentlich den Kopf wäscht. Er ist wirklich ein unglaublicher Tyrann, und was diesen mottenzerfressenen alten Affen betrifft, gebe ich dir auch völlig recht. Der stinkt!«

Bei der Erwähnung des Affen fing Rupert wieder an zu lachen, was prompt die Mädchen ansteckte. Ich stand mit offenem Mund da, fassungslos über ihr albernes Verhalten.

»Ginger, jetzt zieh nicht so ein sauertöpfisches Gesicht!« Rupert kam herüber, um mich zu umarmen. »Ich liebe dieses Weib!«, brüllte er. Doris lächelte nachsichtig über seine überschwängliche Art, aber Wandas Augen wurden zu schmalen Schlitzen, als hätte sie auf einmal Angst, ich könnte sie von ihrem Thron stürzen. »Seit ich ihr das erste Mal begegnet bin, redet sie von Affen. Deshalb dachte ich, ihr würde mein Freund hier vielleicht gefallen. Und du hast völlig recht, du Knalltüte.« Er wuschelte mir liebevoll durchs Haar. »Das viele Blau könnte das Bild durchaus verbessern. Picasso sagt, beim Malen gibt es keine Fehler. Ich sehe schon, du wirst mich auf Trab halten, aber wo zum Henker ist Shalimar?«

»Sie ist hier, Sir.«

Wir drehten uns alle überrascht um. Shalimar stand neben einem Mädchen, das ungefähr im selben Alter zu sein schien. Doch im Gegensatz zur Tochter der Partridges, die nur feinste Stoffe trug, aus denen Doris an ihrer Singer-Nähmaschine ihre Kleider fertigte, war dieses Kind mit den langen dunklen Haaren und der blassen Haut zwar sehr hübsch, aber fast schon in Lumpen gehüllt.

»Wer zum Teufel bist du?« Rupert starrte das Mädchen wie vom Donner gerührt an.

»Dolly?« Doris trat einen Schritt auf sie zu. »Rupert, du erkennst doch sicher Miss Sharps Tochter Dolly? Was um alles in der Welt habt ihr zwei Schlingel angestellt? Eure Kleider sind ja ganz schmutzig!«

Wie bitte? Miss Sharp sollte ein Kind in diesem Alter haben, das auch noch so bezaubernd aussah? Es schien kaum vorstellbar, dass dieses reizende kleine Wesen zu der griesgrämigen alten Schachtel gehören sollte. Miss Sharp sah für mich aus wie mindestens sechzig. Und wo war eigentlich Mr Sharp? Mir fiel wieder ein, dass Wanda ja so etwas in der Art erwähnt hatte, aber wer um alles in der Welt würde mit Sharpie ins Bett wollen?

»Ja, Ma'am, ich bin Dolly Sharp.« Das Kind blickte scheu zu Doris empor, ganz offensichtlich stolz darauf, dass die Erwachsenen es kannten. »Sie ist auf der Suche nach Tigern und Bären durch den Busch gestreift. Da hab ich sie gefunden. Meine Mutter hat heute Kopfschmerzen und hat sich hingelegt. Ihre Tochter« – sie zeigte auf Shalimar – »wollte in der Mermaid Glen schwimmen gehen. Ich dachte, das ist keine gute Idee, deshalb hielt ich es für das Beste, sie zu Ihnen zurückzubringen. Da draußen in den Wäldern gibt es wilde Tiere und andere gefährliche Dinge.«

»Ich bin kein kleines Mädchen!«, rief Shalimar. »Ich bin genauso alt wie du, und du sollst nicht so schwindeln! Ich geb dir gleich einen Tritt, du Lügnerin, und brech dir das Bein. Du hast mir doch versprochen, mir ein Geheimnis im Busch zu zeigen und mich mit zur Mermaid Glen zu nehmen.«

»Das ist gelogen!«, riefen beide Mädchen und zeigten auf die jeweils andere. Die intensiven Gefühle zwischen den zweien verblüfften mich.

»Das klären wir am besten alles drüben im Haus«, verkündete Doris. »Dann kann Daddy wieder an die Arbeit gehen und sein Atelier saubermachen. Du bist wirklich ein freches Äffchen«, schalt sie Shalimar liebevoll und schob sie in Richtung Haupthaus.

Rupert und die anderen beiden Flowers verschwanden wieder im Atelier, so dass Dolly und ich allein im Eingangsbereich zurückblieben. Sie sah mich herausfordernd an, und genau wie bei Shalimar empfand ich ihren Blick als seltsam für ein Kind ihres Alters.

»Du bist also die dritte Blume«, sagte sie.

»Na und?«, gab ich zurück. Ich hatte von Kindern und ihren Ungezogenheiten für heute die Nase wirklich gestrichen voll.

Dolly sah mich lauernd an, erwiderte jedoch nichts.

»Gehst du zur Schule?« war das Erstbeste, was mir einfiel.

Das freche Gör weigerte sich jedoch, meine Frage zu beantworten. Stattdessen verabschiedete sie sich abrupt und spazierte davon. Unterwegs blieb sie kurz stehen, um mit Dennis zu plaudern, wobei er zu den Türmen hinaufzeigte, auf denen einige Vögel hockten. Die beiden unterhielten sich ein paar Minuten lang, bevor sie mit einem letzten sehnsüchtigen Blick auf die Schaukel von dannen zog. Wie ein stummer kleiner Geist mit langen dunklen Haaren verschmolz sie mit den Schatten der Owlbone Woods. Gegen die beißende Kälte trug sie einen verwaschenen grün-schwarzen Rock mit Karomuster und einen Pullover, der ihr viel zu groß war.

Da ich neugierig war, was Dennis zu ihr gesagt hatte, ging ich zu ihm hinüber.

»Wenn man sie ein bisschen besser kennt, ist sie ein nettes Mädchen«, erklärte er. »Die arme kleine Dolly. Bestimmt ist es mitunter einsam für sie, immer so ganz allein im Wald zu spielen, aber sie wohnt schon ihr ganzes Leben dort. Manchmal gebe ich ihr ein bisschen Gemüse mit, wenn wir zu viel davon haben. Danach hat sie mich auch gerade eben gefragt, weil sie eine Suppe kochen will. Ich hole ihr eine Tasche voll und stelle sie am alten Eukalyptusbaum ab. Das kleine Ding tut mir leid. Sie ist erst sieben, genauso alt wie unsere Shalimar. Immer wieder sage ich zu Miss Sharp, sie soll sie doch herkommen und hier spielen lassen, aber sie glaubt, die beiden würden sich streiten.«

Ich stellte ihm die Frage, die Dolly mir nicht hatte beantworten wollen.

»Eigentlich geht sie in die Schule unten im Ort, aber sie können sie dort ja nicht festbinden. Das ist, als wollte man den Wind zwingen, sich an einen Tisch zu setzen. Sie läuft immer wieder weg. Dieses Kind ist ein Wesen der Owlbone Woods, genau wie die Opossums, Kängurus oder Schlangen«, meinte Dennis. Dann erkundigte ich mich, was sie über die Vögel auf dem Dach gesprochen hatten.

Diese Frage schien Dennis unangenehm zu sein. »Wir haben die Currawongs beobachtet. Sie sind Teil eines Aberglaubens, der den Ruinen anhängt.« Er grub seine Harke ins Erdreich, und goldgelbe Kartoffeln kamen zum Vorschein, die er dann herauslas.

»Was ist mit ihnen?«, wollte ich wissen.

»Die Currawongs, heißt es, sagen entweder eine Geburt oder einen Todesfall im Haus voraus.« Dennis bürstete die Erde von den Kartoffeln. »Deshalb trägt das Anwesen ja auch den Namen Currawong Manor.«

»Was für ein Haufen Blödsinn«, spottete ich. »Du willst mir doch nicht erzählen, dass ein erwachsener Mann wie du an solche Ammenmärchen glaubt?«

»Ich glaube nicht nur daran, ich weiß es«, erwiderte Dennis. »Und das wirst du auch, Ginger Flower, wenn du lange genug hierbleibst. Mein Dad hat es mit eigenen Augen gesehen, als er hier Gärtner war und Christopher und Rupert geboren wurden. Die Krähen versammelten sich in Scharen auf den Türmen und auf dem Dach. Dad hat es beim Leben meiner Mutter und auf die Bibel geschworen – und er hat nie gelogen, nie. Die Vögel verdunkelten die Schornsteine. Es war ein unheimlicher Anblick, sagte er, den er nie vergessen würde.«

»Aber dort oben sitzen doch immer irgendwelche Currawongs und andere Vögel!«, protestierte ich, während ich zusah, wie er die Kartoffeln in einen großen Rupfensack warf.

»Da hast du recht, Ginger Flower, aber ich spreche hier nicht von einem oder zwei, sondern von Hunderten. Ich habe noch nie so viele auf einem Haufen gesehen, und angeblich versammeln sie sich auch, wenn jemand stirbt.«

»Ich kann nicht fassen, dass du dich mit solch abergläubischem Blödsinn abgibst!« Ich fragte mich wirklich, ob er sich nur einen Scherz mit mir erlaubte.

Dennis klopfte sich den Schmutz von der Hose. »Ginger, du solltest nicht denken, dass das Leben auf dem Land genauso ist wie das in der großen Stadt. Hier im Garten habe ich schon Dinge gesehen, die würdest du nicht für möglich halten. Dinge, die überhaupt keinen logischen Sinn ergeben. Aber statt sie genau zu untersuchen, ist es besser, sie zu akzeptieren und einfach weiterzumachen. Das mögen die Alten aus den Wäldern. Es ist ein Zeichen des Respekts. Also stell nicht zu viele Fragen und zerbrich dir nicht dein hübsches Köpfchen über die Currawongs. Es ist besser so, glaub mir. Du willst sie ja nicht verärgern oder überhaupt riskieren, dass sie auf dich aufmerksam werden. Kümmere dich um deine eigenen Angelegenheiten, dann tun sie dasselbe, das ist mein Rat.«

Jetzt war ich völlig verwirrt. »Wen verärgern?«, fragte ich. »Doch sicher nicht die Krähen, oder?«

»Lass es einfach gut sein, Ginger. Sei ein liebes Mädchen.« Er zeigte aufs Haus. »Und jetzt solltest du lieber abschwirren, bevor Doris dich suchen kommt. Los, ab mit dir.«

Mehr bekam ich aus Dennis an jenem Tag nicht heraus.

Aber dieser Montag war ein wichtiger Tag für mich, weil mir da zum ersten Mal richtig klar wurde, dass auf dem Anwesen irgendetwas nicht stimmte. Dennis hatte ein verborgenes Geheimnis angedeutet, und es war nur eine Frage der Zeit, bis ich anfing, daran herumzuknobeln, um es zu lüften.

Die Geschichte über die Currawongs hatte ich zuvor ja schon von Wanda gehört, aber damals hatte ich gedacht, sie wollte mich bloß erschrecken. Jetzt wurde mir klar, dass dieser Aberglaube tatsächlich weit verbreitet war, und ich begriff, weshalb alle ein wenig nervös wirkten, wenn sie diese Vögel erblickten. Außerdem war es meine erste Begegnung mit Dolly. Und – im Interesse der australischen Kunstgeschichte – war jener Tag auch der Beginn von Rupert Partridges einzigem Vorstoß in die abstrakte Malerei, und zwar mit seiner Serie *Melancholy Blue Monday*.

Später behaupteten Kritiker, die diese kurze Phase besonders schätzten, dass *Melancholy Blue Monday* Ruperts wahren Geisteszustand nach seiner traumatischen Kriegserfahrung widerspiegelte. Dass sich in den Werken dieser Serie eine kreative Energie Bahn gebrochen hatte, die seine figurativeren Darstellungen erstickt hatten. Was für ein Haufen Unsinn, wie so vieles andere, was über Rupert Partridge geschrieben wird.

Das Gemälde entstand, weil Shalimar mir nicht gehorchen wollte, sondern davongerannt war und die Farbe verschüttet hatte. Das ist die Wahrheit! Und die habt ihr jetzt exklusiv von Ginger erfahren.

14. Kapitel

Die Wurzeln des Bösen und die Winterhexe

August bis Oktober 1945

Das Leben auf dem Anwesen ging auf seine übliche, etwas chaotische Weise weiter, aber in Übersee hatte der Krieg eine dramatische Wendung genommen. Ich hatte noch nie von Hiroshima und Nagasaki gehört, bevor im August jenes Jahres dort die Bomben fielen. Was für fremdartige, hübsche Namen für Orte, die ein solch schreckliches Schicksal ereilte.

Ich werde nie vergessen, wie Rupert sich im Atelier aufgeführt hat, als er im Radio von der ersten Atombombe hörte. Ausnahmsweise lockerte er seine übliche Regel, dass er während der Arbeit keinen unnötigen Lärm brauchen konnte. Vielleicht wäre es besser für ihn gewesen, nichts davon zu erfahren, wenn er sich so hineinsteigerte. Nie zuvor hatte ich einen solch sensiblen Mann gekannt – zumindest dachte ich das damals, denn in meiner Naivität begriff ich das Ausmaß des Desasters nicht. Im Gegensatz zu heute gab es keine ständige bilderreiche Katastrophenberichterstattung. Das Älterwerden mag zwar einige lästige Begleiterscheinungen haben, aber dafür nehmen Weisheit und Empathie zu.

»Die Menschheit ist verrückt!«, erklärte er uns. Wir waren alle wie gelähmt von seinem Ausbruch. Es war eine der wenigen Gelegenheiten, wo wir zu dritt für frühe Studien von *Death's Garden* Modell gestanden hatten: Drei junge, nackte Frauen, umgeben von wunderschönen künstlichen Blüten und frischen Blumen aus dem Garten, die keine Ahnung hatten, wie sie mit der Nachricht umgehen sollten oder mit der Reaktion des Künstlers, der über seine Zigarette gebeugt dasaß, den Kopf in den Händen vergraben, und vom fröhlichen Tonfall des Sprechers völlig erschlagen schien. Sein unpatriotisches Verhalten schockierte mich. Alles, was ich denken konnte, war: Der Krieg ist aus! Besaß er denn gar keine normalen Gefühle mehr? Und da beschuldigte er andere des Wahnsinns!

Gleichzeitig war es schrecklich, ihn so am Boden zerstört zu sehen. Vielleicht verlor ein Teil von Ruperts Seele in diesem Moment den Willen, noch länger auf dieser Welt zu verweilen, die er oft als Irrenhaus bezeichnete.

Im Radio konnten wir hören, wie die Welt Japans Kapitulation feierte. Die Leute jubelten auf den Straßen, tanzten und hauten auf den Putz. Ein Nationalfeiertag wurde ausgerufen – oh, wie ich vor Neid glühte! Wir Mädchen hätten uns so gerne aus unserer starren Haltung gelöst, um ebenfalls vor Freude auf und ab zu hüpfen. Aber Rupert ertrug den Gedanken an unschuldige Kinder und ihre Mütter nicht, die im Killerblitz dieses grausamen Lichts gefangen gewesen waren, das so plötzlich aus dem Himmel gefallen war. Ihn quälte die Vorstellung, wie japanische Kinder – im gleichen Alter wie seine eigene Tochter – nach oben blickten, als die amerikanischen Flieger zu ihrer tödlichen Mission ansetzten.

Ich weiß noch, wie ich Kitty und Wanda einen Blick zuwarf und das beschämende Bedürfnis, laut herauszulachen, unterdrücken musste. Aber der Anblick war einfach zu komisch, wie wir so dasaßen mit unserem aufwendigen Kopfschmuck aus Blumen und Uhren und allerlei seltsamem Kram. Kitty trug eine Art schwarzen Schleier wie eine nackte Todesbraut, ich einen grauen, durchsichtigen Mantel. Auf mein Haupt hatte Rupert natürlich die fauligen Früchte und kaputten Bücher gestapelt – er würde nie eine Gelegenheit auslassen, mich zu schikanieren. Vermutlich hätte ich dankbar sein sollen, dass der Affe nicht auch noch dort oben hockte.

Ich war jung und naiv, was mein Verhalten vielleicht entschuldigen sollte, aber ich will in diesen Aufzeichnungen ehrlich sein. Es ist Zeit, die Geheimnisse ans Licht zu lassen, die ich schon so lange mit mir herumschleppe. Ich bin das alles so leid. Wie schon erwähnt, stelle ich Menschen ungern auf ein Podest, und deshalb werde ich auch bei mir selbst keine Ausnahme machen. Dort oben ist es einsam und die Luft riecht bloß nach Scheiße.

Ich konnte Ruperts Schluchzen einfach nicht verstehen. Der Krieg war etwas, das mich persönlich nur berührte, wenn ich aufgrund dessen schöne Dinge und Nahrungsmittel nicht bekam oder mich in Sydney nicht frei bewegen konnte. Wie alle anderen hatte ich mich über die Stromausfälle beschwert, aber abgesehen davon beschränkte ich mich darauf, meinen kleinen Beitrag zu leisten. Ich kannte junge Männer, die umgekommen waren, und nach dem ersten Schrecken hatte ich ein bisschen geweint und eine Beileidskarte an ihre Angehörigen geschickt, aber danach ging das Leben weiter.

Diese tiefen Gefühle des Kummers bei einem Mann konnte ich schlichtweg nicht nachvollziehen. So traurig dieses Bombardement auch war, es fühlte sich für mich fast so an, als wäre es irgendwo im fernen Weltall passiert. Ich wollte feiern und tanzen wie das restliche Australien.

Wie gut, dass ich kein Künstler bin, dachte ich bei mir, während ich Ruperts Verhalten fast ein wenig angewidert beobachtete. Wenn die um alles so ein Theater machen, ist es besser, nicht zu diesen Künstlernarren zu gehören. Was, wie ich zugeben muss, ein ganz schön arroganter Gedanke für jemanden war, der mit einem Haufen fauligem Obst auf dem Kopf herumsaß!

Nach den Atombomben veränderte sich Ruperts Kunst, als wäre sein kreativer Geist davon zerrüttet worden. Seine Darstellungen wurden gröber, als wären weder Form noch Leben länger von Bedeutung. Die Wirklichkeit war für ihn für immer zerstört worden.

Am liebsten hätte ich ihn ordentlich geschüttelt und ihm gesagt, dass er sich doch zusammenreißen soll, weil ich es kaum ertrug, ihn so aufgelöst zu sehen. Deshalb ignorierte ich Wandas eifersüchtige Miene und ging zu ihm.

»Na komm, Rupert«, murmelte ich beschwichtigend und schaltete das Radio mit seinen Siegeshymnen und Jubelschreien ab. »Beruhige dich.« Ich hielt ihn fest, während er an meiner Schulter weinte.

Inzwischen mochte ich meinen neuen Job als Ruperts Modell übrigens ausgesprochen gern. Nachdem ich mich an seine abrupte Art und die Herausforderung, längere Zeit reglos zu verharren, gewöhnt hatte, fing ich an, meine Sitzungen bei ihm im Atelier zu genießen. Ich wusste es zu schätzen, dass er nicht pausenlos irgendeinen Unsinn redete, der mich zu Tode langweilte. So war ich meinen eigenen Gedanken überlassen, während ich verkrampft dastand oder lag. Und später, als wir ab und zu ein bisschen plauderten, sprach er über Künstler wie Albert Tucker, Victor O'Connor, Thea Proctor und George Washington Lambert, einen Künstler aus Zeiten des Ersten Weltkriegs, den Rupert schon lange verehrte, und Fotografen wie Max Dupain. Er erwähnte Bücher, die er versprach mir auszuleihen, wie *Schöne neue Welt* von Aldous Huxley oder Evelyn Waughs *Eine Handvoll Staub*. Er gratulierte mir sogar zu meinem »durstigen Gehirn«. Sein Lob ließ mich den Stachel vergessen, den ich verspürte, wenn ich den Eindruck hatte, dass er mich, verglichen mit Kitty und Wanda, unattraktiv fand.

Ich musste höchstens ein oder zwei Mal mit den beiden zusammen Modell stehen, und das waren meist kurze Sitzungen, damit er an einem Kopf oder einer Hand feilen konnte. Die Arbeit machte mir inzwischen nichts mehr aus, und das Geld war richtig gut, so dass ich regelmäßig einen Betrag an Ma schicken konnte. Außerdem leistete ich mir ein erdbeerrotes Sommerkleid aus dem Mark-Foy's-Katalog mit passenden weißen Glacéhandschuhen und einer weißen Tasche.

Es machte mir großen Spaß zu spekulieren, wer in meiner ehemaligen Abteilung wohl das Päckchen für den Versand vorbereitete. Als Nächstes wollte ich auf ein Paar schöne rote Schuhe und vor allem auf Unterwäsche sparen. Daher war ich natürlich ziemlich erschrocken, als ich kurz darauf zu einer unserer ganz normalen Modellsitzungen erschien und Rupert beiläufig sagen hörte: »Heute muss ich deine Brüste malen, Ginger. Also sei so nett, mach dich bitte bis zur Taille frei und lehn dich an den Tiger.«

Wir hatten an einem kleinen Ölgemälde gearbeitet, das den Titel *Winter Witch* trug und in dem ich inmitten einer Schneelandschaft verführerisch mit einem Tiger posierte. Es war wieder eines von Ruperts seltsamen Bildern. Zu meinen Füßen lag nämlich eine große, aus Flicken zusammengenähte Wolltasche, aus der Eingeweide und Körperteile sowie Kröten, Juwelen, Stricknadeln, ein grauer Schal und Socken herausquollen. Die Strickwaren glichen den vielen Schals und Socken, die Frauen in ganz Australien für die Jungs an der Front gestrickt hatten.

Ich habe in den Büchern nur eine einzige Abbildung dieses Gemäldes entdeckt, aber mein verstorbener Mann hat es für mich vor Jahren als Geburtstagsüberraschung aus einem Nachlass in Melbourne erstanden. Wie Rupert mich in diesem Bild gemalt hat, gefällt mir – nicht so mürrisch wie sonst. Ganz unter uns: Bei der Oberweite hat er gerne ein bisschen übertrieben. Ich kann mich nicht erinnern, je so üppig und drall gewesen zu sein.

Doch als er mich das erste Mal darum bat, mich frei zu machen, habe ich ihn bloß ganz entsetzt angesehen.

»Nun mach schon«, sagte er. »Ich habe nicht den ganzen Tag Zeit.«

Mit glühend roten Wangen fummelte ich an meinen Kleidern herum und stellte erleichtert fest, dass er mir wenigstens nicht dabei zusah, denn er war damit beschäftigt, die Farben auf seiner Palette anzumischen und sich eine Zigarette anzuzünden.

Während ich meinen schon ziemlich ausgebleichten Playtex-BH

und das beigegraue Korsett auszog, wünschte ich mir sehnlichst, meine Unterwäsche wäre wenigstens ein kleines bisschen edler. Was für Eitelkeiten ich mir da erlaubte! Als Rupert schließlich den Blick hob, nickte er nur anerkennend ob meines nackten Oberkörpers.

»Prima, dann können wir ja anfangen«, meinte er. »Lehn dich an den Tiger, genau wie gestern. So ist es perfekt. Jetzt halt still und rühr dich keinen Millimeter vom Fleck.« Mit ausgestrecktem Arm maß er mit Hilfe des Pinsels den Abstand zwischen meinem Kinn und meiner Schulter.

Und das war es dann im Grunde auch schon. Rupert betrachtete mich keine Spur anders, als ein Arzt oder eine Krankenschwester das getan hätten. Das Erstaunliche daran war (was die meisten Leute offenbar einfach nicht begreifen können), dass ich nach etwa einer halben Stunde gar nicht mehr wirklich merkte, dass ich bis zur Hüfte splitterfasernackt war. Danach verspürte ich nie wieder solche Hemmungen. So viel zu den Moralaposteln, die behaupteten, wir hätten es im Atelier ständig wild getrieben wie ein Haufen sexbesessener amerikanischer G.I.s! Wie ich schon mehrfach betont habe, war Rupert immer ein Gentleman. Oder vielleicht sollte ich es so formulieren: Wenn ich für ihn Modell stand, gab es nie auch nur einen Hauch von Unschicklichkeit.

Als Wanda also anfing, mit ihren Gerüchten auch noch Öl ins Feuer der Klatschmäuler zu gießen, konnte ich das nur schwer ertragen. Rupert Partridge mochte seine Fehler gehabt haben, aber er war kein Lüstling. Er war ein ernsthafter Künstler – ob den Leuten seine Arbeiten nun gefielen oder nicht – und er glaubte an sich selbst. Wandas loses Mundwerk und ihre Geltungssucht haben seinem Ruf ziemlich geschadet. Was für eine Schande, dass er nicht mehr da war, um sich zu verteidigen!

Ich will nur ein Beispiel nennen: Ich dachte, er hätte mein linkisches, beschämtes Entkleiden an jenem Tag nicht bemerkt, aber Rupert – dem so viele alltägliche Dinge entgingen – war erstaunlich aufmerksam bei allem, was in den heiligen Hallen seines Ateliers passierte. Einige Wochen später war ich sehr überrascht, per Post ein Päckchen zu bekommen, das eine jener unverwechselbaren gestreiften Schachteln aus der Dessous-Abteilung von Mark Foy's enthielt. Zwischen den Seidenpapierschichten lagen ein weißer BH aus französischer Spitze, ein passendes Höschen, ein Unterrock und ein Strumpfhaltergürtel. Außerdem eine Karte mit Ruperts charakteristischer Handschrift in schwarzer Tusche: Für die einzig wahre Ginger, die schöne Dinge verdient, wenn sie dafür bereit ist (einschließlich hübscher Unterwäsche). Ein eher unorthodoxes Geschenk, aber auf Currawong Manor waren die Dinge selten normal, um es vorsichtig auszudrücken.

Natürlich war ich in ihn verliebt! Was alles so viel schwieriger machte, als es hätte sein müssen. Rupert und Doris schliefen selten zusammen. Er beschwerte sich ständig, dass es im Haus zu laut zum Arbeiten war. Ich redete mir ein, dass er einfach nur Doris aus dem Weg gehen wollte.

Doris machte immer wieder Andeutungen, dass sie schwanger sei, und obwohl Wanda einen Zehner darauf wettete, dass es sich um einen weiteren falschen Alarm handelte, weil sie das Baby wieder verlieren würde, legte Doris kräftig zu. Dennis schreinerte ihr eine wunderhübsche Holzwiege, und während der letzten Augustwochen schickte man uns Flower-Mädchen für eine Weile heim zu unseren Familien: Wanda nach Queensland, Kitty runter ins Dorf, und ich fuhr nach Sydney, weil Doris darauf bestand, dass sie völlige Ruhe im Haus brauchte. Leider gab es in der Brick Lane einen Ausbruch von Polio, so dass Doris mir zwei Monate lang nicht erlaubte zurückzukehren, da sie Angst hatte, ich könnte den ganzen Haushalt anstecken. Im Nachhinein kann ich mir gut vorstellen, dass es für sie sicher nicht einfach war, ihren Mann mit drei attraktiven Aktmodellen zu teilen. Und sie hatte auch allen Grund, mich zu fürchten, denn wenn ich etwas haben wollte, dann nahm ich es mir. So war ich, laut meiner Ma, schon als kleines Kind gewesen. Und ob es nun richtig oder falsch war – ich wollte Rupert Partridge. Was für eine Närrin ich doch war!

Lois kam im Oktober auf die Welt, als ich zurück in den Bergen war. Doris war völlig vernarrt in sie, und auch Miss Sharp tat für das Baby alles, was in ihrer Macht stand.

Wenn wir früh am Morgen aufwachten, war die Hitze schon wieder brütend. Wir waren dann immer noch ganz übernächtigt, weil wir während der nächtlichen Schwüle so wenig Schlaf bekommen hatten. Unruhig warfen wir uns hin und her, schweißgebadet in unseren Nachthemden oder auch ganz nackt – drei welke Blumen in den stickigen, engen Türmen. Dunkle Ringe unter den Augen verrieten die schlaflosen Stunden, in denen wir uns kaum hatten erholen können. In den Turmzimmern war es unerträglich heiß, so dass uns dauernd übel war, aber ich glaube, es ging auch den anderen Bewohnern nicht wirklich besser.

Unsere gedämpften Unterhaltungen und müden Gesichter zeugten davon, wie schlecht wir in der vergangenen Nacht geschlafen hatten. Um diese Zeit herum nahm ich einige Kilo ab, was meine Ma bei ihrem Besuch ziemlich beunruhigte – aber ich greife meiner Geschichte vorweg.

Rupert machte die Hitze natürlich fast gar nichts aus, was seine Schaffenskraft anging. Nichts, auch kein neugeborener Säugling, schien ihn zu bremsen. Er übernachtete in seinem Atelier, weil er behauptete, dass es dort kühler war, wobei er oft die Nacht durcharbeitete und dann den Großteil des Tages verschlief. Er hatte vor, Anfang Dezember mit seinem Freund Edgar das Outback zu bereisen, und wollte vorher noch so viel wie möglich geschafft bekommen. Rupert war nicht dumm. Wenn ich ein Mann wäre, würde ich auch das Weite suchen, wenn ein Baby in der Nähe ist. In den wenigen Nächten, in denen er im großen Haus schlief, hörten wir ihn jedoch selbst schreien, als würde ihn irgendein schrecklicher Alptraum plagen. Er schrie so laut, dass es bis in die Türme hinaufschallte, dort wie

Rauchschwaden in der Luft hing und mich fast erdrückte, während ich versuchte, seine Qualen auszublenden.

Es war gleichzeitig schockierend und beschämend, einen Mann auf diese Weise leiden zu hören. Wir wussten alle, dass der Krieg für die, die teilgenommen hatten, schrecklich gewesen sein musste, aber irgendwann musste man das doch hinter sich lassen. Außerdem war er ja nur in einem Militärlazarett in Australien gewesen und gar nicht an der Front, also verstand ich nicht, weshalb er ein solches Theater veranstaltete.

Es war schwer zu glauben, dass meine Ankunft auf Currawong Manor bereits sechs Monate zurücklag. Die Tage waren wie in einem Traum verflogen.

Rupert war also dabei, seine aktuelle Serie zu beenden, und hoffte, sie bald nach London mitnehmen zu können. Eigentlich hatte er gar nicht vorgehabt, sie der Öffentlichkeit zu zeigen, aber ich glaube, der Erfolg anderer australischer Künstler in Europa, die er selbst bewunderte – wie zum Beispiel Rupert Bunny und John Peter Russell –, signalisierte ihm, dass seine entfesselten Dämonen durchaus zeitgemäß waren. Auch Bryan Robertson, sein Agent, drängte ihn dazu, sie auszustellen. Es handelte sich bei dieser Serie um alptraumhafte Ölbilder von Bäumen, an denen groteske Fratzen, Piratenkostüme und Körperteile hingen. Eines fand ich ganz besonders gruselig: Es zeigte einen alten Eukalyptusbaum, dessen Äste aus Bajonetten bestanden, auf die Babys gespießt waren. Anstelle von Blättern hingen Skalpe herab, und aus dem Stamm wuchs ein riesiges erigiertes Glied, an dem eine Kopie von Winston Churchills »We Shall Fight on the Beaches«-Rede baumelte. Zwischen den Wurzeln standen goldene Truhen, die überquollen vor Zigarettenschachteln, Kriegsorden, Gewehren, Netzstrümpfen, Augäpfeln mit Swastiken, Stöckelschuhen und blutigen Herzen, wie eine Art makabrer Piratenschatz.

Roots of Evil, die Wurzeln des Bösen, hieß diese Serie, und obwohl sie von jenen Sammlern links liegengelassen wurde, die eher auf die

Aktbilder abfuhren, waren Bryan und ich davon überzeugt, dass es sich um eine wichtige Serie für Rupert handelte. Auch wenn die Darstellungen ungeschlacht und morbide waren, wie die meisten Kritiker behaupteten, waren sie in gewisser Weise auch die knorrigen älteren Geschwister der *Kitty in the Owlbone Woods*-Serie, in der viele Bäume ebenfalls eine finstere Aura besaßen, wenn auch der Malstil komplexer war. *Roots of Evil* war dafür verantwortlich, dass die Monster in Ruperts Träumen entfesselt wurden. Nie werde ich jene markerschütternden Schreie vergessen, die zum Mond aufstiegen, während wir Mädchen schwitzend in unseren Turmzimmern lagen und voller Beklemmung lauschten.

Elizabeth und Nick saßen da und sahen sich an. Als das Band endete, hatten sie das Gefühl, aus einem seltsamen Traum zu erwachen.

»Wow.« Nick fuhr sich mit den Fingern durchs Haar. »Da ist Rupert aber ein ganz schönes Risiko eingegangen, falls er tatsächlich mit Ginger eine Affäre unterm eigenen Dach gehabt haben sollte.«

Eine merkwürdige Stille breitete sich zwischen den beiden aus. Gingers Geständnis ihrer leidenschaftlichen Gefühle für Rupert hatte im Raum eine sinnliche Stimmung hinterlassen. Es war, als wirkte ihr Leben von damals bis in die Gegenwart hinein.

In dieser seltsam aufgeladenen Atmosphäre wurde sich Elizabeth auf einmal Nicks Nähe deutlich bewusst. Ihre Beine berührten sich beinahe. Außerdem war es inzwischen ziemlich spät. Schweigend nippte sie an ihrem Weinglas und verspürte das unerklärliche Bedürfnis, Nick die Haare glattzustreichen. Wie würde er wohl reagieren, wenn sie Körperkontakt initiierte? Seine Lippen berührte? Der Rand ihres Glases trug den Abdruck ihres roten Lippenstifts. Sie stellte sich vor, wie es wäre, ihn zu küssen und auf seinem weichen Mund ähnliche Spuren zu hinterlassen.

»Meinst du, er hat Doris geliebt?«, fragte Nick und holte sie damit aus ihren fiebrigen Phantasien in die Realität zurück.

Elizabeth erhob sich rasch, denn auf einmal war ihr ganz schwindlig von diesem plötzlichen Bedürfnis, Nick zu verführen. »Ich bin sicher, Ginger wird das behaupten. Nun, das war jetzt alles sehr interessant, aber ich sollte lieber eine Mütze Schlaf bekommen.«

Nick begleitete sie zur Tür, wo sie kurz stehen blieb und zu ihm aufblickte. Immer noch musste sie der Versuchung widerstehen, seine Lippen zu berühren und ihm mit den Fingern durchs Haar zu fahren. Er kam ihr irgendwie so seltsam vertraut vor. Sie wusste, wenn sie nicht sofort ging, würde sie womöglich noch etwas Dummes tun, das sie später sicher bereute. Gingers intime Enthüllungen schienen eine Schleuse geöffnet zu haben. Wie einfach wäre es, die Vernunft in den Wind zu schlagen – so wie Ginger damals – und eine leidenschaftliche Affäre mit Nick zu beginnen …

Bevor Elizabeth ihr eigenes Nest betrat, warf sie noch einen Blick über die Schulter. Nick lehnte im Türrahmen, ohne sich um die eiskalte Luft zu kümmern, und beobachtete sie.

15. Kapitel

Das Land der Leckereien

Juni 2000

»Ich hoffe, es macht dir nichts aus, dass Sugar und Louis mitgekommen sind?«, erkundigte sich Fleur bei Elizabeth, als sie an einem grauen Samstagvormittag ein paar Tage nach ihrem letzten Telefonat im Nieselregen die Hauptstraße von Mt Bellwood entlangspazierten. »Ich hätte dich gerne für mich allein gehabt, aber Leslie musste wie immer arbeiten und Silke hat dieses Wochenende frei.«

»Schon in Ordnung«, versicherte Elizabeth ihrer Freundin, obwohl sie innerlich geseufzt hatte, als Fleur anrief und erzählte, dass sie die Kinder mitbringen würde. Unterhaltungen waren wesentlich einfacher, wenn Elizabeth ihre ungeteilte Aufmerksamkeit hatte. Louis, mit der typischen Einstellung eines 14-Jährigen, war entsetzt, als er erfuhr, dass er den Tag mit seiner Mutter und ihrer Freundin auf dem Land verbringen sollte, und hatte sich in die Welt seiner Kopfhörermusik zurückgezogen. Die 11-Jährige Sugar (eigentlich hieß sie Stella, aber wegen ihrer Versessenheit auf Süßes hatte Fleur ihr diesen Spitznamen gegeben) sorgte für einen konstanten Soundtrack von »Wollen wir nicht ein Kuchen-Picknick machen, wenn wir im Spielwarenladen einkaufen waren?«

Sooft Elizabeth sich insgeheim sagte: *Wenigstens muss ich mir diesen Mist nicht dauernd anhören,* erinnerten Fleurs Kinder sie doch ständig daran, was das Leben ihr bisher vorenthalten hatte.

»Sugar, wenn du mich weiter nervst, bleibst du im Auto und bekommst heute überhaupt nichts!«, warnte Fleur, obwohl sie ihre Drohungen nie wahr machte. Sogar sie selbst gab zu, dass ihre Kinder hoffnungslos verzogen waren.

Wie schon befürchtet, war eine normale Unterhaltung unmöglich, da Sugar in die eine Richtung davonrannte und Louis, in seinem Ledermantel und dem übergroßen schwarzen Sweatshirt mit Kurt Cobain vorne drauf, sich schlichtweg weigerte, mit ihnen zusammen gesehen zu werden. »Kommt nicht in Frage, Mum. Was, wenn zufällig jemand aus meiner Schule hier ist? Ihr geht am besten voraus, damit keiner merkt, dass ich euch kenne.«

»Wundert es dich da noch, dass ich so kaputt bin, wenn ich solche Biester als Kinder habe?«, klagte Fleur, dabei sah sie wie immer atemberaubend aus.

Über die Jahre hinweg hatte sich Elizabeth insgeheim oft überlegen gefühlt, wenn es um die Erziehungsmethoden ihrer Freundin ging. Wie konnte Fleur so völlig ausblenden, was für verwöhnte Bälger ihre Kinder waren? Schon ganz früh war Elizabeth überzeugt davon gewesen, dass sie die perfekte Mutter sein würde, wenn sie nur die Gelegenheit dazu bekäme. Sie würde Grenzen setzen, Disziplin bieten und ihre Kinder in einem idyllischen Landhaus mit Garten großziehen. In leuchtenden Farben hatte sie sich dieses Leben ausgemalt, in dem sie Gummistiefel der Marke Cath Kidston trug und Spalierrosen an der Hauswand züchtete, während ein Pony mit samtweicher Nase hinten im Garten herumsprang und ihre Kinder lachend und glücklich miteinander spielten. Unverdorbene, intelligente, interessante Kinder, die ihr dabei halfen, Brot zu backen und Eier einzusammeln, und die sie lieben und respektieren würden.

Als Elizabeth im Lauf der Zeit immer mehr Familien erlebte, wurde ihr jedoch bald klar, dass ihr Tagtraum ungefähr so realistisch war wie Disneyland. Die meisten Kinder, die sie kannte, führten sich auf wie kleine Kaiser und Kaiserinnen, die über ihr heimisches Reich herrschten und dafür sorgten, dass das Leben sich primär um sie und ihre Gewohnheiten drehte. Und nicht nur deshalb schrumpelte ihr Traum vom Pony und Cottage auf dem Land zusammen wie ein alter Luftballon. Wo war der Seelenverwandte, der zu ihrer *Landlust*-Idylle passte?

Sugar verlangte schon wieder quengelnd nach einem Milchshake und protestierte lautstark, als sie erfuhr, dass sie auf dem Weg zu einem Antiquitätenladen waren.

»Mum, bitte nicht! Das ist stinklangweilig!«

Sugar war so von ihrem Unmut gefangen genommen, dass sie in ihrer Unachtsamkeit auf dem Gehweg mit einer älteren Dame zusammenstieß, die ihnen entgegenkam. Erschrocken stellte Elizabeth fest, dass es sich dabei um Dolly Sharp handelte. Sie hatte die Frau seit ihrem ersten Abend auf dem Anwesen nicht mehr gesehen. »Pass doch auf, wo du hinläufst, mein Schatz. Und jetzt entschuldige dich bei der Dame«, schalt Fleur ihre Tochter.

»Sorry«, murmelte Sugar und spazierte davon.

Dolly Sharp warf ihnen nur einen kurzen Blick zu, bevor auch sie sich zum Gehen wandte. Da Elizabeth das Gefühl hatte, irgendwie reagieren zu müssen, trat sie vor, um guten Morgen zu sagen und Fleur und die Kinder vorzustellen. »Wir dachten, wir machen nachher ein Picknick in der Mermaid Glen.« Sie merkte, dass die merkwürdige Frau mit den kinnlangen grauen Haaren, der grauen Strickjacke und dem grauen Rock sie gleichzeitig abstieß und faszinierte. Dolly wirkte hölzern, reizbar und grau, als würden ihre Kleider ihren Gemütszustand widerspiegeln.

»Sie täten gut daran, sich von dem Wald fernzuhalten«, warnte Dolly. »Das ist kein sicherer Ort für Kinder. Wir sind hier nicht in Sydney, wo Kinder sorglos in eingezäunten Parks herumtollen können.« Mit einem Kopfnicken in Richtung Sugar, die schmollend ein Stück entfernt wartete, setzte sie ihren Weg fort.

Fleur sah Elizabeth fragend an. »Was meint sie damit?«

»Ich glaube, sie versucht uns abzuschrecken«, erwiderte Elizabeth.

»Was ich so gehört habe, betrachten die Sharp-Frauen die Wälder als ihr Privatterritorium.«

Sie beobachtete, wie die graue Gestalt in einiger Entfernung die Straße überquerte und in einer kleinen Gasse verschwand. Ob Dolly Sharp wohl immer noch von Shalimar Partridges tragischem Ende verfolgt wurde? Das mitzuerleben musste ein ziemlich traumatisches Erlebnis gewesen sein.

»Was für eine seltsame Frau«, lautete Fleurs Kommentar. »Wie böse sie Sugar angesehen hat, als wäre sie absichtlich mit ihr zusammengestoßen! Und dann diese tristen Klamotten. Diese Sorte griesgrämige alte Jungfern kann ich echt nicht ausstehen. Haben nie selber Kinder gehabt und mögen sie auch nicht …« Sie brach ab. »Liz, verzeih mir. Wie blöd und gedankenlos von mir, so etwas in deiner Gegenwart zu sagen. Aber du fällst ja ohnehin nicht in diese Kategorie. Die Kinder lieben dich, und du sie auch.«

Elizabeth warf einen Blick auf Louis mit seinen Kopfhörern, die ihn von seiner Umwelt völlig abschotteten, und Sugar, die immer noch um einen Milchshake quengelte. Sie fragte sich, wie Eltern nur so blind sein konnten, wenn es um ihren eigenen Nachwuchs ging. »Da wären wir!« Sie war erleichtert, von ihrer Gereiztheit dadurch abgelenkt zu werden, dass sie das Geschäft mit den gelben Spitzenvorhängen in den Fenstern erreichten, vor dem ein altes Schaukelpferd sowie farbenfrohe Blumentröge und verschiedener Krimskrams in schmiedeeisernen Körben aufgebaut waren. »Diese Fundgrube schöner Dinge heißt ›Mountain Misty Memories‹, und die wollte ich dir unbedingt zeigen, Fleur.«

Sie betraten gemeinsam das Geschäft, in dem bereits eine ganze Menge anderer Wochenendbesucher am Stöbern waren.

»Guten Morgen«, begrüßte Elizabeth das ältere Ehepaar hinter der Kasse, das Sugar einen warnenden Blick zuwarf, während die Frau ein großes Schild auf der Ladentheke zurechtrückte:

Gern dürfen Sie staunen, stöbern, erwerben,

Doch wer was zerbricht,
Bezahlt für die Scherben!

»Gibt's hier Milchshakes?«, wollte Sugar wissen.

»Nein, hier nicht, mein Schatz, aber du bekommst bald einen, versprochen. Und jetzt sei ein braves Mädchen, damit die Mama sich ein bisschen umschauen kann.«

»Was für ein langweiliger Laden!«, nörgelte Sugar sofort, während Louis direkt auf den Ständer mit den Comics und Zeitschriften zusteuerte.

»Hallo!«, rief plötzlich eine vertraute, tiefe Stimme, »Mount Bellwood ist dann doch ganz schön klein!« Als Elizabeth Nick auf sie zukommen sah, gefolgt von einer Frau mit einem Vintage-Kleid überm Arm und mehreren Hüten in der Hand, hatte sie das Gefühl zu erstarren. »Darf ich vorstellen, das ist Elsa. Elsa, das ist Elizabeth Thorrington, die Fotografin von *Flowers of the Ruins*. Und ihre Freundin …« Sein Blick wanderte zu Fleur.

»Fleur«, erwiderte diese und gab zuerst Elsa und dann Nick die Hand.

»Ich bin Nicks Ex«, verkündete Elsa fröhlich. »Freut mich, Sie beide kennenzulernen. Hab schon viel von Ihnen gehört, Elizabeth. Die ›Poetin des Fleisches‹«, zitierte sie eine positive Rezension, die kürzlich in der Zeitschrift *Artsview* erschienen war. »Und jetzt stehen Sie hier leibhaftig und so bezaubernd vor mir! Vergangene Woche erst war ich in Ihrer Ausstellung. Nick hatte absolut recht. Sehr ergreifend. Mir gefällt besonders, wie Sie in Ihren Fotos Vergangenheit und Gegenwart verschwimmen lassen und mit Erinnerungen und Geheimnissen spielen. Ich kann gut verstehen, weshalb Nick absolut hin und weg davon war.«

Nick war hin und weg von *The Flesh Bridge*? Elizabeth bemühte sich, nicht zu zeigen, wie sehr es sie freute, dass Nick die Ausstellung gesehen hatte. Warum hatte er das nie erwähnt? Elsa in ihrem kamelhaarfarbenen, lässigen Kleid mit den dunkelroten Stiefeln sah bildschön aus, und Elizabeth fiel auf, dass mehrere andere Kunden in ihre Richtung starrten, da sie die Schauspielerin offensichtlich erkannt hatten.

»Sie haben in einem der Lieblingsfilme meines Sohnes mitgespielt«, sagte Fleur zu Elsa.

»Das muss *Mein Lehrer, der Drachen* gewesen sein«, erwiderte diese lächelnd. »Keiner meiner anderen Filme wäre etwas für kleine Jungs!«

»Oh, Sie kennen doch kleine Jungs«, widersprach Fleur. »Ich glaube, es war eher *Terror auf der Bäreninsel*.«

»*Haifischinsel*«, korrigierte Elsa sie. »Mein Gott, wie peinlich! Dieser Film ist totaler Schrott! Der Regisseur war ein echter Widerling.«

»Da wäre mein Sohn sicher anderer Meinung.« Fleur zwinkerte. »Jungs stehen nun mal auf nackte Haut.«

»Mum! Du bist unmöglich!« Louis, der sich in der Nähe herumgetrieben und gelauscht hatte, verschwand verlegen hinter einer Kiefernholzkommode.

»Dann wird ihm mein nächstes Projekt sicher auch gefallen«, berichtete Elsa stolz. »Haben Sie schon gehört, dass Nick mich für die Rolle der Wanda in der Filmadaption von *Flowers of the Ruins* vorschlagen will?«

»Ach ja?« Elizabeth sah Nick mit gespieltem Erstaunen an. »Was für ein Film ist das genau? Davon höre ich gerade zum ersten Mal.«

»Elsa, du weißt doch, dass da noch nichts entschieden ist!«, mischte Nick sich hektisch ein. »Ich habe nur gesagt, *falls* es einen Film geben sollte, und außerdem muss ich sowieso zuerst mal das Buch schreiben.«

»Du redest doch schon ewig davon, dass ich die perfekte Wanda wäre! Willst du jetzt so tun, als hätte ich mir das alles ausgedacht?«

»Wenn Sie uns bitte entschuldigen würden.« Nick packte seine prominente Begleitung am Arm und ging mit ihr zur Kasse, wobei die beiden sich immer noch zankten. Elizabeth hörte ihn schimpfen: »Ich weiß selbst, was ich behauptet habe, aber so was kannst du doch vor *ihr* nicht laut sagen. Sie ist Ruperts Enkelin, in Gottes Namen! … Das ist mir egal. Sie könnte mich verklagen. … Ich hab doch noch nicht mal das Buch geschrieben … Elsa, warte!«

Die Türglocke bimmelte, als Elsa in einer Parfümwolke von dannen rauschte. Fleur und Elizabeth mussten beide lachen. »Er tut mir fast schon leid«, meinte Elizabeth. »Hast du sein Gesicht gesehen, als sie die Katze aus dem Sack gelassen hat? Ich kann's kaum erwarten, bis Ginger von Nicks tollen Plänen hört.«

»Louis? Du kannst wieder aus deinem Versteck rauskommen! Es besteht keine Gefahr mehr, dass deine Mutter was Peinliches über dich sagt«, rief Fleur.

»Mum, du bist echt bescheuert«, murrte Louis. »Wieso hast du ihr erzählt, ich würde diesen idiotischen Film toll finden? Den hab ich doch nur wegen der Haie angeschaut.«

»Das weiß ich doch, mein Schatz«, entgegnete Fleur liebevoll. Louis boxte seine Mutter spielerisch gegen den Arm. Elizabeth verspürte bei dem vertraulichen Geplänkel zwischen Mutter und Sohn mal wieder diesen ziehenden Schmerz in der Brust. Wenn sie mit Fleur und ihrer Bagage unterwegs war, war es immer dasselbe: Gerade war sie noch dankbar dafür gewesen, dass sie keine Kinder hatte, die sich dermaßen unmöglich aufführen konnten, und kurz darauf löste irgendeine Geste, ein Wort oder auch nur ein Blickwechsel zwischen Fleur und ihren Kindern, der von gegenseitiger Liebe und Verständnis sprach, eine Welle intensiven Selbstmitleids aus.

»Wo ist eigentlich Sugar?«, fragte Fleur plötzlich. Alle drei sahen sich im ziemlich vollen Laden um, doch Sugar war nirgends zu entdecken.

»Sugar?«, rief Fleur.

»Bleib du hier, ich schaue oben nach«, bot Elizabeth an und lief rasch die Holztreppe in den ersten Stock hinauf, der mit Vintage-Klamotten und größeren Möbelstücken gefüllt war. Auf der Suche nach Sugars hellem Schopf drehte sie eine Runde, aber ohne Erfolg.

Als sie wieder nach unten kam, stellte sie mit wachsendem Unbehagen fest, dass die Kleine auch hier nicht aufgetaucht war.

»Wenn Mum sie findet, kann sie was erleben«, verkündete Louis, bevor er sich wieder die Ohren verstöpselte.

Fleur wirkte inzwischen ziemlich panisch. »Meinst du, sie ist weit weggelaufen?«, fragte sie. »Ich habe vorne an der Kasse nachgefragt, aber die waren zu beschäftigt, um irgendetwas zu bemerken.«

Immer aufgeregter rannte Fleur durch den Laden und rief nach ihrer Tochter. Einige Kunden sahen sich mitfühlend ebenfalls um, ob sie ein Kind entdeckten.

»Ich hab vorhin ein Mädchen zusammen mit einer älteren Frau rausgehen sehen«, meinte ein Teenie mit roten Locken. »Ist ungefähr eine halbe Stunde her.«

»Wie hat die Kleine ausgesehen? Weißt du noch, was sie anhatte?« Fleur war inzwischen fast am Weinen.

Das Mädchen zuckte mit den Schultern und blätterte einen Stapel alter Zeitschriften durch. »Sie hatte hellblonde Haare bis ungefähr hier.« Sie hielt die Hand auf Taillenhöhe. »Und ich glaube, sie hatte was Lilafarbenes an.« Nachdenklich zog sie die Nase kraus. »Möglicherweise eine lila Strumpfhose und ein Kleid mit Blumen oder Sternen oder Tupfen ... und so eine Art Baskenmütze. Tut mir leid, das hilft Ihnen vermutlich nicht weiter, aber ich hab nicht wirklich auf sie geachtet.«

»Das war sie.« Fleur rannte zum Laden hinaus, gefolgt von Elizabeth und Louis.

Draußen blickte sie hektisch die Straße hoch und runter, wo ein buntes Treiben aus Einheimischen und Besuchern herrschte. »Man hat sie entführt!«

Da nahm sogar Louis die Kopfhörer ab, um seine Mutter zu beruhigen. »Wer würde die denn haben wollen?«, meinte er. »Und falls doch, dann bringen sie sie spätestens zurück, wenn sie anfängt, wegen ihres Milchshakes rumzunerven. Das hier ist Mount Bellwood,

Mum, nicht New York. In so einem verschlafenen Nest wird man sie schon nicht gleich umbringen!«

»Louis, sei still!«, rief Fleur. »Falls ihr irgendwas zustößt, mach ich dich dafür verantwortlich, dass du nicht besser auf sie aufgepasst hast, weil du nur Augen für diese Schauspielerin hattest.«

»He, Mum. Ich bin nur ein Kind, schon vergessen?«, verteidigte er sich. »Du hast doch so lange mit Elsa Varino geplaudert, während Sugar verschwunden ist, also mach jetzt nicht mich für deine Nachlässigkeit verantwortlich. Wie ungerecht ist das denn, jetzt mir die Schuld in die Schuhe zu schieben.«

Elizabeths Blick fiel auf die rosa-blau-gelb-weiß gestreifte Markise eines Lokals ein Stück die Straße hinunter, vor dem ganz optimistisch einige Tische standen, die aber aufgrund der eisigen Temperaturen leer blieben. Auf einer fröhlich bemalten bunten Tafel stand der Schriftzug »Land der Leckereien«.

»Wir müssen sofort zur Polizei!«, verkündete Fleur. »Wer auch immer sie sich geschnappt hat, hat schon eine halbe Stunde Vorsprung.«

»Wart noch ganz kurz. Ich seh schnell in dem Lokal da vorne nach, ob sie dort ist«, bat Elizabeth und hastete darauf zu.

Wie vermutet entdeckte sie an einem der Tische tatsächlich Sugar. Zu Elizabeths großem Erstaunen war diese jedoch nicht allein: Neben ihr saß Dolly Sharp. Wie alte Freunde hatten die beiden die Köpfe zusammengesteckt.

»Sugar!« Elizabeth schoss hektisch auf die beiden zu. »Was machst du denn hier? Wir haben dich überall gesucht! Deine Mutter ist ganz außer sich vor Sorge. Wieso bist du aus dem Laden rausgegangen, ohne einem von uns Bescheid zu sagen?«

Sugar wirkte kein bisschen erfreut, Elizabeth zu sehen. Sie saß vor einem leeren Milchshakeglas und einem ebenfalls leeren Eiscremebecher.

»Dolly hat gesagt, sie kauft mir ein Eis«, erwiderte sie schmollend. »Ich hab ihr erzählt, dass ich am Verhungern bin, also ist sie mit mir hierhergekommen, und sie hat mir auch noch was geschenkt.« Sie schwenkte eine ausgestopfte Stoffpuppe mit dicken blonden Zöpfen und blauen Knopfaugen vor Elizabeth herum.

Seltsam, schoss es Elizabeth durch den Kopf, dass Sugar sich überhaupt nicht geniert, mit elf noch so ein kindliches Spielzeug von einer Fremden anzunehmen. »Du hättest wissen müssen, dass du nicht einfach so verschwinden darfst!«, schimpfte sie. »Und du sollst auch nicht einfach so mit Fremden mitgehen.«

»Sie ist keine Fremde!«, protestierte Sugar. »Sie kennt dich und Mama. Ihr wart alle so beschäftigt, deshalb bin ich mit ihr rausgegangen.«

»Ich habe gesehen, wie Sugar alleine auf der Straße herumgelaufen ist.« Dolly rührte mehrere Löffel Zucker in ihren Kaffee. »Sie hatte Hunger, deshalb hab ich sie hierhergebracht. Ihre Mutter hätte besser auf sie aufpassen müssen. Jeder hätte sie mitnehmen können.« Sie lutschte ihren Löffel ab und betrachtete Elizabeth mit blitzenden Augen.

Es hat sie ja jemand mitgenommen! Elizabeth widerstand jedoch der Versuchung, das Offensichtliche auszusprechen. Stattdessen erkundigte sie sich bei Dolly, was sie ihr für das Eis schuldete, doch Dolly winkte nur mürrisch ab.

»Die nehm ich aber mit nach Hause«, erklärte Sugar und drückte die Puppe wie eine Dreijährige an sich.

»Kannst du sie nicht wieder zurückgeben?« Irgendwie war es Elizabeth unangenehm, ein Geschenk von Dolly Sharp anzunehmen. Sugar besaß bereits so viele Spielsachen, und Dolly kam bekanntlich kaum über die Runden.

»Ich habe sie ihr doch geschenkt«, protestierte Dolly. »Das ist doch eine bezaubernde Puppe, nicht wahr, Sugar? Sie kann deine ganz spezielle Freundin sein. Für mich sind Puppen schon immer ganz besondere Freunde gewesen. Mit einer Puppe, die sich um einen kümmert und die einen beschützt, ist man nie allein.«

»Ja, ich hab sie ganz doll lieb!«, rief Sugar begeistert. Offensichtlich war sie von Dolly durch die vielen süßen Sachen total manipuliert worden. »Vielen Dank, Dolly, dass ich sie behalten darf.«

»Tschüs, Sugar«, sagte Dolly. »Vielleicht kannst du mich ja mal besuchen. Ich fand unser Gespräch sehr schön. Vor langer Zeit kannte ich mal ein kleines Mädchen, das hatte genauso lange blonde Haare wie du. Vergiss nicht, deine Puppe bei Vollmond im Mondlicht zu baden und ihr all deine Geheimnisse anzuvertrauen. Ihr kleiner gestickter Mund wird keines davon verraten. Das ist der andere große Vorteil von Puppen. Sie hüten Geheimnisse sorgfältig und vergessen nichts.« Sie schenkte Sugar ein schiefes Lächeln, bevor sie sich wieder ihrem Kaffee zuwandte.

Elizabeth, die Dolly Sharps Lächeln völlig sprachlos gemacht hatte, löste sich aus ihrer Erstarrung und zerrte Sugar mit hinaus auf die Straße, wo Fleur beim Anblick ihrer Tochter erleichtert ausrief: »Oh, Gott sei Dank! Wo warst du denn, mein Schatz?«

»Bei Dolly Sharp«, antwortete Elizabeth knapp. »Dolly hat ihr Eiscreme und Geschichten aufgetischt. Sugar hat sich benommen wie ein Kleinkind.«

»Ach, Sugar, du hast mir einen solchen Schrecken eingejagt. Wie oft muss ich dir noch sagen, dass du Fremden nicht trauen darfst? Geh niemals mit jemandem mit, den du nicht kennst, und nimm auch von niemanden was zu essen an! Daddy wird echt wütend sein, wenn er hört, dass ich wegen dir fast einen Herzinfarkt hatte«, rief Fleur. »Das wird ernste Konsequenzen haben!« Dann fiel sie über ihre Tochter her und bedeckte sie mit Küssen.

»Was hab ich gesagt?«, schaltete sich Louis ein. »Die will sowieso niemand haben. Mum, du entschuldigst dich jetzt bei mir oder ich rufe sofort Dad an. Ich habe nämlich auch Rechte, weißt du.«

Während die drei Mitglieder der Amos-Familie mit Zanken beschäftigt waren, starrte Elizabeth die bunte Fassade von »Land der Leckereien« an. Das rothaarige Mädchen von vorhin hatte geglaubt, sich daran zu erinnern, wie ein Kind, auf das Sugars Beschreibung passte, den Antiquitätenladen in Begleitung einer älteren Frau verlassen hatte. Dolly wiederum hatte behauptet, Sugar auf der Straße begegnet zu sein.

»Sugar«, wandte sich Elizabeth an die Kleine. »Bist du alleine oder mit jemandem zusammen aus dem Laden rausgegangen?«

Sugar schüttelte ihre neue Puppe. »Ich bin mit der Puppe gegangen«, erwiderte sie schmollend. »Die Puppe wurde lebendig und wollte, dass ich mit ihr spiele.«

»Ach, Sugar, Schatz, du hast ja so eine blühende Phantasie«, schwärmte Fleur. »Sugar nimmt nämlich Schauspielunterricht für Kinder an der Akademie in Sydney«, erklärte sie Elizabeth. »Dort sagen alle, dass sie echt Talent hat.«

»Ein Talent zum Scheißebauen«, murmelte Louis.

Auch weitere Fragen an Sugar ergaben keine einzige vernünftige oder glaubwürdige Antwort. Das Mädchen erzählte abwechselnd mehrere unterschiedliche Geschichten, wie sie im »Land der Leckereien« gelandet war – ein Astronaut hatte sie auf die Straße hinausgeführt, um ihr sein Raumschiff zu zeigen, eine Hexe hatte sie geschnappt, als sie sich gerade bei den Spielzeugen im Laden umgesehen hatte, oder eine starke Windböe hatte sie aus dem Laden geblasen. Jede neue Version erntete bei Fleur nur lachende Anerkennung. Irgendwann wurde Elizabeth der Befragung überdrüssig. Und während sie für ihr Picknick an der Mermaid Glen einkauften, drehten sich ihre Gedanken immer noch darum, weshalb Dolly in Sugars Gegenwart so glücklich gewirkt hatte.

16. Kapitel

Unsichtbare Motten und verborgene Gezeiten

»Sind wir bald da?«, jammerte Sugar pausenlos, während sie durch den Wald wanderten. »Ich hab Hunger. Mama, hoffentlich begegnen wir keinen Schlangen!«

»Sei nicht albern, mein Schatz. Im Juni gibt es keine Schlangen. Das Einzige, worauf du aufpassen musst, sind die Netze der Trichterspinne, aber ich glaube, das ist jetzt auch die falsche Jahreszeit. Sieh nur, mein Schatz, eine Currawong-Krähe!« Ein großer schwarzer Vogel schoss vor ihnen über den Weg und landete mit einem tiefen, melodiösen Schrei in einem Flaschenbaum.

Louis würdigte die Umgebung keines Blickes, so sehr war er in seine Heavy-Metal-Musik vertieft, deren Wummern selbst die anderen noch leise hören konnten.

»Jungs im Teenageralter sind die Pest, was?«, meinte Fleur und betrachtete ihren Sohn dabei liebevoll.

Elizabeth gab ein zustimmendes Murmeln von sich, wie es von ihr erwartet wurde. Es kam ihr so vor, als wären sie schon ziemlich weit gelaufen, aber in den Owlbone Woods schien die Zeit ja sowieso anders zu ticken. Pilze in verschiedenen leuchtenden Schattierungen von Orange, Gelb und Violett sprossen aus den Baumstämmen, und rote Glockenblumen zierten den Wegrand wie bunte Kleckse.

»Ich liebe unsere einheimische Flora.« Fleur strich mit dem Finger über eine Blüte. »Wie heißen denn die hier?«

»Mountain Devil – Dornteufel«, antwortete Elizabeth. »Wunderschön, oder? Und wie passend für einen Wald, in dem sich der Devil's-Leap-Felsen befindet.«

Die friedliche Stille des Busches schien ihr auch diesmal wieder unter die Haut zu gehen. Irgendetwas an den Owlbone Woods machte süchtig, als müsste man immer wiederkommen, wenn man einmal da gewesen war. Die Luft flirrte wie verzaubert, und in dieser traumgleichen Landschaft hatte man auf einmal das Gefühl, als wäre alles möglich.

»Wo ist denn das Haus der Hexe?«, wollte Louis plötzlich wissen und nahm seine Kopfhörer ab.

»Louis, fang vor Sugar nicht wieder davon an!«, schimpfte Fleur.

»Gibt es hier wirklich eine Hexe?«, quiekte Sugar prompt. »Dann gehe ich keinen Schritt weiter. Ich will zurück ins Land der Leckereien!«

»Klar gibt's eine Hexe«, zog Louis sie auf. »Sie wohnt in einem Haus aus Leckereien und isst am liebsten dicke kleine Mädchen namens Sugar!«

Sugar kreischte auf, woraufhin Fleur ihrem Sohn einen Klaps gab.

»Hör auf! Sugar, sei nicht albern. Es gibt keine Hexe. Er redet vom Haus der alten Miss Sharp, die vor vielen Jahren hier im Wald gewohnt hat. Dolly Sharps Mutter. Du weißt doch, die Frau, die dir das Eis gekauft und die Puppe geschenkt hat? Ihre Mutter war keine Hexe, sondern eine nette alte Dame, die eben hier draußen im Busch gelebt und Puppen genäht hat. Deshalb nannten die Leute sie die Puppenmacherin, und im Heimatkundemuseum in Mount Bellwood gibt es sogar eine Ausstellung mit ihren Werken. Ich weiß noch, dass ich als kleines Mädchen mal dort war.«

»Bestimmt waren die für irgendwelche Zauberrituale. Wetten?«, murmelte Louis. »So wie die Voodoo-Puppen. Hexen stecken nämlich Nadeln in ihre Puppen, um sie mit einem bösen Fluch zu belegen, damit ihre Feinde sterben. Und Sugar trägt jetzt eine von der Hexentochter mit sich rum! Schau lieber mal nach, ob die keine Nadeleinstiche hat.«

Sugar betrachtete ihre Puppe entsetzt. »Ich will keine böse Puppe, die mich sterben lässt, aber in meiner stecken keine Nadeln!«

»Natürlich nicht, mein Schatz. Louis, sei still! Wenn du willst, dass ich Karten für Yellow Death kaufe, dann hältst du jetzt sofort den Mund! Hör einfach nicht auf ihn, Sugar. Er will dich nur aufziehen. Louis, ich mein's ernst. Halt die Klappe oder du kannst Yellow Death vergessen – und die Luna Park Party auch.«

Plötzlich klingelte Fleurs Handy, aber als sie den Anruf entgegennehmen wollte, ertönte nur ein verzerrtes, gellendes Geräusch. »Vermutlich habe ich hier keinen richtigen Empfang«, meinte sie schulterzuckend.

Doch dieses Kreischen aus dem Nichts zerrte irgendwie an Elizabeths Nerven.

Die vier spazierten weiter den Pfad entlang, und als Elizabeth schon dachte, sie seien wohl vom Hauptweg abgekommen, hörte sie das wunderbar entspannende Murmeln des Wasserfalls in der Mermaid Glen.

»Hurra! Jetzt sind wir gleich da, dann können wir essen!«, rief Sugar.

Das Grüppchen verstummte jedoch, als sie um die Kurve bogen und die Schlucht mit ihren überhängenden Felsen, den nackten Statuen, Farnen und Bäumen erblickten. Ein Schwarm weißer Kakadus stieg in den Himmel auf, und das Flattern der Flügel entlockte den Zuschauern einen Freudenlaut. Einige Galahs mit ihrem rosafarbenen Brustgefieder flogen ebenfalls umher. Elizabeth rechnete fast damit, dass Louis sich über die Statuen lustig machen würde oder dass Fleur vorschlagen könnte, das Picknick woanders zu veranstalten, damit die Kinder deren Anblick nicht ausgesetzt wären, aber die Schönheit der Schlucht mit ihren gewaltigen Bäumen, den Schwänen, Enten und dem Wasserfall schien die Familie Amos verzaubert zu haben. Sie drehten sich langsam um die eigene Achse, um alles in sich aufzunehmen, bevor sie den Blick in Richtung des riesigen Felsens richteten.

»Was ist das?«, wollte Fleur wissen, woraufhin Elizabeth ihnen den Devil's Leap erklären musste, der näher wirkte als die Stunde Fußmarsch, die er in Wirklichkeit noch entfernt war.

Als Nächstes stellten sie begeistert fest, dass sich gerade eine Familie Wallabys am Ufer tummelte. Die Beuteltiere starrten die Besucher erschrocken an, ehe sie schnell davonhüpften.

»Hallo! Kommt zurück, ihr Süßen!« Sugar rannte auf den Teich zu und schwenkte dabei ihre Puppe herum.

»Sugar! Pass auf! Geh nicht so nah ans Wasser!«, rief Fleur. An Elizabeth gewandt murmelte sie: »Mit Kindern kann man sich echt keine Minute entspannen. Sugar lässt sich immer so mitreißen und vergisst dann alles um sich herum. Ich traue ihr zu, da direkt reinzuspringen. Hoffentlich gibt es keine Blutegel.«

»Sugar hatte doch schon als Baby Schwimmunterricht, da wird sie sicher nicht ertrinken. Außerdem ist es wahrscheinlich gefährlicher, in Sydney eine Straße zu überqueren«, gab Elizabeth zu bedenken. Louis war seiner Schwester bereits gefolgt, und er würde sicher ein Auge auf sie haben.

Elizabeth breitete die Picknickdecke aus und verteilte die verschiedenen Sachen, die sie in der Stadt besorgt hatten: Plastikbehälter mit frischen Salaten, belegte Brötchen, Hähnchenkeulen, Obst und eine Tafel Schokolade. Es war genug, um eine ganze Armee zu verköstigen, wobei Fleur ihr versichert hatte, dass Louis das alles locker alleine verdrücken könnte.

»Kommt essen, ihr zwei!«, rief sie. Als darauf keine Reaktion folgte, lauschte sie sofort angestrengt dem Plätschern des Wassers in der Schlucht. *Glucke*, hätte Elizabeth sie gerne aufgezogen, aber das war zu nahe an der Wahrheit.

»Wahrscheinlich sind die beiden auf Entdeckungstour«, versuchte sie Fleur zu beruhigen. »Weit werden sie ja nicht sein, wenn sie wissen, dass es hier Essen gibt.«

Fleur zuckte mit den Schultern und lächelte Elizabeth an, aber sie warf trotzdem immer noch besorgte Blicke zur anderen Seite der Schlucht hinüber, wo Sugar und Louis verschwunden waren.

Hinterher stritten sich die beiden noch ewig darum, wer als Erster den halbverfaulten Kadaver zwischen den Wurzeln eines großen Eukalyptusbaums entdeckt hatte. Die verkrümmten Überreste waren unmöglich zu identifizieren, wobei es sich eindeutig um irgendein großes Tier gehandelt haben musste. Nach einer Weile kamen die Kinder den Bach entlang zurück zu der Stelle gerannt, wo ihre Mutter und Elizabeth beisammensaßen.

»Ich habe eine Leiche gefunden!«, rief Sugar triumphierend. »Da drüben liegt ein totes Tier mit ganz viel Blut überall! Kommt mit und schaut es euch an.«

Elizabeth griff nach einer Hähnchenkeule. »Sugar, bitte, ich esse gerade.«

»Jetzt nicht, mein Schatz«, pflichtete Fleur ihr bei. »Wir wollen jetzt erst unser Picknick genießen, bevor wir uns irgendwelche toten Tiere ansehen, die uns möglicherweise den Appetit verderben.«

Nachdem sie schweigend gegessen hatten, beobachteten sie die Enten und Schwäne auf dem Wasser. Elizabeth bemerkte mit ungutem Gefühl, dass sich mehrere Currawongs auf einem Zweig in der Nähe versammelt hatten. Sie setzte gerade an, um Fleur vom Currawong-Aberglauben zu erzählen, als diese plötzlich aufsprang und brüllte: »Sugar! Komm sofort zurück!« Sugar war nämlich schon wieder auf dem Weg zur anderen Seite der Schlucht und führte sicher nichts Gutes im Schilde.

»Tut mir leid, dass ich dich unterbreche, Liz, aber ich muss nachsehen, was da los ist«, rief sie ihrer Freundin über die Schulter hinweg zu.

Kurz darauf rief Fleur: »Liz! Komm schnell!«

Elizabeth machte sich schnell auf den Weg, wobei sie vorsichtig über die moosbewachsenen Steine am Ufer trat.

Fleur stand neben ihren Kindern ein Stück weiter die Schlucht hinunter und wirkte ziemlich schockiert.

»Was ist denn?«, erkundigte sich Elizabeth, bevor sie es ebenfalls erblickte.

Eine Masse aus Blut und Fleischfetzen tränkte das Gras.

»O Gott«, keuchte sie angewidert. »Was um alles in der Welt ist das? Das sieht ja nach einem richtigen Massaker aus. Und das Blut scheint noch frisch zu sein!« Sofort zog sie ihre Canon aus der Tasche, um die Szene festzuhalten.

»Sind das Zähne oder Knochen?«, wollte Louis wissen. »Ich hab euch doch gesagt, im Busch werden dauernd Leute ermordet. Ihr hättet uns nicht herbringen sollen.«

Bei Louis' Worten schienen die Felsen plötzlich enger zusammenzurücken. Elizabeth sah im Geiste Shalimars lange blonde Haare vor sich, ihren panischen Gesichtsausdruck, als sie aus dem Teich auftauchte, nach Luft schnappte und dann wieder im eisigen, dunklen Wasser verschwand. Ihr Vater stand neben ihr, das Messer erhoben ...

Die Luft rauschte, als würden riesige unsichtbare Motten um sie herumschwirren, und eine wie Moschusduft betörende, traumgleiche Ahnung von vergessenen Ländern und geheimen Gezeiten schien die Schlucht zu erfüllen. Ein Kookaburra sang, während erneut ein Schwarm weißer Kakadus übers Wasser schoss. Der graublaue Winterhimmel lag drückend auf den Baumkronen, als wollte sich eine Art Urschlund sie alle einverleiben und in den Bauch einer riesigen Motte ziehen. Die Luft zwischen den Bäumen schien warnend zu vibrieren. Es war, als hätte die Wirklichkeit einen Gang zurückgeschaltet, vom Farbfoto zu einer körnigen Schwarzweißaufnahme, ein unheimliches Bild, das zwar normal aussah – es aber nicht war.

Um ihre Phantasie wieder unter Kontrolle zu bekommen, betrachtete Elizabeth den Kadaver näher. Irgendein Wesen war hier vor kurzem getötet worden, aber was?

Dann schrie Sugar plötzlich auf, als die Blätter über ihnen raschelten und eine Gestalt mit erhobener Axt auf sie zukam.

17. Kapitel

Besuch von Ma

Oktober 1945

Gingers Handflächen waren ganz kalt und feucht, als sie von der Tür ihres Nests aus das Holztor betrachtete, das in die Owlbone Woods führte. Sie wusste, dass Elizabeth und ihre Freundin dort mit den Kindern ein Picknick veranstalteten. Obwohl sie sich für ihre Sorge schalt – was damals mit Shalimar geschehen war, konnte unmöglich noch einmal passieren –, ließ sich ihre Nervosität nicht abschütteln. Dabei war ihr gesagt worden, sie solle sich so wenig Stress aussetzen wie möglich. Aber der Krebs würde sie früher oder später ja sowieso umbringen. Er war zu aggressiv und zu weit fortgeschritten, um noch auf ein Wunder zu hoffen. Dennoch war sie fest entschlossen, die Hoffnung noch nicht aufzugeben, obwohl sie sicherheitshalber dem Rat ihres Arztes folgte, ihre Angelegenheiten so rasch wie möglich in Ordnung zu bringen.

Um sich abzulenken, setzte sie sich mit ihrem Tonbandgerät und dem Notizbuch aufs Sofa, schloss die Augen und stellte sich vor, es wäre wieder das Jahr 1945 auf Currawong Manor. In ihrem Tagebuch hatte sie bereits die Ausschnitte aus ihrer Zeit dort markiert, über die sie sprechen wollte, bevor sie dann gestand, was die Flowers getan hatten. Die Vorstellung, sie wäre eine Figur in einem Film, half ihr dabei, sich von dem Schmerz zu distanzieren, den das erneute Durchleben jener Lebensphase mit sich brachte. Sie dachte an die feuchte Hitze ihres ersten Sommers in den Bergen und drückte AUFNAHME.

Rupert Partridge und ich waren damals ein Liebespaar. Mir bleibt nicht mehr viel Zeit, und ich möchte, dass die Wahrheit endlich bekannt wird. Schluss mit den Lügen, Ginger, altes Mädchen! Obwohl ich oft bezweifle, dass ich irgendjemandem damit einen Gefallen tue, denn manche Türen sollten besser verschlossen bleiben. Vor allem, wenn man weiß, wie viele Menschen verletzt werden, wenn man sie öffnet.

Die meisten Leute nehmen an, dass er entweder mit uns allen dreien ins Bett gegangen ist oder dass er was mit Wanda oder Kitty hatte. Ich war jung, egoistisch und machte mir keine Gedanken um Doris. Ich war eben in ihren Mann verliebt, Punkt. Hals über Kopf, mit Haut und Haar, töricht verliebt. Es wäre mir egal gewesen, wenn es sich bei ihm um den Teufel höchstpersönlich gehandelt hätte. Ich wollte einfach nur in seiner Nähe sein, in sein Wesen eintauchen. Rupert wusste, wie man den Körper einer Frau zum Klingen bringt, zum Glühen, bis es weder Verstand noch Logik gibt. Er wirkte so schmal, aber was er mit seinen Händen und Lippen vollbringen konnte, war unglaublich. Manche Männer beherrschen dieses Spiel einfach – wie auf einem Instrument.

In meiner verdrehten, ichbezogenen Logik redete ich mir ein, dass ich Doris doch eigentlich einen Gefallen tat, indem ich mit ihrem Mann schlief. Sie hatte ja offensichtlich kein Interesse mehr an ihm, denn die beiden wohnten sozusagen getrennt. Sie war kalt wie ein Fisch und hatte Rupert zurückgewiesen. Da war es doch wesentlich besser, wenn er zu Hause mit einem seiner Modelle schlief, als die Bordelle in Sydney aufzusuchen und irgendeine fiese Krankheit mit heimzubringen.

Ich wünschte nur, er hätte meine Leidenschaft geteilt. Vielleicht täusche ich mich ja auch und tue Rupert damit Unrecht. Jedenfalls schien er meine Gesellschaft der der anderen vorzuziehen. Während der ersten Monate rief er mich immer häufiger zu sich ins Atelier, und wir arbeiteten an vielen Abenden zusammen, um uns heimlich zwischen den Kostümen, ausgestopften Tieren und Staffeleien lieben zu können. Er sprach mit mir über viele Dinge aus seiner Kindheit und über seine Liebe zur Kunst und zur Natur. Doch gleichzeitig spürte ich immer, dass ein Teil von ihm abwesend war, dass sein Herz nur einer einzigen Frau gehörte.

Während unserer Affäre hatte er mehrere Zeichnungen von mir angefertigt, aber keine echten Gemälde. Ich gebe zu, ich verzehrte mich immer mehr nach irgendeinem gemalten Beweis für seine Liebe. Nach einem Bild, das unsere Leidenschaft offenlegte, damit Wanda, Kitty und, ja, sogar Doris mit einem Blick begriffen, wie tief unsere Liebe war. Im Mai hatte er mit Dennis an der Diana-Statue für den Garten gearbeitet, und als wir uns einmal in den Armen lagen, erzählte er mir, dass ich ihn zu diesem Projekt inspiriert hätte. Doch da er jede Menge Statuen nackter weiblicher Gottheiten im Haus und in den Wäldern verteilt hatte, stellte das für mich nichts Besonderes dar. Bisher war außer einem Haufen Gipstüten und Beton sowieso noch nichts zu sehen.

Ich gab mich Tagträumereien hin, dass Doris einfach verschwinden würde, dann könnte ich Rupert heiraten und Herrin auf Currawong Manor werden. Meine erste Amtshandlung wäre dann selbstverständlich, die anderen Flowers zu entlassen – und dann würden Rupert und ich glücklich bis ans Ende unserer Tage zusammen sein.

Miss Sharp kam in dieser angenehmen Phantasievorstellung natürlich ebenfalls nicht vor, aber während ich sie in Gedanken erfolgreich ausblendete, merkte sie sehr wohl, was da mit Rupert lief. Ich war jedoch so von unseren Rendezvous in Beschlag genommen, dass mir nicht auffiel, wie die strenge, schwarz gewandete Gestalt mir jedes Mal, wenn wir uns begegneten, böse Blicke zuwarf. Es war ein Fehler, die alte Hexe zu unterschätzen!

Edgar Cabret, der bekannte Kinderbuchillustrator und Künstler, der in Leura ein wunderschönes Haus namens Mount Olympus im Art-déco-Stil besaß, hatte wieder angefangen, Rupert häufiger zu besuchen, was ich nur schwer ertrug. Irgendwie fühlte ich mich in seiner Gesellschaft nie wohl.

Er war mir ein bisschen zu sehr Dandy, und seine manierierten Eigenheiten fand ich eher nervtötend. Genau wie der Puppenmacherin entging auch seinen scharfen Augen nur selten etwas, und ich hatte das Gefühl, sein kühler Tonfall mir gegenüber rührte daher, dass er von unserer Affäre wusste und mich deswegen verurteilte. Er legte Rupert gegenüber einen wahren Beschützerinstinkt an den Tag, und ich wusste, er betrachtete sich als ein Freund von Doris.

Der Illustrator besuchte uns mindestens einmal die Woche und manchmal sogar mehrmals. Das war selbst Rupert zu viel – aber Edgar ließ sich von Ruperts Launen weder einschüchtern noch abhalten. Die beiden konnten sich streiten wie Hund und Katze, und im nächsten Augenblick lagen sie einander in den Armen und nannten sich Bruder. Ich hasste jeden seiner Besuche, denn sie bedeuteten, dass ich Rupert mit ihm teilen musste.

Doch zwischen alledem genoss ich jeden Moment mit Rupert. Jeden Blick, den er mir während einer gemeinsamen Mahlzeit zuwarf und der zu signalisieren schien, dass er etwas Schmeichelhaftes über mich dachte. Die Art, wie er meinen Namen aussprach, die ich so anziehend fand. Sein schiefes Lächeln, wenn er einen meiner Witze lustig fand. Seine Küsse, so hungrig, als wollte er mich verschlingen. Dabei war seine Seele vom Krieg und vom Leben vergiftet: Er wollte seine Geister und Dämonen austreiben und betrachtete mich und meine Jugend als eine Art Portal, an dem er versuchen konnte, die Haut seines Leidens abzustreifen.

Dann hätte mir Ma beinahe alles kaputtgemacht, als sie Anfang Oktober plötzlich unangekündigt auf Currawong auftauchte. Wenn es irgendwo etwas zu wittern gab, dann reckte Molly Jarvis ganz sicher die Nase in der Luft.

Glockenblumen, Rhododendren, Azaleen und Narzissen blühten in Garten und Wald. Gänseblümchen sprenkelten den Rasen. Die zartrosa und weiß blühenden Obstbäume weckten in einem das Bedürfnis, vor Freude zu tanzen, ganz gleich, welch mürrischer Stimmung man eigentlich war. In der Luft lag eine Vorahnung auf das noch heißere Sommerwetter.

Miss Sharp machte mich wahnsinnig: Ständig befahl sie uns, dies zu schrubben, das zu holen oder jenes zu erledigen. Ich hatte wirklich die Nase voll davon, dauernd den Herd zu putzen, die Pfannen zu polieren und die Matratzen auszuklopfen, weshalb ich an jenem Tag sehr froh war, ihr für ein Stündchen zu entfliehen.

»Ginger! Du hast Besuch!« Kitty fiel ihr Sonnenhut herunter, als sie aufgeregt aus dem Haus gerannt kam.

Überrascht stand ich auf und klopfte mir das Gras vom Kleid. Ich hatte unter einem großen Eukalyptusbaum gesessen und gelesen. »Wer ist es denn?« Rasch brachte ich meine Frisur in Ordnung, indem ich das Tuch zurechtrückte, mit dem ich mir die Haare aus dem Nacken gebunden hatte, um für Kühlung zu sorgen. Ich war mir meiner etwas ungepflegten Erscheinung bewusst. Es war zwar erst später Vormittag, aber es fühlte sich an, als hätte es bald schon vierzig Grad.

»Deine Mutter«, antwortete Kitty.

Sofort schrillten meine Alarmglocken. Nicht, dass ich einen Besuch von William Powell erwartet hätte, aber warum hielt sich Ma nicht an meine Anweisung, in Surry Hills zu bleiben? Normalerweise ging sie nicht mal freiwillig bis zum Laden an der Ecke, wenn es sich vermeiden ließ.

»Sie ist im Salon zusammen mit Doris und Miss Sharp, die sie vom Bahnhof hergebracht hat. Sie hat mich gesehen, als ich kurz ins Zimmer reingeschaut habe, und hat ›Hallo, Kitty‹ gesagt, als würde sie mich kennen!«

Die Vorstellung, wie meine Mutter mit ihrer voreingenommenen Art, dem scharfen Blick und ihrem breiten Dialekt dort im Salon saß, war furchtbar.

»Weshalb sollte Ma hierherkommen?« Ich erwartete nicht wirklich eine Antwort auf meine Frage. Dann schoss mir plötzlich das Bild meiner Geschwister durch den Kopf. Zu Hause musste irgendetwas Schreckliches passiert sein, das diesen unerwarteten Besuch rechtfertigte.

Mein Äußeres war nun ganz vergessen, als ich ins Haus rannte. Die vertraute Stimme tönte laut aus dem rosafarbenen Zimmer. An der Tür hielt ich inne, auf einmal zögerte ich einzutreten. Auf dem Boden hockte Shalimar und lauschte wie so oft. Als sie mich sah, legte sie den Finger an die Lippen, damit ich sie nicht verriet. Einige Augenblicke lang kauerten wir uns beide verschwörerisch nebeneinander und horchten aufmerksam.

»Es ist wirklich sehr freundlich von Ihnen, den weiten Weg hierherzukommen, Mrs Jarvis«, sagte Doris. »Aber Sie müssen sich keine Sorgen um Ginger machen. Sie hat sich sehr gut eingelebt. Wir sind ihr sehr dankbar für alles, was sie für unsere Familie getan hat.«

»Da bin ich aber erleichtert, Mrs Partridge«, erwiderte Ma. »Normalerweise schreibt Ginger brav ihre Briefe nach Hause, aber in letzter Zeit hat sie sich nimmer gemeldet, deshalb hab ich mir ein bisschen Sorgen gemacht, ob sie … Oh, vielen Dank, Miss Sharp! Sehr gern nehm ich noch einen Scone. Die sind ja so luftig-leicht, dass sie garantiert nicht meine Ginger gebacken hat.«

»Wie ich von Ginger gehört habe, erwarten Sie noch einmal Nachwuchs«, fuhr Doris fort. »Da gratuliere ich Ihnen und Ihrem Mann recht herzlich.«

Ma gab ein grunzendes Geräusch von sich, das, wie ich wusste, ihr Entsetzen ob dieser Umstände zum Ausdruck brachte. Aus Angst, sie könnte einer Frau mit einem Neugeborenen erzählen, wie wenig willkommen ihr diese Schwangerschaft war, betrat ich hastig den Raum.

»Da ist sie ja!«, rief Doris.

Miss Sharp saß neben Ma und hatte die schlafende Lois auf dem Arm. Ma wirkte so normal und groß neben den zwei ausgemergelten Frauen, die beide eigentlich viel mehr Geld für Essen zur Verfügung hatten als sie. Der rotbackige Säugling passte zu ihrem geröteten Gesicht.

»Ma, ich hab dir doch gesagt, du sollst nicht kommen. Das ist verschwendetes Geld für den Zug.« Ich beugte mich hinunter, um ihre Wange zu küssen.

»Ich bin ja nicht wegen dir gekommen, Ginger, sondern um Mrs Partridge meine Aufwartung zu machen. Du siehst gut aus, mein Kind, aber ziemlich verlottert. Es wär schon schön, ein bisschen herzlicher von dir begrüßt zu werden.«

Ich sah zu Doris und Miss Sharp hinüber, die mit gesenkten Köpfen dasaßen, offensichtlich genug vom höflichen Smalltalk hatten und das Treffen gern beenden wollten.

»Bist du fertig mit deinem Tee, Ma? Ich könnte dir zeigen, wo ich schlafe, und auch den Garten. Und du könntest die anderen Flowers kennenlernen.«

Ma verstand den Hinweis und leerte ihre Tasse. »Viel Zeit hab ich nicht. Ich will den Zug um eins nehmen, damit ich rechtzeitig zu Hause bin, um das Abendessen zu kochen. Also los.«

Nachdem sie sich etwas steif erhoben hatte, nickte Ma Doris zu. »Ich dank recht schön für den Tee, Mrs Partridge.«

»Ich danke Ihnen, Mrs Jarvis«, erwiderte Doris, bevor sie Lois Miss Sharp abnahm und sie fest an die Brust drückte. »Beten Sie, Mrs Jarvis?«

»Allerdings!« Ma plusterte sich auf wie ein Gockel, beleidigt, dass hier offensichtlich ihr Glaube angezweifelt wurde. Zum Glück zog sie nicht gleich ihren Rosenkranz aus der Tasche.

»Wären Sie dann so gütig, für mich zu beten?«, fragte Doris.

»Aber natürlich«, versicherte ihr Ma. »Für Sie und Ihr bezauberndes kleines Mädchen.«

Doris sog gierig den Geruch von Baby Lois ein, während ich Ma förmlich aus dem Zimmer zerrte.

Draußen wären wir fast über Shalimar gestolpert, die immer noch lauschte.

»Das hier ist Shalimar Partridge«, erklärte ich meiner Mutter.

»Guten Tag, wie geht es Ihnen?« Shalimar streckte ihr die Hand hin, und ich konnte sehen, wie beeindruckt Ma von Shalimars Schönheit und ihren guten Manieren war. Auf gute Manieren legte Doris bei ihrer Tochter großen Wert, aber Shalimar setzte sie natürlich so ein, wie es ihr passte.

»Bist du gekommen, um Ginger zurück in die Stadt zu holen?«, wollte Shalimar wissen.

Ma warf mir einen Blick zu. »Ginger darf zurückkommen, wenn sie so weit ist«, sagte sie. »Es wird dort immer ein Bett für sie geben.« Ich sah das besorgte Flackern in ihren Augen und erkannte, dass das Geld, das ich ihr inzwischen regelmäßig schickte, eine enorme Erleichterung für sie bedeutete. Mit einem neuen Baby würde es mehr denn je gebraucht werden. Egal, wie viele Krähen auch auf dem Dach hockten oder wie abergläubisch Ma war, ich würde hierbleiben, bis sich eine bessere Stelle fand.

»Du hast ein Baby in deinem Bauch, stimmt's?«, fragte Shalimar an Ma gewandt.

Diese nickte und betrachtete die perfekten Gesichtszüge des kleinen Mädchens, das zu ihr hinaufstarrte. »Woher weißt du das? Man sieht doch noch kaum was! Ich hab bloß ein bisschen Speck am Bauch.«

Shalimar kicherte. »Was glaubst du denn, woher ich das weiß? Ich hab an der Tür gelauscht. Mummy hat jetzt auch noch ein Baby. Miss Sharp sagt, dass die Puppen Mummy das Baby gebracht haben wegen ihrer toten Babys. Miss Sharp sagt, die toten Babys wachsen im Garten.«

Daraufhin entgegnete meine Mutter auf ihre übliche direkte Art: »Wie kann Miss Sharp nur so etwas Komisches zu einem Kind sagen! Diesen albernen Unsinn solltest du besser niemandem erzählen. Wenn du das machst, dann sorg ich dafür, dass Ginger dir deinen Mund mit einem großen Stück Sunshine-Seife auswäscht.«

»Ginger hat mir gar nichts zu befehlen«, protestierte Shalimar sofort. »Keine von den Flowers. Sie werden nur dafür bezahlt, dass sie Rupert Modell stehen. Wenn ich ihm Geschichten über deine Ginger erzähle, schickt er sie weg.« Sie beugte sich näher zu Ma, und ihre Augen blitzten. Ich ahnte, was jetzt kommen würde.

»Die Mädchen ziehen nämlich alle ihre Kleider aus«, verkündete sie mit ihrer lieblichen Stimme. »Sie haben große Hintern, Brüste und fette Bäuche. Deine Ginger ist die Fetteste mit einem dicken Bauch und riesigen Brüsten. Sie frisst wie ein gieriges Schwein, deshalb! Nur Miss Sharp darf mir sagen, was ich tun soll.« Sie lächelte süß und drehte sich um. Ma und ich sahen ihr zu, wie sie im hinteren Teil des Hauses verschwand.

»Der gehört mal kräftig der Hintern versohlt. Das würde ihr das freche Mundwerk schon austreiben«, lautete wie erwartet Mas Kommentar. Mich überraschte lediglich, dass sie sich Shalimar nicht auf der Stelle schnappte und ihr eine solche Tracht Prügel verpasste, dass sie ein paar Stunden lang nicht mehr sitzen konnte.

»Doris verwöhnt sie einfach viel zu sehr«, flüsterte ich. »Die Einzige, die sie züchtigen darf, ist tatsächlich Miss Sharp.«

»Diese blöde Schachtel scheint mir nicht ganz richtig im Kopf zu sein«, sagte Ma und bemühte sich dabei nicht, ihre Stimme zu senken. »Den Kopf eines Kindes mit solch makabren Bildern zu füllen. Das solltest du auf jeden Fall Mrs Partridge berichten. Wobei, vielleicht besser doch nicht – die arme Frau sieht ziemlich erschöpft aus.«

Ich zog sie weiter den Flur entlang, denn ich hatte Sorge, Miss Sharp könnte uns gehört haben. »Es würde sowieso nichts nützen, Ma«, zischte ich. »Die Partridges lassen Sharpie hier völlig freie Hand.«

»Na, besonders gut macht sie ihre Arbeit ja offensichtlich nicht, oder?« Meine Mutter sah sich mit kritischem Blick und überlegener Miene um. »Das ganze Haus gehört mal gründlich geputzt.«

Ich führte Ma die enge Wendeltreppe zu den Türmen hinauf, und sie folgte mir flinker, als man es bei einer Frau erwartet hätte, die im fünften Monat schwanger war und Probleme mit Hüfte und Rücken hatte. Oben angekommen betrachtete sie die beiden winzigen Zimmer wenig interessiert. Die Lippen hatte sie zu einer schmalen Linie zusammengepresst. »Nicht viel Platz«, meinte sie. »Aber einigermaßen hübsch und sauber im Vergleich zu den großen Räumen unten.«

Dann setzte sie sich probeweise auf mein Bett, um die Festigkeit der Matratze zu testen. »Diese arme Frau dort unten ist ja nur noch Haut und Knochen. Wenn sie so weitermacht, wird sie noch krank und kann sich nicht mehr um ihre Kinder kümmern«, meinte sie und sah mich dabei prüfend an. »Was glaubst du, weshalb ist sie mit den Nerven so am Ende?«

»Woher soll ich das wissen?«, erwiderte ich.

»Vielleicht macht eines von euch Mädchen ihr Kummer? Womöglich mit ihrem Gatten?« Ma beobachtete aufmerksam mein Gesicht. »Raus damit.«

Ich schüttelte verärgert den Kopf.

»Komm schon, Ginger! Ich bin doch nicht von gestern. Was ist los hier in diesem Haus?«

So war Ma schon immer. Wenn sie einen Verdacht hatte, ließ sie nicht mehr locker, bis sie die Informationen hatte, die sie wollte.

»Es ist nichts.«

»Das zu beurteilen, überlass mal schön mir, mein Fräulein.« Sie klopfte neben sich aufs Bett. »Komm her und erzähl deiner Ma, was dich beschäftigt.«

Ich setzte mich zu ihr. »Es ist wirklich nichts.« Um sie abzulenken, berichtete ich ihr die Geschichte der Currawongs auf dem Dach. Wie erwartet erntete ich nur Spott: »Aber Ginger, was für ein Haufen Unsinn! Ich hätte gedacht, du bist zu vernünftig, um solche Ammenmärchen zu glauben. Du weißt genau, dass ich dummes Geschwätz nicht ausstehen kann. Wenn du dich hier im Haus nützlicher machen würdest, hättest du keine Zeit mehr, dir wegen einem solchen Quatsch ins Hemd zu machen.«

»Warum fragst du mich, was los ist, wenn du dich dann doch über alles lustig machst, was ich sage?«, rief ich. »Und es sind ja auch nicht bloß die Krähen! Hier passieren noch andere seltsame Dinge. Sharpie traue ich nicht über den Weg.«

Ma schüttelte den Kopf. »Ich gebe zu, die Dame wirkt ein bisschen verrückt. Aber dieses ganze alberne Gerede über Vögel. Bist du denn jetzt völlig plemplem, Ginger?«

Ich war ziemlich sauer und wollte lieber schnell das Thema wechseln, bevor sie über mein Geheimnis stolperte und mich und mein schlechtes Gewissen mit nach Hause schleppte. »Ich bin ehrlich gesagt nicht gerade begeistert, dass du wieder Nachwuchs bekommst, Ma. Notfalls musst du dich eben im Schlafzimmer einschließen, damit er dich in Ruhe lässt. In deinem Alter ist das irgendwie nicht mehr richtig, noch mal schwanger zu werden.«

»Hallo!«

Wir zuckten beide erschrocken zusammen. Wanda lehnte im Türrahmen und beobachtete uns mit einem herablassenden Grinsen.

»Ich hab gehört, Gingers Ma ist zu Besuch. Wie geht es Ihnen, Mrs Jarvis? Ich bin Wanda Corsen, oder Corsenlenni, wenn Sie das über die Lippen bringen. Die erste Blume hier.« Sie warf sich in Pose, aber ihre Imitation von Alida Valli war erbärmlich. »Manche würden sogar sagen, seine einzig wahre und liebste Blume.«

Mas Blick wanderte über Wandas stark geschminktes Gesicht, ihre aufreizende Haltung, das schulterfreie Oberteil und die Shorts. Ich konnte das Wort FLITTCHEN förmlich zwischen uns in der Luft hängen sehen.

»Freut mich, dich kennenzulernen, Wanda«, sagte Ma in ihrem unfreundlichsten Tonfall.

»Ebenso.« Wanda musterte Ma auf ähnlich missbilligende Weise: ihre abgetretenen braunen Schuhe, die roten, rissigen Hände, das graue, zu einem Knoten zusammengebundene Haar bis hin zum unvorteilhaften Blümchenkleid.

»Ginger, hast du deiner Mutter denn schon Ruperts Atelier gezeigt? Er hat nämlich zu mir gesagt, er würde sie unheimlich gerne kennenlernen.« Sie winkte mit ihren roten Krallen. »Na dann, auf Wiedersehen. Ich werd mich jetzt ein bisschen hinlegen und mich ausruhen. Rupert hat die ganze Nacht mit mir gearbeitet.« Sie zog einen Schmollmund. »Manchmal kann ihn abends einfach nichts mehr aufhalten.« Mit diesen Worten verzog sie sich ins Zimmer nebenan, so dass nur noch eine Wolke Evening in Paris von Bourjois im Zimmer zurückblieb. Ma schüttelte den Kopf.

»Es gefällt mir gar nicht, dass du dich mit so einer abgibst.«

»Pssst, Ma, sie kann dich hören!«

Ich war stinksauer auf Wanda, dass sie vor Ma so einen Auftritt hingelegt hatte. Gleichzeitig schämte ich mich für die Derbheit meiner Mutter und hasste mich selbst dafür, dass es mir etwas ausmachte, was Wanda von ihr dachte.

Auf dem Weg die Treppe hinunter hörte ich, wie Miss Sharp Shalimar im Wohnzimmer für irgendeinen Unfug schalt. Ich nutzte die Chance und führte Ma rasch durch die Küche und das Waschhaus hinaus ins Atelier. Ma bewunderte die Blumen, die entlang der Mauer wuchsen, schnalzte jedoch beim Anblick der nackten Statuen missbilligend mit der Zunge, während ich vorsichtig anklopfte.

»Ja?«, ertönte Ruperts unwirsche Stimme von drinnen.

»Ich bin's, Ginger. Ich hab meine Ma mitgebracht, um hallo zu sagen. Sie fährt gleich wieder mit dem Zug zurück nach Sydney.«

»Was zum Teufel?« Rupert riss die Tür auf, und ich verkrampfte mich, denn ich erwartete eine Schimpftirade, weil wir ihn bei der Arbeit störten.

»Wanda hat gesagt, du möchtest meine Ma begrüßen«, sagte ich sicherheitshalber, falls die blöde Kuh sich das bloß ausgedacht hatte.

Rupert betrachtete prüfend Mas strenge Miene, ihre schnörkellose Kleidung und ihren harten Blick. Dann streckte er ihr seine farbverschmierte Hand hin, zog sie jedoch gleich wieder zurück, als er sein Versehen bemerkte.

»Mrs Jarvis? Meine Frau hat mir schon erzählt, dass Sie hier sind. Es ist wirklich sehr aufmerksam von Ihnen, uns zu besuchen. Leider haben Sie mich in einem schlechten Moment erwischt, denn ich arbeite gerade an einem Bild. Aber ja, ich wollte Ihnen auf jeden Fall guten Tag sagen und Ihnen dafür danken, dass Sie den weiten Weg hierhergekommen sind, um uns Ihre Aufwartung zu machen.«

Ruperts Bart, den er sich damals gerade stehen ließ, verlieh ihm das Aussehen, mit dem er in späteren Jahren in der Öffentlichkeit bekannt werden sollte – als der teuflische Maler, der Orgien mit nackten Frauen veranstaltete und seine eigene Tochter umbrachte.

»Ich wollt mich nur bedanken, dass Sie sich um meine Ginger kümmern.« Dann zögerte Ma kurz und musterte aufmerksam Ruperts Gesicht, als würde sie darin nach der Antwort auf eine Frage suchen, die sie beschäftigte.

Ich hielt den Atem an, denn ich erwartete irgendeine bissige Erwiderung seinerseits oder dass er uns die Tür vor der Nase zuschlagen würde. Er war so unberechenbar wie ein wilder Bär.

»Vielen Dank, Mrs Jarvis.«

Ma nickte. »Ich werde für Sie und Ihre Frau beten, Sir.«

Verblüfft blickte ich zwischen den beiden hin und her, im Versuch, diesen seltsamen Unterton zu entschlüsseln.

»Möchten Sie hereinkommen und sich umsehen?« Rupert hielt meiner Mutter tatsächlich die Tür auf, als wäre sie irgendein wichtiger Gast. Ma, die natürlich nicht begriff, was für ein Privileg diese Einladung bedeutete, überlegte einen Moment lang. Ich konnte die unbekleidete Kitty mitten im Raum neben dem ausgestopften Tiger und einem Stapel Obst stehen sehen. Angespannt hielt ich den Atem an. Mal ganz abgesehen von dem nackten Modell, wäre Ma dem Chaos des unaufgeräumten Ateliers gewachsen, in dem Rupert seine verstörenden Welten auf Leinwand bannte?

»Das ist sehr freundlich von Ihnen, aber ich muss leider los. Meine Mitfahrgelegenheit wartet bestimmt schon vor dem Haus.« Mas Blick wanderte zu Kitty und sie verzog den Mund. »Ich kann nicht behaupten, dass ich es gutheiße, was Sie Kunst nennen, Mr Partridge, aber Sie haben sich um meine Ginger gekümmert. Seien Sie vorsichtig, Sir. Sie haben jetzt ein kleines Baby, und Ihre Frau braucht Sie. Machen Sie Ihre Familie nicht kaputt. Ich werde meine Ginger hier rausholen, wenn ich das Gefühl habe, dass noch mehr zweifelhafte Dinge passieren. Vergeuden Sie Ihre Kräfte nicht und beschäftigen Sie Ihren Geist.«

Das waren die letzten Worte, die meine Mutter je zu Rupert Partridge sagte. Die Erinnerung an die Begegnung zweier so unterschiedlicher Menschen bringt mich ab und zu immer noch zum Weinen. Ma, von der Armut heruntergewirtschaftet, und Rupert, kaputt durch den Krieg. Ich hätte nie gedacht, dass die beiden überhaupt in der Lage wären, freundlich miteinander umzugehen, aber an jenem Tag wurde ich Zeuge irgendeiner tieferen Verbindung. Ich hatte noch nie erlebt, dass Rupert ein anderes menschliches Wesen – mit Ausnahme von Shalimar – dermaßen sanft behandelte.

Auch das war ein Grund, weshalb ich ihn respektierte: für die galante Art meiner Mutter gegenüber. Sie hatte weiß Gott selten den Respekt bekommen, den sie verdiente. Und auch deshalb konnte ich einfach nicht glauben, dass Rupert in der Lage gewesen sein sollte, Shalimar umzubringen.

Selbst Jahre später sehe ich immer noch die Miene meiner Mutter vor mir, wie sie Rupert anschaute, als wüsste sie, dass sie beide etwas verband – was sie mir aber nicht mitteilte. Was genau begriff Ma in diesem Moment? Leider geben die Toten ihre Geheimnisse nicht mehr preis, weshalb ich diese Erinnerungen jetzt hier aufnehme.

Ma verlor das Kind und dabei ihr Leben im Februar des folgenden Jahres – dank diesem Nichtsnutz, meinem Vater. Aber über ihn will ich hier nicht sprechen, weil seine Geschichte nicht zu der von Rupert passt. Ich wünschte nur, Ma wäre noch da gewesen, um an meinem späteren Glück und Erfolg teilzuhaben und zu sehen, dass ich letzten Endes doch noch alles wieder wettgemacht habe. Sie mag arm gewesen sein, aber sie war eine echte Lady. Ihr kleines Reihenhäuschen war immer picobello sauber, und sie machte das Beste aus dem wenigen, was das Leben ihr gegeben hatte. Wann immer die Bettler kamen, öffnete sie ihre schäbige grüne Kleingeldbörse. Der Gedanke an diesen Beutel aus rissigem Leder stimmt mich bis heute traurig.

»Wir haben nicht viel«, pflegte sie mit grimmiger Miene zu sagen, während sie einem armen Menschen ein paar Münzen in die Hand drückte. »Aber es ist eine Sünde, daran festzuhalten.«

Ich bedaure sehr, dass ich sie nicht besser behandelt habe und dass wir uns über so viele Dinge gestritten haben. Die Erinnerung daran, wie ich mich für sie schämte, als sie die Partridges traf, verfolgt mich noch immer. Weil ich mich für etwas Besseres hielt, hatte ich sie im Stich gelassen.

Ginger wühlte einen Stapel Papiere durch, bis sie einen alten Brief fand, den sie ihrer Mutter geschrieben hatte. Während sie tonlos die Zeilen las, musste sie daran denken, welch große Angst sie damals gehabt hatte, dass jemand herausfinden würde, in was sie verwickelt waren. Sie hatte immer den Verdacht gehegt, dass ihrer Mutter nichts verborgen geblieben war. Denn Ma wusste immer alles!

18. Kapitel

Eukalyptusbaumgeister

Mt Bellwood, Oktober 1945

Nach dem Besuch meiner Mutter wusste ich, dass ich kein weiteres Jahr mehr auf Currawong Manor verbringen würde. Ich konnte es kaum erwarten, der angespannten Atmosphäre zu entfliehen und in die große Stadt zurückzukehren. Ständig malte ich mir aus, wie viel vergnügter das Leben dort im Vergleich zu den Bergen sein würde.

Rupert arbeitete an seinen *Stems and Sirens*-Bildern, für die er uns alle drei zusammen Modell stehen ließ. Daher ergab sich wenig Gelegenheit für ein privates Gespräch. Wenn er nicht gerade im Atelier malte, dann verbrachte er den ganzen Tag mit Kitty im Wald an der *Kitty in Owlbone Woods*-Serie, so dass ich mich ziemlich zurückgewiesen fühlte und auch sehr eifersüchtig war.

Da Kitty und Rupert den ganzen Tag beschäftigt waren, wussten Wanda und ich nicht so recht, was wir miteinander anfangen sollten. Da Miss Sharp jedoch nie eine Gelegenheit ausließ, uns das Leben möglichst schwerzumachen, ließ sie uns im Haus schuften, wo wir Schränke ausmisteten, Fenster putzten und uns natürlich um Shalimar und Lois kümmerten. Während dieser Zeit versuchte ich, Geld beiseitezulegen, um bald ein neues Leben in Sydney beginnen zu können. Ich träumte davon, Tanz- und Gesangsstunden zu nehmen und eine Unterhaltungskünstlerin in einem der Clubs zu werden.

Offensichtlich lockerte Miss Sharp damals ihre Regeln, denn Dolly hatte angefangen, wieder mehr mit Shalimar zu spielen, nachdem die beiden nach ihrem letzten Zerwürfnis einen Waffenstillstand geschlossen hatten. Ich wusste allerdings, dass es nicht lange dauern würde, bevor sie sich wieder streiten würden, dass die Fetzen flogen.

Dennis kaufte für Weihnachten ein schönes fettes Schwein, um es hinten im Hof zu schlachten. Wir standen gerade im Atelier Modell, als er zur Tat schritt. Rupert erblasste bei diesem Geräusch und zitterte hinterher noch eine ganze Weile weiter. Er hatte einfach eine so sensible Seele. Ich kenne nicht viele Männer, die dermaßen heftig auf das Töten eines Schweins reagiert hätten. Später fertigte er einige rasch ausgeführte Ölbilder von geschlachteten Schweinen an, aus deren aufgeschlitzten dicken Bäuchen die Innereien quollen und deren Schnauzen zu einem grinsenden Schrei verzogen waren. *Pigs of War* war eine Serie von elf Bildern, die zwar offensichtlich einen Kommentar zu den Schrecken darstellten, die er im Lazarett erlebt hatte, aber die gleichzeitig von den Geräuschen inspiriert waren, die unser Schwein von sich gegeben hatte, als es beim Anblick von Dennis' Axt gegen sein grausames Schicksal protestierte. Es gab wenig, was auf Currawong Manor passierte, für das Rupert keine Verwendung in seiner Kunst fand.

Seit den zwanziger Jahren hatte jedes Jahr Ende September, Anfang Oktober in Mt Bellwood eine Kunstausstellung stattgefunden. Sie war mit dem Rhododendron-Festival verbunden, und die Besucher kamen von überall aus den umliegenden Orten, sogar von Sydney. In der Gemeindehalle wurden Tische aufgebaut, auf denen Kunsthandwerk aus der Gegend, Secondhandbücher und Kuchen verkauft wurden. Außerdem betrieb die Schule einen Stand mit Erfrischungen. Kitty hatte mir erzählt, dass zwischen den Städtchen in den Bergen eine ziemliche Rivalität bestand, wer den Preis für die schönste und kreativste Ortschaft bekam. Leura trug aktuell den Titel, aber Mt Bellwood hatte häufiger gewonnen als irgendeine andere Gemeinde, was seine Bewohner mit großem Stolz erfüllte. Es gab Punkte für die Gepflegtheit der Gärten und den allgemeinen Zustand der Stadt, für

Kunsthandwerk, Backwaren, Schulaufführungen und Gemüse. Extrapunkte wurden für die örtliche Kunstausstellung verliehen. Der begehrte Titel der »Rhododendron-Prinzessin« wurde jeweils an ein junges Mädchen verliehen, das in jenem Jahr den höchsten Spendenbetrag für einen guten Zweck gesammelt hatte.

Rupert, der bisher immer viel zu sehr in seine Arbeit vertieft gewesen war, um daran teilzunehmen, beschloss, in diesem Jahr bei der Ausstellung mitzumachen, und konnte auch nicht widerstehen, eines seiner kontroversesten Werke aus der *Pigs of War*-Serie zu zeigen. Am Morgen des entsprechenden Tages erschien er mit dem Bild unterm Arm, den Hut in den Nacken geschoben, in seinen üblichen farbverschmierten Kleidern und mit einer Zigarette im Mundwinkel. Mich faszinierten die wilden Pinselstriche seines Ölgemäldes, das selbstgefällige, triumphierende Schwein, sein rotes Lippenstiftmaul mit den winzigen grinsenden Zähnchen, der Schlüpfer um seine Fesseln, das Bikini-Oberteil mit Sternenbanner, das kaum seine riesigen, ausladenden Brüste bedeckte, und die farbenfrohen Luftschlangen seiner Innereien, die hinter ihm herflatterten, als wäre es auf einer Party. »Pig Celebrates«, Schwein feiert, stand unter dem Bild. Das Schwein winkte in die Menge, blutige Kriegsorden in der einen Hand und eine Flasche Coca-Cola in der anderen. Das Bild war grotesk, hässlich, provokativ und für die Kunstausstellung von Mt Bellwood absolut ungeeignet.

»Oh, Schatz, meinst du wirklich?«, fragte Doris mit einem warnenden Seitenblick auf Shalimar, die beim Anblick des Gemäldes in Kichern ausbrach.

»Ja, das meine ich«, giftete Rupert, woraufhin wir Flowers uns ansahen, bevor wir ebenfalls in Shalimars Gelächter einstimmten.

Es handelte sich um einen unserer seltenen und letzten gemeinsamen Ausflüge in die Stadt. Als wir die Gemeindehalle betraten, schienen plötzlich alle Gespräche zu verstummen. Die Rhododendron-Prinzessin in einem langen roten Ballkleid, einen Kranz aus Rhododendronblüten im Haar, tanzte mit ihrem Prinzen, einem Jungen aus dem Ort in rosafarbener Weste und weißen Hosen, gerade einen Walzer. Patrick Bishop am Klavier wirkte wie ein Riesentruthahn mit seiner ebenfalls leuchtend rosafarbenen Weste und einem Rhododendronsträußchen am Hut. Bei unserem Erscheinen brach er mitten in der Melodie ab.

Auf die stummen Dorfbewohner, die uns beobachteten, musste unser Grüppchen ziemlich seltsam gewirkt haben. Bildete ich es mir nur ein, oder zogen die anwesenden Mütter tatsächlich ihre Kinder näher zu sich heran? Die Männer begafften gierig die Flowers, als würden sie die ganzen bescheuerten Geschichten über die Orgien auf Currawong Manor glauben.

Shalimar und Dolly standen nebeneinander, während Lois zu Hause bei Miss Sharp geblieben war. Shalimar in ihrem rosenfarbenen Kleid mit Gänseblümchenmuster sah wie immer bezaubernd aus. Das Haar hing ihr offen über den Rücken, und sie trug ein leuchtend rotes Stirnband. »Die wird mal viele Herzen brechen«, hörte ich eine Frau mit sieben Kinnfalten zu ihrer ebenso korpulenten Freundin sagen, die einer Teekanne glich. »Und eine schöne Rhododendron-Prinzessin abgeben!«, stimmte die Teekanne ihr zu.

»Mir tut die kleine Dolly Sharp leid«, flüsterte eine weitere grimmig dreinblickende Frau ihrer Nachbarin zu. »Sie ist ein hübsches Kind, aber neben der rausgeputzten Shalimar ist sie so schlicht wie eine Pfeffernuss. Andererseits, wenn man bedenkt, wie Dolly zur Welt kam …«

Das klang interessant, deshalb spitzte ich die Ohren, aber die beiden Tratschtanten wanderten weiter. Dolly jedoch hatte ihre harschen Worte gehört und blickte finster drein.

»Komm«, hörte ich Shalimar zu ihr sagen. »Wir holen uns Karamelläpfel. Mummy hat mir Geld mitgegeben, damit ich dich einladen kann.«

»Rupert! Was für eine Überraschung, dich hier zu sehen.« Patrick Bishop schob sich hektisch durch die Menge. »Und die bezaubernden Flowers beehren uns heute ebenfalls!« Sein Blick blieb an mir hängen, was Wanda ein belustigtes Schnauben entlockte. »Die Damen in ihren Blumenfarben sehen wirklich ausgesprochen reizend aus.« Dann rief er: »Mein Gott, Rupert! Ist das ein Bild unter deinem Arm? Du hast doch nicht etwa vor, dieses Jahr teilzunehmen?« Die Aussicht schien ihn leicht in Panik zu versetzen.

Rupert nickte grimmig. »Ich dachte mir, die Ausstellung kann mal ein bisschen frischen Wind vertragen. Du hast sicher langsam die Nase voll von Monicas Glockenblumenstudien oder den Wenn-die-Koalas-überm-Megalong-Tal-furzen-Ölgemälden.« Wanda kicherte und kaute auf ihrem Kaugummi herum. Sie hatte einen boshaften Sinn für Humor. Nicht, dass ihr das letztlich etwas gebracht hätte – in ihrem Pflegeheim gibt's bestimmt nicht viel zu lachen.

Rupert riss das Packpapier von der Leinwand, um sie Patrick zu präsentieren. Wanda brach beim Anblick von Patricks Miene in schallendes Gelächter aus. Sogar ich musste über seinen entsetzten Gesichtsausdruck schmunzeln.

»Rupert, soll das ein Witz sein?«, rief er. »Du weißt doch sicher, dass du so etwas Anstößiges hier auf gar keinen Fall ausstellen kannst!«

»Patrick, jetzt beruhig dich doch«, hub Doris an, aber Rupert, der sofort die Beherrschung verlor, schnitt ihr das Wort ab.

»Natürlich ist das kein verdammter Witz, du Schwachkopf, genauso wenig, wie der Krieg ein Witz war. Die gesamte Welt da draußen dreht durch, während du mit Rhododendronweste und Fliege hier sitzt und die Omas mit noch mehr Glockenblumenkacke von deiner speziellen Freundin Monica unterhältst. Die sich ihr jüngstes Werk sonst wohin stecken kann. Erzähl du mir nichts von Anstößigkeit, du Hund, wo du dich doch dauernd bei Monica rumtreibst und es dir gutgehen lässt.«

Schockierte Laute ertönten aus der Menge. Ich hatte Rupert noch nie so wütend erlebt – nicht einmal, als Shalimar in seinem Atelier die Farbe verschüttet hatte.

»Rupert, bitte, ich wollte dir nicht zu nahe treten – ich weiß doch, was du im Krieg durchgemacht hast, aber zügle bitte vor den Damen deine Zunge. Und verkneif dir persönliche Kommentare über meine Frau und meine Bekannte«, erwiderte Patrick.

Als Antwort stieß Rupert einen noch wüsteren Fluch aus, woraufhin einige der älteren Damen angewidert den Kopf schüttelten. »Also wirklich!«, hörte ich eine von ihnen schimpfen. »Sie sollten ihn rauswerfen.«

Die Stimmung im Raum heizte sich mehr und mehr auf.

»Rupert, mein Freund, es tut mir leid, aber ich muss dich bitten zu gehen«, sagte Patrick.

Da verpasste Rupert unerwartet Patrick einen Faustschlag mitten ins Gesicht. Frauen kreischten und schnappten nach ihren Kindern, als hätten sie Angst, der verrückte Künstler würde womöglich als Nächstes sie angreifen.

»Rupert!« Doris hielt seinen Arm fest. »Hör sofort damit auf! Komm jetzt mit!«

»Du erbärmliches bisschen Wurmkacke«, verhöhnte Rupert den am Boden liegenden Patrick, der sich die Nase hielt. »Ich hatte Ausstellungen in Paris und London, und du wagst es, mir zu erzählen, ich könnte bei dieser Hobbyshow nicht mitmachen? Was versteht ihr denn schon von Kunst? Und du, Patrick, was hast du eigentlich im Krieg gemacht?«

»Du weißt genau, wo ich war.« Patrick rappelte sich mühsam auf. Aus seiner Nase floss Blut. »Weggesperrt im Gefängnis war ich, weil ich nicht an den Krieg geglaubt habe. Das tue ich immer noch nicht, und ich habe bei Gott für meine Überzeugungen bezahlt, aber ich stehe zu dem, was ich getan habe. Ich bin nicht mit der blökenden Herde mitmarschiert, bereit, für ein Land zu sterben, über das ich gar nichts wusste. Nicht alle von uns suchen Zuflucht in Gewalt oder verstecken sich hinter ihrer kostbaren Kunst.«

»Du hinterhältiger Feigling!« Rupert wollte wieder auf ihn losgehen, aber Wanda und Doris hielten ihn fest. Ich nahm dunkel wahr, dass sich eine Frau und ein kleiner Junge an Patrick klammerten.

»Schluss jetzt!« Ich lief hinüber und schüttelte Rupert wie eine Puppe. »Sich deswegen zu prügeln ändert überhaupt nichts. Sei kein Narr! Außerdem ist Shalimar hier, du Idiot. Du machst ihr Angst.« Meine Worte hatten auf Rupert dieselbe Wirkung wie ein Eimer eiskaltes Wasser. Er hob sein Gemälde auf und wickelte es wieder ein. Er wirkte abgekämpft, und die dunklen Ringe unter seinen Augen zeugten von seinem unregelmäßigen Lebensrhythmus. Neben ihm stand Shalimar mit wissendem Blick. »Rupert, warum streitest du dich mit Patrick?«, erkundigte sie sich.

»Was für ein bildhübsches Ding! Die kleine Shalimar ist ein richtiger Engel!«, rief die dicke Frau mit den sieben Kinnfalten.

»Willst du das Schweinchen nicht zeigen?«, fragte Shalimar.

»Sieht nicht so aus, mein Spatz.« Rupert hielt ihr die Hand hin. »Lass uns nach Hause gehen, Mäuschen.«

Ich beobachtete, wie Shalimar und Rupert davonspazierten. Mir war elend zumute. Vielleicht hatte ich eine Vorahnung, dass die beiden dem Untergang geweiht waren. Sie waren einfach zu anders für diese Welt.

Doris redete leise und entschuldigend auf Patrick ein. Ich schnappte ein paar ihrer Worte auf: »... nicht er selbst. Viel zu sensibel ... Wenn ich es irgendwie wiedergutmachen kann. Ich verstehe durchaus. Nein, niemand trägt Schuld ... sei nicht albern, Patrick. Er wird es wieder vergessen, wie immer. Bitte, Patrick, lass es gut sein.«

In diesem Moment erschien Kitty in einem pinkfarbenen Baumwollkleid, die blonden Haare nach oben aus dem Gesicht gekämmt und festgesteckt. Sie sah so hübsch aus wie eine Fee und roch nach Eau de Cologne.

»Patrick hätte ihn sein Schwein zeigen lassen sollen«, meinte sie. »Wäre es wirklich so schlimm gewesen, wenn sich ein paar alte Hennen aufgeregt hätten? Nach allem, was Rupert durchgemacht hat ...«

Ich musste an meine erste Begegnung mit Rupert denken, als ich unwissentlich seine Arbeiten verunglimpft hatte, indem ich behauptet hatte, ein Affe könnte besser malen. Diesen Kommentar hatte er so locker weggesteckt. Innerhalb kurzer Zeit schien sich der Mann von damals grundlegend gewandelt zu haben.

Ich blickte mich in der Menge um. Die jungen Frauen klammerten sich an ihren Männern fest, als hätten sie Angst, eine von uns könnte mit ihnen davonlaufen. Die Gesichter der älteren Frauen waren missbilligend verkniffen. Sie hielten uns für Flittchen und konnten absolut nicht nachvollziehen, weshalb Doris es duldete, dass Rupert uns im Haus einquartiert hatte. Die Männer mit ihren schmutzigen Phantasien zogen uns währenddessen mit Blicken aus.

Diese ganze Situation war mir zuwider – ja sogar der verwundete Kriegsveteran in seinem Rollstuhl. Alle machten ein Riesentheater um ihn und würden ihm später in der Kneipe sein betrunkenes Gebrabbel nachsehen, weil seine Verletzung offensichtlich war. Ruperts Narben waren innerlich, aber niemand scherte sich um einen »Waschlappen von Mann«, der nach dem Krieg nicht einfach zur Tagesordnung übergehen mochte.

Ausnahmsweise interessierte ich mich nicht für das üppige Büfett mit Sandwichs, Biskuitrolle, Vanilleplätzchen, Kuchen und gefüllten Blätterteigtaschen. Patrick schlich mit schuldbewusster, etwas belämmerter Miene zu uns herüber. Ich sah, dass Ruperts Faust eine deutliche Schwellung unter seinem Auge hinterlassen hatte. »Ich muss um Verzeihung bitten«, setzte er an, aber ich unterbrach seine gestammelte Entschuldigung, indem ich verkündete, ich müsse mal wohin. Mich interessierte Patrick Bishop nicht im Geringsten. Rupert war es, der jeden meiner Gedanken bestimmte.

Draußen entdeckte ich Rupert und Shalimar, zwei kleine Punkte in der Ferne. In seiner Wut würde Rupert die lange Strecke nach Hause zu Fuß marschieren, wobei die kürzeren Beine seiner Tochter kaum mit ihm Schritt halten konnten. Es war warm draußen und ein weiter Weg für Shalimar, aber ich wusste, dass nichts davon das Paar aufhalten würde. Sie waren gleichermaßen dickköpfig und entschlossen.

Nachdem ich mich angestellt hatte, um die Toilette draußen zu benutzen, wollte ich in die Galerie zurückkehren. Vor der Gemeindehalle lungerte ein halbes Dutzend junger Kerle herum. Einer von ihnen machte eine Bemerkung, als ich vorbeiging, woraufhin die anderen johlten. Mein Zorn flammte auf, ich blieb stehen und drehte mich nach dem verpickelten Jüngelchen um, das den Kommentar abgegeben hatte.

»Wenn du was zu sagen hast, dann sag es mir ins Gesicht.«

Die Jungs lachten wieder, wenn auch etwas unsicher, und sahen ihren Anführer hilfesuchend an. Brave Mädchen waren in den Vierzigern nicht so direkt. Der Wortführer hatte hellblaue Augen und eine Ansammlung eitriger Pickel am Kinn. Er starrte mich an, als wäre ich ein Stück Müll. »Ich habe gesagt, dass es ihm bestimmt Spaß macht, seinen Pinsel in deinen roten Busch zu stecken.« Die Wiederholung seines Witzes brachte ihm weitere Lacher ein.

Ich marschierte zu der Gruppe hinüber. »Ja, das macht ihm wirklich Spaß«, entgegnete ich. »Aber mir würde auch dein winziger Pimmel gefallen. Wie wär's, Pickelgesicht, gehen wir jetzt gleich hinters Klohäuschen?«

Seine Freunde grölten. »Du hast ein dreckiges Mundwerk, du Schlampe«, fauchte er. »Klar, ich bin dabei.« Aber er rührte sich nicht vom Fleck. Also packte ich ihn an der Hose. »Am besten ziehst du die gleich hier aus.«

»Lass mich los!«, schimpfte er und stieß mich von sich weg. »Du verrückte Kuh! Meine Mutter hat recht: Ihr da oben seid alle total sexbesessen und treibt es wild miteinander.«

»Du kannst von mir gleich 'ne Orgie haben!« Mit diesen Worten zog ich ihm die Hosen runter. Ein schmuddeliges Paar geflickte lange Unterhosen kam zum Vorschein.

»Verpiss dich, du durchgeknallte Schlampe! Dich würd ich ja nicht mal mit der Kneifzange anfassen!«, brüllte er.

»Ginger? Was um alles in der Welt machst du denn da?« Vor mir stand Doris, mit Patrick im Schlepptau. Es schien, als würde uns das halbe Dorf begaffen.

»Sie will, dass ich es ihr besorge«, wimmerte der erbärmliche Kerl. »Sie hat mir die Hose runtergerissen wie eine läufige Hündin.«

»Ginger?« Doris sah mich an, als wäre ich wahnsinnig geworden. »Lass diesen Jungen sofort in Ruhe!«

»Herrgott noch mal!« Ich trat zurück, woraufhin er so schnell er konnte seine Hosen hochzog. »Er sollte besser mal auf sein dreckiges Mundwerk aufpassen.«

»Ich will doch sehr hoffen, dass du nicht grob zu dieser jungen Dame warst.« Patrick sah den Jungen drohend an.

»Selbst wenn er sich unhöflich verhalten hat, sollte Ginger ihm nicht in aller Öffentlichkeit die Hosen runterziehen!« Doris war stinksauer und offensichtlich darauf erpicht, sich mit jemandem anzulegen, der ihr untergeordnet war.

»Das werde ich bei jedem Kerl machen, der mich beleidigt«, gab ich zurück und funkelte die versammelten Jungs böse an, die mir nicht in die Augen blicken konnten. Aber was ich als Nächstes hatte sagen wollen, blieb mir im Hals stecken: Ich habe nichts Unrechtes getan. Ich hatte mit dem Mann einer anderen Frau geschlafen, ich hatte Doris' Gastfreundschaft ausgenutzt. Ich hatte ihr ihre Freundlichkeit zurückgezahlt, indem ich mich in ihren Mann verliebt hatte. Der wiederum nicht wirklich etwas für mich empfand. Ihn interessierten anscheinend nur Shalimar und seine Kunst. Ich war eine schmuddelige kleine Schlampe und hatte es vermutlich verdient, von den Dorfjungen so behandelt zu werden.

»Ginger, möchtest du dir gerne die Ausstellung ansehen?« Patrick bot mir galant seinen Arm. So gedemütigt und beschämt, wie ich mich fühlte, nahm ich ihn trotzdem an. Doris' Miene war immer noch finster. Sie hatte so viel für mich getan – mehr als irgendjemand anderes, außer meine Ma.

»Doris, es tut mir so leid«, brachte ich mühsam hervor. Auf einmal war mein Hals wie zugeschnürt. »Bitte verzeih mir, ja? Es tut mir wirklich leid, und ich schäme mich.«

Patrick beobachtete uns, als spürte er, dass ich mich für mehr entschuldigte als das Bloßstellen eines der Dorfidioten.

Ich sah ein Flackern in ihren Augen. »Ich will einfach nur, dass er von ihr zu mir zurückkommt.« Sie sagte es so leise, dass ich mich vorbeugen musste, um die Worte zu verstehen. Trotzdem habe ich mich immer gefragt, ob ich richtig gehört hatte. Wer war diese weibliche Person, von der Doris mir gegenüber sprach?

Die Ausstellung selbst war furchtbar. Vermutlich war es besser, dass Rupert nicht mehr da war, um die Buschlandschaften, die angestrengt hingepinselten Cottages und realistischen, bemühten Porträts zu sehen. Es war die Art von Kunst, die Ma gefallen hätte. Und wie zum Hohn gewann Monica mit ihrem vielgelobten Bild *Glockenblumen im Bergnebel* den zweiten Preis. Der erste Preis ging an irgendeinen unbekannten älteren Herrn von weiter unten in den Bergen, der seine Kinder beim Spielen im Hof eines vorstädtischen Hauses gemalt hatte.

»Ist das nicht fabelhaft?«, hörte ich vor dem Bild Teekanne zu Siebenkinn sagen. »Sogar noch besser als eine Fotografie.« Was genau die Sorte Bemerkung war, die Rupert auf die Palme brachte. Er hätte der Dame sicher unwirsch erklärt, dass Kunst und Fotografie zwei völlig unterschiedliche Dinge seien, und weshalb der Kerl nicht einfach ein Foto gemacht hätte, wenn es das war, was er wollte. Rupert hätte selbst problemlos Fotograf werden können, wenn er sich diesem Medium verschrieben hätte. Die Aufnahmen, die von seiner Familie und seinen Freunden auf Currawong Manor noch erhalten sind, zeugen von einem scharfen Auge, einem Gespür für Licht und Schatten und der Fähigkeit des Künstlers, im Unbedeutenden und leicht zu Übersehenden das Besondere zu entdecken. Doch Rupert zog es vor zu malen. Er war am glücklichsten – so glücklich ein von Dämonen gequältes Gemüt eben sein kann – mit dem Pinsel in der Hand und der Leinwand vor sich.

Ich beobachtete, wie die Menschen zwischen den Bildern umhergingen, während die Rhododendron-Prinzessin mit den Gewinnern fotografiert wurde. Wanda flirtete hemmungslos mit den jungen Männern vom Ort. Sie genoss die Aufmerksamkeit und den etwas anrüchigen Ruf, den die Flowers in der Stadt hatten. Ich hätte ihr durchaus zugetraut, dass sie einige der Gerüchte selbst gestreut hatte. Kitty stand neben einer älteren Dame mit freundlichem Gesicht, die ich als ihre Mutter Meg wiedererkannte. Irgendwo in der Menge tummelten sich ihre anderen zwölf Geschwister. Kitty hatte wirklich großes Glück, solch liebende Eltern und so viel Unterstützung von ihrer Familie zu haben. Während ich sie betrachtete, versank ich immer tiefer im Selbstmitleid. Alle schienen Kitty für ihre engelsgleichen Züge und ihr sanftes Wesen zu lieben. Selbst Rupert erhob selten die Stimme gegen sie. Sie nicht zu mögen wäre, als würde man ein Kätzchen treten.

»Er ist ein übellauniges Scheusal, was?« Monica war unbemerkt neben mir aufgetaucht und lächelte triumphierend.

»Wer? Rupert?«

»Wer denn sonst? Kann wohl nicht verlieren, der Gute! Er wusste, mit diesem kindischen Schweinegeschmiere würde er nicht gewinnen, also bricht er einen Streit mit Patrick vom Zaun. So war er schon immer. Patrick war in der Schule ein paar Klassen unter ihm, und er hat mir erzählt, wenn Rupert in Kunst keine Eins bekam, wurde er so fies wie eine Schlange. Das nenn ich einen schlechten Verlierer.«

»Da bin ich anderer Meinung.« Wie immer riss ich den Mund auf, ohne vorher nachzudenken. »Er hielt nicht sein Schweinegemälde für was Besseres, sondern es stört ihn, dass hier jedes Jahr aufs Neue das Mittelmäßige und das Banale so zelebriert wird. Niedliche Bildchen von Glockenblumen gehören laut Rupert auf Keksdosen. Rupert hat im Krieg mehr Einsatz gebracht als Sie, die zu Hause saßen, Socken gestrickt und sich über die Rationierung beklagt haben.« Bei den letzten Worten zitterte ich förmlich.

Monicas Blick war eisig geworden. »Woher zum Teufel willst du wissen, was ich während des Krieges getan oder nicht getan habe, Kindchen?«, erwiderte sie. »Ich habe beide Eltern und einen Bruder verloren, als die Deutschen London bombardierten. Maße dir also bitte nicht an, wissen zu wollen, was ich für mein Land getan habe. Man muss uns nicht bis in alle Ewigkeit metaphorischen Symbolismus um die Ohren hauen, um uns bewusst zu machen, was für eine barbarische Spezies wir sind. Der eine oder andere von uns möchte vielleicht einfach nur über die transzendentale Schönheit in der Natur nachsinnen. Was ist denn dein Beitrag für die Kunstwelt oder den Krieg, wenn wir schon beim Thema sind? Deine Titten auszupacken und den Hintern zu zeigen?«

»Monica, das reicht.« Patrick war neben uns aufgetaucht.

»Aber, Patrick …« Er führte sie von mir weg, während ich mich verstohlen umsah, ob jemand unseren Wortwechsel belauscht hatte. Meine Wangen glühten, und ich fühlte mich müde und ausgelaugt. Alle in der Stadt verurteilten mich. Ich wusste, in welche Richtung ihre schmutzigen Gedanken wanderten, und das Schlimmste daran war: Sie hatten recht. Ich sah meine Ma vor mir, wie sie sorgenvoll den Kopf schüttelte. »Mein Kind, wann lernst du es endlich? Die Männer interessieren sich nicht für billige Mädchen. Du ziehst den Namen Jarvis in den Schmutz und uns alle ebenfalls. Was mit dir und ihm und der armen Mrs Partridge passiert ist, war eine unschöne Sache. Ginger? Hörst du mir überhaupt zu? Deine ungestüme Art hat dich nicht das erste Mal in Schwierigkeiten gebracht. Ich hab immer gesagt, die Sorge um dich treibt mich mal noch ins Grab. Ginger! Glaub ja nicht, dass ich nicht wusste, was los war. Darum bin ich ja auch hergekommen, um euch zu sehen, mein Kind! Mich wirst du nicht austricksen können!«

Doch ich hörte dem nörgelnden Geist meiner Mutter nicht zu, sondern schüttelte bloß stur den Kopf, bis ihr Bild verblasste. Dann stand ich rauchend draußen am Wagen herum und ignorierte die Spottrufe der Halbstarken, während ich auf Doris und die anderen Flowers wartete.

Ich weiß noch, wie wir an jenem Tag durch Mt Bellwood fuhren. Über der Stadt lag eine niedergeschlagene, flaue Stimmung, obwohl sie ihre bescheuerte Trophäe gewonnen hatte. Die Läden entlang der Main Street wirkten leer und waren fast alle geschlossen, da ihre Besitzer lieber die Kunstausstellung besuchten, als den ganzen Tag in ihren ausgestorbenen Geschäften herumzustehen, wo die wenigen Kunden ihre Einkäufe dann doch bloß anschreiben lassen wollten.

Rupert überholten wir auf dem Heimweg nicht. Entweder mussten Shalimar und er in Windeseile nach Hause gelaufen sein, oder sie hatten eine Abkürzung durch den Wald genommen. Es war sein Wald, aber ich fragte mich trotzdem, weshalb Rupert die Einwohner des Ortes unbedingt davon fernhalten wollte. Was für ein Geheimnis verbarg er vor den Bürgern von Mt Bellwood?

Ein Schwarm schneeweißer Kakadus flog vor den dunklen Bäumen vorbei. Der australische Busch wirkte so seltsam und entrückt, als ich wie gebannt aus dem Wagenfenster sah und das aufgeregte Geschnatter von Wanda und Kitty ignorierte. Zwischen dem dichten Laub befanden sich geheime Welten, von denen wir nichts wussten. Der Busch erstreckte sich endlos in die Ferne, und es war nicht schwer, sich vorzustellen, welche Monster und Geister durch sein Dickicht wanderten.

Einen Augenblick lang dachte ich, ich hätte Shalimar neben einem Baum stehen und dem vorbeifahrenden Auto nachblicken sehen. Die vermeintliche Gestalt sah aus wie ein kleines Kind mit schwermütiger Miene und traurigen Augen, den Mund geöffnet, wie um nach uns zu rufen. Aber natürlich war dort niemand, obwohl ich mich trotzdem noch einmal im Sitz nach ihr umdrehte. Kein Mädchen aus Fleisch und Blut, sondern bloß der Stamm eines kleinen Eukalyptusbaums, der allein und schutzlos am Wegrand stand, während sich die Dämmerung herabsenkte.

19. Kapitel

Flittchen

Gegen Ende Oktober machte uns Rupert mit einem dunkelhaarigen Mann mit pomadig zurückgekämmten Haaren bekannt, den er uns allen als Jim vorstellte. Jim drehte für Edgar einen Kurzfilm über die Auswirkungen, die der Krieg auf die Künstler in den Blue Mountains gehabt hatte. Nicht gerade die Art von Projekt, bei der ich angenommen hätte, dass Rupert sich dafür interessierte, aber er war eben unberechenbar. Ich glaube, eine bearbeitete und gekürzte Fassung dieses Films wurde in den sechziger Jahren im Sender ABC ausgestrahlt, aber ich konnte nie herausfinden, ob an diesem Gerücht etwas dran war.

Die Filmarbeiten änderten an meinem üblichen Tagesablauf nicht allzu viel, außer dass ich mich daran gewöhnen musste, dass mich nun mehrere fremde Männer angafften, wenn ich Modell stand. Und ich weiß ganz sicher, dass der aalglatte Jim etwas mit Wanda hatte, denn – um es so vorsichtig wie möglich auszudrücken – man hatte in diesen Türmen nicht viel Privatsphäre, und es konnte sich nur um Jim handeln, der im Nebenzimmer stöhnte und abging wie eine Dampfmaschine, während Kitty in mein Bett verbannt worden war. Von einer mitgehörten Unterhaltung, die er mit Doris geführt hatte, wusste ich, dass er in Sydney eine Frau und drei kleine Kinder hatte. Doch egal, wer zu Hause auf ihn wartet, welcher Mann kann solch süßen Verlockungen schon widerstehen?

Jene Woche zauberte ein selbstzufriedenes Lächeln auf Wandas sonst so griesgrämiges Gesicht, denn nun konnte sie mit ihrer jüngsten Eroberung vor Rupert prahlen – ein erbärmlicher Versuch, seine Eifersucht anzufachen. Außerdem machte Jim jede Menge Aufnahmen von ihr auf dem Anwesen, so dass ihr alter Traum wieder auflebte, die nächste Ava Gardner zu sein. Selbst Miss Sharp wurde in der Küche interviewt, und es gab keinen Quadratmeter auf Currawong Manor, der nicht gefilmt wurde.

Nach einer Woche reiste Jim mit seinem schmutzigen Geheimnis im Herzen zurück nach Sydney. Ich kann mich nicht einmal an seinen Nachnamen erinnern. Für mich war er bloß eine unangenehme Unterbrechung meiner kostbaren Zeit mit Rupert.

Nachdem wir inzwischen oft alle drei im Atelier gebraucht wurden, konnten wir nicht mehr so viel auf Shalimar aufpassen wie früher, so dass sie häufiger sich selbst überlassen war. Im Lauf der Jahre habe ich immer wieder darüber nachgedacht, womit Shalimar damals ihre Zeit verbrachte. Regelmäßig verschwand sie für Stunden in der farnreichen, geheimnisvollen Wildnis der Owlbone Woods, obwohl es ihr verboten war. Es wurde zunehmend schwieriger, sie zu bändigen. Selbst von Miss Sharp ließ sie sich nicht mehr beeindrucken, egal, wie viel Strafen sie bekam. In dieser Zeit passierte auch die Sache mit dem armen alten Buster, von der ich jetzt erzählen will.

Man sah das Känguru oft im Garten und dem umliegenden Gelände herumhüpfen. Nach unserer ersten unguten Begegnung hatte ich für das Vieh nicht sonderlich viel übrig, obwohl ich mehrfach die Geschichte gehört hatte, wie man seine Mutter von irgendeinem Tier zerfleischt in den Owlbone Woods gefunden hatte, den winzigen Buster immer noch im Beutel. Miss Sharp nahm das Kleine damals mit zu sich nach Hause und zog ihn mit der Hand auf, weshalb er ihr wie ein Hund folgte. Sie glich einer alten Hexe aus dem Märchen, nur dass sie eben statt von der üblichen Katze von einem Känguru begleitet wurde.

Shalimar hatte nie sonderliches Interesse an dem Tier gezeigt, und Busters Herz gehörte sowieso nur seiner Besitzerin. Daher überraschte es mich, als ich eines Tages beobachtete, wie das Mädchen versuchte, sich mit Hilfe kleiner Leckerbissen mit ihm anzufreunden. Miss Sharp rief ihr zu, sie solle ihn in Ruhe lassen, denn sie wolle nicht, dass er fett würde, aber wie schon gesagt, hörte Shalimar inzwischen auf niemanden mehr. Sie war ein solcher Sturkopf. Und dann war Buster auf einmal verschwunden.

Ich hatte sofort den Verdacht, dass Shalimar uns etwas verheimlichte. Sie blickte ganz schuldbewusst drein, als Miss Sharp vergeblich nach dem Känguru rief.

»Du weißt doch irgendwas, stimmt's?«, drängte ich sie, während Miss Sharp durch den Garten lief und immer wieder »Buster! Buster, mein Junge. Komm jetzt nach Hause!« rief.

Shalimar versuchte, eine Unschuldsmiene aufzusetzen, riss die Augen weit auf, schüttelte den Kopf und stritt alles ab, doch ich ließ mich keine Sekunde lang täuschen.

»Ich weiß bloß, dass Rupert zu viel Zeit mit dir verbringt«, zischte sie.

»Wo ist Buster?«, wiederholte ich und musste dabei das Bedürfnis unterdrücken, ihr eine runterzuhauen. Ich hatte keine Ahnung, was das Kind mit ihm angestellt haben könnte, denn er war ein übellauniges altes Vieh, das ordentlich zutreten konnte.

Busters Schicksal blieb uns nicht lang verborgen. Einige Tage nachdem Miss Sharp im Garten und im Haus alles auf den Kopf gestellt hatte, entdeckte man seine Überreste neben einem Baum nahe der Mermaid Glen.

Es war Rupert, der bei einem seiner Spaziergänge über den zerfleischten Körper stolperte. Ich glaube, wir waren alle dankbar, dass nicht Miss Sharp ihn gefunden hatte. So wenig ich die Frau auch mochte, ich wünschte ihr nicht, ihren alten Freund in diesem Zustand zu sehen. Rupert und Dennis begruben, was von Buster übrig war, hinten im Garten neben einigen Rosenbüschen, und die weinende Miss Sharp half ihnen dabei, ein weißes Kreuz aufzustellen. Wir drei Mädchen standen ebenfalls ums Grab herum, Wanda mit ihrem üblichen hochnäsigen Grinsen, während Kitty weinte, als wäre Buster ihr eigenes Haustier gewesen (ich bezweifelte, dass sie das Känguru bis zu diesem Tag überhaupt richtig wahrgenommen hatte). Kitty besaß ein weiches Herz und war nah am Wasser gebaut, wenn etwas sie berührte. Ich beobachtete Shalimar misstrauisch aus den Augenwinkeln, während Rupert einige Worte über Buster und seine Bedeutung für das Anwesen sprach, doch ihre Miene blieb unbeweglich.

Nach dieser spontanen Beerdigungsfeier zogen wir uns zurück, um Miss Sharp etwas Ruhe zu lassen, und ich war fest entschlossen, ein Hühnchen mit Shalimar zu rupfen. Sie stand neben ihrer Schaukel und schwang sie mit der Hand hin und her.

»Was willst du denn jetzt schon wieder, Sommersprossen-Ginger?«, begrüßte sie mich. Ihr Tonfall war trotzig, aber ihr Gesicht blass und angespannt. Also versuchte ich, an ihr Gewissen zu appellieren.

Ich hielt die Schaukel fest, damit sie sie nicht mehr bewegen konnte. »Shalimar, ich bin mir sicher, dass du was über Buster weißt. Ich will nicht behaupten, dass du es getan hast, aber du weißt etwas über denjenigen, der Miss Sharps Känguru so grausam zugerichtet hat.«

Ich glaubte Kummer in ihrem Blick aufblitzen zu sehen. »Hör auf, dauernd auf mir rumzuhacken!«, rief sie. »Ich bin bloß ein Kind, und wenn ich Rupert und Doris davon erzähle, schicken sie dich weg. Ich weiß, was du mit Rupert in seinem Atelier gemacht hast. Ich hab euch gesehen!«

Da platzte mir der Kragen, und ich packte sie am Arm. »Was hast du gerade gesagt? Wenn du diese dreckigen Lügen irgendjemandem erzählst, dann setzt's was, du verwöhnte, kleine flunkernde Göre! Hast du mir etwa nachspioniert?« Doch bevor ich noch mehr sagen konnte, trat sie mich gegen das Schienbein und rannte davon.

Doch das sollte an diesem Tag nicht der letzte Schlag bleiben, den mir die Familie Partridge versetzte. Als Rupert die ziemlich aufgelöste Miss Sharp und Dolly zurück zu ihrem Cottage im Wald begleitet hatte, ging ich noch mal zurück ins Atelier, um einen Krimi zu holen, den ich glaubte dort liegengelassen zu haben. Und tatsächlich entdeckte ich meine Ausgabe von *Das unvollendete Bildnis* von Agatha Christie sofort neben einem Krug mit Pinseln. Dann fiel mein Blick auf eine Leinwand in der Ecke, die mit einem Tuch verhängt war. Normalerweise hätte ich das Bild ignoriert, aber daneben lag aufgeschlagen auf einem Holzstuhl Ruperts Skizzenbuch mit einigen Zeichnungen einer nackten Frau. Unter den Skizzen stand mein Name. Natürlich ahnte ich, dass ich für meine Neugier würde büßen müssen, aber ich sehnte mich so sehr nach einem Beweis seiner Liebe – durch eine hinreißende, sinnliche Darstellung, die meine Jugend, meinen Sex-Appeal und meine Schönheit zur Schau stellte und zelebrierte.

Doch Rupert Partridge sollte in der Hölle schmoren! Als ich nämlich das Tuch anhob, um mir anzusehen, was ich für seine Liebeserklärung hielt, musste ich entdecken, dass er mich als eine Art grelles, wollüstiges, missgestaltetes Flittchen dargestellt hatte.

Selbst nach all den Jahren erinnere ich mich noch gut daran, wie sehr mich dieses Gemälde schockiert und verletzt hat. Meine geschürzten Lippen verliehen mir das Aussehen eines vulgär grinsenden Fischs. Die Beine dieses grotesken Frauenmonsters waren gespreizt, und eine Reihe von Kanonenkugeln protestierte mit schreiend aufgerissenen Mündern dagegen, sich so nah am grob gemalten Geschlecht der Frau zu befinden. Die Frau (denn ich bringe es nicht über mich, sie mit mir gleichzusetzen) blickte triumphierend. Sie besaß die spitzen Zähne eines Haifischs. In der einen Hand hielt sie den Kopf eines enthaupteten Soldaten, den sie zu schütteln schien, und in der anderen etwas, das wie sein abgeschnittener Penis aussah. Auf den gewaltigen Brüsten waren statt der Brustwarzen angepinnte Kriegsorden zu sehen, von denen Blut auf die Oberschenkel des Weibsstücks hinuntertropfte.

Angewidert wandte ich mich ab. Doch es kam noch schlimmer: Neben einem Becher mit rostigen Schlüsseln lag ein Stapel Fotos. Wieder konnte ich meine Neugier nicht zügeln. Als ich sie mir genauer ansah, hatte ich das Gefühl, als würde mich etwas Widerliches, Abscheuliches mit aller Wucht in den Bauch treten.

Mit einem erstickten Schrei wich ich zurück, und bevor Rupert zurückkehren und mich vor den Monstern erwischen konnte, die er erschaffen hatte, schnappte ich mir mein Buch und stürmte aus dem Atelier. Dennis, der draußen die Rosen schnitt, rief mir etwas nach, aber ich ignorierte ihn.

Am liebsten hätte ich mich im Garten übergeben. Ich wollte dieses Bild und die Fotos verbrennen. Ich wollte auf Rupert losgehen und ihm die Augen auskratzen. Er hatte mich betrogen. Ich erkannte, dass er meine Jugend und Naivität ausgenutzt und sich dabei die ganze Zeit nur über mich lustig gemacht und mich beleidigt hatte, während ich von ihm träumte. Er sah mich als eine Art grässliches, männermordendes Flittchen. Eine Hure, die es genoss, die Seelen der Männer zu zerquetschen, und die irgendwie mit der amerikanischen Kultur verknüpft war, die sich in Australien ausbreitete und die Rupert hasste. Natürlich liebte er mich nicht! Im Grunde hatte ich es immer vermutet. Ich war für ihn nur eine Affäre. Ich war genau das geworden, was meine Mutter befürchtet hatte. Oh, wie ich ihn jetzt hasste und wie gerne ich alles zerstören wollte, was ihm lieb und heilig war.

Inzwischen verstehe ich, dass die Serie *The Trollop* nie mich persönlich hatte darstellen sollen. Sie repräsentierte Ruperts Hass auf alles, was seit dem Zweiten Weltkrieg mit unserem Land passiert war. Er mochte die Amerikaner nicht, die die Städte übernommen hatten, und die australischen Frauen, die sich ihnen an den Hals warfen. Der Verfall der Moral und die Bereitschaft der Australier, ihre eigene Kultur über Bord zu werfen und die Amis zu imitieren, regten ihn maßlos auf.

Nun weiß ich das Werk zu schätzen, aber wenn man jung und

ahnungslos ist, interpretiert man die Welt im wörtlichen Sinne, statt den versteckten Code zu erkennen – und missversteht dabei so vieles. Die Fotografien allerdings sind mir bis heute ein Rätsel. Vielleicht handelte es sich dabei einfach nur um einen Teil seiner künstlerischen Aufnahmen – oder aber etwas an ihm war pervers. Ich bereue nach wie vor zutiefst, dass ich sie nicht zerstört habe, als sie mir so zufällig in die Hände fielen. Hätte ich damals entschlossener gehandelt, hätte ich viele der darauffolgenden Ereignisse verhindern können.

Viel mehr möchte ich über *The Trollop* auch gar nicht sagen. Ein Gutes hatte dieses Bild: Es rüttelte mich wach. Rupert würde Doris nie wegen mir verlassen. Ich diente ihm lediglich als Ablenkung von seinem Schmerz und seinem Ekel vor sich selbst. Jedes Mal, wenn ich Abbildungen dieses Gemäldes sehe, muss ich daran denken, wie es mir meine naiven Träume um die Ohren gehauen hatte.

Ich war rasend wütend und unendlich traurig, aber ich brauchte den Job. Zumindest brauchte ich Zeit, um mich für eine neue Stelle irgendwo in Sydney zu bewerben. Auf gar keinen Fall wollte ich mich der Gnade meines Vaters ausliefern. Da ich erst sicherstellen musste, dass ich für mich selbst sorgen konnte, entwickelte ich einen Plan: Ich würde weiterhin für Rupert Modell stehen und mein Geld sparen, aber nicht mehr mit ihm schlafen. Dann würde ich gehen.

Als ich Rupert eröffnete, dass ich hiermit unsere kurze Affäre beendete, war seine Reaktion extrem verhalten. »Hast also genug von mir, was?«, bellte er, während er irgendwelche Leisten zusammennagelte, um eine Leinwand aufzuziehen. »Na ja, überrascht mich nicht. Alles endet irgendwann, und ich hab mir schon gedacht, dass du früher oder später zur Vernunft kommen wirst.«

Ich brachte es nicht über mich, das Atelier zu verlassen, sondern beobachtete ihn weiterhin aufmerksam in der Hoffnung, er würde irgendeine Gefühlsregung zeigen, doch er baute nur weiter an seinen Keilrahmen, als hätte ich eben verkündet, ich würde ab jetzt kein Brot mehr essen statt das Ende unserer Liebesbeziehung.

»Willst du nicht einmal wissen, warum?«, fragte ich fassungslos.

Er sah mich mit seinen dunklen, intensiven Augen an. »Macht das denn einen Unterschied?«

»Die meisten Kerle wollen doch wissen, weshalb man ihnen den Laufpass gibt.« Inzwischen hatte ich einen ziemlichen Kloß im Hals. »Hab ich dir so wenig bedeutet, dass dir sogar egal ist, wenn ich Schluss mache?«

»Ginger, du bist ein liebes Mädchen«, erwiderte er. »Schon als ich dich das erste Mal mitten in dieser Schafherde in der Galerie gesehen habe, wusste ich, dass du nicht nur ein hübsches Gesicht und einen schönen Körper hast, sondern auch einen schlauen Kopf und einen scharfen Verstand. Du bist eine Kämpferin, Ginger, aber ich bin nicht wie du. Ich bin schwach und müde. Deine Mutter hat versucht, dich vor schwachen Männern wie mir zu beschützen. Du tust gut daran, diese verdammte Geschichte zwischen uns zu beenden. Du hast was Besseres verdient als eine kaputte Vogelscheuche.«

»Ach, scher dich doch zum Teufel!«, fuhr ich ihn an, so wütend war ich über seine gleichgültige Reaktion. Dann stürmte ich aus dem Atelier und hörte ihn hinter mir lachen. Wobei ich mir nicht vorstellen konnte, was daran so lustig sein sollte.

Ungefähr zu dieser Zeit wachte ich einmal mitten in der Nacht auf, weil ich jemanden die Stufen zu den Türmen hinaufsteigen hörte. Kurz darauf tauchte Shalimar in der Tür zu meinem Zimmer auf. In der Dunkelheit konnte ich erkennen, dass sie sich anscheinend in einer Art Trance befand. Als sie sich umdrehte, folgte ich ihr unbemerkt hinaus auf den Treppenabsatz, der zu Wandas und Kittys Turm führte, wo Shalimar innehielt und lauschte, als wollte sie überprüfen, ob die beiden da waren. Dann nickte sie zufrieden.

Immer noch in ihrer Traumwelt gefangen, begann sie den Abstieg. Ein Fuß folgte dem anderen, und vorsichtig tastete sie nach der nächsten Stufe, während sich ihr weißes Nachthemd bauschte. Ich blieb so dicht hinter ihr, wie ich es in der engen Wendeltreppe konnte, ständig bereit, sie sofort zu packen. Ich hatte schreckliche Angst, sie könnte eine Stufe verfehlen oder über ihr Nachthemd stolpern und in die Tiefe stürzen.

Das einzige Geräusch, das uns begleitete, war das Ticken der alten Standuhr unten im Flur. Schließlich erreichte Shalimar die Haustür, die wie immer unverschlossen war. Sie stand jedoch nur da und sah die Tür an, ohne zu versuchen, sie zu öffnen. Dann drehte sie sich zu meiner großen Erleichterung um und ging langsam zurück in ihr Bett.

Doris und Rupert gegenüber habe ich diesen Vorfall nie erwähnt, was rückblickend bestimmt ein großer Fehler war. Und da ist noch etwas, das ich nie auch nur einer Menschenseele verraten habe. Eines Abends Anfang November, kurz vor einem Zirkusbesuch, als es draußen wie aus Kübeln goss und ich an Shalimars Zimmer vorbeiging, schlüpfte ich kurz entschlossen hinein. Das Mädchen lag in seinem Eisenbett und starrte mich an. Rasch sah ich mich um. Keine Miss Sharp in Sicht. Sie war vermutlich gerade unten in der Küche, um etwas zu trinken zu holen.

Ein großes Schaukelpferd wippte schwach vor sich hin, als wäre gerade erst ein Kinderkörper abgestiegen. »Shalimar«, sagte ich. »Was ist im Wald mit Buster passiert? Und denk dir keine Geschichte aus, wenn du die Wahrheit sagen kannst.«

Doch sie starrte mich nur an.

»Du weißt doch etwas«, fuhr ich so sanft wie möglich fort. »Sei ein braves Mädchen und erzähl uns, was wirklich mit Buster geschehen ist. Ich verspreche dir, du bekommst keinen Ärger. Aber ich spüre einfach, wenn ein Kind etwas verschweigt.«

»Ginger, was machst du hier?«

Erschrocken sprang ich auf. Im Türrahmen stand Miss Sharp mit einem Becher in der Hand. Ich hatte ihren klappernden Schlüsselbund nicht gehört, der mich vor ihrem Erscheinen hätte warnen müssen. Ihr Blick war stechend. Der Name »Sharp« passte sehr gut zu ihr, wie Wanda immer sagte.

»Shalimar muss sich jetzt ausruhen. Was willst du überhaupt von ihr?«

Ich beschloss, ehrlich zu sein. Die alte Schachtel durchschaute mich sowieso. »Ich will die Wahrheit hören, Miss Sharp«, erklärte ich und sah dabei Shalimar eindringlich an, die jedoch nur trotzig zurückstarrte. »Ich will wissen, was genau mit Ihrem Buster im Wald passiert ist.«

»Du dummes junges Ding. Wir wollen doch alle die Wahrheit. Was gibt dir das Recht zu glauben, du hättest sie gepachtet?« Miss Sharp fing an, an Shalimars Bett herumzunesteln und die Bettdecke um die Puppen herum festzustopfen. Dann gab sie Shalimar aus dem Becher zu trinken. »Einem Kind, das gerade einen Schock erlitten hat, Vorträge zu halten! Sieh lieber deiner eigenen Wahrheit ins Gesicht. Du kannst lügen, so viel du willst, aber bei mir kommst du damit nicht durch.«

Shalimar wirkte verletzlich und zart. Sie hatte dunkle Schatten unter den Augen und schien fast apathisch zu sein. Auf einmal wurde ich unsicher. War sie womöglich doch unschuldig? Gleichzeitig trieb mir der Ärger die Röte ins Gesicht. Am liebsten hätte ich Miss Sharp in diesem Moment eine verpasst. Was erlaubte sich die alte Hexe, vor dem Mädchen so mit mir zu sprechen! Ich hatte die Nase voll davon, behandelt zu werden, als wäre ich ein Stück Dreck, das Rupert an der Schuhsohle ins Haus geschleppt hatte.

»Lass gefälligst das Kind in Ruhe«, fuhr Miss Sharp fort. Sie beugte sich über Shalimar und drängte sie, noch mehr zu trinken. »So ist's gut. Trink alles aus. Dann kannst du schlafen.«

»Was ist das?«, wollte ich wissen.

»Das tut nichts zur Sache. Nur ein paar beruhigende Kräuter aus dem Garten, damit die Kleine keine schlimmen Träume hat. Und jetzt lauf, Ginger, und komm nicht wieder her. Du bist eine Atelierblume, und dort gehörst du auch hin, bis man dir etwas anderes sagt.«

»Kann ich mit Dolly sprechen?«, wagte ich zu fragen. »Vielleicht gesteht sie ja etwas, wenn ich mit ihr rede.«

Damit war ich eindeutig zu weit gegangen. In diesem Moment erinnerte mich Miss Sharp in ihrem langen dunklen Rock und der schwarzen Bluse an eine Currawong-Krähe. Sie machte einen Schritt auf mich zu, woraufhin ich rasch Richtung Tür zurückwich. Weshalb besaß diese mürrische Frau so viel Macht in diesem Haushalt? Weshalb erkannten die Partridges nicht, wie sie von ihrer verzogenen Tochter und dieser furchtbaren Schnepfe pausenlos manipuliert wurden? Lag es daran, dass sie beide Künstler waren? Falls ja, dann dankte ich Gott, dass ich keine solche Veranlagung hatte, wenn das bedeutete, dass man dafür seinen gesunden Menschenverstand aufgab!

»Ginger, bist du von allen guten Geistern verlassen? Dolly flunkert nicht. Buster hat sich im Wald herumgetrieben und ein böses Ende gefunden, wahrscheinlich durch einen Jäger aus dem Ort! Wag es ja nicht, in der Nähe meiner Tochter rumzuschnüffeln und ihr deine schlechten Gedanken einzureden. Sonst gehe ich schnurstracks zu Rupert und verlange, dass er dich entlässt! Du solltest dein Glück hier nicht allzu sehr herausfordern, Kindchen! Uns hat diese Geschichte alle mitgenommen. Geh und lackier dir die Nägel oder lies eine deiner Filmzeitschriften und füll deinen leeren Schädel mit noch mehr Unsinn.«

Mit diesen Worten scheuchte sie mich hinaus, diese Frau mit ihrem Vogelgesicht und den Klauenhänden, so dass ich Shalimar nicht weiter befragen konnte. Es ist wirklich schade, dass Shalimar mir gegenüber nicht den Mund aufgemacht hat, denn das hätte ihr vielleicht das Leben retten können. Ich bin nach wie vor überzeugt davon, dass sie sich wegen Busters Schicksal schuldig und elend fühlte. Wenn das dumme Mädchen sich mir doch nur anvertraut hätte!

Nun begannen die letzten Kapitel der makabren Geschichte der Familie Partridge: Bald würde man Shalimars Leiche in der Mermaid Glen finden, Doris würde vom Zug überfahren werden und Rupert für den Mord an Shalimar am Galgen enden. Und wir anderen auf

Currawong Manor würden zu Komplizen eines dunklen, schrecklichen Geheimnisses werden, das wir geschworen hatten mit ins Grab zu nehmen.

Doch vor alledem mussten wir noch das Abendessen auf dem Olymp und eine Zirkusveranstaltung über uns ergehen lassen.

20. Kapitel

Abendessen auf dem Olymp

Edgar hatte uns alle in sein schickes Haus namens Mount Olympus in Leura eingeladen. Wanda und Kitty wollten an jenem Abend jedoch ins Kino von Mt Bellwood, wo Alfred Hitchcocks *Rebecca* gezeigt wurde, und hatten mich nicht einmal gefragt, ob ich vielleicht mitkommen wollte. Obwohl die beiden meistens freundlich zu mir waren, hatte ich immer das Gefühl, nicht richtig dazuzugehören. Falls sie irgendwie Wind von meiner Affäre mit Rupert bekommen hatten, nahm sie das sicher auch nicht gerade für mich ein. Ich war ja schon immer überzeugt davon gewesen, dass Wanda in ihn verliebt war. Und Kitty, in ihrer arglosen Unschuld, wäre entsetzt darüber, dass ich Doris' Vertrauen missbraucht hatte.

Seit ich das furchtbare Gemälde und die Fotos entdeckt hatte, hatte ich kaum noch ein Wort mit Rupert gewechselt, außer: »Brauchst du mich heute Morgen im Atelier?« oder: »Reichst du mir bitte mal die Butter rüber?«

Ich fühlte mich immer noch gedemütigt, dass er das Ende unserer Beziehung so klaglos akzeptiert hatte. Wenn ich von meiner Mutter nur ein bisschen mehr praktische Vernunft geerbt hätte, hätte ich keinen weiteren Gedanken an ihn verschwendet. So jedoch lag ich nächtelang wach, starrte in die Dunkelheit, versuchte mein Schluchzen zu unterdrücken und redete mir ein, er sei ein nutzloser Mistkerl. Unsere Affäre hatte etwas in mir verändert, und ich würde nie wieder die Ginger von früher sein. Zukünftig würde ich mich immer nach einer kultivierteren Welt sehnen als nach dem Leben und den Zielen meiner Familie und der Nachbarn aus der Brick Lane. Und Rupert blieb tatsächlich immer ein Teil von mir, egal, welche fernen Länder ich bereiste, welche reichen, interessanten, erfolgreichen Menschen aus den unterschiedlichsten Gesellschaftsschichten ich traf. Ruperts Schatten begleitete mich überallhin und spiegelte sich in allem, was ich tat. Sein markantes Gesicht, seine wissenden Augen, die so viel Schrecken gesehen hatten. Seine Hände mit den schmutzigen Nägeln. Die Erinnerung an seine Küsse, an seinen schmalen Körper, der sich an meinen presste. Sein Geruch und Geschmack, der mich in meinen Träumen begleitete. Oder ich sah plötzlich wieder sein seltenes, schiefes Lächeln vor mir. Wie sehr habe ich damals gelitten, weil ich glaubte, Liebe müsste stets in gleichem Maße erwidert werden! Ich hatte ja keine Ahnung, dass Verlangen, Liebe und Wut auf solch gefährliche und selbstzerstörerische Weise miteinander verwoben sein können. Und dass unser Geist mitunter das genaue Gegenteil von dem braucht, wonach unser Herz sich sehnt.

Ich liebte Gordon Lawson mit stillerer Hingabe. Er war ein treuer Ehemann. Meine Geschwister lästerten hinter meinem Rücken, ich hätte ihn wegen seines Geldes geheiratet, und man könnte ihm nicht trauen, weil er Amerikaner war und einen Nachtclub besaß, aber in Wirklichkeit war er der ehrenwerteste Mann, den man sich nur vorstellen kann. Im Gegensatz zu Doris heiratete ich schließlich einen Mann, der mich wirklich liebte.

Doch ich wollte ja eigentlich von jenem Abend bei Edgar erzählen. Das Kleid, das ich trug, hatte ich im Lauf mehrerer Wochen selbst genäht und der horrend teure Stoff von Mark Foy's hatte mich einen Großteil meines Lohns gekostet. Es handelte sich um ein tiefes Smaragdgrün, das einen wunderschönen Kontrast zu meinen roten Haaren bildete. An den Schultern war es mit Biesen gerafft, hatte einen tiefen Halsausschnitt und einen bodenlangen Rock, ganz ähnlich wie

Rita Hayworths Kleid auf einem Foto in *Women's Weekly*. Dazu trug ich das einzige Schmuckstück, das ich besaß – eine ovale Silberbrosche. Rupert sollte hin und weg sein von meiner Schönheit. In meinen Tagträumen bereute er bei meinem Anblick bitter, dass er mich hatte gehen lassen.

Als ich jedoch die Treppe herunterkam und die Partridges unten im Flur auf mich warten sah, wurde mir ganz elend. Sie wirkten wie eine echte Familie. Neben Doris in ihrem bezaubernden weißen Kleid, ihrem weißen, paillettenbesetzten Haarband und den langen elfenbeinfarbenen Handschuhen kam ich mir wie ein billiger Trampel vor. Sie sah so umwerfend elegant aus, dass ich sie entsetzt anstarrte. Es war lange her, seit sie sich mit ihrem Äußeren so viel Mühe gegeben hatte. Sie hatte sogar die Haare in Wellen gelegt und trug glitzernde Strassohrringe und eine Perlenkette. Shalimar und Lois steckten ebenfalls in niedlichen weißen Kleidern mit passenden kleinen weißen Capes. In meinem handgenähten Fummel fühlte ich mich wie das Flittchen, als das Rupert mich auf seinem Bild gemalt hatte.

Miss Sharp stand neben der Tür, die zum Wohnzimmer führte, und beobachtete mein Zögern. Ihr triumphierendes Lächeln zeigte mir deutlich, wie ich im Vergleich mit ihrer Herrin verblasste. Natürlich hat er nicht protestiert, als du ihm gesagt hast, dass es aus ist, höhnte meine innere Stimme. Er war erleichtert, dass er es nicht selber tun musste. Weshalb sollte er sich für eine fette Rothaarige mit Sommersprossen interessieren, wenn er doch eine elegante, niveauvolle, gebildete Frau hat? Und was für ein Mensch war ich, dass ich mit dem Mann einer anderen geschlafen hatte? Doris war mir gegenüber zwar immer etwas distanziert gewesen, aber auch sehr gütig. Ich hatte an ihrem Tisch gegessen und ihren Lohn angenommen. Kein Wunder, dass Rupert mich als Flittchen darstellte. Solche Gedanken schossen mir durch den Kopf.

Dennis, der ebenfalls im Flur wartete, um uns zu chauffieren, stieß einen anerkennenden Pfiff aus, als er mich erblickte. »Was für eine

Augenweide!«, rief er. »Unsere Ginger kann sich sehen lassen, was, Leute?« Keiner der Partridges reagierte. Zur Feier des Tages trug Rupert eines seiner wenigen weißen Hemden ohne Farbspritzer, dazu Hosenträger, eine schwarz-grau karierte Weste und schwarze Hosen. Er sah gut aus – trotz des Bartes, den er inzwischen stehen ließ und an den ich mich nie richtig gewöhnen konnte, weil er ihm das Aussehen eines finsteren Piraten verlieh. »Du siehst sehr hübsch aus, Ginger«, sagte er schließlich, und ich glaubte eine gewisse Traurigkeit in seinen Augen zu lesen, was aber auch am Licht gelegen haben kann.

Lois fing an zu weinen, woraufhin ich mich automatisch ihr zuwandte, um sie zu nehmen, aber Doris drückte die Kleine fest an sich und sah mich missmutig an. Es schien ihr überhaupt nichts auszumachen, dass Lois auf ihr schickes perlenbesticktes Abendkleid sabberte. Beim Anblick der beiden hatte ich das Gefühl, mein Herz müsste zerspringen. Ich hatte solch große Hoffnungen und Träume für meine Zukunft auf Currawong Manor gehabt, und nun waren sie alle innerhalb kürzester Zeit zerplatzt. Wie ich so im Flur stand, fühlte ich mich schuldig, allein und voller Scham. Ich wünschte mir, ich hätte Kopfschmerzen vorgeschützt, um daheimbleiben zu können, obwohl das Herrenhaus nicht unbedingt ein Ort war, an dem ich alleine sein wollte.

Ich selbst war bisher noch nie im Haus des Malers und Illustrators gewesen, hatte aber von Wanda schon einiges darüber gehört. Edgar hatte es in der Black Snake Road an einem malerischen Fleckchen bauen lassen. Von diesem Felsvorsprung aus hatte man einen gigantischen Blick über die Berge, und er prahlte damit, dass er an klaren Tagen bis nach Sydney schauen könnte. Das Haus selbst war von einem berühmten Architekten in der Form einer riesigen Welle entworfen und alle Räume waren so angelegt worden, dass sie die beste Aussicht hatten. Das Gebäude im Stil des Art déco war ebenso extravagant und eigentümlich wie sein Besitzer.

Edgar kam uns entgegen, um uns zu begrüßen. Er trug einen Smoking, ein leuchtend rosafarbenes Hemd und eine gelbe Krawatte. Sein langes silbergraues Haar hatte er zu einem Pferdeschwanz, seinem Markenzeichen, zurückgebunden. Wie immer benutzte er seinen Stock mit dem geschnitzten Kopf eines Kookaburra – eine von Edgars bekanntesten Figuren. Kenny Kookaburras Berühmtheit war in den dreißiger Jahren durch den grausamen Mord an seiner literarischen Schöpferin, Pearl Tatlow, in Tasmanien massiv angestiegen.

Edgars Prachtbau schien für einen alleinstehenden Mann ziemlich groß zu sein, aber es handelte sich auf jeden Fall um einen faszinierenden Ort. Überall waren Kunstgegenstände ausgestellt, die er von seinen Reisen um die ganze Welt mitgebracht hatte: Masken und Speere aus Afrika, Statuen, Gemälde und wunderschöne Bildbände. Der Fußboden bestand aus einem rot-weißen Schachbrettmuster, die Wände waren in verschiedenen leuchtenden Farben gestrichen, und vor den Fenstern erstreckte sich ein atemberaubendes Panorama aus Eukalyptusbäumen und Bergen.

Edgars einzige Mitbewohner in diesem Vorzeigeheim waren Bonnie, ein übergewichtiger weißer Pudel, und eine strahlende Haushälterin namens Rhondda, die so ziemlich das krasseste Gegenteil von Miss Sharp war, das man sich nur vorstellen konnte. Sie wuselte um uns herum, nahm uns die Mäntel ab und kommentierte entzückt Shalimars Schönheit.

»Miss Shalimar, für dich habe ich extra wieder eine leckere Ingwerlimonade gemacht. Ich weiß noch, wie sehr du die letztes Mal mochtest. Und dazu ein Stück Ingwerkuchen! Alle kleinen Mädchen lieben meinen Ingwerkuchen. Mrs Partridge, Sie trinken das Übliche, nehme ich an? Oje, wir müssen Sie wohl ein bisschen aufpäppeln, Mrs Partridge – Sie haben ja so abgenommen. Um Mr Partridge mache ich mir keine Sorgen, denn um den wird sich ja Edgar kümmern. Hat die kleine Lois alles, was sie braucht, oder soll ich ihr einen Saft holen? Armes kleines Würmchen!« Die letzte Bemerkung bezog sich auf die Tatsache, dass Lois immer noch quengelte und weinte wie so oft. »Und was ist mit Ihnen, Miss Jarvis? Was kann ich Ihnen anbieten?« Als sie sich schließlich an mich wandte, war ihr Tonfall einen Hauch kühler. Ich hatte keine Ahnung, um was ich bitten sollte, da ich mich mit alkoholischen Getränken überhaupt nicht auskannte. Diese Situation hier überforderte mich total. »Vielleicht mögen Sie ja meinen selbstgemachten Früchtepunsch versuchen?«, schlug Rhondda zu meiner Rettung vor. »Den mag auch Mrs Partridge am liebsten. Alle Damen lieben ihn.« Ihr Blick wanderte zu Rupert hinüber, als wollte sie sagen: Noch etwas, das Sie beide teilen. Rhondda eilte davon, um die Getränke zu holen, und ich sagte mir, dass ich mir ihre frostige Haltung mir gegenüber sicher bloß eingebildet hatte. Ich sah mich neugierig in Edgars Salon um. In der Ecke stand ein Klavier, auf dem Shalimar sofort »Greensleeves« anstimmte.

Während Doris versuchte, Lois zu beruhigen, zankten sich Edgar und Rupert über Sidney Nolans jüngstes Werk. Die beiden genossen nichts mehr als ein ordentliches Streitgespräch. Da ich jedoch irgendwann das Geschrei des unglücklichen Babys nicht mehr ertrug, gab ich auf, so zu tun, als würde ich Edgars Speersammlung studieren, und ging zu Doris hinüber.

»Lass mich helfen«, sagte ich und streckte die Arme nach dem Kind aus. Ich wusste instinktiv, wie sich das weinerliche Kind trösten ließ, aber Doris funkelte mich warnend an.

»Ich brauche deine Hilfe nicht«, zischte sie. »Sie ist bloß so verweichlicht, weil du sie die ganze Zeit im Arm hast.«

Getroffen und voller Scham, Reue und Elend zog ich mich mit glühenden Wangen auf eines der Sofas zurück. Es machte mir immer noch zu schaffen, dass sie sich in letzter Zeit mir gegenüber so abweisend verhielt und die Mühe, die ich mir mit ihren Kindern gegeben hatte, ihr offensichtlich so wenig bedeutete. Nicht viele würden die verwöhnte Shalimar und ihre Marotten ertragen, und doch wagte es Doris, mir vorzuwerfen, ich würde Lois verhätscheln! Am liebsten hätte ich ihr in diesem Moment meine Meinung gesagt und wäre abgedampft, aber stattdessen saß ich da und lauschte Shalimars hübscher, rührender Melodie, während ich mir wünschte, ich könnte die Zeit zurückdrehen. Fetzen der Unterhaltung zogen an mir vorbei.

»Ich will ja nicht behaupten, dass er nicht gut malen kann, aber nur, wenn er es darauf anlegt. Er will mit allem doch bloß schockieren.«

»Den Preisrichtern ist seine schlechte Technik egal. Das ist fast schon kriminell, wie die ihm das Geld hinterherwerfen! Und wie sie den armen Dobell behandelt haben. Unglaublich! Der Mann ist ein Wrack.«

»Soll heißen, sie sollen das Geld lieber dir hinterherwerfen?«

»Dieser verdammte Krieg hat alles verändert. Mir fällt nicht einmal ein halbes Dutzend anständige Bilder ein, die seither entstanden sind. Die Entwürfe für Nolans *Ned Kelly* vielleicht? Der Gestank von Blut und Innereien setzt uns allen zu.«

»Erzähl mir mehr über die *Bones of the Lost Boys*. Das klingt nach einer faszinierenden Idee. Dafür wirst du deine ›Blumen‹ aber nicht brauchen, oder?«, versuchte Edgar irgendwann das Thema zu wechseln. Doris' Gesicht wurde rot vor Wut, und sie starrte Rupert böse an.

»Könntet ihr bitte leiser sein? Ihr regt Lois ja noch mehr auf. Shalimar, kannst du vielleicht etwas Fröhlicheres spielen?«

Rhondda kehrte mit einem Tablett mit den Getränken zurück und reichte mir ein eisgekühltes Glas. Ich nahm einige gierige Schlucke, so dankbar war ich für die Ablenkung, die es bot.

Das Abendessen hob meine Stimmung wieder – ein köstlicher Truthahn mit Gemüse aus Edgars Garten, gefolgt von einem Trifle mit Pudding. Wie immer pickte Doris nur auf ihrem Teller herum. Ich war das genaue Gegenteil. Nur wenig konnte meinen Appetit beeinträchtigen, und so aß ich für uns beide. Lois quengelte während des gesamten Essens weiter, begleitet von Ruperts und Edgars Gezanke.

Ich trank ein Glas leckeren Punsch nach dem anderen und genoss seine etwas verwirrende, aber gleichzeitig beruhigende Wirkung.

»Du willst mir doch nicht etwa erzählen, dass immer noch dieser ganze alte Unsinn über die Owlbone Woods kursiert?«, rief Rupert. »Das ist dieser verdammte Patrick, der die Gerüchteküche anheizt, um seine Bücher zu verkaufen.«

»Gegen das Gerede der Leute kann man eben nichts machen.« Edgar schnitt sich ein Stück Käse ab.

»Ich kann nicht glauben, dass du diesen ganzen Blödsinn auch noch gutheißt! Du lebst schon zu lange hier oben und hörst dir Rhonddas Geplapper an.«

»Rupert …« Doris wiegte Lois und warf ihm einen warnenden Blick zu.

»Warum lässt du dann die Leute nicht einfach in die Wälder, wenn sie unbedingt wollen?«, bohrte Edgar nach. »Es ist kein Wunder, dass so viel geredet wird, wenn du das Land für dich beanspruchst. Selbst die Kinder hältst du mit deinen Zäunen und Drohungen fern. Wovor hast du denn Angst, Rupert, wenn an den Geschichten nichts dran ist?«

»Das ist mein verdammter Grundbesitz, und wenn ich nicht will, dass ganz Mount Bellwood da oben alles verwüstet, vom Devil's Leap fällt und die Tiere stört, dann ist das meine Sache! Schlimm genug, dass ich mich mit Jägern ohne Genehmigung und Wilderern herumschlagen muss!«

»Um wen machst du dir mehr Sorgen, um die wilden Tiere oder um die Kinder?«, gab Edgar zurück. »Denn du weißt ja, was man in der Stadt munkelt …«

»Edgar …« Rhondda war wieder aufgetaucht und fing an, den Tisch abzutragen. »Ich glaube, es ist keine gute Idee, über solche Dinge zu sprechen, wenn kleine Menschen mit großen Ohren anwesend sind.« Sie deutete mit dem Kopf auf Shalimar, die sich an Doris lehnte und versuchte, Ruperts Aufmerksamkeit auf sich zu lenken.

Ich entschuldigte mich, um das Badezimmer aufzusuchen, und stellte fest, dass es mir schwerfiel, geradeaus zu gehen. Was auch immer Rhonddas leckerer Punsch enthielt, es hatte mich komplett abgefüllt.

Edgars Bad mit leuchtend blauer Badewanne und passendem Waschbecken war so modern und glänzend, als käme es direkt aus einer Wohnzeitschrift. Auch die Wasserhähne waren alle extrem schick.

Ich setzte mich auf den Wannenrand und ließ meinen Tränen freien Lauf. Ja, ich gebe zu, ich habe sogar ein kleines Gebet gesprochen, für den Fall, dass der liebe Gott mich zufällig erhören sollte, obwohl ich ja eine Frau der Sünde war. Dann legte ich frischen Lippenstift auf. Als ich die Badezimmertür öffnete, stand Rhondda direkt davor.

»Wir müssen uns mal eben unterhalten.« In ihrer Stimme lag nun überhaupt keine Wärme mehr. Sie schubste mich – die alte Kuh schubste mich tatsächlich – zurück ins Bad und schloss die Tür hinter uns ab.

»Was soll dieses Techtelmechtel auf Currawong?«, fragte sie. »Schämst du dich denn gar nicht? Sämtliche Klatschbasen in Mount Bellwood zerreißen sich das Maul über dich und ihn.«

Ich reckte trotzig das Kinn in die Höhe. »Und was geht Sie das an, bitte schön?«, erwiderte ich. »Sie sollten nicht auf den Tratsch hören, wenn er Sie so aufregt. Was glauben Sie eigentlich, wer Sie sind, mich hier so anzuprangern? Ich tue nichts Unrechtes.« Leider muss ich dabei so schuldbewusst gewirkt haben, wie ich mich fühlte, denn die schlaue alte Hexe ließ sich keine Sekunde lang täuschen.

»Glaub ja nicht, ich wäre von gestern«, fuhr sie mich an. »Und es geht mich sehr wohl etwas an, weil ich nämlich eine alte Freundin der Partridges bin. Du brauchst dir überhaupt keine Hoffnungen zu machen, du kleines Flittchen. Er würde niemals eine echte Lady wie Doris wegen so einer wie dir verlassen. Männer tauschen gute Frauen nicht gegen Schlampen ein, und wir in Mount Bellwood wissen alle, was ihr Flowers seid.«

»Halten Sie den Mund oder ich schlag zu.« Mit erhobener Faust trat ich einen Schritt vor. Mein Gebet hatte ich völlig vergessen. Niemand bezeichnet mich als Schlampe, ohne dafür zu bezahlen. »Sie sind doch bloß eine fette alte Haushälterin, die kein Mann freiwillig besteigen würde. Wagen Sie es ja nicht, mich zu beschimpfen, wo Sie hier doch selber bloß die Dienstmagd sind. Ich hab's Ihnen bereits gesagt, ich habe nichts Unrechtes getan.«

»Eine Lügnerin bist du auch noch.« Rhondda sah mich abfällig an. »Aber dich wird ein Mächtigerer richten als ich.« Dann betrachtete sie unser Bild im Spiegel. »Mach nicht den Fehler, nach dem zu urteilen, was du siehst, Ginger Jarvis. Ich bin für Edgar mehr als die Haushälterin. Edgar braucht mich, musst du wissen. Aber Rupert Partridge braucht niemanden außer seiner Malerei und seiner Familie. Ein Flittchen wie du ist ihm doch völlig gleichgültig.« Auf einmal drehte sich die alte Hexe um und spuckte mir ins Gesicht. »Die ganze Stadt weiß, dass du eine Schlampe bist, die Ehen zerstört. Und die Leute sagen noch etwas anderes über dich ...« Sie flüsterte mir etwas ins Ohr und lachte dann laut über meine entsetzte Miene.

»Wir sind hier in den Bergen nicht auf den Kopf gefallen«, fuhr sie fort. »Die Leute reden. Hier gibt es keine Geheimnisse. Und wenn ich dir einen guten Rat geben darf, Ginger Jarvis, dann geh zurück nach Sydney, und zwar schnell. Sonst sorge ich dafür, dass deine schmutzigen Machenschaften überall bekannt werden.«

Bevor ich meine Drohung wahr machen und der alten Schachtel eine verpassen konnte, schloss sie die Badezimmertür auf und verschwand.

Als wir schließlich aufbrachen, machte Edgar eine Menge Aufhebens darum, ob wir auch warm genug eingepackt waren. Rhondda kam noch einmal zu mir her. »Es war eine Freude, Sie hier in Mount Olympus als Gast begrüßen zu dürfen, Miss Jarvis.« Ihr Tonfall war so freundlich und warm wie bei unserer Ankunft. »Sie sind wirklich eine Schönheit, mit Ihrem hübschen roten Haar, der hellen Haut und prächtigen Figur. Ich freue mich schon darauf, Ruperts Gemälde von

Ihnen zu sehen, doch ich kann mir nicht vorstellen, dass ein junges Mädchen wie Sie sich in Mount Bellwood allzu lange beschäftigen kann. Bestimmt ruft die große Stadt bald nach Ihnen.«

Als Doris und sie sich einen Blick zuwarfen, begriff selbst mein vom Punsch umnebeltes Hirn, dass die beiden sich wohl verständigt hatten.

Wir winkten Edgar und Rhondda zum Abschied zu, die ein Stück voneinander entfernt standen, sich aber vermutlich umarmen würden wie das alte Paar, das sie waren, sobald wir außer Sichtweite waren.

Ich erinnere mich noch gut, wie wütend Doris war, als wir Currawong Manor erreichten, und wie sie Rupert anfuhr: »Wie konntest du nur? Vielleicht hätte ich *Bones of the Lost Boys* eines Tages gerne selbst weiterentwickelt. Wie konntest du mir das auch noch wegnehmen?« Sie verschwand im Haus und knallte die Tür zu, so dass ich mit Lois dastand, die wie ein kleiner Engel in meinem Arm schlief.

Doch ich war viel zu sehr mit meinem Rhondda-Drama beschäftigt, um mir lange Gedanken über Doris' Ausbruch zu machen. So viel Angst wie Edgars Haushälterin hat mir in meinem ganzen Leben eigentlich niemand mehr eingejagt. Wie rasch sie die Gesellschaftsmaske der Heuchelei und Höflichkeit abgelegt hatte, um mich derart bösartig anzugreifen – und genauso schnell hatte sie sich, als es nötig war, wieder in die freundliche, umgängliche Rhondda verwandelt. Sie war so seriös, so normal – und so verstörend. Im Lauf der Jahre habe ich oft an ihr rundes, faltenloses Gesicht denken müssen, an ihre harten kleinen Schweinsäuglein, denen nichts entging, und ihren Knoblauchatem, als sie mir ihr schmutziges Wissen ins Ohr flüsterte. Doris hatte sie angesehen, als stünden sie auf derselben gesellschaftlichen Stufe, von der ich ausgeschlossen war. Ich glaube, der Vorfall hat mich nie losgelassen, weil er so weh tat. Wie sehr hatte ich mich danach gesehnt, eine von ihnen zu sein, zu Ruperts Freunden und seiner sozialen Schicht zu gehören. Selbst die Haushälterin seines Freundes, diese feige alte Kuh, durfte mich hinter den Kulissen angreifen, weil ich ein hilfloses Opfer darstellte. Schließlich war ich bloß eine kleine Ratte aus Surry Hills, die sich für den Abend in ein billiges grünes Kleid geworfen hatte. Rhondda gab mir das Gefühl, tatsächlich eine Hure zu sein, aber das war ich nicht.

Ich war zwar nicht stolz auf meine Affäre mit Rupert, aber dazu gehören immer zwei. Irgendwie sind es immer die Frauen, die es ausbaden müssen, oder? Genau wie Edgar sich in der Öffentlichkeit von seiner Haushälterin distanzierte, obwohl doch alle wussten, dass sie etwas miteinander hatten, und ihnen das auch egal war.

Mit einer Sache hatte Rhondda jedoch ins Schwarze getroffen: Ich beging tatsächlich den Fehler, alles zu glauben und zu bewerten, wie es auf den ersten Blick aussah.

Denn was Shalimar und die verdammte Puppenmacherin betraf, so stand mir die Wahrheit die ganze Zeit direkt vor der Nase. Ich hätte nur die einzelnen Puzzleteile erkennen müssen: die Stacheldrahtzäune, die Betreten-verboten-Schilder, Busters Tod und Miss Sharps Trauer. Hätte ich nicht alles einfach so hingenommen und die Dinge aus meiner beschränkten Sicht betrachtet, wäre ich schlauer gewesen. Außerdem hätte ich an jenem Abend begreifen müssen, dass ich nicht die Einzige war, die ein Geheimnis mit sich herumtrug – wie Rhondda behauptet hatte –, sondern dass dies für alle auf Currawong Manor galt.

Wo waren diese Fotos gelandet? Ginger schob das Tonband in seine Hülle und versuchte sich zu erinnern. Damals war es so hektisch zugegangen. Sie hatten alle getrauert und unter Schock gestanden. Jeder wollte schnell die Flucht ergreifen, bevor die Currawongs wieder auf den Türmen auftauchten. Die Flowers mit ihrem eiligen, tränenreichen Pakt, niemals etwas zu verraten. Miss Sharp hatte ihnen mit allerlei Unsinn gedroht, und da sie jung und leicht zu beeindrucken waren, hatten sie ihr geglaubt. Sie hatten sich in den Finger gestochen und das Blut auf eine Puppe tropfen lassen, um der alten Hexe zu beweisen, dass sie es ernst meinten.

Aber jemand musste diese Fotos an sich genommen und sie entweder behalten oder zerstört haben. Aber wer? Die Puppenmacherin selbst, um die einzigen Menschen zu beschützen, aus denen sie sich, abgesehen von Dolly, etwas zu machen schien? Kitty? Wanda? Vielleicht sollte sie Wanda in ihrem Pflegeheim besuchen, um in Erfahrung zu bringen, ob noch irgendetwas Vernünftiges aus ihr herauszubekommen war. Wie viel von alledem sollte sie Elizabeth und Nick erzählen? War es wirklich ihre Aufgabe, die beiden mit einem Geständnis zu belasten?

21. Kapitel

Eindringlinge

Juni 2000

»Dolly, was wollen Sie denn mit der Axt?«, rief Elizabeth, als die ältere Frau aus einem Seitenpfad auf sie zukam. Sie bemühte sich, ihre Stimme möglichst ruhig klingen zu lassen, um die Kinder nicht zu verängstigen, aber innerlich brach auch sie in Panik aus. Sugar versteckte sich hinter Fleur, und sogar Louis schob sich näher an seine Mutter heran.

»Die hab ich zu meinem Schutz dabei. Wie oft muss ich Ihnen noch sagen, dass es hier im Wald gefährlich ist?« Dolly deutete mit beunruhigter Miene auf die Flecken am Boden. »Anscheinend hat da jemand gejagt.«

»Ist das Tierblut?«, erkundigte sich Elizabeth und versuchte, ihre flatternden Nerven zu beruhigen.

»Ja, ich schätze schon«, gab Dolly mit einem amüsierten Blick zurück. »Sie haben wohl geglaubt, es stammt von einem Menschen, was?«

Mit einer überraschend geschmeidigen Bewegung ging sie in die Hocke, um die Überreste zu untersuchen. »Ich wette, da hat jemand ein Känguru gehäutet. Heutzutage gibt es so viele Spinner. Einheimische mit Verstand halten sich von hier fern. Aber morbide Fremde fühlen sich von den Partridge-Toten angezogen. Die Owlbone Woods waren einst ein friedlicher Ort, bis diese Leichenfledderer kamen. Ich habe schon überlegt, Eintrittskarten zu verkaufen und Touren durch den Busch anzubieten. Aber vor ein paar Jahren bin ich ein paar besoffenen Rüpeln aus Sydney begegnet, die sich einen Spaß daraus machten, die Tochter der Puppenmacherin zu jagen. Sie wollten die Wahrheit über Shalimars Tod aus mir herauspressen. Seitdem habe ich immer eine Axt bei mir. Das ist die einzige Sprache, die diese Ungeheuer verstehen.«

Sie erhob sich wieder und trat mit ihrem Stiefel gegen das blutgetränkte Bündel. »Ich würde sagen, solche Leute haben es eher verdient, erschossen zu werden, als die Tiere, oder? Die Welt wäre ungefährlicher, wenn wir anstatt unschuldiger Tiere Menschen schlachten und essen würden.«

»Wow«, murmelte Louis und machte große Augen.

Elizabeth warf Fleur verstohlen einen Blick zu. Wie erwartet reagierte ihre Freundin total entsetzt. Diese Art von Kommentaren bekam sie auf ihren Dinnerpartys wohl eher nicht zu hören.

»Stimmt es, dass das alte Häuschen Ihrer Mutter immer noch irgendwo hier steht?«, wagte Elizabeth zu fragen.

»Es ist seit Jahren baufällig«, erwiderte Dolly. »Jetzt dient es den wilden Tieren im Wald als Zuflucht, was genau das ist, was sich meine Mutter gewünscht hat. Ich möchte nicht, dass fremde Leute dort herumschnüffeln und irgendwelchen Müll ausbuddeln. Holly drängt mich auch schon dauernd, ich soll Sie dort Fotos für das Buch machen lassen. Diese Frau hat einfach keinen Respekt.«

Während sie redete, ließ sie den Blick über den Wald schweifen. Als der Schrei eines Vogels ertönte, packte sie den Griff ihrer Axt fester. »Wenn Sie vernünftiger sind als diese Holly«, sagte sie zu Fleur – und ihre Worte klangen wie eine Drohung –, »dann bleiben Sie nicht länger hier, besonders nicht mit Ihrem kleinen Mädchen. Das ist kein sicherer Ort für Kinder. Wer auch immer dieses arme Tier gehäutet hat, schleicht vielleicht immer noch hier herum. Außerdem stehen überall Fallen. Aber noch schlimmer als die Fallen sind die Jäger mit geladenem Gewehr. Denen ist einfach nicht zu trauen.

Deswegen hab ich immer die hier mit dabei.« Dolly tätschelte den Griff ihrer Axt.

Sie brauchten keine weitere Ermunterung zum Aufbruch. Nachdem sie hastig die Picknicküberreste zusammengepackt hatten, machten sie sich bereit zum Abmarsch. Fleur zog ihre beiden Kinder am Arm hinter sich her.

Elizabeth folgte ihnen, drehte sich aber noch einmal nach Dolly um. Zu gern hätte sie gefragt, was diese eigentlich mit einer Axt gegen ein Gewehr ausrichten wollte. Doch dann blieb sie wie angewurzelt stehen. Dolly mit ihrer Axt, dem kinnlangen Haar und der altmodischen Kleidung bildete einen wahrlich surrealen Kontrast zu der dramatischen Landschaft aus Busch, Steinklippen und Schlucht hinter ihr. *Wie eine Szene aus einem australischen* Deliverance*-Film. Verdammt, das wäre ein Foto!* Am liebsten würde sie bei Gelegenheit mit Dolly hierher zurückkehren, um diesen Augenblick zu reproduzieren, aber sie wusste, dass Dolly das nicht mitmachen würde.

»Und was ist mit Ihnen?«, fragte Elizabeth stattdessen, denn Dolly wirkte auf einmal verletzlich und einsam. »Wird Ihnen denn nichts passieren, falls Sie auf Jäger treffen?«

»Das hier ist mein Wald«, erwiderte Dolly. »Hier bin ich sicher, solange ich wachsam bleibe und aufpasse, wohin ich trete. Ich weiß, welchen Schatten ich trauen und folgen kann. Ich verstehe die Sprache des Buschs.« Ihr Blick flackerte misstrauisch. »Na los, gehen Sie schon!«, befahl sie. »Nehmen Sie die Kinder und verschwinden Sie.«

»Um Himmels willen!«, seufzte Fleur, als sie eilig davonmarschierten. Elizabeth erwartete fast, hämisches Gelächter hinter sich zu hören und die Axt in ihrem Rücken zu spüren. »Die ist ja total verrückt. Ist es überhaupt erlaubt, eine Axt mit sich herumzuschleppen?«

»Du hast ja gehört, das hier ist ihr Wald. Wahrscheinlich glaubt sie, hier kann sie machen, was sie will.«

»Wenn ich Dad davon erzähle, seid ihr beide so was von tot«, drohte Louis, der jetzt, in sicherer Entfernung zu Dolly, seine Stimme wiederfand. »Ihr schleift uns in diesen Wald, wo eine alte Hexe mit der Axt rumschleicht. Ich wette, das war *kein* Kängurublut. Ihr habt ja gehört, was sie über die Leute gesagt hat, die geschlachtet gehören. Wahrscheinlich hängen an der Bruchbude ihrer Mutter die Köpfe reihenweise vom Dach.«

»Yellow Death ist gestrichen, Louis«, zischte Fleur. »Ich hab dich gewarnt, so was in Sugars Gegenwart zu sagen.«

Sugar heulte lautstark. »Ich hab die Puppe liegenlassen, die sie mir geschenkt hat.«

»Tja, dann bleibt sie eben dort!« Noch nie hatte Elizabeth ihre Freundin Fleur in einem solch entschiedenen Ton mit ihren Kindern reden hören. »Ich werde auf gar keinen Fall zurückgehen, um diese blöde Puppe zu holen. Du bist sowieso zu alt für Puppen!«

Elizabeth wandte sich nochmals um und beobachtete von weitem, wie Dolly die Puppe aufhob und ihr leise etwas vorsang, während sie sie zärtlich wiegte. Dann schien die alte Frau mit dem Blick die Baumkronen, den dichten Farn und die dunklen Schatten abzusuchen.

Schließlich hockte sie sich mit besorgter Miene wieder hin und untersuchte nochmals die blutigen Reste am Boden.

Holly war mit James im Garten, wo sie gemeinsam den Rosenbusch mit einem Strick an der Mauer festbanden. Als sie Elizabeth und ihre drei Begleiter aus dem Wald kommen sah, lief sie ihnen entgegen.

»Hallo zusammen! Ist es nicht ein bisschen kalt für einen Spaziergang?«, rief sie. »Habt ihr die Mermaid Glen gefunden?«

Sofort begannen die Kinder, von Dollys Axt und dem Kadaver zu erzählen, wobei sie alles dramatisch ausschmückten.

Holly warf James einen Blick zu und meinte kopfschüttelnd: »James, hast du das gehört? Was um Himmels willen treibt die alte Hexe da im Wald?«

»Keine Ahnung.« James belud seinen Schubkarren. »Mein Verhältnis zu Dolly Sharp ist nicht besonders gut. Ich nehme an, sie hält die Owlbone Woods für ihren Grund und Boden und uns für Eindringlinge. Sie hat mich auch schon zur Schnecke gemacht, weil ich dort spazieren war.«

»Was für eine Frechheit!«, schimpfte Holly, halb belustigt. »Ich könnte die Klausel mit ihrem Wohnrecht vor Gericht anfechten, und viele würden das auch tun. Ich hab es nicht getan, weil sie mir leidtut. Aber wenn sie weiterhin meinen Gästen Angst einjagt, könnte ich jederzeit meinen Anwalt anrufen. Hoffentlich jagt sie dort nicht wirklich wilde Tiere?«

Sie sah Sugar an, deren Augen wegen des ganzen Dramas aufgeregt funkelten. »Ich bin mir ganz sicher, dass es ein Tier war«, beruhigte sie das Mädchen. »Ich höre manchmal Jäger und das Knallen ihrer Gewehre. Sie dürfen dort zwar eigentlich nicht jagen, aber ich habe keine Kontrolle über das, was im Wald passiert. Es sieht ganz so aus, als hätte Dolly das Recht selbst in die Hand genommen. Sie ist eine so merkwürdige Frau.«

Elizabeth stellte sich plötzlich Leslies Gesichtsausdruck vor, wenn ihm die Kinder von den Erlebnissen dieses Tages erzählen würden, und musste sich das Lachen verkneifen. Das würde sicherlich ihre normale Routine aus Café- und Kinobesuchen sowie Fernsehen toppen.

Sugar jauchzte freudig auf, als sie einen der Pfaue um die Hausecke kommen sah.

»Soll ich euch durchs Herrenhaus führen?«, lud Holly sie ein.

Als Fleur auf die Uhr sah, fügte sie hinzu: »Natürlich nur, wenn es eurer Mutter recht ist.«

»Au ja, bitte, Mama!«, bettelte Sugar. »Ich möchte unbedingt das große Haus von innen sehen.«

»Nur ganz kurz«, gab Fleur nach. »Das ist sehr nett von Ihnen, Holly. Aber ich möchte nicht zu spät los.«

»Solange ich den beiden das Haus zeige, können Sie mit Elizabeth ein wenig ungestört plaudern«, bot Holly an. Sie lächelte Sugar zu und nahm das Mädchen an die Hand.

»Vielen Dank«, erwiderte Fleur. »Aber nicht zu lange, Kinder.«

Elizabeth wusste, dass ihre Freundin die Kinder – selbst im Teenageralter – nur ungern einer Fremden anvertraute. Sie würde sich Sorgen machen, ob Holly wirklich vertrauenswürdig und das Haus nicht womöglich gefährlich war. Außerdem könnten die Kinder eine Treppe hinunterfallen, oder – ihr neuestes Schreckgespenst – ihre heranwachsenden Lungen könnten giftigen Schimmelsporen ausgesetzt werden.

Als Elizabeth dem Grüppchen gerade um die Rückseite des Hauses herum folgen wollte, entdeckte sie Nick drüben bei den Nestern. Sie bemühte sich, die freudige Erregung zu unterdrücken, die sie bei seinem Anblick verspürte. Was hatte dieser Mann nur an sich, dass er ihr bereits so vertraut war?

»Hallo, Nick!« Fleur winkte ihn herbei und gab ihm die Hand. »Schön, Sie wiederzusehen.« Elizabeth bemerkte das amüsierte Funkeln in den Augen ihrer Freundin. »Sobald ich es schaffe, die Kinder aus diesem Haus zu zerren, brechen wir auf. Es war ein langer Tag, und nach der gruseligen Szene im Wald will ich sie lieber bald heimbringen. Holly erzählt ihnen bestimmt gerade irgendwelche Schauermärchen. Sugar liebt so was, aber heute Nacht hat sie dann Alpträume, und ich darf mich damit herumschlagen.«

»Welche gruselige Szene im Wald?«, hakte Nick nach. Heute trug er schwarze Hosen, Cowboystiefel und seine Lederjacke.

Fleur berichtete von Dollys alarmierendem Auftritt und dem blutigen Kadaver, über den sie gestolpert waren.

»Verrücktes altes Huhn«, meinte Nick stirnrunzelnd. »Warum müssen sich die Sharp-Frauen immer aufführen, als gehörte ihnen dieser Wald? Ich werde da mal nachbohren.«

»Nein, tu das nicht!«, protestierte Elizabeth. »Lass sie in Ruhe. Es ist ja nichts passiert.« Sie fühlte sich ausgelaugt von den Ereignissen des Tages. »Außerdem, was machst du, wenn sie dir den Kopf abhacken will?«

»Die Polizei sollte Bescheid wissen, dass diese Frau eine Waffe bei sich trägt und Leute damit einschüchtert, darunter sogar Minderjährige.« Nick zog sein Handy aus der Tasche und sah Elizabeth dabei so tief in die Augen, dass ihr der Atem stockte.

»Nick, bitte unternimm nichts.« Elizabeth bemühte sich verzweifelt, nicht rot zu werden. Außerdem betete sie insgeheim, dass ihre Freundin nichts von ihren verräterischen Reaktionen auf Nick mitbekam. Das Letzte, was sie jetzt brauchen konnte, war Fleur, die sie mit dem attraktiven Schriftsteller verkuppeln wollte. »Ich will sie nicht gegen mich aufbringen, denn für das Buch brauche ich ihre Kooperation. Sie sagte, sie hätte die Axt zu ihrem eigenen Schutz bei sich, und das stimmt wahrscheinlich auch. Es ist ja nicht so, dass sie uns damit bedroht hätte.«

»Elizabeth, diese Frau ist vielleicht gefährlich. Wenn sie dir etwas antut, wird es überhaupt kein Buch geben«, beharrte Nick.

»Welche Frau?« Sie wandten sich um und sahen Ginger, die sich lautlos genähert hatte. Als Nick in Kurzfassung von Dollys Auftritt berichtete, schüttelte Ginger den Kopf. »Nick hat recht«, sagte sie. »Dolly ist eine sehr eigenwillige Person. Sie können ja Mitleid mit ihr haben, doch halten Sie sich von ihr und diesen Wäldern fern!«

»Aber Ginger –«, begann Elizabeth und wurde gleich wieder unterbrochen.

»Tut mir leid, wir müssen jetzt los.« Fleur war bereits dabei, ihre Kinder, die wieder zu ihnen gestoßen waren, in Richtung Auto zu schieben.

»Mama, warum müssen wir schon gehen?«, jammerte Sugar. »Das ist das coolste Haus, das ich je gesehen habe.«

»Das ist echt mal ein krasses Haus.« Ausnahmsweise war Louis mit seiner Schwester einer Meinung. »Ich bin mir sicher, dass ich im Turm einen Geist gesehen hab. Den Geist von einem Kind. Mann, ich hätte ihn fotografieren sollen. Damit wäre ich bestimmt reich geworden.«

»Los, ins Auto!«, drängte Fleur. »Elizabeth, das war heute wirklich ein außergewöhnlicher Tag. Geister und verrückte alte Damen mit Äxten – so sieht also das friedliche Leben in den Bergen aus. Ich bin wirklich froh, wenn wir wieder in der Stadt sind, damit ich mich erholen kann.«

Elizabeth wünschte, ihr Picknick hätte nicht so unangenehm geendet, aber sie konnte Fleur wohl kaum mehr davon überzeugen, dass Dolly nicht gefährlich war. Daher war es im Moment wohl das Beste, die Freundin gehen zu lassen.

Nachdem sie ihnen zum Abschied nachgewinkt hatten, wandte sich Elizabeth wieder an Nick. »Wage es ja nicht, Dolly anzuzeigen!«

Ginger schüttelte den Kopf. »Sie sind genauso stur wie Rupert damals«, sagte sie. »Machen Sie, was Sie wollen, aber sagen Sie dann nicht, ich hätte Sie nicht gewarnt, falls Sie Probleme mit Dolly bekommen. Hier ist die nächste Kassette. Es war nicht leicht für mich, sie aufzunehmen, weil das in mir alles wieder aufwühlt. Ich hab so viele Fehler gemacht. Ehrlich gesagt bin ich mir gar nicht mehr sicher, ob ich mit diesem Projekt überhaupt noch weitermachen soll. Außerdem hab ich ja versprochen, dass ich ...«

Ohne ihren Satz zu beenden, stolzierte sie in Richtung Garten davon. Nick sah Elizabeth fragend an, doch die schüttelte bloß ratlos den Kopf. Durch ihre Sorge um Ginger vereint, standen sie nebeneinander und beobachteten, wie sie zu der Diana-Statue hinüberging und dort mit gesenktem Kopf stehen blieb, als würde sie beten.

»Holly macht sich Sorgen, dass sie sich mit den Aufnahmen zu viel zumutet, weil sie damit fertig werden will, ehe ihre Zeit abläuft«, sagte Nick. »Sie ist schwer krank. Du solltest ihr gegenüber wirklich ein bisschen mehr Feingefühl zeigen.«

Betroffen erwiderte Elizabeth: »Warum läufst du ihr nicht hinterher, Mr Feingefühl, und lockst noch mehr Material aus ihr heraus, während du ihr alle Wünsche von den Augen abliest? Das hier ist meine Familienangelegenheit. Also mach einfach den Job, für den du bezahlt wirst, und misch dich nicht dauernd ein!«

»Ich bitte vielmals um Verzeihung, Poetin des Fleisches«, sagte Nick und strich sich eine unsichtbare Locke aus der Stirn. »Ich werde in Zukunft wissen, wo mein Platz ist. Aber ehe ich mich dorthin begebe, ein kleiner Tipp – du solltest dringend von deinem Podest runtersteigen und ein paar zwischenmenschliche Fähigkeiten entwickeln.«

Elizabeth warf ihm einen eisigen Blick zu und marschierte dann wortlos zu ihrem Nest hinüber. Dort angekommen knallte sie die Tür zu und brüllte ihre Wut auf Nick in ein Kissen hinein. Warum fand sie ihn bloß so attraktiv, obwohl er dermaßen arrogant war? Aber sie hatte das Gefühl, dass sie aus der Arbeit mit Gingers Memoiren wichtige Erkenntnisse für sich gewinnen konnte, die ihr bei der Bewältigung ihrer momentanen Lebenssituation helfen würden.

Sie dachte an die ältere Dame, die mit gesenktem Haupt vor der Diana-Statue gestanden hatte. Der Moment hatte eine stille Würde gehabt. Trotz ihrer offensichtlich widrigen Voraussetzungen und Umstände hatte Ginger ihr Leben gemeistert, nicht wahr? Und wenn Ginger dazu in der Lage war – dann konnte Elizabeth das auch schaffen!

22. Kapitel

Tod im Spiegel

Juni 2000

Am folgenden Freitag klopfte es an der Tür, als Elizabeth gerade eine Gemüsepastete als Imbiss aufwärmte.

»Es ist eiskalt hier draußen!« Nick wippte auf und ab, und sein Atem bildete eine weiße Wolke. »Darf ich reinkommen, bevor ich mich in einen Eiszapfen verwandle? Weißt du, dass es später noch schneien soll?«

»Ich wollte gerade essen«, erwiderte Elizabeth. Zögernd trat sie beiseite und zuckte bei dem kalten Luftschwall zusammen, den Nick mit sich hereinbrachte.

»Danke. Ich bleib auch nicht lange.« Eine Schmutzspur auf dem Boden hinterlassend, ließ er sich aufs Sofa fallen, wie jemand, der so schnell nicht wieder aufstehen würde.

»Und nach dem Essen werde ich gleich weiterarbeiten«, verkündete sie schroff, ohne Rücksicht auf Höflichkeiten.

Nick hob beschwichtigend die Hände. »Ich habe es gehört. Schon verstanden. Und ich werde dasselbe tun, Liz. Ich wollte nur fragen, ob du heute Abend mit mir ausgehen magst. Als Friedensangebot und Wiedergutmachung für unsere kleine Auseinandersetzung im Garten letzten Samstag.«

»Was meinst du mit ausgehen?«, fragte Elizabeth misstrauisch, während sie einen Teller und Servietten auf ein Tablett legte. »Außerdem heiße ich Elizabeth, wie du genau weißt.«

»Also gut, Elizabeth. Tut mir leid, aber für mich siehst du mehr nach Liz aus.«

»Was soll das jetzt schon wieder heißen?« Elizabeth warf ihm einen argwöhnischen Blick zu.

»Liz wie Glamour, Sinnlichkeit, Wärme. Wie Liz Taylor.« Er lachte, als sie eine Grimasse schnitt. »Na schön, Elizabeth wie Queen Elizabeth, meinetwegen. Mit Ausgehen meinte ich, dass wir diese winzigen, süßen Nester verlassen und nach Mt Bellwood fahren. Heute ist Kinoabend.« Als sie ihn verwirrt ansah, fuchtelte er mit dem Zeigefinger vor ihrer Nase herum. »Und tu nicht so, als wüsstest du nicht, was läuft!«

Ihr immer noch fragender Gesichtsausdruck brachte ihn dazu, einen zerknautschten Flyer aus der Hosentasche zu kramen und ihr hinzuhalten.

Elizabeth nahm den Zettel und las laut vor:

»Das Mount Bellwood Cinema gibt sich die Ehre, ein Retro-Double-Feature zu präsentieren: Alfred Hitchcocks Meisterwerk Rebecca *und die seltene australische Doku* Broken Bloodied Brushes. *Dieser düstere Kurzfilm ist Teil der Edgar-Cabret-Sammlung, die dem Mount Bellwood Cinema freundlicherweise für eine Ausnahmevorführung zur Verfügung gestellt wurde. Wir möchten Sie darauf hinweisen, dass der Film aufgrund seines Alters technische Mängel aufweist, nichtsdestotrotz wird er für Kunstliebhaber und Heimatgeschichtler von großem Interesse sein.*

Broken Bloodied Brushes *zeigt in kurzen Ausschnitten bekannte Künstler wie Norman Lindsay, Edgar Cabret, Rupert Partridge und Monica Baillie.«*

Elizabeth sah Nick freudig überrascht an, ehe sie weiterlas:

»Ginger Lawson, einst eines der Modelle, bekannt als die Flowers von Currawong Manor, wird Broken Bloodied Brushes *präsentieren.*

Live-Klaviermusik und Erfrischungen.«

»Und dann das, was mich wirklich überzeugt hat«, sagte Nick. »Altersfreigabe ab achtzehn, wegen der Nackten. Als Teil meiner Recherchen muss ich das definitiv sehen.«

»Ich hatte keine Ahnung, dass es einen Film gibt!«, rief Elizabeth. Sie las den Flyer noch einmal und bekam dabei eine Gänsehaut.

»Was hältst du davon, wenn wir davor in der Stadt noch eine Kleinigkeit essen?«, fragte Nick. »Ich könnte mal etwas Abwechslung von Hollys kulinarischen Bemühungen brauchen. Sie hat sicher nichts dagegen, wenn sie uns heute Abend nicht verköstigen muss. Komisch, dass Holly dir nicht davon erzählt hat …« Nick sah sie fragend an.

Elizabeth, die selbst genug hatte von den allabendlichen Gesprächen mit den Shaws, überlegte kurz, während sie das Tablett auf ihrem Schoß balancierte.

»Vielleicht«, meinte sie schließlich zögernd.

»Hervorragend!« Er lächelte. »Diese Pastete sieht echt lecker aus. Hast du die in Mount Bellwood gekauft? Die Bäckerei dort ist phantastisch.«

»Willst du ein Stück?«, bot Elizabeth an und rechnete damit, dass er höflich ablehnen würde.

»Gerne!« Nick ging zum Schrank hinüber. »Bleib ruhig sitzen, ich weiß, wo alles ist. Die Nester sind identisch eingerichtet. Teller … da ist er schon!«

Er nahm sich die größere Hälfte der Pastete.

»Mach dir keine Sorgen«, verkündete er mit vollem Mund. »Ich bin gleich wieder weg, dann kannst du weiterarbeiten. Wie kommst du mit den Bildern voran?«

»Großartig«, behauptete Elizabeth, die nicht zugeben wollte, dass sie in einer Sackgasse angelangt war. Holly machte ihr andauernd Vorschläge für Fotos, aber das Ergebnis war uninspiriert und sentimental, und Elizabeth scheute sich, sie Ginger zu zeigen, weil sie wusste, was diese davon halten würde. Andererseits hatte sie das Gefühl, dass ihre Beziehung zu Ginger noch nicht gut genug war, um sie zu bitten, sich für Aktaufnahmen auszuziehen.

»Tatsächlich?« Nick streute etwas Pfeffer über seine Pastete. »Ich kann es gar nicht erwarten, das Ergebnis zu sehen. *Magic Dirt* war äußerst beeindruckend.«

»Danke.« Elizabeth fragte sich, ob er ihr nur schmeicheln wollte. »Du hast die Fotoserie gesehen?«

»Ja. Ein Kumpel von mir schreibt Kritiken für die *Sydney Times*. Er bekommt haufenweise Bücher zugeschickt und lädt sie dann bei mir ab. Ich hab das Outback bisher nicht unter diesem Gesichtspunkt betrachtet. Eigentlich hab ich über das Outback überhaupt noch nie viel nachgedacht, abgesehen von dem Song ›Great Southern Land‹ oder der Musik von Redgum, Goanna oder Yothu«, gab Nick zu. »Aber einige deiner Aufnahmen aus der Wüste waren wirklich faszinierend. Man konnte irgendwie den Geist und die Poesie der Landschaft spüren. Dein Buch hätte mich beinahe dazu gebracht, ein Ticket ins Territory zu buchen, obwohl mich das Outback wahrscheinlich umbringen würde. Meinst du, du schaffst dasselbe mit Currawong Manor?«

»Ich hoffe es«, antwortete Elizabeth und beobachtete ihn aufmerksam. Die Vorstellung, wie der Städter Nick Cash sich im Outback durchschlug, amüsierte sie. Er war ein gutaussehender Mann, aber abgesehen von seinem guten Aussehen hatte sein knochiges, kantiges Gesicht auch etwas Charismatisches. Sie hatte große Lust, eine Fotoserie mit ihm zu machen und dabei den Kontrast zwischen seiner urbanen Coolness und der Wildnis des Buschs herauszuarbeiten. Soweit sie zurückdenken konnte, war es Elizabeth noch nie gelungen, jemanden anzusehen, ohne sich sogleich auszumalen, wie er auf einem Foto wirken würde.

»Ginger ist wirklich ein erfahrenes Model und eine faszinierende Persönlichkeit. Sie wird diesem Buch die nötige Lebendigkeit geben.« Sie wünschte sich, sie wäre wirklich so zuversichtlich, wie sie gerade klang. Es war an sich schon schwierig, Ginger zu einer Fotosession zu überreden, und wenn sie dann fotografiert wurde, war sie störrisch und es musste alles nach ihrem Kopf gehen.

»Kann sein.« Nick klang auch nicht unbedingt überzeugt, während er die Reste seiner Pastete verspeiste. »Möchtest du, dass ich mir ein paar von deinen Aufnahmen ansehe?«

»Lieber nicht, danke«, erwiderte Elizabeth freundlich, aber bestimmt. »In diesem frühen Stadium zeige ich meine Arbeiten niemals her.«

»Verstehe.« Nick stand auf, um zu gehen. »Falls du deine Meinung änderst, du weißt ja, wo du mich findest. Was ist mit Dolly Sharp? Meinst du, wir schaffen es, sie auf unsere Seite zu ziehen? Ich nehme nicht an, dass du schon Gelegenheit hattest, mit ihr zu sprechen?«

»Nein.« Elizabeth stellte die Teller aufeinander und ging Richtung Küche. »Ich habe das Gefühl, sie ist nicht gerade begeistert davon, dass Ruperts Enkelin in Hollys Projekt involviert ist. Außerdem wollte ich ihr nach der Szene mit der Axt ein paar Tage Zeit geben, um sich zu beruhigen. Sie war so zornig und irgendwie angespannt, als sie uns dort im Wald sah.«

»Ich hab ein paarmal versucht, mit ihr zu reden, aber sie hat mir nicht mal die Tür aufgemacht. Ich hab so eine Ahnung, dass sie viel mehr weiß, als sie zugibt. Jedenfalls sollte ich jetzt auch versuchen, noch etwas zu arbeiten. Ich hol dich um sechs ab, in Ordnung, Liz? Ich meine, Elizabeth.«

»In Ordnung. Bis dann.« Elizabeth sah ihm nach, wie er zu seinem Nest hinüberrannte, die Arme wegen des eisigen Wetters fest um den Oberkörper geschlungen. Verdammt, hatte sie gerade zugesagt, mit ihm auszugehen? James plauderte im Garten auf einen Rechen gestützt mit Ginger, die sich in einen leuchtend roten Paschmina gehüllt hatte und dazu Gummistiefel mit Blümchenmuster trug. Wie immer sprach sie mit ausladenden Gesten.

Elizabeth überlegte, ob sie die beiden einladen sollte, sie zum Abendessen in die Stadt zu begleiten. Ginger war ja offensichtlich sowieso bei der Filmvorführung dabei, und wenn Elizabeth in Begleitung käme, würde Nick schon kapieren, dass sie keine romantischen Gefühle für ihn hegte. Warum fühlte sie sich in seiner Gegenwart bloß immer so unbehaglich? Sie fand ihn eben attraktiv, na und? Aber irgendetwas an seinen dunklen Augen und seiner entspannten Art hielt sie von ihrer Arbeit ab. Und dann war er auch noch so selbstbewusst! Elizabeth fasste ihren Entschluss und ging zu den beiden hinüber.

»So ein Leben als Gärtner ist bestimmt wahnsinnig interessant«, meinte Nick an James gewandt, als sie später zu viert im Velvet Deer, dem beliebten libanesischen Restaurant, in Mt Bellwood saßen. Sein Tonfall verriet eher das Gegenteil. »Außerdem hält es einen fit«, sagte er und betrachtete James' durchtrainierte Arme. »Sprechen Sie mit Ihren Pflanzen?«

»Manchmal.« James trank sein Bier aus. »Ich könnte niemals in einem Büro oder am Computer arbeiten, so wie Sie, Nick. Ich muss draußen an der frischen Luft sein und mit lebendigen Dingen arbeiten. Das haben schon meine Eltern geliebt. Ich hab wohl ihre Gene geerbt.«

»Meine Eltern haben gesoffen und gespielt. Zum Glück hab ich das nicht von ihnen geerbt.« Nick schob ein Weinblatt auf seinem Teller herum.

»Es ist wie in jedem Job«, erklärte James. »Alles hat seine Vor- und Nachteile. Ich weiß noch, wie mein Dad immer gesagt hat, dass er nicht weniger ein Künstler sei als Rupert.«

»Ich bezweifle, dass Rupert derselben Meinung war.« Nick säbelte ein Stück von seinem Lammkotelett ab. »Eigentlich unvorstellbar, dass Sie genau dasselbe machen wie Ihr Dad. Hatten Sie denn nie das Bedürfnis, Ihren eigenen Weg zu gehen?«

»Nein, warum sollte ich?«, erwiderte James mit einem Stirnrunzeln. »Die Frosts waren Gärtner, seit wir mit der Ersten Flotte hier ankamen. Dad hat unsere Ahnen zurückverfolgt bis ins England des sechzehnten Jahrhunderts, wo die Familie als Gärtner in Somerset beschäftigt war. Es liegt uns im Blut, den Garten zu bestellen. Ich arbeite viel lieber mit Pflanzen als mit Menschen. Wenn man sie mit Respekt behandelt, respektieren sie einen ebenfalls. Das kann ich von den meisten Menschen nicht behaupten!«

»Diese Begeisterung für Gemüse und Blumen ist wirklich faszinierend«, erwiderte Nick mit einem Gähnen. »Ginger, Sie sind heute Abend ungewöhnlich still, schöne Lady. Was fällt Ihnen zu Mr Frost senior ein? War Dennis auch so ein Prachtbursche wie sein Sohn? Verzehrten sich die Flowers nach Dennis Frost?«

Da erst fiel Elizabeth auf, dass Nick recht hatte. Die normalerweise so lebhafte Ginger, die es kaum ertragen konnte, nicht im Mittelpunkt zu stehen, war ungewohnt zurückhaltend.

»Verzeihung, Nick. Was sagten Sie gerade?«

Nick wiederholte die Frage, die dunklen Augen aufmerksam auf Ginger gerichtet. »Geht es Ihnen nicht gut?«

»Natürlich geht es mir gut!«, fuhr Ginger ihn an. »Es ist nur so laut in diesem Restaurant. Ich kann meine eigenen Gedanken nicht hören, außerdem habe ich etwas Lampenfieber. Die Leute erwarten so viel von einem. Über was hatten Sie gesprochen, Nick? Ach, jetzt weiß ich es wieder. Dennis war wirklich sehr gutaussehend, sehr charmant und bodenständig.« Ginger lachte in sich hinein. »Die Dinge haben sich wirklich verändert, was? Da bin ich zurück in den Ruinen und sitze hier zusammen mit Dennis' kleinem Jungen und Ruperts Enkelin.« Einen Moment lang schien sie tief gerührt.

»Es passiert mir nicht oft, dass ich mit Mitte dreißig noch als kleiner Junge bezeichnet werde.« Der Gärtner lächelte.

»Genießen Sie die Dreißiger, mein Junge«, mahnte Ginger. »Die Jahre verfliegen so schnell. Im Inneren fühlt man sich wie achtzehn, bereit, die Welt zu erobern. Aber der Spiegel erzählt einem eine andere Geschichte. Ich möchte nächstes Jahr nach Ägypten reisen, außerdem habe ich vor, Deutsch oder Mandarin zu lernen, oder vielleicht beides. Ich wollte immer schon eine Sprache lernen. Die Leute heutzutage geben viel zu schnell auf. Sie können es gar nicht erwarten, ihre eigene Beerdigung zu planen!«

Begleitet von Johlen und Beifall erschien eine Bauchtänzerin am Nachbartisch, und Ginger stöhnte auf. »Ich ertrage diesen lächerlichen Unsinn nicht!« Verärgert runzelte sie die Stirn, als einer der schon recht angetrunkenen Männer aufstand, um mit der Frau zu tanzen. »Warum kann man nicht einfach in Ruhe sein Essen genießen?«

»Ginger, seien Sie doch nicht so empfindlich – Sie klingen wie eine alte Frau«, neckte Nick sie. »Was ist schon so schlimm daran, wenn die Leute ein bisschen Spaß haben?«

Mit Unbehagen beobachtete er James und Elizabeth, die sich inzwischen angeregt unterhielten und gar nichts mitbekamen von dem feuchtfröhlichen Lärm rundherum und dem Blitzlichtgewitter, das die Verrenkungen der Tänzerin auf Fotos festhielt. »Na ja, eigentlich war es zwar schon als ruhiges Dinner geplant«, gab Nick zu. »Allerdings schien Elizabeth auf keinen Fall mit mir allein sein zu wollen.«

Ginger lächelte in sich hinein, während sie ihr Make-up kontrollierte. Elizabeth sah heute Abend auf ihre unaufdringliche Art sehr hübsch aus. Sie trug schwarze Jeans, ein schwarzes Wolljackett und den üblichen roten Lippenstift. Es war irgendwie schwer zu glauben, dass Dennis' Sohn immer auf Currawong herumhing. Das war der verdammten Holly zu verdanken. Diese Engländerin war wild entschlossen, für ihre Geschäftsidee so viel wie möglich von dem alten Haus wiedererstehen zu lassen. Gott sei Dank hatte sie nicht auch noch Kinderschauspieler engagiert, die Shalimar und Dolly oder derlei Geschmacklosigkeiten darstellen sollten.

Sie entschuldigte sich und ging zur Toilette. Sie wollte für sich selbst eine Zukunft erschaffen, die so strahlend und außergewöhnlich war, dass sie von den dunklen Stellen ihrer Vergangenheit ablenken würde. Sie wollte die Reise nach Ägypten buchen, dem Tod eine Absage erteilen und einfach leben. In diesem alternden, kranken

Körper fühlte sie sich gänzlich fehl am Platz. So viele Dinge störten sie jetzt. Zum Beispiel die Miederslips, die sie inzwischen immer trug und die gerade um ihre Knöchel hingen. Ja, es war die beste Figurformwäsche, die zu kriegen war, aber Ginger sehnte sich nach den französischen Spitzendessous, die sie früher so geliebt hatte. Solche Qualität gab es heutzutage gar nicht mehr.

Mit keinem ihrer drei noch lebenden Geschwister hatte Ginger wirklich Kontakt. Sie waren alle zu beschäftigt mit ihren eigenen Dramen, ihren Kindern und Enkeln. Ginger hatte niemanden. Für ihre Geschwister war sie nur noch ein Name auf einer Weihnachtskartenliste. Ihre Ma hatte verstanden, wer sie wirklich war. Alle anderen sahen nur die Fassade, die sie sich geschaffen hatte: extravagant, furchtlos, Mittelpunkt jeder Party, Sexbombe Ginger Lawson. Aber Ma – Gott hab sie selig – kannte die wahre Ginger.

Tränen brannten in ihren Augen. Aus Angst, ihr Make-up zu ruinieren, blinzelte sie rasch und putzte sich die Nase, ehe sie ihre Kabine verließ.

Es war bestimmt die Rückkehr in die Berge, die dieses Selbstmitleid ausgelöst hatte. Ginger hatte sich in ihrem Leben mit vielem arrangiert. Dass sie nach Currawong Manor zurückgekehrt war, hatte alte Gespenster aufgeweckt, und das Geheimnis, das sie so lange gehütet hatte, tobte jetzt in ihrem Inneren wie ein gefangenes Tier. Doch das, was in der Vergangenheit geschehen war, ging nur sie etwas an.

Ginger sah in den schmutzigen Spiegel, um ihr Make-up aufzufrischen. Sie hatte die Wahrheit gesagt, als sie von Lampenfieber gesprochen hatte. Aber heute Abend war sie dankbar für ihre angespannten Nerven, weil die sie von ihren bohrenden Schuldgefühlen ablenkten. Einen Moment lang erblickte Ginger im Spiegel nicht ihr faltiges, aber gepflegtes Gesicht, sondern das der kleinen Shalimar. Shalimar, verloren an den Tod, ihr ovales Gesicht auf ewig jung, gefangen zwischen den Welten.

Vor lauter Schreck kam es Ginger so vor, als würde am Spiegel dasselbe Wasser herunterrinnen wie damals in der Mermaid Glen, als Rupert die blutüberströmte Leiche seiner Tochter aus dem Teich herausgezogen und den ganzen Heimweg über zärtlich in seinen Armen gehalten hatte. Ginger zwang sich, ruhig zu bleiben, und atmete tief durch. Shalimar war nicht in diesem Spiegel. Sie war jetzt nicht mehr als ein paar Knochen auf dem Friedhof von Mt Bellwood, in einem Grab neben ihren Eltern, auf das Ginger Blumen legte, wann immer sie es ertrug, dorthin zu gehen.

Das war das Schlimmste am Altern, dachte Ginger bei sich, während sie versuchte, im Spiegel das Kind in sich selbst wiederzufinden: nicht der stetige Verfall des Körpers und die äußerlichen Veränderungen, sondern die drohenden Gespenster. Die Haut, die sich so trocken und fremd anfühlte, während man langsam verwelkte. Der zunehmend unangenehmere Geruch aus dem Verdauungstrakt, während die Körperzellen Jahr für Jahr alterten. Das Wissen, wie unwichtig man für die Welt war. Die Traurigkeit über vergeudete Sekunden, Gefühle, Gedanken und Träume. Über die gelben Zähne, brüchigen Knochen, gleichgültigen Männerblicke, grauen Haare, das unkontrollierte Furzen – all die Symptome des unausweichlichen Verfalls eines alternden Körpers.

Sie schüttelte ihre Schwermut ab, kontrollierte, ob sie Lippenstift an den Zähnen hatte, und fügte noch etwas beerenfarbenen Gloss hinzu. Sollte Shalimar doch in jedem Spiegel lauern, in den Ginger hineinschaute! Sie war Ginger Lawson und hatte in den Vierzigern getan, was notwendig gewesen war, um zu überleben. Sie besaß die Stärke und Ausdauer ihrer Ma und fürchtete sich nicht vor Geistern, Träumen, Erinnerungen, Toten, Spiegeln oder vor Rupert Partridge. Das waren alles nur Schatten. Was wirklich zählte, waren der Applaus und die neidischen Blicke der anderen Frauen ihres Alters, die längst aufgegeben hatten. Der teure Schmuck, den sie trug, die unverschämt hohen Schuhe, in denen sie kaum laufen konnte (aber sie würde sich lieber die Beine brechen, als in flache Schuhe zu schlüpfen), das Chanel-Parfüm und der leuchtende Lippenstift, den sie jetzt benutzte, wie um sich für eine Schlacht zu rüsten. Was irgendwie ja auch stimmte.

Es war an der Zeit, sich den braven Leuten von Mt Bellwood zu stellen. Sie würde Rupert nicht noch mehr im Stich lassen, als sie es ohnehin schon getan hatte. Entschlossen schob sie ihre Brüste hoch und kontrollierte nochmals die Zähne auf Lippenstiftspuren.

Showtime.

23. Kapitel

Im Kino

Juni 2000

Das historische Kino von Mt Bellwood befand sich in der Drake Street, der früheren Hauptstraße des Ortes. Es war in den zwanziger Jahren erbaut, aber vor kurzem renoviert worden, wobei die Originalausstattung – eine Mischung aus Art déco, Jugendstil und Edwardian Style – beibehalten worden war. Das Kino besaß nach wie vor seinen schwarzweiß gemusterten Fußboden, das vergoldete Kartenhäuschen am Eingang, die Kristallkronleuchter sowie ein paar Göttinnenstatuen von Rupert Partridge. Rote Samtvorhänge rahmten die Leinwand ein. Am Rand verbreiteten ein Klavier sowie ein Holztisch mit Platten voller belegter Brötchen und großen Emailleteekannen trotz der prachtvollen Umgebung eine heimelige Atmosphäre.

Elizabeth bewunderte die reichverzierte Decke, wo Figuren aus der griechischen Mythologie zusammen mit Obstgebinden und kleinen Tieren sich um nackte Putten tummelten. Sie würde noch einmal mit Linda hierher zurückkommen müssen, um all die elegante Schönheit einzufangen. Für Gingers Rede hatte sie ihre kleine Canon mitgebracht und auf einem Stativ neben ihrem Stuhl aufgebaut.

Ein großer älterer weißhaariger Herr in schwarzem Smoking und glänzenden Lacklederschuhen saß am Klavier. Er stimmte eine muntere Tanzmelodie an, während die Gäste sich einen Sitzplatz suchten oder sich noch mit Freunden unterhielten. Die meisten von ihnen waren so klug gewesen, Decken und Schals mitzubringen. Fröstelnd stellte Elizabeth fest, dass es im Kinosaal fast so kalt wie draußen war.

Sie schob ihr Stativ ein bisschen weiter in den Gang hinein, um eine bessere Sicht auf den Pianisten zu haben. Aus diesem Winkel erkannte sie, dass es sich um Patrick Bishop handelte, den Mann, den Ginger auf Kittys Beerdigung nicht hatte sehen wollen. Elizabeth nahm sich vor, ihn später zu bitten, ihr per Unterschrift die Verwendung der Fotos zu genehmigen.

»Patrick Bishop, Vorsitzender des Kunstvereins von Mount Bellwood«, sagte James. »Fürs Kino wirft er sich immer total in Schale. Er spielt hier schon, solange ich denken kann. Selbst an den Wochenenden kleidet er sich wie jemand aus einem alten Film. Falls ihr irgendwie Hilfe mit eurem Buch braucht, ist Patrick euer Mann.«

Nick, der mitgehört hatte, zückte sofort ein kleines Notizbuch und schrieb sich den Namen auf. Er wollte unbedingt mit Bishop sprechen, bevor ein anderer das tat.

»Es überrascht mich sowieso, dass er noch nicht bei euch vorbeigekommen ist«, fuhr James fort. »Andererseits ist er wohl kein großer Freund der Ruinen.«

»Glaubt er diese Geschichte mit den Krähen?«, fragte Elizabeth erstaunt, während ihr Fuß den Takt zu Patricks flotter Version von »Knees Up Mother Brown« klopfte und das Publikum mitklatschte.

»Das weiß ich nicht, aber er hatte irgendein Zerwürfnis mit den Partridges, und niemand scheint zu wissen, worum es da genau ging«, antwortete James, als die Musik endete und Patrick aufstand, um sich unter Beifall zu verbeugen.

Einige junge Mädchen in schwarzen Uniformen gingen mit Tabletts voller Süßigkeiten, Eiskonfekt und Popcorn im Publikum herum. Der Raum war inzwischen gerammelt voll, so dass sich die Menschen gegenseitig wärmten. Ganz offensichtlich hatte die Veranstaltung nicht nur Besucher aus Mt Bellwood, sondern auch aus den umliegenden Gemeinden angelockt.

Es war ein buntgemischtes Völkchen ganz unterschiedlichen Alters zusammengekommen. In den Bergen war es schwierig, die Einheimischen von den Familien zu unterscheiden, die Sydney wegen der hohen Immobilienpreise den Rücken gekehrt hatten.

»Ich fass es echt nicht, dass dieser alte Langweiler immer noch lebt!«, meinte Ginger. »Patrick Bishop, aufgetakelt wie der Herzog von Mount Bellwood. Hält sich wohl für Cole Porter. Er war mal mit Rupert befreundet. Und jetzt spielt er immer noch hier Klavier. Ich hab das Gefühl, als wär ich in einer Zeitschleife gelandet.«

Ginger kontrollierte ihren Lippenstift in einem Taschenspiegel. Elizabeth vermutete, dass sie nervös war.

»Sie werden das ganz toll machen«, flüsterte sie ihr zu.

»Danke. Aber sagen Sie mir jetzt nicht, ich soll mir das Publikum in Unterwäsche vorstellen. Ich glaube nicht, dass ich Patrick in seinen Liebestötern sehen will«, gab Ginger zurück.

Elizabeth musste sich bei dieser Vorstellung das Lachen verkneifen, während Patrick vorne mit dem Mikrofon herumhantierte.

»Willkommen alle zusammen!« Das Mikro dröhnte, woraufhin einige Zuschauer sich stöhnend die Ohren zuhielten. Ein attraktiver grauhaariger Mann stellte am Gerät etwas ein, bevor er es an Patrick zurückgab.

»Das ist Pip«, erklärte James. »Patricks Sohn. Patricks Frau Olive ist vor einigen Jahren gestorben.«

»Vermutlich hat sie sich mit ihm zu Tode gelangweilt«, kommentierte Ginger gähnend.

»Vielen Dank, Pip«, fuhr Patrick fort. »Der heutige Abend ist ein ganz besonderer für Mount Bellwood. Nicht oft kommen wir in den Genuss einer so exquisiten Doppelvorstellung. *Rebecca,* verfilmt von Alfred Hitchcock, basiert auf Daphne du Mauriers literarischem Schauerroman mit demselben Titel und gilt als absoluter Kinoklassiker. In den vierziger Jahren war er einer der beliebtesten Filme und Alfred Hitchcocks erstes amerikanisches Projekt unter David

O. Selznick. Der Streifen wurde mit zwei Oscars ausgezeichnet, unter anderem als bester Film. Daphne du Maurier persönlich schrieb das Drehbuch, und obwohl die Geschichte fast ausschließlich in England spielt und die meisten Schauspieler – einschließlich meines persönlichen Lieblingsdarstellers, Laurence Olivier – ebenfalls britisch waren, wurde der Streifen in Kalifornien im Studio gedreht. Hitchcock behauptete, das würde die Atmosphäre der Abgeschiedenheit noch verstärken. Viele Kritiker halten es für Hitchcocks bestes Werk, aber ich würde Ihnen empfehlen, den Roman zu lesen, der eine ganz ungewöhnliche Mischung aus Gruselelementen, Liebesgeschichte und Krimi bietet. Der Film lief im Oktober 1945 das erste Mal hier im Kino, und im Lauf der Jahre haben wir ihn immer wieder gezeigt.

Für uns ist aber die erste Hälfte des heutigen Abends«, fuhr er fort, »noch viel aufregender. Dank der freundlichen Unterstützung der Edgar-Cabret-Nachlassverwalter kommen wir nämlich in den Genuss einer unzensierten Version von *Broken Bloodied Brushes, October 1945*. Dieser Kurzfilm enthält seltene Aufnahmen von Koryphäen der Blue Mountains wie Norman Lindsay, Edgar Cabret und der bezaubernden Monica Baillie mit ihren wunderbaren Landschaften. Meiner unbedeutenden Meinung nach war Monica eine der am meisten unterschätzten Künstlerinnen dieser Gegend.«

Die Zuschauer applaudierten – ob wegen seiner Worte oder um warm zu bleiben, konnte Elizabeth nicht mit Sicherheit sagen.

»Lieber Gott, steh mir bei«, stöhnte Ginger hörbar. »Baillie ist eine der langweiligsten Künstlerinnen dieser Gegend. Niemand außer Patrick würde ihre niedlich-dekorativen Bilderchen als Kunst bezeichnen!«

Patrick warf einen Blick in Gingers Richtung, und Elizabeth unterdrückte den Impuls, sie aufzufordern, doch leise zu sein. Warum war Ginger bloß so intolerant, wenn es um die Ansichten ihrer Mitmenschen ging?

»Aber ich weiß, dass viele von euch sich in die Winterkälte hinausgewagt haben, um einen ganz besonderen Künstler im heutigen Programm zu sehen: Rupert Partridge. Der Film enthält nämlich auch Aufnahmen, die auf dem berühmten Anwesen Currawong Manor entstanden sind, und bietet einen kurzen Einblick in Ruperts Atelier und sein Privatleben. Und, meine Damen und Herren, ich darf Ihnen mit großer Freude verkünden, dass wir heute Abend eine wahre Ikone hier unter uns haben: Ginger Lawson!« Einige Hochrufe ertönten, und Ginger winkte von ihrem Platz aus ins Publikum. »Sie kennen sie vielleicht als eine der ›Flowers‹, wie Ruperts Aktmodelle damals gerne genannt wurden. Ginger war so liebenswürdig, sich bereit zu erklären, uns diesen Kurzfilm heute Abend vorzustellen. Darum will ich Sie jetzt gar nicht mehr weiter langweilen, sondern reiche das Mikro weiter an die einzig wahre, die legendäre Ginger Lawson!«

Die Menge applaudierte, während Ginger nach vorn zur Bühne rauschte.

»Vielen Dank, Patrick«, gurrte sie und schnappte begierig nach dem Mikrofon. »Guten Abend, alle zusammen. Ich heiße Ginger, und wie Patrick eben schon gesagt hat, war ich eines der Aktmodelle, die in den vierziger Jahren das Glück hatten, mit Rupert Partridge arbeiten zu dürfen. Inzwischen bin ich um einiges älter geworden und nicht mehr so knackig wie damals. Möglicherweise erhaschen Sie in diesem Film einen Blick auf mich im Evaskostüm – also, der *Playboy* ist immer noch hinter mir her und will Fotos von mir machen. An meinem achtzigsten Geburtstag werde ich das auch tun. Also, Leute, haltet die Augen offen nach dieser Ausgabe!«

Es waren Lacher und einige bewundernde Pfiffe zu hören. Von diesem positiven Feedback ermutigt, klimperte Ginger mit den Augendeckeln und warf sich in eine verführerische Pose. »Ja, Ginger, zeig's ihnen!«, rief eine ältere Zuschauerin, was ihr eine Runde Beifall einbrachte.

Elizabeth lächelte vor sich hin, während sie eine Aufnahme nach der anderen machte. Wieder einmal hatte sich Ginger völlig verwandelt, und die mürrische Dame vom Abendessen war verschwunden.

»Im Lauf der Jahre wurde eine Menge Unsinn über Rupert geschrieben, aber ich bin jetzt hier, um die Dinge richtigzustellen«, fuhr Ginger fort.

»Hat er's getan?«, rief ein Mann aus dem Publikum. »Hat er Shalimar umgebracht?«

Ginger suchte die Zuschauerreihen nach demjenigen ab. »Ich arbeite gerade an einem Buch über die wahren Begebenheiten von damals«, erklärte sie. »Die Fotografin für dieses Projekt – die hinreißende junge Frau dort drüben mit der Kamera – ist ganz zufällig Rupert Partridges Enkeltochter, die bekannte Fotokünstlerin Elizabeth Thorrington.«

Elizabeth rief knallrot an, als sich das Publikum interessiert nach ihr umdrehte, bevor sich die Köpfe wieder Ginger zuwandten. »Wenn Sie also die Wahrheit erfahren wollen, müssen Sie sich noch ein bisschen gedulden, bis *Flowers of the Ruins* erschienen ist. Aber eines will ich jetzt noch loswerden.« Sie machte eine Pause und sah Patrick Bishop, der mit gesenktem Kopf in ihrer Nähe stand, herausfordernd an. »Wie ich eben schon sagte, über Rupert Partridge wurde eine Menge Unsinn verbreitet, und zwar von Leuten, die damit eigene Ziele verfolgten. Rupert Partridge war ein sehr komplexer, unheimlich sensibler Künstler.« Sie holte tief Luft. »Und manche Menschen hier wissen mehr, als sie damals zugegeben haben. Aber jetzt ist Ginger Lawson wieder da und wird dafür sorgen, dass seinem guten Ruf Gerechtigkeit widerfährt. Man hat Rupert als ›Teufel der australischen Kunst‹ bezeichnet, aber er hat Besseres verdient. Er war ein echter Gentleman und hat mein Leben verändert, als er mich – ein unwissendes Mädchen aus Surry Hills – vor der Armut gerettet hat. Denkt immer daran, es kommt nicht darauf an, wo man sein Leben beginnt, sondern wo es endet. Und jetzt wünsche ich euch viel Spaß mit dem Film.«

Unter brausendem Applaus nahm Ginger ihren Platz wieder ein, während sich der Vorhang öffnete. Elizabeth packte ihr Stativ weg. »Ginger, Sie waren umwerfend«, schwärmte sie.

Doch Ginger schien ihre Bemerkung gar nicht zu hören. Gebannt starrte sie nach vorn, wo jetzt in Schwarzweiß der Titel erschien.

»Es kommt mir vor, als wäre es gestern gewesen«, murmelte sie. »Ich weiß noch genau, wie Edgar zu den Dreharbeiten hierherkam. Das waren noch Zeiten! Ich wünschte, ich hätte das damals mehr zu schätzen gewusst.«

Elizabeth hätte gerne nachgehakt, wie sie das meinte, aber stattdessen versuchte sie lieber, dem Sprecher auf der Leinwand zu folgen – einem jungen dunkelhaarigen Mann mit pomadig zurückgekämmten Haaren und kariertem Anzug. Neben ihm saß der berühmt-berüchtigte Blue-Mountains-Künstler Norman Lindsay an einem Tisch unter freiem Himmel und blickte unbehaglich in die Kamera. Jim, der Interviewer, stellte ihm eine Frage, woraufhin Norman eine Weile nachdachte, was ihn wie einen listigen Kobold aussehen ließ, ehe er eine weitschweifige Antwort gab.

Als Nächstes folgten Aufnahmen von Monica Baillie. Sie stand vor einem großen Ölgemälde der Drei Schwestern, einer Felsformation in der Gegend, und sprach über ihre Liebe zu diesem Landstrich, und wie die Blue Mountains für sie ein geistiger und künstlerischer Rückzugsort gewesen waren, nachdem ihr Mann in Übersee gestorben war.

Elizabeth setzte sich in ihrem Sessel auf und spürte, dass es ihr wie ein Stromschlag durch den Körper fuhr, als schließlich Rupert auf der Leinwand auftauchte. Er sah müde aus und saß ganz offensichtlich in seinem Atelier vor einem halbfertigen Bild. Was es darstellte, nahm Elizabeth gar nicht richtig wahr, so sehr konzentrierte sie sich auf sein Gesicht. Er hatte ein Halstuch umgebunden, trug ein Hemd mit kurzen Ärmeln und wirkte viel attraktiver und wesentlich jünger als auf den wenigen Fotos, die von ihm noch existierten. Dieser junge Mann, der einem Filmstar glich, sollte also der »Teufel der australischen Kunst« sein?

»Ich erinnere mich an den Regen«, antwortete er leise auf eine Frage nach seinen Kriegserfahrungen, während die Kamera auf einem Close-up seines Gesichts verweilte. »Er schien nie aufzuhören. Eine Gruppe junger Männer, die meisten von ihnen fast noch Kinder und aus ländlichen Gegenden, mit Gesichtern, so unverdorben wie frisch gemolkene Milch. Alle waren sie wild auf Abenteuer und stachelten sich gegenseitig an. Viele von ihnen hatten sich absichtlich älter gemacht, um Urlaub im Ausland machen zu können. Bevor ich in Bankstown stationiert wurde, war ich kurz in Wangaratta, und die Jungs dort mit ihren Milchgesichtern waren auf dem Weg nach Neuguinea. Die meisten mussten erst mal im Atlas nachschauen, wo das überhaupt liegt.« Er lächelte einen Augenblick lang traurig. »Für alle war es die erste richtige Reise, und innerhalb einer Woche waren sie alle tot. Ihre Gesichter verfolgten mich jahrelang, wie sie lachten und mich verspotteten, als sie zum Abschied winkten. Diese naiven, unverdorbenen Jungengesichter.«

Dann machte die Kamera einen Schwenk durch sein Atelier auf drei junge nackte Frauen, die dort standen und lauschten. Neben ihnen standen ein ausgestopfter Tiger und mehrere Schalen mit Obst. Eines der Modelle, ein südländisch wirkendes Mädchen, trug einen Teller mit aufgetürmten Früchten auf dem Kopf.

Elizabeth warf einen Blick zu Ginger hinüber, deren Augen vor Rührung glänzten. Den Zuschauern blieb jedoch kaum Zeit, das nackte Trio und die chaotische Umgebung genauer zu studieren, weil gleich wieder Rupert zu sehen war, der nun frontal in die Kamera blickte. Seine Stimme war fester, und Elizabeth hatte das Gefühl, als spräche er direkt zu ihr, als kommuniziere er noch über den Tod hinaus. Auf einmal hatte sie einen Kloß im Hals: Dieser gutaussehende Fremde war ihr Großvater.

»Ich hatte mehr Glück als die meisten. Ich bekam Arbeit in einer chirurgischen Abteilung, wo ich die Ergebnisse des Krieges zeichnete. Männer ohne Nase, mit heraushängenden Augen oder einer fehlenden Gesichts- oder Kopfhälfte. Rotz, der aus Löchern tropfte, aus denen er eigentlich nicht hätte kommen sollen. Männer, deren Gesichter auf einmal völlig andere Flächen und Kanten hatten – ihre neuen Masken, wie wir es nannten. Masken aus Fleisch, das zuvor ausgesehen hatte wie du und ich. Gesichter, die einst so makellos waren wie die jener Soldaten, die lächelnd und jubelnd in Papua-Neuguinea in den Tod gezogen waren. Ich zeichnete Männer, die nicht still sitzen konnten, weil sie zuckten wie nervöse Kaninchen. Meine Aufgabe war, diese Früchte des Krieges zu dokumentieren. Ich tauchte meine Pinsel in die Alpträume, den Horror, die Schreie und den Schmerz der Jungs, die an das Opfer glaubten, das sie für Australien erbracht hatten. Als ich in die Berge zurückkehrte, hatte ich keinen Zweifel mehr daran, dass die Menschheit den Verstand verloren hatte, denn nur Verrückte würden einander das antun, wovon ich Zeuge geworden war.«

Er hielt inne und betrachtete einige Augenblicke lang seine Hände, bevor er fortfuhr. »Aber alles, was ich tun konnte – alles, wozu ich in diesen grauenhaften Tagen und Nächten, in dieser Anstalt der Hölle in der Lage war –, bestand darin, diese fauligen, zerschmetterten, blutigen Früchte zu malen.«

»Rupert? Bist du jetzt fertig mit deinem Film? Mir ist so langweilig!«

Die Kamera schwenkte ruckartig zu einem kleinen Mädchen, das in der Schwarzweißaufnahme förmlich zu leuchten schien. Sie trug ein helles Kleid, und die langen blonden Haare reichten ihr bis zur Taille. Die Stimmung unter den Zuschauern verwandelte sich in kollektives Entsetzen. Das war Shalimar, und sämtliche Anwesenden wussten, welches Schicksal auf dieses hübsche Kind wartete.

»Kommst du jetzt endlich spielen?«, nörgelte sie. »Doris hat zu tun, und Miss Sharp ist immer so streng. Bitte, Rupert, mach Schluss mit dem Film. Onkel Edgar und Jim, hört auf zu filmen und lasst Rupert mit mir spielen.«

»Du hast recht«, erklang Ruperts Stimme aus dem Off. »Macht das blöde Ding aus, ihr zwei. Das ist so langweilig wie Fledermauskacke. Ich will jetzt mit Shalimar spielen.«

Der Film endete etwas abrupt mit einer Montage aus Aufnahmen von den Bergen und Tälern sowie einigen Einzelbildern mit schwarzen Flecken überall. Es folgte vereinzelter Applaus.

Dann gingen die Lichter an, und Elizabeth, die mit ihren eigenen Gefühlen kämpfte, sah wieder zu Ginger hinüber, die immer noch auf die Leinwand starrte.

»Ginger, alles in Ordnung?«

Sie zuckte zusammen. »Ja. Es hat mich bloß erschreckt, Rupert so zu sehen, so jung. Damals war er mir schon ziemlich alt vorgekommen, weil ich selbst noch ein halbes Kind war. Was sie diesem armen Mann angetan haben, ist einfach zu grausam. Ihn zu beschuldigen, er hätte Shalimar ermordet, und ihm eine Schlinge um den Hals zu legen.«

Während sich die Leute um den Tisch mit Erfrischungen drängten, kam Patrick Bishop, der zuvor immer wieder zögerlich zu ihnen hergesehen hatte, zusammen mit seinem Sohn zu ihnen herüber. »Ginger«, begrüßte er sie. »Du siehst hinreißend aus. Du hast dich kaum verändert seit deiner Zeit bei Rupert. Mit der armen Kitty hat das Leben es nicht so gut gemeint. Sie hat mich noch zu Hause besucht, bevor sie starb. Es war schwer, mit anzuschauen, wie sehr sie sich hatte gehenlassen. Aber du, meine liebe Ginger, siehst immer noch so blühend aus wie eh und je.«

»Entweder du lügst oder du wirst blind – oder mein Spiegel ist es«, scherzte Ginger. »Ich habe gerade zu Elizabeth gesagt, wie jung Rupert in diesem Film ist. Ich kann gar nicht fassen, dass es diese Aufnahmen immer noch gibt – was ist denn mit dem Rest des Materials passiert? Edgar und Jim waren fast eine Woche zusammen auf Currawong und haben alle anderen in den Wahnsinn getrieben. Ich bin mir sicher, dass Wanda mit diesem schmierigen Jim ins Bett gegangen ist. Was wohl aus ihm geworden ist?«

Patrick zog den Schal um seinen Hals zurecht, und Elizabeth glaubte den Hauch eines Lächelns auf seinen Lippen zu sehen. »Ich hab nie etwas davon gehört, dass Filmmaterial verschwunden ist. Vielleicht hat Edgar es aus irgendeinem Grund aussortiert und vernichtet. Oder Rupert hat alles weggeworfen? Er war so ein sprunghafter, ungestümer Mensch. Mich hat er ja auch mal aus dem Haus geworfen!«

»Ja, ich erinnere mich.« Ginger lächelte schelmisch. »Rupert war nicht gerade tolerant, was Dummköpfe oder Langweiler betraf.« Dann griff sie nach Patricks Arm. »Ach, jetzt schau mich doch nicht so an! Seit damals ist viel Wasser den Fluss runtergelaufen, und wir sind beide älter geworden, wenn auch vermutlich nicht weiser. Lasst uns alle zusammen was trinken gehen und uns gegenseitig mit unseren Neuigkeiten langweilen. Ich möchte ein bisschen mehr über deinen gutaussehenden Sohn erfahren.« Sie zwinkerte Pip zu, der ihr strahlend seinen Arm bot. Das Trio ging zum Klavier hinüber.

»Sie weiß schon, wie man die Menschen um den Finger wickelt, was?« Holly war mit einer Tasse Tee und einigen Sandwichs neben Elizabeth aufgetaucht. »Ist es nicht faszinierend, wie es ihr gelingt, dass er und sein Sohn ihr beide aus der Hand fressen, obwohl sie den alten Patrick so beleidigt? Ach, so viel Sex-Appeal möcht ich mal haben! Sie war ganz offensichtlich bis über beide Ohren in Rupert verliebt und will sich dem, was passiert ist, nicht stellen. Hat sie Ihnen denn irgendetwas Handfestes geliefert, das Sie für das Buch verwenden können?«

»Wir haben einige unglaublich tolle Aufnahmen gemacht.« Irgendwie hatte Elizabeth das Bedürfnis, Ginger zu verteidigen. »Vor der Kamera ist sie einfach ein absoluter Profi.«

»Wenn sie vor der Kamera tun darf, was sie will, ist sie Profi«, gab Holly zurück und nippte an ihrem Tee. »Glauben Sie ja nicht, ich hätte nicht gehört, wie Sie von ihr herumgescheucht wurden.«

»Da seid ihr ja!«, wurden sie von James unterbrochen. »Dieser alte

Streifen war echt erstaunlich, was? Wie schade, dass nicht mehr Aufnahmen vom Anwesen dabei waren. Ich hätte gerne gesehen, wie sehr die Gärten sich seit damals verändert haben. Dad hat erzählt, sie hätten damals sowohl ihn als auch die ganze Anlage gefilmt.«

»Du bist wahrscheinlich der einzige hier anwesende Mann, der sich mehr Aufnahmen vom Garten anstatt von den nackten Flowers wünscht!«, zog Holly ihn auf.

Dass er daraufhin prompt rote Backen bekam, machte ihn Elizabeth noch sympathischer. Sie lächelte ihn an. James war so ein ehrlicher, aufrichtiger Mensch. »Bleibst du noch zu *Rebecca*?«

»Na klar«, antwortete er. »Aber Ginger wohl eher nicht, wie's aussieht.«

Ginger und Pip verließen gerade den Saal, wobei Ginger sich lachend bei ihrem Begleiter untergehakt hatte.

»Die verdrücken sich, ohne sich zu verabschieden«, staunte James. »Unsere Ginger geht aber echt ran.«

»O ja«, meinte Holly. »Sie ist schlimmer als so mancher alte Kater. Hoffentlich bekommt Pip keinen Herzinfarkt.«

»Ich glaube, es geht los. Wir sollten besser zurück zu unseren Plätzen«, sagte Elizabeth.

Es wurde dunkel im Saal, und der Vorhang öffnete sich zum Titel und dem berühmten ersten Satz: *»Letzte Nacht träumte ich, ich sei wieder in Manderley ...«*

24. Kapitel

Zirkus

8. November 1945/Winter 2000

Ginger sah zu, wie draußen die Schneeflocken rieselten. Über Nacht hatte sich die Welt in eine stille weiße Weihnachtskartenszenerie verwandelt. Am Abend zuvor, als sie mit Pip geflirtet hatte, hatte sie sich so lebendig und unzerstörbar gefühlt. Es hatte ganz schön geknistert zwischen ihnen beiden, aber welchen Sinn hatte es, die Sache weiter zu vertiefen? Eine tödliche Krankheit war kein sonderlich guter Ausgangspunkt für eine Beziehung. Gab es denn keinen Ratgeber, der einem verriet, wie man einem neuen Liebhaber offenbart, dass man Krebs hat? Es war mitunter schwer vorstellbar, dass sie krank war, wo sie doch so gesund aussah und sich auch so fühlte. Die moderne Schmerzmedizin war für sie wirklich die Rettung gewesen.

Da sie ein Gespür dafür besaß, wenn sich zwei Menschen anziehend fanden, hatte der Anblick von Elizabeth und Nick beim Abendessen sie davon überzeugt, sich den beiden voll und ganz anzuvertrauen. Wenn sie in der Lage gewesen war, Holly gegenüber einige ihrer Geheimnisse zu offenbaren, dann hatte auch Elizabeth ein Recht darauf, die Wahrheit über Rupert zu erfahren. Sie hatte nicht viel Zeit mit der jungen Frau verbringen müssen, um zu begreifen, dass niemand den gepeinigten Künstler besser verstehen würde als seine Enkelin. Doch bevor sie den Schwur brach, den die Flowers geleistet hatten, musste sie sichergehen, dass sie das Richtige tat.

Der graue Himmel, der Schnee und die hexenartigen kahlen Bäume hätten keinen größeren Kontrast zu jenem Tag vor über fünfzig Jahren bilden können, von dem Ginger jetzt ihrem Tonbandgerät erzählen wollte. Der strahlende Sonnenschein im November 1945 hatte ironischerweise dafür gesorgt, dass die Schatten tief und von Dauer sein würden.

Ich wünschte, wir wären nie in diesen stinkenden Zirkus gegangen, aber damals erschien es uns als willkommene Abwechslung zu den Sitzungen im Atelier. Außerdem waren wir uns einig, dass Doris dadurch ein bisschen Ruhe und Zeit fürs Baby hätte.

In Mt Bellwood gab es, abgesehen von dem einen oder anderen Volksfest oder einer Gartenschau, nicht viel Unterhaltung. Einmal im Jahr jedoch kamen die Morris & Bullen Brothers und boten mal etwas anderes als Blumenzwiebeln, Kuchen, Tierschauen und Wohltätigkeitsbasare. Der Zirkus schlug auf dem Gelände der Dorfschule sein Zelt auf, wo alle gesellschaftlich wichtigen Veranstaltungen unter freiem Himmel stattfanden.

Wanda, Kitty und ich boten uns daher nur zu gerne an, Shalimar mitzunehmen, damit Doris sich ausruhen konnte. Beim Frühstück erkundigte sich Doris dann bei Miss Sharp, ob Dolly uns vielleicht ebenfalls gerne begleiten würde.

»Mummy, müssen wir Dolly unbedingt mitnehmen?«, nörgelte Shalimar sofort. »Sie mischt sich immer in alles ein.« Während ich Shalimar über meine Teetasse hinweg beobachtete, dachte ich bei mir, dass sie sich lieber erst mal an die eigene Nase fassen sollte. Offensichtlich hatte sie meine Gedanken erraten, denn ich bekam plötzlich einen Tritt gegens Schienbein, obwohl ihre Miene dabei so unschuldig wie immer blieb.

Miss Sharp zögerte kurz. »Vielen Dank für das Angebot, aber ich kann diese Vorführungen nicht gutheißen.«

Doris schenkte sich Tee nach und gab einige Zitronenscheiben in ihre Tasse. »Aber Miss Sharp, das verstehe ich nicht ganz. Was um alles in der Welt haben Sie gegen einen Zirkus einzuwenden?«

Die Puppenmacherin verzog den Mund und stapelte weiter Teller aufeinander. »Ich mag nicht, wie man dort die Tiere behandelt, Mrs Partridge.«

»Also, ich bin mir sicher, die werden gut versorgt«, erwiderte Doris. Irgendwie schien sie Miss Sharps Aussage ziemlich zu verblüffen. »Morris & Bullen haben einen ausgezeichneten Ruf. Vermutlich geht es den Tieren dort besser als draußen in der Wildnis.«

»Das mag Ihre Meinung sein, Mrs Partridge, aber ich bin dagegen, wilde Tiere in Käfigen zu halten. Sie sollten im Dschungel sein, wo sie hingehören, und nicht dazu gezwungen werden, Kunststückchen zur Unterhaltung von Menschen vorzuführen, die besser zu Hause bleiben und ihre Pflichten erledigen sollten. Einen Zirkus zu besuchen ist nichts als Zeitverschwendung, wenn man stattdessen den Fußboden schrubben oder ein Fenster putzen könnte.«

Die gemeine alte Hexe warf uns beim Sprechen einen Blick zu.

»Dürfen die Menschen nicht ausnahmsweise mal ein bisschen Spaß haben?« Wanda funkelte sie böse an.

»Dann muss Dolly eben verzichten«, schaltete sich Doris rasch ein. »Wollen wir hoffen, dass es ihr nicht zu viel ausmacht. Womit beschäftigt sie sich denn den lieben langen Tag, Miss Sharp? Ihre Dolly ist mir ein ziemliches Rätsel.«

Miss Sharp sammelte die Tassen zum Spülen ein. »Machen Sie sich keine Sorgen um meine Dolly, sonst regen Sie sich in der Hitze womöglich noch auf. Es ist nicht gut für das Baby, wenn Sie so aufgewühlt sind. Meine Dolly ist ein braves Mädchen und findet immer was zu tun. Sie ist am glücklichsten, wenn sie im Wald spielen kann. Ein Zirkus würde ihr gar nicht gefallen, wo sie doch den Busch hat.«

Wanda seufzte laut, woraufhin Doris ihr einen warnenden Blick zuwarf.

Wir putzten uns für den Anlass ordentlich heraus. Ich fühlte mich so hübsch wie Rita Hayworth oder Lucille Ball in meinem zweifarbigen Kleid. Das Oberteil in einem hellen Roséton hatte Flügelärmel und breite Schultern, während der dunkelrosafarbene Rock zwar schräg geschnitten war, aber gerade herunterfiel. Der Schnitt stammte aus einer alten Ausgabe von *Women's Weekly*, genäht hatte ich das Kleid auf Doris' Singer-Nähmaschine.

Eine aufgeregte Besucherschar stand bereits vor dem großen, fröhlich wirkenden orange, weiß und dunkelblau gestreiften Zelt Schlange. Wir hatten alle großen Spaß daran zu spekulieren, was sich wohl in den Reihen weißer Wohnwagen und Käfige verbarg. Die Sonne strahlte vom Himmel, und unsere Stimmung passte zum Wetter. Der Krieg war vorbei. Eine neue Welt des Friedens begann, und es schien so viel zu feiern zu geben.

Ich hatte zwar stets ein Auge auf Shalimar, aber es kam mir nie in den Sinn, die Menschenmenge nach jemandem abzusuchen, der möglicherweise ein Kind entführen oder ihm etwas antun könnte. Erst fünfzehn Jahre später wurde der kleine Graeme Thorne gekidnappt und ermordet, zwei Jahrzehnte später verschwanden die Beaumont-Kinder am Strand von Adelaide. Zu unserer Zeit jedoch rechneten die Leute einfach noch nicht damit, dass Kinder Opfer von Kriminellen werden könnten, die ihnen Böses wollten. Wir waren damals noch viel vertrauensseliger.

Wir Flowers ernteten ein paar Pfiffe von den Jungs vom Ort, aber sie waren allesamt zu schüchtern, um uns anzusprechen.

Rupert hatte uns Eintrittskarten für die besten Plätze besorgt. Mädchen in glitzernden Kostümen und mit Federkopfschmuck verkauften Zuckerwatte und Eiscreme. Ich hatte das Gefühl, als würde gleich etwas Magisches passieren, ein Ereignis von gewaltiger Bedeutung. Nun, etwas Gewaltiges stand tatsächlich kurz bevor, aber etwas Derartiges hätte ich mir niemals ausmalen können, geschweige denn, dass ich es gewollt hätte.

Was mir damals so unterhaltsam erschien, ist zu einer bizarren Erinnerung geschrumpft. In meinen Alpträumen rieche ich immer noch das Sägemehl und sehe die traurigen, fratzenhaften Gesichter der geschminkten Clowns vor mir. Ich höre die mitreißende Blaskapelle und die Menge, die bei den bekannten Liedern mitsingt und klatscht. Hübsche Mädchen in Glitzerkostümen galoppieren, aufrecht auf den Rücken von Ponys stehend, mit künstlichem, gequältem Lächeln an uns vorbei. Affen mit Hut und Jackett kreischen, während ausgemergelte Löwen mit toten Augen brüllen. In der Hand halte ich Zuckerwatte, in der Ameisen krabbeln, und alberne Puppen auf Stöcken lächeln wissend.

In meinen immer wiederkehrenden Alpträumen stolzieren Miss Sharp und Dolly durch den Ring, die Arme zur Menge hin ausgestreckt, um den Applaus anzufeuern. Miss Sharp ist die Zirkusdirektorin mit Frack und Zylinder, Dolly eine Puppe mit Knöpfen statt Augen und Kreuzstichen quer über den Armen, Beinen und ihrem Mund. Sie winken den Zuschauern zu, die klatschend ein Lied begleiten.

Ich spüre die aufgeregte Arglosigkeit des kleinen Mädchens neben mir. Warum konnte ich nicht dafür sorgen, dass ihr nichts passierte?

Arme Shalimar, sie liebte den Zirkus so sehr. Wenigstens hat sie noch etwas Schönes erlebt, bevor sie starb. In ihrem rot-weiß gestreiften Kleid, das ihre Mutter für sie aus einem Stoff genäht hatte, der per Post aus England kam, sah sie wie immer bezaubernd aus. Selbst nach all den Jahren höre ich sie noch – in meinen Träumen und manchmal morgens beim Aufwachen: Shalimars freudige Jauchzer wegen der Trapezartisten und Clowns, die sich gegenseitig (und uns) mit Wasserpistolen anspritzten.

In der Tat war der Zirkus ein tolles Erlebnis gewesen und hatte seine Versprechungen auf den Plakaten mehr als eingelöst. Noch nie hatte ich etwas Ähnliches gesehen: sechs Elefanten, zwei Bären, vier Löwen, die durch Reifen sprangen, drei Tiger, ein Panther und ein paar Leoparden. Es hätte für Miss Sharp also jede Menge zu kritisieren gegeben.

Ich sehe Shalimar vor mir, klein und verletzlich, strahlend, lebendig, in der Sägemehlarena des Zirkus. Sie trägt einen silbernen Zylinder und ein Tutu mit silbernen Sternen. Silberne und goldene Ponys galoppieren im Kreis um sie herum. Sie lacht, lässt die Peitsche knallen und dirigiert die wilden Tiere, die sie umzingeln.

Dann sehe ich Blut auf den Sägespänen, Shalimars Blut, und ich weiß, dass der Zirkus sie aufgefressen hat. Ich sehe mich nach den anderen Zuschauern um, aber sie sind verschwunden. Auf ihren Plätzen sitzen jetzt … Currawongs. Hunderte, Tausende, stumm wartend, bis unter die Zeltkuppel hinauf. Voller Angst vor ihren stechenden Augen, den Schnäbeln, Klauen und ihrer glänzenden, schwarzen, wissenden Anwesenheit wache ich auf.

25. Kapitel

Garten des Todes

November 1945

Der 9. November 1945 ist den Australiern meiner Generation, die entsetzt waren über das Schicksal eines kleinen Mädchens, immer im Gedächtnis geblieben. Shalimars tragischer Tod bewegte das Land, das ohnehin schon unter den Folgen des Zweiten Weltkriegs litt. Es schien, als hätte jeder entweder selbst einen geliebten Menschen verloren oder kannte zumindest jemanden, bei dem das der Fall war. Shalimar Partridge symbolisierte Australiens Verlust der Unschuld durch sechs Jahre Krieg. Das ist zumindest meine Theorie, denn weshalb sonst hätten sich die Medien dermaßen für den Tod eines Kindes interessieren sollen? Über das kleine Mädchen aus Surry Hills, das eines Tages einfach auf der Straße verschwand, hatte nie jemand berichtet. Die Kombination aus Shalimars Schönheit und Ruperts berüchtigtem Ruf sorgte für Schlagzeilen, aber selbst heute noch berichten die Zeitschriften über Shalimar, wenn sie Artikel über außergewöhnliche australische Kriminalfälle des letzten Jahrhunderts bringen. Alle lieben spannende Krimis, und jeder hat eine Theorie dazu. In den vierziger Jahren verkörperte Shalimar meiner Meinung nach schlicht die Trauer der australischen Bürger.

Der 9. November war für mich auch deshalb bedeutsam, weil ich das letzte Mal für Rupert Modell saß. Ich erwachte an diesem Tag recht früh und hörte im Turmzimmer gegenüber wie immer Wanda schnarchen. Halb hoffte ich, Rupert würde mich nicht zu sich ins

Atelier rufen, denn ich sehnte mich nach ein bisschen Freizeit, um der Hitze zu entgehen und zu lesen. Die Partridges waren sehr großzügig, was ihre Bibliothek betraf, deshalb lieh ich mir viele Bücher aus, die ich sonst nie in die Finger bekommen hätte.

Nachdem ich mir an der Waschschüssel etwas Wasser ins Gesicht gespritzt hatte, warf ich ein schlichtes hellblaues Baumwollkleid über, schnappte mir meinen Sonnenhut und ging nach unten, wo Doris bereits am Küchentisch saß und Toast aß. Sie wirkte so schlapp und müde, wie ich mich auch fühlte.

Alle Hausbewohner waren durch den Schlafmangel und die steigenden Temperaturen ziemlich gereizt. Im Radio brachten sie Feuerwarnungen und kündigten an, dass der bisher schlimmste Sommer für Waldbrände drohte – was sie laut Doris jedes Jahr behaupteten.

Um Konversation zu machen, erkundigte ich mich nach Shalimar, woraufhin sich Doris beschwerte, dass sie nach dem gestrigen Zirkusabend heute immer noch ziemlich überdreht war. Das Kind war auf jeden Fall extrem aufgeregt gewesen, als wir sie ins Bett brachten. Jetzt konnte ich sie bereits draußen im Garten lachen und singen hören.

»Sie macht mich jetzt schon verrückt«, stöhnte Doris. »Ich konnte sie nicht mal dazu bringen, in Ruhe zu frühstücken. Iss, Ginger! Du hast so viel abgenommen und bist richtig blass. Rupert wird ungenießbar, falls du noch dünner wirst. Miss Sharp hat angeboten, Shalimar ins Dorf mitzunehmen, aber ich bin nicht sonderlich begeistert von dieser Idee. Vielleicht könntest du stattdessen hier auf sie aufpassen, sobald du bei Rupert fertig bist? Wo sind denn Kitty und Wanda, diese Faulpelze? Wollen die den ganzen Tag verschlafen?«

Doris hatte nicht viel Verständnis für Menschen, die gerne lange schliefen. Sie war selbst so voller nervöser Energie, dass sie nicht nachvollziehen konnte, dass sich andere lieber beim Nichtstun entspannten.

Meine Laune sank, denn ich sah meine Chancen auf einen Tag im

Schatten mit einem guten Buch als Gesellschaft schwinden. Doris' nächste Bemerkung wäre mir fast entgangen, während ich einen Klecks selbstgemachte Himbeermarmelade auf einer Scheibe Toast verteilte. Allerdings knabberte ich nur daran herum und hoffte, dass Doris meinen mangelnden Appetit nicht bemerken würde. Die Hitze war so furchtbar, dass allein schon der Gedanke an Essen mir den Magen umdrehte. Die Süße der Marmelade auf dem harten Toast war mir irgendwie zuwider. Ich war gereizt und wusste nicht einmal, weshalb.

»Es fühlt sich so an, als würde sich ein Sturm zusammenbrauen«, fuhr Doris in besorgtem Tonfall fort. »Wenn Shalimar hier zu Hause bleibt, kannst du sie vielleicht beschäftigen und Miss Sharp damit entlasten. Ich habe das Gefühl, dass ihr diese Hitze nicht gut bekommt. Und wo wir gerade von Sturmwolken sprechen, pass heute bei Rupert auf. Er hat ganz miese Laune.«

Damit hatte sie nicht übertrieben.

Rupert in seinem Atelier war ausgesprochen unleidlich. Blutunterlaufene Augen und ein ganzer Turm leerer Flaschen seines selbstgebrauten Biers zeugten davon, wie er die vergangene Nacht verbracht hatte. Ich fragte mich, ob Wanda wohl bei ihm gewesen war. Das würde zumindest erklären, weshalb sie nun schlief wie eine Tote.

»Wird auch Zeit, verdammt noch mal«, begrüßte er mich, als ich ins Zimmer trat.

Wortlos verschwand ich hinter dem Wandschirm und kam in einem jadegrünen Morgenmantel wieder hervor. »Und, wo soll ich mich hinstellen?«

Er grunzte, während er seine Leinwand zurechtrückte, um an dem Bild weiterzumalen, an dem wir gerade arbeiteten. Es zeigte uns drei nackt in einer Gartenszene inmitten wunderschöner einheimischer Blumen – lange bevor australische Pflanzen bei den Gärtnern beliebt wurden, hat Rupert sie schon gemalt. Akazien, Flaschenbürstenbäume, Banksien, Eukalyptus, Cassytha, Stechwinden, Grevillea,

Silberwurz und so weiter. Ein gleißendes Licht von oben erleuchtete uns drei wie ein göttlicher Blitz, aber ich wusste, wofür dieses Licht stand. Auf den ersten Blick wirkte das Gemälde wie ein opulentes, sinnliches Werk der Präraffaeliten, aber wenn man die Blumen genauer betrachtete, stellte jede von ihnen einen Körperteil dar. *Death's Garden* ist inzwischen eines seiner am meisten geachteten Bilder und wird neben den Werken von James Gleeson als eine der ersten surrealistischen Arbeiten in Australien gewertet.

Die Öffentlichkeit ist vor allem deshalb von *Death's Garden* fasziniert, weil die Tochter des Künstlers so grausam ums Leben kam, als es etwa zu einem Viertel fertiggestellt war. Wie die meisten Kunsthistoriker und Liebhaber von Ruperts Werken wissen, kann man, wenn man genau hinsieht, Shalimar in diesem Bild entdecken. Wie in diesem Kinderbuch, *Wo ist Walter?*, bei dem man die kleine Figur suchen muss. Ich weiß es, weil ich sie selbst in die große Sonnenblume hineingemalt habe. Die Leute gehen davon aus, dass es sich bei *Death's Garden* entweder um einen weiteren Kommentar zum Krieg handelt oder um eines seiner dekorativen Aktbilder – und vielleicht war es auch eines davon oder beides, als Rupert anfing, es zu malen – aber nicht, als er es beendete. Zu diesem Zeitpunkt steckte Ruperts Trauer um Shalimar darin. Die winzige Shalimar, verborgen in der einzelnen Sonnenblume in einem Garten aus Knochen, Blut und Verwesung. Für immer verloren, vor unseren Blicken verborgen, umgeben von merkwürdiger Schönheit.

Bei meiner letzten Sitzung mit Rupert musste ich also nicht mit dem Tiger oder dem Affen posieren, was ein Segen war (abgesehen von meinem albernen Kopfschmuck), dafür stand ich splitterfasernackt zwischen lauter Blumen. Rupert besaß einen ganzen Haufen Kunstblumen, und rings um seine Staffelei hatte er Gartenbücher als Referenz verteilt.

Ich hatte die Arme nach hinten gestreckt, blickte traurig in die Ferne und kam mir dabei etwas idiotisch vor, während ich von einem

Leben voller Pracht und Ruhm träumte, das auf mich wartete. Meine Pose war ziemlich anstrengend, aber ich gab mir größte Mühe, sie zu halten, und wurde für meine Anstrengung belohnt, indem Ruperts Tonfall einen Hauch freundlicher wurde. Er unterhielt sich mit mir darüber, ob ich meine Familie vermisste. Außerdem fragte er mich, ob ich mich mit den anderen Flowers angefreundet hätte und glücklich auf Currawong Manor sei. Er machte sogar ein bisschen Smalltalk über den Zirkus, zu dem er angeblich gerne mitgekommen wäre, hätte ihn nicht gerade die Muse geküsst.

Ich war stolz darauf, diese schmerzhafte Pose halten zu können, und bildete mir ein, Ruperts Lieblingsmodell zu sein. Ich malte mir aus, wie mich ein Talentsucher fürs Fernsehen entdecken würde, woraufhin Rupert mich anflehen würde, ihn nicht zu verlassen. Schon seltsam, dass aus diesen Tagträumen, die vor allem zur Ablenkung dienten, einige Jahre später Wirklichkeit wurde! Ich habe schon immer fest daran geglaubt, dass man im Leben das bekommt, mit dem man sich zufriedengibt. Eigentlich heirateten Mädchen aus Surry Hills keine Millionäre und reisten um die Welt, aber ich gab meine Träume und den Glauben an mich selbst nie auf. Es gab nichts, was ich nicht getan hätte, um mein Ziel zu erreichen, glauben Sie mir.

Im Lauf der Jahre bin ich vielen Frauen begegnet, die aus wesentlich wohlhabenderen Verhältnissen als ich stammten, aber sie besaßen den Schlüssel zum Erfolg nicht. Viele von ihnen gaben bei der ersten Absage bereits auf, während jeder Rückschlag und jede Enttäuschung mich nur noch stärker machten. Und doch hat alles seinen Preis. Irgendwann fordert der Teufel seinen Tribut für die Erfüllung der Träume. Mein Teufel reicht mir jetzt die Rechnung und will auch noch ein Trinkgeld dazu. Also seien Sie vorsichtig mit dem, was Sie sich wünschen – die Götter haben einen fiesen Sinn für Humor, und der Teufel klappert mit seiner Sparbüchse.

So vergingen mehrere Stunden, unterbrochen nur von einer kurzen Pause, die Rupert mir gewährte, um den Abort draußen zu benutzen und mir eine Tasse Tee nebst Zigarette zu gönnen (diese Angewohnheit hatte ich von Wanda übernommen). Dabei plante ich in Gedanken, wofür ich meinen Lohn ausgeben würde, den ich alle zwei Wochen bekam. Ich würde einen Tagesausflug nach Mt Bellwood machen, um Stoff für ein neues Kleid zu kaufen. In der Ferne sah ich Dennis im Garten herumwerkeln. Auf meinen Gruß hin winkte er bloß etwas halbherzig und wirkte dabei irgendwie niedergeschlagen. Die ganze Atmosphäre an diesem Tag war seltsam drückend – obwohl die Sonne unvermindert herunterbrannte, fühlte es sich an, als würde demnächst ein schwerer Sturm losbrechen. Als ich gerade sorgfältig meine Zigarette ausdrückte und mich streckte, um zu Rupert ins Atelier zurückzukehren, sah ich sie.

Currawong-Krähen, ungefähr ein Dutzend, flogen über das Dach und die Türme des Herrenhauses hinweg. Ein Schauder packte mich. »Wie wenn jemand über dein Grab spaziert« – so hatte meine Ma immer dieses Gefühl beschrieben, das mich beim Anblick der Vögel überkam.

»Da sind ungewöhnlich viele Currawongs auf dem Dach«, berichtete ich Rupert bei meiner Rückkehr aufgeregt.

Er säuberte gerade seine Pinsel und zündete sich eine neue Zigarette an. »Von diesen verdammten Vögeln will ich gar nichts hören«, herrschte er mich an. »Sie scheinen zwar wie ein böses Omen für dieses Haus. Aber am besten verschwendet man keinen Gedanken an sie. Lass uns mit diesem Bild weitermachen. Zieh bitte dein Kleid aus.«

Brav nahm ich wieder meine Stellung ein. Kurz darauf schaute Edgar im Atelier vorbei. Die beiden unterhielten sich eine Weile über ihre geplante Fahrt nach Sydney und die Materialien, die sie besorgen wollten. Ich war stolz auf mich, dass ich mich nicht aus der Ruhe bringen ließ und inzwischen so professionell war, dass ich keinen Muskel rührte und nicht mal in ihre Richtung sah.

»Auf Ginger ist wirklich Verlass«, berichtete Rupert seinem Freund und Kollegen. »Wir haben heute eine ganze Menge geschafft. Gestern Abend habe ich an Wandas Teil gearbeitet – Edgar, hör auf, hier herumzutigern wie eine eingesperrte Katze. Setz dich hin!«

Edgar bewunderte sein elegantes graues Haar in einem venezianischen Spiegel und beäugte nebenbei auf seine übliche neugierige Art die verschiedenen Requisiten im Atelier.

Irgendwann tauchten endlich Wanda und Kitty auf, so dass Rupert mir eine weitere Pause gönnte. Draußen im Garten spielte Shalimar immer noch mit ihren Puppen, mit denen sie offensichtlich ein Kaffeekränzchen veranstaltete. Als sie mich kommen sah, streckte sie mir die Zunge raus, also zahlte ich es ihr heim, indem ich die Hände hinter die Ohren legte, mit den Fingern wackelte und mein Gesicht zu einer Fratze verzog.

»Lass das!«, quengelte sie prompt. »Sonst erzähl ich Doris, dass du gemein zu mir bist. Außerdem bekommt man vom Grimassenschneiden Falten. Dann wirst du noch hässlicher, als du ohnehin schon bist!«

»Shalimar, das reicht jetzt!«, ertönte hinter mir Dennis' Stimme. »Ich werde nicht zulassen, dass du in meinem Garten Blumen beleidigst. Außerdem ärgern sich die Feen, wenn sie hören, dass du in einem solchen Ton mit Erwachsenen sprichst. Du weißt doch, was sie mit nörgelnden, missmutigen Kindern machen, oder?«

»Es gibt keine Feen«, murmelte Shalimar, aber dann siegte doch ihre Neugier. »Was machen sie denn?«

»Jedes Mal, wenn eine kleine Fee ein verzogenes Kind quengeln hört, dann spuckt sie ihm morgens in den Haferbrei, während das Kind noch schläft«, antwortete Dennis. »Und wenn sie mitbekommen, dass du nicht an sie glaubst, dann schmieren sie ihren Feenrotz auf deinen Toast. Außerdem willst du doch nicht wirklich behaupten, dass du nicht ans Feenvolk glaubst. Was ist denn mit den hübschen Exemplaren, die dein Dad gefangen hat?«

Shalimar schien Dennis' Worten aufmerksam zu lauschen, während er fortfuhr: »Ich habe hier im Garten schon mehrere gesehen, und mein Vater hat mir von Hunderten berichtet.«

»Was ist mit Ginger?«, wollte Shalimar plötzlich wissen. Aus schmalen Augen blickte sie zu mir auf. Sie hatte ihre Puppen und ihr hübsches weißes Kleid um sich herum ausgebreitet, ohne sich um Schmutz- und Grasflecken zu kümmern, für deren Entfernung Miss Sharp ewig brauchen würde.

»Was soll mit mir sein?«, fragte ich zurück und zündete mir eine Zigarette an.

»Glaubst du an Feen, Ginger?«

Ich sah mich im Garten um, der in der Sonne zu funkeln schien. Die Vögel sangen sich ihre melodiösen Rufe zu, und Bienen summten um die Blumenbeete. Einige Schmetterlinge, denen die Hitze nichts auszumachen schien, tanzten fröhlich durch die Luft, und Diana auf ihrem Sockel war mit Rosenblüten geschmückt. Die Erde selbst schien vor Freude über die warme Jahreszeit zu summen. Wenn es so etwas wie Feen geben sollte, dann fiel es nicht schwer zu glauben, dass sie jetzt hier unter uns weilten. Ein leichter Windhauch blies mir die Haare aus dem Gesicht, und ich schloss genießerisch die Augen.

»Ob ich an Feen glaube?« Ich dachte weiter über ihre Frage nach, während ich einen Zug von meiner Zigarette nahm. Es kam mir vor, als könnte ich das Kichern unter den großen Farnwedeln neben der Mauer beinahe hören, als würde das kleine Volk auf meine Antwort warten.

»Ich glaube immer dann an sie, wenn ich eine sehe.«

»Warum sollten sie sich einer Erwachsenen wie dir überhaupt zeigen?«

Ich ignorierte ihren Seitenhieb und spazierte weiter in jenen Teil des Gartens, wo Rupert die Diana-Statue errichtet hatte.

Daneben stand eine kleine Eisenbank, und über das Spalier rankten sich üppige Malmaison-Rosen. Zusammen mit den Glockenblumen, den leuchtend gelben Narzissen, Tulpen und Jasminbüschen ringsherum sahen sie an diesem Vormittag besonders schön aus. Ich starrte die steinerne Göttin an, die Ruperts Liebe für mich symbolisieren sollte. Am liebsten hätte ich sie in Stücke gehauen.

»Ich würde sagen, die Zeiten sind vorbei.«

Der Klang von Dennis' Stimme ließ mich zusammenzucken. Offensichtlich war er mir gefolgt.

»Wie kommst du darauf?«, entgegnete ich.

Er trat gegen den Sockel und zog ein paar Unkrautbüschel heraus. »Es ist schon ein Jammer: Rupert scheint sich für seinen Liebestempel überhaupt nicht mehr zu interessieren, und auch Doris macht einen großen Bogen darum. Vielleicht kommen sie wieder her, wenn ich das Unkraut und die Dornen entferne.«

Mit einem klatschenden Geräusch schlug er die Pflanzen gegen Diana, um die lose Erde abzuschütteln.

Dann ging er in die Hocke und zupfte an einem stacheligen Gewächs herum. Mit wissendem Lächeln blickte er zu mir auf. »Oder vielleicht müssen sie die Blumen loswerden«, meinte er.

Gerne hätte ich Diana und ihre verdammten Putten mit bloßen Händen zerschlagen, bis nur noch ein Haufen Schutt übrig war. Dennis behauptete immer, von den Pflanzen im Garten so viel über die menschliche Natur und das Leben gelernt zu haben. Vielleicht hatte er ja recht.

»Die beiden haben viel durchgemacht«, fuhr er fort. »Doris …« Er erhob sich und sah mich an, bevor er wieder gegen den Stein trat. »Na, ich denke, du weißt über Doris Bescheid. Du weißt besser als irgendjemand sonst, was sie durchgemacht hat.«

Ich ertrug seine verächtliche Miene kaum. Schlimm genug, dass Rhondda sich mir gegenüber so gehässig verhalten hatte, aber die Veränderung in Dennis' Verhalten tat wirklich weh. Als ich auf Currawong ankam, war er so freundlich und herzlich mir gegenüber gewesen, doch das war jetzt offenbar vorbei. Sollte ich denn an allem schuld sein? Würde man Rupert – oder sogar Doris selbst – nie für irgendetwas zur Rechenschaft ziehen?

»Ich würde mir an deiner Stelle nicht den Kopf darüber zerbrechen«, entgegnete ich schnippisch. »Ich werde sowieso nicht mehr lange hier sein. Zufrieden?«

»Du bist ja bleich wie ein Gespenst. Hat der alte Pinselkönig heute wieder schlechte Laune? Das ist oft so, bevor er verreist. Klar, hier auf seiner Burg fühlt er sich sicher. Oder vielleicht will er auch bloß seine kostbare Tochter nicht alleine lassen.«

Ich sah ihn überrascht an, denn sein Tonfall war ungewohnt bitter. »Es wundert mich, dass du immer noch für ihn arbeitest, wenn du so von ihm denkst.«

Dennis blies eine Rauchwolke in die Luft, bevor er sich zum Gehen wandte. »Ich bin nicht wie du, Ginger Flower, die sich für Geld auszieht. Ich bin wegen des Gartens hier, nicht wegen Rupert Partridge, diesem Idioten.« Unter dem Hut konnte ich seine Augen nicht richtig erkennen, aber ich spürte seine Wut. »Wenn ich mich nicht um den Garten kümmern würde, wer dann? Doris schafft das nicht alles alleine – nicht mit der kleinen Lois. Außerdem ist sie eine Lady. Und dein Pinselkönig merkt ja nicht mal, was direkt unter seiner Nase wächst.«

»Er tut, was er kann.« Inzwischen war ich auch sauer. »Es ist nicht leicht für Männer nach dem Krieg. Was hast du eigentlich im Krieg gemacht? Rosen gedüngt?«

Als er sich ruckartig zu mir umdrehte, wich ich schnell einen Schritt zurück. Auf einmal war er nicht mehr der Dennis, mit dem ich täglich gescherzt hatte.

»Dieser Mann ist nicht normal«, zischte er. »Das war er noch nie. Der Schwächste im Wurf, aber das hat ihn nie davon abgehalten, die Frauen zu bekommen.« Er musterte mich abfällig. »Du glaubst, ich wüsste nichts von dir und ihm? Ich weiß Bescheid, seit du hier angekommen bist. Doris vertraut mir alles an. Aber bild dir bloß nicht ein, er hätte dich je geliebt. Er wollte das haben, was du ihm so freizügig gegeben hast, und sobald er die Diana erschaffen hatte, war seine

Leidenschaft aufgebraucht. Er liebt niemanden außer Shalimar. Und das ist nicht richtig! Nicht, wo er doch die arme Doris mit dem Baby hat. Aber heute bezahlt er für seine Perversionen! Das hätte ich vor Jahren schon tun sollen!«

»Was hast du gemacht?« Vor Angst fing ich auf einmal an zu zittern.

»Die Fotos. Du weißt schon, welche«, antwortete Dennis, und sein Gesicht wurde rot vor Empörung. »Widerliche, kranke Bilder, die kein Mann besitzen sollte. Ich hab gesehen, wie du neulich so aufgelöst aus dem Atelier gerannt kamst, also bin ich nachschauen gegangen. Vorhin habe ich sie Doris hingelegt. Sie soll wissen, wie verdorben er wirklich ist. Vielleicht hört sie dann zur Abwechslung mal auf mich.«

Ich schüttelte den Kopf, denn ich begriff seine Worte kaum. Obwohl Dennis' Reaktion auf diese Aufnahmen offensichtlich ganz ähnlich war wie meine eigene, übernahm ich sofort wieder die Rolle von Ruperts Verteidigerin.

»Wie kannst du es wagen, seine Kunst überhaupt anzufassen! Du solltest bei dem bleiben, was du verstehst – Pflanzen und Gemüse! Das ist nicht krank, das ist seine Kunst, und du kannst nicht erwarten, dass ein Künstler denkt wie wir!« Ich wollte gerade zum Haus hinüberrennen und schnell die Fotos an mich nehmen, ehe Doris sie zu Gesicht bekam. Aber noch bevor Dennis etwas erwidern konnte, hörte ich Doris im Atelier herumschreien und wusste, dass es bereits zu spät war. Ich konnte nur einige Brocken ihres Gezeters verstehen, da offensichtlich immer wieder Gegenstände zu Bruch gingen.

»Du und sie … widerlich … du abscheulicher, ekelhafter, perverser Lügner. Du bist ein Monster!« Hässliche Worte wie Blitze, die durch den Garten fuhren und im Wald einschlugen.

Als ich mich zum Haus umdrehte, stockte mir der Atem, und ich gab ein ersticktes, panisches Geräusch von mir. Über den Türmen versammelten sich immer mehr Currawongs, wie schwarze Tusche, die sich unaufhörlich ausbreitete.

Dennis, dem meine entsetzte Miene nicht entgangen war, folgte meinem Blick und fluchte laut. Dann sahen wir uns an, nun wieder vereint in geteilter Panik. Gleichzeitig drehten wir uns nach Shalimar um, die eben noch nur ein Stück von uns entfernt ihr Kaffeekränzchen veranstaltet hatte. Die winzigen Porzellantassen und -teller waren immer noch da, genau wie die Puppen – aber die Gastgeberin war verschwunden. Automatisch wanderte mein Blick in Richtung des Holztores, das in die Owlbone Woods führte. Die dunklen Bäume, die Schatten und Farne schienen mich zu verspotten und herbeizulocken.

Weiße Kakadus schimmerten zwischen dem Laub, oder war es ein weißes Kleid, das im Busch verschwand? Ich glaubte Kinderlachen aus dem Wald dringen zu hören und verspürte eine seltsame angstvolle Gewissheit, wo Shalimar sich befand. Trotzdem wies ich Dennis an, sicherheitshalber im Haus nachzusehen. Dann brüllte ich nach Rupert, dass Shalimar in den Wald gelaufen sei.

Rupert kam sofort aus dem Atelier gestürmt und rannte fluchend, seinen Farbspachtel schwingend an mir vorbei. Auf dem Weg in den Wald rief er immer wieder Shalimars Namen. Ich lief ihm hinterher und bemerkte kaum, dass Kitty und Wanda uns mit fliegenden Haaren ebenfalls folgten. Sie riefen mir zu, ich solle doch auf sie warten. So rannten wir schreiend durch den Wald, im verzweifelten Versuch, Shalimar einzuholen, bevor sie für immer in den dunklen, lauernden Schatten verschwand. Die Krähen, die sich währenddessen weiter auf den Türmen versammelten, erinnerten uns stetig daran, dass unsere Anstrengungen durchaus umsonst sein konnten.

Später wurde auch die Polizei gerufen. Doch noch bevor wir ihre Leiche fanden und Rupert den Mord an seiner Tochter gestand, wusste ich bereits, dass etwas Schreckliches auf Currawong Manor geschehen war. Ich spürte es in jeder Faser meines Körpers, seit ich diese Vögel auf dem Dach gesehen hatte.

»Brutaler Mord an Shalimar Partridge!«, lautete die fette Schlagzeile. Ja, sie ist für immer von uns gegangen und wandert nun durch den Garten des Todes. Das weiß ich, weil ich, Ginger Lawson, eine winzige Shalimar in die Sonnenblume gemalt habe.

Es heißt, Rupert Partridge habe gelacht, als sie ihn am Tag seiner Hinrichtung zum Galgen führten. Ein Lachen wie vom Teufel höchstpersönlich, als könnte er es nicht erwarten, in die Hölle zurückzukehren, aber ich wette, er lachte aus einem anderen Grund. Er hatte auf dieser Welt schon so viel gelitten und im Krieg so viel Grauen miterlebt, dass er froh war über den Freifahrtschein in die nächste Welt. Vermutlich hoffte er, dass Shalimar dort auf ihn wartete und er auf dem Weg zu einem besseren Ort war.

Ginger hielt inne und atmete ein paarmal tief durch. Sie war nun fast am Ende ihrer Geschichte angekommen, doch sie wusste nicht, ob sie wirklich in der Lage sein würde, den letzten Teil zu erzählen. Würde das Geständnis ihr die Bürde der Schuld nehmen, die sie mit sich herumtrug? Und würde Elizabeth ihr je verzeihen, welche Rolle die Flowers in der Tragödie der Familie Partridge gespielt hatten?

26. Kapitel

Der falsche Weg

Mt Bellwood, Juli 2000

Während Ginger die traumatischen Erinnerungen an Shalimars letzten Tag nochmals durchlebte, beobachtete Elizabeth das Schneegestöber und die grauen Wolken vor ihrem Fenster. Eigentlich hatte sie vorgehabt, ihren einsamen Nachmittag mit einem Teller Suppe und einer Tasse Tee zu genießen und alte Fotos durchzusehen.

Der Schnee hatte die Landschaft draußen auf wundersame Weise verwandelt. Sie glich jetzt einer Schwarzweißillustration aus einem Märchen der Brüder Grimm. Elizabeth liebte die unheimliche Stille, die sich wie eine Decke über den Garten gelegt hatte. Die kahlen Winterbäume waren weiß bepudert, die Vogelscheuche eine triste Silhouette. Das verzauberte Vertraute weckte in ihr den Wunsch zu fotografieren. Der Schnee verlieh der ganzen Umgebung etwas Weiches, Intimes, aus dem die ebenfalls schneebedeckte Diana stolz und herausfordernd emporragte. Diese perfekte, romantische Szenerie wie aus *Sturmhöhe* musste Elizabeth unbedingt einfangen, deshalb griff sie nach ihrer Canon und verließ das Haus.

Für die Aufnahmen vom schneebedeckten Herrenhaus, der Vogelscheuche und den kahlen Bäumen vor dem Winterhimmel hatte sie ihre Kamera auf ein Mäuerchen gestellt, als sie plötzlich durch den Sucher Dolly entdeckte, ganz in Schwarz gekleidet.

Rasch drückte sie auf den Auslöser. *Ja! Endlich hatte sie Dolly auf Film gebannt.* Dolly jedoch starrte geradewegs durch sie hindurch, als wäre es ihr egal, dass sie gerade fotografiert worden war. Dann drehte sie langsam den Kopf und schritt auf den Waldrand zu.

Elizabeth folgte ihr, ohne weiter darüber nachzudenken.

Der verschneite Busch war von schauriger Schönheit – graues Licht und Stille erfüllten die Luft. Elizabeth konnte ihren eigenen Atem hören, während sie sich knirschend und schlitternd auf dem gefrorenen Pfad vorwärtsbewegte und versuchte, Dollys Spur im Schnee nicht zu verlieren. Wo wollte die ältere Frau bei diesem Wetter wohl hin? Elizabeth glaubte die Antwort zu kennen: Wetten, dass Dolly auf dem Weg zu dem alten Häuschen ihrer Mutter war? Und das wollte Elizabeth unbedingt fotografieren.

Doch als sie Dolly in den immer dichter werdenden Wald folgte, breitete sich allmählich Unbehagen in ihr aus. Auf einmal war Dolly verschwunden, und der Schnee schien ihre Fußabdrücke bereits verschluckt zu haben. An dieser Stelle gabelte sich der Pfad. Unentschlossen blieb Elizabeth stehen, ehe sie sich für die linke Abzweigung entschied. Ein Geräusch neben ihr ließ sie erneut innehalten, während sie ihrem eigenen stoßweisen Atem lauschte. Wer schlug sich da parallel zu ihr durchs Gebüsch – ein Känguru, ein Reh oder vielleicht ein Mensch? Spielte Dolly alberne Spielchen mit ihr? Elizabeth beschleunigte ihre Schritte.

Schließlich bog sie um eine Kurve und erblickte vor sich, halb von Gestrüpp überwuchert, einen Weg, der noch tiefer in den Wald hineinführte. An der Abzweigung stand ein roter, verrosteter Briefkasten. Offenbar war sie zufällig auf eine menschliche Behausung gestoßen. Das Cottage der Puppenmacherin? Sogleich vergaß sie das unheimliche Geräusch und folgte mit einem freudigen Schauer dem farnbewachsenen Pfad. Fünf Minuten später tauchte vor ihr auf einmal ein winziges salbeigrün gestrichenes Häuschen auf. In den Sommermonaten würde das Haus mit dem Busch verschmelzen, aber jetzt stach es aus der verschneiten Umgebung heraus. Der Schnee, der einerseits so viel hatte verschwinden lassen, hatte hier das Verborgene enthüllt.

Behutsam näherte sich Elizabeth dem Cottage, voller Angst, Dolly könnte mit erhobener Axt auf sie zukommen, doch die Behausung machte einen verlassenen Eindruck. Das Vordach war von wildem Wein und Kletterpflanzen überwuchert. Die beinahe jenseitige Stille der schneebedeckten Szenerie verlieh dem Anblick eine zusätzliche geheimnisvolle Note, und Elizabeth erwartete fast, die Puppenmacherin in ihren langen schwarzen Gewändern würde gleich mit verkniffener Miene die Tür öffnen.

Elizabeth schob einen Teil des Wildwuchses im Eingangsbereich auf die Seite und betrat die hölzerne Veranda. Dort standen ein wackliger alter Stuhl und daneben ein abgenutzter kleiner roter Fußschemel. Hatten hier die Puppenmacherin und ihre Tochter ihre Zeit verbracht und gemeinsam die Abgeschiedenheit genossen? Miss Sharp war seit langem tot, und Dolly war zu einer einsamen alten Frau geworden. Aber einst war Dolly ein kleines, offenherziges Kind gewesen, das in diesen Wäldern ungehindert herumstreifte, ahnungslos, dass die perfekten Sommerabende neben seiner Mutter nicht ewig währen würden.

Elizabeth selbst würde vielleicht niemals erfahren, wie schön es war, mit einer kleinen Tochter auf einem roten Schemel in der Dämmerung zu plaudern. Nie zuvor hatte sie sich so alleine gefühlt wie hier bei diesem merkwürdigen, verlassenen Cottage. Andererseits war das Ganze auch irgendwie unwirklich, als wäre das Häuschen nur eine Kulisse, die auf sie gewartet hatte. Und sie hatte ihren Text vergessen.

Ein Geräusch hinter ihr riss sie aus ihrer Melancholie. Erschrocken sprang sie auf und ließ den Blick ängstlich umherwandern. Sie wusste, dass sie besser gehen sollte, aber sie konnte einfach nicht widerstehen, noch einen Blick ins Innere des Hauses zu werfen.

»Dolly?«, rief sie in die Stille.

Die rußgeschwärzte Tür war zugesperrt. Es gab also offenbar jemanden, der einen Schlüssel besaß und das Cottage verschloss, um Eindringlinge fernzuhalten. Als sie durch das mit Spinnweben verhangene Fenster hineinspähte, ließ sie der Anblick laut nach Luft schnappen. Es war nicht der alte eiserne Ofen oder der winzige hölzerne Tisch, der sie so erschreckt hatte, sondern die unzähligen Puppen, die jeden verfügbaren Platz besetzten. Ein Cottage voller Puppen.

Warum um Himmels willen hatte man es so belassen? Hatte Miss Sharp das so gewollt, oder war es Dolly, die hier eine Art Schrein für ihre Mutter errichtet hatte? Sie musste wieder an Dolly und ihre Axt denken: Möglicherweise würde sie auf Elizabeths Herumschnüffeln nicht besonders freundlich reagieren. Sie verdrängte jedoch ihre Furcht und ging seitlich am Häuschen vorbei. Vielleicht gab es ja eine unverschlossene Hintertür?

Die Rückseite war ebenso ungepflegt wie die Vorderseite. Nachdem sie vergeblich an der blauen Tür mit der abblätternden Farbe gerüttelt hatte, wischte sie den Dreck vom rückwärtigen Fenster und sah hinein. Sie konnte einen kleinen Raum erkennen mit einem Waschtrog, ein Stück Seife und daneben wieder ein paar Puppen, die das Waschen zu beobachten oder sogar selbst auszuführen schienen.

»Seltsam«, murmelte Elizabeth vor sich hin und machte sich daran, den Garten auf der Rückseite zu erforschen. Ein Stück Land hatte wohl als Gemüsebeet gedient, daneben stand ein kleines hölzernes Hühnerhaus, und aus dem Schnee ragten wilde Kräuter. Elizabeth setzte ihre Schritte mit Bedacht, denn sie wollte nicht riskieren, womöglich hier draußen zu stürzen und sich den Knöchel zu brechen. Farbdosen waren willkürlich neben einer halbverfaulten Leiter gestapelt. Elizabeth sah sich um und hatte dabei immer noch das Gefühl, dass irgendjemand – oder irgendetwas – sie beobachtete. Direkt neben dem Hühnerhaus befand sich ein kleiner Friedhof mit einer größeren Anzahl weißer Kreuze. Auf einigen standen Namen: Claw, Misty, Pudding und Tiger, auf den meisten jedoch nur eine Jahreszahl, alle aus den Jahren zwischen 1940 und 1950. Drei der weißen Kreuze waren größer und mit schwarzer Farbe beschrieben: Eleanor, Marilyn und Errol.

Es schneite nun stärker, und Elizabeth richtete sich auf. Wenn sie noch länger hierblieb, riskierte sie, in der Dunkelheit den Rückweg nicht mehr zu finden. Sie machte also noch einige Aufnahmen und verlor sich dabei in der seltsamen Schönheit, die sie durch die Linse sah. Bis sie ein Geräusch von der Vorderseite des Häuschens hörte. Sie erstarrte und lauschte angespannt. Wieder hatte sie das Gefühl, beobachtet zu werden.

»Dolly! Sind Sie das?« Entschlossen ging sie ums Haus herum und bemühte sich um eine selbstbewusste Haltung, auch wenn das nicht ihrem eigentlichen Gefühl entsprach. Wenn hier irgendetwas lauerte, war es vielleicht besser, selbstsicher zu wirken. Eine Gänsehaut im Nacken warnte sie, dass Gefahr drohte. Sie schlug den Weg ein, der sie hierhergeführt hatte. Aber die Angst wurde immer stärker, bis sie schließlich stehen blieb und sich verzweifelt im Kreis drehte, weil sie nicht mehr wusste, was sie tun sollte. Ihr Instinkt drängte sie, so schnell wie möglich zu dem Cottage tief im Wald zurückzukehren.

Elizabeth hatte auf ihrem beruflichen Weg immer ihrem Bauchgefühl vertraut, was sich in der Vergangenheit stets als richtig erwiesen hatte. Daher lief sie nun so schnell sie konnte zum Cottage zurück, wobei sie sich ständig umsah. Als sie es fast erreicht hatte, hörte sie auf dem Pfad hinter sich ein Geräusch. Irgendetwas war ihr definitiv auf den Fersen. *Nicht rennen*, warnte eine innere Stimme. Da entdeckte sie etwas, das sie erschauern ließ: Von einem Ast über ihr baumelten Eingeweide wie eine blutige Trophäe.

Elizabeth hatte jetzt das Fenster auf der Vorderseite des Cottages erreicht. Sie würde es einschlagen müssen, um sich drinnen in Sicherheit zu bringen und sich dann irgendetwas als Waffe zu suchen. Also nahm sie den kleinen Schemel und zerschmetterte damit die Scheibe. Ohne Rücksicht auf Glassplitter, an denen sie sich möglicherweise verletzen könnte, schwang sie sich durchs kaputte Fenster und landete unbeholfen im Zimmer mit den Puppen.

Der Raum roch staubig, mit einer stechend erdigen Note. Verzweifelt sah sie sich nach etwas um, mit dem sie das zerbrochene Fenster sichern konnte. Es blieb nur der Holztisch. Rasch kippte sie ihn um, wobei die Puppen zu Boden fielen, und schloss damit das Loch, das sie geschaffen hatte.

Ihr Atem ging in panischen Schluchzern, während sie nach draußen lauschte. Warum war sie bloß so dumm gewesen, ihr Handy nicht mitzunehmen? Sie hätte um Hilfe rufen können, anstatt hier diesem Monster ausgeliefert zu sein. Aus allen Richtungen starrten sie Hunderte gleichgültiger Knopfaugen an. Was war, wenn der Angreifer einen anderen Eingang finden würde – oder gar einen Schlüssel hatte? Womit sollte sie sich verteidigen? Einem Verrückten eine Puppe über den Schädel schlagen? Sie musste eine Waffe finden, aber gleichzeitig auch Wache halten, damit das Ding da draußen nicht durchs Fenster hereinkam. Außerdem war das Häuschen zu klein, um sich irgendwo zu verstecken.

»Bitte, lieber Gott, hilf mir!«, flehte sie, als sie hinterm Fenster eindeutig Geräusche hörte. Sie drückte sich gegen den Tisch und versuchte einzuschätzen, was da gerade passierte. Wenn sie auf die Warnungen ihres Körpers nicht gehört hätte, dann wäre sie auf dem Pfad weitergegangen und ihrem Feind direkt in die Arme gelaufen. Welcher Perverse verteilte Eingeweide in Baumkronen?

Sie hatte das äußerst merkwürdige Gefühl, dass derjenige, der dort draußen lauerte, genau wusste, dass sie hier drinnen war, und sich ebenfalls überlegte, was er als Nächstes tun sollte. Sie hörte ein Kratzen an der Tür, dann eine Art Husten.

Elizabeth hatte sich immer eher für spirituell als religiös gehalten. In diesem Moment jedoch schloss sie die Augen und begann zu beten: »Lieber Gott, wenn du mich hier lebend rausholst, dann verspreche ich, dass ich meine Begabungen und Talente für das Allgemeinwohl einsetzen werde. Bitte lass das dort draußen nicht hereinkommen. Bitte beschütze mich.«

Weitere Geräusche und ein stechender Geruch versetzten Elizabeth noch mehr in Panik. Sie musste sich dazu zwingen, möglichst ruhig zu bleiben. Auf der Suche nach Ablenkung ließ sie den Blick durch den Raum schweifen, bis er plötzlich auf ein Bild über dem Kamin fiel … und sie auf einen Schlag die Bedrohung draußen vergaß. Sie ließ Fenster und Tür schutzlos zurück, um sich das Gemälde, das offensichtlich von Rupert stammte, genauer anzusehen. Schock und Ungläubigkeit traten an die Stelle der Angst. Warum hatte Ginger sie derart belogen? Oder hatte Rupert das als Scherz gemeint? Und weshalb um alles in der Welt hing dieses Bild ausgerechnet hier?

Draußen wurde es allmählich dämmrig. Bald würde es im Inneren des Cottages völlig dunkel sein, und Elizabeth würde all die Puppen nicht mehr erkennen können. Mit diesem Gedanken kehrte auch die Furcht zurück, so dass sie auf ihre Position hinter dem umgekippten Tisch zurückkehrte. Wie gelähmt lauschte sie den Geräuschen von draußen und dachte an ihre Mutter. Würde sie Lois jemals wiedersehen? Der dringende Wunsch, die Kluft zwischen ihnen zu überbrücken, überraschte sie. Abgesehen von ihrer Mutter wollte sie auch Nick unbedingt wiedersehen. Er würde das Gemälde verstehen und Gingers Lügenmärchen durchschauen. Elizabeth erkannte undeutlich die Punkte, die ein schreckliches Muster ergaben, das sie erst noch richtig begreifen musste. Wo war Dolly? Hatte sie Elizabeth absichtlich hierhergelockt, um sie dann ihrem Schicksal zu überlassen?

Mit Einbruch der Nacht wurde es in dem Raum noch eisiger. Im Schlafzimmer fand Elizabeth eine alte Häkeldecke, die zwar modrig roch, aber in die sie sich einwickeln konnte.

Sie konnte nur hoffen, dass dieses Wesen dort draußen nicht versuchen würde, gewaltsam einzudringen. Ginger hatte sie belogen. Aus irgendeinem Grund hatte sie Elizabeth in die Irre geführt. Und so alleine in Nacht und Schnee, hatte Elizabeth genügend Zeit, sich auszumalen, was dieser Grund sein könnte.

27. Kapitel

Tee mit einem weissen Kaninchen

Mt Bellwood, Juli 2000

Nick machte es sich in einem übergroßen Ledersessel bequem, während Patrick Bishop ihm auf einem Silbertablett Kaffee und einen Porzellanteller mit großen Stücken Obstkuchen reichte. Patrick hatte etwas Beruhigendes an sich. Vielleicht weil er Nick an seinen verstorbenen Onkel Ronnie erinnerte, den er als Teenager immer so gerne besucht hatte. Patrick trug eine graue Weste mit Uhrenkette und dazu ein blau gestreiftes Hemd. Nick schätzte die etwas weltfremde, feine Ausstrahlung des älteren Herrn, sein gepflegtes Arbeitszimmer und auch seine Ähnlichkeit mit dem weißen Kaninchen aus *Alice im Wunderland*.

Wie sie so in kameradschaftlichem Schweigen beisammensaßen, sah sich Nick innerlich seufzend um. Genau so ein Arbeitszimmer hätte er in ein paar Jahren auch gerne. An den salbeigrünen Wänden hingen Bilder von australischen Landschaften: Fred Williams, Albert Namatjira, Hans Heysen und einige von Monica Baillie. Ein Globus stand neben einer Waage auf einem Schränkchen aus Rosenholz. Die Fotos daneben zeigten einen jüngeren Patrick und eine dunkelhaarige Frau mit Bobfrisur sowie einen Jungen in verschiedenen Altersstufen – offensichtlich sein Sohn Pip. Eine große gerahmte Fotografie von Don Bradman mit einem jüngeren, strahlenden Patrick nahm einen Ehrenplatz ein.

Alte Sporttrophäen waren auf einem Regal aufgereiht. Patrick bemerkte Nicks Interesse und erzählte, dass er sie zwar sammelte, in seiner Jugend aber selbst keine gewonnen hatte. »Ich war immer der Streber in der Schulbibliothek«, gestand er, was ihn Nick noch sympathischer machte. »Ich habe nie wirklich in die rugbyverrückte Welt der Schule von Mount Bellwood gepasst.«

Nick dachte an seine eigene Schulzeit zurück, als er wegen seiner langen Haare und der kreativen Ideen regelmäßig gehänselt wurde. Im Hintergrund lief Jazzmusik, und Nick klopfte mit dem Fuß den Rhythmus mit, während er sich seiner Phantasievorstellung hingab, ein Wochenendhäuschen in den Bergen zu kaufen und selbst herzurichten. Erst als Patrick ihn fragte, ob er seinen Kaffee mit Milch, Sahne oder Zucker trinke, kehrte er wieder in die Gegenwart zurück.

Das geräumige Arbeitszimmer war mit Antiquitäten und Vitrinen voller Kuriositäten eingerichtet. Es gab Tausende faszinierender Bücher, sowohl antiquarische als auch moderne. Ein altmodischer Schreibtisch mit Tintenfass und Federhaltern lud dazu ein, sich dort niederzulassen und einen Brief zu schreiben oder einen Roman zu entwerfen. Einen Computer konnte Nick nirgendwo entdecken, aber vielleicht hatte Patrick ihn auch nur geschickt verborgen. Es war das Arbeitszimmer eines Gentlemans, dachte Nick voller Bewunderung. Ein Zufluchtsort vor nörgelnden, neurotischen Frauen, wo man einen Scotch oder Portwein schlürfen, Detektivromane lesen und über alten Landkarten brüten konnte. »Ein schönes Refugium haben Sie hier«, sagte er.

»Jeder Mann braucht Raum für sich. Ich kann mir vorstellen, dass die Frauen dort oben Sie vermutlich in den Wahnsinn treiben. Ginger ist selbst jetzt im Alter noch eine schöne Frau, aber sie redet ohne Punkt und Komma.«

»Das ist wahr«, stimmte Nick zu, obwohl er die Gespräche mit Ginger eigentlich immer genoss.

Entspannt nippten sie an ihrem Kaffee. »Ich muss gestehen, dass ich Gesellschaft hier im Haus vermisse«, sagte Patrick schließlich.

»Meine liebe Frau Olive starb vor bald dreißig Jahren, und Pip ist als Verwaltungschef der Sydney University immer sehr beschäftigt.«

»Ich hab einige von Gingers Tonbandaufnahmen über ihre Zeit hier auf Currawong Manor gehört«, berichtete Nick, den Mund voller Obstkuchen. »Wirklich faszinierend. Sie waren doch damals auch dort, oder?«

»Nur ein paarmal«, erwiderte Patrick. »Rupert war nicht begeistert über Besuch, und meine Mutter, Gott hab sie selig, wäre nicht glücklich darüber gewesen, wenn ich mich in den Ruinen rumgetrieben hätte.« Er hielt inne, in Erinnerungen versunken.

»Wegen der Flowers?«

»Sie hatten wirklich einen ziemlich üblen Ruf. Aber jede Frau, die sich auszog und nackt herumlief – und sei es für einen Künstler –, wäre in Mount Bellwood zu dieser Zeit nicht gerne gesehen gewesen. Lange glaubte man, dass ein Fluch über dem Anwesen liegt. Nach Shalimars Tod natürlich erst recht. Ich hab darüber mal ein kleines Büchlein herausgegeben – eigentlich eher ein Heft als ein Buch – und über die Historische Gesellschaft ein paar Exemplare verkauft. Aber das hat nicht einmal die Druckkosten gedeckt. Wo hab ich es nur?«

Er suchte einige seiner alten Bücherregale ab. »Neulich hab ich es noch gesehen. War es hier? Wie ärgerlich. Ich weiß, dass es irgendwo hier sein muss. Wenn man etwas sucht, dann findet man das Zeug nie.«

Weitere fünf Minuten vergingen, in denen Patrick vor sich hinmurmelte, ehe er triumphierend verkündete: »Da ist es ja! Sie können es sich gerne ausleihen, wenn Sie es mir unversehrt zurückbringen. Ich habe nur noch wenige Exemplare übrig. Was mich daran erinnert … Ich habe zwar keine Beweise, aber ich vermute, dass Kitty bei ihrem Besuch kurz vor ihrem Tod eines hat mitgehen lassen. Ich kann mich auch täuschen – mein Gedächtnis ist nicht mehr so gut, wie es einmal war –, aber ich hatte das Gefühl, dass ein paar Dinge fehlten, nachdem sie gegangen war.«

Er reichte Nick ein dünnes rotes Buch. Auf dem Einband war eine Schwarzweißfotografie von Currawong Manor abgebildet, und darüber stand der Titel in reißerisch gelben Buchstaben: *Die Currawongs der Ruinen, der Schrecken der Owlbone Woods sowie andere Geister und schauerliche Begebenheiten in den Blue Mountains.* Nick dankte ihm und dachte bei sich, dass ein etwas flotterer Titel sicher hilfreich gewesen wäre.

»Mich würde interessieren, ob Sie der Meinung sind, dass Rupert die kleine Shalimar getötet hat?«

»Darüber möchte ich nicht spekulieren«, erwiderte Patrick. »Sein Geständnis und die ganze tragische Angelegenheit haben mich zutiefst schockiert. Bei den wenigen Gelegenheiten, wo ich die beiden zusammen sah, schien er ein ganz vernarrter Vater zu sein. Sie war ein so hübsches kleines Mädchen, und so phantasievoll. Was für eine Verschwendung.«

»Aber es gab doch eigentlich keinen Grund für ihn, ein Verbrechen zuzugeben, oder? Außer der Krieg hatte ihn völlig aus dem Gleichgewicht gebracht?«, hakte Nick nach.

Patrick warf Nick einen kritischen Blick zu. »Das ist also der Kurs, den Sie in Ihrem Buch einschlagen? Ich kann Ihnen zumindest versichern, dass er ein aufbrausendes Naturell hatte. Wir alle konnten ihn bei einer Ausstellung in Mount Bellwood in Aktion erleben, als ich ihm mitteilen musste, dass sein Bild nicht ausgestellt werden könnte. Man musste sich ja nur seine sogenannten Kunstwerke ansehen, um zu verstehen, wes Geistes Kind er war. Pornographisch, kindisch, sensationsheischend, das alles wäre noch untertrieben. Technisch hatte er sehr wenig drauf, was ihn aber überhaupt nicht störte. Das kann man doch nicht Kunst nennen! Der Krieg muss ihn völlig aus der Bahn geworfen haben …«

Nick blätterte das Büchlein durch. Es gab einige Schwarzweißaufnahmen des Herrenhauses, die ihn an Elizabeth denken ließen. Wie verbrachte sie wohl ihren Samstag? Es war verwirrend, wie oft sich Elizabeth in letzter Zeit in seine Gedanken schlich und wie sehr sie ihm fehlte, wenn sie nicht bei ihm war. »Haben Sie diese Aufnahmen gemacht?«

Patrick nickte. Seine Augen wurden feucht, und sein Gesichtsausdruck war angespannt, als hätten ihn die alten Erinnerungen aufgewühlt.

»Und was ist mit den *Broken Bloodied Brushes*?«, fragte Nick. »Wer war da der Kameramann?«

»Ich habe keine Ahnung«, erwiderte Patrick. »Edgar Cabret steckte hinter der ganzen Sache. Ich weiß genau, dass ich hier noch irgendwo ein paar alte Fotografien des Herrenhauses habe, aber ich brauche Zeit, um sie zu finden.« Er beugte sich in seinem Sessel vor. »Seltsamerweise tauchte Kitty kurz vor ihrem Tod hier auf und wollte genau diese Fotos haben. Ich hätte nie gedacht, dass sie sich überhaupt für Geschichte interessiert. Sie war früher so ein hübsches, flatterhaftes junges Ding, aber im Alter wirkte sie wie eine Obdachlose. Für eine Flasche Gin hätte sie alles getan. So eine tragische Verschwendung. In schmutzigen Kleidern und nach Schnaps stinkend wanderte sie die Hauptstraße auf und ab und sprach dabei mit sich selbst. Ich wollte diese Frau so schnell wie möglich wieder loswerden. Sie ist dann nur ein paar Nächte später gestorben. Arme alte Kitty, sie war die hübscheste der Flowers und immer so heiter. Die meisten Jungs in der Stadt waren verliebt in sie. Sie hatte ein herzförmiges Gesicht, große Augen, ein süßes Lächeln mit Grübchen und lange blonde Locken. Es war wirklich tragisch zu beobachten, was aus ihr geworden ist. Damals schmachteten wir alle die Flowers an. Ja, Kitty war die Hübscheste, Wanda war purer Sex, aber ich muss gestehen, dass ich immer eine besondere Vorliebe für den Rotschopf hatte.«

Er rührte in seiner Tasse, als hätte er etwas besonders Unangenehmes im Kaffeesatz entdeckt. »Es bestand ja immer auch die Möglichkeit, dass … Nein, ich möchte keine Gerüchte verbreiten. Davon gab es sowieso schon viel zu viele.«

Und das war alles, was Nick aus Patrick herausbekam. Ihr Gespräch wandte sich den erschreckend hohen Immobilienpreisen in Sydney zu, und Patrick bemühte sich sehr, Nick dazu zu überreden, vor der Historischen Gesellschaft einen Vortrag zu halten. Außerdem bot er Nick an, ihn durch das Historische Museum von Mt Bellwood zu führen, was Nick sehr gerne annahm, da er zu Recherchezwecken sowieso einen Besuch dort geplant hatte.

»Mrs Bellamy, eine der charmantesten Damen unseres Orts, ist heute für den ehrenamtlichen Dienst eingeteilt. Sie ist eine erfahrene Mitarbeiterin, und der Schnee wird sie sicher nicht abhalten. Wahrscheinlich sind wir heute die einzigen Besucher, da wird sie sich bestimmt freuen. Ich arbeite dort immer mittwochs, freitags und sonntags«, erklärte Patrick, als sie das Haus verließen und mit einem Blick auf die eisigen Wetterverhältnisse beschlossen, der Einfachheit halber lieber die Viertelstunde zu Fuß zu gehen, als zu fahren. »Wir hier in Mount Bellwood haben wirklich Glück, dass es so viele hilfsbereite Damen gibt. Die Mehrzahl von ihnen sind Witwen, die ihre Männer verloren haben und für die ein starkes soziales Netzwerk wichtig ist. Dass meine liebe Olive mich nicht überlebt hat, ist für Mt Bellwood eher ungewöhnlich«, erzählte Patrick niedergeschlagen.

Sie gingen an den Ladenzeilen der Hauptstraße vorbei, von denen die meisten wegen des Wetters leer oder geschlossen waren. Dann bogen sie nach links in die baumgesäumte Wombat Avenue ein, wo die Menschen den Schnee aus ihren Einfahrten kehrten oder Schneemänner bauten und ihnen freundlich zuwinkten. Patrick war im Ort offensichtlich sehr beliebt. Nick hingegen wurde mit neugierigen Blicken bedacht. Er konnte sich vorstellen, dass sie ein seltsames Paar abgaben: Patrick in seinem tadellosen grauen Trenchcoat und Filzhut und Nick dagegen mit roter Strickmütze über schulterlangen schwarzen Haaren und einer abgetragenen Lederjacke.

»Unglaublich, dieser Schnee!«, rief ihnen eine ältere Frau zu, als sie vorbeigingen.

»Herrlich, Molly, nicht wahr?«, antwortete Patrick. »Die Schule ist nächste Woche sicher auch geschlossen. Wenn das so weitergeht, werden wir noch alle eingeschneit!«

Am Ende der Wombat Avenue lag das Historische Museum. Wie Patrick vorhergesagt hatte, war es leer. Nur eine korpulente Dame an der Kasse las einen Roman von Jackie Collins.

»Hallo, Patrick.« Lächelnd legte sie ein Lesezeichen in ihr Buch, bevor sie es zuklappte. »Wahrscheinlich ist selbst auf dem Friedhof mehr los als hier. Ich hatte schon damit gerechnet, dass es ruhig sein würde, aber ich wollte niemanden enttäuschen, darum hab ich trotzdem geöffnet.«

»Sie sind ein Schatz, Mrs Bellamy«, lobte Patrick. Nick musste lächeln, als Mrs Bellamy wie ein Schulmädchen errötete.

»Das hier ist mein junger Freund Nick Cash. Er ist ein Schriftsteller aus Sydney und wohnt gerade auf Currawong Manor.«

Mrs Bellamy und Patrick wechselten einen bedeutungsvollen Blick.

»Sehr erfreut, Nick«, sagte Mrs Bellamy und schüttelte ihm die Hand. »Ich hab schon gehört, dass die Ruinen wieder zum Leben erwachen. Tja, da wünsche ich den neuen Besitzern viel Glück. Sie können es ja mal versuchen ... Ich gebe ihnen sechs Monate, dann wird es wieder zum Verkauf stehen.«

»Na, na, Mrs Bellamy«, mahnte Patrick. »Nick gibt wahrscheinlich nicht viel auf unseren alten Aberglauben.«

»Außenstehende können das nicht verstehen«, erklärte Mrs Bellamy etwas verschnupft. »Aber dieser Ort wird nicht ohne Grund verflucht genannt. Nicht für alles Geld der Welt würde ich dorthin ziehen.«

»Ich führe Nick ein bisschen herum«, verkündete Patrick. »Sie müssen nicht bleiben, Mrs Bellamy. Gehen Sie ruhig heim und wärmen sich die Füße am Feuer. Es sieht so aus, als würde es noch ein paar Tage weiterschneien.«

»Das Angebot nehme ich gerne an«, erwiderte Mrs Bellamy. »Ich mache mir heute Abend eine schöne Wärmflasche fürs Bett. Außerdem hab ich eine feine Suppe gekocht, die muss ich nur noch aufwärmen. Ich hab Ihnen eine Thermoskanne voll hinten in die Küche gestellt, Patrick, damit Sie was zum Abendessen haben.«

Sie sammelte Buch, Schirm, Mantel, Schal und geblümte Einkaufstasche ein und rüstete sich zum Aufbruch. Auf dem Weg zur Tür lächelte sie Patrick noch einmal an.

»Wirklich eine nette Dame«, meinte Patrick zu Nick, als Mrs Bellamy gegangen war. »Solche Frauen gibt es heutzutage eigentlich gar nicht mehr. So zuverlässig, kommt bei jedem Wetter hierher, wie Sie sehen. Seit vor ein paar Jahren ihr Mann gestorben ist, engagiert sie sich sehr für die Gemeinde, die Kirche und das Museum.«

Nick dachte bei sich, dass die zuverlässige Mrs Bellamy ganz offensichtlich scharf auf Patrick war, und fragte sich, ob der das wirklich nicht bemerkte. Wahrscheinlich hatte die Arme den ganzen Tag hier ausgeharrt, in der Hoffnung, einen Blick auf Patrick zu erhaschen.

»Da wären wir.« Patrick wies mit großer Geste auf den Saal, der mit Regalen und Vitrinen vollgestopft war. »Sehen Sie sich in Ruhe um, und ich versuche inzwischen, die Fotos zu finden. Sagen Sie Bescheid, falls Sie Hilfe brauchen. Lassen Sie sich ruhig Zeit.« Er zog sich in ein winziges Büro hinter einer Glaswand am Ende des Raums zurück.

Nick überlegte, wo er am besten anfangen sollte. Die Schränke waren voll mit den unterschiedlichsten Objekten, die die Bewohner der Blue Mountains über die Jahre gespendet hatten: Von Bettpfannen über alte medizinische Geräte und Kriegsmedaillen bis hin zu Kinderspielzeug war alles vertreten. Jemand hatte sich die Mühe gemacht, alles akribisch genau zu beschriften. Man hätte Wochen damit verbringen können, sich durch diese Sammlung zu arbeiten. Und sicherlich waren mit den Gegenständen Tausende von Geschichten verknüpft. Ausgestopfte Vögel, Springseile, dicke Ordner mit alten Fotos aus der Geschichte der Stadt. Drei komplette Borde waren Eimern, Seifen und alten Schrubbern gewidmet. Jemand hatte sogar seine heißgeliebte Knopfsammlung gespendet. Nick bestaunte altertümliche Parfümfläschchen und Schuhe, Pfeifen, Briefmarkensammlungen, Negerpüppchen und Küchenutensilien.

Es gab etwa ein Dutzend schwere Sammelalben, nach Datum sortiert, und Nick griff gezielt nach der Ausgabe von 1945. Unter all den vergilbten Zeitungen befand sich wie erwartet ein Ausschnitt aus der *Blue Mountains Weekly*.

»Tragischer Mord an Mädchen aus Mt Bellwood, Shalimar Partridge!«, verkündete die Schlagzeile. Die nachdenklich dreinblickende Shalimar, offensichtlich von Rupert fotografiert, war unter einer unheimlich anmutenden Aufnahme von Currawong Manor abgedruckt. Außerdem war dort noch ein Foto von ihrer mit einem Tuch bedeckten Leiche zu sehen, die gerade von zwei Polizisten aus dem Herrenhaus getragen wurde. Im Hintergrund konnte Nick drei Personen erkennen, vermutlich die Flowers, die sich aneinanderklammerten.

»Da ist sie!« Nick zuckte zusammen, als Patrick zurückkam und eine große Aktenmappe hochhielt. »Tragödie bricht über die Bewohner von Currawong Manor herein«, las er laut vor.

»Die siebenjährige Shalimar Partridge wurde am späten Nachmittag des 9. November 1945 von ihrem Vater, Rupert Partridge, dem bekannten Maler aus Mount Bellwood, in dem Teich der Mermaid Glen ermordet. Der Künstler legte vor der Polizei ein Geständnis ab und wurde daraufhin festgenommen. Shalimar war in Mount Bellwood wohlbekannt und allgemein beliebt. Sie hatte kurze Zeit die örtliche Grundschule besucht, ehe sie zu Hause von ihrer Mutter, Doris Partridge, unterrichtet wurde.

In Mount Bellwood wird sie nicht nur wegen ihrer vielgerühmten Schönheit unvergessen bleiben, sondern auch wegen ihrer hübschen Zeichnungen, die in der örtlichen Grundschule ausgestellt sind, ihrer Begeisterung für Puppen, ihrem heiteren Gemüt und ihrem gewinnenden Lächeln.«

»Wirklich ein schrecklicher Fall«, sagte Patrick. »Er hat unsere Stadt bis ins Mark erschüttert. Und dann kam auch noch Doris in derselben Nacht auf so entsetzliche Weise ums Leben …« Er blätterte einige der alten Sammelalben durch. »Das ist aber seltsam«, murmelte er.

»Was denn?«, hakte Nick nach, als er nicht weitersprach.

»Jemand hat einen Zeitungsausschnitt entfernt, ein grober Verstoß gegen die Regeln.«

Nick starrte Patrick an und fragte sich, warum er auf einmal so erregt war – ging es um die Entweihung seines kostbaren Albums oder um den speziellen Zeitungsausschnitt?

»Wissen Sie denn, was fehlt?«, fragte er.

»Ja, selbstverständlich«, erwiderte Patrick. »Ich kenne diese Sammlung außerordentlich gut. Es war ein Artikel über die 1940er Jahre. Ich weiß sogar, welcher Ausschnitt genau entfernt wurde. Wir hatten damals eine Menge Amerikaner in der Stadt. Aber warum um Himmels willen sollte jemand ausgerechnet diesen Artikel wollen? Außer …« Er beendete seinen Satz jedoch nicht.

Nick beobachtete ihn neugierig, denn sein Instinkt verriet ihm, dass gerade etwas Wichtiges passierte. Was verheimlichte ihm Patrick Bishop?

»Ich fürchte, ich muss Sie jetzt hinauswerfen, mein Junge«, verkündete Patrick auch prompt. »Ich habe heute Abend noch eine Versammlung, auf die ich mich vorbereiten muss. Und davor sollte ich hier noch ein paar Dinge erledigen. Würde es Ihnen etwas ausmachen, wenn ich Sie nicht hinausbegleite?«

»Kein Problem«, erwiderte Nick. »Wäre es in Ordnung, wenn ich mir diesen Band ausleihe, um ein paar der Artikel einzuscannen?«

»Nein, ich fürchte, diese Bände dürfen das Museum nicht verlassen«, sagte Patrick. »Aber Sie können jederzeit sehr gerne wiederkommen und die Zeitungsausschnitte hier einscannen. Dort hinten stehen Drucker und Scanner.«

Er nahm einen Flyer vom Empfangstresen und reichte ihn Nick. »Hier finden Sie unsere Öffnungszeiten«, sagte er und führte ihn zur Tür.

Als er wieder in seinem Nest ankam, blieb Nick noch eine halbe Stunde bis zum Abendessen. Er kauerte sich vor seinen Heizstrahler, öffnete Patricks Buch und überflog die Kapitelüberschriften, die eher in eine Zeitschrift für unerklärliche Phänomene gepasst hätten:

Entführung durch Außerirdische in Mt Bellwood und den Blue Mountains.
Raubkatzensichtungen in Mt Bellwood und den Blue Mountains.
Geistersichtungen in Mt Bellwood und den Blue Mountains.
Die verschwundenen Kinder von Mt Bellwood und den Blue Mountains.
Alte Mythen und Legenden von Mt Bellwood und den Blue Mountains.

In diesem Moment klopfte es an der Tür, und Nick sprang hastig auf, in der Hoffnung, es könnte Elizabeth sein. Irgendwie hatte er immer mehr das Gefühl, Elizabeth beschützen zu müssen. Die Fotografin mit der angenehmen Stimme, dem scheuen Lächeln und den dunklen Rehaugen hatte großen Eindruck auf ihn gemacht. Es kam ihm so vor, als hätte er sie schon ewig nicht mehr gesehen. Außerdem wollte er ihr unbedingt ausführlich von seinem Tag erzählen. Stattdessen stand jedoch Ginger vor der Tür, mit einer weißen Nerzstola über ihrem feuerroten Flamenco-Kleid und den üblichen geblümten Gummistiefeln an den Füßen. Ihre grünen Augen blickten besorgt.

»Sie wissen nicht zufällig, wo Elizabeth ist, oder?«, fragte sie. »Ich habe sie in den Wald gehen sehen, aber sie ist nicht mehr – also, nicht, dass ich auf sie gewartet hätte«, fügte sie hastig hinzu. »Aber sie hatte mich in ihr Nest eingeladen, um ein weiteres Shooting zu besprechen.«

Nick war überrascht. Er hätte nicht gedacht, dass Ginger sich für andere Dinge interessierte als den perfekten Sitz ihrer falschen Wimpern. Anscheinend hatte sein Gesichtsausdruck seine Gedanken verraten, denn sie verzog schmollend den Mund.

»Ich bin nicht so oberflächlich, wie Sie vielleicht denken«, knurrte sie. »Die Owlbone Woods machen mir wirklich Angst. Die Leute täten besser daran, sich davon fernzuhalten!«

»Ja, das hört man hier ständig«, erwiderte Nick wenig überzeugt. »Ich fühle mich wie ein Schauspieler, der ohne Skript in einem Dracula-Film mitspielt und dauernd von den Einheimischen gewarnt wird: *Gehen Sie nicht in die Nähe des Schlosses, Master!*«

»Machen Sie sich ruhig lustig«, meinte Ginger mit einem Stirnrunzeln. »Ich kenne diesen verdammten Wald ...« Sie brach ab, als sie Patricks rotes Buch auf dem Tisch liegen sah. »Was wollen Sie denn damit?«

Erstaunt über ihren scharfen Ton griff Nick nach dem Büchlein.

»Der Autor persönlich hat es mir geliehen«, antwortete er. Er blätterte es durch, während sich in seinem Kopf die Fragen überschlugen. Lag das Geheimnis womöglich in den Wäldern verborgen und gar nicht so sehr im Herrenhaus? Sollten sie deswegen durch die ständigen Warnungen von den Wäldern ferngehalten werden? Warum genau machte sich Ginger solche Sorgen um Elizabeth? Wusste die alte Hexe etwas? »Es scheinen ein paar ausgesprochen interessante Dinge hier drinzustehen. Entführungen durch Außerirdische, ungeklärte Morde ...«

Gingers Miene war unergründlich. »Patrick wirkt heute so förmlich und pompös, aber ursprünglich war er einer der echten Hippies, die damals in die Berge gezogen sind. Wahrscheinlich hat ihn der Genuss von zu vielen Zauberpilzen mit seinen kunstbeflissenen Kumpels zu seinem kleinen roten Buch inspiriert. Rupert hat ihm nie verziehen, wie er ihn bei der örtlichen Ausstellung behandelt hat. Aber das ist alles schmutziger Schnee von gestern.«

Nick zog seine Jacke an, enttäuscht von dem neuen Bild, das er jetzt von Patrick hatte. War das kleine rote Buch also nur das Geschwafel eines alten Kiffers?

»Er schien sich ziemlich aufzuregen, als er entdeckte, dass einige

Zeitungsausschnitte aus dem Museum verschwunden sind«, erzählte Nick, während er seine Stiefel schnürte. »Außerdem redete er dauernd davon, wie ihn Kitty kurz vor ihrem Tod noch mal besucht hat. Er hat sie sogar im Verdacht, sein Buch gestohlen zu haben. Hat nicht Elizabeth erzählt, dass Kitty sich mit ihr treffen wollte? Ich frage mich, ob da wohl ein Zusammenhang besteht.«

Überrascht und beunruhigt stellte er fest, dass Ginger Tränen in den Augen hatte.

»Was ist los mit Ihnen, Ginger? Ist alles in Ordnung? Hab ich was Falsches gesagt?«

»Sie hätte es auf jeden Fall getan«, flüsterte Ginger mit tränenerstickter Stimme. »Ich wusste, dass Kitty nicht ohne eine Beichte würde sterben können. Dann ist jetzt alles egal.«

Sie zog ihr Handy heraus und tippte eine Nummer ein.

»Hallo, Stewart? Hier ist Ginger Lawson. Ich möchte Sie bitten, etwas für mich nachzuprüfen und mich so schnell wie möglich zurückzurufen! Ich weiß, und es tut mir leid, aber es ist wichtig, Stewart! Waren unter den persönlichen Gegenständen Ihrer Mutter irgendwelche Briefe, Fotos oder irgendetwas anderes aus ihrer Zeit auf Currawong Manor?«

Sie lauschte gespannt, während Nick sie beobachtete und zu ergründen versuchte, was da vor sich ging.

»Ja, ich verstehe, dass Sie gerade umziehen, aber wenn Sie mir trotzdem helfen könnten, wäre ich Ihnen ausgesprochen dankbar.« Sie beendete das Gespräch und steckte wortlos das Handy wieder ein.

»Also, was jetzt? Erzählen Sie mir, worum es da gerade ging?«, fragte Nick. »Oder wollen Sie mich weiter auf die Folter spannen?«

Mit einem geheimnisvollen Lächeln hakte sie sich bei ihm unter. »Kommen Sie, mein Lieber, gehen wir zum Dinner. Vielleicht ist Elizabeth ja inzwischen dort. Was ich Ihnen sagen will, soll sie auch hören.«

Doch Elizabeth erschien nicht zum Abendessen. Nick versuchte sich einzureden, dass sie inzwischen nach Hause gekommen war, ohne dass Ginger es bemerkt hatte, und dann nochmals ausgegangen war. An der Art und Weise, wie Ginger in ihrem Essen herumstocherte und sich ständig umsah, merkte er, dass sie sich ebenfalls Sorgen um Elizabeth machte. Wenn sie am nächsten Morgen noch nicht zurück wäre, würde er zur Polizei gehen, entschied Nick. Oder sollte er noch heute Abend etwas unternehmen? Was, wenn sie in der Eiseskälte irgendwo im Busch hockte? Oder etwas noch Schlimmeres passiert war? Nick hatte keine Ahnung, was das sein könnte, aber er hatte das Gefühl, dass dort draußen tatsächlich etwas *Furchtbares* lauerte.

28. Kapitel

Was wächst im Garten?

Mt Bellwood, Juli 2000

Elizabeth träumte, sie würde dabei zusehen, wie Ginger den Hals eines Schwans flickte, der an der Naht aufgerissen war. Jedes Mal, wenn Ginger die Nadel in seine Haut stach, gab der Schwan kreischende Protestgeräusche von sich. Federn rieselten auf Elizabeth herab. »Alles folgt einem Muster«, erklärte Ginger und untersuchte den Hals des Vogels. »Man muss beim Nähen nur auf die Schnäbel und Klauen aufpassen.«

Ginger befand sich auf einer Bühne wie der des Moulin Rouge, umgeben von einem Korps aus Revuetänzerinnen in weißen Federtutus, die an die Körper von Schwänen erinnerten. Nun begriff Elizabeth, was sie da eigentlich nähte. Die Schwäne waren die Showgirls. Ein Gefühl des Verrats breitete sich in ihr aus, während die Tänzerinnen einen schwungvollen Cancan vollführten. Ginger sang solo im Licht eines einzelnen Scheinwerfers – den Chor im Schatten hinter sich. Ihr Augen-Make-up war verschmiert und verlieh ihr das Aussehen eines müden alten Clowns. Die Showgirls verspotteten Elizabeth, die plötzlich nicht mehr richtig atmen konnte. Ihr war kalt, und sie hatte solche Angst. Etwas Furchtbares stand dort hinter der Bühne und wartete auf sie.

Aus den Reihen des Publikums hörte Elizabeth höhnische, miauende Geräusche und Klatschen. Als sie sich umdrehte, sah sie in einen Saal voller applaudierender Puppen. Neben ihr saß Miss Sharp, die etwas auf dem Schoß hielt. Im trüben Licht bemühte sich Elizabeth zu erkennen, um was es sich handelte. Die Haushälterin wiegte ein blutverschmiertes totes Baby.

Die Puppen jubelten, als Elizabeth versuchte aufzustehen. Die Schwanenfedern fielen inzwischen dichter. Sie drückten sie zurück in ihren Sitz, obwohl sie dagegen ankämpfte. Nur dass es gar keine Federn waren, sondern Schneeflocken.

»Sie hatten recht, offensichtlich ist sie hier. Oder zumindest irgendjemand ... Können Sie Bob und die anderen irgendwo entdecken?«

Außerhalb ihres Traums wurde eine Tür geöffnet. Elizabeth erwachte und sah sich um. Der Raum lag im Halbdunkel, so dass sie ein paar Sekunden brauchte, um sich zu orientieren. Sie befand sich in Miss Sharps Cottage, umgeben von lauter Puppen. Sie hatte fast die ganze Nacht hier verbracht und ihr war eiskalt, obwohl sie sich in die modrig riechende Decke gewickelt hatte. Gestern Abend war irgendetwas Schreckliches hinter ihr her gewesen – oder hatte sie sich das alles nur eingebildet?

Die Küchentür öffnete sich, und der Lichtkegel einer Taschenlampe fiel auf Elizabeth, die vor dem umgedrehten Tisch kauerte.

»Elizabeth! Gott sei Dank, da bist du ja!« Elizabeth hatte sich noch nie so gefreut, Nicks Stimme zu hören. Hinter ihm stand Holly mit der Taschenlampe in der Hand.

»Warum um alles in der Welt haben Sie hier übernachtet? Wir haben uns alle große Sorgen gemacht!«, rief Holly.

Elizabeth versuchte aufzustehen, aber die Beine gaben unter ihr nach. Schnell fing Nick sie auf und stützte sie mit seinem Körper. »Alles in Ordnung? Hast du dir was gebrochen? Warum hast du den Tisch dahin geschoben?«

»Irgendwas hat versucht, von draußen reinzukommen.« Als Elizabeth Nicks Gesichtsausdruck sah, fügte sie noch hinzu: »Ich weiß schon, wie das klingt, aber da war wirklich was!«

»Schon gut, meine Liebe, kein Grund zur Aufregung«, beschwichtigte Holly sie.

Nick zog seine Lederjacke aus und legte sie Elizabeth um die Schultern. »Meinst du, du kannst gehen? Wir müssen dich unbedingt nach Hause bringen.«

Elizabeth schmiegte sich in die Wärme seiner Jacke, die nach seinem Aftershave roch. Sie hatte das Gefühl, dass man sie nicht ernst nahm, aber sie war einfach zu müde, um zu streiten.

»Sie hatten Glück, dass es Ihnen gelungen ist, hier einzubrechen, denn draußen wären Sie womöglich an Unterkühlung gestorben«, sagte Holly. »Aber es ist ein unheimlicher Ort, um die Nacht zu verbringen.«

»Holly, das besprechen wir später«, unterbrach Nick sie scharf. »Jetzt müssen wir Elizabeth erst mal nach Hause bringen. Sie braucht einen Arzt.«

»Es tut mir leid, dass Sie sich wegen mir Sorgen gemacht haben«, entschuldigte sich Elizabeth. »Ich komme selbstverständlich für den Schaden auf.« Sie verzog das Gesicht, weil die Krämpfe in den Beinen nicht nachlassen wollten und ihr Körper nach der Nacht auf dem Fußboden ganz steif war. Sie sah wieder das Porträt an der Wand an. Holly und Nick folgten ihrem Blick, und ein sonderbares Schweigen breitete sich aus.

»Sie wollte es Ihnen selber sagen«, seufzte Holly schließlich. »Wie grässlich, dass Sie es nun auf diese Weise erfahren. Aber vielleicht ist es besser so. Dolly hat die ganze Zeit geleugnet, dieses Bild zu besitzen. Sie hat behauptet, ihre Mutter hätte es zerstört, aber ich war mir sicher, dass sie es noch hat. Vermutlich betrachtet sie es als ihr Privateigentum. Schließlich hat ihre Mutter es für ihre Dienste bei Doris und Rupert bekommen.«

Das Ölgemälde zeigte eine schöne junge Frau mit schulterlangen welligen Haaren, die den Betrachter mit einer Mischung aus Liebe, Angst und Traurigkeit anzusehen schien. Sie war hochschwanger. In der rechten unteren Ecke der Leinwand stand statt Ruperts üblicher Signatur: *Ginger und Lois, Oktober 1945.*

»Das Bild gehört hierher.« Dollys Stimme ließ die drei zusammenzucken. Sie war unbemerkt in der Tür aufgetaucht, gefolgt von Ginger und Bob.

»Rupert hat es Mutter geschenkt. Außerdem wurde es hier gemalt. Ich habe zugesehen, wie er sie gemalt hat, während sie darauf wartete, dass das Baby kommt. Er sagte zu Mutter, wenn sie mal Geld brauchen würde, könnte sie es ja verkaufen, aber das tat sie nie. Mutter hat Rupert viel zu sehr geliebt, um irgendetwas von ihm zu verkaufen.«

So ganz ohne Make-up wirkte Gingers Gesicht merkwürdig fremd und angespannt, als sie nun schweigend das Gemälde betrachtete. »Wir waren so verliebt«, sagte sie schließlich. »Zumindest ich. Dennis hat behauptet, von Ruperts Seite aus wäre es nur Begierde gewesen. Es hätte niemals Liebe sein können, weil er Shalimar und Doris mehr liebte als mich. Aber wenn ich jetzt dieses Bild ansehe, dann wirkt es auf mich, als läge Liebe im Blick des Malers. Vielleicht hat Dennis sich ja getäuscht.«

»Aber Ginger!« Nick klang ziemlich fassungslos. »Warum haben Sie uns nicht früher davon erzählt?«

Ginger ging in dem kleinen Raum auf und ab. »Es sieht immer noch genauso aus wie damals im August, als sie mich hergebracht haben. Das mit dem Polio-Ausbruch in Surry Hills haben wir uns ausgedacht, damit die Leute keinen Verdacht schöpfen. Ich hatte das Gefühl, wahnsinnig zu werden, denn ich war hier buchstäblich eingesperrt. Außerdem hatte ich Angst vor den Schmerzen der Geburt, wusste nicht, was mich erwartet, und verlor fast den Verstand vor Langeweile und Panik, ich könnte hier mitten im Wald sterben, ohne dass jemand davon wusste. Nicht mal meine Ma. Nur Rupert kam ab und zu vorbei, wenn er nicht anderweitig beschäftigt war. Da hat er mich dann gemalt. *Sie* kam erst ganz am Ende, um sie mir wegzunehmen.« Plötzlich sackte Ginger am Tisch zusammen und stieß ein beinahe animalisches Stöhnen aus. »Sie hat sie mir weggenommen – *sie* haben sie mir weggenommen, und ich habe es zugelassen!«

»Wer hat wen genommen?«, wollte Nick wissen.

»Doris«, antwortete Elizabeth an Gingers statt, denn sie hatte die ganze Nacht Zeit gehabt, darüber nachzudenken. Ihre Augen waren tränenfeucht. »Doris hat Gingers Baby an sich genommen und als ihres ausgegeben, weil sie selbst keine Kinder mehr bekommen konnte. Vielleicht hoffte sie, Rupert würde Shalimar nicht mehr so vergöttern, wenn er noch eine zweite Tochter zum Liebhaben hatte. Du bist Lois' Mutter – meine Großmutter.«

Holly hatte angefangen zu weinen.

»Ginger, sag mir die Wahrheit!«, drängte Elizabeth. »Sag es mir ins Gesicht, nicht auf einem deiner Tonbänder! Bist du meine Großmutter?«

»Ja«, erwiderte Ginger und sah Elizabeth dabei fest in die Augen. »Ja, das bin ich. Bitte verzeih mir«, flehte sie. »Ich wollte es dir ja sagen, aber ich wusste einfach nicht, wie und wann. Zusammen mit Kitty und Wanda hatte ich einen Schwur geleistet. Wir versprachen, das Geheimnis zu hüten, um Rupert zu schützen.«

»Aber das verstehe ich nicht … vor was denn beschützen?«, hakte Elizabeth nach.

Doch bevor Ginger antworten konnte, ergriff Holly das Wort: »Wir haben später noch genug Zeit, das alles in Ruhe zu besprechen. Jetzt bringen wir Sie erst mal nach Hause.« Elizabeth wunderte sich über ihren besorgten Tonfall. Über was wusste Holly alles Bescheid? Womöglich auch über das, was sie vergangene Nacht bis zum Cottage verfolgt hatte? Sie hätte gerne gleich nachgefragt, spürte aber, dass es vermutlich zu nichts führen würde.

Kurz bevor sie das Cottage verließ, blieb Elizabeths Blick noch einmal an den Puppen hängen. Im Licht der Taschenlampe wirkten ihre Gesichter vorwurfsvoll – als wären sie verärgert darüber, dass Elizabeth in ihr einsames Zuhause eingedrungen war. »Weshalb lassen Sie die Puppen Ihrer Mutter hier?«, fragte sie Dolly. »Da fangen sie doch bestimmt irgendwann an zu schimmeln.«

Doch Dolly reagierte nicht. »Das hier ist nicht mehr das Cottage von damals, denn das haben wir abreißen lassen«, erklärte Holly stattdessen. »James hat in meinem Auftrag eine Kopie davon gebaut. Das ursprüngliche Haus war halb abgebrannt. Dolly hat in den Siebzigern, kurz nach dem Tod ihrer Mutter, versucht, alles zu zerstören. Zum Glück hatte Miss Sharp auch bei ihren Kundinnen Puppen deponiert, und ein paar haben die Flammen unbeschadet überstanden.«

Elizabeth zog die Jacke fester um sich, denn sie fröstelte in der eisigen Morgendämmerung. »Das Cottage ist eine Nachbildung? Und was ist mit dem Garten? Da hinten sind nämlich Gräber!«

»Die Gräber sind echt«, gab Holly zu. »Ginger hatte vor, das alles nach und nach in ihren Memoiren zu enthüllen. Einige davon sind Tiergräber, andere –«

»Rupert und Dennis haben das Haus für Mutter gebaut«, wurde sie von Dolly unterbrochen. Sie kaute einen Moment lang auf ihrer Unterlippe herum, als wäre sie unschlüssig, ob sie fortfahren sollte. »1937 hat Ruperts Vater Reg meine Mutter vergewaltigt. Der junge Rupert hat sie damals im Wald gefunden, voller blauer Flecke.« Nun wandte sie sich direkt an Elizabeth. »Rupert hat Mutter gewaschen und sie im Arm gehalten, als sie weinte. Er war ein guter Mensch, und Mutter hat ihn wegen seiner Fürsorglichkeit angebetet. Mutter war bei den Frauen hier in den Bergen dafür bekannt, dass sie wusste, mit welchen Kräutern sie ungewollte Babys loswerden konnten und wie der Mondzyklus deren Wirkung unterstützte. Als sie merkte, dass sie mit mir schwanger war, hat sie ihren Trank auch für sich selbst gebraut. Sie hat gewartet, bis der Mond abnahm, aber aus irgendeinem Grund haben die Kräuter nicht gewirkt.«

Dann brach Dolly plötzlich in ein wieherndes Lachen aus, das in Husten überging. »Aber ich war stärker als Mutter, und sie hatte keine andere Wahl, als mir meinen Willen zu lassen. So wie ich gezeugt wurde – vom lüsternen alten Reg, der seine Macht über meine Mutter auslebte –, so wurde ich auch geboren, und dieser eine Akt hat mein Leben bestimmt. Ich glaube, das geht uns allen so. Die Gedanken des Vaters, die unausgesprochenen Träume der Mutter prägen den Weg des Kindes. Wir sind gefangen in diesem Netz aus elterlichem Schicksal, wenn man so will, aus dem Flüstern unserer Zeugung und der Zeit im Mutterleib. Es formt uns auf dieselbe Art, wie Mutter ihre Puppen erschaffen hat. Nur wer stark ist, kann die Fesseln erkennen und sprengen.

Ich war das erste Kind, für das Mutter eine Puppe nähte, die sie mir dann schenkte. Ihre Puppenaugen waren jedoch geschlossen, denn Mutter sagte, ihre Seele schliefe in der anderen Welt so friedlich, dass sie nicht aufwachte, als Mutter versuchte, mich loszuwerden. Bei vielen der späteren Puppen war das nicht so – ihre Augen waren offen, wach, im vollen Bewusstsein der Sünden dieser Welt. Mutters Arbeit war wichtig, und sie nahm sie ernst. Sie war schon immer eine intelligente Frau, und die Menschen vertrauten ihr. Manche Frauen flehten sie förmlich um Hilfe an.«

Eine Sekunde lang sah sie zu Ginger hinüber, die errötete, bevor Dolly mit monotoner Stimme fortfuhr: »Die Ärzte nützten den Frauen gar nichts – sie hätten ihnen helfen können, aber sie taten es absichtlich nicht. Stattdessen schwärzten sie die Frauen beim Pfarrer an, wenn sie Verdacht schöpften, dass sie ihr Ungeborenes vielleicht loswerden wollten. Mutter kannte die hilfreichen Kräuter, und wenn es sein musste, dann tat sie auch das andere, falls die Frau schon zu weit war.« Wieder ein Seitenblick auf Ginger. »Sie kratzte es aus ihnen heraus. Unser Haus lag ja weitab von allem, wo niemand die Schreie hörte.«

Dolly ging zu einer der Puppen und blickte auf sie hinab. »Für jedes Kind fertigte meine Mutter eine Puppe. Wir haben uns um die Puppen gekümmert wie um echte Kinder. Die Puppen waren immer meine Freunde, als ich noch klein war.«

»Können wir jetzt gehen?«, drängte Ginger. »Für mich hängen zu viele Erinnerungen an diesem Ort. Während der Monate, die ich hier verbrachte, dachte ich wirklich, ich müsste sterben.«

Dolly runzelte die Stirn. »Das hier war mein Zuhause«, sagte sie und fügte dann gehässig hinzu: »Deine Entbindung war leicht im Vergleich zu anderen. Obwohl du mehr Lärm gemacht hast als die meisten. Schon als kleines Kind habe ich die angstvollen Schreie gehört, die aus den verzerrten Mündern und bebenden Körpern der Frauen kamen. Markerschütternde Schreie, von denen ich noch wochenlang Alpträume hatte. Frauen, die mit zitternden Händen ihre Geldbörsen voll angesparter Groschen umklammerten. Frauen, die nie bei Tag kamen. Sie kamen im Schutz der Dunkelheit, mit einer Laterne in der Hand, eingehüllt in eine Wolke aus Angst. Ich lag im Bett und lauschte ihrem Flehen und Weinen, weil sie wissen wollten, wie stark die Schmerzen sein würden. Und Mutter, die darauf bestand, keine Verantwortung dafür zu übernehmen, falls sie starben. Dazu ließ sie die Frauen einen Blutschwur der Geheimhaltung unterzeichnen. Ich hatte wenig Mitleid mit ihnen, wenn sie um Gnade winselten und nach ihrer Mutter riefen, während die Puppenmacherin sie von ihrer Bürde befreite.«

»Das ist doch verrückt«, unterbrach Ginger sie scharf. »Tu du nur so, als wäre deine Mutter eine Heilige gewesen, aber du musst auch Verantwortung für das übernehmen, was mit Shalimar passiert ist! Wenn ihr beide nicht gewesen wärt –«

»Schreie, Blut und Puppen sind meine frühesten Erinnerungen«, fuhr Dolly fort, als hätte Ginger nichts gesagt. »Schlafende Engel nannte Mutter die toten Kinder, die sie im Garten begrub, und sie war stolz auf ihre Arbeit. Sie hatte ihr Handwerk von ihrer Mutter gelernt – und die wiederum von ihrer Mutter. Es war eine ehrenhafte Arbeit, und die Familie Partridge – ja die ganze Stadt – konnte froh sein, sie zu haben. Aber jetzt sollten wir besser gehen. Man weiß nie, was hier durch die Wälder streift.«

Das Grüppchen machte sich langsam auf den Weg. Vom Schnee und dem frühmorgendlichen Frost war der Pfad ziemlich rutschig. Immer wieder blickte Elizabeth sich angstvoll um, wenn das Licht von Bobs Taschenlampe Farne und Bäume streifte und kleine Tiere raschelnd die Flucht ergriffen. Immer noch fielen vereinzelte Schneeflocken. Nick stützte Elizabeth weiterhin beim Gehen, und während sie sich an ihn kuschelte, dachte sie darüber nach, dass er sich trotz des Schnees auf die Suche nach ihr gemacht hatte. Nun lächelten sie sich vorsichtig an, denn sie spürten beide, dass sich in ihrer Beziehung etwas verändert hatte.

Offenbar nahmen sie jetzt einen anderen Weg als Elizabeth am Abend zuvor, denn auf einmal erreichten sie die Schlucht. Das Wasser lag da wie eine Fläche aus schwarzem Eis. Der Himmel war nach wie vor dunkel, und die Vögel hatten noch nicht mit ihren morgendlichen Weckrufen begonnen. Wie finstere Gestalten standen Ruperts Statuen im Nebel.

»Echt verdammt unheimlich hier«, murmelte Nick.

Doch Elizabeth schüttelte den Kopf. »Nein«, widersprach sie. »Die Mermaid Glen wird für mich immer einer der schönsten Orte bleiben, den ich je gesehen habe.«

Ginger gab ein ersticktes Geräusch von sich. »Nicht, wenn du hier dasselbe erlebt hättest wie ich.«

»Dann erzähl uns davon«, drängte Elizabeth. »Was ist wirklich mit Shalimar passiert?«

Der Schrei eines Kakadus durchschnitt das Rauschen des Wasserfalls. »Sobald wir im Haus angekommen sind und dich aufgewärmt haben, erzähle ich euch, was damals hier geschehen ist. Aber jetzt lasst uns diesen verfluchten Ort verlassen.«

29. Kapitel

Tod in der Meerjungfrauenschlucht

9. November 1945

»Shalimar! Komm zurück!«

Meine Rufe hallten zwischen den Eukalyptusbäumen wider. Das Tosen von Wasser leitete mich auf meiner wilden Verfolgungsjagd entlang des Pfades, der zur Mermaid Glen führte. Das dumme Gör war doch hoffentlich nicht vom Weg abgebogen? Rupert würde mir den Kopf abreißen, wenn sich Shalimar in diesem verdammten Wald verlief, denn ich war im Garten gewesen, als sie verschwand, und hatte nicht aufgepasst.

In einem unachtsamen Moment rutschte ich im Schlamm aus, stolperte und verstauchte mir schmerzhaft den Knöchel, aber ich humpelte trotzdem weiter, weil ich sie unbedingt finden wollte. Kitty und Wanda waren jetzt direkt hinter mir. Ich glaubte Shalimar schreien zu hören und beschleunigte meine hinkenden Schritte.

Dabei stellte ich mir vor, wie mich tausend Vögel über den Baumkronen mit ihren kalten Augen und scharfen Schnäbeln beobachteten. Sie kreisten am leuchtend blauen Himmel und warteten auf leichte Beute. Sie würden blitzschnell herabstoßen und sich dann die Bäuche vollschlagen.

»Fahrt doch zur Hölle!«, brüllte ich – aber wen ich da verfluchte, wusste ich selbst nicht genau. Meine Mutter, Dennis und Rhondda mit ihren vorwurfsvollen Blicken? Doris, die mir eiskalt weggenommen hatte, was ich ihr nicht verweigern konnte, weil ich keine Wahl hatte? Rupert, weil er seine Familie mir vorzog? Die Einwohner von Mt Bellwood, weil sie mich behandelten wie eine minderwertige, billige Hure? Falls Shalimar nicht wieder auftauchte … aber natürlich würde sie wieder auftauchen, redete ich mir ein, während ich den tückischen Pfad entlangschlitterte. Es war das plötzliche Auftauchen dieser Vögel auf dem Dach gewesen, das mich in eine solche Panik versetzt hatte.

Gellende Angst- und Schmerzensschreie hallten plötzlich zwischen den Bäumen hindurch. Immer wieder rief ich nach Rupert und seiner Tochter, bis ich fast keine Luft mehr bekam. Endlich näherte ich mich der Schlucht. »Shalimar?«, brüllte ich.

Hinter der nächsten Wegbiegung sah ich am Ufer Miss Sharp stehen. Der unerwartete Anblick der Puppenmacherin in ihrem langen schwarzen Gewand mit dem Schlüsselbund am Gürtel erschreckte mich dermaßen, dass ich wie angewurzelt stehen blieb. Zunächst konnte ich ihre seltsame Miene nicht deuten, aber im Nachhinein würde ich sagen, Miss Sharp hatte Angst. Sie hielt die klatschnasse Dolly an sich gedrückt, deren Kleider und Haare voller Schlamm waren.

Rupert stand mitten im blutroten Wasser des Teichs. Neben ihm im Wasser trieb ein zierlicher weißer Körper. Ich wollte auf die beiden zulaufen und spürte, wie ein Schrei in meiner Kehle aufstieg, doch Miss Sharp hob die Hand. »Bleib, wo du bist!«, befahl sie mir.

Aus dem Dickicht auf der anderen Seite der Schlucht tauchte plötzlich etwas auf, das so unerwartet und furchtbar war, wie ich es mir selbst in den Owlbone Woods nie hätte träumen lassen. Das Ungeheuer kam direkt auf uns Flowers zu. Es war ein ausgewachsener schwarzer Panther.

Manchmal, abends kurz vor dem Einschlafen, sehe ich diese alptraumhafte Szene wieder vor mir: Die Currawongs versammeln sich, und die Schatten des Buschs offenbaren, was sie lange verborgen hielten. Dieser geschundene kleine Körper im Wasser, der nur wenige Minuten zuvor unschuldig gespielt hatte. Die grimmige schwarze Gestalt der Puppenmacherin, die ihre triefend nasse Tochter umklammert hält, während über allem kreischende schwarze Vögel kreisen. Und dann der Panther, der lautlos auf mich zustürzt. Wann immer diese verstörenden Bilder wie so unzählige Male vor meinem inneren Auge auftauchen, quälen mich Reue, Bedauern und Entsetzen. Wenn mein Leben doch nur anders verlaufen wäre. Wenn dieser verdammte Lokomotivführer mich damals nach der Ankunft in Mount Bellwood nicht ermuntert hätte zu bleiben, dann hätte ich das alles nicht erlebt.

Doch ich bete, dass sich einige der Geister beruhigen lassen, wenn jetzt alles ans Licht kommt. Ich will einen Strich ziehen unter das, was passiert ist – und erklären, weshalb wir alle die Geheimnisse so lange für uns behalten haben. Und deshalb kann ich die Schönheit dieses Ortes nicht so wahrnehmen wie du, Elizabeth.

»Sind Sie sicher, dass es wirklich ein Panther war?«, hakte Nick nach. »Und nicht vielleicht doch eine große Wildkatze?« Inzwischen saßen alle in der warmen Küche des Herrenhauses.

Bevor Ginger etwas erwidern konnte, wandte sich Elizabeth an Dolly: »Haben Sie das mit den Panthern damals gewusst?«

Dolly nickte. »Natürlich. Bevor Christopher 1942 nach Übersee aufbrach, kamen zwei Amerikaner nach Currawong zu Besuch. Damals war in Sydney ein amerikanisches Bataillon stationiert, dem Frank, der Sohn eines alten Freundes von Reg, angehörte. Regs Frau, Ivy, lud also Frank – und seinen Freund Joseph – ein, im Januar ein paar Wochen hier zu verbringen, bevor sie wieder in See stachen.«

»Sie waren mit drauf auf den Fotos in Gingers Kiste!«, rief Elizabeth aus. »Ich war so auf die Familie fixiert, dass ich den beiden Männern gar keine große Beachtung geschenkt habe.«

»Jedenfalls wurden Frank und Joseph auf diese Weise Teil der Geschichte von Currawong Manor«, nahm Dolly den Faden wieder auf. »Zwei gutaussehende Amerikaner mit wachem Blick, charmantem Lächeln und Pfefferminzatem (ich erinnere mich immer noch an ihre weißen Zähne und den Geschmack des Kaugummis, den sie mir schenkten). Sie hatten Fotos von ihren Liebsten in der Tasche – und zwei Pantherjunge an der Leine. Alle Amerikaner waren damals verrückt nach Maskottchen. In den Zeitungen, die Ivy für Mutter aufhob, waren Fotos von Soldaten, die mit exotischen Tieren durch Sydney spazierten: Papageien auf der Schulter, ein Löwe an der Leine, Schlangen und so weiter. Franks und Josephs Marineschiff hieß Panther, deshalb hatten sie bei einem ihrer Inselstopps auf dem Weg nach Australien zwei davon mitgenommen. Damals hatten wir noch keine so strengen Quarantänevorschriften wie heute.

Ivy hatte Angst vor den Tieren, aber Mutter war natürlich völlig furchtlos und half Frank und Joseph dabei, die Kleinen zu versorgen. Man hielt sie angekettet in einem alten Schuppen hinterm Haus. Die Amerikaner ließen sie nie von der Leine, aber sie machten viel Aufhebens um sie und behandelten sie oft wie normale Hauskatzen. Mutter verachtete sie dafür, wilde Tiere in Gefangenschaft zu halten ...« Dolly brach ab.

Schweigen breitete sich aus.

»Hat sie deshalb die Panther freigelassen?«, fragte Nick schließlich.

Doch Dolly schüttelte den Kopf. »Nein, das war nicht Mutters Schuld. Die Soldaten bekamen die Anweisung, ihre Maskottchen am Abend vor ihrer Rückkehr nach Sydney zu töten. Widerwillig zogen sie mit den Tieren und einem Gewehr in die Owlbone Woods. Vielleicht hatten sie ja tatsächlich vor, dem Befehl Folge zu leisten, aber sobald sie sich im Busch befanden, der ihnen wie ein undurchdringlicher, endloser Dschungel vorgekommen sein muss, trafen sie eine andere Entscheidung – vermutlich auch angeheizt durch den Alkohol, mit dem sie sich Mut angetrunken hatten.

Sie entließen die Pantherjungen in die Freiheit und feuerten zweimal in die Luft, was die Vögel erschreckte und alle, die die Schüsse hörten, glauben ließ, die Maskottchen hätten ihr Leben gelassen. Doch Mutter, die alles wusste, was es über die Owlbone Woods zu wissen gab, entdeckte die Tiere bald. Immer wieder kamen sie zu ihr und genossen es, gestreichelt und liebkost zu werden.

Mutter gewann das Vertrauen der Raubkatzen, die normalerweise so gefürchtet werden. Franks und Josephs Schiff segelte irgendeinem unbekannten Ziel entgegen, und keiner von uns hätte gedacht, dass einer der Panther fast vier Jahre später Shalimar töten würde. Aber es war nicht Mutters Schuld, und auch nicht die der Katzen. Manchmal ist das Leben einfach grausam und sinnlos. Ich hatte Shalimar von den Panthern im Wald erzählt und sie schwören lassen, niemandem etwas davon zu verraten. Doch sie wollte unbedingt einen Blick auf die Tiere erhaschen. Man hätte doch annehmen sollen, dass sie nach dem, was mit Buster passiert war, zur Vernunft kommen würde, aber sie war furchtbar eifersüchtig auf meine Freundschaft mit ihnen. Da ich wusste, wie man mit ihnen umzugehen hatte, waren sie ganz zahm. Als die Panther schließlich auch ihr gegenüber zutraulich wurden und sich in ihrer Anwesenheit zeigten, bekam Shalimar Panik und versuchte wegzulaufen. Es waren keine bösartigen Tiere, und sie wollten Shalimar auch nicht fressen oder ihr etwas antun. Sie hielten das alles für ein Spiel.«

30. Kapitel

Dollys Geschichte

Eine Woche später, August 2000

»Ich werde mich für nichts entschuldigen, denn ich bin keine Heuchlerin«, erklärte Dolly und nahm einen Schluck von ihrem Tee, bevor sie trotzig in die Runde blickte. Acht Leute hatten sich in der Bibliothek von Currawong Manor versammelt. Elizabeth, blass und schmal, mit dunklen Schatten unter den Augen, saß neben Nick. In einem übergroßen Ledersessel thronte Ginger. Sie trug ein rotes, orientalisch gemustertes Maxikleid und fächelte sich mit einem Spitzenfächer Luft zu. Ihre Frisur und ihr Make-up waren wie immer makellos, und ihre großen, schwarz umrandeten Augen verrieten nichts von den aufwühlenden Ereignissen der jüngsten Vergangenheit.

Neben Ginger saßen Patrick, Pip Bishop, Holly und Bob, und ihnen gegenüber, etwas verkrampft, Kittys Sohn Stewart Hastings. Elizabeth hatte erfolglos versucht, ihre Mutter zu überreden, ebenfalls an diesem Treffen teilzunehmen. Ginger hatte Lois ihrerseits einen langen Brief geschrieben, der jedoch ungeöffnet zurückgekommen war. Wenn sie anrief, legte Lois sofort wortlos auf und weigerte sich inzwischen auch, mit Elizabeth zu sprechen.

Gingers Kommentar Elizabeth gegenüber war gewesen: »Ich wusste ja, dass nichts Gutes dabei herauskommt, wenn man die Vergangenheit wieder aufleben lässt. Lois will meine Erklärungen nicht hören, und wer könnte ihr daraus einen Vorwurf machen? Ich bin eine erbärmliche Mutter – und Currawong hat weiß Gott nichts mehr für sie zu bieten. Es war vernünftig von ihr, sich all die Jahre von diesem Ort fernzuhalten.« Elizabeth hatte Ginger angefleht, es doch weiter bei Lois zu versuchen, aber ihre Großmutter weigerte sich standhaft.

Falls die Nächte, in denen sich Ginger schlaflos und von Schuldgefühlen gequält hin und her warf, auf ihrem Gesicht Spuren hinterlassen haben sollten, so wusste sie diese erfolgreich zu überschminken. Immer wieder hatte sie Elizabeth erklärt, sie habe sich die Suppe damals eingebrockt und müsse jetzt eben lernen, sie auszulöffeln – und alle anderen Beteiligten am besten auch. Man solle nie zurückblicken, sondern das Beste aus dem persönlichen Lebensweg und den getroffenen Entscheidungen machen.

Von Nick ermutigt, fuhr Dolly nun mit teilnahmsloser Stimme in ihrer Berichterstattung fort:

»Ich habe mir extra in der Stadt ein Heft gekauft, um alles aufzuschreiben, denn ich wusste, dass dieser Tag kommen würde, und ich will, dass meine Version öffentlich gemacht wird. Sonst dürfen immer die cleveren Schnüffler oder die feinen Leute die Geschichten erzählen. Von mir wird nichts mehr bleiben, deshalb will ich, dass die Wahrheit bekannt wird. Ich habe keine Kinder, um deren Gefühle ich mir Gedanken machen muss, Gott sei Dank. Die Geschichte endet mit mir.« Sie sah Elizabeth an. »Sie können das alles für Ihr Buch verwenden, wenn Sie möchten. Ich habe die Wahrheit über Lois' Geburt immer gekannt. Das ist einer der Gründe, weshalb *sie* mich gefürchtet hat.« Dolly zeigte auf Ginger, die seufzend die Augen verdrehte und sich theatralisch Luft zufächelte.

»Aber jener Teil der Geschichte interessierte mich nicht so sehr, denn Schwangersein und Kinderkriegen war für mich nichts Aufregendes. Wie Sie ja schon wissen, wurde meine Mutter von Reg, Ruperts Vater, vergewaltigt, wobei ich gezeugt wurde. Meine Mutter war eine sehr schöne junge Frau, das können einige der Alten hier im Ort bestätigen!«

»Also damals, als ich sie kennengelernt habe, ganz bestimmt nicht!«, rief Ginger dazwischen.

»Auf diesem alten Gruppenfoto mit den beiden Amerikanern ist auch eine hübsche, junge blonde Frau dabei. Könnte das Ihre Mutter gewesen sein? Ich nahm automatisch an, dass es sich um eine Freundin von Christopher oder der Familie gehandelt hat. Aufgrund von Gingers Beschreibung kam mir nie in den Sinn, dass das …« Elizabeth verstummte aus Angst, Dolly womöglich beleidigt zu haben.

»Sollen wir denn den ganzen Tag hier sitzen und uns deinen Stuss anhören?« Ginger funkelte Dolly böse an.

»Sie *war* schön, bis Reg sie vergewaltigte und Christopher, ihre wahre Liebe, im Krieg ums Leben kam. Ich glaube, Mutter hielt es für besser, sich eine harte Schale zuzulegen und ihre Aufmerksamkeit stattdessen nach innen zu richten. Das sind aber nur Vermutungen, denn sie sprach selten über jenen Tag. Ich hasste Reg jahrelang für das, was er ihr angetan hatte. Aber solche Gefühle machen einen krank. Rache ist ein brennendes Streichholz im sommerlichen Buschland – man zerstört alles um sich herum, genau wie sich selbst, wenn man das Feuer entfacht. Immer wieder habe ich überlegt, von hier wegzuziehen, aber wozu? Hier in den Bergen habe ich alles, was ich brauche.«

Elizabeth sah, dass sie zitterte, und fragte sich, ob Dolly in ihrem Nest wohl heimlich trank. Dann musste sie an Lois denken und wie traumatisiert diese war, seit sie herausgefunden hatte, dass in Wirklichkeit Ginger ihre Mutter war. Ihr ganzes Leben lang hatte sie keine Ahnung davon gehabt, das Ergebnis von Gingers und Ruperts Affäre zu sein.

Doch selbst Lois' traurige Kindheit und Jugend bei verschiedenen Pflegefamilien waren nichts im Vergleich zu dem, wie Dolly aufgewachsen war: im Wald, mit einer psychisch kranken Mutter.

Elizabeth beobachtete Dolly aufmerksam, während diese weitersprach und sich dabei immer wieder misstrauisch umsah, als wäre sie jederzeit bereit, die Flucht zu ergreifen. Dennoch funkelten ihre Augen bisweilen lebhaft auf, als würde sie es genießen, im Mittelpunkt zu stehen. Ein Teil von ihr hatte sich bestimmt seit jeher nach Anerkennung und menschlicher Gesellschaft gesehnt.

Dolly räusperte sich und nahm einen Schluck von ihrem Tee. »Wie ich bereits erzählt habe, waren die Panther auch ein Grund dafür, weshalb man meine Mutter in Ruhe ihrer Arbeit nachgehen ließ. Die Amis konnten sich damals wirklich alles erlauben, und die Leute hier behandelten sie wie Könige.«

»Ich habe in meinem Buch über die Panther geschrieben«, sagte Patrick an Nick gewandt. »Damals hat man sich über meine Theorie lustig gemacht, dass die beiden Soldaten ihre Maskottchen im Busch ausgesetzt haben, als sie nach Hause beordert wurden. Die Leute glaubten, ich hätte mir das alles ausgedacht. Aber wenn man ein bisschen recherchiert, stößt man auf zahlreiche Berichte, dass das gar nicht so selten vorkam.«

»Ja, die Amerikaner haben es nicht über sich gebracht, die süßen, zahmen Pantherjungen zu erschießen. Die Kleinen sind in Mutters Nähe geblieben und ließen sich auch nicht verjagen. Mutter hätte sie niemals getötet – sie konnte ja keiner Spinne etwas zuleide tun. Mit ungewollten Babys hatte sie kein Problem, aber sie glaubte, der Wald würde sich gegen sie wenden, wenn sie das Blut irgendeiner Kreatur vergoss, die darin lebte.«

»Also sind die Viecher gewachsen, haben sich vermehrt, und damit begannen ihre Probleme«, vermutete Nick. »Berichte über Raubkatzen, die in der Gegend von Mount Bellwood gesichtet wurden, machten sie nervös, weil sie Angst hatte, man könnte die Tiere bis in die Owlbone Woods verfolgen und dabei ihr illegales Abtreibungsgeschäft entdecken.«

Dolly dachte schweigend nach. Dann meinte sie: »Mutter hätte sie am Anfang nicht füttern sollen. Das war ein Fehler. Sie mochte sie, als sie noch klein waren, aber als sie größer wurden, hatte sie Angst, entdeckt zu werden. Was Reg meiner armen Mutter angetan hat, blieb nicht ohne Spuren in ihrem Herzen und ihrem Verstand. Daraus ist nur Unheil entstanden. Reg Partridge hat dieses verhängnisvolle, schmutzige Netz gesponnen, und alle folgenden Ereignisse waren darin verstrickt.«

»Das stimmt so aber nicht«, widersprach Elizabeth sanft. »Aus Regs entsetzlicher Tat ist doch etwas Gutes entstanden: Sie.«

Dolly starrte Elizabeth an, als würde sie nicht ganz begreifen. »Da war Doris aber ganz anderer Meinung«, entgegnete sie. »Sie verfolgt mich in meinen Träumen immer noch. Tag und Nacht höre ich sie kreischen, dass ich endlich gestehen soll. Doris hätte es sicher besser gefunden, wenn die Kräuter meiner Mutter gewirkt hätten. Dann wäre ihre Tochter heute noch am Leben.«

Dolly stellte ihre Tasse ab. »Mehr kann ich dazu jetzt nicht sagen. Ich bin müde und muss mich ausruhen.« Ihr Gesicht war in der Tat ganz grau, und das Zittern war schlimmer geworden. Elizabeth tat die Frau leid.

»Schon in Ordnung«, versicherte sie ihr. »Ruhen Sie sich aus, und wir reden ein andermal weiter.«

Sie erhob sich, um Dolly hinauszubegleiten, obwohl diese auf ihren fürsorglichen Tonfall eher misstrauisch reagierte. Als sie an der offenen Tür standen, berührte Elizabeth sachte Dollys faltige, altersfleckige Hand. »Ich bin sicher, Doris' Geist verfolgt Sie nicht wirklich«, sagte sie. »Sie waren schließlich bloß ein Kind und tragen keine Schuld an dem, was passiert ist. Es war nicht Ihre Entscheidung, das mit den Panthern geheim zu halten. Was Sie quält, sind Ihre eigenen Gespenster. Sie müssen sich selbst verzeihen.«

Dolly sah Elizabeth direkt in die Augen. »Nein«, widersprach sie kopfschüttelnd. »Doris war eine rachsüchtige Frau, und ihr Geist hat noch keine Ruhe gefunden. Ich weiß, was der nächste und richtige Schritt für mich ist.«

Sie blickte hinaus in den stillen, verschneiten Garten. »Ich habe als Kind unheimlich gerne hier gespielt«, sagte sie sehnsüchtig. »Ich habe Rupert heimlich in seinem Atelier beobachtet, und Doris und Dennis stellten immer wieder Taschen mit Essen oder aussortierter Kleidung und Spielzeug von Shalimar unter den großen Eukalyptusbaum. Mutter zerschnitt die hübschen Kleider, und die Spielsachen verkaufte sie in der Stadt. Nie durfte ich etwas davon behalten und verstand nicht wirklich, warum. Die Flowers fand ich so elegant – wie Filmstars aus einer anderen Welt mit ihren geschminkten Gesichtern, den farbenfrohen Kostümen und Sonnenschirmen, unter denen sie wie exotische Pfauen durch den Garten stolzierten.

Shalimar war für mich eine Märchenprinzessin, die über ein ganzes Königreich herrschte. Ich beneidete sie darum, von so viel Liebe, Komfort und Schönheit umgeben zu sein, während sie das alles als selbstverständlich betrachtete. Dabei waren wir verwandt, aber ich hatte nichts, und sie besaß alles, wonach ich mich sehnte! Mein Spielplatz war der Wald. Mutter mochte es nicht, wenn ich mit ihren kostbaren Puppen spielte, also lernte ich stattdessen, den Mond zu beobachten, die Kräuter auszusäen, das Gemüse zu pflanzen und winzige blutige Körper im Garten zu vergraben, damit Blumen daraus wuchsen. Meine Schlaflieder waren die Schreie der Frauen, die Mutter behandelte. Ich hätte einer dieser kleinen Leiber sein sollen, die unseren Garten düngten – dann wäre den Partridges nichts geschehen. Und Shalimar würde heute noch leben.«

Dollys Blick war leer, als sähe sie Szenen aus der Vergangenheit vor sich. »Sie waren damals glücklich hier«, sagte sie. »Rupert, Doris und Shalimar in Dianas Liebestempel. Ich beobachtete vom Waldrand aus, wie die drei gemeinsam lachten und sich so verhielten, wie es in meiner Vorstellung eine richtige Familie tat. Jetzt sind sie für immer vereint – aber Doris gibt trotzdem keine Ruhe. Ich habe lange geglaubt, meine Geschichte gehört den Bäumen, dem Himmel und den wilden Kreaturen im Busch. Aber wenn ich sie den Menschen erzähle

– sie in mein Notizbuch schreibe –, wird Doris mich dann in Frieden lassen?«

Dann ging Dolly langsam den Weg entlang, an den Volieren und dem Gemüsebeet vorbei zu ihrem Nest.

Elizabeth sah ihr nach, ehe sie zu den anderen zurückkehrte.

Dort hatte Ginger inzwischen kopfschüttelnd das Wort ergriffen. »Dieses Weib ist völlig durchgeknallt. Das ist doch vollkommen irre: wilde Tiere als eine Art Schoßhündchen zu halten. Ich werde nie meine Angst vergessen, als eine dieser Bestien damals im Wald auf uns zukam.« Sie senkte einen Augenblick den Kopf. »Es war einfach ein Schock, die tote Shalimar zu sehen, all das Blut und dann dieses verdammte Vieh. Erst auf Miss Sharps Rufen hin hat es sich davongeschlichen. Rupert hat immer wieder behauptet, es sei alles seine Schuld und er hätte Shalimar umgebracht. Er gab sich die Schuld – schließlich war sie weggelaufen, als Doris ihn wegen der Fotos anschrie, die Dennis ihr hingelegt hatte. Shalimar musste jedes Wort mitgehört haben. Als wir mit Shalimars Leiche zum Haus zurückkehrten, erwartete Doris ihn bereits. Es war eine furchtbare Szene. Die arme Frau drehte komplett durch. Eigentlich hatte sie mit ihren Beschuldigungen fortfahren wollen, doch er kam mit dem Leichnam ihrer gemeinsamen Tochter heim …

Deshalb hat er sich auch der Polizei gestellt, dieser Narr. Ich konnte ja nichts sagen, weil die Puppenmacherin mich in der Hand hatte! Wenn sie der Polizei erzählt hätte, was ich getan hatte … Ich wollte unbedingt vermeiden, dass Ma das mit meiner Schwangerschaft herausfand. Ich wollte nur noch weg von Currawong, während Wanda, Kitty und Miss Sharp vor allem versuchten, Ruperts Ruf wegen dieser Fotos zu schützen. Wir schnitten uns in den Finger und ließen das Blut auf eine der Puppen tropfen, um einen heiligen Schwur zu leisten, dass wir nie etwas verraten würden. Damals schien mir unser Schweigen der richtige Weg zu sein. Rupert würde ohnehin gehenkt werden, und Doris war tot. Es kam mir nicht in den Sinn, was es für Lois bedeuten würde, die Wahrheit über ihre Abstammung nicht zu kennen. Wahrscheinlich ging ich davon aus, dass es für sie besser wäre, nichts davon zu erfahren …

Der Gedanke an diese Raubkatze hat mich all die Jahre verfolgt. Dieses Ungetüm hat Shalimar zerfleischt, und als Rupert seine Tochter fand, lag sie im Sterben. Weiß Gott, wie viele Panther inzwischen dort draußen herumschleichen.«

Elizabeth sah, dass Ginger nun ebenfalls zitterte. »Ich bin sicher, Kitty wollte sich mit Elizabeth treffen, weil sie beschlossen hatte, ihren Schwur zu brechen. Was, wenn diese Tiere wirklich immer noch da sind? Möglicherweise wäre Elizabeth neulich beinahe von einer Raubkatze angegriffen worden. Sie lassen gerne ihre Beute von Bäumen herunterhängen – wie diese baumelnden Innereien. Und dieser Kadaver, den Fleurs Kinder bei der Schlucht gefunden haben, erinnerte mich sofort an den armen alten Buster. Es würde auch erklären, weshalb Dolly versucht, alle von dem Wald fernzuhalten.«

Pip streichelte Gingers Hand, und Elizabeth fragte sich, ob die beiden wohl eine Affäre hatten. Bei Ginger würde sie nichts mehr überraschen.

»Na, allzu viele kann es davon nicht mehr geben, nachdem sowohl die Polizei als auch Fernsehteams und die Hälfte der Bewohner aus der Gegend die Wälder durchkämmt und nichts gefunden haben«, meldete sich Patrick wieder zu Wort. »Vielleicht hat der ganze Trubel die Raubkatzen, vor denen du so zitterst, weiter den Berg hinunter nach Leura oder sogar bis Penrith getrieben? Wie hoch ist denn die Wahrscheinlichkeit, dass die Nachkommen von zwei Jungen aus demselben Wurf mit ihren genetischen Eigenschaften hier im Busch überleben? Wenn ihr euch die Mühe gemacht hättet, mein Buch zu lesen, wüsstet ihr, dass es in den Bergen viele Belege für Raubkatzen gibt, die von verlässlichen Quellen gesichtet wurden. Ich würde wegen dieses speziellen Pantherpaares jetzt nicht allzu sehr in Panik geraten.«

»Aber Dad, das ist *trotzdem* eine grässliche Angelegenheit. Dass diese Sharp-Frauen die Panther beschützt haben!«, meinte Pip.

»Wir wissen ja nicht mal sicher, ob es wirklich Panther waren«, widersprach Patrick.

Ginger wollte gerade empört etwas erwidern, als Stewart das Wort ergriff.

»Möchten Sie denn nun wissen, was meine Mutter mir zur Aufbewahrung geschickt hat?«

Die Anwesenden nickten.

»Gegen Ende war sie oft betrunken«, erzählte er mit belegter Stimme. »Ich glaube nicht, dass Kitty den Anblick dieses Raubtiers neben Shalimars Leiche je wirklich verwunden hat. Ganz offensichtlich wurde sie von dieser Puppenmacherin unter Druck gesetzt, Stillschweigen zu bewahren, und sie hat auch wirklich versucht, das Ganze zu vergessen. Aber ich weiß, wie sensibel meine Mutter war. Kurz vor ihrem Tod habe ich mich mit ihr zerstritten. Sie hat mich immer wieder um Geld für Alkohol angepumpt, und ich habe ihr schließlich den Hahn zugedreht, um nicht von ihr ausgesaugt zu werden.« Er zuckte mit den Schultern und verzog den Mund. »Das ist jetzt alles Schnee von gestern. Auch wenn sie nicht mehr unter uns ist, um die Sache richtigzustellen, fühle ich mich geehrt, sie heute hier zu vertreten.« Er reichte Elizabeth einen braunen Umschlag.

»Ich glaube, das hier war für Sie bestimmt«, erklärte er. »Darin befinden sich die Fotos, zusammen mit Patricks Büchlein und einem Zeitungsausschnitt von 1942, als die beiden Amerikaner auf Currawong Manor zu Gast waren.«

»Das ist Eigentum der Historischen Gesellschaft! Hab ich mir doch gedacht, dass Kitty das geklaut hat!«, rief Patrick.

Elizabeth hielt den Atem an und spürte, wie ihr Puls raste, obwohl sie bereits wusste, um welche Fotos es sich handelte. Die Bilder schienen ganz von allein durch ihre Finger zu gleiten. Aufnahmen von Shalimar, die nackt für ihren Vater vor der Kamera posierte. Elizabeth betrachtete sie aufmerksam, während die anderen im Raum ihre Reaktion beobachteten.

Ginger weinte leise vor sich hin, die Hände vors Gesicht geschlagen, während Pip ihr den Rücken streichelte. Auch Holly tupfte sich die Augen ab.

Elizabeth hatte auf einmal einen Kloß im Hals, während sie die Fotos durchblätterte. Es handelte sich um die schönsten Aktaufnahmen, die sie je gesehen hatte. Fotografien eines jungen Mädchens, das von seinem Vater geliebt – nein, *verehrt* wurde. Shalimars langes Haar reichte ihr bis zur Hüfte. Auf ihrem engelsgleichen Gesicht lag ein Lächeln, das gleichermaßen unschuldig und wissend war. Sie bewegte sich völlig ohne Scham. Einige Aufnahmen waren im Atelier entstanden, mehrere aber auch draußen in der Mermaid Glen. Mit ihrer beunruhigenden Mischung aus Erotik und Unschuld fingen sie für alle Zeit die Schönheit eines jungen Mädchens ein, das nie voll erblühen würde.

»Mein Gott.« Elizabeth holte tief Luft. Sie wusste, dass sie Ruperts beste Arbeiten in den Händen hielt. Pornographie oder Kunst? Da war sie sich im Moment nicht sicher. Im Grunde strahlten diese Schwarzweißfotografien für sie nichts aus als Schönheit, Kunst und Liebe.

»Doris hat ihm an jenem Tag schlimme Dinge vorgeworfen«, meinte Ginger schließlich. »Und Shalimar muss das alles gehört haben – wie ihre Mutter geschrien hat, Rupert sei krank und würde versuchen, seine Tochter zu einer seiner Flowers zu machen. Sie drohte ihm damit, ihn zu verlassen. Da ist Shalimar weggelaufen …«

Nick trommelte mit den Fingern auf seine Knie. »Was wird jetzt wohl aus Dolly?«

»Ich kann nicht fassen, dass ihr hier alle so tut, als müsste sie uns leidtun! Wenn die Sharp-Frauen keine wilden Tiere gehalten hätten, könnte die gesamte Familie Partridge heute noch leben!«, schimpfte Ginger.

»Da bin ich anderer Meinung«, widersprach Elizabeth, die sich zwar nur schwer von den Fotos lösen konnte, sich aber trotzdem über Gingers harte Worte und die Tatsache ärgerte, dass ihre Großmutter so starrsinnig war. Es fiel ihr immer noch schwer zu begreifen, dass sie tatsächlich mit Ginger verwandt war und Lois das unschuldige Opfer von Doris' und Gingers Täuschungsaktion geworden war. Gingers Egoismus hatte das Leben von Lois kaputtgemacht. Wut machte sich in Elizabeth breit, dass ihre Mutter so leiden musste, während Ginger hier fröhlich mit Patricks Sohn flirtete. »Dolly war damals bloß ein Kind. Sie ist kein böser Mensch. Sie ist einfach nur anders. Eine Außenseiterin, die niemanden hat und im Grunde schon ihr ganzes Leben lang allein ist.« Tränen traten ihr in die Augen.

Nick stand auf und beugte sich zu ihr. »Schon gut, Liz«, versuchte er sie sanft zu beruhigen. »Mach dir nicht solche Sorgen um Dolly. Sie ist ein zähes altes Luder. Sie wird schon klarkommen.« Dann warf er Ginger einen warnenden Blick zu, die daraufhin bloß die Augen verdrehte.

»Warum hast du uns das alles eigentlich nicht schon früher erzählt?«, wollte Elizabeth jetzt von ihr wissen. »Wann genau bist du von Rupert schwanger geworden? Und woher sollen wir wissen, dass du jetzt die Wahrheit sagst?«

Offensichtlich fehlten der resoluten Ginger auf einmal die Worte. Stattdessen wurde sie rot. »Ich hatte Angst«, flüsterte sie schließlich. »Lois hat mich bei all meinen Versuchen, im Lauf der Jahre mit ihr Kontakt aufzunehmen, abblitzen lassen. Ich fürchtete, du würdest dasselbe tun. Deshalb wollte ich dir erst die Gelegenheit geben, mich kennenzulernen, bevor du über mich urteilst.«

»Ginger, nun sagen Sie es ihr schon«, drängte Holly.

»Wissen Sie etwa auch Bescheid?«, fragte Elizabeth.

»Ich habe mich Holly und Bob anvertraut, als mir die Ärzte eröffneten, wie aggressiv mein Krebs ist.« In Gingers Stimme schwang keinerlei Selbstmitleid mit. »Wenn man erfährt, dass einem vielleicht nur noch ein paar Monate zu leben bleiben, ändert das die Prioritäten und die Wahrnehmung. Ich musste mich mit irgendjemandem beraten. Was Rupert betrifft: Als ich auf Currawong Manor ankam, war ich bereits im vierten Monat schwanger. Diesen Teil unserer Geschichte habe ich bewusst ausgelassen. Als ich ihm damals in der Galerie das erste Mal begegnete, folgte er mir nach draußen, um mir seine Karte zu geben. Irgendwie funkte es zwischen uns. Ganz in der Nähe befand sich das Atelier eines Freundes von ihm. Dort gingen wir hin und liebten uns. Ich hatte nichts davon geplant. ›Bist du bereit für ein Abenteuer?‹, hatte er mich gefragt. Diese Worte, die ich nie vergessen habe, genauso wenig wie die Art, wie er fragte, entfesselten in mir das leidenschaftliche Bedürfnis, intensiv zu leben und etwas Neues zu erschaffen. Nun, das ist mir ja auch gelungen, wenn auch nicht auf die Weise, die ich gewollt oder mir vorgestellt hatte.«

Ginger griff sanft nach Elizabeths Hand, während sie ihrer Enkelin tief in die Augen sah. »Wenn mich irgendjemand verstehen kann, dann du, Elizabeth. Ich weiß es einfach. Du bist Rupert so ähnlich, dass es manchmal weh tut, in deiner Nähe zu sein! Du musst mir glauben. Ich bin damals zwar mit Snowy ausgegangen, aber nur so aus Jux, und ich bin auch nicht mit ihm ins Bett. Es war Rupert, in einem heruntergekommenen Atelier, während sein Kumpel draußen im Hof wartete, bis wir fertig waren. Rupert war mein erster Mann. Als ich merkte, dass ich überfällig war, habe ich Panik bekommen. Ich habe ihm geschrieben und einen Antwortbrief von Doris erhalten, der mich total entsetzte. Sie wollte das Baby. Erst später fand ich heraus, dass sie jahrelang versucht hatten, ein zweites Kind zu bekommen, aber Doris verlor sie immer kurz vor der Geburt. Ich bin sicher, das sind die Gräber hinterm Haus der Puppenmacherin. Doris und Rupert haben mich also bei sich aufgenommen. Doris tat so, als wäre sie schwanger, und mir hat man bis zum siebten Monat nicht viel angesehen. Als Wanda Verdacht schöpfte, schickte Doris uns alle nach Hause, damit sie sich ausruhen konnte. Ich fuhr jedoch nicht nach Sydney, sondern wurde bis zur Entbindung bei der Puppenmacherin einquartiert. Die Gastfreundschaft der Partridges hatte ihren Preis, und ich war so verzweifelt, dass ich ihnen vertraute.«

»Den Preis, den *du* bezahlt hast? Mein ganzes Leben lang leide ich schon darunter, dass meine Mutter so distanziert ist!«, rief Elizabeth. »Ich könnte genauso gut keine Mutter gehabt haben! Sie hat sich nie von all den Jahren bei verschiedenen Pflegefamilien erholt. Deine Entscheidung damals, *dir* das Leben leichter zu machen, wirkt noch bis in meines hinein. Ginger, ich verstehe dich einfach nicht! Wie kann eine Frau ihr eigenes Kind hergeben, wenn sie das Glück hat, eins zu bekommen?«

Ginger ließ Elizabeths Hand los. »Bitte gib mir eine Chance«, bat sie. »Du musst mich ja nicht verstehen – aber ich flehe dich an, mir zu verzeihen.«

»Das ist nicht an mir.« Elizabeth schüttelte den Kopf. »Deinen Frieden musst du mit meiner Mutter machen. Und ich weiß, wie schwierig sie sein kann. Wenn du nicht die Gelegenheit ergreifst, dich mit Lois zu versöhnen, ist deine Geschichte nichts als ein paar Worte auf einem Tonband, wobei du dir selbst die Hauptrolle in dieser ganzen Inszenierung geschrieben hast. Irgendwann musst du für deine Entscheidung Buße tun.«

Etwas später am selben Nachmittag öffneten Elizabeth und Nick zusammen eine Flasche Wein und sprachen über die Ereignisse des Tages. Elizabeth beobachtete ihn unauffällig, während er die Fotos von Shalimar durchblätterte.

»Ich weiß nicht, was ich davon halten soll«, gestand er und warf sie auf den Tisch. Dann rieb er sich die Stirn. »Ich hab immer noch nicht ganz verdaut, dass Dolly Regs Kind ist, geschweige denn Ginger deine Großmutter. Und was diese Fotos angeht, möchte ich wirklich gerne wissen, was Rupert sich dabei gedacht hat.«

»Aber wie können wir ein Urteil über ihn fällen, wenn wir nicht die ganze Geschichte kennen?«, gab Elizabeth zu bedenken. »Wir wissen lediglich, dass seine Ehe mit Doris nicht richtig glücklich war und er traumatisiert aus dem Krieg zurückgekommen ist. Alle haben betont, wie sehr er Shalimar geliebt hat und dass sie ihren Vater vergötterte. Was Dolly betrifft, so wäre es durchaus auch denkbar, dass sie Christophers Kind ist.«

Nick warf einen weiteren Blick auf die Fotos. »Ich ertrage die Vorstellung nicht, was mit diesem armen Mädchen passiert ist.« Er erschauderte. »Und als ich dachte, du hättest dich dort draußen verlaufen … Liz, ich meine natürlich, Elizabeth, da begriff ich auf einmal …«

»Ich weiß«, flüsterte Elizabeth. »Du musst nichts sagen. Ich weiß es.« Ihre Worte hingen in der Luft, die auf einmal wie verzaubert war. »Weißt du, was ich jetzt gerne tun würde?«, brach Elizabeth schließlich das Schweigen.

»Lass mich raten.« Nick sah hinauf zur Decke, als würde er nachdenken. »Du willst mich nicht zufällig mit deiner alten Kamera fotografieren?«, neckte er sie.

Elizabeth stöhnte. »Bin ich so durchschaubar?«

»Nein, Elizabeth. Ich kenne dich einfach. Es kommt mir so vor, als würde ich dich schon ewig kennen.« Er grinste. Dann zog er sie an sich, bis ihre Lippen sich berührten, zuerst vorsichtig, aber dann immer hungriger und leidenschaftlicher.

Irgendwann löste sich Elizabeth von ihm, um ihm in die Augen zu sehen. »Nick, ich glaube, in Anbetracht dessen, was wir gleich tun werden, ist es durchaus in Ordnung, wenn du mich Liz nennst.«

Während der Nacht fiel Regen und lullte mit seinem Prasseln auf den Dächern die Bewohner von Currawong Manor noch tiefer in den Schlaf. In ihrem Nest lag Elizabeth in Nicks Armen. Mund an Mund, Hüfte an Hüfte bewegte er sich drängend in ihr. Ihre Leidenschaft wurde immer mehr entfacht, bis Elizabeth auf dem Höhepunkt der Lust einen leisen Schrei ausstieß und Nick ihr rasch folgte, wobei er stöhnend ihren Namen murmelte. Die Geräusche ihres Liebesspiels wurden vom Regen gedämpft.

Falls Schatten drüben durchs Herrenhaus huschten, das Tapsen von Kinderfüßen oder Rufe aus dem Garten herüberklangen – falls Dielenbretter knarrten, die Schaukel quietschte oder es leise an der Tür klopfte –, dann schafften es diese Geräusche nicht, die Schlummernden zu wecken.

Kurz vor Tagesanbruch saß Dolly da und lauschte dem Ruf ihres alten Freundes, des Kuckucks. Sie lächelte in sich hinein, während sie in ihr Heft kritzelte. Seine Ankunft nach langer Abwesenheit würde den Krähen nicht gefallen. »So ist die Natur eben, liebe Vögel«, murmelte sie. »Die Stärkeren, Einfallsreicheren werden immer überleben und gedeihen.« Der Ruf des Kuckucks erinnerte sie daran, wie sie vor ein paar Jahren ein totes Currawong-Küken am Boden unter einem Baum gefunden hatte. Oben im Nest hockte ein Kuckucksküken, das offensichtlich die kleine Krähe aus dem Nest geschubst hatte. Nun wurde es von den Kräheneltern versorgt, die schon ganz erschöpft wirkten, weil das Kuckuckskind so gefräßig war. Aber während die echte Mutter aus der Ferne zusah, zogen sie es groß, und als es nicht mehr ins Nest passte … flog es mit seiner Kuckucksmutter davon. Die Natur konnte grausam sein, aber es herrschte ein Gleichgewicht in allem, was geschah, im Gegensatz zur Welt der Menschen. Man konnte aus der Beobachtung der Natur viel Weisheit schöpfen, wie ihre Mutter es sie gelehrt hatte. Im Unterschied zu den verwöhnten Kindern von heute war ihr im Busch nie langweilig geworden. Sie las noch einmal den ersten Absatz der Nachricht, die sie zurücklassen würde.

Ich werde bald zu einem besonderen Ort aufbrechen. Aber bevor ich mich von dem verabschiede, was so lange mein Zuhause war, muss ich ein paar Geheimnisse teilen. Sollten diese für Sie irgendwie von Interesse sein, dann war meine Mühe nicht umsonst. Falls nicht, dann ersparen Sie Ihren Augen die Anstrengung, meine Handschrift zu entziffern. Diejenigen, die Zeit und Muße haben, meinen seltsamen Bericht zu lesen, bitte ich um Nachsicht: Mutter, die eine sehr intelligente Frau war, hat zwar versucht, mir Rechtschreibung und Grammatik beizubringen, aber ich habe es nicht auf normale Weise gelernt. Ich hasste die Schule, wo ich wegen meiner Lumpenkleider und meiner Art zu sprechen gehänselt wurde. Weil wir im Wald und nicht unter Menschen lebten, schikanierten mich die anderen Kinder, und irgendwann bin ich einfach nicht mehr hingegangen. Ich sagte zu Mutter, dass ich vom Devil's-Leap-Felsen springe, wenn sie mich weiter hinschickt, da hat sie nachgegeben.

Ich hoffe sehr, dass meine Geschichte dabei hilft, die Krähen auf Currawong zu besänftigen. So viele Geheimnisse und Täuschungen modern in den Schatten dieses Ortes vor sich hin. Da ist es kein Wunder, dass die Vögel nicht zur Ruhe kommen.

Dolly legte das Heft beiseite, ließ sich in ihren Stuhl sinken und schloss die Augen. An diesem Morgen fühlte sie die Anwesenheit ihrer Mutter ganz deutlich. Ihr Häuschen im Wald war einst ihre ganze Welt gewesen. Sie hatte sich bei ihrer Mutter so sicher und geborgen gefühlt. Nie hatte es einen gütigeren oder weiseren Menschen gegeben. Dolly erinnerte sich noch an ihr altes Schlafzimmer, an das Bett mit der fleckigen Matratze. Und an eine stürmische Nacht kurz nach Ruperts Hinrichtung. Sie hatte im Schlaf geschrien, und ihre Mutter war mit einer Kerze in der Hand in der Tür erschienen. Die langen grauen Haare hingen ihr offen über den Rücken. Draußen drohte der Wind das Blechdach von der Hütte zu reißen, und das bedrohliche Knarren und Heulen des Sturms hatten Dolly Angst gemacht. Doch ihre Mutter hatte sich dicht neben sie gekuschelt, den Mund an ihr Ohr gelegt, und ihre Flüsterstimme – so ganz anders als ihr barscher Ton tagsüber – hatte Dolly sanft wieder einschlafen lassen. Ja, so hart Mutter auch geworden war, nachts, wenn sie nebeneinanderlagen, hatte ihre Stimme immer weich, beruhigend und sanft geklungen.

31. Kapitel

Frauenmund an Frauenohr

»Was ist denn, Dolly, mein Schatz? Warum weinst du?«

»Ich kann nicht schlafen. Jedes Mal, wenn ich die Augen schließe, sehe ich, wie Rupert am Galgen baumelt und wie Shalimar von den Panthern angegriffen wird. Außerdem ist der Sturm so laut. Was ist, wenn sie das mit den Panthern rausfinden und sie umbringen?«

Mutter stellte die Kerze neben dem Bett ab, schlüpfte zu mir unter die Decke und zog mich fest an sich. Sie sagte mir immer, ich sei das Kostbarste, was sie besaß. »Wir können nicht ändern, was passiert ist, Dolly, Schatz. Der arme Rupert ist jetzt tot. Aber besser, er findet seinen Frieden in der Welt der Geister, als hier zu leiden. Und mach dir keine Sorgen wegen der Panther. Was mit ihnen passiert, ist ihre eigene Schuld. Willst du die Geschichte hören, wie du zu mir gekommen bist? Wird dieses dunkle Märchen die albernen Nachtängste vertreiben?«

»Das hast du mir doch schon erzählt«, sagte ich und zuckte zusammen, weil ein lauter Donnerschlag ertönte. Tatsächlich hatte mir Mutter schon mehrere verschiedene Versionen meiner Geburt erzählt. Eine davon war, dass ich das Kind einer wohlhabenden Frau aus Sydney war, die um Hilfe gefleht hatte, weil keiner der Ärzte in der Stadt ihr helfen wollte. Die Frau hatte schon Wehen, als sie in einem roten Samtmantel und mit roten Seidenschuhen aus China an den Füßen bei meiner Mutter anklopfte. Und der Engel, den diese

Frau im roten Mantel gebar, war ich. Vor lauter Angst, ihr Vater könnte sie aus seinem Testament ausschließen, ließ sie ihr Baby und eine große Geldsumme zurück.

Eine andere Geschichte war, dass sie mich zwischen den gewaltigen Wurzeln eines Baumes im Wald gefunden hatte, wo mich ein junges Mädchen aus dem Ort in einer verschneiten Winternacht auf die Welt gebracht hatte. Dort lag ich und blickte ganz ohne Angst in die Bäume und den Himmel hinauf, während ein paar Wildkatzen und Marder herumschlichen und Schneeflocken auf mich herabrieselten.

Meine Mutter lachte und strich mir die Haare glatt. »Diese Geschichte ist die Wahrheit«, versprach sie. »Sie stammt aus einer längst vergangenen Zeit, als ich noch jung und schön war, mit silberblonden langen Locken wie eine Meerjungfrau, mit einem Elfengesicht und festen kleinen Brüsten wie Honigmelonen, von denen alle Männer in den Bergen behaupteten, sie hätten sie schon angefasst.«

Der Wind rüttelte am Haus, und der Regen prasselte laut aufs Dach. Ich lächelte vor mich hin, denn mir gefiel die Vorstellung meiner Mutter mit Honigmelonenbrüsten.

»Stell dir vor«, flüsterte Mutter mir ins Ohr – ein herrliches Gefühl –, während die Bäume und die Welt draußen bebten. »Ich besaß ein Lächeln, das alle verzauberte, und den gefährlichen Charme einer Sirene. Ich war so schön, dass ich alle Männer von Mount Bellwood bis in ihre Träume verfolgte.

Wie du ja weißt, habe ich einst in Currawong Manor im alten Dienstmagdzimmer gewohnt und Ruperts Eltern mit den beiden Jungen und im Haushalt geholfen …«

Ich seufzte glücklich und lauschte eher ihrer sanften Stimme als den Worten, während ich in den Schlaf hinüberglitt. Ich kannte die Personen im Herrenhaus schon, denn Mutter hatte sie mir alle lebhaft beschrieben.

Christopher, der ältere Sohn, sah blendend aus und wurde von den

Eltern bevorzugt. Reg Partridge war ein mürrischer alter Mann, vor dem sich alle fürchteten, und Ivy Partridge sein ängstlicher Schatten. Sie klammerte sich nicht an Reg, sondern an ihren charmanten erstgeborenen Sohn. Meine Mutter half einigen der Mädchen aus dem Dorf, deren Engel von Christopher gezeugt worden waren – auch ein Grund, weshalb die Partridges ein Auge zudrückten, wenn es um Mutters Tätigkeit ging. Reg und Ivy waren Mutters Fähigkeiten willkommen, denn sie waren überzeugt davon, dass Christopher zu Höherem bestimmt war als zu einem Leben mit einem gewöhnlichen Mädchen aus dem Ort, egal, wie hübsch es auch sein mochte.

Als der Zweite Weltkrieg kam, konnten es die meisten jungen Männer aus Mt Bellwood kaum erwarten, in den Kampf zu ziehen – mit Ausnahme von Rupert, der damals schon mit seiner Frau und seinem kleinen Kind in Sydney lebte. Um seinem Vater zu entkommen, hatte er, sobald er alt genug war, das Anwesen verlassen. Er war immer ein sensibles Kind gewesen. Und alle wussten, dass Reg, der alles, was mit Kunst zu tun hatte, für Frauenkram hielt, ihn von Geburt an abgelehnt hatte. Wie oft hatte Mutter Reg wütend herumbrüllen hören, wenn er wieder einmal irgendein neues Kunstwerk seines jüngeren Sohnes zerstörte.

Christopher interessierte sich für Sport und die Jagd, während Rupert lieber stundenlang die Nase in ein Buch steckte, statt mit seinem älteren Bruder und dessen Freunden mit Gewehren in die Owlbone Woods zu ziehen, um irgendein Lebewesen abzuschlachten. Mutter glaubte, dass er im Krieg geopfert wurde, um seine Blutschuld gegenüber der Natur zu begleichen. Denn diese jungen Kerle, die jagend durch unsere Wälder zogen, wurden auf den Schlachtfeldern selbst zu Gejagten, und ihr Blut tränkte fremde Erde.

Doch bevor Christopher und seine Freunde 1942 ihrem Tod in Papua-Neuguinea entgegensegelten, wurde ich gezeugt.

Es war das Jahr 1937, und Reg muss auf Mutter aufmerksam geworden sein, ohne dass sie es bemerkte. Vielleicht hatte der alte Griesgram mitbekommen, dass sie es im Lauf der Jahre immer wieder mit Christopher getrieben hatte, und er wollte so sein Revier markieren. Mutter erzählte, sie hätte dem damals fünfundzwanzigjährigen Christopher schon von früh an beigebracht, wie man eine Frau glücklich machte, aber sie hatte stets aufgepasst, dass der Zeitpunkt sicher war, wenn sie sich mit ihm einließ. Sie verstand den Zyklus des Mondes.

Mutter glaubte, dass Reg eifersüchtig auf seinen älteren Sohn war, den alle – einschließlich seiner Frau – mehr liebten als ihn.

Sie war so mit ihrer Liebschaft mit Christopher, mit ihren häuslichen Pflichten und ihrer Arbeit als Hebamme beschäftigt, dass sie die gefährlichen Signale missachtete, die Reg zunehmend aussandte. Reg muss sie beobachtet haben, wenn sie ins Zimmer kam, die Familie beim Essen bediente oder mit Christopher in den Owlbone Woods verschwand. Er lauschte auf das Rasseln ihres Schlüsselbunds, der sie überallhin begleitete.

So ist es passiert. Mutter hat mir diese Version nur ein einziges Mal erzählt, aber ich habe sie nie vergessen. Die Vergewaltigung geschah auf den Ufersteinen in der Mermaid Glen. Mutter war dorthin gegangen, um zu baden, wie sie es oft tat. Häufig traf sie auch Christopher an diesem Ort. Als Reg aus dem Abendnebel zwischen den Eukalyptusbäumen und Farnen auftauchte, dachte sie einen Augenblick lang, es handle sich um Christopher.

Sie hat sich gewehrt, aber er drohte ihr damit, sie rauszuwerfen und seinen Freunden bei der Polizei von ihrem Gewerbe zu erzählen. Außerdem war sie ja schon daran gewöhnt, seinen Befehlen zu gehorchen.

Nach dem Akt legte er erst so richtig los, und Mutter vermutete, dass es diese lustvolle Gewaltausübung war, nach der er eigentlich gelechzt hatte. Es bereitete ihm Vergnügen, jemandem, den er als minderwertig betrachtete, Schmerz und Demütigungen zuzufügen.

Das Ehepaar Partridge verlor nie ein Wort über die Sache, weder über die blauen Flecken noch über Mutters wachsenden Bauch. Mutter ertappte Ivy jedoch ein paarmal bei misstrauischen Blicken, wobei sie wusste, dass Ivy eher fürchtete, das Kind könnte von Christopher sein. Ihren eigenen Mann verdächtigte sie nie.

Mutters märchenhafte Schönheit verblasste über Nacht. Ihr Gesicht wurde so hart wie der Fels am Devil's Leap, und ihr Herz gefror zu Eis. Auch mir machte sie dort erst Platz, nachdem ich auf die Welt gekommen war. Das hat sie mir ganz ehrlich gesagt.

Christopher konnte es währenddessen natürlich kaum erwarten, die Uniform anzulegen, zu reisen und zu kämpfen. Ivy hielt ihn so lange zu Hause fest wie nur möglich, wofür Mutter dankbar war. Er zog sie gerne damit auf, dass ihm in Papua-Neuguinea, Griechenland, Ägypten, oder wo auch immer man ihn hinschicken würde, die Frauen alle zu Füßen liegen würden. Reg und Ivy taten ihr Bestes, sich im stillen großen Haus, das auf einmal so leer war, aus dem Weg zu gehen.

Im Gegensatz zu Christopher, der sich freiwillig gemeldet hatte, wurde Rupert 1942 eingezogen. Keiner von beiden blieb jedoch lange im Krieg: Christopher fiel in der Schlacht, und Rupert wurde von seinem Dienst im Militärkrankenhaus von Bankstown entbunden. Vermutlich stellte sich irgendwann klar heraus, dass er nicht stark genug war, um den Krieg zu dokumentieren – geschweige denn, um zu kämpfen.

Was die von den Amerikanern im Busch ausgesetzten Panther betraf, so mehrten sich die Gerüchte und Berichte von Leuten, die Großkatzen durch den Wald hatten schleichen sehen, aber das war nichts wirklich Neues. Im Lauf der Jahre waren immer wieder Tiere aus Zirkuskäfigen ausgebrochen, und manchmal verwechselten die Menschen auch wilde Hunde oder Marder mit Raubkatzen. Die Geschichten halfen Mutter dabei, neugierige Besucher von den Wäldern fernzuhalten, so dass sie ungestört die schlafenden Engel in unserem Garten begraben konnte.

Tief in den Wäldern streiften die Panther durchs Unterholz, und

Mutter nahm an, dass ihr Nachwuchs gedieh, auch wenn ihre Besuche beim Cottage irgendwann aufhörten.

Im Oktober 1942, nur eine Woche nach Christophers dreißigstem Geburtstag, ließen sich plötzlich die Currawong-Krähen auf den Türmen des Herrenhauses nieder. Einige Tage später kam der Brief, vor dem sich alle Eltern und Liebsten fürchteten, zugestellt von einem Postler mit mitleidigem Blick und mit einem Stempel auf dem Umschlag, der nur den Schluss zuließ, dass Christopher im Dschungel von Papua-Neuguinea gefallen war.

Die Bewohner von Currawong Manor fielen in tiefe Trauer. Keiner von den Partridges konnte akzeptieren, dass Christopher nie mehr heimkehren würde. Mrs Partrigde fiel vom katholischen Glauben ab. Ihr dunkles Haar wurde von grauen Strähnen durchzogen, und ihr Gesicht nahm denselben Farbton an. Sie aß nur noch so selten, dass sie zu schrumpfen schien.

Eines Tages entdeckte Mutter an einem Zweig in der Nähe vom Devil's Leap einen Hut und ein Jackett von Reg. Viele der Einheimischen nahmen an, dass er sich dort das Leben genommen hatte. Aber Henry Kelly schwor bis zu seinem Tod, der ältere Herr sei am Tag seines Verschwindens in Leura in den Zug gestiegen. Ob er nun nach Sydney abgehauen oder in den Tod gesprungen war, er hinterließ seiner Familie jedenfalls keine Erklärung, weshalb er sie verlassen hatte. Vielleicht war es der Tod seines Sohnes, Finanzsorgen, Schuldgefühle wegen der Vergewaltigung oder eine Kombination aus allem, was ihn zu diesem Schritt bewogen hatte. Mutter zog für eine Weile wieder ins Herrenhaus, um Ivy zu helfen, da sich Doris und Ivy nie gut verstanden hatten. Doris hatte Rupert 1936 geheiratet, als Doris zwanzig und Rupert zweiundzwanzig war. Ivy gab Doris die Schuld daran, dass Rupert damals sein Zuhause verlassen hatte und in die Stadt gezogen war.

Mutter wusste, dass Ivy ohne Christopher langsam dahinschwinden würde. Und so kam es dann auch. Ivy folgte ihrem geliebten

Sohn 1943 in den Tod. Sie starb an einem gebrochenen Herzen. Ihre letzten Tage hatte sie in stiller, schicksalsergebener Trauer damit verbracht, durch die Gärten zu wandern.

Mutter hatte gewartet, bis der richtige Augenblick gekommen war. Lange genug hatte sie ihre Kräuter gezüchtet, den Mond beobachtet und ihre Puppen genäht, während sie zusah, wie Ivys Seele langsam entschwand. Sie wusste, dass Ivys Lebenswille schwächer wurde. Ihr Geist bereitete sich darauf vor, die Erde zu verlassen, und deshalb bestärkte Mutter Ivy darin, zuvor ihrem Testament noch eine Klausel hinzuzufügen, die uns lebenslanges Bleiberecht auf dem Anwesen zusicherte.

Es geschah mit Ivys Segen. Meine Mutter hat sie nicht hinters Licht geführt. Ivy hatte kein Interesse mehr an irgendetwas auf dieser Welt. Auch Rupert war ihr egal, denn in ihren Augen hatte dieser als der schwächere der beiden Brüder ohnehin wenig Chancen, nachdem Christopher das Schlachtfeld nicht überlebt hatte. Die Testamentsänderung wurde von Dennis Frost und Brian Collins bezeugt und dem Familienanwalt übergeben. Es war eines der wenigen anständigen Dinge, die die Partridges für uns taten.

Kurz darauf fanden Dennis und Mutter Ivy mit einem Lächeln auf ihrem leeren Gesicht im Garten ganz in der Nähe der Stelle, wo Rupert später seine Diana-Statue baute. Mutter glaubte, dass der Tod Ivy Partridge letzten Endes Erlösung gebracht hatte.

Wenn der Mond in einer bestimmten Phase am Himmel stand und kein Windhauch sich regte, konnte meine Mutter Ivy immer noch auf der Holzbank sitzen sehen, wo sie gestorben war. Oder sie sah Ivy in der Dämmerung geräuschlos über das Gras auf den Waldrand zugleiten, in ihrem langen grauen Rock, den Umhang fest um die Schultern geschlungen.

Nach und nach brauchten die Frauen aus der Gegend Mutters Dienste immer weniger. Gerüchte von gefährlichen wilden Tieren im Wald schreckten sie ab. Nur die ganz Verzweifelten oder Törichten erlaubten Mutter, sie zum Cottage zu führen. Und im Lauf der Zeit hörte sie auf, ihre Puppen zu nähen.

Dolly betrachtete die Erinnerung an jene längst vergangene stürmische Nacht, als sie in den Armen ihrer Mutter einschlief, wie aus weiter Ferne. Es war die letzte Geschichte ihrer Zeugung, die ihre Mutter ihr erzählt hatte. Ruperts Hinrichtung musste sie so stark erschüttert haben wie der Sturm, der an ihrer kleinen Behausung rüttelte, sonst hätte sie Dolly vermutlich nie die Wahrheit gesagt.

Auf dem Weg in die Küche blieb Dolly stehen, um einige ihrer Lieblingspuppen zu streicheln, bevor sie ihnen die letzten Abschnitte ihrer Notizen laut vorlas:

Sie wählte den Zeitpunkt und den Ort ihres Todes. An der Wintersonnwende 1970 verabschiedete sie sich von mir und wanderte in die Owlbone Woods, wo sie sich an einer ihrer heiligen, geheimen Stätten niederlegte und ihrem Geist erlaubte, in die Erde zu sickern.

Rupert Partridge hatte schon immer ein besseres Gespür für Geheimnisse besessen als andere, aber wie die meisten wahren Künstler fällte er kein Urteil. Andererseits war er aber auch zu sehr mit sich selbst beschäftigt, um sich um irgendetwas anderes zu kümmern als um seine in Blut und Krieg getauchten Pinsel.

Das Schreiben und die Erinnerungen an die Vergangenheit haben mich müde gemacht. Ich bin die ganze Nacht wach gewesen und weiß, dass die Zeit gekommen ist, um auf meine eigene Art Wiedergutmachung zu leisten. Mondzeit nannte Mutter es. Die Weisen leben nach der Mondzeit, die Narren nach der Uhr. Ich glaube, ich war etwa zwölf, als sie Rupert Partridge im Alter von sechsunddreißig Jahren an den Galgen brachten. Die Welt schien damals noch ein anderer Ort zu sein. Der Himmel reichte bis ins Unendliche, die Menschen bewegten sich langsamer fort, und manche von ihnen verstanden die Sprache der Wolken zu lesen.

Nun muss ich zum Ende kommen, bevor die Sonne aufgeht. Ich kenne diese Wälder – jede Höhle, jeden Baum, jedes wilde Tier. Ich weiß, wohin die Spinnen krabbeln und die Nattern sich schlängeln, um vor den Menschen zu fliehen, und ich habe vor, genau dasselbe zu tun. Ich weiß um die verborgenen Dinge, vor deren Anblick ich mich zu sehr fürchte. Ich kenne alle Wege aus farnbehangenen Pfaden und Felsen, die mit tausend Legenden und Geschichten belebt sind. Ich weiß, welche Liebe in der Erde und den großen, weisen Bäumen wohnt. Ich weiß, was mich erwartet. Ich kann es nicht länger aufschieben. Meine Knochen fühlen sich an, als wären sie schon zerfallen, und ich bin Staub, Erde und Himmel. Ich bin bereit. Der Wald will mich in sein Heiligtum aufnehmen. Er ist mein Zuhause, mein letzter Atemzug, und alles, wonach ich mich sehne, ist Frieden. Aber die tiefste Wahrheit und die besten Geschichten werden nicht von den Menschen erzählt, sondern von den Vögeln, Bäumen, Blättern und dem Himmel. Wer sich von ihnen abwendet, verliert den Faden der Wahrheit.

Ein wahrer Bericht von Dolly Sharp,
Currawong Manor, Mt Bellwood, August 2000.

»Dolly? Warten Sie!« Elizabeth – mit der Kamera in der Hand, Nicks Lederjacke überm Schlafanzug und Gummistiefeln an den Füßen – eilte Dolly hinterher, die im fahlen Licht der Morgendämmerung zielstrebig auf den Wald zuging. »Wo wollen Sie denn so früh schon hin? Ich bin aufgestanden, um den Nebel zu fotografieren.« Die beiden Frauen sahen sich einen Augenblick lang schweigend an. »Sie haben doch hoffentlich nichts Dummes vor?«

»Ist es denn wirklich dumm?«, entgegnete Dolly. »Der alte Reg hat entschieden, wann er vom Devil's Leap springt, und meine Mutter wusste auch, wann es Zeit war zu gehen.«

»Nein«, widersprach Elizabeth leise. »Wir wissen schließlich nicht sicher, ob Reg wirklich Selbstmord begangen hat. Und Ihre Mutter war schon über siebzig, als sie gestorben ist. Ich bin sicher, sie hätte nicht gewollt, dass Sie etwas so Drastisches tun.«

»Ich gehöre zum Busch.« Dolly blieb stur. »Nicht in diese Welt aus Handys, Fernsehen und Celebritys.«

»Das bedeutet aber nicht automatisch, sich das Leben zu nehmen«, wandte Elizabeth ein. »Sie könnten immer noch hier arbeiten. Holly mit der Anlage und dem Haus helfen.« Dann fügte sie listig hinzu: »Sie könnten dafür sorgen, dass das Haus Ihrer Mutter erhalten bleibt.« Langsam redete sie sich richtig in Fahrt, vor allem, als sie einen Funken Interesse in Dollys Augen aufblitzen sah. »Vielleicht könnten Sie Führungen durch den Busch oder das Gelände hier anbieten und den Menschen etwas über das Land erzählen? Oder sogar in der Schule am Ort den Kindern die Natur näherbringen. Sie können nämlich wirklich gut mit Kindern umgehen. Ich habe noch nie gesehen, dass Sugar, Fleurs Tochter, so positiv auf einen Erwachsenen reagiert hat wie auf Sie.«

»Glauben Sie, Kinder von heute interessieren sich für solche Dinge und würden mir zuhören?«, fragte Dolly verwundert.

Daraufhin nahm Elizabeth sie ganz spontan in den Arm und war überrascht, als Dolly ein leises Geräusch von sich gab, das wie ein freudiges Schnurren klang. »Ich bin überzeugt davon, dass die Kinder Ihre Geschichten über den Wald lieben würden.« Sie lächelte. »Ihre Mutter hat Ihnen so viel von ihrer Weisheit mitgegeben – vielleicht ist es jetzt an der Zeit, sie mit anderen zu teilen. Ich zum Beispiel würde unheimlich gerne mit Ihnen in den Wald zum Fotografieren gehen.« Sie blickte zum Tor hinüber, das in die Owlbone Woods führte, und verspürte einen Hauch von Furcht bei der Erinnerung an das, was vor der Tür von Miss Sharps Cottage gelauert hatte. Einige Vögel flogen wie schwarze Schatten im Nebel über sie hinweg, bevor sie sich schließlich im Blätterdickicht der Bäume verloren.

»Ich könnte keine Kinder mit in den Wald nehmen«, erklärte Dolly dumpf. »Ich glaube, sie sind immer noch dort draußen.«

Elizabeth brauchte nicht nachzufragen, was sie damit meinte. »Aber Sie könnten sich ja auch auf andere Weise engagieren. Wenn Sie es zulassen, könnte das ein richtiger Neuanfang für Sie werden«, beharrte sie und wurde dafür mit einem schrägen Lächeln und einer kurzen Umarmung belohnt.

32. Kapitel

Der zornige Geist

Royal Prince Alfred Hospital, Sydney, Mai 2001

»So hält man doch kein Baby! Komm her zu Ginger, Rupert!« Ginger riss Nick das Kind aus den Armen und drückte es an ihre Brust. Rupert Xavier Thorrington Cash – Gewicht: 4070 g, Größe: 54 cm, Alter: 20 Stunden – hörte auf zu weinen und bestaunte den schwarzen Strahlenkranz um die Augen der Dame und ihre leuchtend roten Lippen. Die heftige Liebe, die sie verströmte, beruhigte ihn so, dass er einschlief.

»So ist's gut, mein Lämmchen. Mach dir keine Sorgen, mein kleiner Rupert. Ginger passt auf dich auf«, gurrte sie und trat ans Krankenhausfenster.

Pip sah Nick mit hochgezogenen Augenbrauen an. »Sie ist einfach total vernarrt in ihn«, meinte er lächelnd und hielt einen riesigen Strauß Wildblumen umklammert. »Die letzten Monate hab ich von ihr nichts als Rupert, Rupert, Rupert gehört. Warte nur, bis du seinen Spielwarenladen – ich meine, sein Zimmer – gesehen hast. Es ist voll mit Spielzeug und Kleidung!«

»Ginger!«, tadelte Nick. »Ich hab dir doch gesagt, du sollst es nicht übertreiben. Wir haben gar nicht so viel Platz. Ich möchte nicht, dass er verzogen wird!«

»Ach, Daddy, sei doch still!«, erwiderte Ginger. »Rupert wird bei mir ein eigenes Zimmer haben. Dann kann er immer zu seiner Ginger kommen, und ich verwöhne ihn ohne Ende!«

»Das Wort Uroma solltest du übrigens lieber vermeiden«, flüsterte Pip.

Elizabeth wunderte sich, wie glücklich Pip wirkte, seit er mit Ginger zusammen war. Obwohl Patrick auf seine zurückhaltende, vornehme Art diese Beziehung missbilligte, tat die Affäre mit dem jüngeren Mann Ginger sichtlich gut. Sie verblüffte ihre Ärzte, indem sie die ursprünglich so düstere Diagnose überlebte und verkündete, sie werde dem Krebs und den Ärzten immer dankbar sein, weil sie ihr geraten hatten, ihre Angelegenheiten in Ordnung zu bringen. Denn genau das hatte sie getan.

Ginger wiegte den schlafenden kleinen Rupert, doch ihr Gesicht war nachdenklich und traurig. Elizabeth, die nach den Anstrengungen der Geburt immer noch sehr aufgewühlt war, litt mit Ginger um alles, was diese geopfert hatte.

Gemeinsam betrachteten sie das schlafende Kind.

»Er ist das schönste Baby auf der ganzen Welt«, flüsterte Ginger.

Elizabeth hätte Ginger zu gerne gefragt, ob sie damals dasselbe empfunden hatte, als sie Lois auf die Welt brachte, aber sie wollte ihre Großmutter nicht aus der Fassung bringen. Sie wusste, wie sehr Ginger darunter litt, dass Lois weiterhin den Kontakt zu ihr verweigerte. Die Erkenntnis, dass sich Doris auf ein solches Falschspiel eingelassen hatte, war für Lois einfach zu viel.

Michael, Elizabeths Vater, hatte mehrfach angerufen und versprochen, seinen Enkel besuchen zu kommen – aber Elizabeth wusste, dass er das vor ihrer Mutter verheimlichen müsste. Das Auseinanderbrechen ihrer Familie schmerzte sie sehr.

Vor allem hatte es sie verletzt, dass ihre Mutter während der Schwangerschaft nichts von ihr wissen wollte, obwohl sie nachvollziehen konnte, dass Lois auf Gingers Geständnis erschüttert reagiert hatte.

Während sie Gingers Gesichtsausdruck beobachtete, die gerührt den Neugeborenenduft einsog, den der in seine zitronengelbe Decke eingewickelte Rupert verströmte, fragte sich Elizabeth, woran es wohl lag, dass Ginger und ihre Tochter ihre eigenen Kinder derart aus ihrem Leben ausschlossen.

»Ginger, sieh dir bloß mal seine winzigen Finger an«, sagte Nick, dessen Haare nach der Nacht im Kreißsaal noch zerzauster waren als sonst. »Bestimmt wird er mal Musiker. Ich werde ihm eine Mini-E-Gitarre kaufen, dann kann er mit mir jammen. Elizabeth hat echt gekämpft heute Nacht. Sie war einfach unglaublich.«

»Ich kann immer noch nicht fassen, dass du dabei sein durftest«, meinte Ginger missbilligend. »Zu meiner Zeit war das zivilisierter, da machten Frauen solche Angelegenheiten noch unter sich aus. Ich weiß wirklich nicht, wie das für eine Beziehung gut sein soll, wenn der Mann das alles zu sehen bekommt.« Bedeutungsvoll blickte sie auf Elizabeths Unterleib.

»So, meine liebe Ginger, das reicht jetzt wieder an altmodischen Ansichten«, schalt Pip seine Freundin.

Nick klopfte ihm beruhigend auf die Schulter. »Die Welt hat sich Gott sei Dank geändert. Dad sagt immer, dass er es bedauert, bei meiner Geburt nicht dabei gewesen zu sein. Erst Stunden später durfte er mich durch eine Glasscheibe sehen und musste dabei sogar Schutzkleidung tragen.«

Der kleine Rupert spürte wohl die negativen Schwingungen im Raum, denn er wachte auf. Elizabeth nahm ihn Ginger rasch ab, obwohl diese das Kind nur widerwillig hergab.

Dann sah Ginger sich im Krankenhauszimmer um, bemerkte die Luftballons, das Obst, die Glückwunschkarten und Teddybären. »Kommen deine Eltern eigentlich heute noch vorbei, Nick?«, fragte sie und stellte ein paar Karten auf, die umgefallen waren, bevor sie beiläufig hinzufügte: »Irgendwas Neues von Lois?«

Elizabeth schüttelte den Kopf und wünschte sich, der Schmerz würde nachlassen. Warum musste ihre Mutter selbst bei so einem freudigen Ereignis nur so hartherzig bleiben? »Dad hat angerufen, er schaut wohl später vorbei. Allein, so wie ich ihn verstanden hab.«

»Gib ihr Zeit«, seufzte Ginger. »Es war ein schrecklicher Schock für sie. Ich würde nicht so schnell aufgeben. Allerdings legt sie immer wortlos auf, wenn ich sie anrufe, und meine Briefe hat sie alle ungelesen zurückgeschickt. Sie ist verdammt stur.«

»Ich frage mich, von wem sie das bloß hat?«, kommentierte Pip mit einem Grinsen. »Ginger hat recht, Elizabeth. Wenn man herausfindet, dass das, woran man sein Leben lang geglaubt hat, falsch ist … Lass etwas Gras über die Sache wachsen.«

Elizabeth nickte, und ihr dunkles Haar umrahmte ihr erschöpftes Gesicht. Sie versuchte, die Enttäuschung über die neuerliche Zurückweisung ihrer Mutter zu verbergen. Wie schön wäre es gewesen, wenn Lois Baby Rupert gesehen hätte, aber ihre Mutter wollte weiterhin nichts mit Elizabeth zu tun haben. Auf die Nachricht hin, dass das Kind Rupert hieß, hatte sie geradezu hysterisch reagiert. Nick und Elizabeth dagegen waren sich bei der Namensfindung sofort einig gewesen. Elizabeth war während der gesamten Schwangerschaft mit der Arbeit an *Flowers of the Ruins* beschäftigt gewesen. Außerdem plante sie, gegen die Verurteilung ihres Großvaters wegen Mordes Berufung einzulegen. Obwohl das Gerichtssystem kompliziert und schwerfällig war und zu erwarten war, dass die Anwälte das Verfahren möglicherweise auf Jahre in die Länge ziehen würden, war sie zuversichtlich, dass sie aufgrund von Gingers und Dolly Sharps schriftlichen Zeugnissen letzten Endes eine komplette Rehabilitation des Künstlers erwirken könnte.

»Mein Vater freut sich schon riesig auf dich«, sagte Nick zu Ginger. »Er ist seit *Terrace Street* ein großer Fan von dir – und natürlich von den Gemälden.«

Ginger fuhr sich kokett durchs Haar. »Wenn er mich erst im *Playboy* gesehen hat, wird er ein noch viel größerer Fan sein«, prahlte sie. »Ich unterschreibe noch diese Woche den Vertrag. Pip ist der Meinung, dass das für *Flowers of the Ruins* eine tolle Werbung sein wird.«

»Mensch, Ginger!«, schimpfte Elizabeth. »Ich hab dich doch gebeten, damit noch zu warten. Meine Aktfotos von dir sind wunderschön geworden. Du hast wahrlich keine retuschierten *Playboy*-Fotos nötig!«

Ginger klimperte mit den Augendeckeln. »Sagt wer?«, fragte sie herausfordernd. »Ich möchte, dass sie mich so stark wie möglich retuschieren. Deine Aufnahmen sind wirklich hinreißend, aber ich sehe darauf so alt aus! Du hättest mich ruhig ein wenig photoshoppen können, anstatt nur mit Weichzeichner über meine ganzen Falten drüberzugehen. Herrgott, Liz, sogar Rupert hat uns idealisiert gemalt, und damals waren wir noch nicht mal achtzehn und unsere Brüste standen keck nach oben! Was haben die jungen Leute heutzutage nur für ein Problem?«, jammerte sie, an Pip gewandt. »Dieser ganze Realismus und dieses deprimierende Grunge-Zeug. Die alten Stars – die echten Stars – kannten die Macht von Glamour, Geheimnis und Illusion! Deine Fotos sind sicher künstlerisch wertvoll, Liz, aber mit dieser blöden vorsintflutlichen Kamera lässt du mich ganz schön alt aussehen. Außerdem zahlt der *Playboy* verdammt viel mehr als du, meine Liebe!«

»Du bist zweiundsiebzig!«, betonte Elizabeth.

»Genau das meine ich!«, ereiferte sich Ginger. »Ich bin *erst* zweiundsiebzig, es gibt also keinen Grund, wie eine alte Frau auszusehen!« Sie hob ihre Brüste an. »Wie viele Zweiundsiebzigjährige sind noch so knackig? In meinen Yogastunden habe ich mehr Power als die meisten jungen Frauen.«

Elizabeth verdrehte die Augen, und Nick grinste. Sie wusste aus Erfahrung, dass man in einem verbalen Schlagabtausch nicht gegen Ginger ankam. Die beiden Frauen hörten einen Moment lang auf zu zanken und beugten sich über Ruperts Wiege. Elizabeth fragte sich, ob sie irgendetwas noch mehr lieben könnte als dieses 4070 g schwere Menschlein, das so friedlich schlief. Sie sah sich im Geiste schon mit Rupert im Tragetuch durch ihr Viertel spazieren. Sie würde keine langweilige, konservative Mutter sein, sondern den kleinen Rupert in Galerien mitnehmen, mit ihm verreisen und ihm die Macht und Magie von Büchern, Kreativität und Phantasie vermitteln.

»Dürfen wir reinkommen?«, riss eine Stimme sie aus ihren Tagträumen vom perfekten Mutterglück. Elizabeth war vor Staunen sprachlos: Ihr Vater kam mit einem riesigen Blumenstrauß etwas unbeholfen auf sie zu und umarmte sie, während Lois in der Nähe der Tür stehen geblieben war, als wollte sie sich den Fluchtweg offen halten.

Ginger erhob sich und sah wie gebannt ihre Tochter an. Elizabeth und Nick warfen sich besorgte Blicke zu. Nick war bereit, jederzeit einzugreifen.

Ginger und Lois: Es war, als würde man zwei wilde Katzen beobachten – würden sie sich freundschaftlich beschnuppern oder sich gleich gegenseitig in Stücke reißen? Elizabeth hatte das Gefühl, ihre Mutter durch Gingers Augen zu sehen. Das kastanienbraune Haar war grau gesträhnt, ihre Augen hatten dieselbe Form wie die von Ginger, auch wenn die von Lois braun waren. Dasselbe Kinn. Wie hatte ihr diese Ähnlichkeit entgehen können, nur weil die beiden Frauen auf den ersten Blick so verschieden waren? Ginger liebte es, sich auffallend und glamourös zu kleiden, während Lois bevorzugt elegante Kleidung Ton in Ton trug.

»Lois?« Ginger war offensichtlich den Tränen nahe. Ihr Blick hatte sich an Lois festgesogen, als könnte sie nicht glauben, sie leibhaftig vor sich zu sehen. »Du bist also doch gekommen. Ich kann es kaum fassen. Wie groß und wunderschön du bist.« Sie trat auf Lois zu.

»Nicht wegen dir!«, zischte Lois. »Ich wollte meine Tochter und meinen Enkel sehen. Wenn ich gewusst hätte, dass du da bist, wäre ich nicht gekommen.«

»Aber natürlich«, lenkte Ginger sofort ein und zog sich zurück. »Sieh ihn dir an, Lois. Er ist das schönste Baby, das ich jemals gesehen habe.«

Lois beachtete sie nicht weiter und trat an die Wiege. Einen Moment lang wurden ihre Züge weich, als sie das schlafende Baby betrachtete.

»Er sieht aus wie du direkt nach der Geburt«, sagte sie an Elizabeth gewandt. Aber zu keinem Zeitpunkt gratulierte sie ihrer Tochter oder umarmte sie.

Ginger wagte es, sich neben Lois zu stellen, und beide konnten den Blick nicht von dem Kind wenden.

»Er sieht genauso aus wie *du*, Lois, als du ein Baby warst«, flüsterte Ginger. Lois sah sie schmerzerfüllt an. »Wie kannst du so etwas sagen?«, erwiderte sie. »Was bist du nur für ein Mensch? Wie kann eine Frau ihr eigenes Kind weggeben?«

Ginger studierte Lois' Miene und nahm jede Spur ihres Schmerzes in sich auf.

»Das waren andere Zeiten damals«, antwortete sie mit zitternder Stimme. »Vielleicht wirst du mir eines Tages verzeihen. Ich erwarte das jetzt nicht von dir, aber ich hoffe, dass du irgendwann einmal meine Entscheidung aus meinem Blickwinkel sehen kannst. Ich war arm. Du kannst dir nicht vorstellen, wie hart das damals war. Doris, die unbedingt noch ein Kind wollte, bestand darauf. Außerdem musste ich meiner Ma Geld schicken.«

Lois' verächtliche Miene verriet, dass sie das bloß als Vorwand wertete. Wild entschlossen fuhr Ginger trotzdem fort.

»Schau mich nicht so an! Meine Ma hatte nichts außer zu viele Kinder, und das letzte davon brachte sie um. Ich konnte nicht riskieren, wie sie zu enden. Das konnte ich einfach nicht, Lois. Meine arme Ma sah bereits mit zwanzig aus wie eine alte Frau. Sie besaß überhaupt nichts! Ich wollte nicht alleine leben. Du kannst dir nicht vorstellen, wie ledige Mütter damals behandelt wurden. Du hast nicht die leiseste Ahnung – wie solltest du auch? Sie wurden auf der Straße angespuckt, wie Dreck behandelt. Und den verdammten Männern passierte überhaupt nichts. Du denkst vielleicht, es gäbe einfache Antworten darauf, warum die Menschen schreckliche Dinge tun, aber das stimmt nicht. Der Krieg hatte alles verändert. Die Zeiten waren hart, und die Menschen passten sich an und wurden härter. So war das Leben – es war kein glamouröser, nostalgischer Schwarzweißfilm. Jedenfalls nicht in Surry Hills. Ich habe keine Antwort für dich, die dir gefallen wird. Ich kann die Vergangenheit nicht ungeschehen machen, aber ich kann die Gegenwart und die Zukunft verändern.«

Sie deutete auf Baby Rupert. »Siehst du nicht, dass dein neugeborener Enkel die Brücke sein könnte, die uns beide verbindet?«, flehte sie.

Die beiden blickten sich in die Augen. »Nein«, knurrte Lois. »Versuch ja nicht, den kleinen Rupert für deine Zwecke zu missbrauchen. Er kann deine Taten nicht einfach ungeschehen machen. Du hast mich im Stich gelassen, und ich war dir egal. Spar dir deine Entschuldigungen, Ginger, und rechne nicht damit, dass ich dir verzeihe. Deine ganzen Ausreden bedeuten überhaupt nichts. Du hast mich belogen. Dir war völlig gleichgültig, als ich Elizabeth bekam. Wo warst du, als deine Enkeltochter geboren wurde? Mit deiner erbärmlichen Schauspielerei beschäftigt? Und jetzt willst du meine Tochter dafür benutzen, deine gescheiterte Karriere in Schwung zu bringen. Du willst, dass ich dich Mummy nenne? Fahr zur Hölle!«

Elizabeth studierte die Hände der beiden Frauen, die sich nebeneinander an der Wiege ihres Sohnes festklammerten. Sie waren sich in Ausdruck und Profil unwahrscheinlich ähnlich, wie sie sich zornig anfunkelten. Sie hatte ihre Mutter noch nie so wütend und außer sich erlebt – und noch nie so lebendig.

»Ich werde nicht aufgeben, Lois«, beharrte Ginger. »Du wirst noch stolz auf mich sein, du wirst schon sehen. Ich bin eine Inspiration für ältere Frauen. Ich werde sogar im *Playboy* sein.«

Lois schnaubte empört, woraufhin Ginger hastig fortfuhr: »Ich wollte doch nur die Stimmung mit einem kleinen Witz aufheitern. Aber darin bin ich nicht besonders gut. Bitte, Lois, gib mir die Chance, Wiedergutmachung zu leisten. Wenn du dich nicht dazu überwinden kannst, mir zu verzeihen – dann denk wenigstens an Elizabeth. Sie braucht dich jetzt mehr als je zuvor, mit ihrem kleinen Baby. Wiederhole nicht meinen Fehler, als ich dich im Stich ließ. Ich hatte seit damals nicht eine einzige ruhige Nacht. In all den Jahren dachte ich jeden Abend beim Einschlafen an dein Gesicht und fragte mich, wie du wohl gerade aussiehst. Dein Bild hat mich mehr verfolgt als alle anderen Erinnerungen an Currawong Manor. Du warst mein Geist, meine ewige Schmach. Und hier stehst du nun – erwachsen und meiner Ma so ähnlich, wie sie als junges Mädchen war. Und siehst mich an, als wäre ich ein dampfender Kuhfladen. Ich weiß, dass ich das verdient habe, Lois! Aber vergib mir, um Elizabeths willen, ich flehe dich an. Außerdem werde ich in dem wunderschönen Buch deiner Tochter vorkommen, *Flowers of the Ruins.* Warte nur ab, bis du die Aktfotos von mir darin siehst. Sie sind künstlerisch und äußerst geschmackvoll aufgenommen. Du wirst so stolz auf deine Mutter sein! Und Rupert seniors Name wird reingewaschen, sein Werk neu bewertet und der Beitrag der Flowers für die Kunst ernster genommen werden. Du kannst mich von dir stoßen, so viel du willst, aber ich werde dich dieses Mal nicht verlassen.«

Lois blinzelte. »Solange ich denken kann, habe ich mich ungeliebt gefühlt! Ich wurde wie ein wertloses Paket herumgereicht. Du hast nicht nur mein Leben zerstört, sondern auch meine Beziehung zu Elizabeth! Ich war nicht in der Lage, sie so zu lieben, wie sie es eigentlich verdient hätte. Ich hatte keine Ahnung, wie man ein Kind aufzieht, weil ich selbst keine Mutterliebe erfahren durfte. Zu groß war meine Angst davor, ihr mein Herz zu öffnen. Ich hatte ständig Schuldgefühle, weil ich so distanziert war, aber ich konnte es nicht ändern. Du hast dich dein ganzes Leben auf selbstsüchtige Weise nur um dich gekümmert, Ginger. Glaub ja nicht, dass ein paar Briefe uns versöhnen könnten, nur weil du jetzt alleine bist und nur noch deinen aktuellen Liebhaber hast.« Sie deutete auf Pip, der sich schützend neben Ginger stellte.

»Mum, bitte hör ihr zu. Gib ihr eine Chance«, flehte Elizabeth. »Ich liebe dich, Mum. Du warst vielleicht nicht perfekt, aber ich verstehe, warum das so war. Bitte sei Ginger gegenüber ebenso gnädig. Verstoße sie nicht.«

»Schon in Ordnung, Elizabeth. Ich halte das aus. Und ich weiß, dass ich deinen Zorn verdient habe, aber ich werde nicht weggehen, meine geliebte Tochter«, wandte sich Ginger an Lois. Sie schüttelte Pips Arm ab, der sie zurückhalten wollte. »Wie oft habe ich im Lauf der Jahre darüber nachgedacht, dich zu kontaktieren, aber ich wollte den Frieden nicht zerstören, von dem ich gehofft hatte, dass ihn dir deine Adoptivfamilie schenken würde. Ich war der Meinung, ich hätte nicht das Recht, dich zu treffen und dir die Wahrheit über deine Herkunft zu erzählen. Ich hatte das Gefühl, das sei die Strafe dafür, dass ich dich im Stich gelassen hatte. Ich werde denselben Fehler nicht noch einmal machen. Ich liebe dich und werde auf keinen Fall sterben, ohne dir gesagt zu haben, wie sehr ich dich bei mir haben wollte. In all den Jahren habe ich niemals aufgehört, an dich zu denken. Ich ertrug es nicht, die jungen Mädchen auf der Straße anzusehen, weil ihr Anblick zu schmerzhaft für mich war. Wenn ich für das, was ich damals getan habe, künftig in der Hölle schmoren muss, dann kann das auf keinen Fall schlimmer sein, als das Leben ohne dich für mich war. Ich habe einen schrecklichen Fehler begangen und dafür bezahlt. Bitte stoß mich nicht zurück, ich flehe dich an. Ich kann nicht in Frieden sterben, wenn wir uns nicht versöhnt haben. So werde ich mit Gottes Hilfe versuchen, den Schaden wiedergutzumachen.«

»Hör auf damit und wage ja nicht, dich meine Mutter zu nennen!«, zischte Lois. Die beiden Frauen starrten immer noch wie hypnotisiert auf das schlafende Kind. Die Luft um sie herum schien angefüllt mit zornigen Geistern, dem Fauchen wilder Katzen und dem Beweinen alter Narben und Wunden. Aber Elizabeth bemerkte mit einem winzigen Hoffnungsschimmer, dass keine der beiden Frauen von Ruperts Seite wich.

33. Kapitel

Seniorenresidenz Peppermint Tree

Glebe, Sydney, April 2004

Lois öffnete die Autotür und warf Elizabeth einen entnervten Blick zu, während Ginger an ihrem Gurt herumfingerte. Beide Frauen unterdrückten den Impuls, ihr zu helfen, da sie wussten, Ginger würde sie bloß anfahren, dass sie noch nicht so senil sei, um nicht alleine mit einem Sicherheitsgurt zurechtzukommen. Pips überraschender Tod im Winter 2003 hatte sie ihrer überbordenden Vitalität beraubt, die sie seither nicht wieder zurückgewonnen hatte. Am glücklichsten war sie, wenn sie sich in Erinnerungen an früher, besonders an ihre Zeit auf Currawong Manor, verlor. Nach Elizabeths jahrelangem, sanftem Drängen hatte Ginger schließlich eingewilligt, Wanda in ihrem Pflegeheim in Glebe zu besuchen. Zunächst hatte sie kein Interesse gezeigt, als Elizabeth sie gebeten hatte, sie bei einem Treffen für das Buch zu begleiten. Elizabeth hatte nicht darauf bestanden, weil sie wusste, wie sehr Ginger sich vor dem Älterwerden fürchtete. Pflegeheime waren ihrer Großmutter ein Gräuel, denn sie hatte Angst, man könne sich dort mit den schlimmsten Auswüchsen des Alters irgendwie anstecken.

»Ich kann dich zum Empfang begleiten«, bot Lois an, aber Ginger schüttelte wie gewohnt stur den Kopf.

»Nicht nötig«, knurrte sie. »Ich werde ja wohl noch mit ein paar Pflegeschwestern zurechtkommen. Hör auf, so einen Wirbel zu machen, und sieh dir mit Elizabeth die Gärten an.«

»Warum musst du nur immer so dickköpfig sein?«, fragte Lois. »Kannst du dir zur Abwechslung nicht einfach mal helfen lassen?«

Ginger packte die Krücken, die Elizabeth aus dem Kofferraum geholt hatte.

»Ich bin absolut in der Lage, Wanda allein zu treffen. Ich möchte dabei nicht von euch beobachtet werden. Ich kann sehr wohl noch selber gehen und will nicht, dass ihr so tut, als wäre ich eine gebrechliche alte Schachtel, die ihr so schnell wie möglich auch in so ein Heim stecken wollt!«

Mit ihren Krücken wedelte sie in Richtung Empfangsbereich des Pflegeheims mit seiner Backsteinfassade im Tudorstil. Einige große Pfefferminz- und Niaulibäume säumten die Auffahrt. Pflegepersonal schob oder begleitete Bewohner durch die Gartenanlagen, und einige der alten Leute kümmerten sich um die kleinen Beete seitlich vom Haus.

»Mir reicht es schon, wenn ich dieses verdammte Heim nur anschauen muss«, murmelte Ginger. »Es ist eine Wartehalle, ja, das ist es. Eine Herberge mit Pfefferminzgeschmack für Leute, die aufs Sterben warten.«

»Pssst«, warnte Lois, als zwei Pflegekräfte in ihre Richtung sahen. »Jetzt schimpf doch nicht so. Es ist ein wunderschönes Haus mit einem guten Ruf und herrlichen Gärten. Hier werden nicht nur alte Menschen versorgt, sondern zum Beispiel auch junge Leute mit MS. Du bist manchmal wirklich kindisch, Ginger. Du kannst mir glauben, dass es eine lange Warteliste für diesen Ort gibt.«

»Wir kommen kurz mit, bis du weißt, wo sie sich befindet«, bot Elizabeth an und hoffte, die beiden würden nicht wieder anfangen, sich zu zanken. Sie hatte auf der Fahrt hierher bereits ihre Diskussionen über die einzig wahre Musik ertragen müssen. Ginger hatte behauptet, es hätte nach den vierziger Jahren keine ordentliche Musik mehr gegeben, während Lois gerne Andrea Bocelli hörte. In den letzten Jahren hatte sie sich zunehmend an die Rolle der Friedensstifterin zwischen ihrer Mutter und ihrer Großmutter gewöhnt. Lois und Ginger konnten darüber streiten, ob schwarz weiß war. Sie waren sich viel ähnlicher, als sie jemals zugeben würden, und genossen beide ihre Wortgefechte. Aber obwohl Lois im täglichen Leben Ginger nach Kräften unterstützte, war sie immer noch verbittert und in letzter Zeit ständig gereizt, weil demnächst der Film *Flowers of the Ruins* herauskommen würde und sie nicht damit einverstanden war, wie Ginger darin gezeichnet wurde.

»Lass sie«, sagte Lois zu ihrer Tochter. »Wenn sie alles alleine machen will, dann soll sie es eben tun. Wenn du wieder stürzt, kannst du gleich dableiben«, warnte sie ihre Mutter, die bei ihrem Tonfall eine Grimasse schnitt. »Komm, Elizabeth. Wir gehen solange Mittagessen. Etwas Zeit ohne Rupert wird dir bestimmt guttun. Rufst du uns an, wenn du fertig bist?«

Ginger nickte und quälte sich ohne einen Blick zurück langsam mit ihren Krücken die kleine Treppe zu der grau gestrichenen Tür hinauf.

»Danke, dass ihr alles habt stehen und liegen lassen, um mich bei dieser sinnlosen Aktion zu begleiten«, murmelte Lois. »Herrgott, sie macht mich einfach wahnsinnig. Ich weiß wirklich nicht, warum wir uns mit ihr so viel Mühe geben. Ich ertrage es nicht, wie sie alle herumkommandiert.«

»Komm schon, Mum.« Elizabeth hakte sich bei ihrer Mutter unter, bevor sich diese wieder in etwas hineinsteigerte. »Ich lad dich zum Essen ein. Du weißt doch, dass Ginger am unerträglichsten ist, wenn sie sich wegen etwas Sorgen macht. Der Gedanke, Wanda an diesem Ort wiederzusehen, macht sie einfach fertig. Wir suchen uns jetzt einen Tisch, und dann ruf ich in der Kinderkrippe an, um zu hören, wie es Rupert geht.«

Ginger blieb auf dem obersten Treppenabsatz stehen. Ihr Herz klopfte heftig. Es hatte Zeiten gegeben, da wäre sie die Stufen hinaufgesprungen, ohne einmal innezuhalten. Jetzt verbrachte sie den Großteil ihrer Zeit damit, sich mit frustrierender Langsamkeit und der ständigen Furcht vor einem erneuten Sturz zu bewegen. Sie hatte das Gefühl, ihre spindeldürren, brüchigen Knochen würden beim geringsten Druck zersplittern. Allmählich löste sie sich wohl von innen heraus auf, zerfiel langsam und geräuschlos zu Staub.

Ginger beobachtete, wie Lois und Elizabeth hinter der Steinmauer in Richtung Café verschwanden. Sie bereute bereits ihren harschen Ton, aber sie schaffte es einfach nicht, sich zu ändern. Sie war derzeit entsetzlich reizbar, fühlte sich ständig angegriffen und explodierte sofort. Nicht nur ihre klapprigen Knochen, sondern ihr ganzes Leben fiel um sie herum in sich zusammen. Pip war es immer gelungen, sie aus ihrem Selbstmitleid herauszuholen und sie dazu zu bringen, über sich selbst zu lachen. Seit seinem Tod fand Ginger es immer schwieriger zurechtzukommen. Und sosehr sie es genoss, mit Lois und Elizabeth Zeit zu verbringen, verband sie doch mit keiner der beiden Frauen eine wirklich harmonische Beziehung. Sie war oft grob zu Lois, weil sie sich so verdammt schuldig fühlte. Zwar hatte sie versucht, den beiden ihr Verhalten in der Vergangenheit zu erklären, aber sie schlugen ständig vor, sie solle zu einem dieser verdammten Therapeuten gehen, wie das die jungen Leute heutzutage machten. Doch Ginger würde das in ihrem Alter genauso wenig tun, wie sie sich in diesem Peppermint-Tree-Pflegeheim anmelden würde. Sie hatte in ihrem Leben genügend Therapien durchlaufen und fühlte sich jetzt zu östlicher Philosophie und Meditation hingezogen. Sie vermisste Pip, und der Schmerz über seinen Verlust hatte im Lauf der Monate eher zugenommen, als dass er verblasst wäre. Sie hatten gemeinsam immer viel gelacht und waren gerade dabei gewesen, ihre Reise mit der Orion in die Antarktis zu planen, als er einen Herzinfarkt erlitten hatte. Ohne einen Mann an ihrer Seite machte das Leben einfach nicht mehr richtig Spaß. Heutzutage brachte nur noch Rupert junior ihr Herz zum Schmelzen. Sosehr sie Lois und Elizabeth auch liebte, zwischen den dreien gab es so viele Spannungen, dass sich keine von ihnen jemals richtig wohl in Gegenwart der anderen fühlte. Aber mit dem dreijährigen Rupert konnte sie lachen und kuscheln. Männer waren immer einfacher als Frauen, egal, wie alt sie waren.

Die Sekretärin am Empfangstresen hatte kurzgeschnittenes silbergraues Haar und eine gelassene Ausstrahlung. Das plötzliche Auftauchen einer älteren Dame mit roten Haaren, heftigem Make-up samt falschen Wimpern, großen Ohrringen, einem knallgelben Oberteil, türkisfarbenem Schal und einer Korallenkette schien sie absolut nicht aus der Ruhe zu bringen, obwohl Besucher und Angestellte der Besucherin neugierige Blicke zuwarfen.

Ginger, die daran gewöhnt war, überall Aufsehen zu erregen, bemerkte das Lächeln und die Aufmerksamkeit gar nicht. Sie war viel zu besorgt, in welchem Zustand sie Wanda vorfinden würde. Würde sie nur noch eine faltige, schlaffe, sabbernde Hülle sein? Eine Pflegerin hatte Lois bereits am Telefon darüber informiert, dass Wanda kürzlich einen leichten Schlaganfall erlitten hatte und dass sie Ginger aufgrund ihrer zunehmenden Demenz wahrscheinlich nicht erkennen würde.

Ginger musste in letzter Zeit nur in der Öffentlichkeit erscheinen, schon war sie von Leuten umringt, die sie fotografieren wollten. Einige erkannten sie als »Ginger Flower«, besonders seit sie durch das *Playboy*-Cover noch bekannter geworden war. Anderen gefiel einfach ihr frecher Stil. Doch jetzt hier im Pflegeheim ignorierte sie alle Neugierigen, während sie der Wegbeschreibung der Empfangsdame folgte und durch das Labyrinth aus Korridoren, die nach Desinfektionsmittel rochen, ihr Ziel ansteuerte. Schon seit sie den Wegweiser zu dem Pflegeheim gesehen hatte, fühlte sie sich deprimiert. Dabei war das Peppermint-Tree-Heim genauso schön, wie es die Hochglanzbroschüre dargestellt hatte, aber der Geruch, der in der Luft hing, setzte Ginger schrecklich zu: eine gänzlich unminzige Mischung aus Bedauern, gescheiterten Träumen, Verlust, Angst und Schmerz, vermischt mit Scheuermittel. Und die vereinzelten Bewohner, die sie durch offene Türen oder durch die Gänge schlurfen sah, gestützt auf Gehhilfen oder von Pflegern oder Verwandten begleitet, drückten noch mehr auf ihre Stimmung. War es das, wohin das ganze Leben zielte? Diese tropfenden, wieder Kind gewordenen, verkrümmten und zerbrochenen alten Körper? Viele der Leute, die sie herumsitzen sah, trugen Schlafanzüge, als wäre es sogar zu mühsam, sich anzukleiden. Sie betete, dass sie Wanda nicht in einem Flanellnachthemd auf ihrer Bettpfanne antreffen würde.

Schließlich fand Ginger den angenehmen, lichtdurchfluteten Aufenthaltsraum, in dem sich Wanda angeblich gerade befand. Sie blieb in der Tür stehen und beobachtete einige junge Schülerinnen, die Hundewelpen herumführten und von den Bewohnern streicheln ließen. Ein paar der alten Leute tätschelten die Hunde, und eine alte Dame schluchzte aus irgendeinem Grund laut auf, während sie sich am Arm eines Mädchens festklammerte. Andere Bewohner zankten sich über einem Schachspiel, und ein paar Frauen saßen einträchtig beisammen und strickten. Helferinnen boten Erfrischungen von einem Teewagen an.

In einem Sessel zusammengesunken wartete Wanda darauf, dass sie an der Reihe wäre, einen Hund zu streicheln. Ginger schnappte überrascht nach Luft. Sie hatte eigentlich nicht erwartet, Wanda sofort wiederzuerkennen. Ja, sie war runzlig und gebrechlich, aber ihr von Falten durchzogenes Gesicht war immer noch wunderschön, obwohl es stark vom Alter gezeichnet war. Die Schwestern hatten sich mit ihrer Kleidung und ihrem Haar Mühe gegeben. Man hatte ihr eine Stoffblume in die grauen Löckchen gesteckt, und sie trug eine pinkfarbene Strickjacke mit einer unechten Perlenkette und rosa Lippenstift. Früher hätte Wanda diese Farbe scheußlich gefunden, aber es war beruhigend, dass man sich um ihre alte Freundin offensichtlich gut kümmerte. Jetzt hockte sich der Hund vor Wanda hin. Sie machte keine Anstalten, ihn zu berühren, schien aber das quirlige Fellbündel gerne anzusehen.

Ginger bahnte sich mit ihren Krücken vorsichtig einen Weg durch den Raum. Sie bemerkte überrascht, wie gerührt sie war. Wanda war das letzte Verbindungsglied zu Currawong Manor. Sie war ein lebendiger Teil von Australiens Kunstgeschichte und gleichzeitig eine Gefangene in ihrem eigenen Körper. Die ihr noch verbleibenden Tage würde sie damit verbringen, dass man ihr Hunde vor die Nase setzte und ihr die falsche Lippenstiftfarbe auftrug. Ginger hätte schreien können wegen der Ungerechtigkeit und Gemeinheit des Lebens, das Menschen in solchen Auffangstationen enden ließ.

»Hallo, Wanda«, sagte sie, auch wenn sie eigentlich keine Antwort erwartete. »Ich bin Ginger. Kennst du mich noch, Wanda? Ich bin's, Ginger Flower.«

Wanda starrte durch sie hindurch, und ihr rosafarbener Mund bewegte sich, als würde sie auf etwas herumkauen.

»Ginger, von Currawong Manor«, wiederholte Ginger ihre Begrüßung und wusste bereits, dass es sinnlos war. Wandas Hülle war leer.

Sie seufzte und setzte sich unbeholfen auf einen Stuhl neben sie. Eine Krücke fiel ihr zu Boden und wurde von einer Schwester wieder aufgehoben. Ihre Umgebung deprimierte sie zutiefst. Hundewelpen waren ja ganz nett, aber hier musste mal jemand richtig Stimmung machen! Es musste dringend was passieren! Sie entdeckte in der Ecke ein Klavier, und schon hatte sie eine Idee, ausgelöst durch die Diskussion mit Lois auf der Herfahrt über einen schmalzigen italienischen Sänger.

Sie wandte sich an eine Helferin, die Wanda gerade einen Becher lauwarmen Kakao einschenkte. »Spielt irgendjemand hier Klavier?«

»Amity Blade kommt einmal die Woche und spielt ihnen ein paar Stücke vor. Sie ist eine pensionierte Musiklehrerin, und ihre Mutter wohnt im Heim. Die alten Leute lieben die Melodien von früher.« Das junge Mädchen band Wanda ein großes Lätzchen um. »Kommen Sie, Wanda, trinken Sie alles schön aus, meine Liebe. Dann können Sie mit Ihrem Besuch plaudern.«

Ginger hätte am liebsten geheult beim Anblick von Wanda, die wie ein Baby gefüttert wurde und sogar ein Lätzchen tragen musste. Sie betrachtete das Klavier mit zusammengekniffenen Augen und blinzelte Zornestränen zurück, weil sie den demütigenden Anblick einfach nicht ertrug.

»Der Affe.«

Wandas Stimme erschreckte sie. Die Helferin war weitergezogen, um das nächste große, faltige Baby zu füttern. Ginger war froh, dass Wanda kein Lätzchen mehr trug.

»Er ließ dich immer mit dem räudigen Affen posieren«, meinte Wanda kauend.

Ginger nickte. Nun waren ihr tatsächlich Tränen in die Augen geschossen. »Wie wahr, meine Liebe«, erwiderte sie mit einem Seufzen. »Das stimmt. Er hatte immer eine besondere Vorliebe für den scheußlichen Affen. Armer alter Rupert. Er wollte mich damit daran erinnern, wie ich ihn bei unserer ersten Begegnung beleidigt hatte. Darum ärgerte er mich immer mit seinen Affen-Witzen.«

Als sie sich vorbeugte und Wandas Hand berührte, sah die alte Frau mit sanfter Neugierde durch sie hindurch. Es war beunruhigend, Wanda vor sich zu sehen und sie doch nicht wiederzufinden. Wohin nur war die lebhafte, sprühende, spöttische Verführerin Wanda verschwunden? Das Leben war ungerecht. Shalimar und ihre Mutter mussten zwar jung sterben, aber wenigstens war ihnen das hier erspart geblieben.

»Er war ein wunderbarer Mann, nicht wahr?«, sagte Ginger. »Wenn ich dich das nächste Mal besuche, dann bring ich dir einen Lippenstift von Chanel mit, in dem schönen orangeroten Farbton, den du immer getragen hast. Du wirst begeistert sein«, versprach sie Wanda und streichelte ihre faltige Hand. Von Wanda kam keine Antwort oder sonstige Äußerung, die irgendwie einen Sinn ergeben hätte.

Aber dieser kurze erste Besuch im Peppermint-Tree-Heim war der Startschuss für Gingers nächsten und letzten Karrieresprung. Von

Amity Blade am Klavier begleitet und von Elizabeth und Lois unterstützt, die für Ginger und Amity den Fahrdienst übernahmen, entstand die Nummer »Ginger Flower singt Oldies und Goldies«. Sie traten regelmäßig in Altenheimen rund um Sydney und in den Blue Mountains auf und hatten alte Klassiker im Repertoire wie »Chattanooga Choo Choo«, »Stormy Weather«, »As Time Goes By«, »I Remember it Well«, überzuckert mit etwas Edith Piaf. Ginger bezauberte mit einer hinreißenden Garderobe aus Vintage-Abendkleidern und begeisterte Bewohner und Personal zugleich.

Wie Ginger oft zu Lois und Elizabeth sagte, ging es ihr nicht um die Aufmerksamkeit der lokalen Presse oder um die Tatsache, dass sie sich im Alter noch den Traum erfüllt hatte, als Unterhaltungskünstlerin aufzutreten. Vielmehr verschafften ihr das Schmunzeln, Lachen und Klatschen der alten Leute tiefe Befriedigung. Das Leuchten in den Augen der Heimbewohner – all die alten Damen, die auf Gingers Drängen hin in den Armen ihrer Mitbewohner Walzer tanzten und dabei an Tanzlokale und verstorbene Ehemänner und -frauen dachten, wenn sie bei »Danny Boy« oder »We'll Meet Again« kostbare Erinnerungen wieder durchlebten – gab ihrem Leben einen neuen Sinn. Die jüngeren Angestellten wiederum erzählten ihr hinterher, wie ihr Gesang schöne Erinnerungen an ihre Großeltern wiederauferstehen ließ. Bei Gingers Auftritten herrschte immer eine Mischung aus Lachen und Weinen. Und mit der Zeit liebte sie die Altenheime und ihre Bewohner.

Eine von Gingers am meisten geschätzte, rührende Erinnerung stammte aus der Zeit direkt vor Wandas Tod im August 2005. Ginger hatte im Peppermint-Tree-Heim gerade den Song »We'll Meet Again« beendet. Während sie das Lied geschmettert hatte, war ihr wieder eingefallen, wie gerne Rupert diese Melodie beim Malen vor sich hingesummt hatte. Als sie sich verabschiedete, griff Wanda nach ihrer Hand, sah ihr direkt in die Augen und sagte die klarsten Worte, die Ginger seit der Sache mit dem Affen von ihr gehört hatte. »Danke.

Ich danke dir.« Und einige Augenblicke lang war Wandas Hülle nicht mehr leer, sondern Ginger wurde von ihrer alten Freundin direkt angesehen.

Auch nach Wandas Tod blieb das Peppermint-Tree-Heim Gingers Lieblingsort, wo sie schmachtend ihre Melodien sang, steppte und Witze und Geschichten erzählte. Es war nicht ganz das Leben und Publikum, das sie sich ursprünglich vorgestellt hatte. Aber weil sie ihre Oldies und Goldies sang, erinnerte man sich aus den richtigen Gründen an die Jahre ihrer Abenddämmerung.

34. Kapitel

Ein sonniger Tag

Januar 2006

Da sich mein Leben dem Ende zuneigt, spreche ich heute Abend nochmals auf Band. Ich wollte es eigentlich niederschreiben, aber mir fehlt die Kraft, länger einen Stift zu halten. Es ist eine solche Erleichterung, dass bald der letzte Vorhang fallen wird. Die Schmerzen lähmen mich. Irgendwie vertrage ich die letzte Runde Chemo nicht gut – diese Demütigung des Körpers ist schlimmer als der Krebs.

Ich hatte ein reiches, erfülltes Leben und fürchte mich nicht vor dem Sterben. Ich möchte mich bei meiner Tochter Lois und meiner Enkelin Elizabeth entschuldigen für das Leid, das ich verursacht habe, indem ich Lois nach der Geburt Doris überließ. Ich stehe immer noch zu den Gründen, die mich damals dazu gebracht haben, aber ich bedaure sehr, wie es euch beide beeinflusst hat. Lois, ich danke dir und segne dich dafür, dass du mir verziehen hast. Danke auch für all die praktische Unterstützung, die du mir in den letzten Jahren hast zukommen lassen.

Die Freude, die der kleine Rupert euch beiden geschenkt hat, hat mir unendlich viel bedeutet. Und ich danke Gott dafür, dass ich nach Currawong Manor zurückgekehrt bin und auf meine eigene, chaotische Art versucht habe, die Vergangenheit wiedergutzumachen – obwohl ich dazwischen mehrfach beinahe aufgegeben hätte, weil ich dachte, es wäre unmöglich und für euch beide zu verstörend, die Wahrheit zu erfahren.

Elizabeth, mein liebes Mädchen, du bist viel zu empfindsam. Das raue Leben wird dich zerfleischen – so wie es Rupert passiert ist –, wenn du dir nicht ein dickeres Fell zulegst. Rupert war auch zu sensibel für diese Welt. Wiederhole nicht seine Fehler und kämpfe nicht gegen die Winde deines Schicksals an, sondern setze die Segel auf deinen eigenen Kurs. Sei für den kleinen Rupert die Mutter, die du dir selbst gewünscht hättest, aber verurteile deine Mutter nicht. Du weißt, warum sie nicht liebevoller sein kann.

Du wirst Trost und Bestätigung in deiner eigenen Familie finden. Sei stolz auf dich und deine Talente, so wie ich stolz bin auf alles, was du mit der Fotografie, in deiner Ehe mit Nick und durch meinen wundervollen Enkel erreicht hast. Du hast meine letzten Jahre unendlich bereichert, indem du so großzügig warst, mich in deine Familie aufzunehmen. Das hat mich mit solcher Freude erfüllt, dass ich meine ursprüngliche Diagnose lang überlebt habe.

Du brauchst sowohl Mut als auch Stärke, um deine Ziele zu verfolgen. Und du solltest dir gut überlegen, was du dir wünschst, weil die Götter und Teufel einen schwarzen Humor haben und dich teuer dafür bezahlen lassen, wenn sie dir einen Wunsch erfüllen. Sieh mich an. Mein ganzes Leben habe ich davon geträumt, als Star in den Clubs aufzutreten, und am Schluss wurde ich die Entertainerin der Altenheime. Und dennoch habe ich wundervolle Erinnerungen an viele meiner Auftritte in diesen Heimen, vor denen ich ursprünglich so viel Angst hatte.

Ein kreatives Talent lässt sich nicht ignorieren – und tut man es doch, dann verleugnet man gleichzeitig seine gesamte Existenz. Du musst deine Gabe zulassen und kannst damit das Leben anderer Menschen bereichern und zum Leuchten bringen. Gib dich nicht mit einem grauen, halbherzigen, unerfüllten Leben zufrieden, so wie es viel zu viele damals in der Brick Lane getan haben. Wir bestehen aus unseren Sehnsüchten, unseren Triumphen und Niederlagen – und wir haben unser Schicksal selbst in der Hand. Als Menschen sind wir mit

Makeln behaftet – aber wir haben trotzdem reine Seelen. Und es gibt Zeiten, in denen unsere Fehler in Wahrheit unsere größten Vorzüge sind – und in denen unsere Niederlagen erst die wahre Stärke in uns wecken. Jetzt, wo ich mich meinem letzten Atemzug nähere, erkenne ich in allem einen Sinn. Alles ist wunderschön und perfekt.

Ich liebe dein Buch, Elizabeth. Nick und du, ihr habt uns wunderbar porträtiert und den schrecklichen Ereignissen auf Currawong eine gewisse Würde verliehen. Das hat mir sehr viel bedeutet. Die Menschen, die in diesem sorgenvollen Haus so viel erleiden mussten, haben wenigstens diese Entschädigung bekommen. Es war großartig, dass auf diese Weise Ruperts Kunst neu bewertet, eine Ausstellung seiner Werke initiiert und der Kinofilm gedreht wurde. Ich wünschte, ich könnte die Premiere noch erleben, aber ich werde auf jeden Fall im Geiste neben euch über den roten Teppich stolzieren. Rupert verdient diese Auszeichnung, sie war für meinen wundervollen, komplizierten Freund längst überfällig. Ich bin stolz darauf, seine Muse und ein kleiner Teil seines Lebens gewesen zu sein.

Nick, ich werde unsere Trinkgelage vermissen. Ich freue mich sehr, dass du wieder Gitarre spielst und deine Band so erfolgreich ist. Welche Ironie, dass »Dingo Blood Ball« wieder in den Charts ist. Es tut mir wirklich leid, dass ich dich nicht mehr in deiner Lederkluft auf der Bühne erleben werde, aber ich bin stolz, dass du meinem Drängen nachgegeben hast. Gib niemals deine Träume auf, mein Junge.

In letzter Zeit spüre ich Mas Gegenwart um mich, während ich hier in diesem Altenheim liege. Ich wünschte, ich hätte ihr besser helfen können. Sie war eine echte Lady, die vom Leben gebrochen wurde. Ich vermisse sie und meinen Mann ganz entsetzlich. Ganz zu schweigen von Pip, meinem Freund. Hoffentlich warten sie alle auf mich. Ich freue mich darauf, mit ihnen zu lachen und zu trinken. Ich sterbe beruhigt, weil ich weiß, dass Lois für dich da ist, Elizabeth.

Ich bin so schwach, dass ich nicht mehr lange sprechen kann. Deswegen werde ich euch nicht weiter mit meinen Erinnerungen langweilen. Bald kommt die Schwester mit ihrem Wagen voller hübscher Pillen. Sie hat Augen wie ein Engel, diese Schwester.

Lange wird es nicht mehr dauern. Wenn man anfängt, Engel zu sehen, dann weiß man, dass es zu Ende geht. Der Abend dämmert, die Nacht bricht an. Ich schmecke den Tod in jedem Bissen, den ich esse, und in jedem Schluck Wasser. Mein Körper ist kalt, aber meine Hände sind glühend heiß. Das alles sind Zeichen.

Ich danke euch beiden für die Liebe, die ihr mir am Schluss so großzügig geschenkt habt. Ich weiß, dass ich sie nicht verdient habe – aber ihr habt mich trotzdem geliebt. Lois, es gibt im Leben nichts Wichtigeres als die Familie. So unvollkommen die Blutsbande auch manchmal sein mögen, ich habe diese Wahrheit jetzt erkannt. Ich hoffe, du wiederholst meine Fehler nicht. Wir erben all die Träume, Enttäuschungen, Sorgen und Geheimnisse unserer Eltern. Ich wünsche mir, dass ihr jetzt, wo ich meine Geschichte erzählt habe, frei seid, eure eigenen Wege zu gehen.

Denkt daran, meine *Playboy*-Ausgabe für Rupert aufzuheben. Ich möchte, dass er sieht, wie cool seine Uroma Ginger war – selbst noch mit über siebzig. Lois, ich weiß, dass du sie schrecklich fandest. Aber ich habe die Aufnahmen geliebt!

Elizabeth, entscheide du, was mit den Fotos von Shalimar geschehen soll. Wenn du das Gefühl hast, es wäre falsch, Ruperts Aktfotos von seiner Tochter vor der Welt zu verheimlichen, dann kannst du sie meinetwegen veröffentlichen. Ich weiß, dass Lois dagegen ist, aber ich überlasse dir die Entscheidung, meine liebe Enkelin, die nie Angst vor der Meinung anderer Leute hatte. Zerstören oder offen zeigen? Folge in dieser Angelegenheit deinem Herzen.

Lois, ich möchte, dass du das Bild *The Key* bekommst, das Rupert in der Nacht vor seiner Hinrichtung gezeichnet und mir vermacht hat. Mein Anwalt wird es dir zusammen mit einigen Fotografien geben. Auf dem Bild ist eine junge Frau zu sehen, die sich in einen Schlüssel verwandelt, während sie an der Brust einer Rothaarigen trinkt. Vögel umflattern sie. Die Schlüssel-Frau ist Lois, die von mir, ihrer Mutter, im ewigen Kreislauf des Lebens gestillt wird. Rupert wollte dir damit in seinen letzten Stunden noch eine Botschaft hinterlassen. Sein letzter Gedanke galt dir, meiner geliebten Tochter. Ich weiß, dass du von mir nicht gerne Tochter genannt wirst. Und mir ist klar, dass es mir eigentlich nicht zusteht, aber gestatte es mir noch einmal, bevor ich endgültig von der Bühne abtrete.

Ich werde heute Nacht mit glühenden Händen und neu gefundenem Frieden in diesem Zimmer sterben. Ich wollte nicht, dass ihr Zeugen meines Übergangs seid. Das habe ich nicht verdient – und ich wollte euch das nicht antun.

Aber mein letzter Gedanke wird dir, Lois, meinem eigenen Fleisch und Blut, gelten. Ich bereue es bitter, dass ich so viele alltägliche Momente mit dir verpasst und dir so viel Schmerz bereitet habe.

Wenn ihr von meinem Tod erfahrt, dann möchte ich, dass du, Elizabeth, meinen Körper ein letztes Mal fotografierst. Ich habe entsprechende Anweisungen beim Pflegepersonal hinterlegt, dass sie dich hereinlassen, bevor sie tun, was sie tun müssen. Lois wird entsetzt sein, aber ich verstehe, dass es für dich wichtig und schön ist, die Toten zu porträtieren. In des Todes Nacht liegt große Eleganz und tiefer Reichtum. Mit der Fotografie kannst du machen, was du willst. Ich bin mir sicher, dass die alte Linda mich perfekt ablichten wird. Dieses Mal mache ich mir keine Sorgen wegen Photoshop! Aber pass auf, dass du mich von meiner Schokoladenseite erwischst!

Weint oder trauert nicht zu lange um mich, meine schönen Mädchen. Lebt euer Leben in dem Bewusstsein, dass ich sehr stolz bin auf euch beide. Ich weiß, dass wir uns wiedersehen werden.

ENDE DER KASSETTE

35. Kapitel

Die Mutter der Schönheit

2 Stunden später, 6 Uhr morgens

Elizabeth saß da und starrte zu Boden, während die Pflegerin Edith über Gingers Leiche ein Gebet sprach.

»Alles in Ordnung, meine Liebe?« Edith legte Elizabeth eine Hand auf die Schulter. Elizabeth nickte. Sie bedauerte, dass sie nicht dabei gewesen war, als Ginger starb. Sie war gerade aus dem Heim nach Hause zurückgekehrt, um sich auszuruhen und Rupert und Nick auf die Nachtwache an Gingers Seite vorzubereiten, als sie die Nachricht erreichte, dass Ginger gestorben war und sie ihre Kamera mitbringen sollte.

Edith sah zu Linda hinüber, die in einer Ecke stand. »Was für ein toller alter Apparat!«, schwärmte sie begeistert. »Ginger hat viel davon gesprochen.« Sie seufzte und blickte auf die tote Frau. »Ich werde unsere Gespräche vermissen. Sie war eine solche Persönlichkeit und hatte ein so phantastisches Leben. Eine wahre australische Ikone – es war mir eine Freude, sie zu betreuen. Und bis zum Ende eine Dame. Immer verlangte sie nach Lippenstift, Parfüm, Perücke und machte Aufhebens um ihre Kleidung. Sie brachte uns alle mit ihren Geschichten zum Lachen.«

Elizabeth lächelte und fragte sich, wie Ginger darauf reagiert hätte, eine Dame genannt zu werden. »Sie hat uns mit ihrem Klatsch über die Reichen und Berühmten unterhalten.«

Gemeinsam studierten sie die Ausschnitte aus Gingers Leben, die mit Tesafilm an die Wand geklebt waren. Hier war sie mit schickem Kaftan und Beehive-Frisur, den Arm um Elvis Presley gelegt. Dort auf der New Yorker Brooklyn Bridge, in schwarzem Hosenanzug und Hut, mit Sonnenbrille, lachend, mit ihrem Mann Gordon Händchen haltend. Und da eine wunderschöne Fotografie von einer älteren Ginger mit Pip, beide mit Sombreros beim Urlaub in Mexiko. Beiden war die Freude anzusehen, die sie in ihren letzten gemeinsamen Jahren verband.

Ruperts Schwarzweißaufnahme von Ginger, die mit einem Apfel vor der Diana-Statue saß und *Rebecca* las, war neben ein signiertes Foto geheftet, auf dem sie glamourös wie ein Filmstar im roten Abendkleid mit Sophia Loren posierte. Ihr gerahmtes *Playboy*-Cover hing neben einem Foto von ihr in einem weißen Smoking, zusammen mit Pip und Elizabeth, die sie zur Buchpräsentation von *Flowers of the Ruins* begleiteten. Dieses Foto hatte es zu Gingers Freude sogar in die Klatschblätter geschafft. Hier auf einem Ehrenplatz ein Bild mit Wanda im Rollstuhl, das kurz vor Wandas Tod entstanden war. Ginger trug darauf ein Vintage-Abendkleid, und Amity saß hinter ihr am Klavier. Aber den Großteil der Wand nahmen Fotografien von ihrem Urenkel Rupert und seinen Kunstwerken ein. Darunter ein großes buntes Bild von Ginger und ihm, beide als Strichmännchen, die auf einer Rakete ritten, auf die GUTE BESSERUNG GI-GI, ALLES LIEBE VON RUPERT gekritzelt war.

»Ich muss jetzt leider gehen, um mich um Mrs Browns Tochter zu kümmern und für Molly zu beten. Ihre Mutter ist auch diese Nacht gestorben«, erklärte Edith. Sie streichelte Gingers Gesicht noch einmal. »Gut gemacht, Ginger, meine Liebe«, meinte sie. »Sie sind wunderschön gestorben, genau wie Sie es sich gewünscht hatten. Elizabeth wird Sie jetzt zum letzten Mal fotografieren. Ich werde unsere netten Unterhaltungen vermissen.«

Sie lächelte Elizabeth zu. »Soll ich Ihnen eine Tasse Tee bringen?«

Elizabeth schüttelte den Kopf, weil sie ihrer Stimme nicht traute, und Edith machte mit einem Lächeln über der toten Frau das Kreuzzeichen.

Die Palliativstation wirkte unnatürlich friedlich und still. Lois hatte sich geweigert zu kommen, ehe das Foto gemacht war. Sie wartete in einem Café in der Nähe.

Elizabeth trat ans Bett und sah auf Ginger hinab. Ohne Perücke und Make-up war sie fast nicht zu erkennen, aber Ginger hatte in ihren Anweisungen darauf bestanden, dass sie am Ende ihres Lebens genau so fotografiert werden wollte.

Elizabeth suchte in ihrem Gesichtsausdruck nach einem Zeichen von Frieden, aber zu ihrer Enttäuschung sah es eher so aus, als würde Ginger gerade etwas unruhig träumen.

»Ich liebe dich, Ginger«, flüsterte sie und zog so ehrfürchtig sie konnte das Leintuch zurück und enthüllte den nackten Körper ihrer Großmutter.

Langsam fuhr sie mit der Hand über Gingers Gesicht, ihren Hals, an den Brüsten vorbei, die Beine hinunter. Dieser Körper hatte sich im Laufe der Jahre immer wieder selbst zur Schau gestellt, hatte Kunstwerke inspiriert und ihre eigene Mutter geboren. Jetzt bestand er nur noch aus Falten, war schlaff und verfiel, wie es der natürliche Zustand eines Körpers in diesem Alter war. Ginger, die in Bezug auf Ginger Flower immer ein absoluter Kontrollfreak gewesen war, vertraute ihrer Enkelin ihren intimsten und geheimnisvollsten Moment an – ihren Tod.

Elizabeth wischte sich die Tränen ab, während sie die Vorhänge am Fenster zurückzog, um das Tageslicht hereinfluten zu lassen. Im Garten draußen vermittelten hübsche Rosen in Töpfen und in Form geschnittene Sträucher ein Gefühl von Ordnung und Schönheit. Auf einer kleinen Bank saß ein Fremder, der in sein Taschentuch schluchzte. Noch jemand, der einen geliebten Menschen verloren hatte. Trauer und Verlust hatten eine universelle Sprache.

Elizabeth schob eine Platte in die Kamera, duckte sich unter das

Tuch und hielt beim Anblick der toten Frau auf dem weißen Leintuch den Atem an. Ihr fielen die Worte des amerikanischen Dichters Wallace Stevens ein: »Der Tod ist die Mutter der Schönheit.« Ginger war nie schöner gewesen als auf ihrer letzten Fotografie – mit einem verrunzelten Körper, der von Zeit und Verfall gezeichnet war. Elizabeth machte die Aufnahme in dem Bewusstsein, dass ihr nie mehr eine bessere gelingen würde.

Nach wenigen Minuten betrat Lois das Zimmer. Elizabeth verkrampfte sich kurz, aber Lois ignorierte sie völlig und ging direkt zu Gingers Bett.

»Mum? Verlass mich nicht, Mum!«, flüsterte Lois.

Die friedliche Atmosphäre des Raums verschwand, als Lois schluchzend ihre tote Mutter in den Armen hielt.

Elizabeth fühlte einen tiefen Schmerz, der sich in ihrem Inneren ausbreitete wie eine düstere Pflanze mit Trieben aus Trauer, die sie nie mehr verlassen würde.

Sie trat ans Fenster und blickte hinaus. Der Fremde war nicht mehr im Garten, sein Platz war leer. Elizabeth sah zu, wie goldbraune Blätter vom Wind über den Rasen getrieben wurden und wie die frühe Morgensonne Blumen und Pflanzen mit Lichtflecken sprenkelte.

Ginger hatte sich einen Tag voller Herbstsonne für ihren Abschied von der Bühne ausgesucht. Der Himmel über ihnen wurde zunehmend blauer und schien sich unendlich weit auszudehnen. Ein paar Vögel bildeten Tupfer darauf.

Es würde ein wunderschöner Tag werden.

ENDE

Darcie Chan

Sehnsucht nach Mill River

Roman.
Aus dem Amerikanischen von Susanne Aeckerle und Marion Balkenhol.
400 Seiten. Gebunden mit Schutzumschlag.
Auch als E-Book erhältlich.
www.marion-von-schroeder.de

Ein altes Geheimnis ändert das Leben einer ganzen Stadt

Mill River, eine kleine Stadt zwischen sanften Hügeln und Ahornwäldern. In der prächtigen Marmorvilla lebt Mary, die alte Dame mit panischer Angst vor Fremden.

Niemand ahnt, was sie erlitten hat. Als sie tödlich erkrankt, stellt sie sich endlich ihrer alten Schuld.

Und der Suche nach ihrer Tochter.

Ein zutiefst tröstliches Buch über das, was Menschen verbindet und ihnen Halt gibt.
Kirkus Reviews

Marion von Schröder